Oskar Maria Graf:
Die Flucht ins Mittelmäßige
Ein New Yorker Roman

Deutscher
Taschenbuch
Verlag

dtv

Von Oskar Maria Graf
sind im Deutschen Taschenbuch Verlag erschienen:
Kalendergeschichten (1384)
Die Chronik von Flechting (1425)
Unruhe um einen Friedfertigen (1493)
Die gezählten Jahre (1545)
Wir sind Gefangene (1612)
Der harte Handel (1690)
Anton Sittinger (1758)
Das Leben meiner Mutter (10044)

Ungekürzte Ausgabe
September 1983
Deutscher Taschenbuch Verlag GmbH & Co. KG,
München

ISBN 3-7991-5885-5
Umschlaggestaltung: Celestino Piatti
Gesamtherstellung: C. H. Beck'sche Buchdruckerei,
Nördlingen
Printed in Germany · ISBN 3-423-10159-8

Das Buch

Martin Ling, der grüblerische und einsame Held dieses Romans, lebt seit zwanzig Jahren in New York, und doch hat er nichts »Amerikanisches« angenommen, ja nicht einmal die Sprache, von einigen Redewendungen abgesehen. Er ist einer der vielen Emigranten, die vor Hitlers Konzentrationslagern aus Europa geflohen und nach dem Zweiten Weltkrieg in Amerika geblieben sind. Die alte Heimat ist diesen Menschen fremd geworden, eine neue haben sie nicht gefunden. Sie leben vor allem unter sich und kapseln sich gegen alle Einflüsse von außen ab. Ling wie auch sein intellektueller Gegenspieler Jack Neuberger werden mit ihrem Schicksal nicht fertig. Sie leiden jeder auf seine Weise an der absoluten sozialen Entwurzelung. Die Folgen der gesellschaftlichen Isolierung und menschlichen Entfremdung vor dem Hintergrund der Riesenstadt New York mit ihren bunt zusammengewürfelten Bewohnern schildert Oskar Maria Graf, der viele persönliche Erlebnisse, Stimmungen und Gedanken hier einfließen läßt, mit schonungsloser Offenheit.

Der Autor

Oskar Maria Graf, geboren am 22. Juli 1894 in Berg am Starnberger See, erlernte im Elternhaus das Bäckerhandwerk, ehe er nach München ging, um Schriftsteller zu werden. Er gehörte zu den Kämpfern für die Revolution von 1918. Später arbeitete er als Dramaturg für die Münchener Arbeiterbühne. Als engagierter Antifaschist ging er 1933 ins Exil. Über Wien und Prag gelangte er 1938 nach New York, wo er am 29. Juni 1967 starb. Graf gehört zu den beliebtesten und mutigsten Autoren der zwanziger Jahre und des deutschen Exils.

INHALT

Für das Häschen

Editorische Anmerkung:
Diese Neuausgabe geht zurück auf die 1959 im Nest-Verlag, Frankfurt a. M., publizierte Erstausgabe und berücksichtigt die Autorenkorrektur letzter Hand, die sich im Oskar-Maria-Graf-Archiv der Universitätsbibliothek der University of New Hampshire, N. H./USA, befindet. H. D.

Der Roman wurde in New York City von 1954 bis 1959 geschrieben.
Alle Personen und deren Handlungen sind frei erfunden.

EXIL ODER DIASPORA

Die Sache begann damit, daß Martin Ling dem Bekanntenkreis, der sich im Herbst und Winter öfter zwanglos in der durchaus unamerikanischen ›Midtown‹-Wohnung der gastfreundlichen Kumians zusammenfand, wieder einmal eine seiner Geschichten erzählte.

Sonja und Iwan Kumian waren kinderlos und entstammten einer sehr wohlhabenden Kaufmannsfamilie der Zarenzeit, der es gelungen war, beim Ausbruch der Oktoberrevolution vor den Sowjets zu fliehen und sich in Deutschland zur Zeit der Weimarer Republik wieder eine angesehene Position zu schaffen. Als Juden mußten sie beim Machtantritt Hitlers erneut emigrieren. Zum Glück unterhielt die weltweit verzweigte Firma Kumian seit jeher ihre größte Filiale in New York, die nunmehr zum Hauptsitz umgruppiert wurde, und das heiter-gesellige Leben der reichen Eheleute ging unverändert weiter.

Ling war dort durch seinen ältesten Freund Charlie Korsch eingeführt worden und recht bald ein äußerst gern gesehener Gast. Das zeigte sich schon daran, daß ihm die kapriziöse Hausherrin von Anfang an eine sichtliche Sympathie entgegenbrachte. Man war aber auch sogleich von Ling eingenommen, denn er brachte es fertig, oft im Handumdrehen eine geradezu ansteckende, übermütige Lustigkeit hervorzurufen, und er war unerschöpflich im Erzählen. Unleugbar war er sehr froh, zu diesem Kreis von Menschen gefunden zu haben. Er wurde in etlichen Jahren schon sechzig und befand sich als alleinstehender Mensch noch immer in jener unbarmherzigen, grausamen Enge, die beständig dazu zwingt, sich an den Grundsatz zu halten: »Friß oder werde gefressen.«

Ein Armer dieser Art haßt nichts so sehr als seine Armut. Sie klebt an ihm, und er verwendet alle Mühe darauf, sie zu verbergen, denn er empfindet sie mit der Zeit als etwas Unappetitliches, das man keinem anderen zumuten kann. Mit den Jahren wird dieser Haß immer verbitterter. Er wird für einen solchen Menschen eine beständige Flucht vor sich selbst und verbraucht seine ganze Energie. Dieses Versteckspiel zermürbt, es höhlt das Innere aus, macht zeitweise völlig haltlos und versandet schließlich in einem Fatalismus, dessen Kehrseite sonderbarerweise eine fast hektische, sich vollkommen ins Ungewisse fallenlassende Lebenssucht ist, die nur noch auf das angenehme Nächste und Augenblickliche abzielt. Wahrscheinlich ist das nur eine allgemeine Alterserscheinung. Er aber nannte es ›das Emigrantische‹.

Ling lebte nun schon fast zwanzig Jahre in New York und verstand bis jetzt immer noch kaum mehr als einige notwendige englische Redewendungen. Er gab sich auch gar keine Mühe, seine Sprachkenntnisse zu vervollständigen, und außer demjenigen, was ihm gewissermaßen automatisch-mechanisch komfortabel erschien, hatte er auch sonst noch nichts ›Amerikanisches‹ angenommen. Dadurch kam er natürlich nie vorwärts und weiter. Während die meisten seiner Freunde und Bekannten sich schon längst eingelebt und bereits eine sehr einträgliche Existenz geschaffen hatten, verdiente er noch immer garade so viel, daß er schlecht und recht davon leben konnte. Er las dreimal in der Woche nachts Korrekturen bei einer deutschen Zeitung und fertigte für den Buchhändler Teschner hin und wieder Preislisten von gesuchten, raren deutschen Werken an. Dadurch machte sich wenigstens seine Leidenschaft für Literatur etwas bezahlt. Das war alles. Immer noch hauste er in dem gleichen häßlichen, engen Zimmer bei alten schwäbischen Deutschamerikanern, den Emmerles, und immer noch konnte er sich nicht mehr leisten als das billige Essen in einer Cafeteria. In einer solchen Lage und in dem Alter überläßt man sich begreiflicherweise nicht mehr gern sich

selber und seiner Misere. Da lechzt man geradezu nach unterhaltsamen Ablenkungen und wird gesellschaftsgierig. Bei den Kumians fand er alles, was er suchte: Menschen seinesgleichen und die Atmosphäre, die ihn anheimelte. Dort sprach man das vertraute, sogar noch von den verschiedenen Dialekten gefärbte Deutsch, in welchem sich jeder ganz und gar gehen lassen konnte. Auch wenn sich bereits Anglizismen dareingemischt hatten, klang es noch immer unverwüstlich gewohnt. Und die Menschen, die sich da zusammengefunden hatten, waren ehemalige europäische Emigranten, die nach dem Krieg nicht mehr in ihre ursprüngliche Heimat zurückgekehrt waren, jüdische und christliche, Menschen von oben und unten, politische und sogenannte Wirtschaftsemigranten. Sie waren der übriggebliebene Rest gewaltsam Entwurzelter, obgleich die meisten das stets hartnäckig bestritten. Sie wollten nichts mehr von ›drüben‹ wissen, lebten ihren amerikanischen Tag und blieben dennoch unverkennbar von ihrer Herkunft und Vergangenheit stigmatisiert. Noch immer dachten sie über Amerika europäisch, doch wenn einer eine Besuchsreise nach ›drüben‹ machte, beurteilte er auf einmal Europa wie ein ausgewachsener Amerikaner. Und da lebten und verlebten sie nun schon Jahre und Jahre inmitten einer anderen Bevölkerung. Sie glaubten, mit ihr zu verschmelzen, und blieben doch isoliert: eine Schicht für sich mit ihrem ureigenen Lebensstil, ihren eigenen Affären und Verbindlichkeiten, ihren Ansichten und eingewurzelten früheren Gewohnheiten. »Eigentlich, wenn man's überlegt«, resümierte der hagere, froschäugige Deutschprofessor aus Wien, Stefan Laschinski, der ›Laschi‹, einmal in einer Debatte: »In dem merkantilen Amerika ist unsere Situation eine ganz angenehme. Bürger mit allen Rechten ist man, alles andere ist einem egal.«
Im Kumiankreis herrschte ein betont intellektueller, höchst ungenierter Ton, und die kecke Direktheit, die auch

vor persönlichen Beleidigungen nicht haltmachte, nahm niemand allzu ernst. Nur Zufallsgäste wurden dadurch abgestoßen. Sie gingen bald und kamen nicht wieder. Das war auch gewollt. Die meisten störten nur die Diskussion, denn man diskutierte hier ungemein gern und über alles. Jeder tat sich etwas darauf zugute, stets die umfassendsten Kenntnisse und das letzte Informiertsein auf allen Gebieten zu zeigen. Laut und giftig platzten mitunter die Meinungen aufeinander. Die Diskussion wurde mit der Zeit zum gegenseitigen Messen. Ihre Heftigkeit steigerte sich sehr schnell derart, daß das angeschlagene Thema alsbald zerflatterte und alles in ein wirres Durcheinanderreden mündete, wobei jeder nur noch danach trachtete, den anderen im eigensinnigen Rechthaben und an Lautstärke zu überbieten. Das belebte. Das war keinem so erwünscht als dem kleinen, gedrungen gewachsenen Antiquar Victor Nagel, der als geistiger Informant und Favorit der Kumians galt und neben der Hausherrin die beherrschende Rolle spielte. Der Neid mußte es ihm lassen – er verstand stets durch einen abrupt herausfordernden Widerspruch oder durch ein dröhnend-belobigendes »Bravo! Sehr richtig!« die erhitzten Gemüter noch mehr zu erhitzen. In dieses – wie Laschi es bezeichnete –, ›Diskussionelle‹ brachte Ling ein neues Element, das zum Ärger Victors immer mehr interessierte: das Epische.
Er war ein ausgezeichneter Erzähler. Um Geschichten war er nie verlegen, denn er hatte in seinem bewegten Leben viel, aber wenig Gutes erlebt. Er war ungemein belesen, besaß ein starkes Erinnerungsvermögen und eine instinktive, äußerst sichere Witterung für das Wirkungsvolle. Aus alldem schöpfte er, und die Erfahrung hatte ihn gelehrt, daß er sich stets darauf verlassen konnte. Er mußte allerdings erst vier oder fünf Glas Wein getrunken haben, um richtig zum Zug zu kommen, und diesem Bedürfnis kamen die Gastgeber gerne nach. Dann aber ließ er sich

von seiner hemmungslosen Phantasie fortreißen, die alle Logik wegschwemmte und dennoch etwas Zusammenhängendes zuwege brachte. Die Einfälle flogen ihm zu. Er wurde immer lebhafter und sicherer. Sogar seine quälende Kurzatmigkeit, die ihn manchmal in ein ächzendes Husten warf, verlor sich. Er schien wie verwandelt. Frei und leicht kamen die Worte über seine Lippen. Sein großflächiges, knochiges Bauerngesicht auf dem kurzen dicken Hals glänzte jungenhaft heiter, und es sah aus, als empfände er die zunehmende Resonanz seiner Zuhörer fast körperlich. Charakteristisch an der Art seines Erzählens war sein derber, kaustischer Humor, der vor nichts haltmachte und keinen der Zuhörer verschonte. Das machte manchen verlegen und verärgert, doch sobald Ling das merkte, stellte er sich derart abgebrüht unschuldig, daß sich kein Mensch mehr auskannte. Das machte ihn offenbar interessant.
»Was wollt ihr? Er ist eben nicht wie jeder!« verteidigte ihn Sonja in ihrem leicht singenden russischen Akzent, und die Verstimmung schwand. Ausgesprochen wohlgefällig musterten die Damen den vierschrötig wirkenden Mann mit den breiten Schultern und wisperten sich kichernd ins Ohr: »Er sieht für sein Alter noch sehr gut aus ... Und Witwer ist er außerdem.« Sein klobiger Kopf mit den schütteren, grauen Haaren, seine großen Hände und auch seine Altersfeistheit störten nicht mehr. Ling fühlte, wie das auf ihn einströmende Fluidum dieser begehrlichen Sympathie in erwärmte. Hemdsärmelig leger, wie meistens, saß er da, unbeengt und geschmeichelt lächelte er sein dünnes, ironisches Lächeln in sich hinein.
Und seine Geschichten? Geschichten waren das, von denen man nie wußte, ob sie sich wirklich zugetragen, ob sie selbsterlebt oder erfunden waren. Danach fragte auch keiner. Die Hauptsache war, daß sie spannend unterhielten, erheiterten oder zum Nachdenken anregten, und weil er diese Wirkung immer feststellen konnte, übersteigerte er

sich in seiner Lust manchmal ins Unmögliche und Groteske, daß man glauben konnte, er mache sich über seine Zuhörer lustig. Deswegen stellte ihn Victor einmal unverblümt zur Rede, indem er mit seiner volltönenden Stimme sagte: »Du bist natürlich auch nebenher noch ein ganz unverschämt frecher Schauspieler, Mart ... Du glaubst kein Wort von dem, was du sagst. Du lügst immer, aber – komisch – jeder nimmt's ernst und glaubt's! Das kommt gar nicht von deinen Geschichten. Das kommt einfach davon, weil du deine Rolle jedesmal so ausgezeichnet spielst ... Das sind kleine Anzeichen für Schizophrenie, verstehst du?« Weil er merkte, daß er die Aufmerksamkeit auf sich gezogen hatte, lächelte er mit seinem breiten Mund und zeigte seine starken, weißen Zähne dabei. Seine Backenwinkel schoben sich gegen die Augen, und die wurden klein, etwas geschlitzt und kampflustig. Es war ein zugleich selbstbewußtes und treuherzig gespieltes Lächeln, und bedeutungsvoller schloß er: »Meiner Meinung nach sind überhaupt alle schauspielerisch begabten Menschen schizophren veranlagt. Bei dir kommt noch was anderes hinzu ... Solange ich dich jetzt schon kenne, ich weiß immer noch nicht, ob du ein radikaler Zyniker oder ein überempfindlicher Mensch bist. Jedenfalls, Leute, die so gut erzählen und so raffiniert schauspielern – für die ist das meistens bloß eine Schutzwand. Das kann Verdrängung oder Angst sein oder beides ... Hab' ich recht oder nicht?« Er beschäftigte sich seit langem mit Psychoanalyse. Darin glaubte er endlich das Wissen allen Wissens gefunden zu haben, denn er war ein brennend ehrgeiziger, fanatisch wissensdurstiger Mann, dem es stets darauf ankam, mit seinen Kenntnissen zu überraschen. Die Hänselei Lings, daß er stets genau darüber informiert sei, was sich ein moderner Mensch jeweils für eine Geistesrichtung zulegen müsse, um allseits für zeitgemäß gebildet gehalten zu werden, störte ihn nicht, im Gegenteil, sie schmeichelte seiner

Eitelkeit ungemein. Und Eitelkeit ist schließlich nichts anderes als eine unausgegorene, im Instinkt steckengebliebene Unerzogenheit, die insbesondere intellektuelle Menschen schon deswegen beibehalten und immer höher steigern, weil sie beim Triumph über den Gegner stets eine gedämpfte Wollust ganz besonderer Art im Innern erzeugt. Diese Wollust, das merkte jeder, war Victor am wichtigsten.

»Mein Gott, Victor, du immer mit deinen Momentanalysen!« rief Laschi in seinem näselnden Wiener Dialekt und verdarb ihm die Wollust damit: »Gott sei Dank, daß dem Mart immer was Unterhaltliches einfällt! ... Fort und fort nichts wie geistreich, das stumpft ab, Herrschaften! Ich bin fürs Gemischte. Das macht nicht einseitig.«

»Vorbeireden gilt nicht, mein Lieber!« unterbrach ihn Victor ein klein wenig gereizt. Alle wandten sich ihm zu, und er schien zufrieden. Mart dominierte nicht mehr.

»Aber bitt' schön, bitt' schön, Victor! Entschuldige nur!« beteuerte Laschi und verfiel noch mehr ins Wienerische: »Ich hab' das doch bloß so hingesagt!« Victors Gesicht bekam einen ungeduldigen Ausdruck, denn nun wollte *er* reden. Laschi aber kam ihm zuvor und wurde verborgen spöttisch: »Ich hoff', daß daraus keine Diskussion wird, Victor! Das war durchaus nicht meine Absicht, mein Wort! ... Ich weiß ja, das Diskussionelle ist bei uns evident, da ist nichts mehr zu machen. Das kommt wahrscheinlich noch vom europäischen Kaffeehausleben. Vielleicht aber – scheint mir – kommt's auch daher, weil wir immer zu den Verlierern gehört haben. Wer verliert, muß in einem fort erklären. Da wird die Diskussion epidemisch, da wird sie zur Kompensation für unser ewiges Verlieren ... So gern möchten wir auch einmal zu den Gewinnern gehören, aber wer fragt schon noch nach uns? Ich für meine Person bin ja damit ganz zufrieden, und das muß ich sagen, in Amerika läßt man uns zufrieden ... Wir leben

sozusagen in einer Enklave, verstehst du? Man läßt uns grad noch so für uns spielen. Unsere Hobbies stören ja auch weiter nicht.«
Er richtete seine melancholischen Froschaugen auf Ling, und der nickte verständnisinnig. Sein wulstiger Mund mit der hängenden Unterlippe versuchte zu lächeln.
»Blödsinn! Quatsch! Lauter Blabla!« dröhnte Victor und lebte sichtlich auf, weil auch Charlie über das Gerede Laschis aufgebracht war und es als ein ›typisches europäisches Emigranten-Ressentiment‹ bezeichnete.
»Richtig! Absolut richtig, bravo, Charlie!« stimmte ihm Victor zu: »Darüber ist unsereiner doch längst hinaus!« Gewiß, bekräftigte er, sei gegen Amerika allerhand einzuwenden, aber drüben hätte er als Geschäftsmann nie ernsthafte Studien betreiben und wöchentlich drei oder vier entsprechende Universitäts-Vorlesungen besuchen können. Lebhaft unterstützte ihn Charlie. Er und seine kleine, spitzgesichtige Frau Bianka, die ihre schmale Erscheinung stets durch elegante Kleider geschickt zu heben versuchte, gaben sich schon seit jeher ganz und gar amerikanisch. Diese Anpassung ging bei Charlie von den weltmännisch-saloppen, hypermodernen Hemden, Jacken und Anzügen bis zur genauen Nachahmung des New-Yorker Englisch, ja bis zu dem üblichen charakteristischen Gehabe. Aber auch innerlich, vor allem politisch, hatte er sich als ehemaliger aktiver Kommunist aus gutbürgerlichem Hause, der durch die Stalinschen Methoden abgestoßen und zum wütenden, fast denunziantischen Antikommunisten geworden war, inzwischen – wie Ling manchmal spöttelte – zum ›gelernten Amerikaner‹ entwickelt. Vielleicht jedoch bekundeten die Korschs damit nur eine echte Dankbarkeit. Charlie war nach der schrecklichen Internierung in den französischen Elendslagern während der Kriegszeit abgerissen und bettelarm in New York gelandet, Bianka hatte noch die ersten Bombennächte in London erlebt. Nun war

Charlie, der sie als ausgepowerte Emigrantin geheiratet hatte, der Mitinhaber einer sehr gut florierenden ›Advertising Company‹, die ihr Aufblühen hauptsächlich seinen originellen Reklame-Ideen und seiner Geschäftstüchtigkeit verdankte. Die Korschs konnten sich alles leisten. Sicher hätten sie das nirgends so schnell erreicht. Kein Wunder, daß Charlie seither mit jener Rabulisterei, die allen dialektisch scharf geschulten Menschen eigen ist, die Demokratie in Amerika ebenso eifrig verteidigte wie früher den Kommunismus. Wer von uns ändert sich schließlich nicht mit den Zeiten? Anfangs versuchte Charlie sich auch in der amerikanischen Politik aktiv zu betätigen, offenbar aber überstieg das seine Kräfte. »Als normaler Mensch will man ja schließlich und endlich auch etwas von seinem Leben haben«, sagte er zu Ling und sah ihn unsicher an. Dieses unsichere Betrachten war nicht grundlos. Ling mochte Charlie gern, und – soweit man bei ihm überhaupt von Freundschaft sprechen konnte – er war sein ältester Freund. Ling erinnerte sich, wie ihn Charlie einst in Prag durch seine hartnäckige, parteibeflissene Überredungskunst für den Kommunismus gewinnen wollte. Nach diesen wochenlangen, vergeblichen Exkursionen hatte ihn Ling einmal von oben bis unten angeschaut und spöttisch gesagt: »Elegant siehst du aus, Charlie. Fesch von oben bis unten ... Sag mal, dir geht's doch gut, ja? Du hast doch gar keinen Grund, Kommunist zu sein. Du kannst doch jeden Tag ein reiches Mädel heiraten und das solide Geschäft von deinem Vater übernehmen. Warum machst du eigentlich solche Dummheiten? ... Einfach nur, weil man jetzt bei deinesgleichen ›links‹ trägt?«
»Mach doch nicht wieder so blöde Witze, Mensch! Kann man denn mit dir überhaupt nicht ernsthaft reden?« hatte sich Charlie geärgert: »Überzeugungen sind für dich Dummheiten! Du sprichst ja wie der nächstbeste Spießbürger!«

»Ich *bin* doch auch nichts anderes. Ich hab' nie was anderes sein wollen!« reizte ihn Ling noch mehr.

»So? Warum stehst du denn dann bei den Arbeitern?« überschlug sich Charlie geradezu in Gegenargumenten: »Warum heißt du dich denn Sozialist und kämpfst mit allen Antifaschisten gegen Hitler? Mensch, mach mir doch nichts vor! ... Deine Haltung im Krieg, deine ganze Vergangenheit beweist doch, daß du bei uns stehst! Du, und Spießbürger? ... Umsonst respektiert man dich doch nicht von den Sozialdemokraten bis zu uns?«

»Kämpfen gegen Hitler ist ein bissel zuviel. Ich helfe bloß überall mit, wenn es gegen diese blutigen Verrücktheiten geht«, minderte Ling herab: »Die sind doch auch gefährlich für mich. Im Krieg war's doch genauso ...«

In Rußland, im ersten Weltkrieg, waren sie einmal tage- und nächtelang in ungeheizten Viehwaggons durch das eiskalte Schneeland gefahren. Dann, an einem farblosen Nachmittag, hielt der Zug auf offener Strecke, und als Lings Kameraden das schwere Tor aufschoben, sah man in der Ferne die nackten Kamine zerstörter Häuser aufragen, einige armselige Hütten und ein undemoliertes, langgestrecktes Gebäude mit gelben Mauern im mannshohen Schnee, und der Unteroffizier sagte: »Da bleiben wir. In dem gelben Haus nimmt unser Stab Quartier.« Er wandte sich um und rief: »Los, Ling, auf! Du mußt sofort unsere Bagage ins Dorf fahren! Los, los!« Doch der im dünnen Stroh Liegende fluchte nur unflätig und tat nichts dergleichen, und als ihn die anderen Kameraden bestürmten und ihm aufhelfen wollten, schrie er bissig: »Au! Au!! Ich halt' das nicht aus! Ich bin vollkommen erfroren! Meinetwegen fährt, wer will! Ich kann einfach nicht, ich kann und ich mag nicht mehr!« Sie redeten und beschworen ihn, rissen ihn hoch, aber er sackte immer wieder zurück und brüllte noch grimmiger: »Mit mir ist's aus! Aus!! Meinetwegen kann man mich totschießen. Mir ist's egal, was man mit mir macht! Was geht mich überhaupt der ganze Scheißkrieg an? Ich hab' ihn nicht gemacht!« Gegen diese Störrigkeit kamen die anderen nicht mehr auf. Sie ließen ihn liegen, rannten aus dem Waggon nach hinten zu den Pferden, schirrten sie an, schoben den dickverschneiten Bagagewagen auf die Rampe, schienten die Räder, spannten ein, kamen zurück, trugen den Widerspenstigen im Stroh verängstigt zum Wagen und setzten ihn auf den Bock. Da blieb er steif wie eine zu Eis gefrorene Puppe hocken, während ein anderer Kamerad die Zügel nahm und losfuhr. Bei jedem Stoß glaubte der Erstarrte zu Scherben zu zerschellen und plapperte nur immerzu: »Euch geht doch die ganze Scheiße auch nichts an! Euch genauso wenig wie mich!« Aber der andere hörte nicht hin.

Später lag Ling nackt im hellen Raum des provisorischen Krankenreviers zwischen einem rothaarigen, sommersprossigen Sanitäter und einem weißbekittelten, bebrillten Arzt. Wie er hierhergekommen war, wußte er nicht. Der Sanitäter hob seine unförmig geschwollenen, violett angelaufenen Arme und Beine, und der Arzt stach fortwährend darauf ein. Ling spürte die Stiche nicht. Es blutete auch kaum. Erst als sie dickes, braunes Jod darauf gossen und dasselbe in die Stichkanäle drang, brannte es wie Feuer, und der Patient wehrte sich brüllend. Der Sanitäter hielt ihn fest, und der rundgesichtige Arzt sagte: »Na, siehste woll, Mann! So schnell stirbt es sich nicht. Bloß'n kleiner Unfall. Man lebt noch.«

»Lebt«, erfaßte Ling, weiter nichts: »Lebt? Richtig!«

Nach diesen wiederholten Prozeduren gesundete er, aber nach seiner Entlassung aus dem Krankenrevier ging er ohne langes Überlegen im Stabsquartier ins Zimmer des Majors, neben dem gerade der Oberleutnant stand. Nicht einmal die Tür schloß er, und stramm stand er auch nicht, und sogleich sagte er ohne Einleitung, ganz leger: »Entschuldigen Sie, Herr Major, ich muß leider die

Stellung bei Ihnen kündigen, ich paß nicht dafür. Das muß ein Irrtum gewesen sein, mich im Kriegsfach zu verwenden. Ich bin doch von Beruf Buchhalter, versteh'n Sie? Soldat, das ist doch nicht mein Beruf! Ich hab' mich auch nicht drum beworben, durchaus nicht! ... Nein, nein, entschuldigen die Herrn, das richtet sich absolut nicht gegen Sie, wenn ich kündige, absolut nicht, aber ich will mir in meinem Fach was suchen, versteh'n Sie?« So redete er pausenlos und unangefochten, bis die völlig verdutzten Offiziere sich faßten und einen fürchterlichen Krach schlugen. Sie drohten mit sofortiger Füsilierung. Ling wurde abgeführt und zunächst in ein Kellerloch gesperrt, aber als er dort unbeirrt immer wieder das gleiche aus sich herausplapperte, brachte man ihn in ein heimatliches Irrenhaus, und von dort wurde er nach einigen Monaten als gänzlich militäruntauglich entlassen. Er hauste bei seinen Eltern, in dem schiefen Häuschen am Stadtrand, wo schon die flachen Felder anfingen. Im kleinen Spezereiladen der Alten gab es nichts mehr als Zündhölzer, manchmal Kunsthonig und einige Ersatzlebensmittel auf Rationsmarken. Die Fronten schwankten schon und wichen zurück. In der Heimat hatte kein Mensch mehr was zu nagen und zu beißen. In der Stadt gab es Hungerkrawalle und Antikriegsdemonstrationen. Immer gefährlicher wurden sie.
Einmal kamen drei jüngere Männer in den kleinen Laden der Eltern und fragten nach Ling, und in der dahinterliegenden niederen, schwachgeheizten, muffigen Stube fingen sie voll Bewunderung zu reden an, er sei schon lange für alle Gesinnungsgenossen ›ein leuchtendes Beispiel der furchtlosen Überzeugungstreue‹. Kurzum, sie bekannten sich als radikale Pazifisten und Sozialisten und bedrängten ihn, auf ihrer nächsten großen Versammlung zu sprechen. Es half nichts, daß Ling immerzu abwehrend sagte: »Aber ich kann doch gar nicht reden, und von Politik versteh' ich doch auch nichts! Ich war doch gar nicht an der Front, ich

war doch bloß beim Stab hinten!« Für sie war er der nur mit knapper Not der Füsilierung entgangene, wahre Antikriegsheld, und überhaupt – ›politisch‹ brauche er doch gar nichts zu sagen, nur einfach erzählen sollte er, wie seine kühne Kriegsdienstverweigerung gewesen sei. Er gab sie schließlich zum besten, und sie gerieten darüber fast aus der Haut vor Begeisterung und lobten in einem fort: »Glänzend! Jedes Wort davon könnte man drucken! Grad, weil's so einfach ist, wird's unbändig wirken. Das überzeugt eben!« Das stimmte endlich auch Ling um. Tatsächlich stand er kurz darauf auf dem Podium in einer dichtgedrängten Münchner Massenversammlung. Ein Mann neben ihm stand auf und pries ihn, Beifall brach aus, wildes Klatschen und Zurufe überschütteten ihn, und das steigerte sich immer mehr, nachdem Ling – anfänglich noch beengt und gehemmt, dann aber angespornt – zu reden begann, zu reden und zu reden. Er wußte gar nicht, was alles aus ihm kam. Das wogende Kopfmeer unter ihm wurde still und stiller, gespannte Gesichter und unzählige Augen hingen an ihm; es wurde ihm nach und nach unsagbar leicht im Kopf und in der Brust. Eine nie erlebte Tollkühnheit überkam ihn nach jedem neuen, frenetischen Beifallsausbruch, die Worte flossen wie von selber aus ihm, rissen ihn mit, versetzten ihn in einen ganz sonderbaren Rauschzustand, und zuletzt, als er unergründlicherweise den pathetischen Satz fand: »Für mich nämlich hat es nie einen Feind von Mensch zu Mensch und von Volk zu Volk gegeben!« Als ihn ein wahrer Orkan von Beifall und Geschrei zudeckte, da glaubte er schon selber daran. So war er, wenn er es heute unbestechlich überdachte, damals zu einer Rolle und Überzeugung im Leben gekommen, die er sich hinterher zurechtdachte. Von daher stammte sein Ruf bei allen Revolutionären, der ihm während der europäischen Exiljahre überall Respekt verschaffte und weiterhalf, der Ruf, der ihn nun auch bei den Kumians von vornherein ins Besondere gehoben hatte. Vor allem aber imponierte dort, daß es Ling nicht einfach bei seinem einmal errungenen Ruf hatte bewenden lassen. In allen Emigrantenkreisen als radikaler Pazifist bekannt, hatte er sich dementsprechend auch beim sogenannten ›hearing‹ vor dem New-Yorker Naturalisationsbeamten geweigert, Amerika und seine Demokratie jemals mit der Waffe in der Hand zu verteidigen. Dadurch war er nie amerikanischer Bürger geworden und Staatenloser geblieben.

Ohne eigenes Zutun verlieh ihm das bei den Kumians einen gewissen unaufdringlichen, autoritären Nimbus, und es schmeichelte ihm, daß man dort so auffallend viel von seinen Ansichten und Meinungen hielt, denn auch er war sehr eitel. Er war nur älter als die übrigen, und das schlimmste am Altern ist, daß man auf einmal sich selber und alles andere nicht mehr allzu ernst nimmt. Als nun Charlie die Bemerkung machte, politische Aktivität sei für einen normalen Menschen nicht möglich, weil ›man doch schließlich auch was vom Leben haben wolle‹, schaute ihn Ling wieder genau wie einst in Prag an und sagte wiederum so spöttisch: »Was für einen langen, schweren Umweg habt ihr doch alle machen müssen, Charlie, bis ihr wieder dahin gekommen seid, wo ihr immer hingehört habt!«

Was er denn mit dem ›ihr‹ und dem ›hingehören‹ meine, wollte Charlie wissen, und um einige Grade höhnischer antwortete Ling: »Na, wohin denn schon? Ich hab' dir's doch immer gesagt . . . Dein Vater war ein ordentlicher Geschäftsmann, und jetzt endlich bist du auch wieder einer.«

Einen Moment lang wurde Charlie zornrot und fuhr ihn wütend an: »Ich weiß, worauf du hinauswillst! Du insistierst nur! Da kann man nicht diskutieren!«

Da tat Ling arglos erstaunt und beteuerte: »Aber das ist doch absolut kein Vorwurf, im Gegenteil! Vielleicht bin ich sogar neidisch. Da wird man so bissig . . . Eins jedenfalls ist sicher, du hättest das billiger haben können.«

Dabei grinste er häßlich, als ihn Charlie von der Seite musterte. Auch der bekam einen verächtlichen Zug um die Nasenwinkel und sagte nur noch: »Ich jedenfalls hab' mich nicht geändert!«

Von den politischen Emigranten im Kumiankreis waren manche mit knapper Not den Hitlerschen Konzentrationslagern entgangen. Alle hatten eine langjährige, abenteuerliche, oft lebensgefährliche Odyssee durch viele Länder des Exils hinter sich. Zuweilen erzählte einer etwas davon, beinahe wie ein Soldat über seine Kriegserlebnisse, unerregt und fast gemütlich. Und wenn die anderen kopfschüttelnd sagten: »Hm, unbegreiflich, was ein Mensch aushält! Und warum eigentlich? Es war doch alles ein hundsordinärer Schwindel!«, dann war es, als begreife der Erzählende das Durchgestandene selbst nicht mehr.

Außer Ling stammten diese ehemaligen politischen Emigranten aus den gleichen gutbürgerlichen Kreisen wie Charlie. Nicht etwa aus dem Wolfsinstinkt des Massenmenschen, nicht aus unausrottbarem Haß und dem dumpfen Drang des Rachenehmens Gedemütigter und Unterdrückter gegen die Oberen und Besseren waren diese Menschen einst fast über Nacht zu Revolutionären geworden. Blutjung und erfüllt von romantischen Idealen, waren sie beim Zusammenbruch und dem allgemeinen Zerfall familiärer und gesellschaftlicher Ordnung in den Strudel der Revolution hineingerissen worden. Arbeiterbewegung, Politik, Sozialismus oder gar Sozialdemokratie hatten sie bis dahin nicht gekannt, ja, kaum einmal davon gehört. Geborgen und versorgt hatten sie in diesem letzten Kriegsjahr die gleichartig-grauen, immer kärglicher werdenden Tage durchlebt, ganz in ihren kleinen, unschuldigen Jugendwichtigkeiten, ihren Liebschaften und Schwärmereien. Auf einmal sahen sie dichte Massen von Arbeitern und ausgemergelten Frauen schnellschrittig, mit flatternden roten Fahnen und anfeuernden, wild herausgeschrienen

Losungen durch die Straßen ziehen, sahen, wie dieser Menschenstrom die Polizeiketten durchbrach und mit siegesjubelndem Geschrei in die Amtsgebäude, die Ministerien und Residenzen hineinfloß, hörten nach einiger Zeit irgendeinen heftig gestikulierenden Mann von einem der Balkone herunterschreien: »Das Volk, die revolutionären Massen der Arbeiter und Bauern haben gesiegt. Die Reaktionäre und Massenmörder sind geflohen. Die Monarchie ist abgeschafft. Alle Macht geht vom Volke aus! Es lebe der Friede und die Freiheit! Es lebe die sozialistische Revolution!« Die jungen Menschen standen im Gedränge mit aufgerissenen Augen, zitternd vor ungewisser Erregung, mit heißen Herzen. Der Aufbruch, den sie eben erlebt hatten, war *ihr* Aufbruch aus der engen, schalen Leere ihres bisherigen Lebens. Es war ein Aufbruch, über dem schließlich nur noch die Namen ›Liebknecht, Rosa Luxemburg und Lenin‹ allbeherrschend flammten. Alles andere galt nicht mehr, nur das Radikalste berauschte und bestimmte. So wurden diese jungen, gläubigen Menschen ohne Übergang zu fanatischen Revolutionären, brachen rücksichtslos mit ihrer Familie und Vergangenheit und schämten sich ihrer Herkunft. Die Zauberworte ›Oktoberrevolution‹ und ›Lenin‹ überstrahlten ihr nunmehriges Dasein, und mit einem Wissensdurst ohnegleichen vertieften sie sich in die Werke von Karl Marx; lesend und lernend wurden sie zu ›Genossen‹ und – ohne je die Welt der Unteren, die Arbeiterbewegung gekannt zu haben – zu Kommunisten. Etwas ganz Großes, Heroisches erwarteten sie von der Partei. Sie wurde ihr Lebensinhalt, der Marxismus ihr Dogma, Sowjetrußland das verheißene Sinnbild der Menschheitszukunft, und nach Lenin wurde Stalin ihr Halbgott. Unbeirrbar blieben sie in dieser Haltung, in ihrem Denken und Handeln auch noch in den Folterkammern und Konzentrationslagern Hitlers. Die Partei genehmigte ihre Emigration. Als Antifaschisten gingen sie ins

Exil und rechneten mit der Solidarität und dem Verständnis für ihre Lage in der Fremde. Doch in jedem europäischen Land war so ein Emigrant unerwünscht und zählte nur in den Polizeiakten. Um den Arbeitsmarkt des Exillandes nicht zu belasten, durfte er keine Stellung annehmen, kein Geschäft aufmachen, und es war ihm streng verboten, irgendeinen Nebenverdienst zu suchen. Tat er's dennoch, so erfolgte unweigerlich die sofortige Ausweisung. Er war zum Nichtstun gezwungen und mußte jahrelang ein parasitäres Leben führen. Er war ein reduzierter Mensch in jeder Hinsicht, vollkommen der mitleidigen Wohltätigkeit anderer überliefert, bedauert, aber meistenteils als lästig empfunden. In einem Sammellager war er untergebracht, das die Arbeiterparteien oder karitative Organisationen errichtet hatten. Kaserniert und kontrolliert war er in diesen Elendsbaracken auf vielerlei Art und unausgesetzt: von der Lagerleitung, von der Partei und der Polizei, von welcher er die Aufenthaltsgenehmigung haben mußte.

Nie hatte so ein Flüchtling Geld, nie war er allein; essen mußte er, was ihm vorgesetzt wurde, und an die Lagerordnung hatte er sich zu halten. Und die Partei war allgegenwärtig. Ihre Funktionäre tauchten in all diesen Lagern auf. Es gab geheime Gruppensitzungen und Unterricht in der jeweilig geltenden ›Generallinie‹. Und es folgten äußerst scharfe Verhöre. Unduldsam und arglistig prüften die Funktionäre jeden einzelnen, ob er imstande sei, entsprechend mitzukommen und umzudenken. Wehe, wenn er den geringsten Zweifel äußerte. Die Folgen waren für ihn vernichtend: Ausstoßung aus der Partei, Lagerausschluß und Verdächtigung als Spitzel.

In alten, zerwetzten Jacken und Hosen, in viel zu großen Mänteln und Schuhen, die durch Sammlungen aufgebracht worden waren, liefen diese mitleidslos ausgelieferten Emigranten herum, jeder gestempelt zum Bettler, hungernd und elend, und jeder nur noch darauf bedacht, die mannigfachen Schikanen unbeschadet zu überstehen. Der Tag war unendlich lang und grau. Man las Zeitungen, ging in die Bibliotheken, in hundertmal gesehene Museen, und wenn's hoch kam, durfte man auch mit einem Rudel seinesgleichen in eine unentgeltliche Kinovorführung gehen. Und sonst? Sonst verhockte man Stunden auf Anlagenbänken und verdiskutierte sie sinnlos mit anderen Genossen. Es wurde ohne Gewinneinsatz gewürfelt oder Karten gespielt, und endlich, endlich war es wieder Essens- oder Schlafenszeit. Und eines Tages sagte der Lagerleiter oder Parteifunktionär: »Nichts mehr zu machen in deinem Fall, Genosse. Deine Aufenthaltsgenehmigung ist nicht mehr verlängert worden. Du mußt abhauen. Da – mehr Reisegeld ist unmöglich. Du weißt, das sind Arbeitergroschen ... Da, da drüben ist deine Auffangstelle, merk sie dir genau, ja? Und melde dich gleich, verstehst du?« Fügsam nickte der vielgeprüfte Emigrant. Er folgte wie Hunderte und Tausende, obgleich er wußte, daß im anderen Land die gleiche Misere wieder von vorn anfing. Er war gewohnt, daß über ihn verfügt wurde, und das geschah nicht aus geübter Parteidisziplin allein. Die Partei war für all diese Heimatlosen der letzte Rest von Heimat, das Geborgensein in einer Genossenschaft Gleichgesinnter, die ihn noch immer irgendwie schützte. Deswegen schmuggelten er und seinesgleichen unter Lebensgefahr illegales Material über die Grenzen des Hitlerreiches, deswegen kämpften sie als freiwillige Parteisoldaten im spanischen Bürgerkrieg und fielen, deswegen fanden sie es auch richtig, manche, die zweifelten, nörgelten und abfallen wollten, zu denunzieren, und das gab diesen Unentwegten die Kraft, die schauderhaften französischen Internierungslager zu überstehen.

Vereinzelte freilich wichen dennoch davon ab. Auch sie nickten folgsam dem Funktionär zu, der sie fortschickte.

Doch das übergebene Reisegeld war eine zu starke Verlokkung. Was Direktiven und Parteidisziplin?! Und übrigens – man konnte sich vielleicht auch zu Fuß bis zur Grenze durchbetteln. Ein fester Ankunftstermin drüben war ja nicht vorgeschrieben. Und, wer weiß, vielleicht hatte man gar das Glück, von der Grenzpolizei wieder ins alte Lager zurückgeschickt zu werden. Ein treibendes Blatt im frostigen Weltwind war der Mensch in solchen Zeiten. Der Wind bestimmte die Richtung.
Das Geld in der Tasche brannte. Ach, einmal, ein einziges Mal sein eigenes Leben führen und an keine Lagerordnung gebunden sein! Einmal, einmal richtig in einem Lokal essen und trinken, was man wollte. Einmal sein eigener Herr sein!
So einer überlegte sich's anders. Er blieb im Land und tauchte in einer anderen größeren Stadt unter. Sein weniges Geld war bald weg. Er war nunmehr parteisuspekt, und kein Lager nahm ihn mehr auf. Gnadenlos sich selbst überlassen, blieb dem Mann keine Wahl mehr in den Mitteln, sich zu behaupten. Er verwahrloste und demoralisierte zusehends, wurde bestenfalls als obdachloser Stromer, Zuhälter oder kleiner Dieb irgendwo aufgegriffen und nach einem Rattenschwanz von polizeilichen Verhören, bei welchen ihm niemand beistand, verurteilt und nachher über die Grenze abgeschoben. Weiter ging sein unstetes, unterirdisches, bitter einsames Leben, und dann geschah noch Schlimmeres: Als lästiger Vagant wurde er an der deutschen Grenze der Hitlerschen Gestapo übergeben. Es blieb ihm nichts übrig, als entweder in einem Konzentrationslager zu verrecken oder sich als Spitzel wieder ins Exil schleusen zu lassen, um aktive Antinazigruppen auszuspionieren oder gesuchte Genossen ans Messer zu liefern. Er wurde erkannt und von allen Gruppen ›abgehängt‹, von jedem früheren Genossen gemieden, und schließlich ging er irgendwo im Sog der Verlumptheit unter.

Aus dieser europäischen Heillosigkeit, versprengt vom Krieg, aus verwüsteten Ländern und zerbombten Städten, hoffnungslos geworden durch die Siege und Triumphe der verhaßten Hitlerarmeen, zweifelnd und verzweifelnd an Partei, Sowjetrußland und Stalins Unfehlbarkeit, belastet mit den Nachrichten aus der Heimat und dem Schicksal vieler Freunde, aus einem sinnlosen Verrinnen ihrer besten Lebensjahre – mit dreißig, vierzig und fünfzig Jahren kamen diese Emigranten schließlich über den Ozean.

Und in Amerika war auf einmal alles, alles ganz, ganz anders! Der Wechsel war zu abrupt. Der Gerettete kam nicht zum vollen, freien Aufatmen. Die überlaute, grellbunte, überrumpelnde Menschen- und Häusergigantomanie New Yorks bestürzte und irritierte ihn dermaßen, daß er wieder genau dasselbe jähe, brutale Herausgerissensein aus allem Gewohnten und Gemeinsamen empfand wie bei seiner einstigen Flucht aus Deutschland. Jetzt erst war er wirklich abgeschnitten von allem Vorherigen und wußte nicht mehr weiter. Tagelang war ihm, als stünde seine Erinnerung still. Voll beklemmender Ungewißheit durchrannte er die Tage, einfach getrieben, ohne zu wissen wovon.

Denn nicht nur der Ozean trennte diesen Erdteil von Europa. Dort war irgendwo Krieg, und Amerika nahm sogar daran teil. Jaja, in den Zeitungen, Magazinen und Wochenschauen waren oft schaurige Bilder davon. Bomben regnete es herab, ganze Häuserviertel brachen brennend zusammen und begruben Tausende. Schrecklich, die panische Flucht der Überlebenden aus den rauchenden Ruinen, unvorstellbar, wie diese Elendsheere durch verwüstete Gegenden dahinzogen und die Landstraßen verstopften. Die Kinobesucher seufzten leicht, schüttelten sich angegruselt und lebten erst wieder auf, wenn der große, vielbesprochene Hauptfilm begann. Weg war das unangenehme Grausen, sie lachten wieder, wurden gerührt und verfolgten mit Aug und Ohr die Vorgänge auf der Leinwand. Von Liebe, irgendeinem komischen Glücksfall, einem verwikkelten Gesellschaftsskandal oder einem Verbrechen handelten sie, von privaten Dingen und alltäglichen Angelegenheiten. Dieser Normalität war der Emigrant nicht mehr gewachsen. Diese robuste Gesundheit und ihre einfältigen Reaktionen reizten ihn auf. Er saß angewidert und hochmütig zwischen den Zuschauern und verachtete, haßte die Amerikaner, die so schnell und gleichgültig über das, was ein Schicksal gewesen war, hinweggingen. Er kam aus dem Kino, rieb sich die Augen, und da war dieselbe laute, bewegte Gleichgültigkeit. Wieder durchrannte er ruhe- und ziellos die Riesenstadt, fast so, als wolle er dem unbegreiflich Fremden entfliehen. Die unerträglich feuchte Sommerhitze schien ihn dabei zu schmelzen. Wie ein Verdurstender lief er an einen Brunnen in den Anlagen, trank und trank Wasser wie ein Ausgebrannter, trank und trank. Aber es hielt ihn nicht. Er ging weiter und schwitzte noch mehr. Aus den Achselhöhlen, den Kniekehlen, übers Gesicht, die Brust und den Rücken hinunter floß unablässig der dicke, scharf riechende Schweiß. Hemd, Jacke und Hose klebten an ihm, alles an ihm kochte und dampfte, und sein jämmerliches Aussehen genierte ihn. Immer hundeelender wurde ihm. Doch willenlos, mechanisch, stumpf und erschöpft quoll er mit Hunderten und Tausenden von Gesichtern und vorwärtsdrängenden Körpern auf den Trottoiren weiter. Seitlich, an den Hauswänden hockten manchmal – auf ein Wägelchen geschnürt, mit offenen Zigarrenschachteln vor sich, in welchem Bleistifte, Rasierklingen und Schuhbänder lagen – arm- und beinlose, krankhaft aufgeschwemmte Invaliden und boten mit gequetschter Stimme ihre Ware an. Niemand beachtete sie. Mitten auf dem Trottoir stand ein Klavier, mit bunten Plakaten der Heilsarmee behängt. Ein magerer, uniformierter Mann mit glatten, gelb-braunen Haaren klimperte darauf, und eine Gruppe ebenso uniformierter Männer und Mädchen trompetete und sang ernst einen frommen Text zu einer altbekannten, munteren Volksweise. Ein alter Mann mit dichtem, graumeliertem Bart stand in der Menge. Verloren starrten seine wässerigen, unheimlich herausgequollenen Augen aus dem schweißglänzenden, totenblassen Gesicht. Lahm griff er nach seiner Brust, stöhnte kurz, rang nach Luft, zitterte und fiel vornüber aufs Pflaster. Mädchenstimmen girrten erschrocken, die Passanten wichen aus, einige sahen geschwind hin und ebenso schnell wieder weg. Alles machte dem herbeikommenden Polizisten Platz, und weiter, weiter, weiter knirschte das Schrittgewirr; das vielförmige Redegeräusch erfüllte die siedeheiße Luft, flitzende Autos, unförmige Omnibusse und mächtige viereckige Lastwagen surrten auf den brodelnden Straßen – alles quoll und rauschte über den fassungslosen Neuling hinweg und riß ihn mit fort in einen engen und dumpfen Subwayschacht. Er hockte oder stand endlich in einem beängstigend überfüllten Waggon der jagenden, stoßenden, ratternden Untergrundbahn, und sein verstörter Blick fiel blöde auf den fettschwarzen, dickletterigen, das ganze Vorderblatt ausfüllenden Zeitungstitel: *Giant–Dodgers 0:2*. Er buchstabierte und begriff nichts. Sein Hirn war wie ausgetrocknet. Er glotzte auf die schwarzen und weißhäutigen Gesichter rundherum, die nur Augen für die Zeitung und sonst für nichts anderes Interesse zu haben schienen, und in diesem Elendsaugenblick verlosch alles bisher für ihn wichtig Gewesene: der Krieg, Hitler und Stalin, Partei, Politik und Sowjetrußland.

Er mußte essen, wohnen und arbeiten wie diese Menschen um ihn herum, und es fiel ihm ein, hier *durfte* er arbeiten, es war ihm nicht mehr von Amts wegen verboten. Doch er wußte gar nicht mehr, wie denn das sei: arbeiten und so gewöhnlich leben wie alle, in deren Gesichter er sah. Etwas

wie eine bedrückende, bange Hilflosigkeit beschlich ihn. Er war von Grund auf anders als diese Menschen da. Er gehörte nicht zu ihnen. Er war in den langen Jahren des Exils, ganz gleichgültig, ob politisch aktiv oder nicht, zu einem zigeunerhaften Kollektivmenschen, zum Angehörigen einer seltsamen Enklave von beinahe hagestolzen Entwurzelten inmitten der Völker aller Länder geworden, und er hatte sich, da das Lesen und Beschäftigen mit geistigen Dingen bis jetzt das Hauptsächlichste seines Daseins gewesen war, zu einem sonderbar schrulligen Intellektuellen entwickelt. Da sehnte er sich verwölkt, dunkel und schmerzlich ins europäische Emigrantenleben zurück, denn die einstige Heimat war ihm längst, längst zur verstaubten Erinnerung geworden, in welcher kein Leben mehr wirkte. Übermächtig, inbrünstig und zertrümmert sehnte er sich nur noch nach seinesgleichen, die es hier nicht mehr gab.
Er fand sie endlich, doch, nachdem er sich halbwegs zurechtgefunden hatte, fand sie in winzigen Gruppen und Diskussionszirkeln von alten, eingesessenen deutschamerikanischen Sozialdemokraten, abgefallenen europäischen Kommunisten und neuangekommenen linken Intellektuellen, die sich genau wie er über die Amerikaner mokierten, sie verachteten und sich gegen sie abschirmten, als stünden sie in jeder Hinsicht tief unter ihnen, undiskutabel tief.
In einer einst in Europa vielbeachteten politischen Gruppe, die seit langem versuchte, aus unzufriedenen Sozialdemokraten und kommunistischen Oppositionellen eine neue revolutionäre Kampforganisation gegen Hitler zu schaffen, stieß Ling wieder auf Charlie, der ihn mit Laschinski und Victor Nagel bekannt machte. Der anerkannte Führer dieser Gruppe war ein ehemaliger Kommunist aus Wien namens Oskar Marcus Luffinger, den man der Tarnung wegen ›Osma‹ nannte. Er war ein etwa fünfzigjähriger, mittelgroßer Mann mit markantem, eingefallenem, leicht gelblich getöntem, immer überanstrengt erscheinendem

Gesicht, mit dichtem, kaum angegrautem Haar und dunklen, verschleierten Augen unter den schweren Lidern. Geheimnisvoll erzählte man von seinen tollkühnen Heldentaten und erstaunlichen Bravourstücken während des illegalen Kampfes in Europa. Er galt als unübertrefflich gebildeter Marxist, als Politiker von verblüffender Scharfsicht, und viele bezeichneten ihn als den kommenden ›deutschen Lenin‹. Darum umwehte ihn beständig die Aura des großen Verschwörers, was insbesondere die politischen Emigrantinnen jeden Alters schwärmerisch zu ihm hinzog.

Ling, der zu keiner Partei und Gruppe gehörte, war mit Osma schon lange verfeindet, doch beide zeigten ihre Feindschaft nicht, und niemand wußte deren Ursache genau.

An einem Diskussionsabend der Gruppe – es war ungefähr drei Monate nach Beendigung des Krieges, die meisten aktiven politischen Emigranten waren in ihre Heimat zurückgekehrt, und manche wunderten sich, daß Osma immer noch nicht ihrem Beispiel gefolgt war –, an diesem Abend gab es einige bezeichnende Zwischenfälle.

Wie es meistens der Fall war, hielt auch diesmal das Hauptreferat ›Über unsere nächsten revolutionären Aufgaben‹ nicht Osma, sondern ein von ihm vorgeschlagener Genosse. Ob eine solche Zurückhaltung Osmas seiner politischen Vorsicht, einer großzügigen Bescheidenheit oder sonst irgendeinem Grund zuzuschreiben war, ließ sich schwer sagen. Jedenfalls langweilte der Redner und kam bei der anschließenden Diskussion in ziemliche Bedrängnis, aus der ihm erst Osma wieder heraushalf, was allenthalben sichtliche Befriedigung hervorrief.

Ling fiel in der Versammlung ein feister, pustelgesichtiger, asthmatisch schnaufender Mann in einem altmodischen deutschen, abgewetzten graukarierten Anzug – zugeknöpfte Weste und eine dicke silberne Uhrkette um den gespannten Bauch sofort auf. Drolliger- oder auch aufreizenderweise nämlich behielt dieser die ganze Zeit seinen Hut auf dem runden Kopf und benahm sich auch sonst recht komisch. Er grinste oft in sich hinein, richtete dann seine feuchten, leeren Kugelaugen auf den Redner und brummte: »Großartig! Also ganz großartig!« Dabei schüttelte er wie bewundernd seinen fleischigen Kopf und überhörte das Zischen, das ihn zur Ruhe mahnte.

»Der ...?« klärte Charlie Ling auf: »Das ist der Neuberger. War Rechtsanwalt in Nürnberg. KZler ... Kommt bloß ab und zu, der Meschuggene! Meistens ist er besoffen.« Als gleich darauf die Diskussion begann, stand der Mann ruckartig auf, nahm gravitätisch-komisch seinen Hut ab, karikierte eine militärisch-stramme Haltung und schmetterte wie auf einem Kasernenhof heraus: »Guten Abend, die Herrschaften! Als gewesener Dachauer KZler gestatte ich mir, auf die unübertrefflich vorzüglichen Ausführungen des Herrn Referenten bloß zu erwidern – gehupft wie gesprungen und immer danebengelungen, auch als Emigranten! Kismet! Schicksal, wie man so sagt! Guten Abend, die Herrschaften! Jack Neuberger, derzeit Möbelhändler in Yorkville, empfiehlt sich ergebenst!« Rasch setzte er seinen Hut auf, und ehe sich die Genossen fassen konnten, drängte er sich aus den dichten Sitzreihen und aus dem kleinen Saal. Einige lachten verächtlich, andere murrten. »Meschugge«, sagte Charlie wiederum, aber der aufdringliche Kerl tauche leider immer und überall uneingeladen auf und stifte durch seine plumpen Witze und Sticheleien Verwirrung. Das mit der Möbelhandlung, jaja, das stimme, außerdem habe der Kerl sogar eine sehr tüchtige Frau, die man aber selten zu sehen bekomme. »Jeder wundert sich, wie sie's mit dem versoffenen Schwein aushält«, schloß Charlie.

Endlich nahm nach alldem Osma das Wort.

»Viele Freunde und Genossen«, erklärte er mit seiner leicht belegten Stimme, »sind der Auffassung, daß die Alliierten jetzt, nachdem sie als Sieger Deutschland besetzt haben, uns Sozialisten überhaupt keine freie politische Wirkungsmöglichkeit mehr lassen werden, und uns revolutionären Sozialisten in der Emigration schon gar nicht mehr! Wir haben einige Beispiele dafür von unseren Leuten drüben. Ganz abgesehen davon, daß diese Genossen in unserer Kampftaktik noch zu wenig erfahren sind – so steht die Frage gar nicht, Genossen! Die Frage steht vielmehr so, ob wir es in dieser Situation verstehen, die Siegermächte gegeneinander auszuspielen und für unsere revolutionären Zwecke auszunützen.« Er hielt kurz inne, blickte abschätzend umher und sagte noch unbetonter: »Für die Massen in Deutschland zum Beispiel ist jeder, der sich von den Alliierten in ein Amt einsetzen läßt, ein Quisling. Das muß natürlich unbedingt zurückgewiesen werden. Der Zeitpunkt zur Aktivität ist drüben noch nicht da, die gesamtdeutsche Situation ist noch zu verworren. Es läßt sich noch nicht übersehen, wo und wann wir politisch einsetzen können. Damit also keine Mißverständnisse entstehen, Genossen und Genossinnen – nur deswegen beziehe ich zunächst die unverdächtige Position und gehe vorläufig als amerikanischer Zensor hinüber.«

Da hob Ling das Gesicht. Er hatte sich noch nie an den Diskussionen beteiligt. Er suchte Osmas Gesicht und Augen, aber nur einen Moment lang. Er sprang auf einmal wütend auf und bellte zum Erstaunen aller giftig aus sich heraus: »Ach so, ach so! Revolution mit Rückversicherung! Das Hühnchen schächten und ihm nicht weh tun, Herr Lenin Nummer zwo!« Im Nu wurde es unruhig. Empörte Zwischenrufe gab es: »Unverschämtheit! Weißt du vielleicht was Besseres? Was hast denn *du* gegen Hitler getan?«

»Ich? Nichts!« gab Ling eiskalt zurück und redete unangefochten weiter: »Ich hab' ja nie Führerambitionen gehabt. Ich war sogar nie Parteimitglied irgendwo. Und

›kämpfen‹? Das klingt mir zu großartig.« Diese Keckheit verblüffte. Er wurde hämischer: »Jedenfalls wer als politisch Aktiver nach dem Krieg nicht sofort heimgegangen ist, mit dem ist's aus ... Glaubt denn hier überhaupt noch ein vernünftiger Mensch, daß die verhungerten, ausgebombten Deutschen etwa auf die schönen Direktiven von uns warten? Das sind doch bloß noch Einbildungen von illusionistischen Buchhaltern im marxistischen Laden! Fressen und durchkommen wollen die drüben, weiter nichts! Die fiktiven Posten ›Revolution‹ und ›Klassenbewußtsein‹ gibt's doch bloß noch in unserem sozialistischen Hauptbuch von vor 1933! Das sind reine Hirngespinste von so abstrakten sozialistischen Heroikern à la Osma!«
»Schluß! Schluß damit!« plärrten etliche, und die Gesichter wurden drohend. Ling war bereits aus den Sitzreihen. »Hau ab! Raus mit dir!« schrie es rundum. Er drehte sich trotzdem noch einmal um und höhnte: »Er hat doch recht ... Unsere Emigration fängt doch jetzt erst an, nachdem der Krieg vorüber ist. Bis jetzt war's doch bloß eine Wartezeit! ... Und von jetzt ab wird sie ganz, ganz was anderes!« Nur, weil Osma mit kleinen Winken beruhigt hatte, konnte er das noch sagen.
»So, so ganz was anderes? ... Was denn, was denn, du windiger Wahrsager!«
»Die Diaspora, meine Herren!« warf Ling dem zornroten Mann zu und winkte dem reglos stehenden Osma zu: »Viel Glück in der Diaspora drüben, Herr Lenin zwo!« Viele waren aufgesprungen und wollten auf ihn los, aber er war schon aus dem Saal und hörte das erregte Geschimpfe hinter sich verklingen. Und da stand auf einmal Victor Nagel vor ihm, der ihm aufgefallen war, weil er während des Redens in einem fort Notizen machte und allem Anschein nach hitzig darauf wartete, auch zu Wort zu kommen.

»Großartig!« sagte Victor und zog seinen breiten Mund auseinander: »Nagel heiß ich! ... Großartig das mit den illusionistischen Buchhaltern und abstrakten sozialistischen Heroikern, Herr ... Am besten aber war das mit der Diaspora! Das hat natürlich keiner verstanden. Das verstehen bloß wir Juden.« Seine starken, weißen Zähne glänzten auf, und so, als kenne er ihn schon lange, klopfte er Ling gönnerhaft auf die Schulter: »Endlich einmal einer, der was Eigenes gesagt hat, mein Lieber! Ich glaub', über Sie sind die Akten noch nicht geschlossen! Da kommen Ihr Freund Charlie und der Laschi ... Hörst du, Charlie, hörst du, den mußt du unbedingt zu Kumians bringen!«
Dort empfing man Ling beim erstenmal mit respektvoller Spannung wie eine stadtbekannte Prominenz. Dabei erfuhr er, daß Victor seine Schlagworte bereits wie ungewöhnliche Weisheiten kolportiert hatte. Schnell stand man auf du und du und war Freund.
Indessen, das lag nun auch schon wieder sehr lange zurück. Osma war, nachdem sich die Gegensätze der einst verbündeten Siegermächte bis zur Feindseligkeit versteift und zur Gründung einer von Amerika gestützten westdeutschen Bundesrepublik und einer von Moskau aus kontrollierten kommunistischen Ostrepublik geführt hatten, als Professor für Weltwirtschaft an die »Freie Universität« im politisch ebenso geteilten Berlin gegangen, die als vorgeschobenstes ›demokratisches Bollwerk gegen den Bolschewismus‹ galt. Im Kumian-Kreis dachte kaum noch einer an ihn.
Hitler war vergessen, und der Krieg war längst vorüber. Ganze Länder waren durch ihn verwüstet worden, und mehr als zwanzig Millionen Menschen hatten sich dabei gegenseitig umgebracht. Niemand glaubte mehr an die Ideen, die Ideale und Ideologien von ehedem. Vorbei waren die Schrecknisse, überwunden die unvorstellbaren Folgen des Zusammenbruchs – wer dachte heute noch an all

das! Die zerstörten Städte in allen Ländern waren wieder aufgebaut, und mit ihren funkelnagelneuen Hochhäusern, mit ihren breiten modernen Straßen waren sie komfortabler und schöner als je zuvor. Es gab auch wieder Parteien, Parlamente und Regierungen wie ehedem, und auch – genau wie nach dem ersten Weltkrieg – wieder einen Völkerbund. Nur hieß er jetzt »Vereinte Nationen« und hatte seinen Sitz statt in Genf in New York. Das Gewesene blieb gewesen. Der Mensch hatte wieder sein privates Leben, und nur das Gegenwärtige interessierte.
Doch genug. Martin Ling erzählte wieder einmal.

DER MANN MIT DEM GELBEN HALSTUCH

»Man muß sich vorstellen«, begann er und stellte das leergetrunkene Weinglas hin: »Man muß sich vorstellen – in einer alten, berühmten Künstlerkneipe, wo jeder sich kennt und neue Gäste nicht lange abseits bleiben können, in so einem Lokal taucht auf einmal jeden Abend ungefähr um die gleiche Zeit ein etwas sonderbarer fremder Mann auf, dem man gleich anmerkt, daß er unbehelligt sein will. Er kann etwas über vierzig, vielleicht auch älter sein, denn er hat immerhin schon graumeliertes Haar. Auf den ersten Blick macht er ungefähr den Eindruck eines vielgereisten, erfahrenen Weltmannes. Er ist schlank, groß und breitschulterig, hat ein scharfkantiges, immer glattrasiertes Gesicht mit einer Habichtsnase, hat starke Brauen und dunkle, wenig stechende Augen. Er ist immer tadellos frisiert und sorgfältig angezogen, unaufdringlich geschmackvoll und weltmännisch lässig, wie's zu so einer Figur paßt ... Es gibt Menschen, denen man ansieht, daß sie nie lachen, und das nicht etwa, weil sie keinen Humor haben, nein, nein, sie scheinen bloß immer abwesend zu sein. Ihrem Dreinschauen und Benehmen nach sind sie mit ihren Gedanken immer ganz woanders als gerade da, wo sie sich befinden ... Jedenfalls, der fremde Mensch kam immer ein bißchen auffallend steif zur Tür herein, ging immer an den gleichen Tisch, der offenbar für ihn reserviert worden war, setzte sich, nahm die Speisekarte und studierte sie. Alles andere interessierte ihn nicht. Er schaute nie auf, wenn etwa am dichtbesetzten Künstlertisch in der Nische eine Lachsalve aufschmetterte. Er war nicht neugierig, wenn irgendeine auffallend schöne, hochelegante Diva daherrauschte und von allen bewundernd begrüßt wurde, kurzum, er blieb absolut für sich ...

Es gibt aber nichts Neugierigeres und Klatschsüchtigeres als Künstler. Das gehört nun einmal zu ihrer Natur. Ich glaub' sogar, Kunst ist nichts anderes als das Resultat davon, wenigstens die Literatur ... An dem Fremden war allerdings zuviel Auffälliges. Erstens schon, daß er seinen Hals und Kopf immer so unnatürlich steif, fast hölzern grad hielt, und zweitens – nach seiner ganzen sonstigen Aufmachung war er durchaus nicht kitschig – trug er ausgerechnet ständig ein breites gelbseidenes, in sich gemustertes Halstuch, das auf der Brustmitte durch eine Brillantnadel zusammengehalten war. Sonderbarerweise legte er dieses geschmacklose Tuch nie ab. Aber das Allerauffälligste an ihm war, daß er dem Kellner jedesmal einen Zettel hinhielt und das Bestellte bekam. Also war er taubstumm. Für die interessierten Damen am Künstlertisch war das etwas enttäuschend. Der Mann sah doch sonst ausgezeichnet aus. Außerdem war er fremd und irgendwie geheimnisvoll. Das reizt die Frauen immer. Schade, schade! Ich hab' einmal in München ein nettes, sehr gewitztes Straßenmädchen gekannt, das hat zu mir gesagt: ›Ich? ... Ich bin mit meinem Beruf vollauf zufrieden. Da hat man jeden Tag fremde Herren. Sie zahlen, und sonst gehn sie einen nichts an. Ab und zu ist auch einer dabei, der mich wirklich reizt. Bei dem kommt man zu dem, was man mag ... Und sonst? Er geht weg, und man kennt sich nicht mehr. Es war nett und schön mit ihm, basta. Da gibt's keine Kalamitäten in der Liebe ... Nee, nee, Herr, ein festes Verhältnis, das macht nur Umstände ... Ich laß mich gern überraschen, ich hab's gern, wenn ich mir's 'raussuchen kann. Um Gottes willen, bloß nicht mehr.‹«
Ling blinzelte rundherum auf die amüsierten Damen. Ihr Kichern dankte ihm für die kleine Abschweifung. Er trank schnell das neu eingeschenkte Glas aus und fuhr belebter fort: »Es läßt sich denken, daß am Künstlertisch sofort ein hitziges Herumraten angefangen hat, und nicht bloß bei

den Damen. Alle setzten den Kellnern zu, was denn mit dem komischen fremden Herrn los sei. Kellner wissen doch als ausgekochte Menschenkenner schnell über jeden Gast Bescheid. Ganz gleich aber, ob das nun von den guten Trinkgeldern oder von der fast feindseligen Reserviertheit kam, die ja Taubstumme meistens normalen Menschen gegenüber zeigen – die Kellner wußten nichts, absolut nichts. Jeder zuckte bedauernd die Schultern und sagte ungefähr das gleiche: ›Mehr als das, was Sie sehen, wissen wir auch nicht, Herrschaften. Splendid ist der Herr, ja, ein Gentleman durch und durch. Ausländer? Ganz sicher! Na, vielleicht reist er bloß in der Welt umher und verbraucht sein Geld ... Junggeselle, meine Damen? Das ist er sicher. Das sieht man, auch wenn er einen Ehering trägt.‹
Kurz und gut, der fremde Herr kam jeden Abend an seinen abgelegenen Tisch, und es war immer das gleiche mit ihm. Er aß vornehm langsam, trank, je nachdem, was er zu sich nahm, Bier, Weiß- oder Rotwein und zum Schluß etliche Glas Wodka oder Whisky. Und nach dem Essen richtete er sich gerader auf und schaute die ganze Zeit interesselos und gelangweilt vor sich hin. Er rauchte nicht, er las nie eine Zeitung und trommelte nur hin und wieder mit seinen schmalen, langen Fingern auf die Tischplatte. Einen großen, blauen Siegelring trug er an der rechten Hand, und mit dieser Hand fuhr er manchmal über sein Genick und tätschelte vorsichtig darauf. Das sah aus, als habe er sich dahinten verletzt. Daher vielleicht sein gelbes Tuch. Kurz nach Mitternacht ging er. Das war alles.«
»Eine Sekunde! Einen Moment!« unterbrach Victor den Erzählenden: »Du meinst natürlich eine europäische Künstlerkneipe, Mart, oder? In New York und wahrscheinlich in ganz Amerika gibt's doch so was überhaupt nicht! Die paar Kaffeehäuser und ›Old-Timers‹-Kneipen in Greenwich Village drunten, wo die zukünftigen Hemingways und Faulkners mit ihren schlampigen Mädchen

zusammensitzen – das ist doch bloß alles ganz primitive, nachgemachte europäische Boheme! Nun? Nun, wo also ist dein Mann aufgetaucht? Das ist nicht ganz unwichtig.«

»Aber Victor! Der Mart hat doch noch gar nicht richtig angefangen!« fiel ihm Sonja ins Wort, und als Victor meinte, er sei immer für das Konkrete, eine Geschichte müsse Hand und Fuß und eine Ortsbestimmung haben, wehrte sie scherzhaft zurechtweisend ab: »Konkret? Hand und Fuß? Ortsbestimmung? Das wird schon kommen! Take it easy!«

»Na gut! Schön!« meinte Victor leicht schmollend. Dabei zog er die Schultern hoch und spreizte die Finger seiner ausgestreckten Hände: »Na, schön!« Sie lächelte ihn an und schielte dabei rasch auf Ling. Es schien ihr angenehm, daß die beiden sie gleichzeitig unschlüssig, mit verborgener Begehrlichkeit musterten. Keck wiegte sie ihre übereinandergeschlagenen schönen, schlanken Beine mit den ausgesucht eleganten, überhohen Stöckelschuhen, die sie wegen ihrer Kleinheit stets trug. Ihr anliegendes, raffiniert schlicht gearbeitetes, schwarzes, nur wenig ausgeschnittenes Taftkleid knisterte bei jeder ihrer Bewegungen, als freue es sich an seiner Trägerin. Sonjas rundliche Figur zeigte keine Hüftenausbuchtung und Taillenlinie. Mit großem Geschick verstand sie diese Mängel durch das bewußt Kapriziöse ihrer Kleidung auszugleichen, nur kam dieses Kapriziöse nicht immer voll zur Geltung, weil Sonja zu sehr auf Adrettheit bedacht war. Ihr Reiz lag mehr in ihrem gepflegten, hellhäutigen Gesicht mit dem kaum bemerkbaren, flüchtig angedeuteten Doppelkinn. Ihr helles, sorgfältig gewelltes Haar paßte sehr gut zum blassen Braun ihrer neugierigen, nicht allzu großen Augen. Die zierliche, nur ein ganz klein wenig gebogene Nase, der zartgeschwungene, etwas vollippige Mund, die ebenso kleinen Ohren, ihr dezenter Schmuck und ihre äußerst koketten, berechneten Bewegungen – das alles verriet, daß sie wußte, was anziehend an ihr war.

»Na, meinetwegen, Victor – europäische Künstlerkneipe also«, warf Ling leicht verächtlich hin und fuhr fort: »Natürlich hatte der Künstlertisch sofort einen Spitznamen für den fremden Sonderling. Wegen seiner Steifheit hieß er von da ab ›die Marionette‹, eine ausgezeichnete Idee, das ... Sie bezog sich freilich bloß auf seine Erscheinung. Was aber war nun der Mann wirklich, und was trieb ihn ausgerechnet in das berühmte Lokal? Ein biederer Bürger war er nicht, das stand fest. Ein interessanter Lebemann war auch zu nichtssagend. Internationaler Artist konnte er sein, ja! In kitschigen Filmen und Romanen werden Hochstapler, Heiratsschwindler oder Mädchenhändler meistens so gezeichnet. Eine gewisse Anrüchigkeit haben sie. Mit einem Wort, sie sind nicht ganz geheuer. Da am Künstlertisch waren zum Beispiel die schmachtende Musikstudentin Grete und ihr strohblonder, stichelhaariger Freund, der junge Schriftsteller Otto Stolz, den alle spöttisch den stolzen Otto nannten. Die zwei waren der Ansicht, der einsame Mann am fernen Tisch sei sicher etwas wie ein ›geistig Abseitiger, ein zutiefst Verkannter‹, wie man in diesen Kreisen sagt. Der stolze Otto mit seinem blassen, humorlosen Gesicht furchte ganz wichtig die Stirn und meinte kurzerhand: ›Ganz ohne Grund interessiert er uns nicht so stark. Format hat der Mann sicher, das sieht man.‹ Seiner gefühlvollen Grete hatten's die schönen, schlanken Hände mit dem blauen Siegelring angetan. Sie tippte auf einen Musiker. Aber der dicke Journalist Decker meckerte gleich mit seiner Eunuchenstimme: ›Musikerhände, Gretlchen, meinen Sie? Das steht dahin, steht dahin! Als alter Pressepirat hat man seine Erfahrungen, Verehrteste! So reizende Händchen – Händchen, hab' ich gesagt, bitte – solche Händchen haben meistens Damenfriseure oder Homosexuelle!‹

›Pfui!‹ empörte sich Grete, und der Journalist lenkte ein: ›Bitt' um Verzeihung, Gnädigste. Bleiben wir schon beim

Dutzend, beim Normalen, beim Damenfriseur.‹ Er war einer von denen, die immer mit ihrer Banalität geradezu brillieren. Diese Typen sind außerdem auch noch ungemein dickfellig. Sie merken nie, wie sie auf die Nerven gehen, und wenn sie einmal ins Witzeerzählen kommen, da ist kein Halten mehr. Rätselhaft bleibt bloß, daß man sie so geduldig erträgt. Na, gut . . .«

Ling stockte plötzlich. Ein jäher Überdruß lief über sein Gesicht. Er schaute grämlich geradeaus und schnaubte schwer: »Ach, es ist ja lauter Quatsch! Ich bin doch selber so ein Witzeerzähler.« Solche Stimmungsumschläge hatte er nicht selten. Es blieb undurchsichtig, ob er sich nur deswegen herabminderte, um das Gegenteil bestätigt zu bekommen. Er hörte Victor geschwind flüstern: »Typisch Mart!« und sagte, darüber hinweghörend: »Entschuldigt, aber ich weiß wirklich nicht mehr weiter. Es fällt mir nichts mehr ein. Reden wir von was anderem!«

»Aber Mart! Das ist unfair! Mittendrin hörst du auf! Dir – und nichts mehr einfallen?!« rief Sonja in das betroffene Schweigen, und Lisawetha, Victors jüngste Schwester, die beim Sprechen stets mit der Zunge an die Zähne stieß, lispelte enttäuscht: »Hmhm, und jetzt wär's grad' so spannend geworden!«

»Victor, schlag ein anderes Thema vor! Du hast doch sicher schon eins parat«, sagte Ling, und irgendein boshaftes Glimmen huschte über sein Gesicht.

»Ausgeschlossen!« weigerte sich der: »Wer A sagt, muß auch B sagen, mein Lieber! Mir machst du nichts vor! Bei dir ist alles Absicht, du alter Filou, du!«

»Absicht? . . . Meinetwegen«, erwiderte Ling leicht melancholisch und wurde sekundenlang wirklich traurig: »Mir graut oft mittendrin, ich weiß nicht warum. Mir graut vor mir und vor der ganzen Welt.« Er lächelte verloren und schien ganz woanders zu sein: »Hm, ich war neulich mit dem Neuberger zusammen. Da hat der gesagt: ›Was, bloß lumpige zwanzig Millionen Menschen sind in dem Krieg draufgegangen? Bei der Pest waren es sechshundert Millionen ... Na, die interkontinentalen Raketen mit Wasserstoffbomben, die werden schon beweisen, daß wir bereits viel weiter sind.‹ Hm, wie komm' ich bloß darauf? Wir hocken da wie Frösche und warten, hmhm, warten – warten, und füllen die Zeit aus.« Dieser Ton störte.

»Der Neuberger! Ausgerechnet der!« rief Charlie mittenhinein: »Bleib uns bloß mit dem weg! Sicher wart ihr wieder besoffen ... Diskutieren willst du? Und wenn es soweit ist, machst du Witze. Spiel dich bloß nicht auf wie eine Primadonna. Erzähl schon weiter.« Das ärgerte Ling, aber er verbarg es, und weil ihn alle stürmisch nötigten, gab er nach.

»Ist ja alles egal. Warten wir eben weiter!« warf er hin und fuhr fort: »Wo waren wir? Ach so, jaja, bei der Künstlerkneipe ... Da waren auch noch der bärenstarke, arg eingebildete Bildhauer Luschnoff und der laute, imposante Schauspieler Vowinkler. Die zwei spielten sozusagen die Vitalen, das war damals Mode. Und natürlich besoffen sie sich immer, weil sowas dazugehört. Eine kleine dickliche Malerin, die Nettel, war da und die schöne, extravagante Nelly Stiemsen, die sowas wie das Zentrum vom ganzen Tisch, der geistige Mittelpunkt war.

Kurz und gut, der Bildhauer fixierte den Sonderling am fernen Tisch wieder und wieder, und dann sagte er einmal: ›Menschenskinder, ich kann mir nicht helfen, die Visage von dem Kerl da vorn, die juckt mir in den Fingern! Nichts zu machen, sie juckt mich.‹ Und der Vowinkler, der sich schon lange ärgerte, weil die Marionette alles Interesse von ihm abzog, schmetterte dramatisch: ›Richtig, sehr richtig, mich genauso! Stundenlang könnt' ich dem Kerl in die Fresse hauen.‹ Aber der Bildhauer wiederum meinte: ›Nein, nein, Mäxchen, falscher Irrtum deinerseits! Porträtieren möcht' ich den Burschen!‹

›Hm, porträtieren?‹ knurrte der enttäuschte Schauspieler. Wie ein begossener Pudel schaute er drein, und als die Nettel auch der Meinung war, wurde er krebsrot vor Wut, aber er trank bloß rasch einige Gläser aus. Doch die Nettel sagte außerdem: ›Musiker, Schriftsteller oder Maler? Nein, das paßt nicht auf den Mann ... Schauspieler könnte er vielleicht sein. Er posiert ausgezeichnet. Aber hat ihn vielleicht schon jemand auf der Bühne oder im Film gesehen? Ich nicht.‹

Das brachte den Vowinkler ganz in Rage.

›Was?‹ platzte er heraus: ›So was soll ein Kollege von mir sein? Ich danke! Bleiben Sie lieber bei Ihrem Metier, Fräulein! Von Schauspielerei und Theater haben Sie keinen Dunst, verstanden?‹ Das machte die Malerin zornig. Sie war drauf und dran, beleidigt davonzugehen, doch da mischte sich Nelly ein und wies den Schauspieler ganz energisch zurecht. Jeder wußte, er war momentan ihr Liebhaber.

›Mäxchen‹, sagte sie spitz: ›Bitte, mach dich nicht so mausig! Du vergißt dich in der letzten Zeit zu oft. Das geht nicht, verstehst du?‹ Und dann richtete sie sich auf und wandte sich an alle: ›Überhaupt, meine Herren, ich versteh' gar nicht, warum man sich über die Marionette so aufregt! Mich interessiert der Mann ungemein! Jeden Tag mehr sogar!‹ Sie hob ihre weißen Arme und verschränkte ihre Hände hinter ihrem Genick. Großartig schaute sie aus in ihrem auffallend roten Kleid mit dem weiten Ausschnitt. Ihre runden Schultern glänzten, die feine Perlenkette um ihren stolzen Hals funkelte, und ihre herrliche Brust stand erregend vor. Absichtlich herausfordernd lugte sie auf die Marionette und wiederholte: ›Mir gefällt der Mann sehr gut! Mal ganz was anderes! Eure Antipathie ist nichts als Neid.‹

›Neid? Neidisch auf den taubstummen Gauch!‹ knurrte Vowinkler eifersüchtig, und der Bildhauer meinte: ›Na, na,

Nellychen, über den Geschmack läßt sich ja nicht streiten ... Mich interessiert der Mann wirklich nur rein künstlerisch.‹
Mit der Nelly wollte sich's keiner verderben. Es war auch nicht aufzukommen gegen sie. Sie war nicht nur gescheit und witzig. Sie war auch sehr reich, unverheiratet, und sie hatte alles, was Männer irritiert und entwaffnet. Jeder war insgeheim in sie verschossen, und bis zu einem gewissen Grad bot sie auch jedem Chancen, aber sie verfuhr dabei ganz nach ihrem Belieben. Ihr Männerkonsum war groß, ihre vielen Verhältnisse stadtbekannt, trotzdem galt sie überall als große Dame und wurde entsprechend respektiert ...«
Ling hob wiederum das Gesicht und schaute lustig und listig auf die Damen: »Solche Nellys hat man früher in jeder europäischen Künstlerkneipe gesehen ... Na, Victor, bist du jetzt endlich zufrieden mit dem Standort der Geschichte, ja? Damen wie die Nelly waren meistens so herausgebrochene Töchter aus dem Adel oder der Hochfinanz. Weltgewandt, viel gereist, antibürgerlich, literatur- und kunstbewandert und generös in jeder Hinsicht. Und sonst? Sonst natürlich grad in den besten Jahren – reif, weich, weiß und sexuell hinreißend ... Ein gut erfahrener Freund von mir hat von solchen Typen immer gesagt ›reif und verderbt wie eine süße, überreife Birne‹.« Aus dem Kichern der Zuhörenden lachte Lisawetha geradeheraus, doch Ling ließ sich nicht unterbrechen. Er grinste befriedigt in sich hinein, nahm Victor kurz aufs Korn, schaute gleich wieder weg und sagte wie beiläufig: »Wir hier sind ja alle keine Künstler oder Schriftsteller und so weiter. Wir sind bloß ganz gewöhnliche Menschen, die sich mit ihrer Mittelmäßigkeit abgefunden haben.« Er überhörte das ›Hoho!‹ ringsherum und redete darüber hinweg: »Von uns hat nie einer so ein schnelles Glück bei den Damen wie die Künstler. So ist's schon, was kann man machen. Also die Nelly! Ihre

letzte große Liebesaffäre war mit einem Kunsthändler Wallruf. Bei dem wär's beinahe ernst geworden. Auf einmal aber war der Mann weg, und keiner wußte wohin. Vorläufig war also der Vowinkler der Lückenbüßer bis zum nächsten ... Um aber bei der Marionette zu bleiben: Dieser seltsame, stumme Mann mit seinem auffallenden gelben Halstuch, der brachte nach und nach die Neugier am Künstlertisch schier zum Kochen. Leicht zu denken, wie das den Vowinkler wurmte. An einem Abend voller Spannung sagte der Bildhauer Luschnoff auf einmal ganz resolut: ›Ich glaub' dem Kerl da vorn auch sein Stummsein nicht. Ich hab' einen Blick für sowas, Ehrenwort! ... Wißt ihr was? Ich geh' jetzt einfach hin und frag' ihn, ob er sich von mir porträtieren lassen will. Da werden wir gleich sehn, wie er drauf reagiert.« Alle waren begeistert, und schon machte der Bildhauer ernst mit seiner Idee. Ungeheuer gespannt schauten alle auf und spitzten die Ohren, als er sich vor der Marionette verbeugte und sehr schmeichlerisch sein Anliegen vorbrachte. Da passierte etwas Verblüffendes. Der Taubstumme hob tatsächlich sein Gesicht – also hörte und verstand er. Er sah scharf auf den Bildhauer und schüttelte den Kopf, aber sein Mund bewegte sich nicht. Was war das? Der Mann zog rasch einen kleinen Notizblock und seinen Füllfederhalter aus der Tasche und schrieb was auf ein kleines Blatt. Er gab es Luschnoff. Der las, bekam eine unsichere Miene, rang sich endlich ein verlegenes Lächeln ab, verbeugte sich wiederum und kam ziemlich blamiert an den Künstlertisch zurück.

›Hm, er will nicht! Hören tut er bestimmt, garantiert!‹ sagte er und warf den Zettel ärgerlich hin: ›Hm, was ist bloß los mit dem? Da stimmt was nicht!‹ Beleidigt nahm er Platz. Die andern lasen hastig vom Zettel: ›Danke ergebenst, mein Herr! Ich bin weder eitel auf mein Gesicht noch neugierig auf Bekanntschaften. Entschuldigen Sie,

bitte.‹ Irgendein Name stand nicht darunter. Das war taktlos.
Es gab eine bestürzte Pause. Dumm und stumm schauten alle einander an. ›Merkwürdig!‹ fand Nelly als erste das Wort und lugte nach der Marionette. Daraufhin schauten alle in die gleiche Richtung. Der fremde, abweisende Mensch aber achtete nicht darauf. Er sah ganz woanders hin, als ob gar nichts gewesen sei. Er trank seinen Whisky aus, zahlte und ging.
›Eine Frechheit!‹ schnaubte Vowinkler grimmig: ›Eine bodenlose Unverschämtheit, wie dich der Kerl abgefertigt hat, Fred! Für was hält uns der Idiot eigentlich?‹
›Absolut meine Meinung!‹ hetzte Decker meckernd.
›Der Trottel!‹ knurrte der verstimmte Bildhauer: ›Der widerwärtige Gauch, der ... Was will der eigentlich in unserem Lokal?‹ Das natürlich stachelte den Schauspieler ganz und gar auf. Er brüllte die unflätigsten, ordinärsten Schimpfwörter aus sich heraus, daß die sanfte Grete und die dickliche Malerin Nettel sich darüber aufhielten.
›Wir sind doch nicht in einer Kutscherkneipe!‹ erboste sich die Malerin und zuckte verächtlich die Achseln: ›Wichtigkeit, der fremde Mensch da!‹
›Er stört uns einfach!‹ stieß Vowinkler heraus, der schon wieder zuviel Wein getrunken hatte.
›Stört uns! Richtig, goldrichtig!‹ sekundierte der Bildhauer.
›Euch vielleicht! Mich stört er nicht!‹ parierte die Nettel, die immer noch grollte.
›Er soll sich nicht mehr blicken lassen, der Kretin!‹ plärrte der Schauspieler: ›Ich will mal mit dem Wirt ein Wort sprechen!‹ Er überhörte das ärgerliche ›Laß das!‹ von der Nelly und winkte bereits dem Kellner. Da riß sie ihm gereizt den Arm herunter und wurde deutlicher: ›Sag mal, bestimmst *du* eigentlich die Gäste hier, *du?* Ich warne dich Mäxchen! Bitte, mach dich nicht lächerlich!‹ Und die Nettel sagte in das plötzliche Stocken hinein: ›Das ist ja schon

diktatorisch!‹ Eiskalt und feindselig schaute sie den wütenden Schauspieler an. Der geriet auf einmal in eine wilde Wut und nannte sie eine ›dumme Pute‹. Das war zuviel. Augenblicklich stand die Nettel auf und ging wortlos davon. Auch Grete, ihre beste Freundin, die mit ihr im gleichen Haus wohnte, wollte sofort gehen. Aber ihr Otto hielt sie zurück, und sie blieb. Insgeheim nämlich plante der Otto einen Roman über die Marionette zu schreiben Das wußte außer Grete nur noch die Nettel.

Verzankt saßen alle da. Es war recht peinlich.

›Du wirst dich bei Alice entschuldigen, verstehst du?‹ sagte die Nelly und sah ihren Lückenbüßer giftig an: ›Entschuldigen – und vor uns allen!‹ Das bewog auch den Bildhauer. ›Nee, Spaß beiseite, Fred, das war 'n bißchen zuviel von dir', versuchte er einen leichteren Ton anzuschlagen.

Verstimmt gingen sie auseinander. Die kleine Malerin kam nicht mehr, und die Nelly schikanierte den Schauspieler grausam. Sie zwang ihn, der Nettel einen Entschuldigungsbrief zu schreiben. Er wurde windelweich, er tat es, aber die Nettel kam trotz alledem nicht mehr. Seitdem herrschte am sonst so lustigen Künstlertisch eine dauernde Gereiztheit. Und alles wegen eines fremden Mannes, wegen der Marionette!

Damit ich aber nichts durcheinanderbringe, in der betreffenden Streitnacht passierten noch einige Kleinigkeiten, die dazugehören. Als die beleidigte Nettel aus dem Lokal kam, sah sie auf der anderen Straßenseite die Marionette in ein Taxi steigen und wurde – weiß Gott warum – auf einmal hemmungslos neugierig. Das ist schon so, da kommt irgendein Prickeln über uns, wir wittern auf einmal ein finsteres Abenteuer, was Geheimnisvolles und können nicht mehr widerstehen. So ging's auch der Malerin. Schnell winkte sie ebenfalls einem Taxi und fuhr hinter der Marionette her. Schrecklich gespannt war sie und starrte wie ein Kriminaler auf den vorausfahrenden Wagen. Sie schrieb sogar die Nummer auf ihren Zeichenblock, aber sie wurde arg enttäuscht. Der Mann fuhr lediglich zum Bahnhof, stieg aus und verschwand in der Halle. Einen Augenblick überlegte sie, ob sie nicht den Chauffeur von seinem Taxi ausfragen sollte. Doch der war schon weg. Das war alles. Als sie heimkam, sah sie, daß Grete noch Licht hatte, und klopfte bei ihr. ›Gott sei Dank‹, sagte die Grete entschuldigend: ›Ich hab' schon gemeint, du rennst die ganze Nacht 'rum und quälst dich! ... So ein Ekel, der Fred! Otto und ich waren genauso empört. Wir wollten gleich weg, aber du weißt ja, der Otto braucht doch das alles für seinen Roman.‹ Dann erzählte die kleine Malerin von ihrem Erlebnis. Man merkte, sie schämte sich sogar ein wenig wegen ihrer dummen Neugier. ›Da, ich blöde Gans!‹ sagte sie: ›Ich hab' mir sogar die Taxinummer von ihm aufgeschrieben.‹ Das machte die Grete sofort hitzig. ›Oh, oh!‹ sagte sie, das ist sicher für den Otto wichtig. Verlaß dich drauf, er wird sicher den Chauffeur auftreiben und von ihm allerhand erfahren. Mein Gott, Alice, ich hab' oft fast Angst, auf was er sich bei seinen Studien alles einläßt!‹ Der eifrige Otto hatte wirklich schon verschiedene Auffälligkeiten erschnüffelt. Einmal war die Marionette, wahrscheinlich, weil sie den Zug versäumt hatte, im Hotel ›Bristol‹ über Nacht geblieben und hatte sich dort als ›Giuseppe Fernando‹ eingetragen und das andere Mal im Hotel ›Continental‹ als ›Joe Smith, Chicago‹.

›Das muß doch einen Grund haben, meinst du nicht?‹ sagte Grete. Das machte auch die Nettel nachdenklich.

Das alles aber zerplatzte ganz kurz darauf wie eine Seifenblase. Nämlich, da war der Kunsthändler Wallruf, Nellys Verflossener, auf einmal wieder aus Paris zurückgekommen und erschien in der nächsten Nacht mit einer größeren Gesellschaft an dem Künstlertisch. Er hatte eine junge, bildhübsche Schauspielerin bei sich. Wahrscheinlich wollte er die Nelly damit ärgern. Es gab ein großes Hallo, und der

Kunsthändler ließ sofort für die ganze Runde Champagner kommen. Im Umsehen wurde es lustig und laut. Wallruf saß zwischen Nelly und seiner Schauspielerin.

›Hübsch, sehr hübsch!‹ wisperte ihm Nelly einmal unauffällig ins Ohr und warf einen geschwinden Blick auf ihre Nachfolgerin: ›Dein Geschmack hat sich jedenfalls nicht verschlechtert.‹

›Ich bitt' dich! ... Nach dir!‹ raunte Wallruf genauso und strahlte schadenfroh: ›Na, und du? ... Du scheinst momentan fürs Handfeste, für das Bullige ein Faible zu haben.‹ Abschätzend schaute er auf Vowinkler. Sie lächelten, und die Nelly sagte wiederum: ›Na, halb so schlimm, mein Lieber! Du weißt ja, sowas bleibt bei mir immer limitiert.‹ Sie wollte den Blick seiner Augen in die ihren lenken, aber er hob sein amüsiertes Gesicht, lachte unverdächtig alle anderen an und erzählte irgendeinen Witz.

Der Schauspieler war bereits sehr laut. Er trank gewaltsam schnell in sich hinein und überbot sich in närrischen Faxereien, um alles auf sich zu konzentrieren. Dabei kraulte er mit seiner Hand beständig Nellys Haaransatz im Genick. Sie ließ sich das gleichgültig gefallen, und wenn sie auch recht aufgeräumt tat, sie war verstimmt und langweilte sich. Um dessen Herr zu werden, trank sie in einem fort allen zu. Immer wieder hob sie das Champagnerglas, lachte irgendwie abwesend und rief: ›Na, prosit, Kinder! Prosit, meine Lieben!‹ Man stieß an, trank, Nelly stellte das Glas hin und wußte nichts Rechtes mehr mit sich anzufangen. Sie sah flüchtig in alle Gesichter, schaute forschend geradeaus, in die Richtung der Marionette. Niemand beachtete sie.

›Prosit, Kinder, prosit!‹ rief sie schon wieder, als die Männer der Schauspielerin Elogen machten und Witze über Flirt und Liebe erzählten: ›Prosit! ... Ha, Liebe? Verlieben? Das wird auch langweilig mit der Zeit! Ist doch immer das gleiche! ... Ich möcht' mal was anderes erleben!

Etwas ganz Ausgefallenes und Anrüchiges, ein wirkliches Abenteuer! Es könnt' ruhig finster und gefährlich sein. Na, prosit, prosit, Kinder!‹ Dieses dauernde Glasheben und Zutrinken störte. Sie merkte es, stand auf und drängte sich aus der Tischrunde. Sie war trotz des vielen Trinkens stocknüchtern. Sehr gerade ging sie auf die Tür der Damentoilette zu und ließ im Vorbeigehen unbemerkt ein winziges Zettelchen auf den Tisch der Marionette fallen. Als sie wieder aus der Toilette kam und einen geschwinden Blick auf den Tisch warf, fühlte sie einen Stich in der Herzgegend. Der Mann mit der gelben Halsbinde beachtete sie nicht und saß da wie immer. Ihr Zettelchen war zerrissen, und die winzigen Schnipsel lagen als Häufchen auf der Tischplatte. Einen Augenblick lang blieb sie stehen, als ob ihr schwindlig sei, und dann ging sie weiter. Am lauten Künstlertisch angekommen, fiel auf, daß sie merkwürdig blaß war. Sie setzte sich hastig und plagte sich, zu lachen, aber ihr Mund wollte nicht. Sie beherrschte sich mit aller Kraft, ihre gewöhnliche überlegene Miene zu machen. Vergeblich. Ein paarmal schnaubte sie schwer, als ob ihr Kleid sie beenge, und ob sie wollte oder nicht, sie starrte sekundenlang so furchtbar angegriffen in die Richtung der Marionette, daß der Kunsthändler und Vowinkler es merkten.

›Was hast du denn? Ist dir nicht wohl?‹ fragte Wallruf und schaute unwillkürlich in dieselbe Richtung wie sie.

›Ich? ... Nichts, nichts‹, hastet sie heraus, zuckte kurz zusammen und blieb verstört und abwesend.

›Nach wem schaust du denn?‹ fragte jetzt der Schauspieler plump und gereizt: ›Ah, ich weiß schon!‹ Er umkrampfte ihren Arm, und sie riß sich los, indem sie ein jähes ›Laß mich!‹ herausstieß. Da aber war es schon geschehen.

›Zu dem Kerl da vorn glotzt du!‹ brüllte der Vowinkler außer Rand und Band und schnellte in die Höhe. Gräßlich bellte er und warf besinnungslos den Tisch um. Alles stob

entsetzt auseinander, und ein schrecklicher Wirrwarr entstand. Die Frauen schrien schrill auf, die Flaschen und Gläser klirrten, die Männer klammerten sich an den rasenden Schauspieler, die Kellner, der Wirt und die sonstigen Gäste im Lokal rannten herbei, plärrten aufeinander ein, und ein ohrenbetäubender Lärm erfüllte alles rundum. Im wilden Trubel drangen die Raufenden und Streitenden aufeinander ein, und dabei bemerkte niemand, daß Nelly an den Tisch der Marionette rannte, den steifen Mann hochriß und mit ihm aus dem tobenden Lokal lief. Hinein ins nächstbeste Taxi, und weg waren sie.
›Gott sei Dank!‹ schnaubte sie und schaute durch das rückwärtige Autofenster: ›Die raufen noch immer. Niemand ist hinter uns her. Gott sei Dank!‹ Ihre Brust flog auf und nieder. ›Chauffeur, fahren Sie, bitte, schneller!‹ wies sie den an: ›Biegen Sie an der nächsten Ecke in die Bismarckstraße ein. Ich sage Ihnen noch Bescheid.‹ Der Mann am Steuer nickte stumm.
›Gott sei Dank!‹ wiederholte sie erleichtert und ließ sich in den Sitz zurückgleiten: ›Das hätte übel ablaufen können.‹ Sie kam halbwegs zu sich, richtete ihr derangiertes Kleid und ihre Frisur ein wenig und schaute endlich auf den Mann neben sich, der alles mechanisch mit sich hatte geschehen lassen. Beim Lichtschein einer vorbeihuschenden Straßenlaterne sah sie sein scharfes Profil. Es war unbewegt und starr. Sonderbar, wie eine leblose Puppe hockte der Mann da, beinahe wie tot. Nelly fand nicht gleich weiter. ›Mensch? Mann? Herr?!‹ brachte sie endlich heraus und beugte sich näher ihm zu: ›Warum haben Sie denn meinen Zettel zerrissen und mir kein Zeichen gegeben? Was ist denn los mit Ihnen? Hören Sie wirklich nicht, oder verstehen Sie bloß nicht?‹ Keine Antwort, keine Regung. Sie fragte auf englisch, auf französisch und italienisch, wer er denn sei. Der Mann blieb unverändert.
›Herr . . .!‹ schrie sie fast und tastete unsicher nach ihm. Da

spreizte er plötzlich die ausgestreckten, flachen Hände gegen sie, daß ihr das Wort verging.

›Hm, was haben Sie denn?‹ fragte sie und wurde spöttisch: ›Fürchten Sie mich etwa?‹ Keine Reaktion. Sie sah im aufscheinenden Dunkel nur die flachen, zitternden Hände vor sich und sein aufgescheuchtes, starres Gesicht. Einige Sekunden verstrichen stumm.

›Sie müssen doch gesehen haben, daß ich mich schon lange für Sie interessiere!‹ ermannte sich Nelly und wartete. Wieder kam keine Antwort. Gleich und gleich blieb es zwischen ihnen. Nichts geschah. Ratlos schüttelte Nelly den Kopf, und so, als wollte sie alles aufgeben, legte sie sich in die Wagenecke zurück, ließ den Mann nicht aus den Augen und überlegte fieberhaft. Die robuste Abwehr des sonderbaren Mannes ärgerte sie. Ihre weibliche Eitelkeit war getroffen. Leichte Wut stieg in ihr auf. Was sollte sie anfangen? Als sie den Mann wieder im Lichtschein erhaschte, hölzern unbewegt mit den gestreckten Händen, da befiel sie ein Schauer. Irgendein Gefühl, das man vor etwas Unerklärlichem und Nieerlebtem bekommt, überkam sie. Jetzt ließ der Mann seine ausgestreckten Arme sinken. Sie sah es, gab sich einen jähen Ruck, und im nächsten Augenblick warf sie sich an ihn.

›Du? Du? . . . Versteh doch! Du?‹ hauchte sie sinnlich überwältigt und wollte ihn umarmen, doch wiederum drängte sie der stumme Mann mit aller Kraft zurück. Sie kam nicht auf gegen ihn. Das machte sie wütend.

›Sie hören also doch? . . . Sie posieren bloß? Warum verstellen Sie sich denn so kindisch?‹ schimpfte sie ihn an, und weil er unverändert abwehrend blieb, wurde sie höhnisch: ›Machen Sie doch bloß keine solche Komödie, Mann!‹ Da war es ihr, als versuche der Mann mit aller Mühe seine Lippen zu bewegen. Er konnte also wirklich nicht reden. Vielleicht hörte er auch nicht? In ihr Staunen kam etwas wie Bedauern und Mitleid. Sie war ungerecht, grob und taktlos gewesen. Gleichzeitig aber keimte eine recht unbehagliche Fadheit in ihr auf. Es war ihr auf einmal unbegreiflich, warum sie sich auf all das eingelassen hatte. Hm, lächerlich, beinah gespenstisch war's, mit diesem taubstummen, offenbar halb hinfälligen Mann im Taxi zu sitzen und sich weiß Gott was für abenteuerliche Hoffnungen zu machen. Sie, die Nelly Stiemsen, der jeder Mann erlag, wenn sie's drauf anlegte! Sie kannte sich nicht mehr aus. Ganz hilflos wurde sie und fand keinen Entschluß mehr. Der Chauffeur fuhr weiter und fragte nach dem Einbiegen in die Bismarckstraße nicht weiter. Erfahrungsgemäß sagte er sich wahrscheinlich: ›Laß sie schon ihren Liebeshandel abmachen.‹ Bestürzt und verzweifelt rang Nelly mit sich und achtete kaum mehr auf den steifen Mann neben ihr. Das Auto bog um eine Kurve und rüttelte sie. Ihr Oberkörper und ihr Gesicht kam dem ihres stummen Begleiters ganz nahe. Sie spürte seinen heißen Atem auf ihrer Wange, und auf einmal kam wieder eine wilde Spannung über sie, ein sonderbares Prickeln von der Körpermitte zum Hirn. Unauffällig rückte sie näher an den Mann. Er atmete stockend, sein Atmen wurde leicht keuchend und aufgeregt. Es verriet gespannte Vorsicht und Angst, Angst vor ihr, die doch selber nicht aus noch ein wußte! Da wurde ihr Mitleid zu einer Überlegenheit und schließlich zu einer unbezähmbaren Neugier. Sie hatte sich wieder in der Gewalt. Das wohlige Prickeln auf ihrem Körper wurde stärker, wurde heiß und war mit einem Mal ein jagendes, sinnliches Brennen, das sie blind und tollkühn machte. So schnell und unerwartet, daß der steife Mann es nicht mehr verhindern konnte, warf sie sich abermals an ihn. Gegen diese Gewalt richteten seine Hände nichts mehr aus. Sie lagen flachgedrückt zwischen ihrer und seiner Brust, und schon schlangen sich ihre nackten Arme um seinen steif nach hinten gereckten Hals, sie verschränkte ihre Finger auf seinem Genick, aber auf ein-

mal bewegte sich da hinten unter dem gelben Tuch etwas wie ein Mund, und sie spürte, wie schnappende Zähne fest in ihre Finger bissen, so fest, daß sie schmerzhaft ›Au! Au!! Was ist denn das?‹ aus sich herausschrie und entsetzt losließ. Fassungslos schnellte sie zurück. Ihre herabfallenden Arme, ihr ganzer Körper schlotterte, die Luft blieb ihr weg, und wie entgeistert vor Schreck starrte sie auf den Mann, der jetzt wie ein Verrückter mit seinen beiden Armen sehr aufgeregt zu fuchteln anfing. Immerzu preßte er die eine Hand auf seinen Mund, die andere auf sein Genick und gab plötzlich Zischlaute von sich, die sehr schnell zu einer heftigen Rede und Gegenrede von *zwei ganz verschiedenen Stimmen* wurden. Geschimpft klang die eine und schmachtend verliebt die andere, und immer lauter und überstürzender wurden beide. Panisch erschreckt schrie Nelly auf. Was weiter passierte, wußte sie nicht mehr. Nach ungefähr einer Stunde fanden sie Passanten ohnmächtig und blutend auf dem Trottoir und alarmierten die nächste Sanitätsstation, die sie ins Krankenhaus brachte. Den Schock überstand sie lange Zeit nicht, und später zog sie sich in ihre Villa auf dem Lande zurück. Man sah sie nie wieder in einer Gesellschaft und vergaß sie.
Die Marionette lieferte der verstörte Chauffeur später als Leiche bei der Polizei ab. Kurz, nachdem Nelly aus dem Wagen gesprungen war, hatte sich der Mann erschossen. Und was stellte sich dabei heraus? Diese Marionette, die in Wirklichkeit Malcolm Smith hieß und aus dem Süden der Vereinigten Staaten stammte, war der seinerzeit weltberühmte, vielgesuchte monströse Mann mit einem zweiten Mund auf dem Genick. Die größten medizinischen Kapazitäten der Stadt, die sofort eine genaue Obduktion durchführten, stellten fest, daß sein sonst durchaus normaler Körper gleichsam aus zwei Menschen bestand, die fortwährend im giftigsten Streit miteinander lagen. Neben dem Doppelmund hatte er auch ein zweites, voll ausgebil-

detes Hirn. Als unerklärliches Phänomen einer menschlichen Mißgeburt war Smith eine Zeitlang als höchstbezahlte Glanznummer im Zirkus Barnum & Barley, der Ringling Brothers, im ›Madison Square Garden‹ in New York aufgetreten und eines Tages spurlos verschwunden . . .«
Ling hob sein weinfeuchtes Gesicht und schloß ein wenig lächelnd: »Wahrscheinlich hat er einfach sein unglückseliges Doppelleben nicht mehr ertragen . . .«
»H-wuu-hwu«, machte Lisawetha nach einer gespannten Sekundenstille: »H-wuu, war das aber gruselig!« Das wirkte ein wenig ärgerlich, denn die Gesichter rundherum sahen sehr angeregt aus. Unbekümmert und töricht, aber äußerst kokett wie ein blutjunges Mädchen, das bereits instinktiv wittert, was die Männer anzieht, schaute sie wieder auf Ling: »Hm, schade, daß alles schon aus ist.« Das ernüchterte.
»Schön, sehr schön hast du's gemacht, Mart!« sagte jetzt Victor und steckte seine vollgeschriebenen Notizzettel ein: »Die reinste Edgar-Allan-Poe- oder E.-Th.-A.-Hoffmann-Geschichte.« Es klang gönnerhaft, und als einige sich begeistert äußerten, fragte er: »Woher hast du die Geschichte? Gelesen oder gehört? Oder hast du dir etwa das alles selber ausgedacht?«
»Na, rat mal«, warf Ling spöttisch hin, aber schon redete der aztekengesichtige, kleine Doktor Nuckling darüber hinweg: »Gelesen, gehört, ausgedacht?! . . . Ist das so wichtig? Unterhalten haben wir uns dabei ausgezeichnet, ist das nicht genug?« Er war ein großer Leser und dankbarer Zuhörer und nahm stets das Ganze in sich auf. Das Kramen im Detail war ihm zuwider. Deshalb mochte er Victor nicht. Der hinwiederum hielt ihn für spießig und beschränkt und verachtete ihn insgeheim. Er bekundete das meist, indem er über ihn hinweghörte. Diesmal ging das nicht.
»So unwichtig ist das nicht, Doktor«, widersprach Victor:

»Wenn Mart zum Beispiel das wirklich erfunden hat, beweist es, daß er ein glänzender Erzähler ist. Das gibt der Angelegenheit einen vollkommen anderen Aspekt.«

»Richtig!« sagte Sonja, und »Sehr richtig!« sekundierte Iwan ebenso. Unschwer erkannte jeder: Sie war für ihn die gescheiteste, begehrenswerteste Frau. Die Ehe galt als mustergültig. Mit der ihr eigenen, unbedenklichen Selbstverständlichkeit nahm Sonja die kindlich-bewundernde Anhänglichkeit ihres Mannes hin. Es sah wohl so aus, als gäbe sie nichts dafür, und Liebe kommt ohne gegenseitiges Geben nicht aus – aber das waren nur vage Mutmaßungen, denn wer sieht wirklich in die letzten Winkel eines solchen Verhältnisses?! –

»Jedenfalls – eine Phantasie haben Sie, Ling! Eine Phantasie!« flötete Hilde Rösch: »Eine Phantasie! Einfach enorm!« Sie zog ihren engen Rock zurecht, stand da und präsentierte sich in ihrer ganzen Magerkeit.

»Das kannst du doch nicht abstreiten, Victor«, sagte sie.

»Abstreiten? Wer spricht von abstreiten?« widersprach dieser: »Ich will doch bloß wissen, wo Mart die Geschichte her hat.« Sonja maß Hilde ungut und warf abweisend hin: »Darf er das vielleicht nicht?« In jedem Wort lag eine kalte Verachtung und Feindseligkeit, die einigen auffiel. Doch Hilde blieb ungetroffen und meinte nur noch exaltierter: »Aber natürlich darf er das, Sonja, Liebe! Davon hab' ich doch gar nicht gesprochen!« Da es zutraf, wirkte es ärgerlich. Sonja wandte sich wortlos ab von ihr und sah vielsagend auf Lisawetha. –

Es war offenkundig, daß zwischen Hilde und Iwan seit einiger Zeit etwas im Gange war. Er hatte sie eines Abends in diesen Kreis gebracht. Flirt war hier eine Art beliebtes Gesellschaftsspiel, er gehörte gleichsam zum guten Ton. Eifersucht galt als lächerlicher, alter Plunder. Gegen den Flirt Iwans hatte Sonja nichts. Sie und die meisten konnten sich nur nicht recht vorstellen, wie dieser gehemmte, schwerfällige Mann, der bisher noch nie auf so etwas aus gewesen war, überhaupt darauf verfallen war. Zudem fand Sonja die Neue höchst vordrängerisch und stand damit nicht allein. Jedenfalls war ihr diese Person sehr unangenehm und unsympathisch. Seltsamerweise aber ärgerte sie sich jedesmal, daß sie Hilde gegenüber stets so unbeherrscht war, und es schien ihr, als sei daran nur Iwans linkische Unsicherheit schuld. Der tat ja fast, als nähme sie ihm eine solche Nebensächlichkeit übel.

Zum Glück lenkte Lisawetha jetzt von alledem ab, indem sie meinte: »Hm, die arme Nelly! . . . Ich hätt' mich nicht auf so einen Liebhaber eingelassen. Um Himmels willen, die Kalamitäten mit dem!« Das entspannte. Arglos schaute sie aus ihren dunkelbraunen, mandelförmigen Augen rundherum. Hinter ihren offenen, leicht lächelnden, vollen Lippen wurden die starken Nagelschen Zahnreihen sichtbar, die bei ihr da und dort Spuren von schlechter Plombierung zeigten. Ihre schläfrig-müden Lider waren halb geschlossen, denn sie öffneten sich nur, wenn sie sinnlich angeregt wurde. Jetzt schien sie nur wie verwundert nachzudenken.

»Hmhm«, machte sie kopfschüttelnd: »Hmhm, war das aber eine traurige Geschichte.«

»Traurig? Wieso?« fragte Laschi. Alle sahen auf Lisawetha.

»Na ja, wenn sie nicht zueinanderkommen und überhaupt die ganzen Scherereien dabei!« gab sie zurück und bekam eine hilflos staunende Miene, als würde ihr auf einmal bewußt, was für einen unmöglichen Unsinn sie von sich gegeben habe, und da lachte sie wieder. Sicher fand sie das als das beste.

Ling musterte sie unbemerkt. ›Schön? Nein, schön ist sie nicht, aber anziehend‹, stellte er fest: ›Anziehend . . . Weiß Gott, warum.‹ Der Flaumansatz über ihrer Oberlippe war nicht zu übersehen; alle Kunst der Kosmetik konnte die

Ringe auf ihrem schlanken Hals nicht verbergen; die mit dichten Sommersprossen besetzten Arme waren im Verhältnis zu ihrer sonst so wohlgeratenen, hochgewachsenen Figur zu dünn. Indessen Ling erging es mit ihr wie den meisten Männern: Man sah in das längliche, fast noch faltenlose Gesichtsoval dieser überraschend jung wirkenden Fünfzigerin, sah die ebenmäßige Nase, das dichtgewellte, hellrot schimmernde, kühn frisierte Haar, sah den ungewöhnlich straffen, vollrunden Busen, dessen Blöße zu zeigen sie niemals geizte; man sah die hohen, wohlgeformten Hüften und die federnd schlanken Beine, und alle Männer ergötzten sich insgeheim an ihrer absichtlich hurenhaftgewagten Kleidung – kurzum, jeder sah immer nur die *ganze* Lisawetha, nichts mehr von den störenden Details. Und von diesem Ganzen ging eine undefinierbare, äußerst freche Anzüglichkeit aus. Dann zweifelte niemand mehr an den vielen Liebhabern Lisawethas, die sie alle wahllos und mit fast animalischer Gier ausgekostet und wieder abgelegt hatte, ohne sich je mit einem davon zu verfeinden ...

Und sonst?

»Na gut, du bist der Meinung, sie ist intelligent«, äußerte Charlie einmal über sie, als er mit Ling und Nuckling zusammensaß: »Wo die ihre Intelligenz her hat, möcht' ich wissen. Die spielt sich bloß so auf, daß jeder meint, es ist wunder was dahinter. Das kann sie großartig, genau wie der Victor. Von dem hat sie's wahrscheinlich gelernt. Ich halte sie bloß für dummschlau und überheblich ... Das siehst du natürlich nicht, weil dich in letzter Zeit auf einmal solche Weiber reizen. Früher war das nicht so, oder? ... Aber hör dir doch an, was die oft für einen Blödsinn verzapft. Es ist bloß gut, daß sie so selten was sagt.« Und philosophischer setzte der Doktor Nuckling dazu: »Es stimmt schon, Mart, was du immer sagst – seit Hitler und unserer Emigration ist in jedem von uns alles

in voller Auflösung. Bei der Lisawetha aber ist doch überhaupt nichts da, was sich auflösen soll!«
Ling lächelte nur stumm nickend. Ihm gefiel vor allem, daß Lisawethas entwaffnend kindliche Fragen und einfältigen Bemerkungen stets jegliche Art von Ernst und Nimbus zerstörten. Unklar war er sich bloß darüber, ob das wirklich ihrer Natur entsprach, ob es echt war. Immerhin, Menschen dieser Art wirken befreiend und wohltuend. Sie bezaubern, ohne daß sie es darauf anlegen wollen.
»Das nächste Mal, Lisawetha«, rief Ling ihr amüsiert zu, »da laß ich die Herrschaften sicher zusammenkommen, ganz bestimmt!«
Sie sah in sein spöttisches Gesicht und platzte heraus: »Ja, aber *die* doch nicht ... Der Mann ist doch tot und sie irrsinnig.« Sie stockte und brach in ein schüttelndes Lachen aus: »Oi-oi, war das aber dumm!«
»Du bist ja köstlich! Du bist dein Geld wert!« lachte Sonja, und alle wurden angesteckt davon.
Victor kam endlich dazu, energisch Ruhe zu schaffen. Er nahm Ling scharf aufs Korn und fragte erneut: »Aber sag mal, Mart – ganz im Ernst, wo hast du die Geschichte wirklich her?«
»Die? ... Ich, hm!« antwortete der nach einigem Zögern: »Wenn du's genau wissen willst, die hab' ich vor langer Zeit einmal geträumt ... Wirklich, ich hab' sie geträumt.«
»Was? Geträumt?! ... So lange kannst du dir Träume merken? Geträumt hast du das? ... So logisch und ausführlich träumt man nicht, mein Lieber! So träumen vielleicht Paranoiker. Ein Paranoiker bist du bestimmt nicht, das kann ich dir schriftlich geben.«
»Geträumt! ... Geträumt hat er das! Geträumt!« rief es von allen Seiten ebenso zweifelnd. Ling sah viele ungewisse Blicke.
»Sehr interessante Träume hast du, Mart! Sehr interessant, das muß man dir lassen! Andere erleben kaum was,

und du träumst die wildesten Sachen! Komisch«, rief Sonja, und wiederum redete Lisawetha mittenhinein: »Schade, ich träume nie so was, hm! Ich hab' auch schon alles vergessen, wenn ich aufwache.« Und sich an Ling wendend, fragte sie unvermittelt: »Wie macht man das, daß man auch so träumt?« Da sah sie, daß Victor nur noch den Kopf über sie schüttelte, und sie schwieg wie ein folgsames Schulkind.

»Du hast natürlich allerhand dazugemacht, Mart. Das merkt man. Für mich wäre natürlich bloß der reine Traum wichtig«, meinte Victor wiederum, doch jetzt klatschte Sonja in die Hände und rief den Plaudernden zu: »Herrschaften, bitte, im Dining-Room gibt's zu essen und zu trinken. Die Kritik kommt nachher!«

»Kritik? Wieso denn?« murrte der Doktor Nuckling während des Hinausgehens: »Was kann man denn zu der Geschichte noch sagen?«

»Nicht wahr? Das find' ich eben auch«, stimmte ihm Lisawetha zu und schloß leichthin: »Na, nach dem Essen wird schon jedem was einfallen.«

Victor kam an ihre Seite. »Nun?« fragte sie und sah auf ihn herab, denn er reichte ihr kaum bis zu den Schultern.

»Das mit dem Traum hat mir das ganze Konzept verdorben«, flüsterte er ihr zu: »Ein Filou, der Mart! ... Ich glaub' ihm kein Wort! Sicher will er bloß wieder bluffen damit.«

»Du wirst schon das Richtige finden«, erwiderte sie ebenso: »Dem Mart bist doch bloß du gewachsen.« Es klang zärtlich.

Ihr Bruder Victor war der einzige Mensch, an dem sie hing. Seine Autorität respektierte sie in vieler Hinsicht. Auch er liebte sie auf seine Art.

Früher nämlich, in ihrer New Yorker Anfangszeit, waren – wie Charlie boshaft sagte – »die Nagels stets in Rudeln aufgetreten«: Victors jüngerer Bruder Julius mit seiner schweigsamen, eleganten Frau, seine andere, noch nicht lange verheiratete Schwester Olga mit ihrem reichen, antiintellektuellen, dafür aber geschäftlich sehr tüchtigen Mann, Selma, Victors Frau, und Lisawetha.

»Es ist das«, erklärte er damals manchmal, »eben jenes urtümliche Zusammenhalten ostjüdischer Familien, die seit jeher Verfolgung, Not und Tod erleiden mußten.« In Wirklichkeit brauchte Victor nur die Seinen noch als bewunderndes Publikum, das ihm stets gewiß war. Nachdem er sich in diesem Kreis Bedeutung, Einfluß und eine passende Anhängerschaft geschaffen hatte und merkte, daß die Kumians seinem Familienanhang zum größten Teil eine schwerwiegende Ablehnung entgegenbrachten, erschien er nur noch mit seiner Frau und Lisawetha, die er sehr rasch mit Sonja zu befreunden wußte. Mit Lisawetha konnte man sich überall sehen lassen. Sie nahm nicht nur sehr schnell für sich ein, sie war nicht nur Männerblickfang und geeignete Folie für Victor, sie war vor allem auch der Inbegriff alles dessen, was er sein Leben lang inbrünstig ersehnte. Außer bei den Männern hatte sie meistens auch noch andere Erfolge, und zwar so mühelos und ohne besonderes Dazutun, daß sie sich hinterher selber wunderte. Noch kurz vor Hitlers Machtübernahme hatte sie in Deutschland das juristische Doktorexamen bestanden, doch sie verlor nie ein Wort darüber. Um so mehr sorgte Victor dafür, daß jeder unauffällig davon erfuhr, denn dieser Titel war sein geheimster Stolz und der Inhalt seines heißen Trachtens. Alle beneideten Lisawetha um ihre Stellung. Sie war schon jahrelang Sekretärin eines vielumschwärmten, hochbewunderten Psychoanalytikers, der bereits anfing, in New York und ganz Amerika berühmt zu werden. Für sie war das lediglich ein angenehmer Job, und sie hielt weder von ihrem Chef noch von dessen Theorien allzuviel. Auf Victors Drängen hatte sie ihn mit diesem Mann zusammengebracht. Von daher datierte Victors Beschäftigung mit der Psychoanalyse, er wurde der beflissenste Schüler und glühendste Anhänger des Meisters und erwähnte bei jeder Gelegenheit seinen neuen, großen Freund. Es blieb ihm unbegreiflich, daß seine Schwester an alledem so wenig interessiert war, daß sie überhaupt keinen Ehrgeiz hatte und immer nur den voll ausgeschöpften Augenblick für wichtig hielt, doch er war ihr tief dankbar. Sie war der wichtigste Aktivposten im Kalkül seiner motorischen Eitelkeit. Kein Wunder, daß ihm Lings Interesse für sie sehr gefiel.

Einer längst ausgemachten Übereinkunft entsprechend, wurde erst nach den Erfrischungen im »Living-Room« über das Vorgetragene diskutiert und Kritik daran geübt. Ling stand, abgesondert von den kleinen Gruppen, die da und dort halblaut-gewichtig Meinungen austauschten, am großen Tisch. Er hielt den zierlichen Griff der feinen, blaugemusterten Porzellantasse in den groben, dicken Fingern und aß Kuchen. Sein gesundes, weingerötetes Gesicht glänzte aufgeheitert. Er schien sichtlich zufrieden damit, daß seine Geschichte gefallen und interessiert hatte. Zufällig fiel sein Blick in den umfänglichen Spiegel an der gegenüberliegenden Wand, der in leichter Schräge über der langen, dunkelbraunen Konsole hing. Er fand, daß er noch recht rüstig aussah, wenngleich er sich erinnerte, daß ihn sein Zeitungshändler an der Subwaystation stets mit »Hello, Pop« begrüßte. Papahaft alt kam er sich durchaus noch nicht vor, und jetzt schon gar nicht. Das Eckige und Breitschulterige, das ihn mächtig und größer, als er in Wirklichkeit war, erscheinen ließ, empfand er als angenehmen Vorteil, ganz besonders wenn ein kleinerer Mensch oder eine schmächtige Dame vor ihm stand wie zum Beispiel Hilde Rösch, die sich irgendwie ausgeschlossen fand und zu ihm trat, indem sie sogleich wieder schwärmte: »Wirklich, Ling – fabelhaft können Sie erzählen.«
»Soso«, erwiderte er beiläufig: »Hauptsache ist, daß Sie sich gut unterhalten haben.«
»Was heißt, bloß *ich*? Sie sehen doch, alle sind begeistert!«
»Um so besser«, meinte er wiederum so gleichgültig: »Das war ja schließlich der Zweck der Übung. Man tut eben, was man kann.« Er hatte es nicht gern, wenn er in einer Gesellschaft von einem einzelnen in Beschlag genommen wurde. Zweifellos aber ertrug sie die Isolierung nicht.
»Victor hat vollkommen recht, Lieber! Sie sollten wirklich

schreiben! Ganz im Ernst, schreiben müßten Sie solche Geschichten!« ereiferte sie sich. Damit traf sie eine sehr verwundbare Stelle in ihm. Nur die Literatur liebte er von Kind auf wahrhaft, und heute noch ließ ihn ein literarisches Meisterwerk sonderbar erschauern. Unsagbar groß schien ihm solch ein Wunder. Darum ließ er in dieser Hinsicht nur die höchsten Maßstäbe gelten und wagte nicht einmal, an eigene schriftstellerische Versuche zu denken.

»Hm, mein Gott, schreiben? Schreiben?!« warf er hin: »Wer schreibt heute nicht alles! ... Schreiben, wirklich schreiben können in einem Jahrhundert oft nur zwei oder drei.« Er fühlte, daß er dabei in eine unangebrachte Begeisterung geraten konnte und bog rasch ab: »Hübsch sehen Sie aus, Hilde! Das weiße Kleid steht ausgezeichnet zu ihrer leicht braunen Haut.«

»So? Finden Sie? Danke«, ging sie geschmeichelt darauf ein, während Ling sie unauffällig betrachtete. Bei Frauen hing er nur an Äußerlichkeiten. Von ihrem glatten, dunklen Haar lief sein Blick über die vorspringende, fein gefurchte Stirn, die etwas eckig war. Er umkreiste ihr schmales, mageres Gesicht mit der zu spitzen Nase zwischen den dunklen, unruhig-schmachtenden Augen, kam tiefer zum strichlippigen Mund, zum kleinen, scharfen Kinn und resümierte: ›Wie kann sie nur mit ihren starken, häßlichen Brustknochen auf so einen unvorteilhaften Halsausschnitt verfallen? Nie verstehen Frauen, was vorteilhaft für sie ist. *Die* jedenfalls bestimmt nicht.‹ Dabei fiel ihm Iwan ein, dann Sonja. Wie war das eigentlich mit ihrer Eifersucht auf die? ›Auflösung‹, dachte er und wunderte sich, wie er auf einmal darauf kam. ›Alles rutscht uns weg und rinnt aus uns. Bloß Worte, bloß Geschwätz bleibt noch – dumme Gans oder blöde Kuh nennt sie Hilde und lügt damit bloß ihre natürliche Eifersucht in eine gewöhnliche Antipathie um ... Hm, seltsam geht's mit uns allen, seit wir den Boden der eingelernten Begriffe verloren haben ...‹

Wiederum sagte Hilde: »Wenn ich so erzählen könnte wie Sie, Ling, ich ...« »Bsst! ... Bsst, Hilde! Keine Voreiligkeiten, bitte!« rief ihr in diesem Augenblick Victor zu, und sogleich setzte Sonja hinzu: »Hier ißt und trinkt man, weiter tut man hier nichts.« Abermals entschuldigte sich Hilde so exaltiert einschmeichelnd und schien froh, endlich beachtet zu werden. »Ich bin neugierig, wie die Kritik ausfällt«, flüsterte sie Ling noch geschwind zu und trank ihren Kaffee aus. Sie schien auf einen verstehenden Blick zu warten, doch Ling schaute auf Victor und Sonja, die, mit dem Rücken zu ihm, in einer Gruppe standen und kaum hörbar auf die anderen einredeten. Victor hatte die reiche, kapriziöse Frau einst auf geistige Ambitionen gebracht. Seither glich sein Verhältnis zu ihr dem eines gewohnten Hausfreundes, eines intellektuellen Mentors und geheimen Liebhabers zugleich. Nie gaben sich die beiden eine Blöße, immer noch redeten sie per ›Sie‹ miteinander, und ihre Beziehung war so eingespielt und unverdächtig, daß manche sich des Eindrucks nicht erwehren konnten, als ahne Iwan entweder nicht das geringste davon oder habe sich als kluger Ehemann, der weiß, daß jede Frau durch eine solche Liebschaft bei Laune gehalten wird, damit abgefunden. Einen Mann ohne Eifersucht jedoch schätzt keine Frau. Obgleich er ihr sehr bequem ist, fühlt sie sich durch seine Gleichgültigkeit verletzt, ja, zuweilen sogar entwürdigt und läßt alle Launen ihrer Herrschsucht an ihm aus, wenn sie merkt, daß eine andere Besitz von ihm ergreifen will. Er ertrug all das ziemlich widerspruchslos. Es schien ihm nichts auszumachen. Er blieb der korrekte Geschäftsmann und der stille, etwas scheue Mensch, mit dem mit Leichtigkeit gut auszukommen war, und jeder mochte ihn gern. Am meisten interessierte ihn die neueste Musik, und er saß manchmal stundenlang träumerisch versunken da, um auf dem Grammophon die letzten Platten abzuhören. Und jetzt liebte er Hilde, liebte und träumte von ihr und kam dabei mit sich selber in Konflikt, weil er das nicht recht in der Ordnung fand.

»Du hast recht, Mart«, charakterisierte ihn Laschi einmal: »Ordnung geht dem über alles. Das begreifen wir gar nicht mehr. Vielleicht ist er der einzige Normale unter uns allen.«

Man ging wieder zurück in den ›Living-Room‹. Bei seinem Eintritt sah Ling, daß sich bereits alle im Halbrund gruppiert hatten und ihn erwartungsvoll musterten.

»Hoho, das sieht ja fast feierlich aus«, sagte er, goß sich Wein ein und blieb abwartend stehen.

»Weißt du, Mart«, fing Laschi ohne weiteres in seinem breiten, näselnden Wienerisch an: »Phantastisch oder unheimlich ist mir deine Geschichte ganz und gar nicht vorgekommen, eher schon komisch. Und notabene, wie du das alles erzählt hast. Gott, wie manieriert das erst war! Schlecht, entschuldige, bitte, schlecht, ganz schlecht! Alles hat mich fast penetrant an die damaligen salonmäßig frisierten Feuilletons der ehemaligen Wiener ›Neuen Freien Presse‹ erinnert. Genauso skrupellos und effekthascherisch, verstehst du? . . . Kannst du dich noch erinnern an dieses verschmierte Zeug? Na ja, du warst ja nicht lang genug in Prag, da hat's die ›Presse‹ ja auch gegeben im Kaffeehaus. Aber abgesehen davon, eins war doch gut bei dir, sehr nett sogar! Diese Person da, weißt du, dieses Frauenzimmer, die Nelly! Das hast du gut gesagt: ›süß und verderbt wie eine überreife Birne‹! Diese Nelly, die könnt' mich reizen, die war gut, ausgezeichnet . . .« Seine wulstigen Lippen verschmolzen haltlos, und seine Augen fingen an, lüstern zu glänzen. Einige lachten amüsiert.

»Quatschkopf, Laschi! Setzen Sie sich, bitte, und lassen Sie andere auch reden!« wies ihn Sonja scherzhaft zurecht, und er nahm Platz. Auch Ling setzte sich und sah angeregt auf den sprungbereiten Victor, der eben seine vielen Notizzettel sortierte und nunmehr losschoß: »Laschi hat natürlich immer bloß den Sex im Kopf. Das wissen wir ja. Schlecht, Mart, war deine Geschichte nicht, sogar originell war sie, was ihre Fabel anbelangt, aber sie hat vor allem *einen* Grundfehler! Es gibt natürlich noch andere darin, aber der hat mich persönlich am meisten gestört ...« Er holte förmlich zu einem neuen Schwung aus und dröhnte lauter: »Warum muß dein Mann ständig dieses gleiche, auffallend gelbe Halstuch tragen. Das ist doch primitivste Schauerromantik! Und psychologisch ist's ganz unmöglich! Hast du nicht erzählt, daß dein Mann immer dezent weltmännisch angezogen war? Warum also dieses lächerliche, auffallende gelbe Tuch? ... Schön, du hast gesagt, du hast das so geträumt. In dem Fall ist natürlich die gelbe Farbe wichtig, verstehst du? Die Doppelsymbolik von Verbergen und Daraufhinweisen ist sehr verdächtig, sehr aufschlußreich. Darüber möcht' ich mich einmal allein mit dir unterhalten, mein Lieber.« Er lächelte gewitzt und bekam eine höchst selbstzufriedene Miene: »Aber bleiben wir bei der Geschichte. Du sagst zwar immer, du kannst nicht schreiben und bloß ab und zu aus dem Stegreif was erzählen, aber, mein Lieber, die Geschichte heute, die hast du doch konstruiert wie ein regelrechter Schriftsteller! Das hast du doch selber zugegeben, oder? ... Na, also ob gut oder schlecht, spielt momentan keine Rolle. Ein guter Schriftsteller der hätte dieses Halstuch wahrscheinlich bloß nebenbei erwähnt, bestimmt wär's bei ihm nicht so auffallend gelb gewesen. Bei dir aber ist diese gelbe Farbe die Hauptsache! Das ist für mich der Grundfehler. Hab' ich recht oder nicht?«

»Sehr gut! Ausgezeichnet, Victor! Auch mich hat das komische Tuch von Anfang an gestört«, stimmte ihm seine stark gealterte, füllige Frau Selma zu, und als sie sah, daß viele nickten, belebte sie sich noch mehr und wiederholte ihren Einwand, doch er beachtete sie kaum. Er strahlte, denn das ganze Forum war für ihn. Es war leicht zu erken-

nen, daß er Selma stets nur als lästiges Anhängsel empfand. Sie war älter als er, war sehr belesen und machte oft recht intelligente Bemerkungen; sie unterstützte ihn bei jeder Diskussion und haßte jeden giftig, der ihn nicht bewunderte, aber sie hob seinen Glanz nicht. Ihre schwammige Figur in dem dunklen, glanzseidenen Kleid wurde nur mühsam von dem starken Korsett zusammengehalten. Ihr Haar war unnatürlich pechschwarz gefärbt, in ihrem teigig zerlaufenen, kalkweiß gepuderten Hängebackengesicht mit dem breiten, schlafflippigen, dickgeschminkten Mund steckten zwei kleine, mißgünstige Augen, und immer, wenn sie lachte, sah es aus, als weine sie. Darum sahen und hörten alle beständig über sie hinweg. Sie litt schwer darunter, daß man sie neben Lisawetha und Victor gleichsam als nicht zugehörig betrachtete. Zudem war auch bekannt, daß die beiden Eheleute einander längst überdrüssig waren.
»Und noch was, noch was, Mart!« blieb Victor im Zuge: »Außerdem hast du erzählt, daß dein Mann mit dem Doppelmund zuletzt im ›Madison Square Garden‹ bei den Ringling Brothers aufgetreten ist. Du weißt so gut wie ich, daß man da in allen Zeitungen, auch in den Zeitschriften und auf Plakaten eine Riesenreklame mit ihm gemacht hat. Wahrscheinlich sind auch sonst überall Artikel und Fotos von diesem Unikum erschienen. Die medizinischen Kapazitäten waren hinter ihm her, hast du gesagt. Er war also bekannt wie ein bunter Hund. Gut, er ist auf und davon und verschwunden. Er hat sich den Bart abnehmen und hat sich die Haare färben lassen, meinetwegen – alles in Ordnung. Aber wieso kommt denn dieser Mensch dann dazu, ausgerechnet in deinem Künstlerlokal aufzutauchen und noch dazu so kitschig und auffallend aufgemacht? Das ist doch fast schon kindisch naiv von dir! Das ist doch reiner Quatsch!«
»Bravo, bravissimo!« lachte Lisawetha auf, und Sonja und Iwan klatschten mit ihr.

»Natürlich«, sagte nunmehr Victor milder und herablassend: »Du erzählst einfach drauflos, Mart. Da geht's selbstverständlich nicht so genau. Unterhaltend und spannend bist du immer, und du hast originelle Einfälle ... Im Ernst, so richtig erzählen wie du, das können die heutigen Schriftsteller überhaupt nicht mehr. Sie philosophieren und psychologisieren, und Handlung gibt's bei ihnen überhaupt nicht mehr ... Mensch, du mit deinem Talent, Mart – du mußt schreiben. Ich versteh' dich nicht, versuch's doch einmal, und wenn's auch bloß für unseren Kreis ist! Schreib einfach so drauflos, wie du erzählst! Ich bin überzeugt, das ist deine Zukunft ...«
Da er sah, wie Ling in einem fort skeptisch den Kopf schüttelte und schließlich sogar ärgerlich die Stirn furchte, wurde er noch zudringlicher und lächelte listig: »Ah, ich weiß, ich weiß, warum du dich so dagegen wehrst! ... Beim Schreiben, wenn alles schwarz auf weiß dasteht, da kann man alles genau kontrollieren. Da kommt man schneller auf deine Tricks und Schliche, was? Ich hab' dich fast im Verdacht, daß du bloß deswegen nicht schreiben willst ...« Er zeigte allereinnehmendst seine appetitlichen Zähne: »Jetzt hab' ich dich ertappt, du Filou, du, was?«
»Vielleicht«, sagte Ling auch, »vielleicht hast du recht ...«
Rundherum wurde es lebendiger.
»Aus dem Stegreif! Fehler oder nicht! Was will das schon heißen!« mischte sich der ellenlange Kurt Bremer ein: »Meiner Ansicht nach hat die Geschichte von Mart alles gehabt, was man in Amerika verlangt – Kriminalistik, Phantastik und Liebe. Wenn etwas so spannend ist, schaut man nicht so genau auf jede Kleinigkeit ... Victor hat recht. Wetten möcht' ich, Mart, wenn du so was schreiben würdest, in kürzester Zeit wärst du ein gemachter Mann. Bloß Englisch müßtest du natürlich können, aber das lernt sich doch schließlich ...« Treuherzig sah er aus seinen geschlitzten Tapiraugen auf Ling. Auf seiner riesigen, vor-

springenden Hakennase standen Schweißtropfen. Er mußte sich immer erst einen Anstoß geben, um nach harten Überlegungen etwas zu sagen, von dem er meinte, es könne sich in diesem intellektuellen Kreis hören lassen.

»Gemachter Mann? Alles, was in Amerika verlangt wird, hm!« warf der Doktor Nuckling abweisend hin: »Wer sagt denn, ob Mart das überhaupt will? ... Was die hier in den Magazinen zusammenschmieren, was ist das schon? Schließlich muß man zum Schriftsteller doch berufen sein!« Er freute sich und wurde leicht rot, als Ling ihm lebhaft zunickte, und als dieser sagte, so wie er könnte doch jeder Geschichten erzählen, das sei doch keine Kunst, da nickte er ebenso.

»Blablabla ... Kleinermachen steht dir nicht, Mart!« widersprach Sonja, und Victor setzte zustimmend hinzu: »Sehr richtig ... Weißt du, Mart, du hast dich bei uns zu sehr ans Improvisieren gewöhnt. Da kannst du auch immer gleich die Wirkung feststellen, *das* ist's ... Schreiben verlangt Disziplin. Weiter brauchst du nichts.« Ling saß breitbeinig leger da, hob den vorgebeugten Oberkörper und reckte sein Gesicht gerade auf, doch Charlie ließ ihm das Wort nicht mehr.

»Langsam brummt mir schon der Kopf mit eurem ewigen ›Schreiben, Berufung und Disziplin‹«, polterte er und nahm Victor aufs Korn: »Ich versteh' nicht, warum man immer gleich so hochliterarische Maßstäbe anlegt, wenn der Mart was erzählt ... Ich denk' bei seiner heutigen Geschichte an ganz was anderes. Verfilmt müßte die werden. Nur der Film wär' das Richtige dafür! Boy, o Boy, ein Film könnte das werden, ein Film wie einer vom Chaplin! Übrigens, bloß der könnt' auch die Rolle übernehmen ...« Er setzte sich gesammelter im Stuhl auf und fing zu gestikulieren an: »Stellt euch doch einmal vor, daß der Mann mit seinem Doppelmaul allein in seinem Zimmer ist und sich grün und blau über etwas ärgert, das heißt natürlich, hin-

ten hat er eine Sauwut und vorn das Gegenteil. Vorn ist ihm alles recht, und hinten wird er deswegen immer giftiger. Eine Frau braucht der überhaupt nicht. Er kann sich jederzeit einen Familienkrach bereiten, großartig!« Lisawetha überkreischte die einsetzenden Lachsalven.
Angespornt, malte Charlie weiter aus: »Oder der Mann kriegt Hunger. Wie macht er das? Vorn und hinten muß er dafür sorgen. Grad' zu tun hat er damit. Die reinste Schwerarbeit hat er mit den zwei Armen zu leisten. Ganz wahnsinnig wird er dabei und fängt auf einmal an, sich wie ein Verrückter vorn und hinten das Maul vollzustopfen. Die Luft geht ihm aus, ins Schwitzen kommt er . . .«
Das Gelächter wurde prasselnd, alle schüttelten sich, als Charlie clownhaft anfing, die Bewegungen des armen Mannes zu demonstrieren: »Oder, stellt euch vor, wenn der Unglücksmensch seine Zähne putzt. Zwei Zahnbürsten braucht er. Das geht noch, aber wenn er gurgeln will, ist das Malheur da! Gurgelt er vorn, muß er den Kopf zurückbeugen. Da wird der hintere Mund bös' und beißt ihm ins Genick . . .«
»Um Himmels willen, ich kann nicht mehr!« schrie Lisawetha. »Großartig! Scheußlich! Abscheulich! Schrecklich! Großartig, Charlie!« lachte es von allen Seiten.
»Phantastisch!« hörte man Kurts Stimme. Sogar der Doktor Nuckling schüttelte belustigt den kleinen Kopf und brümmelte: »Wirklich, bloß Charlie kommt auf solche Ideen.« Lisawetha, die zwischen Kurt und Laschi saß, kraulte beide im Genick und platzte schüttelnd heraus: »Schade, von euch hat keiner so einen Mund hinten, schade. Ihr seid ganz uninteressant, pfui!«
»Shut up!« fuhr Victor sie an. Sie bekam ein gespielt verlegenes Schulmädchengesicht und stammelte vergnügt: »I'm sorry, Victor! Ich glaub', ich bin ein bißchen beschwipst.« Mißbilligend maß er sie. Sie schaute rundherum wie ein überraschter Star, und da sich das Gelächter etwas

gelegt hatte, fragte sie mit naiver Dreistigkeit: »Und ... über was wollen wir jetzt reden?«
»Ganz richtig, Kindchen!« schloß Nuckling sich ihr an: »Reden, reden, diskutieren und alles zerreden!« Niemand achtete darauf. Victor stand vor Ling, goß sich Whisky ein und fragte: »Aber sag mal, Mart, du hast da in deiner Geschichte was von einer Mittelmäßigkeit gesagt, mit der wir uns alle abgefunden haben. Du glaubst das natürlich selber nicht und am allerwenigsten von dir. Wie meinst du das eigentlich? ... Oder war das auch wieder bloß eine Provokation von dir?«
»Eine Provokation, wieso?« Ling sah ihn arglos an. Er hatte die Bemerkung allem Anschein nach schon wieder vergessen und war noch immer belustigt. Lästiger Schwätzer! dachte er und haßte Victor auf einmal. Vielleicht jedoch ärgerte er sich auch nur, weil er nichts Rechtes darauf zu antworten wußte. Es kam ihm sehr gelegen, daß sich Hilde über die dickverrauchte Hitze beklagte, und als Iwan das Fenster aufschob, atmeten alle erleichtert die frisch einströmende Luft ein. Einige hatten sich erhoben und plauderten aufgelockert miteinander, die Männer legten ihre Jacken ab und machten sich's bequem. – »Gut also, eine kleine Pause!« dröhnte Victor leicht verstimmt: »Gleich geht's wieder weiter! Nächstes Thema die Mittelmäßigkeit!«
»Meinetwegen!« gab ihm Ling zurück und trat ans offene Fenster. Vom fünfzehnten Stock dieses Broadwayhauses sah er nachdenklich in die flimmernde, unablässig bewegte, rauschende Tiefe. Die grell aufblitzenden, wirr ineinandersprühenden Farben der Lichtreklamen übersprangen die breite, schwach überdunstete Straße, auf der ungeschlachte Omnibusse und riesige Lastkraftwagen neben unzähligen, wendig dahinflitzenden Autos entlangrollten. Ameisengeschäftig, dicht und schwarz, krabbelten Rudel winziger Menschen auf den Trottoiren. Fasziniert von der Lichtflut, eingemummt vom heraufdringenden, summenden Rau-

schen, sah der Versunkene in einen anderen Straßenschacht, der den breiten, dunklen, nur von einigen Lichtreflexen überglänzten Hudson freigab, und landete an den schwarzgezackten, steil aufragenden Felswänden auf der New-Jersey-Seite des anderen Ufers. Wie eine dahinschießende Sternschlange jagte am Fuße der Felsen ein langer, leuchtender Eisenbahnzug dahin. Oben auf den Felsplateaus standen neugebaute, langgestreckte Mietshäuser, die mit ihren vielen erhellten Fenstern aussahen wie vom Himmel herabhängende, lichtdurchlöcherte, schwarze Vorhänge. Darüber, im dunstbedeckten, schwachbesternten Mondhimmel, der sich nur streckenweise enthüllte und im Nirgendwo verlor, surrten Flugzeuge mit unruhig aufblitzenden Blinklichtern. ›Das alles kommt ohne Ideen, ohne Helden und Führer, ohne Himmel und Gott aus. Die Menschen und die Stadt . . . alles‹, ging es Ling durch das Hirn. Er drehte sich um und sagte aus einem unklaren Gedankengang heraus: »Hm, ich hab' New York schrecklich gern. Komisch geht's mir dabei. Das einzelne verliert sich stets, bloß das Ganze packt mich immer wieder. Mit Daheimsein hat das bestimmt nichts zu tun, zum Daheimsein gehört eine gewisse private Intimität. Die fehlt hier völlig. Ich komm' mir da vor wie ein gleichgültiger Dutzendgast in einem Riesenhotel. Ob die Hotelleitung sich ändert, ob mich zum Frühstück oder zum Essen jedesmal ein anderer Kellner bedient, ich merk' das gar nicht. Es interessiert mich auch nicht. Es geht mich nichts an. Ich bleib' ganz für mich, aber ohne das Hotel wär' ich verloren. Hm, sonderbarer Zustand, das – alles funktioniert ohne mich, aber doch *für* mich . . .« Es war, als erwache er jetzt erst aus seiner Abwesenheit.

»Victor«, sagte er aufgefrischt, »das geht dich an. Es geht uns ja alle an, aber dich am meisten. Du mit deiner Psychoanalyse, verstehst du, du nimmst jedes Pimperlitzchen ernst, todernst. Ich weiß nicht, wie ich's sagen soll, ich glaub', es heißt: ›Er sieht den Wald vor lauter Bäumen nicht‹ oder? Du willst immer bloß den Baum, den einzelnen Baum, verstehst du? Darauf kommt's gar nicht mehr an, auf den Wald kommt's an, alles andere ist nicht mehr wichtig...«

»Ist das vielleicht deine Mittelmäßigkeit?« fiel ihm der andere spitz ins Wort: »Für mich ist das ganz ordinärer Kollektivismus. Dafür dank' ich schön!« Ling streifte ihn mit einem winzigen Lächeln und redete ungetroffen weiter: »Ich weiß ja, Victor, du magst den Walt Whitman nicht. Du sagst, du kannst seine Gedichte nicht lesen, weil sie nichts als eine wahllose Aufzählung von Superlativen sind. Das stimmt auch irgendwie. Ich glaub' sogar, davon kommen die heutigen amerikanischen Reklametexte her. Weißt du, als ich jetzt so auf den Broadway hinuntergeschaut hab', da ist mir auf einmal aufgegangen, was Whitman in seinen ›Grashalmen‹ den ›göttlichen Durchschnitt‹ heißt... *Das* ist's, das meine ich. Das hat nur ein Amerikaner sagen können, ein Europäer nie!... Amerika ist nur durch die Mittelmäßigkeit groß geworden, durch den ›göttlichen Durchschnitt‹, verstehst du? Je mehr es sich europäisiert, um so mehr verliert es seine gesunde Natur... Ich saß neulich im Vorpark von der ›Public Library‹. Da sind Buben, die Schuhe wichsen, von der Straße gekommen und wollten Kunden ergattern. Da hat sie der Polizist fortgejagt. Das hat mich geärgert. Ich bin den Buben auf der Straße nachgegangen und hab' mich mit ihnen, so gut und schlecht, wie ich's konnte, unterhalten... Ich wollt' wissen, ob sie auf den sturen Polizisten nicht eine Wut haben. Keine Spur davon. Je nun, haben sie gemeint, es ist doch sein Geschäft, sein Business. Keine Feindschaft, kein Haß auf den Polizisten, nichts bei diesen Buben von der muffigen Wut des kleinen Mannes, der sich zu Unrecht zurückgesetzt fühlt. Der Polizist war einer, genau wie sie – großartig...«

Alle schauten auf den Sprechenden, als glaubten sie ihm seine Ernsthaftigkeit nicht. Eine ganz kurze Pause trat ein.

»Ich bin ja einfach baff, Mart!« rief Laschi kopfschüttelnd: »Ich kann mich bloß noch wundern über dich! Ausgerechnet du – du fängst jetzt an, Amerika zu verhimmeln! Ich versteh' das nicht! Ich möcht' ganz gewiß nicht mehr nach Wien zurück. Mich könnt' dort nichts mehr locken, durchaus nichts, aber Amerika? ... Na gut, ich bin amerikanischer Bürger und hab' mich damit abgefunden, und – bitt' schön, Herrschaften – machen wir uns doch nichts vor, wir sind alle froh, daß wir das sind. Mir persönlich wär' zum Beispiel so eine demokratisch gut durchwachsene Monarchie mit der gemütlichen Schlamperei wie unter unserm alten Kaiser Franz Joseph am liebsten. Da war wenigstens noch Tradition, echte Kultur, Geist, Kunst. Gott sei Dank, die Reserven hat man noch! Aber hier? Hier ist doch alles Talmi und Tinneff! ... Hmhm, ausgerechnet du, Mart, schwingst dich jetzt auf zum Apostel für Amerika! Wieso hast du dich denn dann damals bei deiner Bürgerschaftsprüfung so konstant geweigert, Amerika mit der Waffe zu verteidigen?«

»Sehr gut! Ausgezeichnet! Bravo, Laschi!« rief Victor, und alle klatschten mit ihm.

»Aber, aber! Aber das ist doch ganz was anderes!« wehrte Ling ungeduldig ab: »Pazifismus gilt doch nicht bloß für *ein* Land!« Auch Kurt Bremers Bemerkung, er sei ganz gern ein Amerikaner, wurde überhört. Schon gärte es in der Runde, und die Meinungen prallten aufeinander. Victor war in seinem Element. Breitbeinig, wie ein Kapitän im Sturm, dirigierte er: »Keine Ablenkung mit Pazifismus, bitte!«

»Einfach schrecklich, wie es jetzt wieder im Süden zugeht! Und das findest du alles O. K.?« warf Sonja Ling an den Kopf. Dieses Stichwort wirkte gleichsam explosiv. Die gesetzliche Gleichstellung von Schwarz und Weiß, der ›Desegregation-Act‹ der Regierung in Washington, welcher den Negern endlich die volle Gleichberechtigung zusicherte, hatte in den renitenten Südstaaten aggressiven Widerstand erzeugt. Hemmungslos tobte dort der Ku-Klux-Klan wieder. Fälle von Lynchjustiz mehrten sich. Freiwild war der schwarze Mensch in jenen Gegenden wieder. Verschleppte Negerjungen mit abgeschnittenem Geschlechtsteil wurden aufgefunden. Nach den Tätern fragte niemand. Mutige Journalisten aus den Nordstaaten, die sich an Ort und Stelle unter Lebensgefahr informiert hatten, brachten alarmierende Berichte von zahlreichen Exzessen. Die südstaatlichen Gerichte waren gezwungen einzugreifen, aber sie taten es nur widerwillig und ganz auf ihre Art. Negerfreundliche Weiße, die als Zeugen bei den Prozessen auftraten, wurden boykottiert, verloren ihren Kredit, ihre Stellungen, ihre Wohnungen, waren ihres Lebens nicht mehr sicher und mußten in andere Staaten fliehen. Neger wagten überhaupt nicht, Zeugenaussagen zu machen. Sie wurden von vornherein für unglaubwürdig erklärt. Versuchte ein Gerichtshof, nur einigermaßen objektiv zu sein, so wurde er als ›subversiv‹, als kommunistisch verdächtigt. Das galt bis hinauf in die höchsten Washingtoner Regierungskreise als das Schlimmste und verfehlte die Wirkung nie. Sowjetrußland, der ehemalige Partner beim Sieg über Hitler, war zum tückischen Feind geworden. Die rote Diktatur griff nach der Weltherrschaft und bedrohte Amerika. Überall witterte man kommunistische Wühlarbeit, und das Schnüffeln nach umfangreicher sowjetischer Spionagetätigkeit steigerte sich zu einer blinden Phobie in den Ämtern. Die Geheimpolizei, das ›Federal Bureau of Investigation‹, arbeitete fieberhaft. Jeder Klub, jeder Mensch, der irgendwann einmal Sympathien für den Kommunismus oder Sowjetrußland bekundet hatte, wurde dutzendmal verhört, verdächtigt und auf Grund von Denunziationen privat geächtet und beruflich ruiniert. Gegenseitiges Mißtrauen, Verwirrung, Angst und Furcht verbreiteten sich in der Öffentlichkeit und wuchsen an zu einer allgemeinen Hysterie. Das gab den Südstaaten die besten Chancen.

»Das weiß ich doch, das . . .« wollte sich Ling Gehör verschaffen. Vergeblich. Wie ein prasselndes Maschinengewehrfeuer übersäten ihn die allbekannten Fakten. Aufgeschreckt schien jeder im Kreis. Sogar der besonnene Doktor Nuckling kam in Rage und stieß verächtlich heraus: »Und *die* haben den Krieg gegen Hitler einen Kreuzzug gegen die Barbarei genannt und die Deutschen moralisch umerziehen wollen!«

Der Fall des vierzehnjährigen Negerjungen Emmet Till aus Chicago, der mit seiner Mutter einen alten Onkel in Sumner in Mississippi besuchte, war noch in frischer Erinnerung. Der Junge, der das von Chicago nicht gewohnt war, begriff die geduckte Scheu seiner gleichaltrigen Spielkameraden in Sumner nicht, ging in einen Laden, um eine Kleinigkeit zu kaufen, rief der weißen Ladeninhaberin im Hinausgehen eine kecke Bemerkung zu und pfiff dabei. Einige Tage darauf kamen der Mann und ein Verwandter der weißen Frau in die Hütte des alten Onkels, nahmen den kleinen Emmet Till mit, verschleppten ihn im Auto, und wieder einige Tage später fand man die grauenhaft verstümmelte Leiche des schwarzen Jungen irgendwo. Nur an dem Ring an seinem Finger konnte die arme Mutter ihren toten Sohn identifizieren.

»Scheußlich! Ich hab' damals nächtelang nicht mehr schlafen können«, klagte Hilde bewegt. »Zu dem alten Onkel von dem Jungen haben die Schufte gesagt, wenn er was verlauten läßt, erlebt er seinen fünfundsechzigsten Geburtstag im nächsten Jahr nicht mehr! . . . So was ist in dem Land möglich!«

»Göttlicher Durchschnitt!« höhnte Victor überlaut, und Laschi redete weiter: »Ganz ungeniert haben die widerlichen Kidnapper zugegeben, daß sie den Jungen verschleppt haben, bloß den Mord nicht ... Mit ihren Frauen und Kindern haben sie wie Filmstars im Gerichtssaal gesessen und haben sich fotografieren lassen, wie sie ihre Frauen küssen und rührend mit ihren Kindern spielen. Zum Kotzen waren die Fotos in den Zeitungen! ... Bitt' schön, man stelle sich vor, ob das überhaupt noch woanders passieren kann – die Herren Angeklagten haben auf die Fragen der Richter meistens gar nicht reagiert oder arrogante Antworten gegeben! Die Geschworenen und das Publikum, alles natürlich durchaus negerfeindlich. Jede Aussage von einem Neger hat man einfach als nicht beweiskräftig abgetan!« – Still war es rundherum geworden. »Von der Mutter des umgebrachten Till haben die südlichen Zeitungen geschrieben, sie hätt' schon noch mehr Tränen vergießen müssen, um Eindruck zu machen, und pflichtschuldigst sind natürlich die zwei Nobelmörder freigesprochen worden, und in ganz Mississippi hat's einen Beifall gegeben wie nach einem Baseball-Sieg. Der Zynismus ist noch ekelhafter wie der von den Nazis!« Sekundenlang hatte Laschi wieder jene hilflose, unstete Angst des Emigranten im Blick, der eben mit knapper Not den nazistischen Schergen entkommen war. Er spähte verloren nach dem gedrungen gebauten, schwarzhaarigen Mann, der fast nie ein Wort sagte, und schloß: »Wie sagst du immer, Lohrer? ... Das verlogene Scheißland!« Lohrer hob seinen auffallend großen Kopf. Er nickte nicht, aber auf seiner kurzen, dicken, fleischigen Nase, um seine geschlossenen, sehr roten Lippen und im leichten Aufleuchten seiner dunklen, glanzschwarzen Augen schimmerte ein schweigendes Einverständnis. Lohrer war immer da, doch niemand bemerkte ihn. Er machte kaum einmal eine Bemerkung und hörte offenbar nur zu. Sonja sagte von ihm: »Komisch, wie ein Stück Möbel ist er ... Er gehört einfach her, und wenn er fehlt, geht er uns ab. Komisch.« Niemand wußte Genaueres über Lohrer. Es war nur bekannt, daß er unverheiratet sei und als Mechaniker in irgendeiner Fabrik arbeite.

»Da! Zum Vorlesen!« wandte er sich an Victor und gab ihm ein Blatt, auf welchem Stellen aus Zeitungsartikeln sorgfältig aufgeklebt waren.

»Hm«, stutzte Victor kurz: »So was machst du also? ... Interessant!« Dann wandte er sich an alle und ahmte den forschen Naziton nach: »Mal herhören! Speziell du, Mart!« Ungeheuerlich hörten sich die chronologisch gesammelten Tatsachen an, die er, rasch vom Englischen ins Deutsche übertragend, laut vorlas: »Kurz nach dem Till-Prozeß war ein schwarzer Pfarrer nachts erschossen worden. Bald darauf erging es dem alten Neger Smith in Mississippi, als er am hellichten Tag zur Primärwahl gehen wollte, ebenso. Die Täter blieben unbehelligt.«

»Hört! Hört!« dröhnte Victor die empörten Zwischenrufe nieder und nahm die Stimme eines Radio-Reporters an: »Trotzdem es keine Ausnahmebedingungen für amerikanische Bürger gibt, werden wahlfähige Neger im Süden einem derart schwierigen Examen über Verfassungsfragen unterzogen, die kaum ein Anwalt bestehen könnte. Deswegen haben von 986 500 Farbigen in Mississippi nur ganze 8000 wählen können! ... Heißt sich Demokratie, das!« Da und dort sagte jemand: »Haarsträubend ... furchtbar!« Victor überlas das Weitere und übertrug rascher.

An der Universität Alabama hatten sich zwei Negerstudentinnen immatrikulieren lassen. Der lebensgefährliche Widerstand der weißen Studenten zwang sie schon nach einigen Wochen, den Besuch der Hörsäle aufzugeben. Appelle an das Oberste Bundesgericht in Washington, das zu ihren Gunsten entschied, änderten nichts, ebensowenig die geharnischten Zeitungsartikel und Protestversammlungen im ganzen Land. Um nichts Schlimmeres zu erleben, kapi-

tulierten die Studentinnen und verließen Alabama.
Die Schwarzen blieben nicht untätig. Das ›non violence‹, Gandhis berühmte Losung ›Liebe gegen Haß‹, das der Reverend Martin Luther King in Montgomery, Alabama, seinen schwarzen Leidensbrüdern empfahl, ergriff die ganze Negerbevölkerung dieser Stadt. Kein Farbiger bestieg mehr die ausschließlich für seinesgleichen bestimmten Autobusse. In den weißen Geschäften und Kaufhäusern sah man keine schwarze Kundschaft mehr. Selbst farbige Hausangestellte, die einen stundenweiten Weg zu ihren Dienstplätzen hatten, gingen zu Fuß. Durch diese passive Resistenz kam die ›schwarze‹ Bus-Gesellschaft in finanzielle Schwierigkeiten, viele weiße Geschäfte mußten schließen, die Hausangestellten blieben ihren weißen Herrschaften gegenüber höflich, aber unnachgiebig. Versprechungen und Lohnerhöhungen stimmten sie nicht um. Die weiße Bevölkerung wurde kleinlaut und unruhig. Sie bestürmte die Stadtverwaltung. Auch diese blieb ratlos. Der Gouverneur mußte, wenn auch widerwillig, eingreifen. Die weißen Herrschaften hetzten. Jeden Tag gab's Reibereien und Krawalle. Neger wurden angefallen und blutig geprügelt. Durch die Fenster von Martin Luther Kings Haus flogen Handgranaten, Bomben explodierten im Negerviertel, Bürgerkriegsstimmung kam auf. King hatte alle Mühe, seine Neger bei der Stange zu halten. Er selber konnte sein Haus nicht mehr betreten, mußte sich verborgen halten und jede Nacht woanders schlafen.«
Victor hielt wieder inne, überflog die Blätter: »Stundenlang könnt' man so weiterlesen.« Er wurde flüchtiger und faßte zusammen: »Na, und die Schulskandale in Alabama, Tennessee, Texas und Florida? Militär muß die paar eingeschüchterten schwarzen Kinder in die Schulen bringen, und da geht sofort der Krach los. Das reinste Spießrutenlaufen machen diese Negerkinder durch! Für ihr ganzes Leben werden sie verängstigt. Nie wieder vergessen sie

das! Schließlich halten sie den Terror nicht mehr aus und bleiben von den Schulen weg, denn die Lehrer verhalten sich abwartend, die Behörden im Süden sabotieren, die Gouverneure machen es genauso und schicken lange Berichte nach Washington, und die bleiben natürlich liegen. Inzwischen hetzen Wanderredner die Weißen in den Südstaaten immer mehr auf. Der Ku-Klux-Klan tobt noch wilder, der Terror auf Farbige wird unerträglich, der weiße Fanatismus unbeschreiblich ... Da hat nun der großartige King mit vier Negerführern bei einer öffentlichen Versammlung in Atlanta an den Präsidenten und an den Vizepräsidenten dringende Hilferufe gerichtet mit der Bitte, sie sollten bloß einmal nach dem Süden kommen und die weiße Bevölkerung zur Vernunft bringen. Hat der Präsident, hat Washington drauf reagiert? Ich weiß nichts. Niemand weiß was davon!« Er gab Lohrer das Blatt zurück und wandte sich mit sichtlichem Triumph an Ling: »Angeklagter Mart, Delikt ›göttlicher Durchschnitt‹ – du hast das Wort.« Man sah ihm an, er war stolz auf diesen originellen Einfall. Imposant setzte er sich.

»Im Verschieben bist du groß, Victor«, sagte Ling in die kurze Pause hinein, doch da richtete sich Charlie gerade auf, der rätselhafterweise bis jetzt geschwiegen hatte.

»Ganz recht!« sagte er gereizt: »Wirklich, so was von Danebenherreden hab' ich schon lang nicht mehr erlebt ... Einen Moment, bitte, ich bin noch lang nicht fertig! Daß die Mittelmäßigkeit oder der ›göttliche Durchschnitt‹ mit dem Terror gegen die Neger im Süden nichts zu tun hat, das nur nebenbei. Wahrscheinlich meinst du mit dem bloß die Mentalität des Amerikaners überhaupt, Mart? Du denkst dabei vielleicht an seinen allgemeinen psychologischen Zustand ...«

»So, so, haha!« entrüstete sich Victor: »Willst du vielleicht damit die ganze Schweinerei gegen die Neger entschuldigen, he?«

»So laß mich doch erst ausreden, Mensch!« fuhr ihn Charlie wütend an: »Wenn du aber schon kein gutes Haar an der amerikanischen Demokratie läßt und bloß auf ihren Fehlern 'rumreitest, dann möcht' ich doch verschiedenes fragen ...«

»Bitt' schön, pack aus! Pack aus!« Siegessicher und herausfordernd musterte ihn Victor.

»Erklär mir bloß eins – möglich wär' das ja schließlich heute –: Warum wandern zum Beispiel nicht massenhaft Neger aus und gehn etwa in die schwarzen Staaten nach Afrika, die übrigens schon sehr zivilisiert sind?« fragte Charlie entschiedener. »Warum machen sie, wenn sie so gemein behandelt werden, keinen allgemeinen Steuerstreik? Warum verweigern sie nicht durch die Bank den Militärdienst, und warum haben grad die Neger so tapfer für diese schäbige Demokratie im Krieg gekämpft? ... Warum laufen bloß Leute vom roten Rußland und den Satellitenländern davon und möchten am liebsten alle nach Amerika? Ich hab' bisher noch nicht erlebt, daß Menschen aus Amerika weggelaufen sind ...« Da er merkte, daß seine Argumente einleuchtend wirkten, wurde er lebhafter: »Und noch was, Victor, noch was! Du sagst immer: ›Jude zu sein ist Schicksal.‹ Das klingt sehr schön. Du weißt so gut wie ich, daß es in Amerika seit eh und je einen recht hinterhältigen Antisemitismus gibt. Der hat uns Emigranten ja von Anfang an ziemlich schockiert. Du siehst, ich hab' weiß Gott allerhand auszusetzen an diesem Land und seiner Demokratie, aber ich möcht' nirgendwo anders mehr leben. Ich nicht! ... Und sag mal, ihr habt mich schon oft angegriffen, weil ich als Dissident sage, ich bin Amerikaner jüdischer Abkunft. Du hast das einen typischen Assimilationsdreh geheißen, Victor, aber das bloß nebenbei ... Du und die Juden unter uns, ihr pocht bei jeder Gelegenheit recht nachdrücklich auf euer bewußtes Judentum, und Israel ist euer Staat! Israel steht ganz oben für euch, und wer dagegen bloß das Geringste sagt, der ist ein Antisemit oder ein Nazi. Für mich ist dieser muffige, intolerante Gettogeist, dieses Gemisch von Rassismus und Religion genauso arg wie der Hitler. Sag mal, Victor, die hiesige Demokratie mit ihrer Negerverfolgung, die stinkt doch für dich von oben bis unten, und Israel ist doch beinahe ein sozialistisches Land mit demokratischen Gesetzen, Israel ist doch sozusagen deine Heimat. Warum gehst du denn nicht dorthin und teilst als überzeugter Jude dein Schicksal mit dem aller anderen Juden?«

»Das ist infam! Gemein!« fauchte Victor. Betroffen und verstimmt blickten die Juden auf Charlie.

»Infam? Gemein? Das ist bloß logisch!« sagte der.

»Du verdrehst das Thema genauso! ... Da könnt' ich genauso sagen, Mart ist ein Deutscher, warum geht er nicht heim!?« schrie Victor.

»Hoho! Halt, halt!« parierte Charlie: »Mart hat sich doch nie als Deutscher deklariert, im Gegenteil! Er *will* doch nirgends mehr hingehören und ist ›Staatenloser‹! Warum regst du dich denn so auf, Mensch?« Wutblaß war Victor geworden.

»Das ist keine Diskussion mehr!« sagte Iwan in die geladene Stimmung hinein, und von da und dort kam Zustimmung. Charlie stand auf.

»Well«, sagte er. »Klar ist jedenfalls, daß Mart kein Wort von amerikanischer Demokratie gesagt hat. Wenn ich dich richtig verstanden hab', Mart, hast du mit deiner Mittelmäßigkeit, mit dem ›göttlichen Durchschnitt‹ einfach den Amerikanismus im allgemeinen gemeint. Was der aber eigentlich damit zu tun hat, versteh' ich beim besten Willen nicht. Mittelmäßig ist bloß der Spießbürger. Mittelmäßigkeit ist für meine Begriffe Stagnation, Sterilität und Verkalkung ... *Das* hat Walt Whitman bestimmt nicht gemeint. Einen Stillstand gibt's in Amerika nicht.«

»Stillstand? ... Nein, da hast du recht, den gibt's hier

wirklich nicht«, nahm ihm Ling geschwind das Wort, denn er empfand deutlich, daß Charlies Bemerkungen über Juden und Judentum einen Bodensatz von gereizter Betroffenheit hinterlassen hatte und war froh, als sich die Spannung nun etwas löste.

»Und weiter? Weiter?« fragte Victor hartnäckig. Ling hatte keine Lust mehr zu diskutieren. Wiederum dachte er: Der ewige Schwätzer!, und schenkte sich Wein ein. Es war doch so behaglich und unterhaltsam gewesen, warum denn mehr? Eine fade Müdigkeit beschlich ihn, als er das Glas in einem Zug austrank.

»Weiter?« sagte er und lachte Victor plump an: »Ach! – eigentlich – es ist doch alles Quatsch! Die Damen sind viel netter –« Seine Augen hatten bereits einen leichten glasigen Glanz, und seine Züge zerrannen. Victor war schokkiert und fand das Wort nicht gleich.

»Charlie«, wandte sich Ling an diesen: »Du bist doch einmal so hochpolitisch gewesen, nicht? Parteimitglied warst du? Solche Leute haben immer Überzeugungen, ich meine so eine todernste Gesinnung ... Die Parteimaschine, die macht alle zu Typen. Zu Typen, verstehst du? Und keiner merkt das. Jeder meint, er ist ein selbständiger Mensch ...« Er kam ins zusammenhanglose Plappern der ersten Betrunkenheit: »Das ist schon so mit der Politik, verstehst du? Das hat zuviel Blut gekostet in Europa. Der erste Weltkrieg, die große, große russische Revolution – und wir sind alle dafür gewesen, hahaha. Und dann der Stalin, der Hitler und der zweite Krieg jetzt, hm. Und jetzt stehn wir da und wissen nicht mehr weiter! ... Komisch, das vertragen wir nicht. Gleich muß eine Philosophie dazu her. Der Nihilismus, der Existenzialismus und so. Das große Wort ist jetzt sozusagen ›der Mensch im Nichts‹ oder? ... Victor, du kennst dich da aus, oder? Der Mensch ist wieder auf den Menschen gekommen. Jeder ist ungeheuer eingebildet und stolz drauf, daß ihm die großen Philosophen wieder die uralte Banalität beibringen, es kommt alles bloß auf ihn an, auf das Wie und für was er sich entscheidet ... So lange haben sie im Nichts herumgebuddelt, bis wirklich nichts mehr als nichts herausgekommen ist, hahaha, großartig. Jeder ist sich selber der Nächste, das ist so ziemlich alles, oder? ... Oder?« Sein Lachen wurde aufreizend vulgär: »Zu mir haben sie immer gesagt, ich bin ein blöder Einzelgänger. Sicher stimmt das, ganz sicher. Drum gefällt's mir da in Amerika so gut ... Da sind lauter so Einzelgänger, lauter so Leute aus der amorphen Masse. Die haben nichts als einen simplen Hausverstand. Jeder verläßt sich bloß auf sich selber und macht nur da mit, wo ein Nutzen für ihn herausschaut ... Politik, Überzeugung und so fixe Ideen kennt man da gar nicht. Das kommt wahrscheinlich noch von der Pionierzeit, jaja, sicher! Da hat's immer bloß die allernächsten Notwendigkeiten gegeben. Hahaha, prosit noch mal, prosit. So ein simpler Hausverstand, der erhält jung ...!«

Er schüttete wieder ein volles Glas Wein in sich hinein. Einige erhoben sich schon. »Tja-jajaja, ha. Da gibt's keine ungelüfteten Hirne mit so einem Mistgeruch des schlechten Gewissens, versteht ihr!« plärrte er und glotzte gläsern gradaus. Und da schon die meisten aufbrachen, stand auch er auf und sagte: »Ja, gehn wir, gehn wir! ... Schlimm ist's bestellt um uns, sehr schlimm, Victor ... Das schlimmste ist, daß uns dieser Hausverstand weit überlegen ist. Gehn wir, gehn wir.« Er ging mit den anderen auf die Diele hinaus.

Als man mit dem Aufzug hinunter zum ›Main-Floor‹ fuhr, sagte Hilde zu ihm: »Ich versteh' Sie sehr gut, Ling. Ganz recht haben Sie, mit all den Ideen sind wir nicht weitergekommen ...« Einige sahen verächtlich auf sie.

»Aufs Rechthaben kommt's nicht an!« plapperte ihr Ling entgegen: »Ändern müssen wir uns, ändern!« Niemand sagte noch etwas. Da stand man auch schon in der gedämpft erleuchteten, weiten Halle drunten und ging dem Ausgang zu. Plötzlich machte Ling eine heftige Armbewegung und stieß wütend heraus: »Ach, ich hasse euch alle! Ihr seid mir ekelhaft!« Ohne ein weiteres Wort ging er mit schnellen Schritten davon. Es sah fast wie Flucht aus. Das waren sie an ihm gewohnt, wenn er zuviel getrunken hatte.

»Laßt ihn«, sagte Victor, als sie ihn um die Straßenecke verschwinden sahen. »Er läuft doch bloß vor sich selber davon ...«

EIN MENSCH VERLIERT DIE HEIMAT

Es herrschte die undichte, wirre Stille vor dem Aufwachen, die sich für den noch Halbschlafenden mit fernen, undeutlichen Geräuschen anfüllt. Wie aus dicken Wattewänden drang der dumpfe, vom Hupen der in unaufhörlichem Strom vorbeigleitenden Autos übertönte Straßenlärm von den Frontzimmern her. Verschwommene Radiomusik schwang manchmal durch die verbrauchte Luft des engen, nie ganz hellen Zimmers, dessen einziges Fenster in einen düsteren, hohen, viereckigen Hausschacht führte, und das leise Surren des auf- und abfahrenden ›Elevators‹ wurde vom Gang her vernehmbar. Der Elevator hielt, seine schwere Tür rollte metallisch knirschend auf, Tritte klapperten, Stimmen klangen kurz auf, Wohnungstüren wurden aufgeriegelt und fielen wieder ins Schloß. Wieder war die brummende, wirre Stille.

Ling schlug die schlafverklebten Augen auf und sah mechanisch auf den blechernen, runden, gelblich emaillierten Wecker. Es war schon fast ein Uhr mittags. Die Logiswirtin, Frau Emmerle, mußte fortgegangen sein. Das tut sie nicht ohne gewichtigen Anlaß. Sie holt in aller Frühe, wenn die Läden geöffnet werden, alles Notwendige ein. Dann verläßt sie die Wohnung nicht mehr. So ungewohnt lange bleibt sie nie aus. Dazu hat sie keine Zeit. Das Sauberhalten der altmodisch eingerichteten Zimmer, das Kochen, Waschen, Bügeln, Stopfen, Stricken und Flicken füllt jede Minute ihres Tages aus. Sie und ihr Innen und Außen gaben dieser Wohnung den spezifischen Geruch und das Gepräge, die Atmosphäre und den Atem.

Obgleich er auch heute noch, nach so langen Jahren, sein häßliches Zimmer als provisorischen Unterschlupf empfand und seinen Logisleuten gegenüber noch die gleiche unverbindlich-freundliche, etwas vorsichtige Distanz aufrechterhielt – die Anwesenheit der Frau Emmerle bei jedem Erwachen war ihm zu einer kaum mehr wegdenkbaren Gewohnheit geworden. Wenn er sie in der kleinen Küche herumhantieren hörte und den würzigen Suppen- und Bratengeruch aufnahm, oder wenn sie, um ihn nicht aufzuwecken oder sonstwie zu stören, behutsam durch die Zimmer schlurfte, hin und wieder unterdrückt hüstelte und schnell nach vorne ging, damit er's nicht höre, dann war die leere Fadheit, die ihn jedesmal beim Augenaufschlagen anfiel, nicht ganz so unerträglich.

Die Frau Emmerle ist klein und rundlich, aber ungemein geschwind und beweglich. Blanke, schnelle Stecknadelaugen hat sie, die alles sehen und beständig zu überlegen scheinen, wie man in Unordnung Geratenes wieder in Ordnung bringen kann. Ihr zurückgekämmtes, dünnes, mit den feinen Spitzen emporstrebendes graues krauses Haar, das im Genick in einem flachen, festen Knoten zusammengehalten wird, paßt eigentlich gar nicht zu ihrem faltenlosen, zartblassen Kindergesicht. Es wird fleckig rot, dieses Gesicht, wenn sie in Schweiß gerät, leicht erschrickt, sich jäh freut, sich ärgert oder ihrem Mieter, dem ›Mischter Ling‹, wieder einmal gutgemeinte Vorwürfe wegen seiner schrecklich lauten Hustenanfälle in der Nacht macht und dabei in ihrem unverlorenen schwäbischen Dialekt, den auch ihr vierzigjähriges amerikanisches Dasein nicht abschwächen konnte, aus sich heraussprudelt: »Sie müsset ebe nit soviel Zigarettli rauche, Mischter Ling, weil because sich das auf die Lunge schlaget ... Jesus Chrischt, der ganze Aschebecher ist wieder voll! Was Sie da bloß für a Haufe Money in die Luft paffe! Seht Sie, davon kommet Ihr Huschte! Bei unserem Vaterli, selig, da ist's genauso gewese. Die Auge aufgeschlage in der Früh und schon im warme Bett die Pfeife a'g'steckt und nimmer aufg'hört mit dem Paffe bis zum Einschlafe in der Nacht. Was unser Müatterle da oft g'jammert und g'schimpft hat, Jesus

Chrischt! Aber geholfe hat's gar nix. Und ei'mol in der Früh, da ist er dag'lege, unser Vaterli – die Porzellanpfeif' zerschlage auf'm Bode und er tot. Sie müasset Spitzwegerichtee trinke, Mischter Ling, weil because das das Kratze in der Gurgle wegnimmt. Und ebe nimmer soviel rauche. Spitzwegerichtee, den krieget Sie bei der daitsche Volksapothek' in Yorkvill' drübe, in der achtzigste Straß' first Avenue . . .«

Nein, ohne gewichtigen Grund bleibt Frau Emmerle nicht so lange weg. Sie ist eine viel zu besorgte Logisfrau. Vielleicht ist sie zu einem vorteilhaften Herbstausverkauf, einem ›Sale‹, in die großen Warenhäuser ›Gimbels‹ oder ›Macy‹ in die vierunddreißigste Straße hinuntergefahren; möglicherweise auch zu einer Beerdigung nach Yorkville oder Brooklyn, denn sie und ihr Mann, der schon jahrelang in einer Druckerei für Reklamesachen, der ›First New York Advertising Company‹, arbeitet, sie beide gehören dem Schwabenverein an und kennen viele alteingesessene deutschamerikanische Landsleute, von denen ja manche allmählich wegsterben.

»Well, unsere Kinder, die sind gar nimmer fürs Daitsche«, sagt die Frau Emmerle hin und wieder mit leichter Traurigkeit: »Die schwätze bloß noch amerikanisch, aber sie machet guat aus.« Die Töchter sind verheiratet, die eine in New Jersey drüben und die andere in Ohio. Nur der jüngste Sohn, der Walter, geht noch ins ›City College‹ und lebt bei den Eltern.

Entschlußlos blieb Ling im Bett liegen. Die gestrigen Gespräche bei den Kumians fielen ihm wieder ein, wie die Diskussion zerfloß, wie er nur noch ohne Zusammenhang weiterplapperte, und auch das kam ihm wieder in den Sinn, wie er beim Auseinandergehen plötzlich herausgestoßen hatte: »Ach, ich hasse euch alle! Ihr seid mir ekelhaft!« In sinnloser Wut war er weggelaufen und hatte in einer öden Bar sein letztes Geld vertrunken. Warum eigentlich? Als er beim Morgengrauen die Tür aufschloß, stand der Emmerle arbeitsfertig da, schaute unerstaunt und nicht weiter ungut auf ihn und sagte wie gewöhnlich: »Hm, das machet Sie ja drastisch! Aber Sie könnet's ebe. Sie könnet das.« Im übrigen kam ja Ling nach dem Korrekturlesen auch stets in der grauen Frühe heim. Die Logisleute waren das gewohnt.

Es war kalt im Zimmer. Die Dampfheizung mußte wieder einmal nicht funktionieren. Es roch nach abgestandener Zigarettenasche, nach Bohnerwachs, billiger Waschseife und eingemotteten Kleidern. Lings Brust war vom vielen Rauchen noch mehr als sonst verkeucht. Pfeifend ging sein schwerer Atem. Gurgel und Mund waren trocken, wie von hartgewordenem Gips überzogen. Die Luft gab keine Frische mehr her. Ächzend räkelte sich der Liegende und zündete sich eine Zigarette an, aber schon nach dem ersten Zug brach er in ein stoßendes Husten aus. Derart gräßlich mußte er husten, daß er die brennende Zigarette gleich wieder in den vollen Aschenbecher warf. Dünn stieg der Rauchfaden auf, und beizend kratzte er in der Kehle. Röchelnd rang der Hustende nach Luft. Vergeblich. Seine schlotternde Brust warf sich wie geschleudert empor, dikken, abgeschmackten Schleim trieb es ihm von der Gurgel auf die Zunge. Er versuchte, ihn hinunterzuwürgen, aber auch das ging nicht. Glitschig und gelb quoll er über seine zuckenden Lippen. Die Augen trieb es ihm aus den Höhlen, das Gesicht schwoll an, die gespannte Haut drohte zu platzen, die Brust aufzubrechen, und hinten, in der Lungengegend, verspürte er vereinzelt scharfe Stiche. Ausgeliefert war er diesem uneindämmbaren Husten. Das ganze Zimmer füllte sich an mit dem häßlichen, keuchenden Kreischen. Krachend und hilflos hustete er. Voll beklemmender Angst richtete er sich auf, schlug die Decke zurück und blieb erschöpft und dösig, mit schlaff herabhängenden Beinen, auf dem Bettrand hocken. Fest preßte er die Lippen aufeinander, um den schrecklichen Hustenreiz wenigstens etwas einzudämmen. Verflucht! Rein zum Ersticken! ›Vielleicht hat die Frau Emmerle mit ihrem Spitzwegerichtee recht‹, lief es durch sein zerschütteltes Hirn. Er schluckte und schneuzte sich. Da wurde es etwas leichter im Kopf und in der Brust.

›Quatsch das mit dem Rauchen!‹ nörgelte er im stillen. ›Mein Vater hat in seinem ganzen Leben keine zwei Dutzend Zigaretten geraucht und ist nur achtundsechzig Jahre alt geworden, und Winston Churchill hat noch mit achtzig Jahren täglich seine zwölf schweren Havannas geraucht. Von diesem kalten, verregneten Herbst kommt alles! Überhaupt – ausgepumpt und verbraucht wird man von diesem widerlich unberechenbaren New-Yorker Klima! Subtropisch feucht und mörderisch heiß im Sommer, Jahreszeiten gibt's überhaupt kaum, stündlich kann das Wetter wechseln von heiß zu kühl, von kalt zu eisig mit reißendem Wind und kniehohem, nassem Schnee, und dann rinnt alles. Wer soll denn das aushalten? Kaum achtundfünfzig ist doch kein Alter! . . . Ah, das kommt bloß alles von meinem Phlegma, von meiner Scheu vor jeder Bewegung im Freien, vom ewigen, ungesunden Zimmerhocken! Ganze Tage und Nächte geh' ich nicht aus meinem Loch. Wie ein Troglodyt, der sich vor irgendwem und irgendwas in diese Höhle verkrochen hat, leb' ich dahin. Stundenlang hock' ich oft da und mach' nicht einmal die Preislisten vom Teschner weiter. Hock' da, rauche und rauche, sinniere in mich hinein und weiß nichts mit mir anzufangen. Woher kommt das bloß? Ganz melancholisch werd' ich manchmal, und dann auf einmal krieg' ich das Kribbeln, kaum noch zum Aushalten. Menschen will ich um mich haben, Menschen, ganz gleich welche, einfach Leute, aber die paar Freunde und Bekannten arbeiten alle, die kann man nicht einfach so mir nichts dir nichts aufsuchen. New York ist doch kein Dorf! . . . Aber was denn?

Was denn? Mir sind doch sogar meine nächsten Freunde gleichgültig! ... Bloß Menschen, Leute brauch' ich. Ohne die komm' ich nicht aus. Da renne ich dann auf einmal weg und versaufe mein ganzes Geld. Ich steh' an der Bar unter fremden Leuten. Sie reden, machen Witze, lachen, und ich versteh' kein Wort, aber da vergeht meine Unruhe. Der Alkohol allein ist das nicht, nein, nein! Bloß wenn ich allein bin, widert mich alles an, ich ekle mich vor mir selber ...‹

Er saß steif da in seinem zerknitterten, zerwaschenen Pyjama und fror, aber sein Husten war abgeflaut. Sein Mund stand offen, die Zunge klebte starr und speichellos in der Kieferhöhle. Er schloß die Lippen und versuchte zu schlukken, schluckte hart und schwer, um Speichel zu bekommen. Es war, als sei sein ganzer Mund mit einem zähen, feinkörnigen Staubballen angefüllt. Er bewegte die Zunge, arbeitete mit den Kiefern und begann mit den Zähnen zu malmen. Er biß in diesen Ballen, schluckte wiederum, und es würgte ihn. Der Magen drehte sich ihm im Bauch, sauer stieß es ihm auf und reizte zum Erbrechen. Er biß die Zähne fester aufeinander und schluckte dieses wässerig Säuerliche hinunter. Es war so anstrengend, daß er wieder Atemnot bekam, eine schnürende Atemnot, die sich erneut in einem krachenden Husten entlud. Beängstigt stand er auf, griff zum halbleeren Wasserglas und trank hastig. Das half. Schlotternd und frierend ging er hin und her. Wenn man steht und geht, lebt man. Er fühlte, daß er nach und nach mehr Luft bekam und denken konnte. ›Hm, vielleicht Asthma. Genau wie das Maul voll Sägemehl‹, brummte er und erinnerte sich dunkel, daß seine Mutter, wenn er sich als Kind erkältet und starken Husten hatte, ihm immer honigvermischten Zwiebeltee einflößte und dabei sagte: ›So arg wie's Sägmehl ist's nicht, Martl. Das vergeht schon. Bald wirst du wieder gesund.‹

›Sägemehl?‹ Winzig verzog er die Lippen. ›Hm, der Victor,

für den wär' das eine psychoanalytische Angelegenheit‹, fiel ihm ein: ›Die deuten doch jeden verdrängten Furz so. Hm, meine Mutter hat mir das oft erzählt. Ich war kaum zwei Jahre alt. Im Kinderwagen schoben mich meine zwei älteren Brüder – vielleicht lebt der eine noch in Bayern, er hat seinerzeit in eine Landkonditorei eingeheiratet, und der andere ging als Achtzehnjähriger in die Fremde und blieb seither verschollen –, die schoben mich übers flache Land, das da am Stadtrand anfing. Einen Sack Sägemehl mußten sie im Holzwerk holen. Das streute meine Mutter immer auf den frischgescheuerten Ladenboden, wenn Regenwetter war und die Kunden mit kotigen Stiefeln hereinkamen. Abends, nach Ladenschluß, kehrte sie das schmutzige Sägemehl vor die Tür und streute neues, um den Boden länger sauber zu halten und zu schonen. Herbst mußte es damals gewesen sein. Den vollen Sägemehlsack packten meine Brüder quer über den Kinderwagen, in dem ich lag. Beim Heimfahren sahen sie die Bauern mit vorgebundenen, prallen Schürzen auf den Äckern säen. Das gefiel ihnen. Sie banden den Sack auf und machten es ihnen nach, vergaßen aber, den Sack wieder zuzubinden, und das Sägemehl rann mir in den schreienden, aufgesperrten Mund. Je ärger ich schrie und strampelte, um so schlimmer rann es. Beinah erstickt wär' ich damals, wenn im letzten Moment nicht eine Nachbarin dazugekommen wäre. Seltsam, nach einer Saufnacht oder wenn ich mich aufrege und nicht mehr aus und ein weiß, krieg' ich den widerlichen Holzgeschmack im Mund ... Ekelhaft.‹

Er ging ans Fenster und schaute abwesend in den tristen Hausschacht. Draußen rieselte ein dünner Regen hernieder, der mehr und mehr zunahm. Die feinen Tropfen schlugen eintönig an die Scheiben, rannen abwärts und zogen Rillen auf dem angelaufenen Glas. Nur das hohle, gleichmäßige Ticken des Weckers mischte sich in diese Eintönigkeit. »Sauwetter!« knurrte er und wurde wütend, weil Frau Emmerle so lang aus war. Fünfundvierzig Cent hatte er noch und Hunger, wollte sich von ihr einen Dollar leihen und in seine gewohnte Cafeteria am Broadway gehen. Mechanisch hatte er sich aufs Bett gehockt. Von den Zehenspitzen über die nackten Füße, zum Knie bis hinauf zum Hals, vom Genick den breiten Rücken hinunter bis ins Kreuz überkroch ihn die lähmende Kälte. Hundeelend wie einem eingefangenen Tier in einem Käfig war ihm. Widerstandslos überließ er sich dem fröstelnden Alleinsein im dämmervermummten Zimmerloch, und eine vernebelte Wirrnis durchzog seinen dumpfen Kopf. Gesprächsfetzen, eine reizvolle Frauenbewegung, sorgloses Auflachen von gestern nacht huschten, kurz aufleuchtend, durch dieses Nebelgebräu. In die undefinierbare Fadheit, die nach und nach seinen frierenden Körper anfüllte, mischten sich Neid und Haß auf alle, die es besser hatten. ›Bloß der Hampelmann bin ich dort ... Wie früher die Fürsten halten sich heute diese feinen Leute Hofnarren‹, gällte er in sich hinein. ›Seit dem Hitler machen sie auch noch Politik und tun weiß Gott wie fortschrittlich. Natürlich darf kein persönliches Risiko damit verbunden sein, alles muß hübsch unverbindlich bleiben. Wie sie sich alle in Negerfreundlichkeit übersteigerten! Ich möcht' sehen, wenn in ihre Häuser oder gar nebenan von ihnen Neger einziehen würden. O nein, das ginge zu weit, nur das nicht! *Die* Ausreden von ihnen möcht' ich hören! ... Früher waren diese Herrschaften schlichte Geschäftsleute, mehr oder weniger gediegen, sonst nichts. Geld haben sie gemacht, fertig. Auf einmal sind sie auf Ambitionen gekommen, auf die Politik, den Intellektualismus, den Geist. Das steigert die Reputation. Und vor allem ist so was billig. Ein Abend mit Leuten, die sie politisch und geistig auf dem laufenden halten, kostet höchstens mal ein Essen, etliche Flaschen Wein und Schnaps, mehr nicht. Das Geld verdirbt, mit Geld läßt sich alles machen ...‹ Ein blinder

Groll, der Groll des Zukurzgekommenen stieg in ihm auf. Wie von ungefähr fielen seine Blicke auf den dunkelbraunen, viereckigen Tisch mit der abgenutzten Reiseschreibmaschine, mit dem Bücherstapel, neben welchem ein unordentlicher Haufen vollgeschriebener Manuskriptblätter und Zettel herumlag und der überfüllte Aschenbecher stand. Genau fiel ihm ein, wo er gestern steckengeblieben war. Beim Buchstaben ›L‹, bei Lennhoff, Eugen – Die Freimaurer. Leinen, tadellos erhalten, 496 Seiten und 156 Abbildungen. – Das grundlegende Werk über den weltweiten Geheimorden. Sehr rar. $ 50‹.

›Der Gauner, der Teschner! Und er hat die ganze Bibliothek in Bausch und Bogen von dem armen Kulturhistoriker Geiger aus Wien gekauft! Achthundert Bücher, darunter sehr gesuchte, für hundert Dollar! Keine Ahnung von Büchern hat dieser luchshaft pfiffige, geldgierige Lump. Und ich muß ihn bei jedem größeren Buch- oder Bibliothekseinkauf beraten. Er macht mich zum Komplicen seiner Gaunereien! Triefend von geheucheltem Mitleid, mit der abgefeimtesten Biedermannsmiene bietet er jedesmal den haarsträubendsten Spottpreis und beteuert: ›Ja, mein lieber Herr, ich versteh' Sie vollkommen. Sie trennen sich schwer, Sie glauben, die Bücher müßten viel mehr wert sein. Sind sie auch, sind sie auch, aber nicht in Amerika, mein Lieber. Da ist so was nicht sehr gefragt, fast gar nicht! Aber, bitte, nicht daß Sie meinen, ich will Sie übervorteilen! Bitte, versuchen Sie Ihr Glück woanders, bitte schön. Ich kann unmöglich mehr geben, unmöglich! Bedenken Sie doch, wie klein der deutsche Kundenkreis hier ist! Meistens ist er auch noch spezialisiert. Glauben Sie's mir, die Hälfte von Ihren Büchern bleibt mir liegen! Nimmt bloß Platz und kostet Lagergeld! Wie gesagt, das ist mein äußerster Preis, Herr! Mehr geht absolut nicht. Tjaja, Amerika ist ein hartes Land, Herr! So wie Ihnen ist's uns allen am Anfang ergangen . . .‹

Und drunten in seinem Auto, da grinst der Schuft mir jedesmal ins Gesicht und lobt mich: ›Ausgezeichnet empfohlen haben Sie mir das wieder, Herr Ling. Respekt, Mann Gottes ... Na, und wie hab' ich das wieder geschaukelt, was? Hahaha! Kommen Sie, ich lade Sie zu einer Tasse Kaffee ein, kommen Sie!‹ Und tatsächlich bezahlte er dann in der nächsten Cafeteria Kaffee und Kuchen für rund fünfundzwanzig Cents!‹

»Zum Speien, zum Kotzen!« knurrte Ling und ergänzte: »Schnell, sehr schnell haben sich Leute wie der Teschner an den armen Emigranten bereichert. Vier Angestellte hat er, und alle einflußreichen Einkäufer der College- und Universitätsbibliotheken kennt er. Er weiß seine Ware an den Mann zu bringen. Sogar Literaturvorträge läßt er sich von mir machen und tritt damit überall als ›deutscher Kulturträger‹ auf. Viele sagen, er sei seit jeher ein getarnter Nazi gewesen, der Teschner, aber Laschi, von dem er sich öfter Informationen holt, der sagt: ›Was fällt euch ein« Der und ein Nazi? Er hat doch, soviel ich weiß, im KZ Dachau gesessen und außerdem eine jüdische Frau.‹

Vom Victor sagt der Teschner dagegen: ›Der natürlich, der hat sich spezialisiert auf Chemie und Medizin. Davon versteh' ich nichts, aber da liegt das meiste Geld drin ... Der muß sich nicht so plagen wie ich, Ihr Nagel! Er schickt bloß Listen aus, und die Kundschaft bestellt oder kommt sogar persönlich zu ihm. Ich muß das ganze Jahr mit dem Wagen durchs Land hetzen. Der Kamin muß doch rauchen, mein Bester! Aber woher hat das Jüdchen seine Kenntnisse? Von uns guten, ehrlichen, tüchtigen, schwerfälligen Deutschen! Köpfchen hat er, der Nagel, allen Respekt! Aber was drin ist, stammt aus Leipzig.‹ Dabei lacht er zerschlissen, der zweideutige Strolch: ›Aber nicht, daß Sie meinen, ich bin ein Antisemit oder Nazi. No, Sir!‹ und erinnert an seine jüdische Frau ... Und ich? Ich muß noch froh sein um ihn! Pfui Teufel!«

Ob wegen der Kälte oder aus Wut – Lings Zähne klapperten leise aufeinander, ein reißender, alles vergessender Ingrimm zerrte an all seinen Nerven. »Und wissen Sie, was in allernächster Zeit passiert? Aber vertraulich, bitte, bloß zu Ihnen gesagt. Jetzt verkauf' ich meine Firma hier und geh' wieder heim. Ich hab' auch schon ganz seriöse, sichere Angebote«, hatte ihm Teschner kürzlich verraten und hinzugefügt: »Wissen Sie, Amerika ist ja ganz schön. Man hat die besten Chancen hier, aber so ganz, wissen Sie, so ganz dazugehören tut man eben doch nie. Nee – nee, Mann Gottes, ich muß wieder Boden unter mich kriegen, verstehn Sie?« Wer fragt heute noch, ob er Nazi war oder nicht? Lächerlich! Alles schwimmt weiter und verändert sich oft von einem Tag auf den anderen, und wer mitschwimmt, bleibt oben. Sogar der bis vor kurzem noch von Millionen vergötterte, von der ganzen Welt gefürchtete Stalin war jetzt passé, seit ihn auf dem Zwanzigsten Parteikongreß in Moskau seine eigenen Anhänger als mordwütige Bestie entlarvt hatten. ›Das ist Wasser auf die Mühle für Charlie. Er hat wieder einmal recht gehabt‹, ging es Ling durch den verstörten Kopf. ›Alles geht weiter – bei den Kumians und für den Teschner! Bloß unsereins ist dabei unter die Räder gekommen. Bloß unsereins.‹ Im ansteigenden Sturm dieses Ingrimms wirbelte der ganze vielschichtige, zähe, nie verweichende Staub des Gewesenen in ihm auf, und da war wieder alles da – die Beklemmung auf der Brust, und das herzwehe Ringen nach Luft, wie damals an jenem Augustnachmittag im ersten Jahr der Hitlerherrschaft, als er nach einer zermürbenden Flucht aus München auf dem schmalen Bergweg tief im Bayrischen Wald, außerhalb des Fleckens Heidmühle an der tschechischen Grenze, noch einmal unerwartet auf einen Uniformierten stieß.

»Heil Hitler! Wo aus und wohin denn?« fragte der Mann mit dem Hakenkreuz in der Adlerkokarde auf seiner

Mütze: »Da ist doch gleich die Grenze! Wissen Sie das nicht?«
»O ja, jaja, Herr, das weiß ich, aber ich hab' ja einen Grenzschein. Da! Alles in Ordnung, wie Sie sehen. Ich will mir bloß an meinem letzten Urlaubstag noch mal den Böhmerwald ein bissel anschauen«, antwortete Ling gewaltsam ruhig und lächelte sogar ein wenig: »Morgen geht's wieder in unser schönes München zurück.«
»So, so, hm«, zweifelte der Mann: »Sie sehn aber gar nicht nach Bergsteiger aus. Warum sind Sie denn nicht den unteren Weg gegangen? Den gehn doch alle Ausflügler?« Und da Ling eine Sekunde lang unschlüssig stockte, veränderten sich sein Gesicht und seine Stimme. Auch legte er in dem Augenblick seine derbe, behaarte Hand auf den aus der nagelneuen Ledertasche am Gürtel herausragenden Revolverknauf.
»Sie haben mitzukommen«, sagte er amtsmäßig streng.
»Mit? Wohin denn?«
»Zur Grenzwache! . . . Keine Umstände! Lassen Sie Ihre Hände, Kerl!« Das klang schon befehlsmäßig drohend. Der Mann umspannte seinen Revolverknauf und war auf einmal kein Mensch mehr.
»Na, wie Sie wollen«, meinte Ling nur noch und zuckte die Achseln. Einer Eingebung folgend, verschränkte er die Hände auf dem Rücken und ging voraus. Tausend Gedanken durchschossen ihn gleichzeitig, sein Kopf zersprang fast, sein aufgeschrecktes Herz trommelte, seine Augen prüften geschwind und eindringlich jedes Loch auf dem schmalen Weg, jeden Stein, jede engere und abschüssige Stelle und jeden verkrüppelten Strauch. Was half ihm jetzt der lose Pfeffer in der Rocktasche? »Ein Griff, und dem andern die ganze Ladung in die Augen, die beste Waffe!« hatten ihm die Genossen in München geraten. ›Aus! Aus!‹ durchfuhr es sein Hirn, aber genau zählte er jeden Schritt, den sie machten. Merkwürdig, der Uniformierte hatte ihm

nur den Spazierstock abgenommen, durchsucht hatte er ihn nicht. Ling stellte sich das Gesicht des Mannes vor. Einen schmalen Flaumbart hatte es und halbwegs gutmütige Augen, die auf einmal dummdreist und tückisch geworden waren. Kaum fünfundzwanzig Jahre konnte der Bursch sein. Ein Mensch wie er, mit Schweißperlen auf der kurzen Sattelnase, mit Augen, Ohren, Füßen, Beinen, Armen und Händen und einem atmenden Gesicht – aber ein Feind.

Das Gehen mit den Händen auf dem Rücken war beschwerlich, doch immer noch irgendwie besser als mit erhobenen Armen wie sonst bei Verhaftungen. Es ließ die Illusion, als ging's nur zur Grenzwache, um die Personalien festzustellen.

»Einen Moment, bitte, entschuldigen Sie«, sagte er einhaltend, drehte sich halb um und sah dem Uniformierten arglos ins junge Gesicht: »Kann ich, bitte ...?« Er tat ganz leger und versuchte sogar dünn zu lächeln, doch der Mann wurde im Nu finster und knurrte: »Das geht später auch!« Tölpisch und gewaltsam klang das, fast ein wenig hilflos. Aber der Mann war stehengeblieben. Das gab Ling Mut.

»Es ist ja gleich vorbei, bitte. Ich muß notwendig, Herr«, sagte er berechnend devot, und sein hündisch ergebener Blick wirkte.

»Gut, meinetwegen, aber schnell, marsch!« kommandierte der Mensch simpel, aber er hatte seinen Revolver in der Hand und stellte sich aufreizend gemein neben Ling, der sich umständlich die Hose aufknöpfte. »Marsch, nicht so 'rumgemacht!« wiederholte er sich, und das jagte die Wut ins Blut. Ling stand fest mit gespreizten Beinen, es plätscherte sanft auf den nackten Felsen, einen Atemzug lang sah der Uniformierte auf diese gespreizten Beine vor sich, und da – da geschah es ...

Der auf dem Bett Hockende hob wie erschreckt das Gesicht und starrte in die angedunkelte Leere des Zimmers. Einen

Hauch lang blieb sein Herz stehen. Übermächtig fiel ihn die Erinnerung an. Er sah, er roch, er spürte das Damals, er erzitterte vor dem grauenhaft Unbegreiflichen – blitzschnell und mit aller Wucht hatte er seinen hartgewinkelten Ellenbogen auf die Brust des anderen gestoßen, er stieß eisern und drückte den Taumelnden seitwärts, der brüllte dumpf auf, der weiche Wegrand gab nach, und der Mensch fiel in die Tiefe. Steine rieselten, Äste knackten ins zerrissene Wimmern, vielleicht war's auch ein Schreien, aber Ling rannte schon, rannte und rannte und fühlte seine Beine nicht mehr. Sein ganzer Körper brannte, sein Herz jagte, sein Atem kam kaum mehr mit, und die Luft rundum sang. Es ging hinauf und abwärts, um den Berg, über die knirschenden Steine, weiter, immer weiter. Er verlor jäh das Gleichgewicht, stürzte einen Steilhang hinunter, überschlug sich und rollte in ein peitschendes Dickicht, fing sich endlich wieder und kroch zitternd und wundgerissen auf allen vieren ins Gezweig. Es ging nicht mehr. Er blieb liegen, in Schweiß gebadet und erschöpft. Seine fliegende Brust schmerzte schrecklich, in den Schläfen hämmerte es, seine Nasenflügel und Lippen flogen und seine Glieder zuckten krampfhaft. Es war, als habe er sein Gehör verloren, es rauschte nur noch in seinem kochenden Kopf. In panischer Angst, mit letzter, verzweifelter Kraft versuchte er sich zu sammeln und den rasselnd keuchenden Atem anzuhalten, aber erst nach einer Weile schoß das Gehör wieder ins Ohr. Er hörte nichts in der Stille als da und dort ein leises Vogelzwitschern und in der Nähe ein dünnes, glucksendes Wasserrieseln, und auf einmal quollen dicke Tränen aus seinen Augenhöhlen. Er weinte still und hemmungslos, aber das erleichterte. Nach und nach kam er zu sich. Das verschreckte Gehirn arbeitete wieder, und stokkend überlegte er: ›Zuerst bin ich um den Berg herum, ab- und aufwärts bis dahin, wo er mich gestellt hat – dann wieder – hm, unglaublich, meine Uhr geht noch, nicht einmal das Glas ist kaputt! – Viertel nach fünf Uhr – wie lang bin ich gelaufen? Um halb drei Uhr bin ich von Heidmühle weg. Zurück sind wir doch höchstens zwanzig Minuten gegangen – das da muß doch schon tschechischer Boden sein, sicher, ganz sicher, aber wo bin ich, wo? Herrgott, wenn ich mich bloß nicht verlaufen habe, nicht über die Grenze bin und womöglich –‹ Er erstarrte vor Schreck. Da hörte er das dünne Ticken seiner Armbanduhr und sah, wie der Sekundenzeiger ruhig weiterkreiste, sah seine immer noch zitternden, blutig gerissenen Hände, fühlte den erkalteten Schweiß auf dem Körper und das feuchtweiche, nadelübersäte Moos unter sich, und überall, von oben und unten und allen Seiten, umschloß ihn die große, schwere, grüne Stille und legte sich wie eine unsagbare, grenzenlose Traurigkeit über ihn, daß er – unfähig, noch etwas zu denken – erschöpft einschlief ...

Verflucht, wo bloß die Frau Emmerle so lang blieb! Ling stand steif auf und machte einige mechanische Schritte. Die Kälte schien ihm nicht mehr so zuzusetzen, und auch sein Mund hatte den ekelhaften Geschmack verloren. Die Brust war nicht mehr beengt. Sein Atem hörte sich zwar noch keuchend an, aber das war das Normale. Nur – er war nicht bei sich, er war nicht da. Sonderbar, er fuhr sich durchs wirre Haar, und es war feuchtkalt. Ab und zu überlief ihn ein Frösteln, und die Glieder waren wie zerschlagen, doch sie gewöhnten sich bei jedem Schritt daran. Er tappte durch ein mit dickem Nebel verhangenes, nasses Dickicht talabwärts und blieb, immer wieder lauschend, stehen, horchte angestrengt und sah um sich.

›Hm, quietschend gekratzt haben seine Nagelschuhe. Wie seine Knie sich gebogen und seine Arme sich gehoben haben. Der Revolver flog ihm voraus, hm, und sein verzerrtes Gesicht, der Mund wie ein Loch, hm. Und sein Aufbrüllen, sein Schreien. Wie von einem Tier. Hmhm, wie schnell das geht, einen Menschen umzubringen. Unsinn, das mit dem schlechten Gewissen und so, Quatsch! Bloß an mich hab' ich gedacht, bloß gehorcht, gehorcht, gehorcht, ob's noch brüllt, ob's ein Echo gibt, ob's irgendwo wimmert . . . Und dann . . . Der muß hin sein, sicher, den hat's zerhauen zu einem Klumpen aus zerfetzten Knochen und Fleisch. Weg, tot ist der. Der liegt irgendwo und stinkt vielleicht schon, wenn sie ihn finden. Sicher, ganz sicher, der ist hin und weg . . .‹, redete es weiter in dem Aufundabgehenden. Das Einst hatte das Jetzt ausgelöscht. Jagendes Wild rumpelte einmal vorüber und schreckte ihn auf in der dumpfen Waldfinsternis. Er hob den Kopf und fand sich nicht gleich zurecht. Erst die moosige Feuchtigkeit und das leise Blattgeräusch erweckten ihn völlig, und er entsann sich von neuem: ›Nein, nein, der ist erledigt, gehört hab' ich nichts mehr. Hm, wo bin ich eigentlich? Schauerlich, diese Ungewißheit. Wie lang hab' ich geschlafen? Wird's denn nicht bald Tag? Verflucht, die Streichhölzer sind auch feucht . . . Ah, endlich, endlich – hm, erst zwei Uhr! Zwei Uhr! Da kann ich doch nicht bleiben, aber wohin denn? In welche Richtung? Verflucht, wann wird's denn Tag, wann denn? . . . Ich muß weiter! Vielleicht finden sie ihn! Weg muß ich, weg, fort! Wenn ich bloß über die Grenze bin . . .‹ Auf allen vieren kroch er durchs schwarze Dickicht weiter und merkte, es ging abwärts, sogar ziemlich steil, so daß er nichts mehr wagte und wieder liegenblieb. Aber er konnte nicht mehr schlafen, und die Nacht schien stehenzubleiben, und dann, ach, und dann kam dieses unfaßbare fremde, grauenhafte Gefühl des Nicht-mehr-wissen-wohin-Gehörens, dieses furchtbare, ohnmächtige Ausgesetztsein aus allem bisherigen Leben! . . .

Ohne zu wissen, wie das geschehen konnte, war Ling aus seinem Zimmer gegangen, hatte den ebenso angedunkelten, geräumigen ›Living-Room‹, dessen zwei Fenster auch in den engen Hausschacht führten, durchschritten und stand nun vor einem der dünnverhängten Frontfenster im

Schlafzimmer der Emmerles, durch welche wenigstens noch eine etwas aufgelichtetere Tageshelle bleigrau hereindrang. Er hatte das noch nie getan, denn was hatte er hier zu suchen? Indessen, der Gedanke kam ihm gar nicht. Er dachte auch nicht an die Peinlichkeit, wenn nun Frau Emmerle oder der Walter plötzlich heimkämen und ihn so unerwartet hier stehen sehen würden.
Herausgehoben aus allem, wie in einem Zustand leichter Trance, sah er durchs Fenster auf die regentrübe Amsterdam Avenue hinunter, auf welcher – wie unter Wasser – die Omnibusse, Lastwagen und Autos dahinschwammen. Vereinzelt oder in kleinen Gruppen trieben Menschen unter aufgespannten Regenschirmen gleich bizarren, mattschwarzen Pilzformationen in diesem Wasser hin und her. Die da und dort aufleuchtenden Laternen glosten verwischt, und im Geriesel vertropften die Farben der Lichtreklamen. Ins Unwirkliche zerfließend, rann alles ins Gestaltlose und in eine Fremdheit, der man nicht mehr zugehört. Das war wieder der feuchte, noch leicht angedunkelte und nach und nach ins fade Milchweiß des Nebels übergehende Morgendämmer an jenem Augusttag, da der verstörte Flüchtling sich durchs nasse Dickicht arbeitete und in ein breites Tal hinunterstieg. Schrecklich genierte er sich wegen seines zerrissenen Anzugs. Das nackte, wundgeschlagene Knie und ein Stück Oberschenkel sahen aus der Hose, von der einen Schulter und den beiden Ellenbogen der Jacke hingen die Fetzen, in einem fort näßte er sein Taschentuch an den tauschweren Jungtannen und wischte sich die blutüberkrusteten Hände und das zerschundene Gesicht ab. Ratlos blieb er drunten auf der ausgefahrenen Straße stehen, sah in den Nebel und hörte fernes Wagenrollen, eine Kirchenglocke bimmeln, dünne Pfiffe und das metallisch stoßende Rangieren von Eisenbahnwaggons und ging zögernd weiter. Da tauchte eine langgestreckte Sägemühle neben dem breiten Bach auf mit

hohen Bretterstapeln und geschälten Baumstämmen, an denen zwei Männer mit eisernen Haken hantierten und gleichgültig nach ihm schauten. Dann kam ein sauberes, einstöckiges Haus mit einem grüngestrichenen Gartenzaun, hinter dem helle Blumen blinkten. Ein langhaariger, hellbrauner Hund riß an der Kette, hob den Kopf fast senkrecht und bellte langgedehnt. In einem Fenster brannte noch gelbes Licht, und eine weibliche Person bewegte sich hinter den Vorhängen. Nach wieder einer Strecke bog ein flaches, viereckiges Milchfuhrwerk aus einer Seitenstraße ein und fuhr offenbar dorf- oder stadtwärts. Der Mann auf dem Bock schlug die ledernen Zügel auf die glatten Pferderücken, und die zwei Pferde wechselten vom Schritt in einen leichten Trab. Hinten am Wagenviereck war ein sonderbarer Name aufgemalt mit schiefen Strichen auf den Buchstaben. »Tschechisch ... Also doch!« brümmelte der Flüchtling, aber erleichtert war er nicht. Irritiert, scheu und geduckt blieb er, und das verlor sich in den ganzen Jahren des Exils in Prag nicht mehr.

Prag? »Da ging mein Trauern an ...« Diese Liedzeile ging dem am Fenster Stehenden durch den Kopf. Unwillkürlich sah er an sich herab. Nein, er stand nicht verstört und abgerissen wie an jenem unsagbar fremden Augustmorgen am Eingang des kleinen Fabrikortes Prachatitz. Er stand im zerknitterten Pyjama im Schlafzimmer der Emmerles in New York und schaute auf die langweilige, verregnete Amsterdam Avenue hinab. Er fuhr sich mit der Hand über die Stirn, über die Augen, wie um die gaukelnde Nebelschicht der Erinnerung wegzuwischen, aber das Gewesene verwich nicht. Geniert und beschämt ob seines Aussehens trottete er auf der engen Kopfsteinpflasterstraße an Leuten vorbei, die ihn erstaunt musterten, und wagte nicht aufzuschauen, bis ihm ein Polizist den Weg vertrat und tschechisch auf ihn einredete. Mit der von Deutschland her gewohnten, etwas furchtsamen Unterwürfigkeit gab er

ihm Reisepaß und den amtlichen Grenzschein. Vergeblich versuchte er sich mit Gesten verständlich zu machen, hilflos redete er und begriff nur den Wink des Polizisten, ihm zu folgen. Fliegende Angst überkam ihn wieder: ›Mein Gott, jetzt ist's aus! Sie haben drüben den Grenzwächter gefunden und an die hiesige Polizei die Meldung weitergegeben. Vielleicht ist der Mann nicht tot und hat erzählt ... Ich bin verloren!‹ Kalt rann es ihm den Rücken hinunter. Seine Knie wurden weich und zitterten ...
Merkwürdig, mitten in dieses bedrängende Erinnern hinein dachte Ling: ›Ein Mensch denkt immer nur an sich, nur an sich und sonst nichts, aber stets lügt er sich und anderen das Gegenteil vor‹, und lächelte versunken. Der Polizist brachte ihn nicht zur Polizeistation, sondern – in eine Apotheke, eine sehr solid aussehende Apotheke! Dort unterhielt er sich, immer wieder einen Seitenblick auf den eingeschüchterten Flüchtling werfend, mit dem beleibten, bebrillten Apotheker, und dabei fiel immer wieder das Wort ›Soudruh‹, das Ling heute noch wußte. ›Soudruh‹ hieß Genosse. Und dann, nach einigem zweifelnden Anschauen, und Hin und Her, verschwand der grauköpfige, stichelhaarige Apotheker und kam gleich darauf mit einem bärenstark gebauten, dickköpfigen Mann zurück, der komischerweise ein großes blaugeblümtes Schnupftuch um seine untere Gesichtshälfte gebunden hatte, das er schon nach dem ersten Blick des Erkennens herrunterriß und lachend sagte: »Menschenskind, Ling! Großartig! Wir haben schon geglaubt, dich haben sie geschnappt!«
Mit was für widerlichen Zwischenfällen war das verbunden, bis er damals nach Prag kam. Schon in Prachatitz fing's umständlich und schlecht an. Jetzt noch ärgerte er sich, daß er – froh und erleichtert, zunächst einen Unterschlupf und helfende Landsleute gefunden zu haben – dem wichtigtuerischen Reichsbannerzugführer Humlinger aus München und dessen Genossen, einem hageren, schmierig-

liebedienerischen Kerl mit lauernden Luchsaugen, seinen Kampf mit dem Grenzgendarm erzählt hatte. Die zwei hausten in einem flachdachigen Betonhäuschen im Hinterhof der Apotheke, das als Lager und Laboratorium diente, nannten sich ›Chemisch-technische Grenzstelle‹ und taten sehr geheimnisvoll. Besonders Humlinger, der Apotheker von Beruf war, ließ bei jeder Gelegenheit durchklingen, was für gefährliche Dinge und Experimente im Auftrag des emigrierten sozialdemokratischen Parteivorstandes sie für den illegalen Kampf gegen Hitler machten. Die meiste Zeit aber hockten sie mit Ling um den vollgestellten, besudelten Tisch in dem verwahrlosten, übelriechenden Zimmer mit den drei Feldbetten, das sie bewohnten, tranken fortwährend Kaffee oder Flaschenbier und vertilgten wahllos alles Eßbare, an dem sie keinen Mangel hatten. Dabei fragten sie ihn ununterbrochen aus, erzählten von dem und dem, der ›umgefallen‹ oder ›noch abgängig‹ sei, schimpften zwischenhinein auf ihre Partei und die unmöglichen Kommunisten oder machten ordinäre Sexualwitze. Nur ab und zu ging einer von ihnen in den Nebenraum, über dessen Tür in tschechischer Sprache – wie sie ihm erklärten – zu lesen war: ›Vorsicht! Nichtbeschäftigten Eintritt verboten!‹ Ein leises Hantieren mit Gläsern, Wasserglucksen oder ein Zischen war zu hören, und ein penetranter Gestank von Chemikalien drang durch die Tür. »Zu achtzig Prozent stimmt's jetzt«, sagte der Zurückkommende zu seinem Genossen, der nickte und machte eine ebenso dunkle Bemerkung. Die Unterhaltung ging weiter. Ling starb fast vor Langeweile, Nervosität und Unbehagen, denn Humlinger sagte: »Bis zur Abfertigung von uns mußt du unsichtbar bleiben«, und als er sein fast betreten fragendes Gesicht sah, tröstete er ihn beinahe väterlich herablassend: »Durchstehn muß man als Emigrant lernen. Schau mich an. Ich komm' oft wochenlang nicht aus dem Kabuff und dann bloß nachts zum Luftschnappen . . .« Das stimmte auch. Er begründete das mit seiner auffällig mächtigen Erscheinung, doch an seiner Verfettetheit merkte man, daß ihm das ganz bequem war. Den ›Außendienst‹ – wie sie das Besorgen von Lebensmitteln, den Verkehr mit der Ortspolizei und der Partei und die Grenzgänge nannten – machte der Genosse Zacher, der Luchsäugige.

Zacher lockte nach einigen Monaten Humlinger über die Grenze und entpuppte sich als einer der gefährlichsten Gestapospitzel. Humlinger wurde im Konzentrationslager Dachau zu Tode gefoltert, und von da an hatte Ling keinen ruhigen Tag mehr in Prag.

Einmal, während Zacher weg war, schrieb Humlinger den Bericht über Ling an die Prager sozialdemokratische Auffangstelle für Emigranten in dreifacher Ausfertigung und sagte: »Bei uns gibt's nämlich den Saustall nicht wie bei den Kommunisten. Ohne klare Belege wird bei uns keiner als politischer Emigrant anerkannt. Bei den Kappisten wimmelt's ja von Spitzeln. Drum haben sie auch bei den tschechischen Behörden und bei der Polizei kein Vertrauen. Bei uns ist das anders, du hast's ja gesehen. Wir haben Verbindungen durch die hiesige deutsche und die tschechische Bruderpartei bis hinauf zum Präsidenten. Was wir decken, bleibt sicher... Du brauchst absolut keine Angst zu haben. Ob dein Grenzgendarm tot oder ein Krüppel ist, du bist gedeckt. Ausgeliefert oder abgeschoben wirst du nie.«

Er hielt im Schreiben inne, erklärte, daß das Original des Berichts nach Prag gehe, ein Durchschlag bleibe in seinen Händen und einer sei für ihn – Ling – als Ausweis, und lachte gönnerhaft: »Bloß natürlich, keine politischen Dummheiten darfst du machen.« Er stellte wieder einige Fragen, schrieb zu Ende, ließ Ling die Dokumente unterschreiben und unterschrieb ebenfalls.

»So«, sagte er zufrieden, »das ist erledigt«, und fing an, den Zacher zu loben: »Mensch, ein Prachtkerl, der Karl! Ein proletarischer Genosse und Kamerad durch und durch.

Nerven hat der, Nerven! Ich kann ja über die meinen auch nicht grad klagen, aber der! Ich kann dir bloß verraten, was der schon geleistet hat, da ist dein Gendarmrunterschmeißen der reine Pappenstiel! ... Und billige Bezugsquellen für Lebensmittel schnüffelt der aus, einfach unglaublich! Sogar Kredit hat er, wenn das Geld von Prag einmal länger ausbleibt ... Wenn ich zwei-, dreihundert Genossen wie den Karl in München gehabt hätte, der Hitler wär' bei uns nie hochgekommen.« Er maß Ling schräg und meinte: »Mit dem zerrissenen Anzug kannst du natürlich nicht weg. Der Karl muß was anderes für dich auftreiben. Der organisiert das schon, verlaß dich drauf. Die alten Klamotten verbrennen wir.« Aber in dem Anzug, hinten im Genick, unter dem Halskragen hatte Ling sein ganzes Geld eingenäht, fast achthundert bare, hart ersparte Mark in Banknoten, und – Ausreden gab's nicht mehr, denn er war in dem Loch nie allein gewesen – er mußte es dem Humlinger verraten.

»Na«, sagte der, »da bist du ja beinah ein Nobelemigrant und kannst dich selbst versorgen. Das ist unserer Hilfskasse sehr recht, aber natürlich muß ich das im Bericht vermerken. Wieviel du hast, ist nicht nötig. Das bleibt unter uns. Einverstanden, ja?«

»Ja«, nickte Ling wieder leicht betreten. Noch unbehaglicher wurde ihm, als Humlinger dem bald darauf zurückkommenden Zacher sogar die Höhe der Summe erzählte. Der legte die vielen Pakete hin, wurde springlebendig, umschritt Ling einige Male prüfend und sagte ohne weiteres: »Das genügt mir. Da hab' ich was Passendes. M. W., machen wir.« Weg ging er, und Ling staunte tatsächlich. Einen Anzug und einen Mantel brachte er, die ausgezeichnet paßten. »Für so was hab' ich einen Blick«, sagte Zacher und grinste treuherzig: »Der Kleiderjud hat allerhand Federn lassen müssen. Fürs übrige hab' ich den Abschiedstrunk besorgt. Wird dir schon recht sein, Genosse, was?«

Wieder nickte Ling und sah auf die Weinflaschen. Bis zum Morgengrauen soffen und fraßen sie weidlich, doch Ling kam zu keinem rechten Humor, wenngleich er sich dazu plagte. Die zwei deuteten das als Heimweh. Am anderen Nachmittag fuhr Ling endlich ab und wurde nachts auf dem Prager Wilsonbahnhof von einem Genossen abgeholt, mit dem er – unseligen Angedenkens – einige Zeit das Zimmer teilte.

»Scheiße!« knirschte der am Fenster Stehende. Die Patina des Vergangenen zerplatzte, und wieder empfand er die gleiche Jämmerlichkeit von damals, als dieser überhebliche Kerl beim Verlassen des Bahnhofs zu ihm gesagt hatte: »Besser du hältst in Zukunft deine Schnauze über deine Heldentat im Gebirge, Mensch! Wenn wirklich was 'rauskommt, mußt du untertauchen.« Also wußte auch der schon alles. Ausgeliefert war man und mußte sich hier genauso verhalten wie daheim . . .

Draußen schrillte das Telefon. Ling schrak jäh zusammen und rannte wie ein ertappter Dieb ins dunkle Wohnzimmer, so kopflos, daß er einen Stuhl dabei umstieß. Zitternd und verwirrt nahm er den Hörer ab.

»Ja! Hallo!!« schrie er atemlos stammelnd in den Sprechtrichter und gewann erst die Fassung wieder, als er Laschis gequetschtes Wienerisch feststellte.

»Hallo! Oh, Mart, du bist es selber!« redete der pausenlos in sein aufgeschrecktes Ohr: »Da hab' ich ja Glück gehabt. Hoffentlich hab' ich dich nicht aus dem Bett gejagt, dann entschuldige, bitt' schön! Du hast dich doch, Gott behüte, nicht gestern noch stockhagelvoll gesoffen? Voll warst du ja schon bei den Kumians. Weißt du das Neueste schon? Mir scheint, deine Theorie von der selbstgewählten Diaspora stimmt . . . Was sagst du, der Osma – ich weiß ja, du magst ihn nicht –, der Osma hat einfach seine Berliner Professur hingeschmissen und ist wieder in New York! Er wohnt im Hotel und läßt sich von keinem sehen. Bloß den

Charlie und mich hat er verständigt. Und weißt du, was er gesagt hat? Wir sind eben Berufsemigranten. Für uns gibt's kein passendes Land mehr, drüben ist schon ganz und gar kein Platz mehr für unsereinen . . .«

»Quatsch!« schnitt ihm Ling grob das Wort ab: »Der eingebildete Idiot macht aus einem Zustand einen Beruf! Das sieht ihm ähnlich! Aber was interessiert mich schon euer Osma! Soll er sich meinetwegen aufhängen!«

»Na, den Gefallen wird er dir schon nicht tun, mein Lieber«, lächelte Laschi hörbar: »Aber ich merk' schon, du hast wirklich weitergesoffen. Drum bist du so verbrummt. Vielleicht hab' ich dich wirklich aufgeweckt, entschuldige! Servus, und auf bald! Schlaf weiter!« Es war gut, daß er abgehängt hatte. Ling war nahe daran, ihm hemmungslos seine ganze Mißgelauntheit in die Ohren zu bellen. Was ging ihn dieser Osma an, der sich offenbar immer wieder – und sei's auch im winzigsten Kreis – interessant machen und es nicht vertragen wollte, ein ganz gewöhnlicher Mensch unter Millionen ebensolcher Menschen zu sein!

Ling warf den Hörer hin, ging rasch in sein Zimmer und fing an, sich anzuziehen. Für zwei Tassen Kaffee und einen Käsekuchen reichten seine fünfundvierzig Cents noch im gewohnten ›Bickford‹ am Broadway. Auch die Dampfheizung fing jetzt zu singen an. Langsam wurde es warm. Nachher wollte er mit aller Energie an den Teschnerkatalog gehen, um bald zu Geld zu kommen. Immer diese gleiche Misere – zwecklos, so ein Leben!

Er vernahm das Aufriegeln der Wohnungstür und gleich darauf ein dumpfes Gepolter, in welches sich schweres Schnauben und die Stimmen der Emmerles mischten. Als er kurz darauf aus seinem Zimmer kam, standen die zwei im hellen Licht zwischen funkelnagelneuen Überseekoffern und schauten freuderot auf ihn.

»Gell, Mischter Ling, gell, da gucket Sie, gell!« sprudelte die etwas zerzauste, schwitzende Frau Emmerle aus sich

heraus: »Wisset Sie, wir gehe zu Besuch auf Daitschland ... In unser Heimatli auf zwei Monat. In vierzehn Tag geht ünser Schiffli!«
Und der Emmerle strich durch seinen Schnurrbart und meinte ebenso, Zeit sei's nun schon einmal nach fast zweiundvierzig Jahren, da gebe es noch allerhand zu regeln und mit ihm müßten sie ja auch noch alles »ausfixe«.
Ungewiß sah Ling auf sie und sagte etliche nichtssagende Freundlichkeiten, aber komischerweise hemmte ihn etwas, sich einen Dollar auszuleihen.
»Ich will schnell zu Abend essen«, schloß er, »und dann noch was arbeiten. Die Dampfheizung hat bis jetzt nicht funktioniert.« Er hörte nicht mehr, was die Frau Emmerle sagte, ging an den beiden vorbei und zur Tür hinaus ...

NOCH IMMER DER STAUB DES GEWESENEN

Vor zirka drei Wochen hatten sich die Emmerles nach Deutschland eingeschifft. Ling, als altgewohntem Mieter, der ihr volles Vertrauen hatte, das Zimmer zu kündigen, war für sie schon aus rein praktischen Erwägungen undenkbar. Sie waren mit ihm übereingekommen, daß er mit ihrem Walter in der Wohnung bleiben, die dringendste Post nachschicken und alle sonstigen Notwendigkeiten regeln sollte. Er war schließlich ein älterer, verläßlicher Mann, und er kam mit dem Buben gut aus. Die Umsiedlung Walters zur verheirateten Tochter Bärbel nach New Jersey – jetzt, mitten in der Schulzeit! – hatte sich als viel zu umständlich herausgestellt, und den Buben hinwiederum in der Riesenstadt New York, wo jeden Tag allerhand Schreckliches passierte, allein in der Wohnung zu lassen, war erst recht nicht ratsam. Die Regelung der Emmerles hatte also alles für sich.

Drei Wochen, drei taube Wochen waren wieder zerronnen, da geschah diese dumme Geschichte. Gibt es etwas wie Telepathie? Oder war Ling auf seine alten Tage auch noch närrischerweise abergläubisch geworden?

»Hm«, gestand er sich mit leisem Unbehagen: »Blöd, wirklich blöd! Sicher hat der Laschi erzählt, was ich neulich am Telefon gesagt hab' . . . Jetzt hört sich das fast wie ein Wunsch an, und dabei hab' ich mir gar nichts gedacht . . .« Giftig knurrte er: »Ach, was geht mich überhaupt der ganze Quatsch an!«

Störrisch überlegte er, ob er zur Zusammenkunft bei Charlie und Bianka gehen sollte, zu welcher ihn Charlie geradezu dringend-fordernd eingeladen hatte, und nörgelte in sich hinein: ›Die machen das doch bloß, um mit ihrer neuen Dachgartenwohnung, mit ihrem vornehmen ‹Pent-House-

Appartement‹, das noch niemand gesehen hat, zu protzen ... Warum nicht, wie sonst, bei den Kumians? ... Oh, dieses beschissene ›Seht, jetzt bin ich auch soweit wie ihr!‹ ... Und dabei immer noch dieses verlogene, gesinnungstüchtige Getue mit Sozialismus und so, äh! ... Sicher wird sich der Charlie als sein nächster Freund weiß Gott wie vorkommen und den mannhaft getroffenen Genossen spielen! Ich hör' direkt schon, wie schmalzig seine Stimme dabei wird! Und der Laschi, und der Victor? Die haben ihn doch auch gekannt! Ich danke schön, was da wieder alles verzapft wird! Na, wenn schon! Vielleicht besauf' ich mich. Und die Weiber sind ja auch dort. Das ist das einzig Reelle.‹

Wenngleich es schon weit über eine Stunde zu spät war, ging er trotzdem hin. Die neue Wohnung war wirklich wunderschön. Die Gäste saßen im großen, hohen ›Living Room‹ mit den gut ausgesuchten modernen Möbeln. Die Glastür zum geräumigen Dachgarten stand offen, und die funkelnden Sterne des klaren Nachthimmels fielen herein, denn es herrschte an diesem Oktoberende noch mildes, schönes Wetter. Das gedämpfte Licht brachte das warme Orange voll zur Geltung. Das große Fenster war mit farbig geschickt abgestimmten Vorhängen versehen, die neuen Konsolen und Bücherstellagen, auf denen hübsche Vasen mit Schwertlilien und Nelken standen, und die geschmackvoll gerahmten, ausgezeichneten Reproduktionen nach Bildern von Breughel und Toulouse-Lautrec, für den Charlie ein besonderes Faible hatte – all das tat dem Auge wohl und verbreitete eine anheimelnde Behaglichkeit. Es wirkte solid und erzeugte Respekt vor der Generosität der Gastgeber, die es übrigens an erlesenen Speisen und Getränken nicht fehlen ließen.

»Großartig! Sehr gut!« sagte dann auch Ling, als er im Raum herumsah, doch niemand reagierte darauf. Auch Charlie und Bianka, die offensichtlich sehr stolz auf ihr neues Heim waren und gern gelobt sein wollten, begrüßten ihn nur nickend und hatten dieselben Trauermienen wie die anderen. Viele waren sogar dunkel gekleidet. Ling blieb nichts anderes übrig, als sich stumm auf den nächsten Stuhl zu setzen. Bianka in ihrem rund und weit ausgeschnittenen, eng taillierten schwarzen Taftkleid, dessen reichfaltiger, krinolinenähnlich breitfallender Rock leise rauschte, reichte von Zeit zu Zeit stumm die Gläser herum und schenkte Wein oder Whisky ein, während Laschi auffallend verstört hin und her ging und bewegt klagend aus sich herausredete: »Also so was, Herrschaften, so was! Ich begreif das immer noch nicht, ich kann's nicht begreifen! This is horrible! Entschuldigt, bitte schön, daß ich auch schon anfange, Deutsch und Englisch zu mixen. Du hast ganz recht, Mart, man soll das nicht einreißen lassen bei sich, und ich als Deutschprofessor soll's überhaupt nicht machen, aber ich kann mir nicht helfen, ich bin noch ganz plemplem.«

Der dunkle Anzug machte ihn noch magerer. Dünn wie Zaunlatten waren seine langen Beine und Arme. Sein schlaffes, eingefallenes Gesicht war noch käsiger, und tiefer als sonst hing seine wulstige Unterlippe herab. Hin und wieder machte er eine linkische Armbewegung, und wehmütig fragend blickten seine herausgedrückten Sackaugen auf die Herumsitzenden.

»Als wir am Freitag bei ihm gewesen sind«, wandte er sich an Charlie, »da hat man ihm doch, bei Gott, noch gar nichts angesehen, absolut nichts! Erinnerst du dich, Charlie? Kannst du dich erinnern? Wir waren begeistert, weil er so geistreich war. Ganz wie in seiner besten Zeit, um kein Haar anders. Und ausgesehen hat er, frisch und braun, wie grad vom Urlaub zurück. Und die blitzgescheiten Sachen, die er gesagt hat, oi-oi-oi! Einfach unbegreiflich, hm! Ein Mensch wie er, erst an die Fünfzig, ledig, gut aussehend, erfolgreich in seinem Fach, und materielle Sor-

gen hat er doch auch nie gehabt. Und die schönsten Mädels sind ihm zugeflogen, schwerreiche Partien hätt' er machen können. Ich begreif's nicht, ich kann's nicht begreifen! ...« Er schüttelte den Kopf und faßte sich wieder: »Erinnerst du dich, Charlie? Kannst du dich erinnern? Weißt du noch, was er über Emigration gesagt hat? Einfach Klasse war das, first class! ... Ich hab' mir nachher sogar was aufgeschrieben, weil's so ausgezeichnet war.« Er fingerte ein Blatt aus seiner Rocktasche und entzifferte laut lesend: »Solange ein Emigrant wartet, ist er noch gar nicht emigriert, hat er gesagt. Er lebt und bewegt sich noch in seinem bisherigen Bildungs- und Kulturbereich. Die neue Umgebung sieht er noch gar nicht. Er befindet sich noch – und das hab' ich besonders gescheit gefunden, sehr gescheit – im ersten Stadium der Fremdheitspubertät ... Kannst du dich erinnern, Charlie? Erinnerst du dich noch?«
Charlie nickte, und Victor fiel geschwind ein: »Das ist nicht besonders neu, das hat der Mart schon oft gesagt.« Doch Laschi wehrte nur mit einem leicht ungeduldigen »Ja! Jaja, schon!« ab und redete darüber hinweg: »Dieses Pubertätsstadium, hat er gesagt, der Osma, ist deswegen so gefährlich, weil es jede Aktivität paralysiert. Eine nihilistische Infektion ist das, hat er gemeint ... Ich find' das ausgezeichnet! Erinnerst du dich, Charlie? Kannst du dich erinnern? Jaja, Mart, ganz ähnliche Auffassungen wie du hat er gehabt, der Osma, stimmt. So ein Mensch, hat er gemeint, der kann Englisch lernen, amerikanischer Bürger werden, sich einleben, sein Auskommen und Erfolg haben – das bleibt alles dünner Firnis bei ihm, es ist bloß Selbsttäuschung. Großartig, wie er das formuliert hat! So ein Typ bleibt immerfort der Gefangene seiner Vergangenheit. Schließlich und endlich, was macht er? Er geht wieder in seine alte Heimat zurück, weil er unsinnigerweise meint, da geht diese Vergangenheit wie eine Romanfortsetzung weiter. Aber was passiert? ›Habe die Ehre‹

ist's mit der Fortsetzung. Auch dort gibt's das alles nicht mehr. Alles ist weitergegangen und geht weiter, geht über ihn weg. Da kommt er ganz enttäuscht wieder nach Amerika zurück . . .«

»In die Diaspora!« rief Victor und nickte Ling zu: »Dein Wort!« Der saß wie beengt und in sich geschlossen da. Verwundert schauten manche auf ihn.

»Jajaja, richtig, richtig! Erinnerst du dich, Charlie? Kannst du dich erinnern?« ließ sich Laschi nicht unterbrechen und wurde etwas lebhafter: »Du hast den Mart erwähnt und was von Diaspora gesagt. Mir ist's vorgekommen, als hört er das nicht gern. Er hat bloß gesagt: ›Man kann eben nichts überspringen‹, aber kein Wort vom Mart. Naja, wir wissen ja. Aber, offen gestanden, das mit dem ›nicht überspringen‹ hab' ich nicht verstanden und versteh's auch jetzt noch nicht . . . Kinder, Kinder, nach seiner Berliner Professur hätt' der Osma doch die beste Zukunft in Amerika gehabt! Glück hat er doch immer gehabt! Hmhm, und da geht er her und hängt sich in seinem Hotelzimmer auf! Das hätt' er doch drüben auch machen können!« Er hielt kurz inne. Alle schwiegen. Sie kamen von der Leichenfeier, an welcher der größte Teil der politischen deutschen und österreichischen Emigration teilgenommen hatte. Ling war nicht hingegangen, und Charlie nahm ihm das sehr übel. Man sah es jetzt noch seiner Miene an.

»Schrecklich – und so ein Mensch nimmt sich das Leben!« sagte Sonja, sichtlich nur, um ihre Müdigkeit und Langeweile loszuwerden. Lisawetha hielt sich die Hand vor den gähnenden Mund. Einmal hatte Victor während dessen New Yorker Exils den Osma zu den Kumians gebracht. Er hielt dort ein sehr trockenes Referat über die deutsche Arbeiterbewegung und die Schwächen des Hitlerregimes und enttäuschte durch seine humorlose Überheblichkeit. Mit dem proletarisch-revolutionären Hochmut, der kennzeichnend für Menschen seines Schlages ist, beantwortete er in der Diskussion jede Frage leicht verächtlich, ungefähr so, als wollte er sagen: »Was versteht denn ihr? Ihr gehört doch nicht zu uns.« Nachher hatten Victor und Charlie für die Gruppe gesammelt. Steif dankte Osma für die Summe und verabschiedete sich wie ein Vielbeschäftigter, der solche Kleinigkeiten nur nebenher hinnimmt. Das kränkte. Von da an fand ihn auch Victor nicht mehr interessant.

»Von jedem andern hätt' ich mir das vorstellen können«, redete Laschi beharrlich weiter: »Aber von einem Oskar Marcus Luffinger nicht. Von *dem* nicht! Sogar zwei Vornamen hat er gehabt! Daß das in Amerika gar nicht so unwichtig ist, wissen wir doch! Einen ausgezeichneten, einen sehr guten Namen hat er gehabt, Herrschaften! Im Englischen verliert er ja, aber im Deutschen?« Mit wortgenießerischer Langsamkeit wiederholte er: »Oskar Marcus Luffinger ... Bitt' schön, die Musikalität der Vokale, einfach prima! Dieses o-a-u-i-e hintereinander! Der Stefan George, der trifft das hie und da, zum Beispiel da: ›Aus dunklen Fichten steigt ins Blau der Aar‹ – aber das ist mir zu bewußt, Kinder. Mir ist der Hofmannsthal lieber. Der trifft so was immer ganz unabsichtlich, ganz natürlich. Der ist, mir scheint, der größere Dichter. Von dem werden viele Verse bleiben ... Kinder, Kinder, der Osma! Hängt sich der auf! Was doch dieser Hitler alles angerichtet hat. Und der Osma war doch, notabene, sogar ein sogenannter Vollarier. Naja, er war eben politisch aktiv ...« Er runzelte seine feuchte, bleiche Stirn und änderte seinen Ton: »Charlie, du weißt, politisch bin ich mit ihm nie einverstanden gewesen. Ich hab' ihm das auch immer gesagt. Daß er in New York angefangen hat, mit den Kommunisten zu paktieren, das war einfach hirnrissig. Das war schlecht, ganz schlecht. Er hat doch wissen müssen, daß ihn die bloß so lang benutzen, wie sie ihn brauchen. Er war doch kein heuriger Has' auf dem Gebiet! ... Ich war seinerzeit in Wien beim sozialistischen Studentenbund mit ihm zusammen. Ein Temperament hat der gehabt, oi, oi, oi! Ein Temperament, Herrschaften! Der Otto Bauer hat ihn sofort in die Wiener Partei geholt. Die ganzen Jugendlichen haben ihn angeschwärmt und verehrt, besonders die Mädel. Auf so was war er ja immer aus. Er hat auch verschiedene Affären gehabt. Mir scheint, deswegen ist er dann auch von Wien weg und nach Berlin. Dort ist er Kommunist geworden, aber bloß ganz kurz, sehr kurze Zeit. Er war doch ein viel zu selbständiger Kopf. Unterm Dollfuß und Schuschnigg, wo ich noch in Wien war, hab' ich ab und zu gehört, daß er illegal arbeitet. Großartige Sachen sind von ihm kolportiert worden ... Einen Stich ins abenteuerlich Verwegene hat er ja immer gehabt, der gute Osma. Noch im neununddreißiger Jahr, wie ich aus Wien weg bin, hab' ich von ihm gehört. Das andere hast du mir dann erzählt, Charlie, und im vierziger Jahr hab' ich ihn schließlich in New York wiedergetroffen. Was er da gemacht hat, wissen wir ja. Da ist dann sein Paktieren mit den Kommunisten gekommen.«

Ling, der neben dem Tisch mit den Flaschen saß und sich hin und wieder schweigend eingoß, wunderte sich, daß niemand diesen pausenlosen Redestrom unterbrach. Es klang fast wie eine blecherne Radioübertragung. Endlich, endlich schoß Victor mitten hinein. Alle atmeten auf.

»Weißt du, Laschi, das mit den Vokalen, das hast du glänzend demonstriert. Da muß ich daheim gleich einmal den George nachlesen«, rief er. »Aber von Politik verstehst du nichts, mein Guter! Bleib lieber bei deiner Literatur.«

»Bleib ich auch! Bleib ich auch!« erwiderte Laschi, dürftig lächelnd: »Politik verdirbt nicht bloß den Charakter, sie verschiebt auch den Blick. Da bin ich ganz deiner Meinung, Mart. Was kommt schon zum Schluß dabei 'raus? Ein Hitler oder Stalin! Habe die Ehre, Herrschaften, mein Bedarf für so was ist gedeckt! Vollauf!« Entspannt sah ihn Ling an. Nichts hatte Laschi von seiner Bemerkung am Telefon gesagt. Wahrscheinlich hatte er sie vergessen. Sonderbar, warum ängstigte er sich eigentlich vor der Erwähnung dieser Bemerkung? Vage fiel ihm ein, daß er vor etlichen Tagen, kurz nachdem ihn Charlie vom Selbstmord Osmas verständigt und dringlich aufgefordert hatte, zur Leichenfeier zu kommen – daß er da zufällig auf seinem Abreißkalender den Spruch gelesen hatte: »An allem Wehtun bist du schuld.« Da war er – an Osma, Selbstmord und Leichenfeier dachte er nicht einen Augenblick lang –, mehr aus intellektueller Spielerei als wirklich ernsthaft, nachdenklich geworden. Mag sein, daß ihm der Satz gefiel, doch am meisten beschäftigte ihn das »Wehtun«. In den Worten muß zuweilen eine tückische Magie wirken. Tausendmal gleiten sie gleichgültig als Begriffsbestimmungen und Verständigungsmittel über unsere Lippen. Einmal indessen stellt sich ungewollt und unerwartet ein Erlebnis neben sie, an das wir am liebsten nie und nimmermehr erinnert werden möchten. Gereizt wehrt man sich dagegen. Man will die widerliche Erinnerung wegschieben. Vergeblich. Noch schlimmer: Es schiebt sich plötzlich etwas ganz Gegenwärtiges in diese Erinnerung und macht sie schrecklich eindringlich, schauderhaft unerträglich.

»An allem Wehtun ist man schuld?« rätselte Ling in sich hinein: »Will man denn – hab' ich denn? Blödsinn! Will denn ein normaler Mensch je wissentlich und ohne Grund einem anderen weh tun? Idiotisch ... Oder doch! Doch! Vielleicht sind wir nur geschaffen, um einander weh zu tun? In der Liebe, im Kampf ums Dasein, in der Politik! ... Vielleicht erhält uns nur dieses gegenseitige Wehtun ...« Er hob den Kopf, gespannt und lauschend, als habe er einen plötzlichen Anruf vernommen. Er sah in die Richtung, von wo er gekommen war, doch da war es blind und still. Es stand nur der überladene, dunkle Schreibtisch da mit der etwas abgeblätterten Zimmerwand dahinter. Nichts weiter.

Er fing wieder an, etwas nachzudenken. ›Hm, aufgehängt hat der sich, der Osma‹, rann es verschwimmend durch sein Hirn: ›Sicher aus Eitelkeit, ganz bestimmt ... Was stellt einer aus Eitelkeit nicht alles an! Damals ist er als amerikanischer Zensor nach Deutschland hinüber und hat gemeint, bald werden die Besatzungsämter oder die Sozialdemokraten ihn an eine hohe Stelle setzen, ihn womöglich zum Minister oder Reichskanzler machen. Essig war's damit! Kein Hahn hat nach ihm gekräht. Da ist er in Berlin Professor geworden, aber auch bloß einer von vielen. Jetzt ist er wieder weg und nach New York und hat wiederum gemeint, das erregt Aufsehen und kommt in die Zeitungen. Wieder nichts. Und da hat er den Strick genommen, bloß – bloß –‹ Er brach ab, denn es war gar nicht der Osma, an den er dachte, es war ein anderer. Es war der hochgeschossene, zaundürre, immer irr vor sich hin grinsende Mensch im kahlen Krankensaal der provisorischen Verrücktenabteilung des Kriegslazarettes, in die man ihn – Ling – damals, nach seiner großen Resistenz gegen den Major und Oberleutnant, gebracht hatte. Es war 1917 im Krieg und Schnee in Rußland. Vor den trüben Fenstern des Krankensaales lag ein ummauerter, öder Garten, und aus dem hohen Schnee ragten einige Bohnenstangen ...

»Willst du noch, Mart? ... Hm, very bad, das mit dem Osma, very bad«, sagte in dem Augenblick Bianka und goß ihm das Glas voll. Sein Gesicht schien ihr dasselbe Bedauern auszudrücken. Er schaute schnell von ihr weg auf den Laschi. Richtig, jaja, richtig, der Mann damals im Kriegslazarett sah dem ähnlich und hatte denselben Gang, nur – er hatte lange, dichte, braune Haare, die sich auf seiner Schulter schon ein klein wenig ringelten. Wie ein Apostel aus einer illustrierten Bibel sah er aus. Offenbar hatte man ihm die Haare gelassen, weil er ein hoffnungsloser Fall war. Er ging im Krankensaal immerfort an den Wänden entlang und betastete ab und zu sacht und scheu eines von den Metallbetten, als zweifle er daran, daß dies wirklich ein Bett sei. Dabei hob er sein ausgemergeltes, bartstoppeliges Gesicht mit den großen, schwimmenden graublauen Augen und sagte leise: »Die kriegen mich nimmer an die Front. Tot im Bett müssen sie mich wegtragen, garantiert! Die kriegen mich nimmer, *mich* nicht! Umbringen tu ich mich selber.« Und wenn er zufällig auf einen Kameraden stieß, grinste er noch hintergründiger, fast schadenfroh. Immer und immer wiederholte sich das gleiche. Das langweilte mit der Zeit. Alle lachten und spotteten schon darüber, und zu dem Mann sagte Ling einmal ungeduldig grob: »Was quatschst du denn immer dasselbe, Mensch? Wenn schon, dann mach doch Schluß! Es hält dich doch keiner ab davon!«

Laschi – warum störte Ling dessen Anschauen und warum zog er auf einmal seinen Blick auf den gemusterten Teppich zurück? – sagte jetzt wie nebenher: »Und du, Mart, hast damals am Telefon noch den Witz gemacht und gesagt, deinetwegen kann er sich aufhängen, der Osma.« Das bestürzte. Ling spürte einen scharfen, kurzen Stich in der Herzgegend, und eine Berserkerwut über diese Taktlosigkeit fiel ihn an. Befremdet starrte er vor sich hin. Der langhaarige Apostel hatte sich damals tatsächlich in die Monturkammer des Lazarettes geschlichen, hatte den kalten Lauf eines Infanteriegewehrs in seinen Mund gesteckt und losgedrückt. Knochenteilchen von seiner Schädeldecke und der Brei seines verspritzten Gehirns klebten hinter ihm an der kalkweißen Wand.

»Ein Elend, Kinder, ein Elend –« schwatzte Laschi ahnungslos weiter, da platzte Ling mit der gemeinen Bemerkung heraus: »Vielleicht war's gar kein Witz von mir.«

»Hoho! ... Aber, aber, Mart? Mart?!« Die helle Empörung schlug ihm von allen Seiten entgegen. Das trieb seine wirre Gereiztheit bis zur Siedehitze hinauf, und wie immer, wenn er sich ausweglos in eine Wut verrannt hatte, bellte er die unflätigsten Beschimpfungen aus sich heraus. Alle Sympathien verscherzte er sich damit und setzte sich nur noch mehr ins Unrecht. Instinktiv erkannte er das, aber nun war's schon, wie es war. Mit verfärbtem Gesicht sprang er auf und rief in die betroffene Runde: »Ich kann ja auch gehen! Ich weiß überhaupt nicht, warum ich gekommen bin!« Nur der Geistesgegenwart Charlies war es zu verdanken, daß nichts Schlimmeres geschah.

»Bleib schon, bleib sitzen! Wir kennen dich doch!« sagte der beherrscht und drückte ihn rasch wieder auf den Stuhl nieder: »Mensch, was hast du denn in der letzten Zeit immer? Da, trink, da! ... Erklär mir doch einmal, warum du den Osma so gehaßt hast. Du weißt ja, ich hab' damals in Prag zu seinem inneren Zirkel gehört, aber auch er hat uns nie was Genaueres gesagt. Er hat bloß so beiläufig einmal was von ›ganz unmöglichen Vorschlägen‹ erwähnt, die du ihm gemacht haben sollst. Naiv hat er dich gefunden und gemeint, du bist vielleicht einem Hochstapler oder Spitzel auf den Leim gegangen. Weiter hat er nie wieder was verlauten lassen.« Das war gut so. Reden gleicht aus. Ling blieb, sein Gesicht entfinsterte sich nach und nach.

»So, so, Hochstapler oder Spitzel hat er gesagt, so so?« antwortete er mit grimmigem Hohn: »Aber der Spitzel und Hochstapler war euch und den Sozialdemokraten und den Kommunisten immer sehr recht und erwünscht, wenn was ganz Gefährliches zu machen war. Der ›Spitzel‹ war nämlich der Kaluga.«

»Was? Der Kaluga?« lachte Charlie verächtlich: »Der meschuggene Anarchist, der mit allen Krieg geführt hat? ... Spitzel? Nein, das war der nicht! Aber ein ganz gerissener Schmuggler, ein ganz ordinärer Geschäftsmann, der mit illegalen Aufträgen schweres Geld verdient hat ... Bist du etwa mit dem beim Osma gewesen? Da glaub' ich freilich, daß der kein Wort darüber verloren hat ... Du wirst zu-

geben müssen, der Kaluga war doch politisch ein vollkommener Narr ... Gegen Hitler war er selbstverständlich, aber er hat sich seine Gesinnung von den Linken sehr schwer bezahlen lassen.«
»Und natürlich hat er bei jedem Auftrag immer sein Leben eingesetzt! Jedesmal!« unterbrach ihn Ling scharf, doch Charlie ließ es nicht mehr zu einem neuerlichen Zornausbruch kommen. Schnellhin meinte er, das hätten andere auch getan und ohne etwas dabei zu verdienen, der Osma ganz bestimmt, das wisse jeder, und dann fragte er kurzerhand: »Also wie war das eigentlich zwischen dir und dem Osma?« (»Das war von dir«, lobte ihn viel später Victor manchmal, »psychologisch eine Meisterleistung. Ich bin überzeugt, du hast damals grad Freud gelesen. Nein? Das glaub' ich dir einfach nicht, mein Lieber. Du hast den Mart im richtigen Moment bei seiner Erzählerlust erwischt. Wenn ein Analytiker den Patienten einmal so weit hat, ist das meiste geschafft.« Charlie lachte zwar darüber, aber er fühlte sich ungemein geschmeichelt und befaßte sich in der Folgezeit wirklich mit Freuds Schriften. Ihm kam's stets darauf an, in intellektuellen Angelegenheiten auf dem laufenden zu sein.) – – –
Alles in allem genommen, war es in jener Prager Zeit Lings so gewesen: Nachdem er erfuhr, daß Zacher den Humlinger über die Grenze gelockt hatte, mußte er untertauchen. Einerseits war er heilfroh darüber, denn das Zusammenhausen mit dem muffigen Genossen Gemmlinger, der ihn vom Wilsonbahnhof abgeholt hatte, war für ihn mit jedem Tag unmöglicher geworden. Er haßte diesen unausstehlich-besserwisserischen, übrigens fast um zwanzig Jahre jüngeren Menschen mit dem vorgeschobenen, viereckigen Kinn und den dummdreisten, kleinen Fangaugen mehr als seinen ärgsten Feind. Schon deswegen, weil ihm der Kerl nie von der Seite wich und ihn immerzu, gleichsam von oben herab wie ein räsonierender Feldwebel

einen begriffsstutzigen Rekruten, über Politik, Parteidisziplin, revolutionäre Taktik und Aktivität im Kampf gegen Hitler zu belehren versuchte. Vor allem aber pochte er bei jeder Gelegenheit auf die ›proletarische Solidarität‹, denn er besaß nie Geld, hatte aber schnell erschnüffelt, daß es bei Ling damit gut stand. Zudem war er sehr gefräßig und stank aus dem Mund. Unglücklicherweise hatte Ling ihm gegenüber öfter die Bermerkung fallenlassen, er befürchte, seine Sache mit dem Grenzgendarm sei ›drüben‹ polizeibekannt, und er könne jeden Tag als gewöhnlicher Mörder ausgeliefert werden. Darüber lachte Gemmlinger hell auf und fing zurechtweisend zu poltern an: »Na, nu' mach aber bloß 'n Punkt, Mensch! Scheiß dir bloß nicht in die Hosen! So wichtig bist du gar nicht, Männeken! ... Die Nazis provozieren doch jetzt fast jeden Tag 'n Grenzzwischenfall! Du denkst wohl, wenn die sich deinetwegen mausig machen, da reagieren die Tschechen darauf, he? Da könn'n sie lang warten, die madigen Biester! Nee, nee, Mensch, nu' mach man bloß keinen Quatsch mit Emigrantenpsychose. Det kenn'n wir.« Mit einem Ruck sprang er aus dem Bett, wusch sich oberflächlich und tat sehr eilig: »Los, los, wir müssen um zehn Uhr zur Besprechung, Mensch! Es muß endlich klare Sache gemacht werden. Los, los, komm schon! Ich hab' 'nen Bärenhunger! Laß uns zuvor noch schnell mal in der ›Coruna‹ am Wenzelsplatz frühstücken ... Mann, eine Freßhalle ist das, prima! Saftschinken, alle Bratensorten, Wurst, Eier und Käse in rauhen Mengen! Toll und voll kann man sich fressen für 'n paar lumpige Kronen. So wat is aus bei Hitlern. Da heißt's Kanonen statt Butter. Die drüben werden bald Augen machen. Komm, Mensch, komm schon!«
Mechanisch folgte Ling. Bedrückt und willenlos ging er neben ihm her, hörte nicht auf sein Geschwätz und schielte immerzu unruhig auf vorübergehende Passanten. Irgendeiner sah ihn schärfer an. Es überlief ihn kalt. Irgendeiner

ging auffallend resolut und drohend hinter ihnen. Am liebsten hätte Ling zu laufen angefangen. Angst bekam er, Angst um sich. Schreckbilder tauchten auf. Entnervende Zwangsvorstellungen zermürbten ihn. Diese Spannungen strengten unheimlich an. Naß und matt wurde der ganze Körper. Menschen von der Art Lings – äußerst phlegmatisch, gewohnheitshörig und grundseßhaft –, die durch ungewöhnliche Umstände brutal aus der Bahn ihres alltäglichen Lebens gerissen worden sind und dabei ganz gegen ihren Willen, einzig und allein, um sich zu retten und heil davonzukommen, auch noch einen anderen wegräumen mußten, solche Menschen besitzen noch lange die verstörte Unschuld des Schulkindes, das etwas Verbotenes gemacht hat. Sie sind tief unglücklich darüber, weil sie beständig glauben, man sehe ihnen all das auf den ersten Blick an. Sie begreifen gar nicht, daß die Allgemeinheit keine Notiz von ihnen nimmt, daß jeder sie gleichgültig als seinesgleichen ansieht: als einen Menschen eben, der schläft und erwacht, der ißt, trinkt, verliebt oder verheiratet ist, irgendwo wohnt, arbeitet, hin und wieder in ein Theater, in ein Kino oder ein Restaurant geht und dieselben Sorgen hat wie sie.
Den Gemmlinger peinigte kein bohrendes Mißtrauen, keine unruhige Angst. Darum seine Überheblichkeit, die er nach und nach dermaßen unverfroren ausnützte, daß Ling manchmal die Mordlust überkam. Dann tat ihm der Grenzgendarm, den er den Berg hinuntergestoßen hatte, leid. So unsympathisch war der gar nicht gewesen, und vielleicht hätte er sogar mit sich reden lassen. Möglicherweise hatte sich der junge Mensch bloß für ein paar kurze Stunden von seinem Dienst fortgestohlen, um sein Mädel in Heidmühle aufzusuchen, und ärgerte sich, daß ihm ausgerechnet da ein Verdächtiger in den Weg gelaufen kam, der diese Absichten durchkreuzte. Deswegen wahrscheinlich – man roch doch fast, wie unecht ihm das anstand! –

hatte er sich im Nu so gewaltsam in seine parteiverblendete, eingebildete Amtspflicht hineingesteigert und den festgenommenen Ling zum ›Wehtun‹ gezwungen. Ja! Ja, da stand es wieder, dieses vielschichtige, tückische Wort ›Wehtun‹, dem man nicht ausweichen konnte! Auch im jetzigen Augenblick bei Charlie und Bianka war es Ling noch genauso wenig klar wie damals, worüber er eigentlich mehr in Wut geriet: über diesen unerwünschten, sinnlosen Kampf, über sein Opfer oder über sich selber.
Eins jedenfalls mußte er sich jetzt eingestehen: Sein Feind war gar nicht der unbekannte Mann gewesen, Feind war das hinter ihm Wirkende, etwas Unsichtbares, das man mit Brachialgewalt nicht töten konnte. Ein wirklicher, leibhaftiger, greifbarer Feind war für ihn nur dieser ›Genosse‹ Gemmlinger. Kein Wunder, daß Ling wahrhaft aufatmete, als er endlich zum Untertauchen gezwungen wurde und von dem Kerl ohne Scherereien loskam. Andererseits aber begann für ihn nunmehr ein unstetes Fluchtleben in der kleinen Tschechoslowakei mit fortgesetzten Reisen in andere Städte und Flecken, mit scheuen Fußmärschen in immer wieder fremde Gegenden und Dörfer, mit oft täglichem Zimmerwechsel, zerhetztem Umherlaufen in den Straßen, mit sinnlosem Zeittotschlagen in lauten Cafés oder öden Kneipen, immer gewärtig, als Stromer oder Nazispion verhaftet zu werden, denn sein deutscher Reisepaß, der viele Amtsstempel mit dem überall verhaßten Hakenkreuz enthielt, war nur für zwei Monate gültig, die längst verstrichen waren; ihn auf dem Prager deutschen Konsulat verlängern zu lassen, war unmöglich, und die Hakenkreuzstempel waren äußerst verdächtig. Er zerriß den Paß in winzige Fetzen und spülte ihn in einem Abort hinunter. Schließlich ging ihm auch das Geld aus, Unrast hieß der Tag, die Nacht, die Stunde, denn er gehörte zu keiner anerkannten Emigrantengruppe oder Partei und war ein Irgendwer.

»›In einer Mausefalle‹ ist gar kein Ausdruck dafür«, erklärte Ling und schaute erinnerungsbeklommen in die Gesichter: »Der Zustand war viel schlimmer. Es war ungefähr so, wie wenn man als Schiffbrüchiger allein mitten auf dem Ozean auf einer schwimmenden Eisscholle dahintreibt. Es gibt keinen festen Boden und kein Ufer, und der Rand der Scholle ist die Grenze. O ja, es schwimmen noch andere größere und kleinere Eisschollen herum und kommen bald näher heran, bald treiben sie wieder weiter weg. Man kann vielleicht auf eine andere springen, aber geändert ist damit nichts. Und wenn man sich beim Springen im Abstand irrt, saust man ins Wasser, und aus ist's ... Und du weißt, das wird nie wieder anders. Nicht einmal so viel kannst du mehr denken, daß es plötzlich warm werden kann und die Eisscholle unter dir wegschmilzt ... So bin ich seinerzeit in Brünn, im Weinrestaurant ›Museumskeller‹ – Charlie, du kennst es ja! –, an einem Nachmittag auf den Kaluga gestoßen, das heißt, der ist, weil das Lokal um die Zeit ganz leer war, einfach mit seiner Weinflasche und seinem Glas vom anderen Tisch auf mich zugekommen, hat sich hingehockt, hat gegrinst und gesagt: ›Na, Landsmann, ich glaub', du langweilst dich genauso wie ich. Nimm schon von dem meinen, der hat's in sich, der taugt was.‹ Ohne lang zu fragen, hat er mein Glas auf den Boden gegossen und von seinem Wein eingeschenkt ... Ich war mißtrauisch und argwöhnisch, aber schon völlig gleichgültig. Ich hab' noch einige achtzig oder hundert Kronen gehabt. Die wollte ich versaufen und mich dann – zum Selbstmord war ich viel zu feig – einfach draußen aufs Trottoir legen und mit mir geschehen lassen ...«

Das überrumpelte Gesicht Lings schien Kaluga zu amüsieren. Er hatte viel übrig für die Humorigkeiten und drastisch-grotesken Überraschungen des Lebens und lachte gern. Dabei war alles an ihm beteiligt: seine dichten, wirren schwarzen Haare, das runde, gesundbraune Gesicht mit dem ungepflegten Allerweltsschnurrbart und den sonderbar einschmeichelnden, lackschwarzen Augen unter den ebenso dichten, drahtigen Brauen, sein starker, kurzer Hals, die flache, breite Brust, die stämmigen Arme, der leichtgepolsterte Bauch und die prallen Oberschenkel, kurzum, sein ganzer muskulöser, mittelgroßer Körper. Dieses Lachen nahm ein für ihn und steckte an. Außerdem gehörte Kaluga zu den wenigen Menschen, die stets mit einer geradezu abrupten Offenheit und Kaltblütigkeit die Wahrheit sagen, die ihnen dann – prompt nicht geglaubt wird. Mit keinem anderen Mittel, war seine Ansicht, könne man sich schneller und besser aus jedem Schlamassel herauswinden, so etwas wirke gewissermaßen ›prophylaktisch‹.

»Ich erinnere mich noch ganz genau«, fuhr Ling fort, und man merkte, wie er sich langsam in seine Figur verliebte: »Ohne sich darum zu kümmern, ob mir das paßt oder nicht, prostete er mir ein paarmal nacheinander wie einem alten Bekannten zu, trank das volle Glas in einem Zug aus und fing in diesem rein tschechischen Lokal fast provozierend laut deutsch zu reden an, daß mir immer unbehaglicher wurde. Er merkte auch, wie ich mich immer mehr zuknöpfte, und erklärte ungeniert: ›Da bin ich nämlich höchstzahlender Stammgast. In jeder Hinsicht notabene.‹ Das stimmte mich durchaus nicht um. Er winkte dem Kellner, unterhielt sich in bestem Tschechisch mit ihm, indem er ab und zu mit einem Kopfnicken auf mich deutete und leicht lachte. ›Entschuldige, wir reden natürlich über dein Mißtrauen‹, sagte er abgebrüht, und der Kellner schaute auf mich herab und sagte konziliant in dem harten Deutsch der Tschechen: ›Gäste von Pane Galenther in Ordnung. Alle gut.‹ Dann ging er und brachte zwei neue Flaschen. Ich kannte mich nicht aus und blieb abwehrbereit. Und wovon fing jetzt dieser ›Pane Galenther‹ zu reden an? Ausgerechnet vom Genfer Völkerbund, der damals schon langsam auseinanderbröckelte! Japan und Deutschland waren bereits ausgetreten, und Mussolini hatte Abessinien überfallen, und in Genf stritten sie sich wegen der Sanktionen gegen den renitenten Friedensbrecher herum. Mein Pane sagte seelenruhig: ›Sanktionen werden natürlich beschlossen, Mussolini wird mit gehörigem Aplomb austreten, und die Sanktionsländer werden ihm selbstverständlich hintenherum alles liefern, was er für seinen schönen Krieg braucht.‹ Mich interessierte das absolut nicht, mich ärgerte auch von Anfang an sein ungeniert vertrauliches ›Du‹, mir behagte dieser ganze Mann da nicht, ich dachte immerzu an Zacher, aber mir graute davor, wegzugehen und wieder stundenlang sinnlos durch die Straßen zu laufen oder wegzufahren, und im Grunde genommen war auch alles schon ganz egal. Ich hörte kaum hin, als der Mensch ein wenig gewichtiger sagte: ›Ich bin nämlich an der Genfer Firma interessiert, rein finanziell. Ich denk' schon lang darüber nach, wie man den Bankrott aufhalten kann. Ich will mit den Leuten unbedingt ins Geschäft kommen, aber wie macht man das?‹ Er sah mir zudringlich offen in die Augen: ›Deinem Gesicht nach kannst du mir vielleicht einen richtigen Tip geben. Ich hab' dich nämlich in Prag und anderwärts schon oft gesehen und bin über dich im Bild.‹ Das war mir äußerst verdächtig. Ich leugnete rundweg ab, Prag überhaupt je gesehen zu haben, aber er lachte einfach mitleidig darüber weg und spöttelte vulgär: ›Aber Herr, Herr, geh'n S' doch! . . . Mann, Mensch, bist du denn immer noch einer von den verschwörerischen Irren in Prag? Womöglich mit der eisernen Überzeugung, was? Bei mir kannst du das ruhig lassen, ich bin bloß Geschäftsmann.‹ Sein Anschauen dabei war direkt verletzend. Ich bin aufgestanden und wollte jetzt wirklich weg, aber er lachte über mein blamables Ereifern noch mehr und zog mich gutmütig auf die Bank nieder, indem er etwas ernster sagte: ›Aber zu was denn solche Geschichten? Da steht doch noch Wein, da! Wo willst *du* denn schon noch hin?‹ Das betonte ›Du‹ machte mich stutzig. Ich schaute in seine lackschwarzen Augen, und – wie das zugegangen ist, weiß ich bis heute nicht – ich hab' auf einmal gewußt, der kennt sich aus mit mir. Da hab' ich's darauf ankommen lassen und bin geblieben. ›Hmhm‹, hat er nach diesem Zwischenfall den Kopf geschüttelt: ›Hmhm, wir Deutschen sind die geborenen Zeloten. Wenn uns nicht ein Staat, eine Partei, ein Kaiser oder Führer schurigelt und dirigiert, schaffen wir uns eine Gesinnung, eine Überzeugung und lauter so fixe Ideen an. Ohne so was kommt unser Masochismus nicht aus. Verlaß dich darauf, an alldem ist unser unausrottbarer, eingewurzelter Masochismus schuld.‹ Diese Bemerkung überraschte mich. Jetzt interessierte mich der Mann.

›Der Völkerbund, warum funktioniert er nicht?‹ setzte mir Kaluga auseinander und beugte sich tiefer über den Tisch: ›Alle sagen, weil er machtlos ist und keine Armee hat ... Falsch! Er braucht höchstenfalls eine vollkommen verläßliche, technisch überragend ausgerüstete, ständige Polizeitruppe von, sagen wir, zwanzig- bis dreißigtausend Mann, die er von Fall zu Fall einsetzen kann. Eine große Armee ist viel zu kostspielig und unnötig. Für eine Polizei kriegt man noch Leute, zu einem Krieg hat kein Mensch mehr Lust. Krieg ist unsinnig und überholt. Wie ist unser schöner Herr Hitler an die Macht gekommen? Mit wem? Mit Fememördern und Terror! Das ist viel leichter, einfacher und weit billiger, aber im Effekt todsicher.‹«

Ling erklärte Kalugas Plan. Er suchte einen Menschen, der seine Ideen in eine Denkschrift zusammenfassen sollte, die er in Genf einreichen wollte. Der Völkerbund sollte demnach nur noch zwei grundlegende Aufgaben haben: erstens aus jedem Land befähigte Menschen zusammenzufassen und sie so zu schulen, daß sie jederzeit imstande waren, als demokratische Regierung dieses Land zu leiten,

und zweitens neben der erwähnten Polizeitruppe die Bildung einer geheimen, höchstbezahlten, ebenfalls mit allen erdenklichen technischen Hilfsmitteln ausgestatteten Terrorgruppe, die lediglich dazu gehalten würde, um im Falle einer entstehenden Diktatur in einem Land die Träger derselben bis auf den letzten Mann auszurotten. »So eine Aktion beläuft sich, hoch gerechnet, vielleicht auf ein Achtel aller Rüstungsausgaben der Welt«, hatte Kaluga damals erläutert: »Und wieviel solche Menschenbiester müssen dabei liquidiert werden? Vielleicht zwei-, vielleicht dreihundert. Wenn dann bis zur Übernahme der Genfer Regierungsgruppe die Polizei alles in Gang hält, was soll's da noch für Schwierigkeiten geben? Du siehst, eine einfache, sicher wirkende Sache. Wenn die Diktatoren nämlich Angst kriegen, sind sie auch bloß Hosenscheißer. Beim Liquidierungsgeschäft möcht' ich allerdings dabeisein.«
Die meisten der Herumsitzenden lachten verächtlich, schüttelten den Kopf und spotteten: »Ha-haha, wie sich der kleine Moritz die Weltpolitik vorstellt!« Und Charlie fragte spitz: »War's vielleicht das, weswegen du beim Osma gewesen bist?«
»O nein, nein-nein, das nicht. Es war etwas ganz anderes«, gab Ling zurück und bekam sekundenlang ein trauriges Gesicht: »Mein Gott, und zuletzt haben sogar die Tschechen den guten Kaluga verhaftet, und sicher hat ihn der Hitler beim Einmarsch erwischt!« Er starrte einen Moment lang vor sich hin.
»Ja, daß er in Prag verhaftet worden ist, hab' ich noch gehört. Seitdem nichts mehr«, bestätigte Charlie. Seit der Brünner Begegnung waren Kaluga und Ling brüderliche Freunde geworden, die sich freilich oft monatelang nicht sahen und dann nur hin und wieder harmlos in einer Kneipe tranken.
»Das letzte Treffen in Prag funktionierte nicht mehr, ich hab' gewartet, hab' vorsichtig 'rumgefragt und ge-

sucht ... Nichts! Kaluga war weg, zuletzt wäre beinah auch ich noch geschnappt worden. Schade, schade, jammerschade um den Mann«, erzählte Ling: »Das Geschäft, das wir trieben, war ziemlich riskant. Der Kaluga fälschte nämlich unter anderem auch ganz ausgezeichnet deutsche Fünfzigmarkbanknoten, die wir unterbringen mußten. Lithograph war er ja von Beruf.«

»Ach schau, schau. Allerhand«, rief Charlie erstaunt. Andere aber bekamen einen etwas frostig abwehrenden Gesichtsausdruck, als sei das nicht mehr ganz geheuer.

»Und siehst du, deswegen bin ich mit ihm beim Osma gewesen. Jetzt weißt du's!« wandte sich Ling nun ganz Charlie zu und kam ins gleichmäßige Erzählen: »Im Geldauftreiben war ja der Osma immer groß, und da wollten wir, daß er die Finanzen aufbringt, um das Ganze tatsächlich wirkungsvoll gegen Hitler auszubeuten. Zum Osma hatten wir auch Vertrauen, aber ich kann dir bloß sagen, was wir damals bei dem erlebt haben, das war schon mehr als komisch. Der Osma hat in seinem kleinen Zimmer gesessen – du weißt ja, es ist ein Betonraum in einem weitläufigen Keller gewesen, richtig konspirativ –, also er sitzt da und läßt uns vorläufig einmal ausreden. Er war natürlich ganz und gar verschlossener, erfahrener Untergrundleiter dabei, hat eine Zigarette um die andere geraucht und ab und zu so einen Fünfzigmarkschein genauer geprüft. Endlich dann, nachdem er gefragt hat, ob wir fertig sind, ist er aufgestanden und – du kennst das ja bestimmt auch – dozierend hin und her gegangen. Angeschaut hat er uns dabei nie, er hat bloß den Fünfzigmarkschein in seiner Hand immer wieder zerknüllt, ihn dann in die andere genommen und dasselbe gemacht. Es stimmt schon, was er euch damals im engeren Zirkel über den Besuch gesagt hat. Bloß, es gibt eben Wahrheiten, die den Tatsachen entsprechen und dennoch Lügen sind, weil sie ungenau bleiben. Dieser quatschige Monolog über Marxismus und seine

Anwendung im Antinazikampf vom Osma ist dem Kaluga schließlich langweilig geworden. Er hat etwas von ›altem Schnee‹ dazwischengebrummt und noch respektloser gesagt: ›Na, stell schon deine alte Platte endlich ab, Mann!‹ Ich hab' grinsen müssen, und der Kaluga hat auch gegrinst. Das war für den Osma natürlich schwer beleidigend, aber mir ist's fast so vorgekommen, als wär' ihm das insgeheim auch ganz recht. Jetzt hat er uns etwas konsterniert angeschaut, und da hat der Kaluga gesagt: ›Du gibst doch zu, daß man mit einem Monstrum wie dem Hitler bloß mit monströsen Mitteln fertig werden kann, oder?‹ Er hat endlich wissen wollen, wie sich der Osma zu unserem Vorschlag, die Fälscherei groß aufzuziehen, stellt, und da natürlich ist euer ›Chef‹ wieder der ›Lenin‹, der Obermacher geworden, mit der turmhohen Verantwortung und eisernen Überzeugung. Bloß der Bart hat ihm gefehlt dabei! Viel nervöser ist er jetzt hin und her gelaufen und hat haufenweis' davon geschwätzt, eine ernsthafte politische Gruppe oder Partei muß absolut integer bleiben und kann sich nicht auf so Räubertaktiken und Gangstermethoden einlassen. ›Das können wir ruhig den Nazis überlassen‹, hat er gesagt und darauf hingewiesen, daß sie deswegen ja auch jeden Kredit im Ausland verloren hätten ... ›So, so, das ist mir neu‹, sagt da der Kaluga: ›Aber ich hab' noch nicht gehört, daß die anderen Staaten mit dem Dritten Reich nicht Geschäfte machen und seine Gesandtschaften etwa nicht anerkennen.‹ Das irritierte den Osma noch mehr, und wie ich ihn an die gefälschten französischen Revolutions-Assignaten vom jüngeren Pitt und an den berühmten Raubüberfall Stalins auf den Tifliser Geldtransport erinnert habe, ist er ganz aus seinem Konzept gekommen ... ›Das waren andere Zeiten, Genossen‹, hat er gesagt und an die technischen Fortschritte heutzutage erinnert. Geniert und wütend war er. So ›Chefs‹ sind ja im Grund genommen immer die gleichen Hitlers. Bloß was sie sagen und meinen, gilt. Erstens, hat er zu schulmeistern angefangen, kann eine Währung und Wirtschaft heute nicht mehr durch noch so große Banknotenfälschungen ruiniert werden, zweitens, wie die riesigen Mittel für eine wirklich großangelegte Fälscherwerkstatt aufbringen? Und drittens, ob wir vielleicht so naiv sind und glauben, daß da die Tschechen nicht sofort dahinterkommen? ... ›Aber ganz abgesehen davon‹, sagt er: ›Nehmen wir sogar an, die Tschechen goutieren das und arbeiten mit uns zusammen, was sie natürlich schon aus reinem Staatsinteresse nicht machen können – aber stellt euch doch einmal vor, Genossen, wie schnell die Kommunisten dahinterkommen! Was dann? Dann ist's aus mit unserer Unabhängigkeit, mit der Selbständigkeit unserer Gruppe. Sie wenden Pressionen an, und wir müssen tun, was sie wollen. Überhaupt, ich versteh' euren Illusionismus nicht, Genossen – in ganz kurzer Zeit wird doch die ganze Welt von unserer Fälscherei wissen, die ausländische Presse berichtet darüber, wir wissen und kennen das doch! Dann sind nicht bloß wir als Gruppe diffamiert und erledigt, die ganze politische Emigration gilt als kriminell ... Und, machen wir uns doch nichts vor, Genossen, dann ist jeder von uns in jedem Land vogelfrei. Einen größeren Dienst können wir Hitler gar nicht tun!‹ Er ist endlich stehengeblieben und hat unsere verdutzten Gesichter gesehen. Sicher hat er das als einen Sieg für sich ausgelegt. Kurz und gut, auf einmal ist er schmalzig gönnerhaft geworden und – äh, ich hör' ihn heute noch! – was hat er gesagt, was? ›Allen Respekt, Genossen! Was ihr da macht, muß als Einzelaktion absolut anerkannt werden. Hmhm, und die Banknoten bringt ihr immer kinderleicht an den Mann, was? Erstaunlich, wirklich erstaunlich, hmhm. Da könnt ihr natürlich der ganzen antifaschistischen Bewegung helfen. Damit leistet ihr mehr als manche unter uns, aber wie gesagt, für uns als Gruppe ist so was untragbar. Selbstverständlich bleibt alles unter uns. Wenn ihr Pech habt, wissen wir nichts voneinander, ihr versteht das sicher, ja?‹«

Dunkelrot vor Zorn war Lings Gesicht wieder geworden, aber er bezwang sich und schloß: »Und siehst du, Charlie, da ist was passiert, was mir der Osma nie verziehen hat, nie! Da nämlich ist der Kaluga aufgestanden und dem Osma auf den Leib gerückt. ›Freunderl, bleib schon beim verbrunzten Mittelstand!‹ hat er gesagt und dem Osma seine Nase gepackt, fest hat er zusammengezwickt und den armseligen Kerl hin und her geschüttelt. Urkomisch war's, wie der Osma gefuchtelt und gebellt hat, aber gegen den Kaluga ist er nicht aufgekommen. ›Du hast dich im Metier geirrt, verstehst du, Freunderl! Servus!‹ Schreit ihm der Kaluga ins Gesicht, läßt endlich los und wir rennen lachend davon . . .«

Die Zuhörenden wußten nicht, wie sie dreinschauen sollten. Eine Pause trat ein. Nur der schweigsame Lohrer hob den dicken Kopf und nickte Ling zu. »Jetzt«, sagte der Laschi endlich, »jetzt wird mir selbstverständlich alles klar . . . Hm, von daher hast du also deinen Tick mit der Mittelmäßigkeit?« Ling maß ihn von oben bis unten und schüttelte den Kopf: »Mensch, Laschi? Für *so* blöd hab' ich dich nicht gehalten!« Der andere stutzte betroffen und fand kein Wort. – »Ich hab's nicht gern gesagt«, lenkte Ling ein. Das traurige Gesicht Laschis tat ihm leid. Sie kamen beide aus der gleichen engen Tiefe. Das verband sie unausgesprochen. Es war gut, daß Sonja jetzt hell ins allgemeine Auflockern rief: »Schon wieder diese verdammte Mittelmäßigkeit! Da werden wir doch nie fertig! . . . Mart, erzähl uns doch lieber noch was Lustiges!«

»O ja, vielleicht was von der Liebe oder so . . . Einfach eine Geschichte!« sekundierte ihr Lisawetha.

»Aber das vom Kaluga war doch schon eine! Habt ihr denn nie genug?« widersprach Charlie und zog Ling beiseite, während die anderen an den Tisch mit den Flaschen und Brötchen gingen. Übertönt vom einsetzenden Geplauder, unterhielt er sich mit ihm. Es war ihm anzusehen, daß ihn das mit Kaluga erregte.

»Das erklärt natürlich eure Feindschaft«, meinte er nachdenklich: »Aber wem soll man recht geben? Lenin war er ja keiner, der Osma... Ich weiß bloß noch, daß unsere Gruppe auf seinen Vorschlag von da ab den Kaluga abgehängt hat. Der Osma hat gesagt, der Mann ist zu unverschämt und viel zu teuer. Außerdem muß sich jeder von uns selber bewähren, das schafft erst Vertrauen ... Du weißt ja, wie er das gemacht hat. Jeder hat ihm geglaubt, das war schon so. Du weißt sicher noch, gleich darauf ist das hübsche Mädel, die junge Genossin aus Berlin, auf der Rückreise an der Grenze geschnappt worden und hat sich mit der Rasierklinge die Pulsadern aufgeschnitten. So ein junges, fesches Mädel war das, hm. Und wir haben doch gewußt, daß der Übergang nicht mehr richtig funktioniert hat. Wir wollten, daß sie noch eine Woche in Prag bleibt und dann über München heimfährt. Auch der Osma war dafür, aber das Mädel war doch so fanatisch und hat immer gesagt, für sie ist nur die Berliner Gruppe maßgebend. Sie war übrigens in den Osma verschossen, und wie! Der war dann der Auffassung, jede Gruppe im Reich sei selbständig und für ihre Leute verantwortlich. Du weißt, dann ist das hübsche Ding abgefahren. Wir brauchen keine Angst zu haben, hat sie noch gesagt, der Osma hat sie erst richtig in der Illegalität geschult, ihr passiert bestimmt nichts. Dann ist das Pech gekommen ... Jedenfalls haben wir noch feststellen können, daß sie die Mikrofilme verschluckt hat. Du weißt ja, die sind im Mund zergangen. Gefunden hat die Gestapo nichts bei ihr, aber das arme Mädel war eben tot.«

»Ich weiß, ich weiß«, nickte Ling: »Und dann sind die zwei Leipziger gefaßt worden, später der aus Hof – und alles wegen der eitlen Narretei vom Osma –«

»Was wird da so geheimnisvoll ausgehandelt?« schnitt die herzukommende Sonja das Gespräch ab: »Wir wollen auch was hören, bitte. Außerdem geh'n wir jetzt aufs Dach hinaus, es ist so eine herrliche Nacht.« Charlie und Ling standen auf. Victor drängte sich mit dem Whiskyglas an sie heran. »Prosit, Mart. Sehr interessant war das mit dem Osma. Ich hab' den nie für ganz seriös gehalten ... Mensch, Mart, was du alles erlebt hast, davon könnt' ein anderer leben ... Warum schreibst du eigentlich nicht, warum?« Da stand Laschi mit einem fast rührend beleidigten, trotzigen Gesicht und schaute Ling traurig vorwurfsvoll an, indem er sagte: »Aber du kannst sagen, was du magst, ein feiner Kerl war der Osma doch! Ich laß nichts auf ihn kommen!« Doch es ging unter.

»Genug debattiert, genug! Kommt, kommt schon aufs Dach!« lachte Lisawetha und zog ihn mit fort. Niemand dachte mehr an Osma. Groß und mächtig stand der klare Mondhimmel über der lichtverwirrten, unruhigen Stadt. Scharfkonturiert ragten die eckigen Wolkenkratzer aus dem Helldunkel. Die Windstille, frische Luft belebte.

Jetzt erst hörten Charlie und Bianka alles Lob über ihr neues Heim und konnten es voll auskosten. In dieses Redegeplätscher hinein polterte Iwan gutmütig: »Also, wie ist das, Mart, willst du noch was erzählen oder nicht? Aber keine Politik mehr, bitte!« Er war müde und wagte es nicht einzugestehen. Heim und ins Bett wollte er, um morgen in gewohnter Korrektheit seine Geschäfte erledigen zu können. Da Ling nicht mehr umzustimmen war, erhoffte er den allgemeinen Aufbruch. Doch niemand tat dergleichen. Fügsam sah er auf Sonja und Victor. Die waren noch springlebendig und tuschelten miteinander. Auch Lisawetha hatte eine erwartungsvolle Miene, und da kam Victor mit seinem originellen Einfall heraus, den er sich offenbar schon lange zurechtgelegt hatte, und das nicht ohne Grund.

Er war ein merkwürdig unvollendeter Mensch, der Victor Nagel. Herkunft und Vergangenheit stigmatisierten ihn immer noch unverkennbar. Doch der hektische, fortwährende Wechsel der Umstände in den letzten Jahrzehnten hatte viel davon verwischt. Das machte ihn unruhig, denn er merkte oft und oft, wieviel ihm verlorengegangen war, und er wollte das Versäumte einholen, den Verlust ausgleichen. Dazu aber fehlten ihm die Kraft und die Geduld. Er beabsichtigte und plante stets die verschiedensten Dinge, indessen das meiste zerflatterte ihm. Er selbst schien ein Element des unaufhaltsamen Wechsels geworden zu sein.

Die Nagels waren einst – lange vor dem ersten Weltkrieg – aus dem judenfeindlichen Polen, wo sie kleine Kaufhäuser und ländliche Bierbrauereien unterhalten hatten, ins kaiserliche Deutschland gekommen und hatten sich in Leipzig niedergelassen. Das bedeutete für sie keineswegs ein unwiderrufliches Seßhaftmachen oder gar eine vollkommene Assimilation ins ›Deutsche‹. Es war lediglich ein Platzwechsel, der leichtere und größere Geschäftsmöglichkeiten bot. Lebensstandard und Komfort steigerten sich dadurch, doch das änderte nichts an der in sich beschlossenen ostjüdischen Tradition des Nagelschen Familienlebens. Auch im neuen Land blieb der Nichtjude ein Fremder, der Christ ein ›Goj‹, dem man nach den polnischen Erfahrungen nicht trauen konnte. ›Jedem ein gutes Ponem hinmachen, von ihm nehmen und sich nicht auf ihn einlassen‹, war der Grundsatz des alten Baruch Nagel, dem Victor aufs Haar glich: dieselbe kleine, gedrungene Gestalt, das gleiche schwarze Haar, die leicht abstehenden Ohren, die derbe ›unjüdische‹ Sattelnase, dieselben starken Zähne und sogar die gleiche volldröhnende Stimme, dieselbe Haltung, die Gangart und die Art der Gesten.

Diesem vitalen, tyrannisch-rechthaberischen Vater, der seine Kinder, auch wenn sie schon ausgewachsen waren, bei Fehltritten immer noch mit Brachialgewalt zur Ordnung zu bringen suchte, dem hatte Victor als junger Mensch schwer zu schaffen gemacht, was den Vater besonders schmerzlich traf, weil er seinen Ältesten, den er für den klügsten und geschäftlich gewiegtesten hielt, mehr als alle anderen Kinder liebte und sehr stolz auf ihn war. Deswegen hatte er Victor auch – obgleich er, der Vater, damals noch in der Vollkraft seines gesunden, mittleren Alters stand – als zukünftiges, legitimes Familienoberhaupt ausersehen. Der abenteuerlich waghalsige, fast genialisch gerissene Baruch Nagel nämlich – er und seine Frau wurden unter Hitler in Auschwitz vergast – hielt nicht das mindeste von dem selbstgefälligen, engstirnig schwerfälligen Hinaufarbeiten deutscher Geschäftsleute zu einer soliden Alteingeführtheit. Er ›unternahm‹ Geschäfte wie etwa ein scharf witternder, leidenschaftlicher Spieler. Dazu gehörte nicht ängstliches Bedachtsein auf Solidität und Festhalten am einmal Begonnenen, dazu gehörte nur ›das jüdische Köpfchen‹. Ein Geschäft war für ihn gleichsam ein kühn durchgeführtes Experiment. Dabei war es gleichgültig, mit was sich diese Geschäfte befaßten: mit Pelzen, Anzügen, Damenmoden, Wäsche, Haushaltungsgegenständen oder, wie in der schlimmsten deutschen Inflationszeit, mit Goldan- und -verkauf. Die Hauptsache war, daß man jedes lukrativ machte, daß sie schnell hohe Gewinne abwarfen und daß man damit die Seinen in Sorglosigkeit und Reichtum versetzen konnte. Gewarnt durch die bitteren Erfahrungen in Polen, ließ sich Baruch Nagel auch von der strotzenden Prosperität des damaligen wilhelminischen Deutschland nicht – wie man in seiner Familie zu sagen pflegte – ›den Tschainik einhacken‹, wobei das Wort ›Tschainik‹, das eigentlich ›Teekessel‹ bedeutete, nicht ganz zu Unrecht mit ›Kopf‹ übersetzt wurde.

Denn – wie schnell wurde das auch im deutschen Musterland zur grausamen Wahrheit! – was geschah denn jedesmal, wenn gefährliche Krisen einsetzten, wenn's in der Politik und Wirtschaft nicht mehr stimmte, wenn die allgemeine Lebenslage ausweglos kritisch wurde? Um von den wahren Ursachen abzulenken, schnüffelte man blindwütig und verzweifelt nach dem Schuldigen – und das war immer der ›raffgierige Stinkjud‹, der's dann über den Kopf bekam.

Schon damals hatte Baruch Nagel einigen Grund, dieses Eingeständnis nie zu vergessen. Durch seine eigene Initiative und glückliche Umstände von Polen nach Deutschland gelangt und hier hochgekommen, sah er sich in diesem Land keineswegs als Gleichberechtigten aufgenommen. Sein schneller Wohlstand war keine Empfehlung, was sich schon daran zeigte, daß man weder ihm noch einem der Seinigen je die deutsche Staatsbürgerschaft zuerkannte. Und das war nicht das einzige: Auch seine in Deutschland geborenen, ortsansässigen Glaubensgenossen, die sich seit jeher etwas darauf zugute taten, stets um einige Grade deutscher zu sein als die Deutschen, betrachteten ihn von vornherein als sehr unerwünschten, höchst anrüchigen Geschäftskonkurrenten und mißliebigen Eindringling in ihre bürgerlich gehobene, liberalisierte Gesellschaft. Man tat am besten, diese aufdringlichen ›Ostjuden‹ und unkultivierten ›Galizianer‹ unter sich zu lassen. Sie schädigten den guten Ruf des Judentums und waren in jeder Hinsicht anstößig. Feindschaft, wenn auch nicht mehr eine so schikanöse und gefährliche wie früher, sondern eine, die sich allenthalben als mehr oder weniger offene, eisige Antipathie bekundete, umlagerte also auch in Leipzig die Nagels und zwang sie, sich auf ihre Kreise zu beschränken. Darum gab es für Baruch nichts Wichtigeres als den festen Zusammenhalt der Familie, und es gab nur eine Sünde: die Armut.

Diese Sünde war nicht nur häßlich und demütigend, sie machte die Familienmitglieder zänkisch aufeinander und unterhöhlte den Zusammenhalt, vor allem aber machte sie jeder äußeren Unbill gegenüber wehrlos. Gegen diese schützte nur der sichtbare Reichtum, gegen sie gab es nur eine Waffe: das Geld.

Der Erste Weltkrieg brach aus. Ganz Deutschland kam in Wallung. Jeden Tag prangten fettletterige, gelbe Extratelegramme über die fortwährenden Siege, gleichsam protzig und schreiend, an den Litfaßsäulen, aber dann wurde es langsam ruhiger, man sah fast keine jungen Männer mehr, und wenn, so waren sie Soldaten, und wieder nach einer Weile traten trotz der planvollen Rationierung Warenverknappungen auf, und das Geschäftemachen wurde eingeengt und langweilig. Zudem wuchsen Nagels Söhne Victor und Julius näher ins wehrfähige Alter, und Baruch sagte eines Tages, seine beiden stark behaarten Hände auf die Brust legend: »Was wird sein? Krieg und Krieg, und man wird nehmen unser Geld. Is' es mein Krieg? Hab' ich ihn gemacht?« Energisch tappte er auf dem dicken weichen Perserteppich des überladen reich möblierten, großen Wohnzimmers hin und her: »Daitschland, Vaterland? Durchhalten? Schmonzes! Blabla mit Gewure! . . . Krieg? Gojim naches! Haben wir nötig!«

Was ging den auf Abruf geduldeten Fremden das Vaterland der anderen Leute an?

Kurz entschlossen gab er seine unrentabel gewordenen Läden auf, übersiedelte mit der ganzen Familie nach dem neutralen Holland und wartete ab. Das ›Blabla mit Gewure‹, jenes Geschwätz von der eigenen Kraft, das ›Gojim naches‹, das Christenvergnügen des gegenseitigen Abschlachtens, endigte mit völliger Niederlage und Zusammenbruch des deutschen Kaiserreichs. Eine ziellos-wirre Revolution und ein Staatsbankrott ohnegleichen folgten. Baruch hatte sein Geld in Holland währungssicher ange-

legt, und: »Wenn er damals nach Amerika wär', oh, da wären wir heute alle Millionärskinder!« sagte die lachlustige Lisawetha manchmal. Doch das geschah nicht, und zwar aus zwei Gründen. Der eine bestand darin, daß sich Baruchs Frau unbändig nach dem feinen, reichen Leben in Leipzig zurücksehnte. Die kühlen Holländer erschienen ihr provinziell. Hier war man unbeachteter Mittelstand. Die Deutschen jedoch – mochten sie auch jetzt noch so wild herumrevolutionieren – waren ein ordentliches, hochzivilisiertes, tüchtiges Volk und hatten einen unausrottbaren Respekt vor Pracht und Geld. »Nu? Nu, und was wird sein? Das Gewure wird sich legen«, sagte sie oft und oft zu ihrem Baruch: »Sie werden sich's richten ohne Kaiser, und wir werden leben dort mit Anstand.«
Der zweite Grund, dem nachgegeben zu haben Baruch in späteren Jahren immer wieder verfluchte, lag in dem aufsässigen Drängen der beiden inzwischen zu jungen Männern herangewachsenen Söhne, die, ungeachtet des väterlichen Riesenkrachs, eines Tages stürmisch und tollkühn damit drohten, auf eigene Faust nach Leipzig zurückzukehren. Sie ertrugen die familiäre Gettohaftigkeit schon seit langem nicht mehr. Ihnen schien das Zeitalter der wahren Freiheit angebrochen, und begeistert von Lenin, Trotzki und der siegreichen bolschewistischen Revolution, verfolgten sie die deutschen Vorgänge. Wie alle damalige bürgerliche Intelligenzjugend, packte sie die Politik. Sie erfüllte sie mit jener heldisch-heroisch gestimmten Tatenlust, die alles Kleine und Alltägliche des Lebens nicht mehr gelten läßt und nur noch einer zwar noch verwischten, aber großen Menschheitszukunft zustrebt. Insbesondere der vielbelesene Victor brachte oft die ganze Familie in Aufruhr und steckte damit auch den jüngeren Julius an. Das führte mitunter sogar zu Handgreiflichkeiten mit dem Vater. Die Rebellion der Söhne und das Drängen der Mutter gewannen schließlich das Übergewicht. Baruch, dem

auch die erzwungene geschäftliche Tatenlosigkeit innerlich arg zusetzte, hatte sein Abwarten immerhin so weit hinausgezogen, bis im gärenden Deutschland einigermaßen die Ruhe wieder eingetreten war. Nach einer verfassunggebenden Nationalversammlung in der Goethestadt Weimar begann – getragen vom staatserhaltenden Bürgertum und der Sozialdemokratie – die deutsche Republik. Mit Hilfe der übriggebliebenen Streitkräfte der kaiserlichen Armee und militärischen Freiwilligenverbände schlug die Regierung die gefährlichsten Massenrevolten im Lande nieder, und das Allgemeinleben normalisierte sich.

»Nu? Nu, wer hat nun wieder recht gehabt?« sagte Baruchs Frau, als sie in ihrer unversehrten Leipziger Wohnung angekommen waren, und erinnerte an Polen: »Die Ganeffs dort hätten alles gegrapscht.« Das stimmte auch Baruch optimistisch, und im Umsehen belebte sich seine geschäftliche Unternehmungslust. Mit einiger Genugtuung und Schadenfreude stellte er auch fest, wie weitgehend sich seine deutschen Glaubensgenossen durch ihren unvernünftigen Patriotismus ruiniert hatten. Nun auf einmal waren sie alle daran interessiert, mit ihm geschäftlich in Kontakt zu kommen und mit seiner Familie zu verkehren. Die Unternehmungen Baruchs galten als sicher und finanziell grundfest fundiert. Seine Söhne und Töchter galten als aussichtsreiche Heiratspartien. Alles in allem ließ sich die Republik gut an. Pracht und Reichtum galten auch in ihr wieder, und sogar der jüdische Unternehmer und Geschäftsmann genoß ein ausgeglichenes Ansehen. Aus allem anderen, insbesondere aus der Politik, hielt man sich heraus. So wenigstens dachte Baruch. Mit Frau und Töchtern gab's dabei keine Schwierigkeiten, aber die Söhne!

»Lisa, mein Gutes, Lisa?« fragte der bekümmerte Baruch seine stattliche Frau oft und oft: »Lisa? Frag' ich mich, woher haben sie das, woher? Massel hobn mir mit ünsre gebenschte Kinder.«

Denn herausgebrochen waren Victor und Julius aus aller jüdischen Isoliertheit. In allen Gesellschaften tauchten sie auf, die vornehmsten und teuersten Bälle besuchten sie, mit jüdischen und christlichen Frauen und Mädchen flirteten sie gleicherweise, frequentierten die besten Lokale und hatten ihre Affären mit bekannten Kokotten. Bei keinem Theaterskandal fehlten sie, auf kulturellen und politischen Veranstaltungen traten sie als Diskussionsredner auf, die Colleges prominenter Professoren besuchten sie in der Universität, heißspornig debattierten sie in Intellektuellen- und Studentenzirkeln über Philosophie, Literatur und moderne Kunst, über freie Liebe, Revolution und Politik, über den Marxismus und die Sowjetunion, und nichts verabscheuten sie mehr als die geordnete Bürgerlichkeit in der Familie und die Geschäfte ihres Vaters. Es war der ungebärdige Victor, der sich immer mehr von alldem loslöste und rücksichtslos seine eigenen Wege ging. Er fing an, nur noch mit führenden Sozialisten, mit Künstlern und Literaten zu verkehren und übernahm deren bohemehaftes Auftreten, ging achtlos verschlampt gekleidet, kannte jeden linken Debattierklub und schrieb radikale Zeitungsartikel. Er sammelte eine Gruppe junger Arbeiter, literarischer Anfänger und Studentinnen um sich und hielt Referate, die bewundert wurden und neue Anhänger anlockten. Er sonnte sich an seinem steigenden Bekanntwerden in der Stadt und verstand es ausgezeichnet, in den Kreisen Gleichgesinnter stets der Mittelpunkt zu sein.
Aus war es mit dem Zusammenhalt der Nagels. Fast Tag für Tag gab es Krach mit dem Vater, der sich vergeblich gegen dieses Auseinanderfallen stemmte. Er suchte zu retten, was zu retten war, suchte zu sichern und zu verteidigen. Nachdem ihm die Söhne über den Kopf gewachsen waren, hielt er die Töchter um so strenger. Er richtete sowohl für Julius wie auch für Victor eigene Geschäfte ein und finanzierte sie. Ihre persönlichen materiellen Interes-

sen, so hoffte er, mußten diese Widerspenstigen an Verpflichtung und Verantwortung binden. Aber das gelang nur bei Julius halbwegs. Victor meuterte von Anfang an. Er war für ›schrankenlose persönliche und politische Freiheit jedes einzelnen‹ und prangerte dieses Geschäftemachen als ›bourgeoise Ausflüchte‹ an. Gegen den heftigen Einspruch des Vaters hielt er in seinem Zimmer, in der elterlichen Wohnung, mit der Gruppe seiner jungen Bewunderer laute Diskussionsabende ab, die oft bis zum Morgengrauen dauerten. Dann wieder verfiel er in ein hemmungsloses ›Ausleben‹, vertat haufenweise Geld mit Huren, so daß die ganze Familie schließlich heilfroh war, als er jene ältere, baltisch-jüdische Studentin, seine jetzige Frau Selma, heiratete, die auch heute noch betonte, daß die finnischen Juden unvergleichbar gebildeter als alle anderen seien. »Wir in Riga«, pflegte sie Debatten dieser Art stets einzuleiten, »wir waren auch unterm Zarismus bereits europäisch, mehr als die reichsten Russen.« Wahrscheinlich aus eingewurzelter Vorsicht betrachteten die Nagels angeheiratete Frauen und Männer als nicht ganz zugehörig und in die Familie aufgenommen. Selma hatte zudem fast gar keine geschäftlichen Interessen, um so mehr aber soziale und intellektuelle Ambitionen aller Art. In ihrer Mischung von überlegener Mutter, geistiger Kameradin und generöser Liebhaberin schien sie der richtige Frauentyp für Victor zu sein. Das äußerst freizügige Eheleben der beiden bestätigte das auch zunächst. Ganz entfernt ähnelte Selma – wenigstens ihrem Denken und Gehaben nach – sogar Victors eigener Muter, einer imponierend elegant auftretenden Frau, die, im Gegensatz zu ihrem ewig mißtrauischen Baruch, geschäftlich und in bezug auf die Familie oft recht moderne, weitblickende Ansichten vertrat. Freilich nur unverbindlich vertrat, nicht etwa danach handelte! Baruch gab viel auf sie. Er hörte sie genau an. Er überlegte, erschnüffelte das Für und Wider dieser Ansicht,

dann sagte er listig lobend: »Köpfchen hast du, Lisa, mein Gutes, aber kann man davon leben?« Und sie lachten sich beide verständnissinnig an.
Victor und Selma bezogen eine eigene Wohnung. Man kam an den hohen Feiertagen bei den Eltern zusammen. Man aß koscher, hielt sich gewohnheitsmäßig ans religiöse Ritual, und das hatte einen Ruch von Konzession an den Nichtglauben, denn Gott und Jude sein schienen nicht mehr aktuell. So etwas störte im täglichen Existenzkampf. Victor und Vater Baruch leiteten gemeinsam das Geschäft, in welchem, einem hartnäckigen Prinzip entsprechend, nur die eigenen Familienmitglieder tätig waren. Vater und Ältester stritten und vertrugen sich abwechselnd, und es war gut so.
Und dann – Baruch hatte schon monatelang ›polnisch gerochen‹ – dann, nach über einem Dutzend bewegter Jahre, kamen die hektischen Tage, da drohende Massen durch die Straßen zogen und ihr gewaltverzücktes ›Heil Hitler‹ riefen. Und »ach, nu guck doch mal! War das nicht der dicke Moritz Siegel, der vorgestern seinen großen Pelzausverkauf angekündigt hat? Und da – großer Gott – ist das nicht der alte Schuh-Adler? Der alte, schwer herzleidende Mann kann doch jeden Tag sterben! Gerechter Gott, sie hauen ein auf ihn, er liegt schon im Rinnstein, und sie trampeln weg über ihn!«
Leiden und Klugheit hatten Baruch gelehrt, daß man sich in solchen Zeiten unsichtbar machen und rasch handeln muß. Vorsorglich hatte er die Tochter Olga und den ›Jul‹, den Julius, schon vor einem Monat nach Amerika vorausgeschickt, damit sie dort ein gemeinsames Nest machen konnten. Lisawetha, die jüngste, war mit Victors Frau Selma vorige Woche nach Holland gereist, und die Mutter hatte sie begleitet. Sie befand sich nun auf der Rückreise, um mit Baruch noch die letzten geschäftlichen Regelungen zu treffen, denn ohne sie war er nur halb so sicher. Und

jetzt standen Victor und sein Vater, kleine Reiseköfferchen neben sich, gespannt und schreckbleich am Wohnungsfenster und schluckten trocken. Gott war gnädig, in die Häuser drang die blutrünstige Meute noch nicht.
Ob er sich erinnere, der Victor, raunte der zitternde Baruch seinem Ältesten zu, die da unten seien die gleichen Gesichter, dieselben ›Ponems‹, die er damals als Gruppe in die Wohnung gebracht habe. Und Victor schwieg betreten.
»Nu, und? . . . Was wird werden?« fragte der stämmige Alte, dessen Kräuselhaar an den Schläfen schon grau geworden war, und gab sich, da er keine Antwort erhielt, einen energischen Ruck.
»Geh du, Victor! Geh heut noch!« sagte er: »Mamuschka und ich werden noch richten alles und nachkommen. Geh, Victor, geh!« Und mit tiefernstem, fast feierlichem Gesicht wandte er sich an seinen liebsten Sohn, drückte ihn an sich und erhob seine zitternden Arme segnend: »Boruch atoh adonoj melech hoaulom . . .« Und sie weinten beide.
Manche im Kumiankreis, die diese Vorgänge kannten, belustigte es innerlich immer wieder, wenn Victor, seiner etwas literarisch infizierten psychoanalytischen Ausdrucksweise entsprechend, stets erklärte, er lebe eigentlich nicht mehr ›im Vater‹, und auch sein damaliger, rein äußerlicher Protest gegen diesen sei nichts anderes gewesen als jugendliche revolutionäre Romantik. Indessen, zuweilen schien's fast, als sei er der nachgeborene Übervater. Er beanspruchte als Ältester nicht nur unbedingte Autorität in der Familie und bei den Dazugeheirateten und versuchte stets, allen seine Ratschläge aufzuzwingen, er dehnte diesen Anspruch noch viel weiter aus. Vielleicht, weil seine Ehe kinderlos geblieben war, drängt es ihn dauernd, Gruppen zu bilden und sie seinem Einfluß zu unterjochen. Es ging ihm nicht nur um die Schmeichler, er hielt sich auch für einen unübertrefflichen Entdecker von Talenten und Genies. Brachte es einer seiner Anhänger wirklich zu Er-

folg und Ruhm, wie glücklich strahlte Victors Gesicht, wenn er beispielsweise sagte: »Ich hab's von Anfang an gewußt, daß etwas aus ihm wird. Ich hab' ihn doch darauf gestoßen! Jaja, mein alter Freund! Endlich wissen's auch andere, was er ist.«

Auch mit Ling, auf den er hauptsächlich durch sein Schmeicheln und Hochrühmen die volle Aufmerksamkeit gelenkt hatte, erging es ihm ähnlich. Er galt ihm als das zukunftssicherste Rennpferd im Stall seiner Eitelkeit. Doch, gewollt oder ungewollt, darüber war sich Victor nicht im klaren, nach und nach drängte ihn derselbe aus dem Mittelpunkt des Kumiankreises. Mit steigendem Mißbehagen sah Victor seinen beherrschenden Einfluß schwinden, und außerdem argwöhnte er, daß Sonjas Neigung für Ling bereits die Grenze des beiläufigen Flirts überschritten hatte. Das schlimmste aber war die immer gleiche, undurchdringliche Arglosigkeit, mit welcher Ling auftrat. Fühlte er sich etwa so stark und sicher, daß er die aufkeimende Rivalität Victors überhaupt nicht beachtete, oder war er tückisch und wartete nur den günstigsten Zeitpunkt für einen wirkungsvollen Gegenschlag ab? Nervös, unruhig und schließlich verbissen feindlich überlegte Victor, wie dem allem zuvorzukommen sei. Und da kam ihm ein glücklicher Zufall zu Hilfe. Zur größten Verblüffung und zum neidvollen Ärger aller Diasporiten war vor ganz kurzem mit dem versoffenen Yorkviller Möbelhändler Jack Neuberger etwas fast Unglaubliches geschehen: Ein weltbekanntes Monats-Magazin hatte in einer eigens dafür eingeführten Spalte eine Erzählung von ihm gebracht und das riesige Spezialhonorar von zweitausend Dollar dafür bezahlt.

»Und stell dir vor, ein Mist ist das, ein Mist!« setzte Victor Ling zu: »Du kannst leider nicht englisch lesen ... Ich habe das Zeug gelesen, einfach unmöglich, sag' ich dir! Einfach unvorstellbar!! Von einer alten Tante, die einmal zu ihm nett war, schmiert der Kerl was zusammen und kriegt zweitausend Dollar! Zweitausend Dollar! Menschenskind, Mart, so was kannst du doch tausendmal besser, und was machst du mit deinem Talent? Das, was du eben von deinem Kaluga erzählt hast, ist doch eine perfekte Kurzgeschichte! Und da krebst du in deiner miesen, lächerlichen deutschen Zeitung herum und darfst mal einen Vereinsbericht oder eine blöde Filmkritik schreiben und liest Korrekturen! Nein, Schluß, so geht das nicht mehr weiter, Schluß damit!«

Das letzte klang entschieden. In der für ihn charakteristischen Art, sich in Szene zu setzen, nahm Victor Positur an: »Uns machst du nichts vor, mein Lieber! Der Laschi hat sicher recht, wahrscheinlich schreibst du schon lange heimlich. Jetzt kommst du uns nicht mehr aus!« Ling sah Sonja winzig lächeln, Lisawetha und Iwan verzogen keine Miene, ebenso Charlie und Bianka.

»Also hör zu, Mart, hör zu, willst du?« fragte Victor bedeutsam, zog eine Hundert-Dollar-Banknote aus der Rocktasche und schwenkte sie hin und her: »Das ist von Selma und mir! Es kommt noch mehr dazu. Das soll für dich sein»«

»Für mich?« fragte Ling verblüfft.

»Jawohl, für dich! Du hast richtig verstanden!« antwortete Victor und weidete sich an der Unsicherheit seines Rivalen. Wie genau verabredet und eingespielt, nahm Lisawetha eine Schale vom Tisch und stand auf, während Victor weiterredete. Ohne nach dessen Einverständnis zu fragen, setzte er Ling auseinander, daß alle übereingekommen wären, einen Preis für eine Kurzgeschichte zu stiften. »– die du uns in zirka vier Wochen schreiben sollst«, schloß er.

»Ich? Das ist ein ganz gemeiner Überfall!« wehrte sich Ling gezwungen lachend und suchte vergeblich, seinen inneren Aufruhr zu verbergen: »Ich mach' das nicht! Nein, nein! Ich laß mich nicht blamieren!« Er witterte Victors Absicht.

Er empfand es peinlich, daß Lisawetha sammelnd von einem zum anderen ging, während Victor unter allgemeinem Beifall erklärte, das Preisrichtergremium, aus ihm selber, Sonja, Charlie, Laschi und dem Doktor Nuckling bestehend, sei schon festgelegt und: »Nachdem du deine Geschichte vorgelesen hast, befinden wir darüber, wie man so schön sagt . . . Einverstanden? O. K.? Wir sind neugierig, was du uns für eine Geschichte fabrizierst!« Ling war sprachlos. Dann schoß ihm der Zorn ins Gesicht.

»Nein! Laßt das! Ich mach' da nicht mit!« stieß er beleidigt heraus: »Laßt den Unfug, sag' ich!« Er rannte in den ›Living-Room‹ und wollte weg, doch Sonja und Charlie liefen ihm nach und hielten ihn auf.

»Aber Mart?!« bestürmte sie ihn drängend zärtlich: »Mart, sei doch nicht so kindisch! Sei doch kein Spielverderber!« Und Charlie sekundierte ebenso: »Mensch, ich hab' immer geglaubt, du hast Humor! Was hast du denn auf einmal? Mach dich doch nicht lächerlich. Da, trink erst einmal, trink!« Er goß ihm Whisky ein: »Da, trink und laß reden mit dir. Wir meinen's doch gut mir dir.« Zerfahren griff Ling nach dem Glas und trank aus. »Na, so was! So was, Mart?« sagte Sonja wiederum: »Und wir haben gemeint, dir gefällt der Spaß am meisten!« Ling hörte nur das Wort ›Spaß‹. Er trank jedes Glas Whisky aus, das ihm Charlie einschenkte, trank mechanisch und wortlos die aufsteigende, wütende Verbitterung hinunter und bekam verwischte Augen. Er hörte, wie ihm Charlie ins Ohr flüsterte: »Du kannst doch das Geld, weiß Gott, brauchen.« Sonja hatte sich ebenfalls Whisky eingegossen, nippte und stand – ob aus Absicht oder nicht, war schwer zu sagen – etwas abgewendet. Zerstreut sah sie im Raum umher und tat taub.

»Die Idee stammt von Victor, aber ich war sofort dafür. Deinetwegen!« lispelte Charlie wieder so hastig auf Ling ein. Der sah ihn unenträtselbar an. Auf einmal lachte er

teigig und sagte: »Na, meinetwegen, meinetwegen! Ist ja alles scheißegal!«
»Du machst also mit? Du bist einverstanden, ja?« wandte sich Sonja an ihn, und als er wiederum haltlos nickte und bejahte, lief sie an die offene Tür und rief in den Dachgarten hinaus: »Herrschaften! Alles O. K.! Mart macht mit!« Lauter Beifall und Klatschen empfing sie. Victor kam zur Tür herein und drückte Ling die Hand: »Fein, Mart, fein! Ich bin überzeugt, wir erleben eine große Überraschung!« Er hastete weiter: »Ich will bloß noch den Doktor Nuckling und Kurt anrufen, damit sie spenden.« Weg war er. Charlie und Ling standen allein da.
»Ich versteh' ja, das Sammeln geniert dich vielleicht«, sagte Charlie halblaut: »Mir gefällt's ja auch nicht, aber Mensch, Mart, wir haben doch, weiß Gott, schon Ärgeres durchgemacht ... Und du kennst doch den Victor! Der ist eben so.« Treuherzig sah er Ling an. Der schwieg ganz kurz.
»Hm, tja. Hm, eigentlich ja! Warum nicht?« murmelte er wie für sich: »Heikelsein gilt nicht für unsereinen.«
»Jetzt quatsch schon nicht!« hinderte ihn Charlie am Weiterreden: »Komm schon, komm jetzt!« Eben kam auch Victor wieder vom Gang zurück und polterte lustig: »Diese Schowiaks! Hat man so was schon erlebt!« Doch er brach ab, als ihn Charlie warnend ansah, und änderte den Ton: »Du gibst doch zu, Mart, daß das eine großartige Idee von mir war? Auf jeden Fall wird's eine ganz große Sache. Komm, komm! Wir wollen sehn, wieviel du uns wert bist!« Er quirlte vor Vergnügen. Blitzschnell musterte Ling die Runde auf dem Dachgarten. Alle klatschten ihm zu, als Iwan bieder ausrief: »Bravo! Bravo, Mart wird Schriftsteller!« Nur robuste Abgebrühtheit siegt über das Peinliche. Unangefochten lächelte Ling wieder und sagte scherzhaft: »Na, wieviel bin ich euch wert?« Ungeniert sah er auf die Schecks und Banknoten in Lisawethas Schale, und es

schreckte ihn nicht, als die ebenso antwortete: »Oh, sehr viel schon, Sir! Sehr viel für den Anfang!« Sie kreischte auf, und alle fielen lachend ein. Charlie die Schale hinhaltend, sagte sie noch ausgelassener: »Bitte, Herr Korsch, Sie sind dran ... Bianka hat nicht gewußt wieviel. Ich bin ganz diskret, wenn man nobel ist. Herr Ling treten Sie etwas vornehm weg, gehn Sie vor an die Mauer. Schauen Sie weg und stellen Sie sich taub, sonst stören Sie, ja?« Schüttelnd lachte sie, und Ling folgte.

»Ja, ich zähl' inzwischen die Sterne«, sagte er weggehend und schaute vorn, im Dunkel der Dachgartenmauer, in den Himmel. Blind sah er alles. Charlie hatte das Scheckbuch auf dem Knie, den Füllfederhalter gezückt und überlegte. Wirklich, er überlegte. Er überlegte hart und genau. Durch alle bewegte Lautheit rundum hörte Ling dieses Überlegen gleichsam. Er hörte endlich das leise Kratzen der Feder und verstand deutlich Charlies flüsternde Worte: »Fünfzig von mir, fünfzig von Bianka und dreißig von Laschi.« Er spürte einen jähen Druck auf der Brust und versuchte das abwehrend-beteuernde Gewisper Laschis zu überhören, das Charlie mit etlichen energischen Brummlauten zurückwies. Hart und genau hatte er überlegt, sein Freund Charlie, wahrscheinlich mit einer Stinkwut auf den Victor, weil der gleich so pompös einen Hunderter gezückt hatte, obgleich er's doch gar nicht so dick hatte. Reißend flutete es weiter durch Ling: ›Beim Victor, da ist's Geltungstrieb. Beim Charlie ist's ganz was anderes ... Meinetwegen, sagt er, hat er Victors Idee gefördert, meinetwegen! ... Und jetzt? Jetzt? Hart und genau hat er überlegt, hart und genau. Zurückstehen, das geht nicht mehr gut, hat er kalkuliert, das geht jetzt nicht mehr bei mir, wo ich oben bin wie die Kumians. Ich gönn' dem Mart doch allerhand, weiß Gott, ich gönn's ihm, aber dieser verrückte Victor wirft da gleich mit Hunderten herum und zwingt uns einfach – – Na, jetzt ist's natürlich schon, wie's ist. Was kann man machen!

Wer weiß, vielleicht rentiert sich's doch irgendwie, vielleicht wird der Mart was dabei und hat Erfolg, wer weiß! Immerhin zahlt sich meine Freundschaft dann aus. Und wenn nicht? Vielleicht kann ich alles auf Geschäftsunkosten buchen. Immerhin . . .‹

»Na, gib schon noch fünfzig für mich! Das ist mir der Spaß wert!« vernahm Ling jetzt Sonjas Stimme. Er atmete tief, strich sich mit beiden Händen über die Stirn, über die Schläfen und schaute hinunter ins überbelichtete Straßengewirr. Er schluckte trocken. ›Es ist gut so, es ist richtig so‹, dachte er und reckte sich energisch im Dunkel. Seinem äußeren Gehabe nach blieb er seit jeher Menschen gegenüber, die ihm behagten, von einer derben, bestechend gewinnenden Herzhaftigkeit und gab sich verblüffend offen. Jeder und jede verwechselte seine abgefeimt gespielte, überströmende Zutraulichkeit mit aufrichtiger Zuneigung und vertraute ihm, schenkte ihm Sympathie, Freundschaft und Liebe, aber was war's denn eigentlich damit, was denn? Charlie? Sonja? Alle?

»Huj, Huj, so viel Geld! Das ist ja wunderbar! Da muß man ja auch nobel sein, wenn's auch schwerfällt!« hörte der im Dunkeln Stehende jetzt Lisawetha: »So viel Geld!« Und taktlos meinte Sonja: »Na, dafür lohnt sich schon allerhand!« Ling hielt es nicht mehr aus. ›Gut so, sich abschirmen gegen alle! Lauernder Wolf bleiben‹, dachte er haßbitter zu Ende, drehte sich um und ging mit einer Miene, als ob gar nichts gewesen sei, ins Licht: »So, ich denk, jetzt stör' ich nicht mehr!« Er war gewappnet. Alles Weitere prallte ab an ihm.

»Was? Fünfzig Dollar gibst du? Bist du denn so reich?« sagte Sonja und sah Lisawetha erstaunt an. Die aber nahm nur Ling in den Blick und sagte lustig: »Ich hab' zwar kein Geld und tu's natürlich ungern, aber was will man machen! Vielleicht wird's doch nichts, und wenn, dann ist's auch egal.«

»Es wird ganz sicher nichts, ganz sicher. Ich blamier' mich ja gern für Sie«, meinte er im gleichen Ton und hatte wieder sein aufgelockertes, ironisches Lächeln: »Keiner verliert seinen Einsatz. Ich blamier' mich gern, wenn ihr alle euren Spaß daran habt!«

»Blablabla, mach dich nicht klein. Das steht dir nicht!« rief ihm Sonja zu, als Victor Lisawetha die Schale aus der Hand nahm und rasch das Geld zusammenzählte.

»Fünfhundert! Großartig!« dröhnte er gleich darauf und stand strahlend da. »Fünfhundert? Ihr riskiert wirklich viel«, spöttelte Ling: »Na, das wird ja ein lustiger Durchfall!«

»Durchfall oder nicht!« fiel ihm Victor ins Wort: »Du siehst jedenfalls, wir machen keinen Witz ... Abgemacht, du schreibst die Geschichte?« Alle sahen gespannt auf den zögernden Ling, der schließlich nur noch die Achseln zuckte und nickend sagte: »Na gut! Was will man schon gegen so viel Liebe machen!«

»Bäh, jetzt mußt du dich beweisen! Ja hast du gesagt, mein Lieber!« lachte Sonja und streckte ihm die Zunge heraus. Endlich brach man auf.

Später – im engen Hausschacht vor dem Fenster braute schon der dicke Morgennebel – erwachte Ling schweißnaß und rang stöhnend nach Luft. Wirr und unruhig hatte er von Dollarnoten geträumt, die immerzu blitzgeschwind wie eine dichte, lautlose Schar von kleinen Vögeln das ganze Zimmer durchflogen. Von Zeit zu Zeit glitt ein Rudel auf seine Bettdecke. Er griff danach, aber er erwischte keinen einzigen Schein. Schon waren sie wieder aufgeflattert und flogen ruhelos umher. Er knipste verärgert das Licht an. Häßlich hell und trist stand das Zimmer um ihn. Er erwachte völlig, und in seinem Kopf fing es zu brodeln an: »Fünfhundert Dollar! Fünfhundert Dollar!« Er konnte nichts anderes denken. Es fiel ihm ein, daß er mit dem schweigsamen Lohrer heimgegangen war.

»Ich hab' nichts gegeben. Ich hab' nichts«, hatte der gesagt und höhnisch gekichert, als er – Ling – wütend herausstieß: »Laß mich in Ruh' mit dem Zeug! Ich mach's sowieso nicht!«
»Du wirst! Du wirst!« höhnte der andere: »Und das Geld kriegst du sicher. So sicher wie zwei mal zwei vier ist.«
»Wieso?« fragte Ling und blieb stehen: »Wieso weißt du das?«
»Der Victor *muß* dir doch das Geld zukommen lassen, sonst blamiert doch *er* sich!« gab ihm Lohrer zurück und hob seinen dicken Kopf etwas aus dem kurzen Hals: »Ob du's jetzt gut oder schlecht machst, das Geld ist dir sicher ... Und du? Du wirst, du wirst. Gute Nacht.« Schnell drückte er Ling die Hand und ging davon. Der stumme Fuchs durchschaute Victor. Warum kam dieser scheinbar immer unbeteiligte Mensch eigentlich jedesmal zu den Kumians, und warum redete er, der kaum einmal den Mund auftat, plötzlich so vertraulich mit Ling? Der im Bett Liegende schüttelte staunend den dumpfen Kopf ...

Mit seinem Einfall hatte Victor Ling in die größte Verlegenheit und Bedrängnis versetzt. Er hatte damit gleichsam etwas dick Verkrustetes in ihm aufgesprengt und das letzte Stück verborgener Unschuld bloßgestellt. ›Die Auflösung‹, von der Ling so oft und so gerne sprach, schien auch nur ein leeres Wort zu sein, sie stimmte nicht. Jeder Diasporit bewahrte einen Rest solcher Unschuld in sich und wußte ihren Namen meist erst zu nennen, wenn er an dieser empfindlichsten Stelle getroffen wurde.

Eine Geschichte zu erfinden, das war für Ling gewiß keine Angelegenheit. Er wußte aus Erfahrung, wie lebendig und packend er *mündlich* erzählen konnte. Indessen bei diesem Weitergeben von Geschehnissen spielte das Improvisatorische und Schauspielerische die entscheidende Rolle. Die Suggestivkraft des Erzählenden ging über auf die Zuhörenden. Es kam nicht nur auf die augenblickliche Stimmung und Umgebung, es kam dabei viel, viel mehr auf das unwägbar Atmosphärische an, auf die körperliche Erscheinung des Erzählers, auf seine Stimme, auf die zufällige Nuancierung der Worte, auf die kleinen, geschwinden Momente eines unterstreichenden Augenzwinkerns, eines listigen Lächelns, auf die charakteristische und nicht wiederholbare Geste, die neben den Worten etwas Unaussprechliches, Unnachahmliches verdeutlichten.

Das alles aber fiel beim *Niederschreiben* einer Begebenheit – mochte sie nun auch noch so eingängig und lapidar sein – weg. Die hörbaren, die sicht- und fühlbaren Erleichterungen gab es bei diesem Abstraktionsprozeß für den Erzählenden nicht mehr. Ein stummes Surrogat aus Tinte und Druckerschwärze, ein bildlicher Notbehelf aus nebeneinandergesetzten Worten, Punkten und sonstigen Bedeutungszeichen trat an ihre Stelle, und es war ohne weitschweifige Erklärung kaum möglich, im Leser die erwünschte Stimmung und die gleiche Atmosphäre zu erzeugen. Wie sollten zum Beispiel der unmittelbare Witz eines listig-verständnisinnigen Augenzwinkerns, ein ironisch beredtes Lächeln, wie die vielabgestufte gesprochene Wortnuancierung hervorgerufen werden mit Buchstaben auf dem toten Papier?

Ling war fürs erste nicht nur unsicher und ratlos. Am meisten hemmte ihn seine unermeßliche Ehrfurcht und Demut vor der Größe der Literatur.

Seit seiner frühesten Jugend war er ein leidenschaftlicher Leser. Diese Lust glitt erst nach und nach vom Wahllosen ins Wählerische. Ungefähr von seinem zwölften bis zu seinem zwanzigsten Lebensjahr äußerte sie sich als geradezu unersättliche Lesegier. Es konnte vorkommen, daß der junge Leser – in ein Buch vertieft und dabei gestört – in schmerzlicher Erschrecktheit aufbrüllte: »Ja! Ja!! Ja doch! Was ist's denn schon wieder? Was geht mich denn eure ganze Welt an?«

Dieses ›schon wieder‹ bedeutete, daß sein Vater das viele Lesen unnütz fand, wenn es allerhand Arbeiten gab, und daß die Mutter kopfschüttelnd sagte: »So schön ist's draußen, Martl! Warum hockst du denn den ganzen Sonntag in der Stub'n bei deinen Bücherln?« Der Lesende hob verstört den Kopf, sah mit abwesend verwischtem Blick in ihr vielfaltiges, geduldiges Gesicht, und sie war – Gorkis ›Mutter‹, die sich schmerzlich und in liebendem Stolz dareinfindet, daß man ihren revolutionären Sohn verhaftet. Und so war's nicht *einmal*, so war's oft und immer öfter. In dem in seine Bücherwelt versunkenen jungen Menschen steigerte sich die Kraft solcher Verwandlungen mit der Zeit bis zur völligen Entwirklichung jeder augenblicklichen Umgebung, zur krankhaften Entfremdung der Alltagswelt und ihres Getriebes.

Diese Welt und ihr Getriebe aber gingen den Heranwachsenden sehr viel an. Er mußte zur Schule, er kam in die Lehre, fand eine Bürostelle, war gebunden an Zeiteinhaltung und regelmäßige Arbeit. Er hatte Hunger und Durst, die Augen fielen ihm zu vor Müdigkeit, und noch durch seine Träume rumorte das Gelesene. Sein Mannestum forderte sein Recht, und Menschen und Geschehnisse stellten sich seiner panischen Abwesenheit in den Weg. Sie waren nicht wegzudenken und wegzuschieben. Sie türmten Ärger, Schmerz und Wut, Mißerfolge und Verhängnisse vor ihm auf und blieben dunkel und feindlich. Hilflos verwirrt und unvorbereitet stand der Literaturhörige im brutalen Daseinsgetümmel: Das Auge sah Schönes und Schreckliches, Rührendes und Ekelerregendes; Schreie der Angst und Not, Musik und Laute der Beseligung drangen in sein scheues Ohr; die Nase roch Duft oder erstickenden Gestank; eine Speise, ein Getränk mundete oder erzeugte hinterher einen würgenden Brechreiz im Magen; das Blut stockte mitunter vor jähem Entsetzen oder das Herz fühlte eine unbestimmte Sehnsucht nach etwas Ungreifbarem und Grenzenlosem, in welchem nichts mehr zum Bild wird; geschwinde Freuden wechselten mit Enttäuschung und zermürbender Traurigkeit. All das aber vollzog sich ungewollt und geschah gleichsam mechanisch mit ihm. Es rührte sein Eigentliches nicht an, es blieb stets nur flüchtig empfunden, wehte weg und hinterließ keine Spuren. Menschen dieser Art nehmen nur noch die Luft der Geschehnisse, der Dinge und Erscheinungen in sich auf, nichts anderes mehr. Die Menschen, die sich mit dem versponnenen Bücherwurm Ling befreunden, ihn lieben wollten oder ihn anfeindeten, kamen zu spät. Die Literatur hatte ihn bereits zu dem gemacht, was er war und blieb.

Die langen, müßigen Jahre des Exils hatten diesen seinen inneren Zustand nur noch verstärkt und gänzlich verhärtet, denn was blieb dem gezwungen Beschäftigungslosen in diesen Zeiten sonst noch übrig als die Zuflucht zu den

Büchern! Noch heute, als beinahe Sechzigjährigem, kam es Ling manchmal vor, als sei all das, was ihm bis jetzt zugestoßen war, so hart und bitter es auch gewesen sein mochte, ohne spürbaren Einfluß auf ihn geblieben. Immer noch war er der gleiche unersättliche Leser, immer noch stapelte er fremdes Gefühl und fremden Intellekt in sich auf, wenn er beispielsweise einen Stoß Bücher von Teschner bekam, um eine Preisliste anzufertigen. Er las und las und vergaß ganz und gar die Arbeit, die er machen sollte. Wunderlicherweise war ihm dabei stets zumute, als habe sich sein Leben überhaupt nicht verändert, als sei nicht einmal die Zeit vergangen, als habe ihn eine plötzlich aus dem Nirgendwo hervorgebrochene Riesenwelle erfaßt und in ungeheurem Bogen wieder in seine erste Lesejugend zurückgeworfen. Was unterhalb des Bogens und innerhalb seiner Spannweite lag, war radikal weggelöscht wie nie gewesen. Er saß wieder in der kleinen Stube seines Elternhauses über einem Buch. Nur der intellektuelle Reiz, den das Gelesene erzeugte, war sublimer, die Verfallenheit in die Literatur hatte sich eher noch vertieft. Sie war ihm stets die sicherste Zuflucht in eine unzerstörbare Geborgenheit, die gegen alles andere immun machte.
Aber nein doch! Wieso denn? Was denn? Interessierte ihn denn sonst nichts mehr? Die Politik etwa, soziale Bewegungen, Weltneuigkeiten, wissenschaftliche Entdeckungen und technische Erfindungen, Gesellschaftsskandale, Geld und wieder Geld und Klatsch und ähnliches? War er nicht ein gesunder, lebendiger Mensch und noch recht empfänglich für Frauenreize? Lächerlich, ihn für besonnen, gerecht denkend und altersabgeklärt zu halten! Nichts von alledem! Anderes als die Literatur ergriff ihn nur nie. Es drang bestenfalls bis an seine Haut, erregte seine Neugier, aber nie die geringste Teilnahme. Die verstand er bloß jeden Augenblick frappierend echt vorzutäuschen und gewann damit die Sympathie anderer. Er verwunderte sich

immer wieder, daß niemand seine grauenhafte Lieblosigkeit, seine fast ans Unmenschliche grenzende Unempfindlichkeit jedem fremden Schicksal gegenüber auch nur ahnte. Nur aus einem literarischen Meisterwerk floß aufwühlendes Leben in sein Inneres. Die Wonnen dieser Liebe, solche Köstlichkeit des Genießens, eine ähnlich tiefe Rührung und diesen Rausch des Hinausgehobenseins aus allem hatte Ling noch nie bei einer Frau oder einem Freund erlebt. Was man so liebt, das zerstört jeden Glauben an die eigene Substanz. Noch nie hatte Ling die Geschichten, die er jeweils zum besten gab, ernst genommen. Er hielt sie allemal für unerhebliche Zufallseingebungen, die jeder gute Unterhalter mühelos aus sich schöpft. Aber Literatur? Schon beim flüchtigen Darandenken erschauerte er. Unsagbar gehemmt, unsicher und winzig kam er sich vor. Die allbeherrschende Geliebte wuchs ins Riesige und erdrückte ihn.

Und da hatte dieser Victor gesagt: »Wir sind neugierig, was du uns für eine Geschichte fabrizierst!« Und die ahnungslose Sonja hatte gespöttelt: »Bäh, jetzt mußt du dich beweisen!« So sah der, so sahen die sein Höchstes an. Eine literarische Meisterleistung, die alle Zeiten überdauerte und Baustein einer unvergänglichen Welt war, bedeutete ihnen nicht viel mehr als eine hübsche Puderdose, ein Kleid nach der letzten Mode, ein Ring oder gar nur ein überraschender Einfall. Für solche Leute hungerten, rangen, litten, schrieben, lebten und starben die größten Dichter verkannt und elend! Und in so einer Welt, mit so einer Sippschaft lebt man! Da lebt man! Damit lebt man! ... Ich auch! Ich auch, wie sie alle!

Ling ekelte sich vor sich selber. Nicht angespuckt, nicht geohrfeigt hatte er diesen widerlich geltungssüchtigen Victor, als er ihm das Geschreibsel des versoffenen Neuberger, das er doch selber hanebüchen jämmerlich fand, als anspornendes Beispiel vorhielt, einzig und allein, weil es

Erfolg gehabt hatte! Erfolg mußte man haben, ins allgemeine Gespräch mußte man kommen, ganz gleich wie! Ohne Erfolg blieb man ein Stück Dreck! Straßenstaub, auf dem die anderen herumtrampelten!

»Dreck!« knurrte Ling gallebitter und zerdrückte die Zigarette im vollen Aschenbecher. Eine um die andere hatte er in seiner folternden Unschlüssigkeit und Gehemmtheit geraucht, unzählige. Ausgetrocknet war sein Mund bis in die Kehle hinunter und angefüllt mit dieser galligen Bitterkeit. Er schluckte und zündete sich schon wieder eine Zigarette an, machte einige Züge, fiel ins Husten und zerdrückte sie wütend. Er stand auf von seinem kleinen, überladenen Schreibtisch und ging ratlos hin und her. Das triste Zimmer stand wieder um ihn, die kahlen Wände glotzten ihn an, die Misere nagte aufs neue an ihm. Es war kein Fertigwerden mit dem Wirrwarr in seinem brummigen Kopf. Fünfzig Dollar hatte ihm der miserable Teschner für die Preisliste zugesagt, und bei der Ablieferung hatte er unnachgiebig geknickert und bis auf vierzig huntergefeilscht. Ling mußte sich damit zufriedengeben. Er brauchte das Geld zu notwendig. Kaum einen Dollar hatte er noch, und seitdem die Emmerles fort waren, hatte er, weiß Gott, wie das zuging, das wöchentliche Mietgeld jedesmal verbraucht. Wie das aufholen? Jetzt bei Charlie was ausborgen, unmöglich! Sicher würde der gleich wieder auf ihn einreden: »Mensch, sei jetzt bloß nicht mehr empfindlich! Schreib was! Du kannst das! Nur mach dich dran. Der Preis ist dir sicher. Dann bist du endlich aus dem Dreck.«

Und vorläufig sei das die letzte Arbeit, mieses Geschäft und keine allzu guten Aussichten, den Laden ›wertentsprechend‹ loszuschlagen, hatte der Teschner verlauten lassen. ›Allzu gute Aussichten!‹ Für ihn – Ling – gab es überhaupt schon jahrelang keine Aussichten mehr! Und das änderte sich nie! Nie!

Zermürbt und verdrossen hielt der Aufundabgehende ein.

Irgendein leichter Schwindel strich um Augen, Schläfen und Stirn. Die Dampfheizung gab ein leise singendes Pfeifen von sich. Es hörte sich ganz fremd an, wie nie gehört. Das Fenster schien verschoben und zitterte ein wenig. Was war denn das? Ein dicker, schwerer Tropfen fiel von oben her auf Lings Kopfmitte. Er fuhr in sein Haar, aber es war nicht naß. Irrte er denn? Er spürte den Tropfen immer noch, und es war, als gäbe er im hohlen Kopf einen dumpfen Nachhall. Beklommen rieb Ling sein Haar und riß die Augen weit auf. Wieder pfiff die Dampfheizung leise, und, seltsam, er schrak zitternd zusammen. Er spürte ein sonderbares Kitzeln in den Ohren, ein dünnes Rauschen, als wären sie voll Wasser, und auf einmal wisperte die rauchige Luft.

»Keine Aussicht? .. Schreiben!« wisperte sie: »Schreiben!« und zwitscherte heftiger: »Schreiben, bloß schreiben! Schreiben! Schreiben!! Schreiben!!!«

Der Erschrockene drückte seine Ohren fest zu. Unheimlich wurde es ihm: Das Zwitschern hörte nicht auf, es steigerte sich nur noch mehr, es drang von allen Seiten auf ihn ein: »Schreiben! Schreiben!! Schreiben!!!«

»Schreiben – *Schreiben!!!*« dröhnte es in seinem Kopfinnern von einer Hirnwand zur anderen: »Schreiben – *Schreiben!* Bloß schreiben, bloß ...«

Es brach ab, als der entsetzte Ling einige energische Schritte machte. Angstschweiß brach aus seinen Achselhöhlen, und wild fing es unter seiner Brust zu trommeln an. Hilfesuchend starrte er, und da, da – erst leise, dann auf einmal wieder anschwellend – da dröhnte es schon wieder: »Schreiben! ... Schreiben – *Schreiben!!!* Bloß schreiben, bloß eine kleine Geschichte, und bloß für *die!* Für die – die!!«

Er konnte sich nicht mehr aufrecht halten, sackte auf den Sessel nieder, preßte die Ohren zu und drückte den kochendheißen Kopf mit beiden Händen zusammen. Ver-

geblich. Wie rasend hämmerte es weiter: »Schreiben – schreiben – schreiben, bloß *schreiben!!*« und veränderte sich schnurrend, wurde ein jagendes, lautes, unaufhaltsames Sägen: »Bloß schreiben – für *die* – eine kleine Geschichte – schreiben – schreiben – schreiben – fünfhundert Dollar – fünfhundert Dollar – *fünfhundert Dollar!!! Fünfhundert* – schreiben – für – bloß für – die *fünfhundert* Dollar – schreiben, bloß schrei-schrei-*schreiben* – « Wie gejagt rannte er ins Bad, zitternd umklammerten seine Hände den runden Rand des Wasserbeckens, und er rang erschöpft nach Luft. Fliegend ging seine Brust auf und nieder. Er drückte fortwährend den kalten Lappen um Stirn und Schläfen und trank unablässig kaltes Wasser in sich hinein, trank und trank, und endlich – endlich war's still.
»Mein Gott, zum Sterben!« wimmerte er und weinte fast: »Und niemand da? Wo ist denn Frau Emmerle?« Er schwamm in kaltem Schweiß, aber schon nach den ersten Worten fing er sich halbwegs.
»Nikotinvergiftung, hm«, konstatierte er gefaßter und schlurfte ermattet ins Zimmer zurück. Er legte sich aufs Bett, knipste das Licht an, fühlte angstvoll seinen Puls und murmelte wiederum: »Ja, hm, Nikotinvergiftung ... Hm, Milch wär' gut dagegen.« Doch er war unfähig aufzustehen. Einige Male schleuderte ihn sein krachendes Husten in die Höhe, er trank abermals Wasser, keuchte sich aus und atmete regelmäßig. Er schloß die heißen Augenlider, aber es gelang ihm nicht, einzuschlafen. Er richtete sich im Kissen hoch und sah ausgebrannt in die gelbe Rauchluft rundum. Es war alles wie immer. Der vollgestapelte Schreibtisch stand da und die Schreibmaschine drauf. Auf dem Boden lag ein gebrauchtes Blatt Kohlepapier. Es glänzte genauso fettschwarz wie die Augen Lohrers, als er beim Abschied gesagt hatte: »Der Victor *muß* dir doch das Geld zukommen lassen, sonst blamiert doch *er* sich!« Jagende Angst, das Wispern, Hämmern und Sägen könnte

wieder anfangen, fiel ihn an. Mit verzweifelter Kraft straffte er seinen Oberkörper.

»Nein! Ausgeschlossen!« schrie er laut aus sich heraus: »Nein! Dieses Pack! Der Schuft, der Victor!« Die Angst wurde Wut, und sonderbarerweise festigte ihn das. Er war wieder ganz, er lebte noch, er fing an, alles zu überdenken. Viele Windungen machte sein mißtrauischer Scharfsinn dabei.

Möglicherweise, registrierte er, war die Preisgeschichte nur als ein in einen Jux eingekleidetes demütigendes Almosen gedacht, weit mehr aber war sie eine tückische Fallenstellerei Victors. Schon wie alles vor sich gegangen war, verriet dessen Rankübe. Dann der genau berechnete Zeitpunkt, und die fünfhundert Dollar als wirksamstes Kampfmittel! Zwei Tage zuvor hatte Ling sich bei Charlie zehn Dollar geborgt, und der hatte sicher etwas von ›Schlechtgehen‹ herumgeredet. In diesem winzigen Kreis blieb nichts verborgen, da wußte einer vom andern so ziemlich alles. War's denn da in jener Nacht auf dem Dachgarten nicht fast teuflisch, wie Victor die gesammelten Banknoten geschwungen hatte, als wolle er den ungelenken Ling auffordern: »Na, nun tanz mal, du Bär, du! Es rentiert sich doch für dich! Versuch's doch mal!« Es sah aus, als wolle er sich jetzt schon zum Gaudium aller an der Tolpatschigkeit seines Gegners weiden. »Und ich hab' das mitgemacht, ich?!« Lings Blut drückte vom Bauch zum Herzen, sein Kopf fing wieder zu kochen an, sein ganzes Inneres rann voll mit rachsüchtiger Bitterkeit.

»Wie ist das eigentlich gekommen?« fragte er sich, nachdem sich seine wilde Wut etwas gelegt hatte. Wie klein die Welt geworden war! Bis auf diesen Kumiankreis war sie zusammengeschrumpft. Er selber war dabei jämmerlich klein geworden.

Die amerikanische Öffentlichkeit brodelte über vor Fanatismus, Scham und Empörung. In der kleinen Stadt Little

Rock, im Südstaat Arkansas, hatte sich der dortige Gouverneur dem von der Washingtoner Regierung für bindend erklärten ›Desegregation Act‹ offen widersetzt und einen Aufruhr der weißen Bevölkerung inszeniert, um den Besuch der Negerkinder in den weißen Schulen zu verhindern. Es roch nach Bürgerkrieg. Mit Hilfe der Landestruppen trieb der Gouverneur seine Resistenz so weit, daß der Präsident Armeeabteilungen nach Little Rock senden mußte, um der Gesetzlosigkeit Herr zu werden. Und immer neue Antineger-Exzesse gab es. Das Ausland empörte sich über diese amerikanische Schande. Doch das wurde überrollt und zugedeckt von etwas Ungeheurem. Die ganze Welt hielt den Atem an. Die Zeitungen aller Länder waren voll davon, Radio und Television verkündeten: »Sowjetrußland hat den ›Sputnik‹, einen künstlichen Mond, ins Universum geschossen.« Mit diesem Erfolg war Amerika technisch und wissenschaftlich überflügelt. Die Regierung in Washington war aufgeschreckt. Riesensummen wurden vom Kongreß gefordert und bewilligt, um den Vorsprung der Sowjets einzuholen. Fieberhaft experimentierten die besten Techniker und Wissenschaftler des Landes mit Unterstützung der Armeeleitung. Nach einigen Fehlschlägen gelang es endlich, einen kaum fußballgroßen künstlichen Mond zu starten. Währenddessen aber hatten die Sowjets bereits ihren zweiten, tonnenschweren ›Sputnik‹ ins All getrieben, und Staunen und Beängstigung ob dieses kaum mehr einholbaren Erfolgs der Russen ergriff die Welt. Jeden Tag brachten die New-Yorker Zeitungen alarmierende Nachrichten.

»Wie ist denn das eigentlich gekommen?« forschte Ling, der wegen seiner Unkenntnis der englischen Sprache die Zeitungen kaum einmal ansah, und sann nur darüber nach, wie er die ihm zugefügte Demütigung vergelten konnte. Er stellte eine Überlegung um die andere an und verwarf sie. Er forschte und forschte. Er seinerseits hatte bisher nicht das geringste gegen Victor gehabt. Dessen aufdringliches Dominierenwollen, sein ehrgeiziges Diskutantentum und seine Besserwisserei gingen wohl manchmal auf die Nerven, doch da er einigen Humor besaß, nahm er boshafte Gegenhiebe nicht weiter übel und provozierte sie sogar mit Vorliebe, nur um zurückschlagen zu können. Dabei kam ihm Ling manchmal zuvor und schnappte ihm die besten Effekte weg. Das brachte ihn zuweilen in Rage, aber das nahm niemand ernst. Es erhöhte die Lebhaftigkeit der Diskussion nur, und nichts war erwünschter. Nur um Victor harmlos zu necken und seine allzu betonte Selbstsicherheit zu dämpfen, hatte Ling in letzter Zeit mit Sonja, der das übrigens recht gut zu gefallen schien, viel ausgiebiger geflirtet. Überraschenderweise machte Victor das von Mal zu Mal zappliger und zerfahrener. Seine allzu durchsichtige Gereiztheit rief Kopfschütteln oder schadenfrohes Lächeln hervor, und da Ling all seinen Sticheleien und unbeherrschten Ausfällen stets nur ein ironisches Lächeln entgegensetzte, wurde er schließlich unleidlich und bösartig zänkisch. Jetzt erst erkannte Ling, daß Victor sein Feind geworden war. Bald stellte sich heraus, daß dieser seinen Flirt mit Sonja als ein unverzeihlich freches Eindringen in sein ureigenes Gehege auffaßte und immer giftiger und direkter wurde. Die Spannung wuchs, als Ling, vom Wein sehr angeheitert, einmal sagte: »Du bist ein kleiner, unglücklicher Schwätzer, Victor. Nimm's nicht übel, bitte, wir leben ja alle nur noch vom Geschwätz . . .«

»Damit beleidigst du nicht mich, damit beleidigst du alle«, gab ihm Victor mit nur schwer verhaltenem Zorn zurück. Durch das rasche Einmischen aller anderen wurde dieser Zwischenfall zwar ausgeglichen, aber – weiß Gott, was ihn dazu antrieb – Ling stand auf einmal auf, lachte etwas verschwimmend und prostete Victor provokatorisch zu: »Nein, falsch, Victor. Du bist bloß unglücklich, schrecklich unglücklich!« Da erhaschte er Selmas Giftblick, die dies offenbar auf ihre Ehe bezog. Victors Miene zeigte ein gemachtes Lächeln, aber Sonja sagte: »Ich glaub', du hast genug, Mart. Es ist spät, Herrschaften.« Man ging auseinander. Man kam wieder zusammen. Anfangs blieb noch ein gewisses frostiges Ausweichen Victors vor Ling, aber nach und nach schien alles vergessen.

»Hm ... er hat's nicht vergessen, hm. Jetzt will er mir's heimzahlen«, gestand sich Ling. So besehen, bekam die ganze Preisgeschichte erst etwas wahrhaft Hinterhältiges und brachte ihn immer mehr auf. Und nicht nur das. Das Niederträchtige an ihr war, daß sie aussah wie eine fast edelmütige Guttat, für die sie wahrscheinlich die meisten außer Victor hielten. Dagegen war kaum noch aufzukommen. Vergeblich zerbrach sich Ling den Kopf darüber, wie er sich verhalten und was er dagegen tun sollte. Immer nervöser wurde er, und nachts erwachte er wie aufgeschreckt, sprang aus dem Bett, und die unerträgliche Spannung trieb ihn ruhelos hin und her. Auch am Tag hielt er es in seinen engen vier Wänden nicht mehr aus. Er zog sich mitten im Überlegen rasch an und ging weg, ohne zu wissen, was und wohin er wollte. Stundenlang trieb er sich auf den menschenvollen Straßen ziellos herum. Offenbar hatte er sich in irgendeinen Kampfplan verbissen und wußte nur noch nicht, wie und wann er mit dem Gegenangriff beginnen sollte.

Ach so, ach so! Er sollte ja eine Geschichte schreiben! Eine Geschichte! Er stockte. Im Dahingehen starrte er leer ins bunte Geräusch der Straße. Hm, eine Geschichte? Das war vielleicht der beste Gegenangriff. Er versuchte sein Hirn zusammenzunehmen. Da stieß er unvermutet auf Lisawetha. Im Nu wappnete er sich und maskierte sich mit seinem gewohnten Lächeln.

»Oh, Herr Ling?« rief sie heiter: »Man sieht Sie ja gar nicht mehr. Sind Sie so beschäftigt? Wohin bummeln Sie denn bei dem schönen Wetter? ... Ich hab's leider sehr eilig und muß bald wieder ins Büro. Wollen Sie mitkommen ins ›Rismont‹ zu Sonja? Wir trinken bloß schnell Kaffee miteinander.« Das hörte sich unverdächtig an.

»Oh, gern«, sagte er und schob seinen Arm unter den ihrigen: »Sie sehn ja heut so ungewohnt damenhaft aus, Lisawetha . . .« Er lobte ihr gutes Aussehen, während er sie musterte.

»Thank you, Sir, thank you!« lispelte sie: »Hm, damenhaft? Nebbich! Das Kostüm hab' ich schon drei Jahr'. Fürs Büro geht's gerade noch.«

Ihr sorgfältig gepudertes Gesicht war bis zur Nasenmitte mit einem großmaschigen, straffgebundenen Schleier bedeckt. Munter trippelte sie dahin. Ihre gute Laune erwärmte ihn. ›Vielleicht ist sie nicht mit von der Partie‹, dachte er geschwind. Er fühlte ihre volle, starke Brust unter dem Stoff des gutgeschnittenen perlgrauen Kostüms, dessen lose Jacke bis zur Mitte aufgeknöpft war und das reiche Spitzengekröse der dünnen weißen Bluse reizvoll zur Geltung brachte. Unter ihrem winzigen blaßblauen Hütchen quoll das hellgelockte Haar bis zu den Schultern herab und ließ das rechte Ohr frei, an dem ein länglicher Ohrring baumelte. Wahrscheinlich weil sie den anderen immer verlegte oder verlor, war sie auf die Idee gekommen, immer nur einen Ohrring zu tragen. Dieser mehr ihrem Phlegma als ihrer Originalität entsprungene Trick wirkte charmant. Er verlieh ihr eine zigeunerhafte kecke Note, die Damen der Halbwelt bevorzugen.

›Man müßte sie für sich gewinnen‹, ging es Ling durch den Kopf, und laut plauderte er weiter: »Nett sehn Sie aus, wirklich sehr nett, Lisawetha. Bei Tag hab' ich Sie noch nie gesehen.« Dabei schielte er auf ihren engen, kurzen Rock.

Durch ihre kleinen, schnellen Schritte zeichneten sich die wohlgeformten Oberschenkel plastisch ab. Unwillkürlich drückte er seinen Arm mehr an den ihren, und da er merkte, daß sie nichts dagegen hatte, schmeichelte er weiter: »Für einen alten Mann wie mich ist's erholsam, mit Ihnen zu gehen.«

»P-ha! Sie und alt? Alter Mann!« spöttelte sie und wurde ein ganz klein wenig spitzer: »Ist das vielleicht ihre neueste Rolle? Sie spielen anderen doch immer bloß was vor.« Das stammte von Victor und verstimmte ihn. Einen Moment lang betrachtete er sie argwöhnisch. ›Wie Kletten hängen die zwei aneinander‹, registrierte er: ›Die bringt man nicht auseinander.‹ Dann sagte er um einen Grad empfindsamer: »Man wird alt, Lisawetha, da ist nichts mehr zu machen. Sie sind ein glücklicher Mensch. Sie bleiben immer jung.«

»So? Glauben Sie?«

»Da ist nichts zu glauben, das *ist* so!« bekräftigte er: »Das macht – sie schwimmen immer oben und gehen nie unter.«

»Wer oben schwimmt, geht nicht unter. Das ist aber geistreich! Das verstehe sogar ich«, lachte sie kokett. »Dabei kann ich kaum schwimmen.« Es schien ihr nicht zu entgehen, daß er sich über seine Plattheit ärgerte.

»Nun?« fragte sie im gleichen Ton: »Haben Sie schon eine Geschichte für den Preis? Wird es wieder so was wie die mit dem Zirkusmann mit dem Mund hinten und vorne? Haha-hm, die war ja lustig!«

»Lustig? Lustig war die für Sie?« Leicht verletzt sah er sie an. Unbekümmert redete sie weiter: »O ja, lustig und spannend. Das gefällt mir ... Ich versteh' ja nicht, was gut oder schlecht ist. Ich hör' bloß gern zu, wenn Sie erzählen.«

»Bloß ich?«

»Jaja, Sie!« nickte sie. Er spürte ein Leichterwerden in seiner Brust.

»Hm ... Erzählen?« fuhr er belebter fort: »So über den Tisch weg erzählen, das kann bald einer! Aber jetzt soll ich eine Geschichte *schreiben!* Schreiben ist ganz was anderes. Das ist viel schwerer ... Und ich bin doch kein Schriftsteller!«

»Ich hab' immer gemeint, Schreiben ist das gleiche ... Hm, der Victor hat das sicher auch gemeint.« Ihre Unbefangenheit störte ihn.

»Hm, der Victor! So, der auch? Der Victor!« sagte er wie abwesend und sah geradeaus. Unmöglich, daß Victor es harmlos aufrichtig und gut mit ihm meinte! Die Begleitumstände sprachen dagegen.

»Der Victor? Naja, vielleicht haben Sie recht«, warf er vorsichtig hin und bog ab: »Wirklich großartig sehen Sie aus, Lisawetha! Sogar das Solide kleidet Sie wunderbar.«

»Das Solide? Seh' ich denn sonst so unsolide aus?«

»Hm, ja, aber noch viel reizvoller«, schmeichelte er erneut. Eigentümlich, er wollte sich nicht von seinem Mißtrauen gegen Victor abbringen lassen und bei seinem Kampfplan bleiben. Sie brachte das alles durcheinander. Sie zog ihn an, diese Lisawetha, sie zog ihn an! Vielleicht war sie das, was er und alle anderen nie sein konnten und immer sein wollten. »Das macht«, hatte der Laschi einmal erklärt, »sie ist bloß Fleisch und sonst nichts ... Das verlebt sie einfach, das ist alles! Darum ist sie uns allen über! Gut oder schlecht, Probleme, unsere verschiedenen Ideen, so was kennen solche Typen gar nicht. Das ist alles bloß für uns! Für sie ist bloß wichtig, wie sie aussehen, wie sie wirken und wie du im Bett bist. Sie lieben auch nicht, i wo! Sie *werden* geliebt, und das wie! Sie strapazieren dich schrecklich, sie ruinieren dich in aller Unschuld ... Solange du leistungsfähig bist, wunderbar, aber dann? Alsdann ist's eben aus! Nur keine Empfindlichkeiten! Aus und basta, verstehst du? Sie weinen sogar ein bissel, wenn's aus ist, sie weinen genauso leicht wie sie lachen. Es ist nichts dahinter, es ist eben bloß Weinen oder Lachen ... Wir Tölpel von Männern begreifen das gar nicht! Für uns ist das, was bei diesen Weibern blanke Natur ist – Nihilismus! Sie reagie-

ren bloß auf's Fleisch, das genügt ihnen vollauf! . . . So weit müßte man kommen, so weit! Alsdann wär' alles gut.«
Sich dessen erinnernd, belebte sich Ling plötzlich.
»Schreiben?« rief er spaßhaft: »Wie man das macht, fragen Sie? Das, Lisawetha, weiß ich genauso wenig wie Sie, glauben Sie's mir! . . . Ha, der Victor! Da hat er sich ja wieder einmal einen netten Witz geleistet! Ich soll zum allgemeinen Gaudium den Schriftsteller spielen! Hoffentlich wird das für ihn nicht genauso ein Reinfall wie für mich! Na, hoffentlich hat keiner die Angelegenheit ernst genommen!« Unecht lachte er.
»Was?« sagte sie verdutzt: »Was? Einen Witz, meinen Sie? Und die fünfhundert Dollar, die wir gesammelt haben? Ein Witz soll das für uns sein? Sie sind ja komisch! Wollen Sie denn etwa gar nichts schreiben für uns?«
Er hielt ihr Anschauen ruhig aus.
»Naja, ich kann's ja versuchen«, sagte er mit gespielter Überlegenheit: »Man will doch kein Spielverderber sein.« Das ›uns‹ verriet ihm, daß sie doch ›zu der Partie gehörte‹.
Sie standen vor dem ›Rismont‹, und er drückte die Tür auf. Sie sah ihn noch einmal ungewiß fragend an. »Hm, komisch«, murmelte sie kopfschüttelnd und ging voraus. Es gelang ihm nicht, darüber Klarheit zu gewinnen, ob sie ihr Gerede ernst gemeint hatte oder nicht. Während er, hinter ihr hergehend, abschätzend ihre hohe, schöne Figur musterte, spürte er ein feines, heißes Rieseln in sich, das er schon lange nicht mehr empfunden hatte.
»Ihr zwei? Das ist ja drollig!« rief die vom Tisch aufblikkende Sonja halb verwundert und halb amüsiert: »Habt ihr euch zufällig getroffen? . . . Na, wie geht's, Herr Schriftsteller?«
»Oh, gut, ganz gut«, gab er zurück, denn offenbar war es für sie ausgemacht, daß er auf das Preisangebot einging. Als er Hut und Mantel an den Haken hing, überlegte er,

wie er sich dem tändelnden Plauderton der beiden anpassen sollte, doch schon als er sich hinsetzte, platzte Lisawetha heraus: »Was sagst du bloß dazu, Sonja? Er meint, Victor hat mit allem bloß einen Witz gemacht! Er glaubt, wir nehmen das gar nicht ernst!... Hm, und ich hab' meine letzten fünfzig Dollar dafür spendiert! Jetzt will er gar nichts schreiben!«

»Wirklich, Mart, wirklich?« rief Sonja baff. »Aber das ist doch unmöglich! Wie kommst du bloß darauf? Warum bist du bloß immer so mißtrauisch? Du bist ein komischer Mensch.« Auf einmal befiel ihn wieder die Bedrängnis, als Sonja erzählte, wie gespannt schon alle auf seinen ›ersten literarischen Versuch‹ seien und daß der Abend ihm zu Ehren ganz besonders festlich begangen werden würde, mit ›viel Trinken und Lustigkeit nachher‹. Es gab also kein Zurück mehr. Die Verstrickung begann. Ling wartete nur noch auf das Auseinandergehen. Er hatte kein Auge mehr für die Reize Lisawethas, und Sonjas singende Stimme war ihm lästig. Als sie endlich auf der Straße waren, entschuldigte er sich, daß er's sehr eilig habe, und verabschiedete sich hastig.

»Na schön! Mach's bloß gut, Mart!« sagte Sonja: »Die Wette ist kein Pappenstiel! Für dich sicher nicht!« Das war wieder die unverfrorene Taktlosigkeit der reichen Dame, die für ihr Geld amüsiert werden wollte. Wie kichernder Hohn klangen die Worte und Lisawethas dummes, beifälliges Lachen in Lings Ohren, als er die Treppe zur ›Subway‹ hinunterlief. Er rannte in einen Waggon, fand Platz, und als der Zug schüttelnd und donnernd weiterfuhr, überfiel ihn eine blinde Wut, deren aufbäumende Giftwellen alles in ihrem Strudel verschlangen.

Sicher erzählten die beiden Frauen, daß er bereits eine Geschichte zu schreiben begonnen habe. Er mußte sich ›beweisen‹ und etwas ›fabrizieren‹. Ja, das Wort war richtig, auch wenn es von Victor stammte! Ihn ohnmächtiger Hilflosigkeit versuchte Ling, alles, was nur im entferntesten an Literatur erinnerte, aus sich hinauszudrängen. Auf keinen Fall durfte er an sie denken. Er mußte sein Bestes aufgeben, um vor der ganzen Sippschaft zu bestehen. Ein Neuberger mußte er sein, ein ganz zynischer, ordinärer Macher und Betrüger. Er haßte diesen Menschen auf einmal grund- und maßlos, obgleich er mitunter gern mit ihm eine Nacht durchsoff und sich dabei von all seinen Bedrükkungen frei machte. Er haßte ihn mit jener Sinnlosigkeit, mit dem kranken, mörderischen Überdruß, die vielleicht einen Amokläufer dazu treiben, alles, was ihm in den Weg kommt, niederzumachen. Und das einzig, weil er sich's hatte einfallen lassen, zu schreiben, weil sein Erfolg Victor zum wirksamen Angriff verholfen hatte!

Mit zusammengebissenen Zähnen saß Ling da. Die Giftwellen seiner Wut zischten durch sein Gedärm, durch sein Herz und Hirn, drückten an die Rippen und schlugen gegen seine Haut, daß sie zu platzen drohte. Die zwei Frauen wurden hochgeschleudert von diesen Sturmwellen. Lisawethas zweideutig-kokettes Getue machte ihn rasend. »Die überhaupt, die!« knurrte er und preßte die Lippen aufeinander: »Die versteht bloß, ihre Blödheit hinter einer raffiniert gespielten, mondänen Allerweltsintelligenz zu verstecken. All das hat sie anderen abgelauscht und abgesehen! Alles ist unecht an ihr außer ihrer Brünstigkeit. Sie weiß bloß, daß ihr das Zigeunermäßig-Bohemehafte gut steht! In die Konfektion gehört sie! ... Die auch noch, die! ... *Lustig* hat sie meinen Zirkusmann mit den zwei Mäulern gefunden, lustig! Das soll wohl geistreich gewesen sein! Entweder ist sie so einfältig oder durch ihren Bruder total versnobt! Laschi hat recht! Fleisch sind diese Weiber, weiter nichts! Nur im Bett taugen sie was, nur da! Die und die Sonja mit ihrer verlogenen Sympathie für mich! Mach's *bloß* gut, Mart, sagt die! Warum liegt ihr denn daran? Glänzen will sie durch mich, weiter nichts!

Wahrscheinlich nur, um Victor damit zu reizen ... Eine wie die andere. Die Lisawetha ist kerniger, hat einen größeren Busen und Hurenlippen, und die Sonja ist zarter, hat eine feinere Haut und beneidet die andere um die Figur. Die Weiber?! Ausgetobt bei ihnen und fort damit!«

Merkwürdig, durch all diesen wirren Ingrimm flutete plötzlich eine wilde, animalische Altmännergeilheit. Wie lange hatte er schon kein Weib mehr gehabt? In der Besoffenheit ein paar Huren in den Kneipen, sonst nichts ... In Prag, ja, das war die letzte voll ausgekostete Nacht mit einer sexuell ausgehungerten Kommunistin, die einmal ihren ganzen politischen Kram vergessen wollte. Clara, hatte sie gesagt, heiße sie. Am anderen Tag trennten sie sich und sahen sich nie wieder. Vielleicht ist sie geschnappt worden oder unter die Räder der Stalinschen Parteisäuberungen gekommen.

»Ach, alt und trocken werde ich und verbrenne langsam ... Da läuft mir diese Lisawetha in den Weg, hm, und da packt's mich ... Am liebsten hätt' ich sie vergewaltigt. Hm, so geht's mir immer. Und da plag' ich mich und spiele allen den überlegenen, erfahrenen Roué vor. Warum denn? Was man braucht, braucht man.« Ein heimtückisches Grinsen lief über sein Gesicht: »Was da zusammennehmen?! Ich armseliger alter Narr! Leben will ich! Noch alles mitnehmen ... Haha, ich werde mich an die zwei heranmachen und sie immer gegeneinander ausspielen! Das macht sie zugänglich und gefügig. Mannstoll sind sie, dumm und neugierig wie alle Weiber! Jede glaubt an die Liebe, wenn man sie ihr geschickt genug vorheuchelt ... Ha, Liebe? Das wollen die ja auch gar nicht, ebensowenig wie ich! Liebe? Lieben?! Mich kann keine mehr damit unterkriegen, keine! Das Fleisch will ich, nur das Fleisch!«

Mit einem lüsternen Raubtierblick schaute er im Waggon herum, aber er entdeckte zwischen lachenden, schwatzenden Schulkindern und ein paar zeitungslesenden Männern nur eine aufgeschwemmte, stumpfgesichtige Negerin, die gemächlich strickte und ab und zu das quängelnde Kind auf ihrem Schoß zärtlich streichelte. Das ernüchterte ihn. Niedergeschlagen sah er auf die streichelnde schwarze Mutterhand. Sie war in der Mitte gehöhlt, und die Fingerenden waren aufwärtsgebogen, als fürchteten sie, die Fingernägel könnten dem glatten Kindergesicht Kratzer beibringen. Geduldig und ruhig streichelte die Hand, mechanisch, aber immerzu. Auffällig unverbraucht und weichfleischig war sie, diese Hand, und dieselbe breite, in den Fingern sich verschmälernde Form hatte sie wie – wie, ja, wie denn?

Lings Blick verschwamm. Alles, was ihn umgab, wurde undeutlich und entschwand mehr, immer mehr. Wie durch viele hintereinandergestellte Glaswände schaute er in ferne, weit zurückliegende Jahre, und hinter dem vielen Glas fing – traumhaft zuerst und langsam gestaltklar werdend – ein reges, bewegtes Leben an. Das alte, verwitterte, einstöckige Krämerhäuschen seiner Eltern tauchte auf, die öden Flächen am Stadtrand und die holperige Kopfsteinstraße, die vorbeiführte. Im kleinen Vorgärtchen, rechter Hand vom winzigen Laden, wucherte ein dichter Fliederbusch, dessen Dolden schon ausgebleicht und abgefallen waren; Königskerzen und blutrote lange Lilien ragten über den niederen, schiefen Gartenzaun, und es war ein stiller, wolkenlos sonniger Julisonntag, etliche Stunden nach dem Mittagessen. Der alte Vater hatte sich in der Stube aufs Kanapee gelegt und schlief, die Mutter wusch hinter dem Haus, weil der Laden geschlossen war, und Ling zog sich droben in seiner Kammer sonntagsmäßig an. Protzig und leicht geckenhaft sah er aus, als er sich im Spiegel betrachtete. So echt englische Maßanzüge, diese Seidenhemden und teuren Krawatten, solche hochmodernen, weichledernen Schuhe und Handschuhe konnten sich in der damaligen deutschen Inflationszeit, wo infolge der stündlichen Geldentwertung Hunderte und Tausende verhungerten, nur noch Schieber leisten, und Ling schob seit langem mit allem, was es regulär nicht mehr gab, weil es unerschwinglich geworden war: mit Stoffen und bestem Leder in großen Mengen, mit Konserven und Schnäpsen, mit Butter und Frischfleisch, mit Seifen und seidenen Damenstrümpfen. Findig und rücksichtslos lebte er auch. Oft versoff und verhurte er das ganze Geld in einer Nacht. Seinen Eltern war das anfangs freilich nicht recht. Sie ängstigten sich auch immer noch, doch im kleinen Laden gab es nichts mehr, und sie waren zu Skeletten abgemagert. Und: »Warum soll sich ausgerechnet immer der kleine Mann bis zum letzten Hosenknopf ausrauben lassen?« sagte Ling, und da sie hungrig waren, fanden sie sich bald wieder ins leichte Sattwerden, zu dem er ihnen verhalf. –

Das Negerkind fing jetzt heftig zu strampeln an und schrie gellend laut auf. Die dicke schwarze Mutter legte das Strickzeug weg, nahm das Kleine hoch. Linkisch tappte es mit seinen Ärmchen und Beinchen auf dem Mutterschoß und stand, von den zwei großen schwarzen Händen im Rücken umschlossen, halbwegs gerade. Ach so, diese Hände! Ling sah sie wieder. Ins Weiße umgedacht, hatte seine verstorbene Frau die gleichen Hände gehabt, ganz die gleichen. Ling war wehrlos gegen den jähen Ansturm des Erinnerns. Er mußte weiterdenken. Nicht einmal das scheppernde Stoßen der anhaltenden Subway und das metallisch rasselnde Aufrollen der Türen vermochte ihn abzulenken. Eine protzig aufgetakelte, dickgeschminkte alte Dame, spindeldürr und mit einem ausgemergelt faltigen Geiergesicht, war eingestiegen und hatte ganz vorne im Waggon Platz genommen. Einen aufdringlichen Jasminduft verbreitete sie. –

An einem Juniabend – unendlich hochgewölbt schien der Himmel – wie lange, wie unfaßbar lange war das her? – nur wenige längliche Wölkchen schwammen im Blau, die

Sterne blinkten wie blankgeputzt, und der Mond verbreitete seine bleiche Helle auf allen Straßen, Plätzen und Anlagen; schwarze, schwere Schatten warfen die Bäume und Büsche, und es roch sehr stark nach Kastanienblüten und Jasmin, o ja, nach Jasmin wie jetzt! Ling strebte der Stadt zu. Er wollte wieder einmal alles aus sich herausholen, was herauszuholen war. Geld? Geld, was Geld?! Er hatte solche mit hohen Zahlen bedruckte Papierfetzen in Hülle und Fülle bei sich. Viele Laster hatte er erkundet, und noch wildere Genüsse wollte er sich verschaffen, und das war so leicht damals mit ein paar raschelnden Banknoten!

Zufällig kam er an dem kleinen Wirtshaus vorüber, in welchem er gewöhnlich verkehrte. Wirt und Wirtin schätzten ihn nicht nur als spendablen Gast. Er hatte ihnen schon oft allerhand Notwendiges verschafft. Er wollte nur schnell einige Gläser von dem gelieferten französischen Kognak trinken, um sich für die Abenteuer der Nacht noch mehr ›aufzupulvern‹. Als ihm die blutjunge Kellnerin, die Anni, das Glas mit Wasser hinstellte, streifte ihre weichfleischige Hand den Rücken der seinen, und – komisch! – da schoß ihm das Blut ins Hirn. Er umspannte ihre weiche Hand, sah zu ihr auf und lachte sie an: »So was mag ich, Madl, du g'fällst mir.« Sie lächelte verschämt und wollte sich losmachen, aber er hielt sie, schielte schnell rundherum und raunte ihr halblaut zu: »Ich komm' heut nacht noch mal und hol' dich!« Draufgängerisch schaute er dabei in ihre großen, dunkelblauen, dumm erstaunten Augen im bleichen, runden Gesicht, das einen geschwinden rosa Schimmer bekam. Er sah ihr schwarzes, fülliges Haar, umflog ihre ganze mittelgroße, gut geformte, strammbusige Figur in dem hellgeblümten, sehr ausgewaschenen Miederkleid mit dem zierlichen, sauberen Schürzchen davor, ließ langsam ihre Hand los und raunte ernsthafter: »Ich komm' also! ... Verlaß dich drauf, ich bin kein Sprüchreißer!« Sie wurde hochrot, ihre runde Brust ging ein paarmal auf und nieder, und statt einer Antwort sah sie ihn ungewiß fragend an. Als sie vom Tisch wegging, musterte er sie kennerisch von hinten und war recht zufrieden.

Er hielt sein Wort. Wegen Benzinmangels gab es damals keine Taxis. Er ließ den Fiaker warten und kam gerade in die nur noch wenig erhellte Bierstube, als der Wirt mit der Anni abrechnete. Sie erschrak und wurde wiederum rot. Er tat gleichgültig und fidel, bestellte drei Kognak, schob einen dem Wirt, einen ihr hin und prostete ihr munter zu. Folgsam trank sie. »Na, Mädl«, sagte er alsdann: »Du schaust arg müd' aus. Wennst magst, ich bring' dich im Fiaker heim.«

»Aber nein-nein, nein, Herr Ling, nein, das geht doch nicht!« wehrte sie ab, doch da sagte der behäbige Wirt: »Warum denn nicht, Annerl? Bei dem passiert dir nichts, der frißt dich nicht auf! Wenn er so was will, da hat er andere.« Und da – kennt man denn Weiber? Vielleicht war's grad der letzte Satz, der das sittsame Annerl umstimmte – da willigte sie ein.

Oh, dieses Zittern, als sie neben ihm im leicht schaukelnden Gefährt saß! Dieses stumme, plötzliche, haltlose Mit-sich-geschehen-Lassen, als er in den Park fuhr und dort mit ihr ausstieg! Und die völlige Hilflosigkeit ihm gegenüber, das fast ohnmächtig schleifende Mitgehen ins Dunkel der Büsche und jener atemlos-keuchende, unsagbar schluchzende Aufschrei ihres ganzen heißen, zuckenden Fleisches! Und das Wimmern und Klammern an ihn! Er hatte es selber erstmals bei einer Hure erlebt. Jetzt war der Triumph an ihm. »Bsst, bsst, Kinderl, bsst ... Komm«, sagte er bloß.

Dieses kaum einundzwanzigjährige ›Kinderl‹ heiratete er, als die Inflation abflaute und er die Stelle des zweiten Buchhalters bei ›Bilek & Lohmeier‹ gefunden hatte. Sie war unverbraucht, rundlich und weißhäutig weich, und die unstillbare Körperneugierigkeit machte sie ihm hörig. Sie war

sexuelles Spielzeug im Bett und Dienstmädchen tagsüber, ganz, wie er's wollte. Sie nähte für andere Leute Kleider und Kostüme und verdiente ein schönes Stück Geld dazu. Sie war sparsam, fleißig und hundetreu. Sie kochte ausgezeichnet, und der Spruch »Mein Heim, meine Welt« schien wie für sie erfunden. Immer wieder erfand sie eine gefällige Neuigkeit, eine praktische Verbesserung, um die blitzsaubere Wohnung noch behaglicher zu machen. Als dann das Kind, die kleine Lene, kam, gab sie das Nähen auf, weil es ihr gesundheitlich nicht bekam, und es ging auch so.
Sie sagte zwar nie etwas gegen sein vieles Zeitunglesen und Bücherkaufen, fand es aber überflüssig und auch ungemütlich, weil das unnütz viel Geld kostete und weil die Bücher mit der Zeit immer mehr Platz wegnahmen. Auch überließ er sie, wenn er las, ganze Abende lang dem Kind und sagte kaum ein Wort. Endlich versuchte er, sie dazu zu bringen, auch einmal einen Roman zu lesen, doch sie hatte keinen Kopf dafür. Folgsam, wie sie war, las sie, aber sie betrachtete das wie eine lästige Fleißaufgabe, und es langweilte sie schrecklich. Im Kino war so etwas viel unterhaltsamer und auch ›lebenswahrer‹, und es nahm auch nicht soviel Zeit. Die war für sie voll ausgefüllt mit Kind, Haushalt, Modenheften, Schnittmustern und den ›Praktischen Winken für die Hausfrau‹ in der Zeitung. Nebenher setzte sie den Kopfhörer ihres Detektors auf und hörte lustige Radiomusik, denn für die damals erst in den Handel kommenden, sehr teuren Apparate mußte sie noch heimlich sparen. Schließlich hatte sie dann doch einen.
Daß Ling sich meist an den Samstagen betrank, gefiel ihr auch nicht recht, aber Wirtshausgehen und Rauschantrinken gehörten eben zu den allgemeinen Ehemänner-Untugenden. Dafür war er am Sonntagmorgen meist recht aufgeräumt, ging ins Kino mit ihr und nachher in ein Konzertkaffeehaus oder führte sie gar in eine Operette.
Tief, hartnäckig und vielleicht auch eifersüchtig war sie nur

gegen sein ewiges Politisieren, und nichts ängstigte sie mehr, als wenn er in unruhigen Wahlzeiten in die turbulenten Versammlungen ging. Sie hatte auch Grund zur Angst: Ihr Vater, der sich nie um Politik gekümmert hatte, war bei einer Schießerei in der Münchner Räterepublik unschuldig ums Leben gekommen. Seit vierzig Jahren war er bei der Staatsdruckerei Metteur gewesen, und – Gott sei Dank – die Mutter bekam mit den Kindern später eine kleine Pension.

Ling mühte sich zuweilen, seiner Anni Politisches begreiflich zu machen. Sie hörte aufmerksam zu, und dann seufzte sie meist: »Tja, ja, so ist's schon. Immer geht's alles auf die kleinen Leute 'naus. Die haben das Kreuz damit.« Er schaute sie hoffnungslos an. –

Solche Erinnerungen sind wie unwahrscheinlich schnell wuchernde Kletten, die sich um den ganzen Körper schlingen und ihn einengen bis zur Atemlosigkeit. Auf der harten Subwaybank war Lings Oberkörper nach vorne geknickt. Schwer schnaufend richtete er sich gerader auf und schüttelte den Kopf wie vor etwas Unfaßlichem. Einmal damals, als er auf einen Streik zu sprechen kam und heftig wurde, sagte sie übereilt: »Aber reg dich doch nicht so auf, Martin. Du bist ja nicht darin verwickelt! Mein Vaterl hat immer gesagt, streiken tun bloß die Arbeitsscheuen.« Er biß die Zähne jetzt noch zusammen. Zornrot hatte er sie angeschrien: »Blödsinn! Saudummes Zeug! Dann war dein Vater ein ganz ekelhafter Kriecher und Streikbrecher!« Erschrocken, mit offenem Mund und angstvollen Augen stotterte sie: »Aber, aber, Martin, ich versteh' doch nichts davon. Sei doch nicht gleich so zu mir! U-und unser Vaterl, der hat nie was Unrechtes gemacht, nie!« Er schwieg und haßte sie. Eine ganze Weile hockte er düster da und wehrte sich gegen ihre weinerlichen Zärtlichkeiten, endlich sagte er: »Na, schon gut. Na, gut!« Dann las er wieder seine Zeitungen. Sie war froh. Er sagte seither nie mehr etwas von Politik zu ihr. Sein Haß blieb und wurde verschwiegene Verachtung. Und dann kam die Zeit, wo in den Wirtshäusern, den Krämer- und Metzgerläden, beim Obsthändler und auf der Straße fortwährend von den Hitlerleuten geredet wurde. Immer wortkarger, fahriger und giftiger wurde Ling und stieß höchstenfalls einmal heraus: »Die Strolche! Dieses Dreckgesindel!« In ihrer Traurigkeit lenkte sie seine Mißlaune aufs drollige Kind, das sich zu einem recht umgänglichen Wesen auswuchs, schließlich ein nettes kleines Mädchen wurde und in die Schule ging. Und einmal kam das Kind mit einem kleinen, blutigroten Papierfähnchen, das in der Mitte, auf weißem Rund, ein schwarzes Hakenkreuz zeigte, lustig zur Tür herein, und Ling wurde weiß vor Wut, riß ihm das bunte Ding aus der Hand, zerbrach es und warf es, berserkerisch fluchend, in den Ofen: »So weit geht die Mordbande schon, so weit ist's! Schon in der Schule – wa-was!? Die Verbrecher!« Seine Stimme überschlug sich. Das Kind schrie, fassungslos entsetzt stand die Anni da, und in ihr schreckblasses Gesicht schrie er: »Halts Maul, du strohdumme Gans, du! Kein Wort, sag ich! Bloß du und deinesgleichen machen den Hitler!« Furchtsam war das Kind in die Ecke gelaufen, aber er war schon draußen und soff die ganze Nacht. Als er besudelt und stinkend in der Frühe heimkam, stand sie schon in der Küche mit verweintem Gesicht. Er sagte kein Wort, wusch sich und ging ins Büro. Als er heimkam, war sie noch immer so verstört, aber dann fing sie herzzerreißend zu heulen an und beteuerte in einem fort: »Martin, Martin, das Kind, das Kind kann doch nicht – das versteht's doch nicht. Ich bin doch auch gegen den Hitler. Nein, ich mag ihn nicht. Martin, Martin! . . . Ich tu' doch alles, was du willst. Martin, Martin!!« Sie klammerte sich an ihn, sie ließ nicht los; ihr zerflossenes Gesicht preßte sich an das seine. Und wieder sagte er: »Gut, schon gut. Na gut.« Und so lebten sie schlecht und recht, fremd und gewohnheitsmäßig nebeneinander. Die Anni kränkelte schon eine ziemliche Zeit. Sie sagte nichts. Er merkte und sah es mit jedem Tag mehr und deutlicher. Sie schaute ihn manchmal mitleidheischend an, und dabei zitterte ihr Kinn. Endlich konnte sie die schweren, dumpfen Leibschmerzen nicht mehr verheimlichen, und der Arzt mußte kommen. »Sofort ins Krankenhaus«, sagte der nach der Untersuchung.« –

Merkwürdig, die Erinnerungen schienen wie vollgesogene Blutegel abzufallen. Leichter atmete er in diesem Augenblick und bekam ein gespannt angeregtes Gesicht. Eine unheimliche Verblüffung fiel ihn an. Er erschrak beinahe darüber, mit welcher Akkuratesse und Eindringlichkeit sich dasselbe Gefühl wie damals einstellte. Ein Gemisch von Wunsch und Unbehagen war dieses Gefühl. »Hm«, machte er und schaute durch die staubigen Fenster auf die vorüberfliegenden gelben Lichter des in die entgegengesetzte Richtung fahrenden, vorbeisausenden Zuges: »Hm, so ähnlich war's seinerzeit auch in Prag ... Stockwütend war ich auf den Mann, den ich über den Berg hinuntergestoßen hab'. Was aus ihm geworden ist, hat mich nichts geschert ... Er war schuld an meiner Angst und allem. Und –« Die Subway hielt. Die Türen rollten auf. ›96 Street‹ las er mechanisch und ging aus dem Waggon. Er sah nichts um sich und tappte abwesend in dem langen, feuchten Untergrundgang dahin. Dick, wie undurchsichtige Wolken, hatte sich der zähe Staub des Gewesenen um ihn gelegt. Widerlich, daß man vom Zurückdenken nicht loskam! ›Man‹? Wer war denn dieses sinistre ›man‹? *Er* war es, *er!* Als die Schwerkranke sich stöhnend und tränenerstickt an ihn klammerte, als er sie aus der Wohnung zum Taxi brachte, sah sie ihn noch einmal mit verlorenen Augen an und stieß zerstoßen heraus: »Mein Gott, Martin, wenn mir was passiert? Was fängst du denn mit dem armen Lenerl an?«

»Denk jetzt bloß an dich und deine Gesundheit«, hatte er zu ihr gesagt: »Das Kind ist doch vorläufig bei deiner Mutter gut aufgehoben. Passieren? So eine Blinddarmoperation ist doch heut nicht mehr gefährlich. Sei ruhig, Anni, sei ganz ruhig.«

Im Krankenhaus wurde sie sofort in den Operationssaal gebracht. Schon nach dem ersten Schnitt quoll der stinkende Eiter dick heraus. Sie nähten gleich wieder zu, und als Ling zur Kranken ans Bett durfte, hatte sie schon starre, verfremdete Züge und glasige Augen.

»U-auch! – U-Martin!« kam es ohnmächtig stammelnd aus ihr. Sie wollte die Arme heben, doch sie war schon zu schwach. So nahm er nur ihre Hand. Etliche Male hob und senkte sich ihre atemringende Brust noch, und gräßlich stark trat das Weiße ihrer Augen hervor. Ihre Hand fing an, langsam zu erstarren, und er ließ sie über den Bettrand hinabgleiten. »Häßlich ist das Sterben«, durchgruselte es ihn. Einige Sekunden lang war ihm, als presse eine derbe Hand sein Herz fest zusammen, und wie immer schmeckte er das Sägemehl im trockenen Mund. Es würgte ihn, und er schluckte energisch. Nein, das war kein leidwarmer Schmerz, es war nur ein jäher Schrecken. Schon hatte er sich wieder in der Gewalt. Sein Hirn war gesammelt und fing an zu denken. Seine Augen verschlossen sich gleichsam dem Anblick der Toten. Er überdachte nur noch die vielen Unannehmlichkeiten, die es nun gab, die lästigen Formalitäten, die zu erledigen waren. »Das Kind«, erwägte er nüchtern, »kann ja bei der Großmutter bleiben.« Er liebte es nicht, dieses Kind. Es störte ihn zuviel im Lesen und Nachdenken und auch sonst. Es traf sich gut, daß man so etwas wie einen unbrauchbaren Gegenstand woanders abstellen konnte. »Ich bin wieder allein und frei«, dachte er, doch als nun der Arzt und die Oberschwester vor ihm standen und ihr Beileid ausdrückten, nickte er mannhaft verhalten, schnitt, wie es sich gehört, die übliche, bedrückte

Trauermiene und resümierte im stillen: »Eigentlich die beste Lösung.« Die Umstände hatten ihm einen entscheidenden Entschluß abgenommen, der ihn schon lange peinigte und zuweilen derart bedrängte, daß er sich vor sich selber fürchtete. Das erste, was er tat, als er vom Krankenhaus heimkam, war, daß er im Schlafzimmer den großen, gerahmten Öldruck mit den schwebenden Nymphen von der Wand über dem Ehebett herabriß, den ihm die Tote seinerzeit durch ihr fortwährend bittendes Schmeicheln als Zugeständnis abgerungen hatte. Er warf das Bild mit aller Wucht auf den Boden, daß das Glas krachend und splitternd auseinanderzischte. Der Knall tat ihm ungeheuer wohl. Frei, unsagbar frei dehnte sich auf einmal seine beengte Brust, und ein prickelndes Brausen lief durch seinen ganzen Körper.

Ling stand im Hellen der lärmenden Straße und rieb sich die leicht geblendeten Augen. Ach so, ach so – schreiben, eine Geschichte sollte er schreiben! Eben noch hatten ihn Sonja und Lisawetha damit dummgeschwätzt. Seine Ehe? »Da – das wäre ein Motiv, das –« brümmelte er zaghaft und erschrak wie ein ertappter Dieb: »Aber ich? Ich? Unmöglich! Das haben nur ganz Große, etwa Tolstoi oder Flaubert, gekonnt ... Ich? Ich!!« Beklommen starrte er im Menschengewirr und Autosurren auf etwas unsichtbar Übermächtiges. Es war, als stünden die Größten der Literatur wie eine Mauer vor ihm und schauten verächtlich auf ihn herab: »Knirps – was willst du? ... Untersteh dich, du Knirps!«

Daheim angekommen, fand er einen Zettel von Walter, ein Herr Laschinski habe angerufen und komme gegen sechs Uhr vorbei. Gleich darauf läutete das Telefon. »Sie sind's Ling? Endlich! Gott sei Dank, sie!« flötete Hilde aufgeregt: »Ich wollte Sie schon immer anrufen, Lieber! Vielleicht finden Sie das aufdringlich von mir, aber – aber ich versteh' Sie so gut, so gut! ... Schamlos war das vom Victor, schamlos und widerlich! Ich hab' Ihren Zorn verstanden, Lieber! Wollen Sie denn wirklich darauf eingehen und was schreiben, wirklich?« Ling stockte, und da er nicht gleich eine Antwort fand, sprach sie weiter: »Wirklich? ... Bloß weil der Victor, das Ekel, wie mit dem vorgehaltenen Revolver über Sie hergefallen ist? Ach, wissen Sie, Ling, ich weiß ja, daß man mich dort nicht mag. Sie kennen mich ja auch kaum! Glauben Sie mir, Sie sind mehr als alle dort. Sie sind kein Mensch auf Bestellung! Widerlich war der Victor!« Er gab ihr recht, das Zureden klang gut, doch sie warb sicher nur für sich. Sie suchte Verbündete, um ihre Position im Kreis zu festigen. Ling sammelte sich und antwortete ruhig: »Ach, wissen Sie, Hilde ... Nett, daß Sie angerufen haben, aber warum sich sorgen um mich? Ich find' alles gar nicht so schlimm! Ich nehm's auch gar nicht ernst. Ich versuch's eben.« Das kühlte ab.

»Um eine Fabel, eine Geschichte bin ich nicht weiter verlegen«, erklärte er noch ungerührter: »Das Was ist's nicht, bloß *wie* man so was anpackt, ist für einen Dilettanten wie mich ein bissel schwierig. Wie gesagt, man probiert's eben.« Wie erwünscht, läutete jetzt die Türglocke. Ein Dilettant sei er nicht, er nicht, war Hildes letztes Wort, als er den Hörer hinlegte. Laschinski, der ganz in der Nähe wohnte, stand da. Sie aßen öfter zu Abend miteinander oder sprachen sich aus. Laschi kleidete sich gern übertrieben, aber jede Bewunderung genierte ihn schrecklich. »Na, na, mein Lieber, das täuscht. Das täuscht! Für mich spricht das nicht, so was spricht bloß für den Schneider, für mich bestimmt nicht«, begann er sich herabzumindern. Gehemmt und beengt, wie Menschen, die um ihre Häßlichkeit wissen und darunter leiden, ging er unbarmherzig mit sich zu Gericht. Besonders kraß zeigt sich das, wenn er wieder einmal ein Verhältnis mit einem Mädchen oder einer Frau angefangen hatte. »Eine, die *mich* mag«, fing er alsobald zu nörgeln an, »mit der ist nicht viel los.« Mit hartnäckigem Mißtrauen unterstellte er ihr ›durchsichtige, ordinäre Absichten‹. Gleichgültig, ob sie jung oder ältlich war, ob schön oder weniger ansprechend, ob gescheit oder dumm – nichts vermochte ihn davon abzubringen, sich fortwährend vor ihr zu verkleinern, sich unbegehrenswert und schlecht zu machen. Niemals glaubte er an ihre Liebe, und wenn das Verhältnis schließlich zerfiel, stellte er mit melancholischem Galgenhumor fest: »Die und ich? Lachhaft! Es war doch von Anfang an wasserklar, daß ich bloß ein momentaner Lückenbüßer war!« Nicht selten zitierte er dabei ein entsprechendes Gedicht, denn er war nicht nur berufsmäßig an der Literatur interessiert, er war ein ausgesprochen musischer Mensch, und manche hatten ihn im Verdacht, daß er heimlich selber Verse schreibe. Und immer, immer sehnte er sich traurig und schwärmerisch nach einem märchenhaften Frauenideal, nach jener ewig jungen, hochintelligenten, unbeschreiblich schönen Geliebten, die es nicht gab. Dies, zusammen genommen mit dem Hang, nichts vom Leben zu erwarten und alles an sich zu bezweifeln, zog Ling an. Den Laschi empfand er als seinesgleichen.

Laschi beschwerte sich zunächst über die grobe Bemerkung Lings bei Korschens und meinte: »Recht hast du ja. Mir geht das mit der Mittelmäßigkeit erst nach und nach auf. Du meinst einen Zustand von Gleichgewicht, das einer erreichen muß, aber daß du mir so einfach vor allen, die da waren, meine Blödheit vorgeworfen hast, das war nicht grad schön von dir. Du, entschuldige dich, bitte.« Zögernd, beinahe bang brachte er das vor, und als sich Ling entschuldigte, ging er auch gleich darüber weg. Es war ihm anzusehen, daß ihn etwas ganz anderes hergetrieben hatte. Es sei, bemerkte er, eigentlich nicht ganz korrekt von ihm, daß er davon anfange, aber ihm liege daran, von vornherein jedes Mißverständnis, das daraus entstehen könnte, auszuschalten.

»Mir ist's nämlich durchaus nicht angenehm, daß mich der Victor ins sogenannte Preisrichterkollegium aufgenommen hat. Hundertmal hab' ich's schon verflucht«, sagte er geniert: »Aber, du kennst ihn ja, was kann man machen. Ich als Literaturprofessor und nicht dabei, ausgeschlossen! Ausgeschlossen, hat er gedrängt. Na schön, jetzt ist's schon, wie's ist.« Er hielt ein und schaute Ling in die Augen. »Mir ist nicht wohl dabei, absolut nicht, Mart«, sagte er wiederum nach einer sekundenlangen Unsicherheit, und wie um den Blicken Lings auszuweichen, fing er an, auf und ab zu gehen: »Du weißt natürlich, weil du viel gelesen hast, wie du so eine Geschichte schreiben mußt, Mart. Sicher wird sie auch halbwegs annehmbar, warum auch nicht? Daß sie weit besser wird als der Schund vom Neuberger, ist haarklar ... Dem seine Story ist undiskutabel, glaub' mir. Der hat's einfach probiert, und er hat zufällig Glück damit gehabt ...«
»Und?« fragte Ling ungeduldig über die lange Einleitung.
»Tja, und? Versteh mich recht, Mart, bitte, versteh mich!« redete Laschi beinahe bittend weiter: »Du weißt, daß ich allerhand von dir halte. Das ist keine Schmeichelei. Ich steh' auch nicht allein damit, das weißt du auch genau. Talent und Stoff für so kleine Geschichten, so Stories hast du haufenweise, und wenn du sie uns erzählst, großartig manchmal, großartig! Aber –«
»Schreiben, meinst du, schreiben ist ganz was anderes. Das weiß ich doch selber!« fiel ihm Ling ins Wort. Das irritierte ihn. Heftig abwehrend gestikulierte er und ging wieder hin und her: »Jajaja, ja und nein. Sicher weißt du das, jaja. Aber, aber grad deswegen, weil du zu genau weißt, was gut und schlecht ist, grad deswegen wird deine Story nichts Richtiges, wenigstens nichts von dir, verstehst du? Sie wird ganz einfach Literatur, weiter nichts! Ich fürcht' sogar, sie wird schlecht, sie wird ein ganz lauwarmer Mischmasch, und das sag' ich denn auch –«

»Na, und?« tat Ling ungetroffen: »Warum sollst du deine Meinung nicht sagen? Du meinst, ich will Literatur? Du irrst. Ich will bloß die fünfhundert Dollar.« Es klang plump und überzeugte nicht. Abermals blieb Laschi stehen und schaute ihn an: »Das sagst du bloß. Das stimmt nicht, mein Lieber. Der bist du nicht! Wir kennen zuviel und haben zuviel mitgemacht. Unsere Charakterfestigkeit ist recht brüchig geworden, ich geb' dir das zu. Wir kompromisseln uns seither eben so durch die Zeiten und lügen uns alles um, wie's uns grad paßt. Ganz bestimmt wird dir der Victor die fünfhundert Dollar zusprechen, schon aus Eitelkeit. Ich gönn' sie dir von Herzen, das weißt du. Du brauchst sie doch, Mart! Schön also, du siegst, du kriegst das Geld, alle loben deine Geschichte. Bist du vielleicht gefeit gegen dieses Loben? Bist du nicht eitel? Was wird der Endeffekt sein, was?«

»Endeffekt? Nichts weiter! Gar nichts!« rief Ling und begriff nicht gleich: »Ich hab' endlich einen schönen Batzen Geld, fertig.«

»Aber Mart? Mart? Das glaubst du doch selber nicht! Du wirst selbstverständlich nach diesem Erfolg weiterschreiben! Man hat dich gelobt, man hat dir bestätigt, daß du schreiben kannst, der Victor hat dich daraufgebracht, daß du da noch Aussichten hast, und du wirst eben schriftstellern!« setzte ihm Laschi dringlicher zu: »Du bist zu alt, und es bleibt dir schon nichts anderes mehr übrig. So wie bis jetzt geht's doch nicht mehr weiter mit dir!«

»Na ja, und? Warum soll ich's nicht. Offen gestanden, daran hab' ich noch gar nicht gedacht«, meinte Ling und staunte. Laschi bekam einen schmerzlichen Zug im Gesicht und ließ ihn nicht aus den Augen. Sie standen sich gegenüber.

»Ja, wenn du das rein geschäftsmäßig machst, wenn du das kannst, bitte. Aber ich zweifle sehr daran, Mart, das kannst du eben nicht. Und das wird arg dann, das wirft dich noch weiter zurück. So einer wie du, der ist kein Neuberger. Der will das Beste, und das ganz ernsthaft. Mir scheint, mein Lieber, das geht schlecht aus«, sagte Laschinski, doch Ling hatte bereits wieder seine spöttisch-überlegene Miene und redete drauflos: »Mensch, Laschi! . . . Ich glaub', du verkennst mich ganz und gar. Ich will doch nichts als ein Geschäft damit machen! Was Literatur und Ehrgeiz? Lauter Quatsch! Du hast recht, dazu bin ich zu alt . . . Und woher weißt du, daß ich nicht geschäftsmäßig schreiben kann? Warten wir's ab.« Und wieder, wie immer in solchen Fällen, fing er vom »Nichternstnehmen« an und glaubte es nicht. Wohl und wehe, heiß und kalt war ihm zugleich, er sah ein, daß Laschi in gleichsam in eine Richtung gestoßen hatte, die noch möglich war für sein Leben, und das erweckte zaghafte Hoffnungen in ihm, die er ängstlich verbarg.

»Na schön«, sagte Laschi, »du verstehst hoffentlich, daß ich dir das sagen mußte.«

»Ich versteh's! Ich bin dir sogar dankbar«, antwortete Ling aufgeräumt und schlüpfte in sein Jackett: »Also, auf in den Kampf, Torero!«

Sie gingen zum Abendessen.

Es war soweit. Nach dieser Korrekturnacht ging Ling nicht in die schmutzige, übelriechende Cafeteria gegenüber dem Gebäude der Druckerei, wo er gewöhnlich etwas zu sich nahm, bevor er sich auf die Heimfahrt machte. Er hatte es eilig. Er war nicht dazu aufgelegt, die gleichen Gesichter zu sehen und das gleiche Gerede anzuhören wie nach jeder solchen Nacht. Er war nicht hungrig und durstig, aber seltsam wach und gespannt. Alle Wut auf Victor, alle Mißlaune über die Begegnung mit Sonja und Lisawetha schienen verflogen. Er tüftelte nicht mehr arglistig herum. Er hatte sich von der Überrumpelung erholt. Möglicherweise war die Aussprache mit Laschi nicht ohne Wirkung auf ihn geblieben, noch mehr aber brachte ihn das Erlebnis in dieser Nacht in eine planvolle Ruhe und Sicherheit.

Die deutsche Zeitung nämlich hatte es sich nicht nehmen lassen, in ihrer Unterhaltungsbeilage zur heutigen Sonntagsnummer auf den ›erfolgreichen, vielversprechenden neuen deutschamerikanischen Autor Jack Neuberger‹ nachdrücklich hinzuweisen. Der kleine, rundbäuchige Chefredakteur Dr. Mühlbacher, der mit seinen kurzgeschorenen grauen Stichelhaaren, dem Wackelzwicker vor den humorlos blickenden Augen, seinem dürftigen Schnurrbart und seiner altmodischen, stramm sitzenden Weste aussah wie eine Karikatur aus den neunziger Jahren, hatte den Einleitungsartikel selber geschrieben; ein Foto, das Neuberger mit seiner Frau im Yorkviller Möbelladen zeigte, prangte dazwischen, und dann folgte der deutsche Text seiner kurzen Geschichte ›Das Herz wohnt bei den Armen‹, für welche ein Magazin das Riesenhonorar gezahlt hatte. Mühlbacher, der jede Zeile, die er schrieb, für etwas ganz Besonderes hielt, nahm Ling persönlich die noch druckfeuchten Korrekturbogen ab und

konnte sich nicht enthalten, ihn nach seiner Meinung zu fragen.
»Oh, ausgezeichnet!« log Ling. »Ihre Einleitung wird sicher sehr viel nützen.«
»Das hoff' ich auch!« erwiderte Mühlbacher geschmeichelt: »Und die Geschichte? Als Erstling überraschend talentiert, was?«
»Ja! Sehr lebensfrisch und farbig«, log Ling abermals und setzte dazu: »Ich kenne übrigens Neuberger schon lange und trink' öfters einen mit ihm.« Das war der richtige Ton, und Ling wußte warum.
»Soso, Sie kennen ihn näher?« In die aufmerksamen Blicke Mühlbachers mischte sich ein kleiner Respekt: »Ein sonderbarer Mensch. Sieht nicht aus wie ein Dichter, eher wie ein Gastwirt. Tja, das Talent hat viele Masken.«
»Stimmt, Herr Doktor«, pflichtete Ling bei. Der eine, steinalte Korrektor fehlte schon wochenlang. Er war schwer krank. Starb er weg, bestand Aussicht auf feste Anstellung, und ›was dem einen sein Tod, ist dem andern sein Brot‹. Teschner hatte gestern angerufen, er habe seinen Laden losgebracht und ›haue in Bälde ab nach der Heimat‹. Der Nebenverdienst fiel also weg.
»Sie lesen gern, was? ... Man merkt's an ihren Filmberichten«, sagte Mühlbacher.
»Ja, wenn man älter wird, greift man wieder mehr und mehr zum Buch«, antwortete Ling berechnend, und sogleich fand Mühlbacher den gleichen Ton: »Recht so! ... Wir Deutschen halten was auf Bildung.«
In seiner Geschichte erzählte Neuberger, daß er erst acht Jahre nach seinen anderen fünf Geschwistern – unverhofft und unerwünscht – zur Welt gekommen sei. Den drei Brüdern und zwei Schwestern galt er noch mehr als den Eltern als ein störendes, lästiges Anhängsel. Vater und Mutter starben, während zwei Brüder im ersten Weltkrieg fielen, die Schwestern heirateten, und der eine Bruder, ein muf-

figer Mensch, der heil vom Krieg heimkam und die Hopfenhändlerei übernahm, gab den schulentlassenen Jakob kurzerhand zu einem Schuster in die Lehre. Der Bub zeigte sich untauglich für diesen Beruf. Der Meister schlug ihn, und der ältere Bruder behandelte ihn ebenso grob. Eine Schwester des verstorbenen Vaters, die alte Tante Rosi, die öfter vom Land in die Stadt zu Besuch kam, nahm sich des Buben an, von dem sie sagte: »Er hat ein viel gescheiteres Köpferl als ein Schuster.« Eines Tages lief der Lehrling weg und kam verhärmt und verhungert zu dieser Tante. Sie behielt ihn, ließ ihn studieren und vermachte ihm ihr kleines Landhaus. Auf ihrem Sterbebett sagte sie zu ihrem geliebten Zögling: »Jakl, ich habe gewußt, daß du dein Glück machst. Jetzt geh' ich gern in die Ewigkeit.« Ihr Schützling nämlich hatte eben das Referendarexamen erfolgreich bestanden. Hier schloß die Geschichte mit dem pathetischen Satz: »An dieses einfache, arme Herz, das mir durch seine aufopfernde Liebe eine Existenz und einen Lebensinhalt gab, denke ich in der harten Fremde oft mit Dankbarkeit und Rührung.«

»Ha!« stieß Ling scharf und laut aus sich heraus. Es war dieses »Ha!«, in welchem all seine verächtliche Geringschätzung zum Ausdruck kam, wenn er etwas undiskutabel fand. –

Neuberger soff seit seinem leicht errungenen Erfolg in den Yorkviller Kneipen herum, hielt ganze Tischrunden frei und machte sich über seine eigene Geschichte lustig. »Populär ist er seitdem bei den deutschen Bierdimpfeln wie ein bunter Hund«, erzählte Kurt Bremer, der auch auf der Ostseite wohnte: »Stories schreiben, sagt er, das geht wie Fließbandarbeit. Eins, zwei, drei – schon hast du's! Bei dem Business, sagt er, bleibt er, das nährt seinen Mann. Und, sagt er, wenn einmal was schwarz auf weiß gedruckt ist, nimmt's das Publikum ernst.«

Ling vergegenwärtigte sich den wohlbekannten pustelgesichtigen, krachlauten Säufer. Der war viel eher nach seinem Geschmack als alle die bei den Kumians. Er war ebenso trinkfest wie er und hatte einen ähnlichen Humor. Und er war alles andere als dumm. Der verscheuchte mit seinem brutalen Sarkasmus jede Illusion und Unsicherheit. Er log auch nicht. Wirkliche Säufer lügen überhaupt nie. Sie können sich gar nicht mehr hinter irgendwelchen Höflichkeiten und Flausen verstecken, nachdem der Alkohol alle Hemmungen in ihnen weggeschwemmt hat. Der Mensch war richtig. An den Neuberger mußte man sich halten. Ling sehnte sich beinahe nach diesem Mann.

Er lag kerzengerade in seinem Bett und schaute in der Dunkelheit ruhig ins Hohe.

Ein eitler Mensch bucht, auch wenn er noch so intelligent und skeptisch ist, alles, was ihm schmeichelt, als eigenen Vorzug. Wie sollte er gegen ein dauerndes, geradezu hartnäckiges Hochrühmen gefeit sein? Zu oft und zu ernsthaft hatten alle im Kumiankreis Ling schon versichert, daß er unzweifelhaft eine sehr starke schriftstellerische Begabung besitze. Immer konnte das nicht eine leere Schmeichelei gewesen sein. Beim Laschi und dem Doktor Nuckling war's das sicher nicht. Das ermutigte. Es drängte mit einem Male alles andere aus Lings Kopf. Eifer und Ehrgeiz erfaßten ihn. Abergläubisch, wie er war, schob er sogar den Gedanken an die fünfhundert Dollar immer wieder ängstlich beiseite. An einen Wunsch durfte man nicht denken, sonst ging er nicht in Erfüllung. Das fiel ihm nicht allzu schwer, denn nun hatte er seine Entschlußkraft wieder und ging ganz systematisch ans Werk.

Obgleich er dies nur ungern tat, weil er mit einem Buch stets allein und ungestört sein mußte, suchte er von jetzt ab fast täglich die stadtbekannte ›public library‹ an der Zweiundvierzigsten Straße auf und las dort Novellen und Kurzgeschichten von Hemingway, von Sartre, Faulkner und Thomas Mann neben den klassischen Meistern dieses

Metiers wie etwa Maupassant, Tschechow, O'Henry und dem alten Johann Peter Hebel. Stil und Form dieser Erzähler geschickt gemischt, sagte er sich, das mußte bei den Kumians Effekt machen. Neubergerisches verfing dort auf keinen Fall.

Lesend und lesend durchlief er die ganze Skala seiner sich bekämpfenden Gefühle: das ihm vertraute Glück, die köstliche Angeregtheit und den rauschhaft betörenden Reiz des Vollendeten und das undefinierbare Unbehagen, die dunkle Scham und fade Bedrückung vor den einmaligen, unerreichbaren Leistungen der Meister. Gegen sie war er ein Nichts.

Das war gefährlich. Diese Verzagtheit und Verwirrung durfte er nicht aufkommen lassen. Mit aller Energie stemmte er sich dagegen. Nein, so wie es dem Laschi mit der Liebe erging oder etwa so wie die Lisawetha, die sich stets geradezu wehrlos in jede Augenblicksbezauberung fallen ließ – das war nicht seine Art. Irgendwie und irgendwo hatte ihn die Diaspora noch nicht ganz aufgezehrt. Oder gab ihm vielleicht nur das, da er sich, wenn auch gleichsam gegen seinen Willen, vor eine Aufgabe gestellt sah, den Halt und einen nüchternen Trotz? Jetzt las er nur noch wie ein bedachtsam Lernender und hielt verbissen daran fest. Dabei erging es ihm seltsam: Zum ersten Male in seinem Leben kam ihm die Ehrfurcht vor der Literatur verstiegen, unreif und exaltiert vor. Es war, als empfände der Hörige seine Geliebte plötzlich als etwas Lästiges.

Das machte ihn sicher und resolut. Lesen wurde ihm ein gewöhnliches Mittel zum Zweck. Und je mehr es das wurde, um so kühner wurde er. In einer Aufwallung von spielerischer Neugier fing er sogar an, hin und wieder die Stilarten der verschiedenen Meister zu kopieren, nur um sich zu üben und zu festigen. An irgendeine Fabel dachte er zunächst noch gar nicht. Um derartigen ›Stoff‹ war er doch noch nie verlegen.

In der deutschen Zeitung hatte er vor einigen Tagen von einem verwahrlosten Sonderling gelesen, der kürzlich verstorben war. Der boshafte Mensch hatte testamentarisch unanfechtbar bestimmt, daß alle diejenigen, die sein Begräbnis besuchen würden, sein winziges Grundstück mit dem zerfallenen Häuschen drauf und allem sonstigen wertlosen Krimskrams darin zu gleichen Teilen erben sollten, denn Geld hatte er außer den Begräbniskosten nicht hinterlassen. Überraschenderweise waren zwanzig Leute an sein Grab gekommen und rauften sich nun um das klägliche Erbe.
Belustigt schmunzelnd fing Ling in karikierendem Thomas-Mann-Stil zu schreiben an: »Ein in der für amerikanische Begriffe wunderlicherweise noch behäbig ländlich gebliebenen Umgebung von Pompton Lakes in New Jersey hinlänglich als schrullenhaft bekannter, schon hoch in den Sechzigern stehender, aber noch keineswegs an sein baldiges Ableben denkender, im Verhältnis zu seinem Alter sogar noch ausnehmend rüstiger Mann, der auf den seltsamen, nicht allzu schmeichelhaften, um nicht gar zu sagen, leicht anrüchigen Namen Hermann Lüderian hörte, Junggeselle übrigens, äußerst trinkfest und durchaus kein Kostverächter anlockender Weiblichkeit –«
Der Schreibende staunte, wie mühelos sein Bleistift dahinlief, und voll übermütiger Selbstsicherheit schrieb er weiter: »– dieser dem Leben noch voll zugetane Mann kam, nachdem er vor einigen Wochen eine gefährliche Grippe überstanden hatte, auf den in einer solchen Gefühlsgestimmtheit gewiß leicht begreiflichen, naheliegenden Gedanken, sein Testament abzufassen, und da er sich weder diesseits noch jenseits des Ozeans auch nur im entferntesten mit irgendwem verwandt wußte, verfügte er darin in einer Art letztwillig zusammengenommener Bosheit folgendes –«
Ling kicherte und konnte ein lautes Auflachen nicht mehr

verhalten. Die Herumsitzenden hoben verärgert die Köpfe. Er ging mit aufgelockertem Gesicht aus dem Lesesaal. Es war also gar nicht so schwer mit dem Schreiben. Man durfte sich bloß nicht einbilden, ein Meisterwerk fertigzubringen. Na also! So eine dickaufgetragene Nachäfferei wie die eben, die konnte er natürlich den Kumians nicht vorsetzen. Immerhin, sie war eine gute Übung. Mit einigem Verstand gelang das richtige. Schon lange war er nicht mehr so selbstsicher und beruhigt gewesen.

Am andern Tag – es war einer jener von einem farblosen Dunst verhängten herbstlichen Sonntagnachmittage, an welchem die Häuser der Westseite einen fast unbewohnten Eindruck erwecken und die Straßen kaum belebt sind – an diesem langweiligen Nachmittag fuhr er mit dem Omnibus ins belebtere östliche Yorkville hinüber. Während seiner ganzen Emigration hatte er nie Heimweh nach Deutschland empfunden, seit der Hitlerzeit war ihm sogar alles spezifisch ›Deutsche‹ zuwider, aber – auffällig – unterhaltsam und fidel fand er's nur, wenn deutsch gesprochen wurde. Wahrscheinlich kam das nur daher, daß er eben weder Englisch konnte noch irgend etwas Amerikanisches aufnahm.

In Yorkville spielte sich so ein Sonntag wie in einer deutschen Provinzstadt ab. Es roch nach Bier, Braten und Wurst. Es sprach, lachte, sang und musizierte aus jeder Ecke deutsch. Die unveränderte Vergangenheit der Jahrhundertwende lebte hier noch. Die Leute flanierten in Sonntagskleidern auf der lauten, breiten Sechsundachtzigsten Straße, dem ›deutschen Broadway‹, besahen gemächlich die Auslagen und merkten sich die Preise der Konkurrenten. Man stieß auf Bekannte, es gab laute Begrüßungen, man unterhielt sich über dies und das, ging ins Kino, aß hernach in einem deutsch gehaltenen Lokal ein einheimisches Gericht, bayrisch, schwäbisch, pfälzisch, westfälisch, wienerisch oder hamburgisch, und man verbrachte den weiteren Abend gemeinsam in einem altrenommierten Konzert-Kaffeehaus, in welchem sich seit eh und je die Familien der Geschäftsleute trafen. Es gab da Stammtische der verschiedenen Landsmannschaften und Vereine, jeder deutsche Dialekt war zu hören, und die Kapelle spielte neben Walzern und Volksliedern flotte Schlagermelodien aus der Zeit vor dem ersten Weltkrieg. Die Frauen und Töchter sangen kräftig mit. Später, wenn diese familiären Treffpunkte sich leerten, traten nach altem Brauch die Männer meist eine ›Bierreise‹ in die umliegenden Tanzlokale wie ›Lorelei‹, ›Corso‹, ›Café Rheinland‹ oder ›Hindenburg‹ an, die bis zum Morgengrauen geöffnet waren. Alles hier war eine stehengebliebene Welt.

Ling langweilte sich im Kino durch die altbackene Harmlosigkeit ›Wenn die Abendglocken läuten‹ und kam nachher ins dichtbesetzte ›Café Geiger‹. Dort stieß er auf den schon ziemlich angeheiterten Neuberger, mit dem Kurt Bremer, der in seiner Nachbarschaft wohnte, zusammensaß. Fidel, schon leicht schwankend, schnellte Neuberger am Tisch empor und spreizte laut grüßend seine dicken, kurzen Arme: »Oi-oi-oi, der Herr Diurnist! Der Mister Martinus! . . . Sei uns gegrüßt, mein Bester!« Er machte Platz, und während Ling sich setzte, schmetterte er weiter: »Großartig! Jetzt ist das richtige Kleeblatt beisammen! Der dritte Mann, der Dritte im Bunde! Großartig! Heißa, die Pußta! Wie gewünscht, wie gerufen, wie abgemessen, wie bestellt oder – um mit weiland unserem dämonischen, protestantischen Olympier Thomas Mann zu reden – will sagen, wie durch stumme Übereinkunft zusammengeführt! Prosit, mein Lieber! Mir hat geschwant, daß uns heute noch eine ordentliche Gemütlichkeit bevorsteht. Prosit!«

Er vergoß den Wein aus dem erhobenen Glas und trank schnell aus: »Ein Mosel ist das, ein Moselchen, ein Möselchen, der reinste Gaumenhymnus!« Es scherte ihn nicht, daß Gäste an den Nebentischen empört herüberschauten und Ruhe forderten. Er überdröhnte die Musik, indem er auf Ling einredete: »Was tut sich? Was macht man? Krumme Knie beim Sitzen oder einen schlechten Eindruck, was ein und dasselbe ist!« Kurt konnte nur rasch dazwischenfragen: »Bist du zufällig 'rübergekommen, Mart?« In Weinseligkeit versetzt, kam gegen Neuberger nichts mehr auf. Mit allem, was er war, warf er sich auf Ling: mit dem vulgär-gesunden, alkoholgeröteten Pustelgesicht, den hervorquellenden Augen, dem breitlippigen Mund, mit seiner springenden Lautheit und seinem ganzen massigen Körper.

»Sie sind, hör' ich«, rief er prasselnd, »Sie sind jetzt mein Kollega geworden, Sir? Lobenswert, großartig! Eine sehr originelle Idee von diesem Nagel, das mit dem Preis! Ausgezeichnet! Hätt' ich dem Mann gar nicht zugetraut! Na, auch die blinde Henne find't mal ein Korn! Ausgezeichnet! Da kann man wenigstens hie und da fachsimpeln! . . . Und wie macht sich die Chose, wenn ich fragen darf? Schon fertig?« Er schlürfte rasch sein Glas aus. Er trank wie das Vieh aus der Tränke. Ling hatte sich verfärbt und maß Kurt giftig, doch unentwegt trompetete Neuberger drüber weg: »Bloß keine falsche Bescheidenheit, bitte, und – keine Angst vor Konkurrenz, mein Lieber! Ich mach' meine literarische Bastelei bloß aus Vergnügen! Das reinste Kinderspiel so was, wenn man einmal die Tricks heraus hat! Und bringt Geld, die Sache, bringt schöne Dollars, und nicht zu knapp . . . Was für eine Schwafelei, daß Schriftstellerei eine Berufung ist! Ein ganz infamer, niederträchtiger Schwindel der Herrn vom Fach, um eventuelle Konkurrenten aus dem Publikum vor den Kopf zu stoßen. Kopfscheu, ja, kopfscheu zu machen, damit die feinen Herrn unter sich bleiben! Ein ganz gewöhnlicher Beruf ist so eine Schreiberei, ein Beruf wie jeder andere! Erlernbar, Herr, er-lern-bar, sag' ich! Hier gibt's dafür sogar Schulen, fertig! Schulen!! Ich hab' nicht einmal die gebraucht, hahaha! Klatsch ist Literatur! Bitte, Klatsch, *nicht* Quatsch, Klatsch! Weiter nichts! Bloß 'rumhören, und man hat seine Stoffe!« Ling erinnerte sich, daß er das schon einmal bei den Kumians gesagt hatte. Wieder maß er Kurt feindlich, der leicht verlegen die Augen niederschlug.

»Klatsch, jajaja, Klatsch!« wiederholte Neuberger: »Vom Dostojewski über den Monsieur Proust bis zum Thomas Mann! Alles Familiengewäsch und Gesellschaftsklatsch mit einem Brimbamborium von Philosophie, etwas psychologisch garniert und mit einer dicken, sauren Weltanschauungssauce, auf die kein Mensch neugierig ist. Der Monsieur Proust ist absolut Meister vons Janze, wie die tüchtigen Preußen sagen. Ein Genie, ein Gigant an Gewäsch! Ein Teeblatt schaut er an und macht einen halben Roman draus! Die zwei russischen Sputniks sind ein Hund dagegen, ein mieses Nichts gegen diesen Giganten an Langweile, Herr! Und die lieben Snobisten drüben delektieren sich an dieser seitenlangen Sauce bis zum Erbrechen! Großartig! Ich gönn's ihnen! Spaß muß sein, und wenn's bei Großmuttern im Bette is, wie die Berliner sagen! . . .

Gott sei Dank, hier herüben, da will man Fakten und Aktivität. Das geschätzte Publikum will handfest unterhalten werden, basta! Geht in Ordnung, absolut! Schriftsteller? Dichter? ›Writer‹ heißt's hier, Schreiber! Goldrichtig, das! Wie gesagt, alles läßt sich lernen, die Schreiberei genauso wie die Herstellung von Sputniks, fertig! . . . Haha, die verdammten Russen! Die barbarischen Asiaten! Jetzt sind sie uns über, hahaha! Auf einmal können sie genausoviel und mehr noch als unsere hochfeine Wissenschaftlerei, eine Unverschämtheit, so was, hahaha! Genau wie wenn unsereins Stories macht. So was gehört sich nicht, basta. Dazu sind die Herrn vom Fach da, verstanden!« Er reckte seinen fetten Oberkörper: »Und man braucht bloß 'rumzuhören dabei, sich's merken und – natürlich muß der Groschen zur rechten Zeit fallen, der Groschen, mein Lieber, weiter gar nichts! ... Hahaha, aus Justament werd' ich jetzt ein Romanchen zusammenfixen, aus Justament! Bloß damit sich die Herrschaften giften! Zerspringen soll die ganze Kumiansippschaft. Na, Prosit, Herr Kollega, prosit! Auf den Success!«

»Bsst! Bsst! Ruhe, bitte! Andere sind auch noch da!« schimpfte es von den benachbarten Tischen, und Kurt wurde zusehends nervös. Ordinär schaute Neuberger auf eine Dame und trank ihr zu: »Ihr Wunsch, gnä' Frau, ist mir Bedürfnisanstalt. Auf Ihr Spezielles!« Seine Gurgel krachte, als er trank. Kurt machte einige entschuldigende Winke in die Richtung, versuchte Neubergers Lautheit zu dämpfen und lachte gezwungen: »Haha, Jack, originell. Bedürfnisanstalt!« Die kurzen, dicken Beine ausgestreckt, mit seinen Händen an der Uhrkette auf der stramm sitzenden, altmodischen Weste spielend, blickte Neuberger verächtlich auf die Zischenden. Kurt murmelte ihm irgendwas von Gehen ins Ohr und erreichte damit wenigstens eine kurze Pause.

»Herr Kollega! Meine ganz besondere Verehrung!« ulkte der Betrunkene und hob das Glas. Da sagte Ling scharf abweisend: »Kollega? Ob ich die Geschichte überhaupt schreibe, ist noch sehr fraglich!«

»Sehr sogar!« betonte er noch einmal.

»Was? Warum nicht? Ist doch nichts dabei, Mann!« tat Neuberger fast verwundert: »Für runde fünfhundert Dollar, Mann?! Drei Schlafzimmer muß ich losschlagen, eh' ich soviel 'reinbring'!«

»Jack« mischte sich Kurt ein: »Gehn wir lieber. Da kann man nicht reden.« Er stand auf, und auch Ling erhob sich.

»Na gut, gehn wir!« fügte sich Neuberger: »Wenn ihr geht, was soll ich denn allein unter den Gouvernanten!« Prustend erhob auch er sich und plärrte dem Kellner zu:

»Zahlen! Zahlen, Herr Ober! Neuberger bezahlt alles, macht alles, fixt alles! Aus Justament, aus reinem Justament!« Gewaltsam gerade, mit stramm herausgestreckter Brust und drolligem Paradeschritt ging er hinter dem ellenlangen Kurt und Ling auf die Drehtür zu.

»Jetzt aber laßt uns endlich einmal was trinken!« rief er neubelebt auf der flirrend erleuchteten Straße, und mit der Hartnäckigkeit, wie sie nur Betrunkene aufbringen, nötigte er Ling, doch noch mitzukommen. Sie saßen in vielen Lokalen und betranken sich schwer. Ling gelang es trotzdem nicht, den Zorn, den er auf den schwatzhaften Kurt hatte, niederzutrinken, der offenbar stets alles, was im Kumiankreis vorging, Neuberger berichtete. Hemmungslos schrie er einmal: »Ich schreib nichts! Nichts!! Ich rühr keinen Finger! Die fünfhundert Dollar sind mir wurscht! Sie sollen mich alle am Arsch lecken!«

»Kurt!« bellte er noch lauter: »Das kannst du den Herrschaften sagen! Sag's ihnen aber genauso, ja!« Der Angeschriene machte eine betretene Miene.

»Mannhaftigkeit macht sich nicht bezahlt, Mensch!« fiel Neuberger ein: »Du machst die Geschichte, basta! Ich weiß doch, wie's mit dir steht! Jahrelang krebst du herum und spielst vor dem Snobistengesindel den verschämten Armen! Lächerlich, kindisch, so was!« Nüchtern und resolut klang es auf einmal.

»Warum bist du eigentlich so interessiert dran? Was gehn dich überhaupt meine Sachen an?!«

»Quatsch nicht so blöd! Mich interessiert's bloß aus Justament!« stieß Neuberger heraus und lachte betrunkener: »Wenn du willst, ich helf' dir ... Neuberger steht zu Diensten. In diesem Fall sogar ohne prozentuelle Beteiligung, verstehst du?« Das brachte Ling noch mehr auf.

»Du? Dich brauch' ich nicht! Was du schreibst, ist doch reiner Bockmist!«

»Weiß ich doch! Weiß ich doch!!« schmetterte Neuberger

ungetroffen: »Ich hab' durchaus keinen Ehrgeiz! Der ist mir längst vergangen, Mann Gottes! Ob Möbel oder Stories, es ist doch alles scheißegal, du Dussel, du!« Er beugte sich mehr über den Tisch und nahm Ling unnachsichtig in seine wässerigen Kugelaugen: »Ich will leben, verstehst du? *Leben*, sonst nichts! Was anderes willst du doch auch nicht mehr, du Kindskopf, du! Alles andere ist doch glatter Humbug!«

»Jetzt hab' ich genug!« zischte Ling und schnellte auf: »Genug!! Servus!« Er griff nach Hut und Mantel.

»Na, jeder wie er will und kann!« brümmelte ihn der aufschauende Neuberger ein ganz klein wenig traurig an, dann aber fiel er unvermittelt in ein höhnisches, krächzendes Singen: »Hör' mein lieber Schatz, wenn die Trompeten blaa-a-asen!«

»Na, morgen ist ein anderer Tag!« rief er dem Davongehenden nach: »Da hast du deine Mannhaftigkeit vergessen. Da reut dich dein Ehrgefühl, du Armloch!« Da drehte sich der gereizte Ling noch einmal um und bot ihm abermals das ›Arschlecken‹ an, doch Neuberger lachte bloß aus sich heraus: »Hm, ein Komiker! Ein Komiker!«

Es dämmerte schon auf der breiten zweiten Avenue. Gespenstisch sah es rundum aus. Steif schwiegen die aufragenden, altmodischen Häuserfronten mit ihren schmalen Fenstern und überflüssigen Erkern, die an die Butzenscheibenromantik des Kaiserreichs erinnerten. Ganz selten fuhr ein Taxi durch den dunstigen Nebel. Das Gegröl Betrunkener kam manchmal aus einer Nebenstraße. Hölzern klapperten die raschen Schritte vereinzelter Fußgänger, die zur Arbeit wollten. Ungewöhnlich hart und scharf hörte sich das Poltern der frühen Milchwagen auf dem Kopfsteinpflaster an. Sie waren noch immer mit fetten Pferden bespannt. Dumpf surrend wälzte sich das lichtäugige Ungeheuer eines Omnibusses der Haltestelle zu.

Verknurrt und mit allen verfeindet, bog Ling in die Sechsundachtzigste Straße ein. Er begriff nicht, wieso er sich so lang mit dem Neuberger herumgestritten hatte. Auch dessen scheinbar interessiertes Zureden war nichts anderes als ein ekelhaftes Geschwätz gewesen. Was hatte er eigentlich von dem unberechenbaren Säufer anderes erwartet? »Jeder Mensch hat seine Heimat da, wo seine Freunde sind«, war die stehende Redensart aller Diasporiten. Der Dahintrottende sah auf die starren Hausfronten, sah die Straße entlang, fühlte die ganze Stadt wie ein fremdes Gehäuse, angefüllt mit solchem Geschwätz von unzähligen Menschen, das wie ein sinnlos leeres Geräusch das eigene Alleinsein nur noch schmerzlicher machte. Einst, als Emigrant, gab es kein so grausiges Alleinsein.

Tief am anderen Vormittag wurde Ling durch ein anhaltendes, schrilles Telefonläuten aus dem bleiernen Schlaf gerissen. Weindumpf rannte er ins Emmerle-Wohnzimmer. Auf sein »Hallo« meldete sich Charlie, den Kurt bereits verständigt hatte.

»Du warst natürlich wieder stockbesoffen mit deinem sauberen Freund Neuberger!« schimpfte er mit vorwurfsvoller Bestimmtheit: »Ausgeschlossen, daß du uns jetzt im Stich lassen willst, wenn man's mit dir gut meint! So kannst du mit deinen besten Freunden nicht umspringen! . . . Und außerdem – willst du dich etwa wirklich mit dem Nebbich, dem Neuberger, auf eine Stufe stellen? . . . Was? Nein? Du willst nicht mehr? Du pfeifst auf den Preis und auf uns alle? Das kennt man von dir! Quatsch schon nicht so, red nicht! Schlaf dich erst aus und spiel nicht immer wieder die Primadonna!«

»Beste Freunde?« – »wenn man's gut mit dir meint?« Ling verzog nur das verklebte Gesicht. Er hatte genug, bis zum Überdruß genug von allem! Er zog die Wohnzimmertür und die seine fest zu, um nichts mehr zu hören. Nachmittags weckte ihn der heimkommende Walter. Eine Dame sei am Telefon.

»Was, Mart, du willst uns den Spaß verderben?« erkannte Ling Sonjas singende Stimme: »Du bist doch sonst für jeden Spaß zu haben! Aber, aber! Mart? Sei doch kein Kind! ... Was? Du *kannst* das nicht? *Du?* Das glaubst du doch selber nicht, du mit deiner Phantasie» Was, alle sind dir ekelhaft, na, na-na! Dann tu wenigstens *mir* den Gefallen, Mart! Bitte!« Noch zärtlicher redete sie seine Einwände nieder: »Hm, Mart, ich muß schon sagen, das wär' wenig nett von dir! Was? Du willst dir's noch überlegen? Gut, gut! Bitte, tu das, tu das, bitte! Sicher wird dir was Schönes einfallen. Warum bist du denn auf einmal so unsicher und gehemmt? Vielleicht hast du bloß einen Kater. Na, ihr müßt ja schrecklich gesoffen haben, ich danke! Und ausgerechnet mit diesem Ekel, dem Neuberger, und dem langweiligen Kurt machst du das? Wie kannst du bloß? Der Neuberger ist doch kein Mensch! Den kann doch keiner ernst nehmen. Na, ich weiß ja, du bist eben so! Aber du überlegst dir's noch, ja? Bestimmt? Du wirst es schon machen. Bitte, Mart, bitte! ... Und laß bald was hören von dir, ja?«
Kaum hatte er den Hörer hingelegt, klingelte es schon wieder. Es war Lisawetha.
»Hallo? Hallo, Mister Ling, ja? Ich bin's, Lisawetha«, hastete sie daher: »Von Sonja hab' ich gehört, daß Sie die Geschichte gar nicht schreiben wollen. Was ist's denn, wieso denn das? Hm, und ich war schon so neugierig drauf! Alle sind's! Was? Was?? Im Ernst? Sie wollen wirklich nicht mehr, wirklich? Das ist aber komisch, hm ...« Sie hielt eine Sekunde lang inne und änderte den Ton: »Oder – vielleicht können Sie gar nicht, was? Wirklich, Sie wollen nicht? Es wird also nichts? Es wird nichts? ... Hm, da wird ja der Victor lachen! Wird der aber lachen!!« Und auch sie lachte ihm ins Ohr.
»Soll er lachen! Sollen sie alle, meinetwegen!« preßte er aus sich heraus und warf den Hörer kurzerhand in die

Gabel. Er zitterte vor Zorn. Dieser Zorn wurde zur hellen Wut, die sich wie Sturzwellen in sein Inneres ergoß. Alles war in diese losgebrochene Gischt hineingemengt: Sonja und dieses vollsaftige Weib Lisawetha, das er in diesem Augenblick rasend haßte, der tapiräugige, einfältige Kurt, der polternd zudringliche Charlie und Victor, den er schon triumphierend geringschätzig, fast mitleidig lachen sah.
Dieser Gischt fiel ihn an, peitschend und mit jedem Herzschlag schmerzhafter – wieder, immer wieder. Er klatschte auf die Haut mit solcher Wucht, daß von diesem Aufklatschen die Nerven zitterten, daß es unter den Rippen, im ganzen Körper und in den Schläfen unheimlich zu dämmern begann, zu hämmern wie mit einem stumpfen Holzhammer. Im Kopf wirbelte es, ein Schwindel drohte. Er reckte sich straffend. Lisawethas letzte Worte gaben den Ausschlag. Jetzt ging es gar nicht mehr um den Preis, jetzt ging es gleichsam um sein ganzes Selbst.
Er zermarterte sein Hirn. Wie ein gefangenes Tier lief er im Zimmer herum und trank in einem fort Wasser, trank und trank, weil sein Mund so trocken war. Der Walter bekam ihn kaum noch zu sehen und wenn, dann war er mürrisch und wortkarg und schien es immer eilig zu haben.
Er trieb durch die Straßen, suchte irgendeine Cafeteria auf und nahm einen Kaffee um den anderen, rauchte unzählige Zigaretten und sinnierte in sich hinein. Dann stand er wieder auf und lief erneut ziellos und unruhig umher. Er sah, hörte und fühlte nicht, was um ihn vorging. Er schien unausgesetzt über alles hinwegzuschauen und in gänzlicher Abwesenheit in irgendeine Ferne hineinzudenken. Überreizung und Schwäche flirrten durch seine Glieder. Er schwitzte unausgesetzt, obgleich es schon empfindlich kalt war. Eine jagende Ungeduld folterte ihn. Schließlich landete er doch wieder ausgehöhlt und erschöpft in seinem Zimmer, und eine schnürende Angst vor der Korrektur-

nacht befiel ihn. Doch er fand nicht die Ruhe, sich vorher noch einige Stunden hinzulegen.
In der Druckerei angekommen, war es noch ärger. Was noch nie vorgekommen war, jetzt störten ihn die Geräusche der Druckerpressen und das Klicken der Falzmaschinen derart, daß er verzweifelt die beiden Daumen fest auf die Ohren preßte. Kopf und Augen strengte er aufs äußerste an, um nur ja keinen Fehler zu übersehen. Mit nervöser Hast überlas er die Worte, Zeichen und Sätze oft zwei- und dreimal, doch sie verwischten sich dabei und glänzten nur noch wie zerronnene schwarze Zeilen. Er schrak jedesmal heftig zusammen, wenn der Abzug von ihm verlangt wurde. Seine Korrekturen wurden jedesmal beanstandet. Der alte Korrektor siechte dahin und konnte nicht sterben. Ling sah seine Aussichten auf feste Anstellung schwinden, wenn es so mit ihm weiterging. Doch es tobte, rumorte und dachte in ihm, es war zum Aus-der-Haut-Fahren! Wenn er nach so einer Nacht frühmorgens in seinem Zimmer ankam, war er völlig ausgepumpt und zerrädert. Dennoch konnte er nicht schlafen. Stichflammen züngelten im Nervengewirr, es brannte unter der Haut. Fröstelnd und verstört setzte er sich an seine Schreibmaschine. Seine aufgescheuchte Phantasie arbeitete. In wildem Andrang durchzog eine Fülle von Einfällen sein Hirn. Sie überstürzten, überpurzelten sich. Er kam kaum mit. Um dem unaufhaltsamen Strömen Einhalt zu gebieten und den Ansturm nicht ungenützt verrinnen zu lassen, fing er ohne langes Überlegen, hastig, wie in reißender Wut zu schreiben an. Allem Anschein nach wollte er zunächst nur einmal Sätze und brauchbare Stellen festhalten, um sie später, nachdem er den Zusammenhang gefunden hatte, richtig einzusetzen.
»Ich komme von ganz unten, von kleinen Krämersleuten am Stadtrand von München«, schrieb er: »Es ging bei uns jahraus, jahrein sehr karg zu –« Das Geklapper beruhigte

ihn. Er hielt inne, las und riß das Blatt aus der Maschine. ›Karg‹? Wer schrieb denn heute noch ›karg‹? Sein Kopieren anderer Stilarten rächte sich offenbar. ›Karg‹? – ›Arm‹ hieß es! Schlicht und natürlich ›arm‹.

Er spannte ein weiteres Blatt ein, verbesserte sich und klapperte von neuem drauflos: »Ich war der jüngste von drei Brüdern –« Er stockte. Die gekrümmten, tastbereiten Finger warteten. Wie vernebelte Schemen tauchten seine Brüder aus den Buchstaben auf. Der eine Bruder, der hünenhafte, schwarzhaarige Raufbold Hans mit den stechenden Augen und dem Jähzorn, der war und blieb verschollen. Und der andere, der ungute, verkniffene Geizhals, der Karl, der hatte wahrscheinlich als Landkonditor die Hitlerherrschaft und den Krieg heil überlebt. Ling hatte nie wieder etwas von den beiden gehört. Sie waren ihm gleichgültig wie irgendwelche Straßenpassanten. Warum sich bei ihnen aufhalten? Resolut drängte er dieses Nebenher aus sich und schrieb weiter: »Unsere Mutter sagte immer, wenn wir Angst vor etwas hatten: ›Bloß nicht in die Hosen geschissen, der Kopf kommt dir nicht 'runter dabei!‹ Im Jähzorn würgte mich mein Bruder Hans einmal derart, daß ich beinahe draufgegangen wäre, und bekam deswegen vom Vater furchtbare Prügel. Von da an war er mein Feind und hieß mich überall ›Feigling‹ und ›Verräter‹. Zwei Jahre redete er kein Wort mehr mit mir und brachte auch den Karl dazu. Wenn die zwei mit anderen Buben aus der Nachbarschaft spielten, ließen sie mich nicht mittun. Es war schrecklich. Ich ertrug diese Ächtung nicht und versuchte immer wieder, Hans und Karl umzustimmen. Wie ein winselnder Hund warb, bettelte und kroch ich vor ihnen. Sie hörten mich nicht an, sie schauten einfach an mir vorbei und ließen mich stehen. Ich wurde fast krank davon. Erst nachdem ich sie einmal überraschte, als sie aus der Ladenkasse Geld stahlen, gaben sie notgedrungen ihre Feindschaft auf. Wer kann erfassen, wie unbeschreiblich beseligend es für mich klang, als sie sagten: ›Wenn du uns bestimmt nicht verrätst, Martl, dann sind wir dir wieder gut.‹ Wenn sie einen Mord begangen hätten, unbedenklich hätte ich dazu geschwiegen –«

Und –? Und, was weiter? Was weiter? Ling horchte in sich hinein, horchte wie ein Telegrafist auf einem in Seenot geratenen Schiff auf das rettende Morsezeichen, aber es tickte nicht, es blieb stumm und leer in seinem Kopf. Die Episode gab nichts, nichts, nichts mehr her! Solche Episoden waren nicht neu, er hatte doch schon Hunderte davon bei den Kumians erzählt. Fassungslos sprang er wieder auf und tappte, wie immer, wenn ihn etwas peinigte und zermürbte, im verrauchten Zimmer auf und ab. Lebte er denn nur noch in Erinnerungen, aus denen er einzig und allein schöpfen konnte? Der ›Mann mit dem gelben Halstuch‹ fiel ihm ein. Das war auch eine Erinnerung, aber eine ganz, ganz andere, nicht so eine gewöhnliche, lächerliche. So etwas erwarteten die bei den Kumians.

Aber wo, wo denn das hernehmen, wo denn? Was ging überhaupt in seinem Kopf vor? Hundert Ansätze quirlten gleicherzeit auf und verwirrten sich zu einem abstrusen Gemeng von halben Gedanken, vagen Bildern und Stimmungen, und nichts war damit anzufangen. Er fand einen Faden in diesem Gemeng, er haschte nach ihm, wollte ihn festhalten, aber schon entglitt er ihm und verhaspelte sich in einem unentwirrbaren Knäuel von Gewesenem und Gegenwärtigem, von verwischten Erinnerungen und eben erlebten, flüchtigen Eindrücken. Jetzt – jetzt gewann etwas Umriß. Wie rasend tippte er: »Es war an einem sonnigen, kalten Wintertag. Kniehoch lag der glitzernde Schnee draußen. Ich war ungefähr vier Jahre alt und spielte auf dem Boden unserer Wohnküche mit der blechernen Eisenbahn, die ich zu Weihnachten bekommen hatte. Meine zwei älteren Brüder hatten schulfrei und warfen hinter dem Haus mit Schneebällen aufeinander.«

»Wieder die Brüder! Sie sind doch weggewischt aus meinem Leben!« dachte er: »Man kommt nicht los davon! Ich weiß doch gar nicht mehr, wie sie ausgesehen haben!« Er haßte sie wie etwas unvorstellbar Widerwärtiges. Ingrimmig schrieb er weiter: »Nach einer Weile kamen sie herein zu mir und sagten wichtig und geheimnisvoll: ›Du, Martl, heut' ist dein Geburtstag. Weißt du, was das ist?‹ Ich wußte es nicht, und im übrigen feiert man bei uns Katholiken nur den Namenstag, aber ich war doch erst vier Jahre!

›Was, das weißt du nicht?‹ fingen die zwei eifriger an: ›Hm, bist du aber dumm! Geburtstag, das ist ganz was Wunderbares, was sehr Schönes, aber das muß man suchen. Es glänzt wie unserm Vater sein Feuerwehrhelm, wenn er blank geputzt ist. Und wenn du den Geburtstag gefunden hast, Martl, dann gehört er bloß dir, bloß dir allein! Da kannst du dann spielen damit. Komm, komm mit, wir wissen, wo er sich grad versteckt hat, komm schnell, sonst ist er wieder weg!« Damit rissen sie mich aus der Tür und zeigten auf einen kleinen Strauch wurfweit weg im Schnee, aus dem gerade die Spatzen aufflogen: ›Siehst du's? Dort ist er! Die Spatzen hat er verschreckt – dort ist er grad hinein! Lauf, lauf schnell, schnell, daß er dir nicht mehr auskommt!‹ Tolpatschig fing ich an, über die verschneite, sumpfige Wiese auf den Strauch zuzulaufen, und lachend schauten mir meine älteren Brüder zu. Kurz davor war aber ein Loch, ich sackte hinein, die dünne Eisschicht klirrte unter meinen Füßen, und ich sank, sank ins dicklehmige, eiskalte Wasser. Ich schrie, schrie in Todesangst, strampelte mit meinen kleinen Beinen und fuchtelte mit den gereckten kleinen Armen, ich schrie, schrie und weiß bloß noch, daß mich meine klagende, schimpfende Mutter herauszog. Ihre Arme zitterten, als sie mich in die warme Wohnküche zurücktrug. Meine Brüder waren verschwunden. Durch mein Schlottern und Weinen hörte ich bloß, wie meine Mutter, die mir das klebrig eisnasse Zeug vom Leib zog, vorwurfsvoll sagte: ›Geh! Geh, aber wie kann man denn so dumm sein, Patscherl, geh! Geburtstag, den sieht man doch nicht, der ist doch bloß heut . . .‹«

Ling fing, als er dies durchlas, wieder zu frieren und zu schlottern an, es war ihm, als sänke er wiederum in das eiskalte Schlammloch von damals, aber es war nur eine unbeschreibliche Traurigkeit, in die er haltlos hineinfiel. Auch diese kleine Geschichte hatte er schon längst – und, wie ihm vorkam, seinerzeit viel besser – im Kumiankreis erzählt. Auspressen hatte er sich dort lassen wie eine Zitrone. Er, der eitle Narr! Ganz von selber hatte er sich ausgepreßt bis aufs letzte! Und warum? Bloß, um zu glänzen, um zu imponieren, um den Victor und alle anderen zu überstrahlen! Jetzt war er leer. Das wußte Victor vielleicht. Deshalb gab er als erster generöserweise gleich hundert Dollar. Für eine mäßig gelungene Wiederholung, bei welcher die meisten schon nach den ersten Sätzen riefen: »Aber das kennen wir doch schon!« – dafür sprach man ihm ganz sicher den Preis nicht zu.

Fünfhundert Dollar! Jetzt fing das wieder an. So nah, so greifbar nah am Ziel, am Sieg glaubte er sich schon! Und jetzt saß er da, ratlos und zertrümmert, und wußte nicht mehr weiter. Nicht einmal soviel wie der Neuberger brachte er fertig! Menschen wie er aber bleiben nicht lang dabei, die Mängel, die Fehler und die Schuld in sich zu suchen. Seine gallebittere Verzagtheit schlug um in Wut und Haß auf die anderen. Der Victor und alle bei den Kumians hatten ihn in diese schreckliche Lage gebracht, und der Neuberger mit seinem vulgären Geschwätz auch! Alle hatten sich gleichsam verschworen gegen ihn!

Und mitten in diesen fressenden Ingrimm hinein geiferte es: »Fünfhundert Dollar, Mann, fünfhundert Dollar!« Es lockte, es schrie, es dröhnte. Wieder rannte er auf und davon. Er fuhr in die zweiundvierzigste Straße, mischte sich unter die Leute, trieb sich auf dem belebten ›Times Square‹ herum.

Merkwürdig: Zu jeder Zeit, mittags, nach Geschäftsschluß oder nachts, wenn er im Gewühl dieser licht- und farbenüberladenen, jahrmarktslauten Gegend umherwanderte, wurde ihm leichter. Umdrängt von unzähligen sich weiterbewegenden Körpern und Gesichtern, hineingepfercht in eine gestaltlose Woge von Lachen, Gesprächsfetzen, von plärrender Radiomusik aus den Läden, von Schrittgemeng und Autohupen, umnebelt von aufdringlichem Parfüm, von Schweißgeruch und dem öligen Speisedampf aus den offenen Imbißhallen, verlor er nach und nach alles charakteristisch Einzelne und trieb als tiefzugehöriges Teilchen eines gigantischen Ganzen dahin.

»Undurchdringliche Urwälder waren einst da, und jetzt sind Stahl, Glas und Stein und Licht und Lärm da«, fing er wie verzaubert im stillen zu registrieren an: »Indianer hausten einst hier. Weiße Männer kamen übers Meer, brachten sie um, rotteten sie aus, drängten den Rest in die tiefere, unwirtliche Wildnis und rissen das jungfräuliche Land an sich. Siedlungen, Dörfer, Städtchen wuchsen empor und wurden in kurzer Zeit zu Riesenstädten. Holländer und Engländer beherrschten zunächst das Feld, aber bald kamen Abenteurer und Draufgänger aus allen europäischen Ländern und verdrängten sie aus diesen Positionen oder vermischten sich mit ihnen. Das heranflutende Menschengewirr strömte über die kürzlich Seßhaftgewordenen hinweg, saugte sie auf und machte sie unkenntlich. Und jetzt heißt dieses ganze, tausendblütige, rücksichtslos vorwärtsdrängende, gigantische Amalgam von scheinbar gesichtslosen Leuten ›die Amerikaner‹. Es gibt keinen Stillstand hier. Das Leben der Millionen kennt keine Traditionen und nur den ewigen Wechsel, und wer nicht standhält, der wird beiseite geschoben oder zerrieben.

Einer gilt nichts, aber alle bleiben und leben! *Leben*, getragen von einer fast bewußtlosen Vitalität, leben hinein in das sich unablässig wandelnde Leben von morgen!«
Groß fiel das schwarz glänzende Urwaldgesicht eines Negers in Lings Blick und verwischte sich wieder. Irgendeine kalkweiß gepuderte, stark geschminkte, maskenhafte Alte mit tiefroten Lippen und unnatürlich gefärbtem, blaugrauem Haar glitt mit ihm dahin, ein unwahrscheinlich schönes, freches ›Girl‹-Gesicht tauchte auf und lachte hell. Augen sah der Dahintreibende, weiße Zähne, bunte Hemden und schreiend farbige Kleider; er hörte alle Geräusche und nahm alle Gerüche in sich auf, spürte weiche und sehnige Körper um sich und erschaute nur Leute, *Leute*, ›People‹, Volk, entpersönlicht, zusammengewachsen und ineinanderverflochten wie er mit ihnen. Da verflog alles Private und Eitle in ihm. Ein großes Gefühl von einer unbegreiflichen, anonymen, grenzenlosen Freiheit übermannte ihn. Er war weniger als ›ich‹ und zugleich viel mehr, er war etwas unvorstellbar Mächtiges und Unüberwindliches, und dennoch fühlte er seinen einzelnen Körper körperlicher als sonst und verjüngt und hatte den unbezähmbaren Drang, auf einmal laut aufzujubeln, einfach glückliche Worte aus sich herauszuschreien oder, wie der Riese im Märchen, seine Arme weit auszubreiten und diese ewig lebendige Stadt zu umschlingen, die Stadt und die Menschen, die in ihrem wilden Lebensrhythmus alles Vergangene und Gestrige wegwischten und nur die stürmische Vehemenz der Gegenwart, das Jetzt und das Gleich kannten. »Göttlicher Durchschnitt«, floß es wie von selbst über seine Lippen: »Göttlicher Durchschnitt!« und sein Gesicht lächelte, seine Augen glänzten.
Etwas, mit dem man so eins wird, teilt sich einem mit. Diese Stadt barg Stoff für unzählige Geschichten. Sie konnte ihm helfen. Seine Sinne waren entzündet, die Erscheinungen hatten ihn fasziniert, und die flüchtigen Ein-

drücke hatten ihn mitgerissen. Mit suchend ausgreifenden Augen schaute er in das Getriebe, eindringlich forschend nahm er Menschen und Gesichter in seinen Blick und war wieder bei sich, war wieder in seiner Kleinheit. Da er, wie um sich zu sammeln, mitten in der dichten Menge stehenblieb, rempelte ihn ein massiger, hünenhafter Mann mit rundem, rotem Bulldoggengesicht, dichten, schwarzen Fetthaaren, den Hut aus der niederen Stirn in den Stiernacken geschoben, ziemlich grob an und musterte ihn gefährlich. Er gab einen unverständlichen Knurrlaut von sich, und seine verengten Augen funkelten so drohend, als wolle er sich schon im nächsten Augenblick auf Ling stürzen.

»I'm sorry!« stotterte Ling und ging rasch weiter, faßte sich und fing, sich die Szene vergegenwärtigend, auf einmal zu konstruieren an: »Stürzt sich auf mich, boxt mich nieder, Auflauf entsteht, Polizei trennt uns und nimmt uns mit auf die Wache –« Da blieb es stehen.

»Auf die Wache«, flüsterte er, wie um sich anzutreiben, doch da verklemmte es sich wie ein Reißverschluß im Stoff.

»Stürzt sich auf mich, boxt mich nieder, Auflauf entsteht, Polizei trennt uns und nimmt uns mit auf die Wache –« wiederholte er im stillen, und er erfand drängendgeschwind dazu: »Ich bin um und um blutig, und der Mann sieht mich fortwährend mit unheilvoll-bösen Blicken an –« Da stockte es wieder. Der Reißverschluß hatte sich noch mehr verklemmt und ging nicht mehr vor und nicht mehr zurück. Verbissen überlegte er, und jetzt störten ihn Lärm und Gewühl. Auf der Stelle fuhr er heim. Ohne abzulegen – sogar den Hut behielt er auf dem Kopf –, setzte er sich an die Schreibmaschine. Von allen Seiten überdachte er die eben erlebte Szene. Scharfsinnig und erhitzt schöpfte er jede Möglichkeit aus, auf die überspitztesten Unwahrscheinlichkeiten verfiel er. Seinen Gang durch die Straßen schilderte er eingangs, seine Empfindungen, und mit fast pedantischer Genauigkeit versuchte er den gewalttätigen Mann plastisch zu machen, doch nach dem Zusammenstoß mit ihm, dem Niedergeboxtwerden und der polizeilichen Festnahme kam keine spannende Fabel, im ›bösen, unheilvollen Blick‹ blieb alle weitere Aktivität stecken und zerrann.

Im Rausch, erinnerte sich Ling, panisch erschreckt, im Rausch war er immer besonders einfallsreich. Er lief in eine Bar, betrank sich. Nichts. Er betrank sich zum zweiten- und drittenmal. Sein Geld verknappte sich beängstigend, und – unleugbar machte sich sein zunehmendes Alter bemerkbar – er bekam wie nach der Nacht mit Neuberger und Kurt einen speiüblen Katzenjammer. Er versäumte kostbare Zeit, um ihn wieder loszubringen. Nervöser, immer nervöser wurde er und machte seine ganze Umgebung verrückt. Überreizt und zänkisch war er gegenüber seinen Kollegen in der Druckerei, die Klavierübungen Walters, die er bisher kaum gehört hatte, machten ihn zeitweise rein rasend. Nur mit aller Mühe konnte er sich beherrschen, als er sich das Geklimper verbat, doch Walter hatte seither nicht mehr allzuviel übrig für ihn. Ling war selber unglücklich über seinen Zustand, aber er gab nicht auf.

Es gab Stunden oder ganze schlaflose Nächte, da hockte er stur an der Schreibmaschine, zündete sich eine Zigarette an, brach ins Husten, zerdrückte sie, zündete nach einer Weile eine neue an, machte einige tiefe Züge, würgte den aufsteigenden Husten hinunter, sah auf das eingespannte weiße Blatt und sinnierte vergeblich in sich hinein. Er gab die Geschichte mit dem boxenden Mann endgültig auf und beschäftigte sich wieder mit dem absonderlich drolligen Testamentschreiber in New Jersey. Er zerriß die Thomas-Mann-Nachäffung über ihn und dachte das Ganze von Grund auf um. Er schrieb, zerriß das Blatt, schrieb von neuem, zerriß es wieder, schrieb, zerriß es, schrieb wieder.

Es war lang nach Mitternacht. Die Dampfheizung war ausgegangen, kalt war's im dickverrauchten Zimmer. Lings Zähne klapperten aufeinander, seine weitaufgerissenen Augen brannten, und seine klammen Finger tippten.

Draußen in der tiefschwarzen, zerfleckten Nacht peitschte unablässig der dichte Regen hernieder und trommelte an die Fensterscheiben. Der späte, winterzersetzte November hatte die Riesenstadt überfallen. Manchmal war es, als hielt der tückische Wind den Atem an, um dann nur um so hemmungsloser die ganze Regenwucht an die zitternden Scheiben zu klatschen. Er drohte sie einzudrücken. Rüttelnd und schüttelnd fegte der Sturm durch die Straßenschächte, jagte dürres, feuchtes Laub und haufenweise weggeworfenen Unrat, Töpfe, Flaschen und Kübel, die leichtsinnigerweise auf die Feuerleitern gestellt worden waren, durch die dunkle Luft, riß Äste ächzend von den Bäumen und verbog die stählernen Fernsehantennen auf den flachen Dächern oder legte sie ganz um. Morgen würden die Zeitungen und das Radio melden, daß ein Hurrikan weite Landstriche überschwemmt und verwüstet, Wälder niedergelegt, Dörfer und Städte unter Wasser gesetzt, Menschen verschlungen und Tausende obdachlos gemacht habe.

Immer rasender heulte der Sturm und warf den Regen an die vielfensterigen Häuserfronten.

»Soll schon gleich alles kaputtgehn!« knurrte Ling und schrieb und zerschrieb alles. Immer verzagter und lustloser wurde er. Die Buchstaben nahmen Gestalt an, wurden Worte und bekamen Bedeutung, doch sie gewannen keine Aktivität und Spannung. Eine unsagbare lähmende, nie erlebte Ernüchterung erfüllte den Schreibenden nach und nach.

»... taktarak-taktarak-taktaraktak –« klapperte die Schreibmaschine, und mittendrin hielten die Finger zitternd inne. Erschrocken fuhr Ling zusammen. Von unten, von oben und von allen Seiten klopften die im Schlaf gestörten Nachbarn empört und wütend. Auch das noch. Verflucht! Der Erschrockene faßte sich, überlas das halbvollgeschriebene Blatt. Er schluckte, und sein Kinn fing zu zittern an, seine Hände glitten von der Schreibmaschine, und lahm fielen seine Arme herab.

»Ich kann nicht! Ich kann's nicht!« stöhnte er vernichtet, und auf einmal fing er zu weinen an. Er war ausgeschöpft. Es war aus mit ihm. Es fiel ihm nichts mehr ein! *Nichts – gar nichts mehr!! –*

Er gab auf ...

DER ENGEL VOM LAND

Die ganze Bitterkeit des Niederbruches überkam Ling wieder, als Walter in der Frühe an seine Zimmertür klopfte. »Ja! Ja, was ist's denn?« fuhr er auf und merkte, daß er unausgezogen auf dem Bett lag. »Jaja, meinetwegen! Kann sie! Ich geh' gleich weg!« stotterte er schlafverworren heraus, nachdem Walter gesagt hatte, übermorgen kämen doch seine Eltern aus Deutschland, die Putzfrau sei da zum Reinemachen, und ob sie vielleicht sein Zimmer zuerst machen könnte. Bei diesem entsetzlichen Wetter mußte er weg, denn hier stand er nur störend im Weg. Am besten war's, in der nahen Cafeteria soviel Zeit, als nur irgendwie ging, zu verhocken. Doch wie denn dann sich durch die weiteren abscheulichen Regenstunden hindurchquälen? Die Putzfrau werkelte gut und gerne bis zum Dunkelwerden in der Wohnung herum. Schlafen konnte man dabei nicht. Im übrigen hatte Ling fast Angst, in sein Zimmer zurückzukehren und wieder an alles erinnert zu werden. Sich besaufen, das ging auch nicht. Kein Geld dazu, und heut' war Korrekturnacht. Ach, und übermorgen kamen also die Emmerles zurück! Bis auf das Klaviergeklimper vom Walter war es so schön und ungestört gewesen. Damit war's jetzt aus. Hm, und wie die angelaufenen Mietschulden aufbringen? Und ein Strauß Blumen, etliche Flaschen Wein, das war schon das wenigste, was er den Heimkehrenden als Zeichen seiner Erkenntlichkeit überreichen mußte. Schäbigkeit rächt sich. –

Der Wind hatte nachgelassen, als Ling auf die Straße kam, doch es regnete noch gleicherweise. Mit eingezogenem Kopf im aufgeschlagenen Mantelkragen lief er in großen Sätzen dem Broadway zu, um rasch unter Dach zu kommen. Als er in der weitläufigen, geräuschvollen ›Bickford‹-Cafeteria saß, kam er sich wie ein davongejagter, schon lange umherirrender, frierend-nasser Hund vor, der endlich für eine Weile einen schützenden Unterschlupf gefunden hatte. Er fühlte die widerlich fröstelnde Nässe seiner Kleider und Schuhe, roch den immer gleichen, öligen Speisedampf, hörte das Tellergeklapper und Durcheinanderreden der zur Drehtür hereinkommenden, sich mißmutig den Regen abstrampelnden Leute und sah sie in langer Reihe am Counter anstehen. Irgendwelche Gerichte wurden ihnen auf die Teller geklatscht, die lieblos gefüllten Kaffeetassen schwappten über; sie kamen mit ihren vollgestellten braunen Tabletts an die Tische, musterten die bereits Dasitzenden verschwiegen feindselig, die zu lang den Platz wegnahmen; sie setzten sich breit, ohne die nassen Mäntel abzunehmen, hin, und manche behielten sogar den tropfenden Hut auf dem Kopf. So beugten sie sich nieder auf die dampfenden Teller und begannen häßlich schlingend zu essen.

Vergrämt schaute Ling über die gekrümmten Rücken und Köpfe, und sterbenstraurige Heimlosigkeit keimte in ihm auf. Aus seiner gewohnten, warmen Stube verjagt, inmitten von fremden, schwatzenden und schmatzenden Menschen sitzend und nach dem Erlebnis der vergangenen Nacht innerlich gleichsam entkernt und ausgehöhlt, saß er da und hatte nur noch den *einen* Wunsch: sich in einem unauffindbaren Winkel zu verkriechen und abzusterben, zu zerbröckeln und sich aufzulösen wie ein weggeworfenes Stück Schund und mit dem Regen davonzuschwimmen in die Unkenntlichkeit. Ein unbeschreiblich peinigendes Reue- und Schuldgefühl mischte sich in dieses Fallenlassen. Alles, was er je in seinem Leben gedacht, getan und erstrebt hatte, schien ihm jämmerlich und sinnlos gewesen zu sein, und sogar die Menschen bei den Kumians waren plötzlich weggelöscht und vergessen, als habe er sie nie gekannt. Aber voll beklommener Melancholie, in einem jähen Anflug von dunklem, unerklärlichem Neid sah er auf all die lebhaften Esser um sich herum, und jeder und jede kamen ihm freier, froher, glücklicher und besser vor als er. Sie lebten ihr gesundes, handfestes Leben in einem Ganzen, von dem sie sich leiten ließen. Weiß Gott warum – dabei fiel ihm seine verstorbene, scheinbar längst vergessene Frau ein, und – sonderbar, wie sich das in ihm festgenistet hatte – so fürchterlich wurde der Druck in seinem Innern, daß sich seine Lippen schmerzlich bewegten und doch keinen Laut herausbrachten, als er sich des Satzes erinnerte »An allem Wehtun bist du schuld«, der ihn nur noch mehr in die traurige Verlorenheit hinabdrückte.

»Dieser Frau hab' ich bitter unrecht getan«, gestand er sich: »Die war weit besser und vernünftiger als ich. Leute wie die haben den Hitler, den Krieg und die Bombennächte überstanden, sie überstehen alles und halten die Welt in Gang. Sie geben her, was sie von Natur aus geben können. Das ist ihnen genug. Das ist gut und nützlich, hat Sinn und Verstand ... ›Wir kleinen Leute, Martin‹, hat sie mich bei Mißgeschicken immer getröstet, ›wir haben's halt nicht immer leicht, aber die andern haben auch ihr Kreuz. Da kann keiner was dagegen machen.‹ In dieser nüchternen Geduld blieb sie unverletzlich. Darin blieb sie geborgen, und dann ist das Kind gekommen, die Lene, ist herangewachsen und war ihre Erfüllung, ihr Glück ... Und das Kind ist jetzt vielleicht auch wieder so eine Mutter wie sie, sicher genauso wie sie.«

Völlig in dieses bodenlose Hineinsinnieren versunken, merkte er nur vage, daß sich nach der Frühstückszeit die Cafeteria mehr und mehr leerte.

»– nachgiebig und umgänglich und unkompliziert zärtlich ist sie gewesen«, dachte etwas gleichsam selbsttätig in ihm weiter: »Und so anheimelnd nett, so behaglich wie eine schützende Zuflucht hat sie die Wohnung gehalten! Wo hab' ich heut eine Zuflucht? Nie wieder hab' ich eine gehabt! ... Daran ist nicht bloß die Hitlerzeit allein schuld ... Bald sechzig werde ich. Das viele Rauchen verschlimmert meine Kurzatmigkeit immer mehr. An den Nieren spür' ich's, wenn ich saufe. Schrecklichen Hexenschuß hab' ich manchmal, und Grippeanfälle setzen mir viel heftiger zu als früher. Auch mein Herz ist nicht mehr ganz intakt. Und, komisch, immer noch will ich Weiber, immer wieder andere und bloß fürs Bett. Das ist bloß Torschlußpanik, nichts weiter! Eines Tages werde ich ernstlich krank werden, und man bringt mich ins Spital, in einen Massensaal, wo auch so verbrauchte Alte liegen wie ich. Anfangs besuchen mich Freunde und Bekannte noch. Es wird schlechter mit mir. Zittrig, hilflos, zerfallen und unappetitlich werde ich, und die Besucher kommen immer seltener. Schließlich verrecke ich wie ein Tier, das vergessen hinsiecht. Wie beim Luffinger werden die bei den Kumians Geld zusammenlegen und mich in einem sogenannten ›Funeral Parlor‹ aufbahren lassen. Mit Watte stopft man meine eingefallenen, gelblichen Wangen aus, schminkt mein Gesicht und die Lippen, ölt meine paar Haare und frisiert sie. ›Ganz natürlich, wie lebend‹, sagen alle, wenn ich im weiß ausgelegten Sarg liege. Und der Victor, Charlie und Laschi werden bewegte Reden halten. Dann fährt man mich irgendwo weit hinaus aus der Stadt, läßt mich in die schon aufgeworfene Grube hinab, wirft die paar Kränze und Blumen nach und Erde drauf ...«

Der Regen draußen hatte sich wieder verstärkt, und auch der Wind ging wieder. Fast dämmerdunkel hatte sich der frühe Vormittag eingefärbt. An den trüb angelaufenen, großen Fenstern der Cafeteria hasteten die Leute in durchsichtigen, vom Wind geblähten Plastik-Regenmänteln vorüber. Unförmig sahen sie aus, kontur- und gestaltlos wie die dahinsurrenden Autos und Omnibusse auf dem breiten, regenverhängten Broadway. In der Cafeteria flammten die Neonlampen auf, um die Düsternis zu verscheuchen. Die gegenüberliegende Hausfront mit ihren gelb aufleuchtenden Auslagenfenstern und bunten Firmenschildern verschwamm im Regen zu einem zittrigen Gemantsch, und all das wurde langsam brodelnd grau und groß und floß als riesige, zähe Masse näher, immer näher, in die fassungslos starrenden Augen Lings. »So«, dachte er eisig erschauernd, »so wird es sein, wenn ich im Grabloch liege. Der lehmigschwere, feuchte Kot, den man dem Sarg nachwirft, wird die dünnen Bretter ein- und mich erdrücken ...« Ein ungeheures Grauen sprang ihn an, eine ratlose Bangnis, er könnte vielleicht in dieser fremden Riesenstadt sterben und begraben werden. Und da sehnte er sich plötzlich wie ein verlassenes Kind danach, einst in die Erde seiner Heimat, neben seiner Frau, deren Tod ihm damals erwünscht gewesen war, gesenkt zu werden.

Wie angegruselt schüttelte er sich und murmelte kaum hörbar: »Hm, Liebe? ... Auch bloß Geschwätz! Zuflucht vielleicht, Zuflucht –«

Er riß den Kopf hoch, denn vorne an der Theke hatte jemand einen Stoß Teller fallen lassen. Das scheppernde Geklirr tat den Ohren fast weh, aber es erweckte aus dem Grauen. Gesammelter dachte er: »Ich will also doch noch heim! Heim? Wohin denn heim?«

Jim, der freundliche Neger, kehrte bereits um den Tisch herum den Boden auf, und Ling wollte gehen. Mochte die Putzfrau auch noch so mißlaunisch werden, er konnte sich ihrer Arbeit wegen nicht bei diesem Wetter sinnlos umhertreiben und zu Tode langweilen.

»Take it easy, my friend«, lächelte Jim altbekannt: »Take your time! Bad weather to-day. Take it easy.«

»Thank you, Jim, thank you«, antwortete Ling ebenso und blieb noch eine kurze Weile sitzen. Ernüchtert fand er sich mit der Einsicht ab, daß er eben auch nichts anderes sei als ein gewöhnlicher alter Mann wie tausend seinesgleichen. Und sein Zimmer, die Emmerles, das ›Bickford‹ und das Korrekturlesen in der Druckerei blieben die Stationen seines Zeitablaufs. Er ging endlich. – Als er die Tür der Emmerle-Wohnung aufschloß, schlug ihm ein scharfer seifiger Sodadampf entgegen. Kniend schrubbte die Putzfrau den Boden des Wohnzimmers. Sie hob das grobe Faltengesicht und sagte ungut: »Ihr Zimmer ist fertig.« Geniert huschte er auf den Zehenspitzen über die seifigen Wasserlachen und brauchte eine Weile, bis er sich an die Blitzsauberkeit seines durchgelüfteten, sorgfältig aufgeräumten Zimmers gewöhnte. Aber es war gut so. Damit war gleichsam das Vorhergegangene auch weggeputzt.

Ein Brief lag auf seinem Bett. Das überraschte ihn, denn wer schrieb ihm in New York schon? Wenn man sich was zu sagen hatte, telefonierte man. Er las die Adresse und staunte noch mehr. Der Absender war Victor. Neugierig riß er das Kuvert auf und las:

»Lieber Mart!

Was ist los mit Dir? Nicht einmal telefonisch erreicht man Dich! Bist Du so beschäftigt? Was macht unsere Geschichte? Hoffentlich sträubst Du Dich nicht wieder, sie zu schreiben, und meinst, alles sei bloß ein Witz von mir. Das Gegenteil ist richtig, mein Ehrenwort! Übrigens, mit dem Vorlesen und der Preisverteilung mußt Du Dich noch etwas gedulden, entschuldige! Wir haben alle nicht bedacht, daß wir mit der Veranstaltung mitten in die Weihnachts- und Neujahrszeit fallen. Da sind die meisten anderweitig beschäftigt oder verreist. Auch Selma und ich fahren weg. Wir haben deshalb beschlossen, das große Ereignis auf die zweite Januarwoche, auf den 10. Januar, zu verschieben, und hoffen alle, daß Dir das sicher recht sein wird. Bitte, rufe Charlie dieserhalb einmal an. Also Hals- und Beinbruch bis dahin und alles Gute zu Neujahr – Dein Victor.«

Das las sich gut. Das las sich arglos. Es las sich auch durchaus freundschaftlich. Zaghaft schöpfte Ling wieder einige Hoffnung. Er las den Brief noch mal und wog jedes Wort, er las ihn ein drittes Mal, und es wurde ihm leichter.

Gewiß, unbedenklich hatte er all seine Erinnerungen im Kumiankreis zum besten gegeben und verschenkt, und New York, das geliebte große New York lieferte ihm auch keine brauchbare Fabel. Es schien ihm unmöglich, eine Geschichte zu schreiben. Aber warum eigentlich alles immer so furchtbar ernst nehmen? Wie hatte seine Mutter immer gesagt? »Nur nicht gleich in die Hosen geschissen, der Kopf kommt dir nicht 'runter.« Recht hatte sie!

Sich wegen seines Versagens einfach stur und dumm mit den Kumianleuten zu verkrachen oder gar gänzlich mit ihnen zu brechen, das war doch höchst lächerlich und humorlos. Der Kreis war das einzig Lichtvolle in seinem tristen, grauen Dasein. Die anregenden Diskussionen und die reizvollen Frauen dort, die ihn stets aufleben ließen, wollte er nicht missen. Aber soviel er auch hin und her überlegte, schreiben konnte er nichts, die fünfhundert Dollar mußte er sich aus dem Kopf schlagen, schade, jammerschade!

In dieser Ausweglosigkeit kam ihm plötzlich ein rettender Gedanke. Er wollte insgeheim zu Victor gehen und mit ihm reden.

›Victor‹, wollte er warmherzig offen sagen: ›Du verstehst mich vielleicht am meisten, das hab' ich schon oft und oft gemerkt ... Schau, Victor, du hast geglaubt und glaubst sicher auch jetzt noch, daß ich so eine Geschichte, die ich manchmal ganz nett erzähle, auch ebensogut schreiben kann. Du bist überzeugt, daß ich eine schriftstellerische Begabung habe. Das stimmt nicht, es stimmt wirklich nicht, glaub' mir's ... Ich hab's versucht, ich hab mich ehrlich geplagt, aber ich bring's nicht fertig, ich kann keine Geschichte schreiben, es geht nicht, ich kann's nicht! ... Ganz unter uns, Victor, du willst mir sicher den Preis auch zukommen lassen, um mir zu helfen. Zu helfen und zugleich, um mich anzuspornen. Das ist rührend, das ist großartig von dir, Victor! Aber, nein, ich kann das wirklich nicht, es geht absolut nicht. Sag mir eins, Victor, wir wollen davon doch nicht weiß Gott was für eine peinliche, schwierige Sache machen, sag mir, wie machen wir's bloß, damit die ganze verfahrene Angelegenheit einigermaßen gut abläuft, ich weiß mir keinen Rat . . .‹

Indessen, es erging ihm wie allen Naturen, die im Grunde genommen immer tief mißtrauisch gegen ihr erstes Gefühl sind und schnell einschränken und feig retirieren. Sogleich malte er sich aus, wie dieser Besuch verlaufen würde. Nicht nur Victor, auch Selma, die doch schon lang eine Antipathie gegen ihn hatte, würde dabei sein. Wegzukommandieren war sie nicht. Ach, die folternde Peinlichkeit, bis man über die ersten Stockungen hinweg wäre! Und dann das triumphierende Auffunkeln in Victors Augen, seine unverhohlen gönnerhafte Herablassung und sein widerlich gespieltes Verstehen und Teilnehmen, das nichts anderes war als ein Sichweiden an der vorweggenommenen Niederlage des Gegners! Und das Glimmen befriedigter Rachsucht in den Blicken Selmas! Wieso nahm er – Ling – eigentlich auf einmal an, daß die beiden nicht seine geschworenen Feinde seien? Victors Brief war bestimmt haargenau überlegt, um jeden derartigen Verdacht zu verwischen. Geradezu hündisch kam sich Ling vor, wenn er sich auf eine so grausame Demütigung einließe.

Oh, Ling, du eitler Wicht mit der Maske des selbstsicheren, unverblüffbaren Skeptikers, du kläglich stehengebliebener Mensch! Was ist's jetzt mit deinem Bescheidenwollen, mit dem Vorsatz, dich endlich mit deinem Dutzendleben abzufinden? Du bist erkannt und durchschaut, und es fällt schwer, noch Sympathie und Interesse für dich aufzubringen! Nichts, was dir bis jetzt zugestoßen ist, hat dich – der du stets so großspurig von »Ändern müssen wir uns« sprichst – auch nur um einen winzigen Grad geändert! Auch im gewaltigen New York hast du dich wieder in die gleiche enge, spießige Verfilztheit verstrickt, aus der du innerlich nie herausgekommen bist. Nichts Neues, was Menschen bewegt und weiterbringt, hast du angenommen. Nichts war für dich verbindlich als das, was dich und deine Eitelkeit betraf. Wie, wo und in welcher Zeit lebst du eigentlich? Hitler hat Millionen von Juden vergast und Hunderttausende seiner politischen Gegner in Konzentrationslagern zu Tode foltern lassen; Stalin hat mit dem gleichen Zynismus nicht weniger Menschen, die er für seine Widersacher hielt, ausgerottet; die Furiengewalt des letzten Weltkrieges hat noch weit, weit mehr Menschenleben vernichtet, verwüstete ganze Länder, überzog die halbe Erde mit Mordbrennerei, mit Grauen, mit Hunger, Krankheiten und unbeschreiblichem Elend und brachte die Atombombe. Als die mörderische Raserei endigte, gelang den Mächtigen nur das Provisorium eines unsicheren Friedens. Doch die Vernichtungsbomben blieben gleichsam wie eine ununterbrochene Drohung über den Völkern hängen und erfüllten sie mit Angst und Furcht vor der hoffnungslosen Zukunft. Seither wehren sich die Einsichtigen in allen Ländern gegen das Teuflische, das damit der Menschheit zugewachsen ist, und gegen das Schlechte, das – da weder die Sieger noch die Besiegten durch die Opfer und Schrecknisse der Heimsuchung menschlicher geworden sind – von früher her in ihren Staaten unvermindert geblieben ist: gegen den blinden Nationalismus, gegen die Rassenverfolgungen, gegen die politische und religiöse Intoleranz, gegen das schamlose Unrecht an den Negern in den amerikanischen Südstaaten und gegen die Untaten der Diktaturen an den Menschen, die sich ihrer Unfreiheit nicht beugen wollen. Überall gibt es viele, die selbstlos, und ohne ein besonderes Aufheben davon zu machen, für das Gerechte und Gute wirken und darin einzig und allein den Sinn des Menschenlebens sehen, denn wenn auch die Wissenschaftler und Techniker in allen Ländern sich anschicken, das Universum zu gewinnen, indem sie künstliche Monde um unsere Erde kreisen lassen und zweifellos in wenigen Jahren den wirklichen Mond erobert haben werden – in der undenkbaren Erweiterung alles existierenden Lebens wird dennoch das Gerechte und Gute so gültig wie gestern und heute und in aller Zukunft bleiben.

Doch das, Martin Ling, hat dich immer nur beiläufig interessiert, es ist nur bis an deine Haut gegangen. Die Literatur hat dich zum dünkelhaften Egozentriker, zum sterilen Snobisten gemacht, der lediglich darauf aus ist, den paar Leuten bei den Kumians zu imponieren und bei ihnen mehr als Victor und jeder andere zu gelten! Du, und nur dein winziges Leben ist dir wichtig.

Auch dem Wurm ist nur *sein* Leben wichtig. Was kann er dafür, daß er nur ein Wurm ist! Wenigstens bildet er sich nicht ein, daß er mehr als das ist.

Tags darauf kamen die Emmerles. Der ganze Living-Room stand voller Koffer und Pakete. Ungewohntes Durcheinander und freudig erregte Unruhe herrschten.

»Jaja, aber, aber Mischter Martin, tja-tjaja, aber die schöni Blume! Ich han mi ja noch gar nit bedankt bei Ihni! . . . Die schöni Blume!« rief die noch rundlicher gewordene Logisfrau mit begeistert hochroten Backen! »E jung's Moidli wenn i wär', Mischter Martin, e Küßli tät' ich Ihni gebe! So schöni Blume! Und den Wein au noch! Soviel Koschte, dies hätt's aber nit braucht, Mischter Martin! Tjaja, ja, den beschte Dank halt dafür!« Strahlend lachte sie, und ihre glänzenden Augen verschwanden fast gänzlich hinter den gepolsterten Backenknochen. Mehr als je standen ihre widerspenstigen Haarspitzen in die Höhe, und ihre winzigen Mauszähne zwischen den schmalen Lippen wurden sichtbar. Alles, was sie war, bibberte unablässig. Hin und her trippelte sie und wußte in ihrer hausfraulichen Erhitztheit nicht, wo sie anfangen sollte, um sogleich wieder alles in Ordnung zu bringen. Dabei redete sie fortwährend und erzählte, was für eine stürmische Überfahrt sie gehabt hätten, einmal sei das Schiff so tief in ein Wellental abgesackt, daß das Wasser zum Schornstein hineinströmte. Die Maschinen setzten aus, und alles vom Deck schwemmte es fort.

»Und da meint man, dies is heutzutag nit mehr mögli, hmhm«, sprudelte sie aus sich heraus: »I kann bloß sage, ei'mol und nit wieder, Mischter Martin! Der reinschte Weltuntergang ist's g'wese! Himmlischer Vater, wir habe g'meint, unser letzt's Stündli hat g'schlage! Noi, noi, so was nimmer, das nit mehr, wisset Sie!« Und ihr hagerer, gesund angebräunter Mann bekräftigte mit seiner ruhigen Baßstimme: »Dia macha dies ja drastisch, wisset Sie! Sie sind versichert und die Fahrgäst' könnet absacke.« Doch das war vorüber, der Schrecken war überstanden, und er kam ins Erzählen: »Aber halt unser Deutschländli, wisset Sie, 's ischt scho' e wunderschöns Ländli, wunderschö'! Arg viel habe die arme Leut' mitmache müsse! Die Zerstörunge an manche Plätz' noch, zum Grause! Aber ma' lasset sich's nit verdrieße. Jeder werkelt und schaffet, und überall geht's aufwärts.« Er kramte dabei im Koffer und gab Ling eine Kiste deutscher Zigarren, einen Originalmaßkrug des Münchner Hofbräuhauses als ›Grüßli aus der Heimat‹ und eine weichlederne, braune Brieftasche mit goldnem Monogramm ›M. L.‹.

»Die han i extrig a'fertige losse. Wisset Sie, daitsch bleibt daitsch. Die Qualität kriege Sie nirgends im Land«, schloß er.

Vom anderen Tag an zog wieder der appetitanregende Fleischsuppendampf durch die Wohnung, und der würzige Duft des Bratens, der trockene Geruch von Gebackenem heimelte an. Und immer wieder kam die Frau Emmerle mit irgendeinem Stück Apfelstrudel oder sonstigem Backwerk: »Bloß a Häppli zum probiere, Mischter Martin.« Sie werkelte, sie räumte, sie kochte und buk und briet, und die heitere Unruhe ließ Ling kaum recht zu sich kommen. Offenbar hatten die Emmerles auch seine Mietschulden vergessen, denn eines Morgens, als draußen dicker Schnee fiel und Ling eben zum Frühstück ins ›Bickford‹ wegwollte, hielt ihn Frau Emmerle zurück und sagte herzgewinnend: »Bei dem Wetter, Mischter Martin, da brauchet Sie doch nit weg. Wenn Sie wollet, könne Sie bei mir jedesmal a Schälerle Kaffee und Ihr Frühstück habe.« Da brachte Ling die rückständige Miete selber zur Sprache, und sie sagte bloß, das habe immer noch Zeit, er laufe ihr doch nicht davon, kurzum, es blieb beim Frühstück, das sie ihm sogar ins Zimmer brachte, und am darauffolgenden Samstag wurde ein gemütliches Wiedersehen gefeiert. Um den blütenweiß gedeckten, blumengezierten Auszugstisch saß man im Wohnzimmer. Das ›Bärbele‹, die älteste Emmerletochter, und ihr Mann waren von New Jersey hereingekommen, und, als gehörte er zur Familie, stellte der Emmerle Ling vor: »Dies ischt unser Mischter Martin, müsset ihr wisse ... So schön hat er sich bekümmert um alles, wie wir weg g'wese sin'. Prosit, Mischter Martin!« Alle leerten ein Glas alten Kirsch aus dem Schwarzwald mit ihm.

Frau Emmerle schien schier aus dem Häuschen. Den ganzen Tag hatte sie gekocht, gebacken und gebraten. Tomatenrot war ihr hängebackiges Gesicht, und Schweißperlen glänzten auf ihrer runden Stirn. Prall saß das mit kleinen Blümchen gemusterte schwarze Kleid auf ihrem rundlichen Körper und verlieh ihr etwas drollig Beengtes, Eingezwängtes. Hurtig ging ihr Atem, immerzu schweiften ihre Äuglein umher, ob auch alles stimme. Der Hausherr dagegen saß gemächlich da, den dünnen, grauen Schnurrbart frischgestutzt, die spärlichen Haarsträhnen sorgfältig über die durchscheinende Glatze gekämmt. Er und der Walter waren sonntäglich angezogen, und auch Ling trug seinen einzigen guten, schon ein wenig abgeschabten dunklen grauen Anzug. Festlich war die Runde gestimmt. Der herbe Wermut, den man einleitend trank, regte den Appetit an. Der selbst zubereitete Fruchtsalat mit dem Rumgeschmack entlockte dem Bärbele die bewundernde Bemerkung: »Müatterli, so wie du bringet this Cocktälerli der bescht Kücha-Chef nit fertig!« Die sämige Selleriesuppe legte sich wie warmer Samt in den bereiten Magen. Mutter und Tochter trugen auf und noch mal auf. Die hochgetürmten schwäbischen Spätzli dampften, das Rotkraut, die winzigen grünen Zuckererbsen und der öltriefende Kopfsalat boten ein einladend buntes Bild, und der riesige Schweinsbraten mit der goldbraunen, knusprigen Kruste troff beim Anschnitt wie lachend von fettigem Saft. Importiertes dunkles Münchner Löwenbräu-Bier gab es zum Hauptessen, und als der Emmerle nach dem ersten Zug wohlig grunzte, sagte der Schwiegersohn Krulich anerkennend: »But, da ist eins – die drüben haben eben das richtige Wasser und sparen mit dem Hopfen nicht.«

»Hopfen und Malz, Gott erhalt's!« lachte der Emmerle darüber weg. Nach dem Bier trank man ›Trarbacher Auslese‹, wovon Ling drei Flaschen gestiftet hatte, und wiederum lobte der Emmerle aufgeräumt: »E Tröpfli ischt dies, Mischter Martin, e Tröpfli wie e Jungfernküßli. Ich merk's, Sie sin' e Weinkenner, Respekt! Bei dem könnet wir bleibe!« Aber erst nach der umfänglichen Schlagrahmtorte mit Erdbeeren und dem starken Kaffee war das Mahl bewältigt. Gegen den allzu vollen Magen nahmen die Männer erneut ihren Schwarzwälder Kirsch und die Frauen den süßen Benediktiner aus Deutschland. Der Walter stand auf, ging in sein Zimmer und hörte am Radio die Übertragung des Baseball-Matches ›Dodgers‹ gegen ›Giants‹ ab. Sich breit im Stuhl zurücklegend, knöpfte sich der Emmerle als erster den Kragen auf und löste seine Krawatte ein wenig. »Nur nit geniere, meine Herre! Nix geniere!« wandte er sich an Ling und Krulich und zog sein Jackett aus: »Sich's gemütlich mache! Wir sin ja daheim und unter üns.« Schweißig glänzte sein weingerötetes Gesicht. Wohlig blies er den Rauch der Zigarre in die Luft: »Ha, unsere daitsche Zigarre, die sin' ebe trocke und gut gelagert. So mag ich's. 's hiesige Kraut, dies ischt ewig so feucht, weil's bei die Fabrikante heißt ›time is money‹. Die denke bloß an Business und sonscht nix.«

»But, because von wegen Business«, meinte sein Schwiegersohn, die Zigarre zwischen Daumen und Zeigefinger drehend: »Wie hoch kommt denn da das Stück?«

»Ha, wie hoch«, lachte der Emmerle: »Nach unserm Geld kaum auf zehn Cents! Und du muscht bedenke, das is scho eine von die beschte und teuerschte.«

»But, da ist eins – bei uns ist auch das Einkommen höher, weißt du das?« Er furchte dabei seine viereckige Stirn, wodurch sein vulgär-gesundes Gesicht noch witzloser wurde: »Weißt du das?«

»Einkomme hin, Einkomme her«, bestritt der Emmerle: »Drübe kommet die Leut' ebe mit ihrem Verdienst besser aus und sind zufriede ... Der Amerikaner kriegt bloß Respekt, wenn was sündteuer ischt. Da koschtet die Aufmachung oft mehr wie das, was drinne ischt. Drübe ischt man nit so. Da gilt das Solide was, nit die Verpackung.«

Da kam der Walter wieder aus seinem Zimmer, und er und Krulich unterhielten sich sogleich englisch über die Baseball-Ergebnisse, während die Frauen die Tassen und Teller abtrugen.

»Tja, Mischter Martin, ünser Daitschländli bleibt ebe Daitschland. Und«, wandte sich der Emmerle an Ling: »Und sage Sie's nit auch, so gemütli' wie wir jetzt zusammehocke, dies kennt ma' bloß unter Daitsche.«

»Ja, hm, jaja«, nickte Ling etwas zerstreut. Auch er fühlte sich wohl und geborgen im Kreis dieser kleinen Leute, mehr als sonstwo: »Schön ist's, daß Sie wieder da sind.«

»Schön und nett ist's überall, wenn die Leut' zusammepasse«, sagte das Bärbele, die letzten Teller wegnehmend, und blieb stehen. Imposant sah sie aus in ihrem weichfallenden hellbraunen Seidenkleid mit den großen, etwas grellen Blumenmustern. Das brünette Haar und ihre derbe Fülle, das weißhäutige Gesicht mit dem kleinen Doppelkinn und die kleinen, starkblauen, neugierigen Augen, alles paßte zusammen. So mußte auch Frau Emmerle in ihrer Jugend ausgesehen haben, nur war das Bärbele weit größer und überragte ihren gedrungen gebauten Mann fast um einen ganzen Kopf. Ling schaute sie an. Ihr zarter Hals, den eine dreifache, dicke Perlenkette zierte, verlief ebenmäßig im stark gehobenen Brustansatz, dessen zartes Rosa der dreieckige Ausschnitt zeigte. Die zur Halskette passenden Ohrringe und ebensolche Armreife trug sie, einige großsteinige Ringe funkelten an ihren kurzfingerigen Händen und bestärkten den Eindruck provinzieller Eleganz, die imponieren will. Als sie in die Küche ging, betrachtete er sie von hinten, und irgendein sonderbares Behagen rieselte durch ihn. Er fand sie anziehender als die Frauen im Kumiankreis, unverbraucht frisch und körperlich voll erweckt, und als er jetzt ihren Mann mit seinem tüchtigen Gesicht kurz streifte, beneidete er ihn flüchtig. Der und Walter unterhielten sich noch immer eifrig über Baseball-Ergebnisse.

»Nix wie vom Sport . . . Komme Sie, Mischter Martin, wir halte uns an das Tröpfli, das ischt reeller«, sagte der Emmerle und goß ihm wieder das Weinglas mit dem Trarbacher voll: »Prosit! Mag einer sage, was er will – 's beschte ischt zwische seine vier Wände. Wunderschön ischt unser gutes altes Daitschland und 's Schwobeländli scho gar, aber man g'hört ebe doch nimmer hin. I will nit sage, man ischt fremd dort, noi, noi, aber man ischt ebe wegg'wachse, verstehe Sie?«

»Hm, ja, weggewachsen, tja. Prosit!« Ling trank. Das Gespräch plätscherte weiter. Krulich ereiferte sich über die ›Dodgers‹, und wenn Walter Einwände machte, klang's, als weise ihn der Ältere zurecht.

»Tjaja, Mischter Martin, alles wär recht und gut, wenn e Einsicht wär auf der Welt. Die Daitsche wollet nix als ihr ungeteiltes Land und e Friede, aber halt der Oschte, der Russ'! Der Russ' ebe, der is g'fährli«, sagte der Emmerle, als von der Küche her ein schrill herausgestoßenes Lachen kam. Sich vor Lustigkeit schüttelnd, kam die Frau Emmerle ins Wohnzimmer und lachte noch mehr: »Tjaja, Jesus Chrischt, tja, hascht jetzt scho emol so was g'hört!« Ebenso lachend stand das Bärbele hinter ihr, und sie drängte sie: »Also, dies muscht du scho glei verzähle, Bärble. Tjaja, es ischt doch kaum zu glaube, was es all's gibt!« Zuerst hörten die Männer kaum hin, nach und nach aber wurden sie alle interessierter, und schließlich hieb sich der Emmerle mit beiden Händen auf die Schenkel und lachte krachend heraus: »Hahaha, ausgefalle wie e weißer Elefant im Zirkus! Ja, du machetst es ja drastisch, haha. So was Verrückt's han i doch in mei'n Lebe noch nicht gehört ...« Zwischenhinein beschwerte sich Krulich, der kaum ein rechtes Lachen fertigbrachte, warum ihm das Bärbele das denn seinerzeit nicht erzählt hätte, und als sie sich verteidigte: »Tjajaja, aber Hans, ich hans dir doch erzählt, genauso. Du brummscht ja bloß immer, wenn ich so daherschwätz und sagst, es ischt bloß dummes Weiberzeug«, da warf er nur kurz hin: »Naja, kann sein, daß ich's nicht gehört hab'. Wahrscheinlich hab' ich was anderes im Kopf gehabt als dein Geschwätz.«

»Sagen Sie, Frau Krulich, sagen Sie, ist das wirklich passiert? Wirklich, genauso?« fragte jetzt Ling unvermittelt und sah forschend in Bärbeles Augen.

»Wenn ich's Ihni sag', Mischter Ling ... Unserer Nachbarin!« Sie wurde ein bißchen rot dabei, fast wie ein überraschtes Kind.

»Großartig!« entschlüpfte es Ling, und im Nu veränderte er sich.
»Großartig, sage Sie?« lachte der Emmerle noch immer gleicherweise: »Ganz und gar verrückt ischt's. So was könnt' ja faktisch in der ›News‹ stehe.«
»So was ist noch eine Flasche Trarbacher wert. Prosit!« rief Ling und hob wie neubelebt das Glas: »Prosit allerseits, prosit!« Doch der Krulich wehrte kopfschüttelnd ab: »Nichts mehr für mich. Der Wagen lenkt sich nicht von selber«, und Frau Emmerle und Bärbele gingen in die Küche, um das Geschirr fertigzumachen. Bloß der Emmerle trank kräftig mit und spottete: »Die Junge, Mischter Martin, die vertrage ebe nix mehr!«
Bald darauf brachen die Krulichs auf. Es war schon nach Mitternacht.
»Und, was sagscht du, Hans. Der Mischter Ling könnt' doch au' emol mitkomme zu uns ... Komme Sie doch, Mischter Martin, wenn Vater und Müatterli 'nausfahre!« sagte das Bärbele: »Auch über Nacht könne Sie bleibe. Wir habe Platz genug.«
»Oh, gern, sehr gern. Danke schön«, antwortete Ling konziliant und drückte ihr die Hand. Die Emmerles freuten sich, und wenn es Weihnachten schön sei, kämen sie mit ihm. Noch eine Weile saßen sie mit Ling zusammen. Der Walter war schon zu Bett gegangen. Die Frau Emmerle lobte ihr Bärbele als ›gute Köchin‹ und ihren Mann als einen recht umgänglichen Menschen.
»Jetzt schwätz scho nit soviel. Trink noch e Gläsli! Gehn wir schlofe alsdann«, schloß der Emmerle, da sie schon einige Male das Gähnen verhielt. Endlich trennte man sich.
In seinem Zimmer räumte Ling hastig seinen Schreibtisch ab. Er war eigentümlich erregt und überwach. So, wie er hereingekommen war, leicht verschwitzt und alkoholisiert, überdachte er das zuletzt Gehörte gelassen. Dann begann

er in zügig fließender Handschrift zu schreiben. Eine starke Zuversicht glänzte auf seinem Gesicht. Er hatte, was er wollte. Die Kugelfeder lief wie von selber über das Papier. Keine Stockung, keine kribbelnde Nervosität, nichts kam. Der ungewöhnliche Vorfall, von dem das Bärbele eben erzählt hatte, versetzte ihn in jenes Staunen, das Menschen empfinden, wenn sie eine nie erlebte Überraschung durchstanden haben. Im Nacherleben wird alles noch viel eindringlicher und bekommt die Form und Gestalt, die ihrer ureigenen Natur entspricht.

DIE MISSGLÜCKTE PIETÄT

Beim Verbleichen des Morgengrauens – die Emmerles rührten sich schon eine Weile draußen – las Ling die Geschichte, die ihm gleichsam aus der Hand geronnen war. Eine schwere Mattigkeit von ruhigem Glück durchströmte ihn dabei.

»Eine Bekannte von mir, eine schon bejahrte alte Jungfrau, die eine Bürostelle im Bankviertel hatte und seit langer Zeit ein kleines Appartement in der Stadtmitte bewohnte, besaß eine wunderschöne graue Angorakatze, die ihr Abgott war. Mit der leidenschaftlichen Zärtlichkeit solcher Frauen, die vom Leben und von der Liebe enttäuscht wurden, hing sie an diesem Tier. Mit ihrem ›Grauli‹ begann ihr Tag, mit ihm im Arm schlief sie nachts ein. Er füllte ihre Wochen, ihre Monate und Jahre aus. Ihm galten ihre Selbstgespräche, wenn sie Sorgen und Ärger hatte, ihm ihre Küsse in den guten und bösen Tagen ihres engen Alleinseins. Mit seismographischer Sicherheit stellte sie ›Graulis‹ Unpäßlichkeiten und Launen fest, kurzum, er war der beseligende Inhalt ihres Lebens, er war ihr Kind und ihr Geliebter zugleich.

Eines Tages aber erkrankte ›Grauli‹ unerwartet, und alle Kunst des Veterinärs, alles Pflegen und mütterliches Umsorgen seiner untröstlichen Herrin blieben vergeblich. Er fraß das Beste nicht mehr, er magerte schrecklich ab und konnte sich schon nach etlichen Tagen kaum mehr auf den Beinen halten. Dementsprechend wurde auch der Zustand seiner Herrin. Auch sie konnte kaum noch was essen, magerte ab und fand keine Nacht mehr den richtigen Schlaf. Bei der leisesten Bewegung ihres Lieblings in ihrem Arm schreckte sie auf, fing an, ihn zu streicheln, zu kosen und zu fragen, stand auf, flößte ihm weinend warme Milch ein und versuchte alles Erdenkliche. Nichts nützte. Ihre

Nervosität steigerte sich besorgniserregend. Oft drohte sie zusammenzubrechen. Voll Angst raffte sie sich in jeder Frühe auf, nahm all ihre Kraft zusammen und fuhr zur Arbeit. In der Mittagspause jagte sie nach Hause, um nach ihrem kranken Liebling zu sehen. Nach Büroschluß hetzte sie so verstört davon, daß es allgemein auffiel. Ein Unglück kommt nie allein. Die Verhängnisse nahmen zu. Ihre alte, halbtaube Aufwartefrau, die den ›Grauli‹ nicht weniger liebte als sie selber, war nur ein schwacher Beistand in dieser Lage. Sie war sowieso nicht imstande, sie telefonisch über den Zustand desselben auf dem laufenden zu halten. Verhängnisvollerweise aber erkrankte die gute Alte nun gleichfalls und mußte ins Hospital gebracht werden. Um nicht lang herumzureden, das Schicksal nahm seinen Lauf: An einem Morgen, nach ganz kurzem Schlaf, in den sie vor Erschöpfung gesunken war, fand die arme Herrin ihr vielgeliebtes Einundalles starr und kalt auf der Bettdecke. Sie war untröstlich und ratlos, weinte und schluchzte und wußte nicht mehr aus und ein. Der Gedanke, das ›Health Department‹, das für das Abholen und Wegräumen verendeter Tiere zuständig war, anzurufen, verursachte ihr Grauen. Nein! Nein, das Wesen, an dem ihre ganze Liebe in all den langen Jahren heiß und innig gehangen hatte, dieses Herzstück und Kleinod ihres dürftigen Lebens einfach kurzerhand wegholen, fortschaffen zu lassen und nicht zu wissen, was mit ihm geschah, das ging gegen all ihre Gefühle, das war undenkbar.

Das schlimmste in dieser Situation aber war, daß für weitere Überlegungen keine Zeit mehr war. Es ging bereits gegen halb neun Uhr, um neun Uhr mußte sie im Büro sein, und ihre nie verfehlte Pünktlichkeit, ihr unbeirrbares Pflichtbewußtsein siegten selbst über diesen furchtbaren Schmerz. Noch nie war sie auch nur um eine Minute zu spät gekommen, nie hatte sie einen Tag gefehlt. In schrecklicher Trauer, unter bitteren Tränen und heißen Küssen

preßte sie den toten ›Grauli‹ noch einmal an sich und stürzte davon. Kopflos verstört kam sie im Büro an. Jeder sah ihr an, daß etwas Schreckliches mit ihr geschehen war. Doch es war nichts aus ihr herauszubringen. Allen Fragen wich sie aus und ließ nur durchklingen, daß eben jeder einmal irgendwelche ›Troubles‹ habe. Mit aller Selbstbeherrschung versuchte sie über ihre schauderhafte Verwirrtheit und Bedrückung hinwegzukommen. Nichts erfuhren ihre neugierigen Kolleginnen, denn sie war als ›Arbeitsschreck‹ verrufen bei ihnen, und sie wußte, daß sie keine Teilnahme, sondern nur Spott und Schadenfreude zu erwarten hatte. Darum arbeitete sie mit noch hartnäckigerer Verbissenheit als sonst und blieb ungeschoren. Nach Büroschluß war sie allerdings mehr tot als lebendig. Als sie heimkam, wußte sie lange Zeit nicht, was sie tun und wie ihr Leben überhaupt weitergehen sollte. Endlich, nach vielem Weinen und peinigendem Herumdenken, fand sie sich halbwegs zurecht und kam zu einem Entschluß. Sie legte eine Schuhschachtel mit einer damastseidenen Serviette aus, bettete das tote Tier hinein und legte den Deckel darauf. Sorgfältig umwickelte sie die Schachtel mit hübsch gemustertem Papier, das sie für ihre Weihnachtsgeschenke gekauft hatte und verschnürte sie mit einem dazu passenden schmalen Silberband. Nach dieser zermürbenden Verpackungsarbeit rief sie ihre langjährige verheiratete Freundin Donald in New Jersey an. Die Donalds besaßen dort ein nettes, geräumiges Landhäuschen mit Garten. Sie waren die einzigen Menschen, denen sie restlos vertraute. Bei ihnen verbrachte sie im Sommer stets ihr Wochenende und ihren Urlaub.
›Käthe? Käthe, bist du's? Oh . . .‹, hauchte sie ersterbend ins Telefon und fing, kaum, daß sie Antwort hatte, sogleich wieder herzzerbrechend zu weinen an. Die erschrokkene Freundin hatte alle Mühe, aus ihrem zusammenhanglosen Klagen die Ursache ihres Leids herauszubringen,

und erfuhr schließlich ihr Anliegen. Nämlich, meinte die Unglückliche, Käthe wisse doch, daß sie jeden Tag ins Büro müsse und keine Zeit für andere Dinge habe, jetzt schon gar nicht, wo auch ihre Aufwartefrau im Hospital sei, und ob sie, die Käthe, ihr nicht den großen Gefallen tun wolle, nach New York zu kommen, um die Schachtel abzuholen. Es läßt sich denken, daß Käthe einigermaßen verblüfft war und Einwände machte, aber sie kam kaum dazu.

›Was?‹ jammerte ihre unglückliche Freundin noch dringlicher: ›Health Departement? . . . Käthe, du weißt doch, was mein Grauli für mich war! Ausgeschlossen! Das ertrag' ich einfach nicht, ich kann das nicht, ich kann's nicht! Bitte, bitte, Käthe, versteh mich doch! Versteh doch!!‹ Und sie beschwor diese, es sei doch gerade jetzt in der Vorweihnachtszeit besonders viel Arbeit im Büro, sie könne unmöglich für einen Tag weg, um alles selber zu machen, und – um Gottes willen! – die arme tote Katze könne doch nicht bis Samstag in der Wohnung liegenbleiben! Und wiederum, und noch viel verzweifelter: ›Käthe? Käthe, ich bitt' dich! Bitte, bitte, du mußt mir helfen! Ich weiß mir keinen anderen Rat! Bitte, Bitte! Natürlich ersetze ich dir alles, aber, bitte, tu mir den Gefallen! Laß mich nicht im Stich! Der Schlüssel liegt beim Super. Ich hab' ihn verständigt, daß du was abholst. Käthe, liebe, gute Käthe, ich kann erst ruhig sein, wenn mein Grauli in eurem Garten begraben ist. Bitte, bitte, Käthe!‹ Gegen so viel Not und Bedrängnis war nicht aufzukommen. Käthe war zwar von dem seltsamen Auftrag keineswegs erbaut, sie war auch ein wenig verstimmt wegen der altjüngferlichen Überempfindlichkeit ihrer Freundin, doch sie hatte Mitleid und ließ ihr Herz sprechen. Im übrigen wollte sie natürlich auch durch eine Ablehnung die alte, liebgewonnene Freundschaft nicht aufs Spiel setzen. Kurzum, sie fuhr nach New York, holte die Schachtel mit dem ominösen Inhalt ab und gab beim Weggang den Schlüssel dem

Super zurück. Um aber den Tag noch zweckmäßig auszunützen, ging sie zum üblichen großen Weihnachtsverkauf in eins der bekannten Warenhäuser an der vierunddreißigsten Straße. Vielleicht fand sich dort ein schöner, preiswerter Sweater, den sie sich unter anderem als Weihnachtsgeschenk für ihren Mann ausgedacht hatte.
Wie auf alle Frauen aber wirkte auch auf sie das mit größtem Aufwand festlich ausstaffierte Riesenwarenhaus, denn so etwas gab es nicht alle Tage und in New Jersey schon gar nicht. Strotzend bunt lockten die Verkaufstische unter den Zierbogen, an welchen die feilgebotenen Waren kunstvoll angebracht waren. Eine verschwenderische Fülle von Lichteffekten, die die ganze beinahe domartige Verkaufshalle von unten bis oben durchfluteten, verzauberte den Alltag. Die auf stärksten Blickfang berechneten Farben der Drapierungen, die hundertfältigen kleinen und großen Überraschungen, wie etwa die Sankt-Nikolaus-Gestalten und die in der Luft hängenden überlebensgroßen, glitzernd weißen, dahinjagenden Rentiergespanne mit dem gabenbringenden Christkind darauf, die den Eindruck erweckten, als kämen sie geradewegs vom Himmel herab, die dichten Silberfäden und künstlichen Schneeflocken aus Watte, die von der Höhe flirrend niederschwebten, und endlich die unablässige, immer wieder wechselnde Musik altbekannter frommer Weihnachtslieder, welche das Riesengebäude erfüllte – wer vermochte diesem Zauber zu widerstehen?! Die Melodien vermischten sich mit dem Tausendschritt und dem Redegeräusch der Kundenmassen zu etwas Einzigartigem, einschmeichelnd Verwirrendem, behaglich Berauschendem. Unzweifelhaft glich diese mit höchstem psychologischem Scharfsinn erdachte gigantische Prachtentfaltung, die das ganze Register der Gefühle des empfänglichen Massenmenschen anspricht und ausnützt, einer ins Geschäftsmäßige übertragenen katholischen Prunkmesse an den hohen Feiertagen. Die bieder-fromme

Sentimentalität jedes einzelnen, seine lebenstrunkene Ohren- und Augengier und sein hemmungsloser Hang nach einem märchenhaften Alles-haben-Können werden dabei in einer Weise befriedigt, die nicht mehr zu überbieten ist. Daher auch die immer wieder beobachtete Erscheinung, daß Leute, die mit dem festen Willen, etwas ganz Bestimmtes zu kaufen, ein Warenhaus betreten, zum Schluß hoch bepackt mit Schachteln und Paketen, darinnen sich Waren befinden, die sie im Grunde genommen durchaus nicht kaufen wollten, auf die Straße kommen.

Dieser seltsamen Verlockung erlag auch Käthe. Als sie gleich anfangs auf den dichtumdrängten, halbmondgebogenen Verkaufstisch mit den hochaufgetürmten, wahllos durcheinanderliegenden, extrabilligen Seidenblusen stieß, konnte sie nicht widerstehen. Sie zwängte sich zwischen die dichte Menge der Kauflustigen, stellte ihre Schachtel hin und fing wie alle anderen an, in dem farbigen Reichtum suchend herumzuwühlen. Sie fand ein passendes Stück, prüfte, legte es beiseite und suchte weiter, prüfte abermals das Gefundene, überlegte und fand wieder etwas Schöneres. Stimmen, Satzfetzen schwirrten um sie, Hände griffen und hielten den überanstrengten Verkäuferinnen ihre Beute hin, verlangten ungeduldig, bedient zu werden, und nicht anders machte es auch sie. Nach einer Weile hatte sie zwei Blusen gefunden, hielt sie an ihren Oberkörper, überschlug etwas im stillen und winkte der Verkäuferin. Mechanisch griff sie dabei nach ihrer Schachtel und stieß einen kurzen, entsetzten Schrei aus, fing aufgeregt und fliegend im Blusenberg zu kramen an – die Schachtel war weg.

›Tja, hja, um Gottes willen!‹ stieß sie in ihrer Kopflosigkeit deutsch heraus und fiel noch lauter ins Englische: ›My box – my box! Where is my box?‹ Alles wurde aufmerksam. Im nächsten Augenblick schon tauchte der Abteilungsleiter mit einem Hausdetektiv auf. Mit schreckhaft starren

Augen wiederholte Käthe: ›My box! My box! Somebody took it!‹ Wie windbewegtes Espenlaub zitterte sie am ganzen Körper und schien zunächst für das beruhigende ›Please, ma'm, take it easy!‹ der beiden freundlich besorgten Herren unempfänglich. Sie war fast dem Weinen nah, als diese die Neugierigen abdrängten und sie an eine etwas freiere Stelle lotsten. Mit wirrer Überstürztheit erzählte sie, ohne vom Inhalt der Schachtel etwas zu erwähnen. Heftig ging ihre Brust auf und nieder, brennend rot waren ihre gesunden Wangen, ratlos ihre Blicke. Der Detektiv machte, während der Abteilungsleiter Käthe weiter beruhigte, einen schnellen Wink nach irgendeiner Richtung, und rasch kam seine resolute Kollegin herbei. So unauffällig, wie es ging, bewegte sich die kleine Gruppe auf die Damentoilette zu. Wiederum, nach einer kurzen, leisen Verständigung, blieb Käthe mit den beiden Herren vor der Tür stehen. Einige Damen kamen heraus. Keine Schachtel, nichts Verdächtiges fand sich an ihnen. Die Detektivin verschwand in der Damentoilette. Sie war leer. Nur die Tür eines Abteils war verschlossen. Energisch klopfte die Detektivin etliche Male und brachte taktvoll ihr Anliegen vor. Nichts rührte sich. Sie klopfte dringlicher, wiederholte, was sie wolle. Es blieb still hinter der Tür. Alle weiteren Versuche waren vergeblich. Mit rasch prüfendem Blick musterte die wackere Detektivin den leeren Raum, zu dem von den draußen stehenden Herren niemand mehr zugelassen worden war. Sie kalkulierte genau. Ein Entrinnen war unmöglich. Rasch und fast lautlos öffnete sie die Eingangstür ein wenig und winkte ihren Kollegen und Käthe herein. Der Abteilungsleiter blieb draußen, um den inzwischen entstandenen kleinen Andrang der Damen kulant und dezent auf die Toilette im ersten Stock zu verweisen.

›Just a second‹, flüsterte die Detektivin ihrem Kollegen und der verdatterten Käthe zu, als sie vor ihr standen. Mit siegesgewisser Miene riegelte sie die verschlossene Tür des Abteils ruckhaft mit ihrem Nachschlüssel auf. Riegelte auf, öffnete, riß schließlich die Tür weit auf und – prallte wortlos zurück. Schrill schrie Käthe auf und wankte. Gerade noch konnte sie der bestürzte Detektiv halten, aber schon im nächsten Augenblick riß sie sich los, jagte durch die Eingangstür, rannte durch die erschrocken ausweichenden Damen, vorbei am verblüfften Abteilungsleiter, erreichte, ohne aufgehalten zu werden, glücklicherweise die menschenvolle Straße und war weg. Denn was hatte sie nach dem Aufschließen der Abteiltür zu sehen bekommen? Eine dicke, in Ohnmacht gefallene Negerin mit der offenen Schachtel auf den gespreizten Beinen ...« Ling hielt inne im Lesen. Er entsann sich, daß er auch bei der Niederschrift an dieser Stelle eingehalten hatte. Ein Gefühl von schlechtem Gewissen, in welches sich fade Enttäuschung mischte, war ihm dabei aufgestiegen, und all das geschwind in sich erwürgend, hatte er fast erschrocken weitergeschrieben: »Um das Maß des Verhängnisses vollzumachen, war für die unglückliche alte Jungfer die Sache damit aber noch nicht abgetan. Nichts blieb ihr erspart. Als sie kurz nach ihrem Heimkommen ihre Freundin Käthe in New Jersey anrief, plärrte ihr diese schon nach den ersten Worten saugrob ins Ohr: ›Verlaufen? Gar nichts ist verlaufen! In die ärgste Verlegenheit hast du mich gebracht mit deiner Verrücktheit! Weg ist dein Katzenvieh! Was weiß ich? In Ruh laß mich endlich mit deinem ganzen Altjungfernquatsch! Schluß jetzt! Und daß du's bloß auch gleich weißt, aus ist's mit unserer Freundschaft! Laß dich bloß nicht mehr sehn bei uns, verstanden!‹ – Aus? Die arme Katzenliebhaberin brach wortlos zusammen. Wie lang sie ohnmächtig dagelegen hatte, wußte sie nicht. Das Wiederzusichkommen war noch schrecklicher. Nur einen Wunsch hatte sie noch: tot zu sein, ganz tot. Tot wie ihr vielgeliebter Grauli! Aber nein, das Leben ließ sie nicht los. Infernalisch grausam und boshaft war dieses Leben. Am anderen Tag stand der Vorfall fettgedruckt in allen Zeitungen, zum Glück ohne die Namen der Beteiligten. Doch der vielgeliebte ›Grauli‹ war nun doch vom ›Health Departement‹ aus dem Kaufhaus abgeholt worden . . .«

Dieser letzte, von ihm selber konstruierte Passus befriedigte und beruhigte Ling, und als er mühelos den Titel ›Die mißglückte Pietät‹ gefunden hatte, verwichen alle Skrupel in ihm. Aus der lustigen Anekdote Bärbeles war eine Geschichte von ihm geworden. Stolz, siegessicher und hektisch glücklich war er. Es fällt schwer, ein unerhofftes Glück zu verbergen und zu verschweigen. Der Wunsch sprang ihn an, auf der Stelle zu seinen Logisleuten hinauszugehen und ihnen das Niedergeschriebene vorzulesen. Er zweifelte nicht im geringsten daran, daß sie ihn ohne jeden Hintergedanken begeistert belobigen würden: »Tjaja, oinfach großartig, Mischter Martin, oinfach scheniös von Ihne, scheniös! . . . Respekt, Respekt! So schön habe Sie den Witz von Bärbele umgefixt, daß er direkt in e'm Newspaper stehe könnt! Förmli wie der beschte Schreiber habe Sie dös g'macht!«

Aber nein, nein! Was brauchten die Emmerles, das Bärbele und ihr Mann von alledem zu wissen? Womöglich fragten sie hin und her. Es gab Geklatsch und Verwicklungen. Er zwang sein Begeistertsein nieder, legte sich endlich zu Bett und zog die Decke über den Kopf. Der Preis von den Kumians war ihm sicher. Das ließ ihn nicht schlafen. Er döste so dahin, und immer und immer wieder durchbrauste ihn dieser eine Gedanke. Gegen elf Uhr kam Laschinski.

»Ach, du liegst noch im Bett? Entschuldige«, sagte er.

»Nein, nein, macht nichts, macht gar nichts!« rief Ling wie neu belebt und sprang auf: »Es ist gut, daß du kommst, sehr gut! Setz dich hin, wir gehn dann zum Essen. Du kommst wie gewünscht! Ich hab' meine Geschichte fertig. Ich bin soweit! Mensch, es ist was ganz Ausgefallenes, sehr Überraschendes! Ich glaub', sie ist mir gut gelungen.« Er tappte hin und her, rauchte, lächelte und sprudelte, ohne Laschi zu beachten, aus sich heraus: »Nein-nein, ich will dich nicht beeinflussen, mein Lieber, nein-nein! ... Aber was Neubergerisches ist die Geschichte nicht, du wirst sehn –« Da erst fiel ihm Laschis mitleiderregend grämliche Miene auf, und er stockte: »Was ist's denn? Was hast du denn?«

»Ach, nichts weiter. Die ewigen Kalamitäten mit der Liebe!« Todtraurig waren seine Froschaugen: »Ich hab' immer das gleiche Pech! Sie war sehr hübsch, sehr nett und sogar intelligent, aber was fängt so ein frisches Ding schon mit mir an? Ich bin einfach verbraucht, verstehst du? Verstehst du mich, Mart? Kannst du das verstehen? Auf einmal, mittendrin, kommt mir alles so blöd, so unsinnig und lächerlich vor, und natürlich – jetzt ist's wieder aus! Was kann man machen! So ist's eben immer mit mir. So bleibt's, verlaß dich drauf! Es wird nie anders, nie!« Er machte eine abwehrende Bewegung mit der Hand: »Lassen wir's bleiben. So, so, du hast deine Geschichte? Und was ganz Ausgefallenes ist's? Ich bin froh drüber, Mart, sehr froh –«

»Ich auch, ich auch!« Ling strahlte.

»Ich beneide dich, Mart! Wenn ich einmal so alt bin wie du, ist's sicher ganz aus mit mir. Und du hast auf einmal so einen Auftrieb. Alsdann war's doch gut, was der Victor gemacht hat?«

»Der Victor?«

»Ja, der und nur der! Wenn du objektiv bist, mußt du das zugeben. Aber das kannst du nicht. Das willst du auch gar nicht! Dich stört das Motiv. Mit mir ist's doch noch ärger. Ich erfinde das Motiv, verstehst du? Ich bohr' so lange 'rum, bis ich schließlich und endlich draufkomm', warum mich vielleicht so ein Mädel haben will. Dann ist's wieder aus. Das ist schlecht, sehr schlecht, ganz schlecht, ich weiß das!« Wie eine trübsinnige Maske hing sein Gesicht über dem langen Hals.

»Motiv hin, Motiv her! Was kümmert's mich. Die Hauptsache ist der Preis!« rief Ling leicht ungeduldig. Er wollte keine Mißstimmung aufkommen lassen: »Ich krieg' ihn, du wirst sehn, du wirst sehn! Ich hab' wirklich nicht geglaubt, daß ich so was Tolles fertigbring'.« Ganz kurz beschlich ihn wieder das Gefühl des nicht Geheuren. Ein bißchen fatal, ein bißchen lumpig kam er sich dem Bärbele gegenüber vor, und um darüber hinwegzukommen, schwärmte er weiter: »Toll, sag' ich dir, ganz ausgefallen! Viel ausgefallener noch als mein Zirkusmann mit den zwei Mäulern!«

»Hm, toll, ausgefallen, hm«, meinte der Laschi und schaute ihn an: »Komisch, daß du immer bloß auf so was aus bist, komisch! Ganz was Einfaches, Natürliches ist allerdings viel schwerer. Du entschuldigst schon, mein Lieber, vielleicht hat dich auch schon das Amerikanische angefressen. Kann man's wissen? Na gut, jedenfalls – und bitt' schön, nimm mir das nicht übel, bitt' schön, Mart! – jedenfalls sind bloß Anfänger und Dilettanten immer auf was Tolles, Ausgefallenes aus. Der Stoff packt sie, verstehst du, bloß der Stoff, die wilde Handlung –«

Lings Miene wurde plötzlich leicht verdutzt. Zwei schnelle Furchen auf seiner Stirn rillten sich und verschwanden wieder.

»Nein-nein, bitt' schön, nicht bös sein, Mart, nicht bös sein«, beschwichtigte ihn Laschi und schloß: »Ich glaub' übrigens, bei dir hat das auch noch einen anderen Grund. Dir sind die Menschen zu gleichgültig, du magst sie nicht, sie sind dir bloß Figuren. Literarisch ist das schlecht, in deinem Fall aber ist's sicher gut, verstehst du? Mit so was – wenn wir jetzt einmal den Preis ganz weglassen und an deine weitere Existenz denken – und mit so was kannst du vielleicht alsdann Glück haben, verstehst du mich? Verstehst du? ... Ich bin hundertprozentig überzeugt, daß du immer Stoff genug hast. Das Handwerk wirst du schnell heraus haben, sicher, ganz sicher! Schließlich kommt dann die Routine, verstehst du? Bloß, wie ich dir ja schon gesagt hab', denk nicht an Literatur dabei, bloß das nicht!« Ling sah ihn an. Er fühlte, Laschi meinte es ehrlich mit ihm, aber sein Zureden verstimmte ihn. Es dämpfte die Begeisterung, es verminderte die Zuversicht. »Ach, Mensch, Laschi, das ist doch alles Quatsch!« fing er zu spötteln an: »Verstehst du denn nicht, wie sauwohl mir ist? Saufen, toben, alles könnt' ich jetzt –«

»Jajajaja, ich seh's ja, jajaja! Ich versteh's schon, jajaja!« fiel ihm Laschi ins Wort und nickte in einem fort mechanisch: »Du, und ihr alle – ihr reagiert eben noch auf alles richtig.« Sein Gesicht bekam dabei einen noch trostloseren Ausdruck.

»Was hast du denn bloß heut?« fragte Ling. »Pfeif doch auf das Mädel!«

»Aber das ist's doch gar nicht! Das hab' ich doch schon wieder halbwegs vergessen!« wehrte Laschi ab und fuhr ohne Übergang fort: »Stell' dir vor – es ist schon fast grotesk mit mir – stell dir vor, wir Deutschprofessoren und Studenten von der Columbia haben am vorigen Freitag eine kleine Affär' gehabt, so ein bissel Kostümball, verstehst du, wie Anno dazumal, in grauer Vorzeit in Wien, verstehst du? Da hab' ich mich als Wiener Dienstmann kostümiert. Ganz echt und sogar mit dem Kaiser-Franz-Josephs-Bart. Direkt phantastisch echt hab' ich ausgeschaut. Und, kannst du dir das vorstellen? Stell dir vor, da hab' ich mich im Spiegel angeschaut, und – mir ist schleierhaft, wie das gekommen ist – und-und da schau ich mich an, und – mein Ehrenwort! Ehrenwort, Mart! Ich sag's bloß dir – da, da, wie ich mich so im Spiegel anschau, da hab' ich auf einmal zu weinen angefangen! Stell dir vor, ganz blöd und kindisch hab' ich geweint. Ich weiß jetzt noch nicht warum. Kannst du dir so was vorstellen? Dabei hab' ich doch, weiß Gott, kein Heimweh nach Wien, im Gegenteil, im Gegenteil!! Stell dir so was vor, Mart, da wein' ich und wein' und weiß nicht warum! Der ganze Kostümball war mir auf einmal vermiest . . . Natürlich bin ich nachher trotzdem hingegangen, und alle waren von meinem Kostüm begeistert, besonders die Mädel. Ich hab' getanzt und mich besoffen und mitgespielt, wie sich's so gehört, verstehst du? . . . Und seitdem ist mir ganz mies, zum Kotzen!« Er glotzte Ling völlig verstört an: »Aber warum lamentier' ich dir was vor? Was stör' ich dich? Entschuldige, ich geh' lieber! Ich geh' schon!« Ling konnte nichts darauf sagen, er war schon weg. Draußen fiel die Wohnungstür zu. Sekundenlang rätselte Ling in sich herum. Dann ärgerte er sich. Laschi hatte ihm die gute Laune verdorben. Überhaupt – was gingen ihn dessen ›Komplexe‹ und Miseren an? Warum war er überhaupt gekommen? Auch sein Herumgerede von wegen ›nicht an Literatur denken‹ und ›Handwerk‹ und ›Routine‹ – ach, auch der Laschi war nichts wert, taugte zu nichts! Taugen? Zu was denn taugen?

Nur der Neuberger war Holz von seinem Holz, sagte sich Ling resolut. Nur der verstand ihn und war zu gebrauchen. Der Preis mußte her! Die Geschichte versprach den Erfolg. Sicher, ganz sicher! Der Neuberger hatte dafür die richtige Witterung, und zudem haßte er die ganze Kumiansippschaft. Schon aus reinem ›Justament‹ stand der zu ihm. Kurzum – schade, heute nacht war leider Korrektur – morgen wollte er zum Neuberger.

Die in halbhohen oder stiefelähnlichen, meist pelzverbrämten Gummi-Überschuhen steckenden Füße der immer wieder ausgleitenden Leute, die im nassen, schmutzigen

Schneematsch auf den breiten Trottoiren der weihnachtlich illuminierten sechsundachtzigsten Straße Yorkvilles dahintappten, sahen für Ling amorph, wie unförmige Flossen aus. Und er sah nur dieses Gemeng tappender, ausgleitender Flossen, denn er hatte sich, gleichsam, um sich Mut anzutrinken, zuvor an einer Bar mit einigen Whiskys eingenebelt und ging, da unentwegt dickflockiger Schnee fiel, nach vorn gebeugt, den Kopf in den hochgeschlagenen Mantelkragen eingezogen. Er wunderte sich, daß er kaum einmal ausglitt. Offenbar machte ihn der Alkohol sicher. Er trat fest auf und hielt sich. Seltsamerweise aber war er befangen, fast beklommen, denn er suchte den Neuberger doch in seinem Laden auf, und da war der sicherlich nüchtern und vielleicht sogar abweisend, weil er zu tun hatte und den Besuch als störend empfand. Nüchtern nämlich hatte Ling ihn noch nie gesehen. Er konnte sich diesen Mann gar nicht so vorstellen. Dessen Frau, die er nie zu Gesicht bekommen hatte, war wahrscheinlich auch im Geschäft. Die wußte Bescheid, was sich manchmal für fragwürdige Zechkumpane dem Neuberger anschlossen, und hielt ihn, Ling, sicher auch für so ein zudringliches Subjekt. Dummer Einfall, das mit dem Besuch! Und noch dazu mit dem Manuskript in der Tasche!

Trotz des aufsteigenden Kleinmuts und der Fadheit tappte Ling mechanisch weiter. Hin und wieder, wenn ein dicker Passant ins Rutschen kam oder hinfiel, grinste er und hob sein Gesicht.

Der dickflockige, schwere Schnee verschleierte die buntbeleuchteten, beschlagenen Auslagenfenster und verlieh dem Licht der vielen elektrischen Lämpchen, die – sternförmig auf dicke Drähte montiert – die ganze Straße von der Lexington bis zur Zweiten Avenue überspannten, einen matten, trübgelben Schimmer. Sogar das Gesurr und Fauchen der Autos und Omnibusse, die nur langsam vorwärtskamen, schien durch den dicken Schneefall abgedämpft. Ling hatte zeitweise das Empfinden, als schritte er gerade aufgerichtet, mehr schwebend als schwimmend, unter Wasser dahin, und er erinnerte sich, daß er kürzlich das Bild vom Innern einer Mondrakete gesehen hatte, in welcher die Menschen ebenso halt- und schwerelos umherschwebten. Erstaunt schüttelte er den Kopf, riß sich jedoch zusammen und knurrte in sich hinein: »Aber ich bin doch nicht besoffen!« Da glitt der Schnee über den Rand seines aufgeschlagenen Mantelkragens, schmolz auf dem warmen Hals und rann kalt seinen Rücken hinunter. Das ernüchterte und festigte ihn. Es war kurz vor Geschäftsschluß, den die Firmen in dieser hohen, vorweihnachtlichen Verkaufszeit auf neun Uhr festgelegt hatten, als er an der Ecke der Zweiten Avenue anlangte und nach dem Neubergerschen Laden Ausschau hielt. Er entdeckte das lange, viereckige Lichtschild, das in Fensterhöhe weit über das breite Trottoir reichte, besann sich noch einmal, gab sich einen energischen Ruck und ging darauf zu. Indessen, als er die Tür des langgestreckten, niederen, mit vielen Möbelgarnituren vollgestellten Ladens hinter sich zufallen hörte, befiel ihn doch wieder Befangenheit und plötzliche Reue. Verfeindet war er bei ihrem letzten Zusammensein vom Neuberger weggegangen. Jetzt kam er wieder zu ihm und wußte nicht, wie er sich benehmen sollte, ob der Streit vergessen und ob er mit Neuberger auf ›du‹ oder ›Sie‹ stand. Der im Rausch völlig unberechenbare, kugelrunde, pustelgesichtige Säufer stand weit hinten, zwischen einer modernen Schlafzimmereinrichtung, und verhandelte konziliant wie ein normaler Geschäftsmann mit einem älteren und einem jüngeren Paar. Er sah flüchtig zur Tür und rief indifferent: »Einen Moment, bitte, einen Moment!« Das machte Ling noch betretener. Er überlegte schon, ob er sich nicht ebenso unverbindlich entschuldigen sollte, er sei nur zufällig vorbeigekommen, wolle nicht weiter stören und könne auch ein andermal kommen. Da aber trat aus dem

Holzverschlag, über dessen Türe ›Office‹ stand, eine auffallend schmalschultrige, um so breithüftigere, mittelgroße Frau mit leicht ergrautem Haar und kam mit raschen, leicht wiegenden Schritten auf ihn zu. Er sah den seitlich gescheitelten Herrenschnitt ihres Haares, ihr mit winzigen Falten gezeichnetes Gesicht mit der geraden, etwas fleischigen Nase, den braunen, klaren Augen und der schönen, noch ganz glatt gebliebenen Stirn. – »Womit kann ich dienen?« fragte die Frau und musterte ihn mit abschätzender Zurückhaltung. Es klang nicht allzu freundlich.

»Entschuldigen Sie, ich komm' nicht als Kunde«, plapperte Ling mit einem dünnen, verlegenen Lächeln: »Ich wollt' eigentlich bloß im Vorbeigehen Herrn Neuberger grüß' Gott sagen.« Der Ausdruck ihres Gesichtes verriet, daß sie dieses verschmitzt-zutrauliche Lächeln leicht Angetrunkener kannte und verabscheute, doch ehe sie etwas sagen konnte, rief Neuberger von hinten: »Das ist der Mister Ling, Käthe! Geh derweil ins Büro mit ihm. Grüß' Sie Gott, Ling! Nett, daß Sie einmal vorbeikommen!« Er winkte freundlich. ›Sie‹ sagte er: ›Sie!‹

»Bitte!« Wieder musterte ihn die Frau, und als Ling sich linkisch vorzustellen versuchte, sagte sie erneut: »Bitte!« und wies ihm den Weg. Kalt und geschäftsmäßig klang das. Geniert und peinlich dachte Ling: Ganz ungelegen komme ich. ›Sie‹ hat der Neuberger gesagt. Ich bin also bloß irgendein halbfremder Zufallsbekannter von ihm. Warum bin ich bloß hergekommen? Und dem will ich meine Geschichte zeigen? Mit dem will ich paktieren? Kindliche Vorstellung!

»Bitte, nehmen Sie Platz. Ich bin Frau Neuberger«, sagte sie im Büro und setzte sich vor die Schreibmaschine: »Sie müssen entschuldigen, ich muß weitermachen. In der Weihnachtszeit gibt's zuviel Arbeit.« Ohne sich weiter um ihn zu kümmern, überlas sie die angefangene Rechnung und tippte arbeitsstreng weiter.

»Ich glaub' doch, ich stör' bloß. Ich komm' lieber ein andermal«, meinte Ling und blieb unbehaglich stehen.
»Mich stören Sie nicht«, erwiderte sie, ohne aufzusehen: »Mein Mann wird gleich kommen. Nehmen Sie nur Platz.« Das ›nur‹ war deutlich. Er ärgerte sich, daß er trotzdem blieb.
»Darf man rauchen?« brachte er nach einer Weile heraus.
»Wenn Sie's nicht lassen können, bitte«, antwortete sie mit einem schnellen Blick auf ihn und fragte im Weitertippen: »Sie kennen wohl meinen Mann schon länger, ja?«
»Ja, o ja«, sagte er geschwind und fing, um aus der Peinlichkeit herauszukommen, abgebrüht zu schmeicheln an: »Wer kennt denn Neuberger nicht? Man liest doch so oft was von ihm.« Das schien zu wirken.
»So, seine Sachen kennen Sie auch?« Abermals schaute sie ihn an, doch ihre Miene blieb unentzifferbar.
»O ja, die auch«, bestätigte er: »Ich kann allerdings nur deutsch lesen, im Englischen bin ich Analphabet. Ich hab' seine letzte Geschichte in der deutschen Zeitung gelesen.«
»So? Sind Sie vielleicht Journalist, Reporter oder schreiben Sie auch?« Sie hielt endlich im Schreiben inne und wurde interessierter, aber keineswegs freundlicher. Er brachte es dennoch zu einem kleinen Lächeln.
»Nein-nein!« sagte er. »Ich bin bloß Korrekturleser bei der deutschen Zeitung.«
»Und da haben Sie seine Geschichte in der Korrektur gelesen, ja? Was halten sie davon? Ist sie gut?« Sie ließ ihn nicht aus den Augen.
»Gut. Alles, was man verlangen kann – flüssig geschrieben und spannend«, log er.
»Und das ist Ihre ehrliche Meinung?« beharrte sie sichtlich erstaunt: »Sie halten wirklich was davon?« Ihr Gesicht lichtete sich ein wenig auf.
»Natürlich! Warum denn nicht!« wurde er sicherer und log

dreist weiter: »Im Englischen liest sie sich vielleicht sogar noch besser. Wie gesagt, ich hab' sie deutsch gelesen. Fachmann, Schriftsteller bin ich ja nicht, bloß Leser. Mir hat sie sehr gut gefallen –«

»Gelogen! In deinen Bauch hinein gelogen!« dröhnte es mittenhinein, und verdutzt schauten die beiden auf. Neuberger stand im Türrahmen: »Schau, schau! Der Herr Kollega ziert sich! Na ja, Bescheidenheit macht sich immer gut, was?« Breit lachte er.

»Was, Sie schreiben auch? Was denn?« faßte sich seine Frau und sah in Lings puterrotes Gesicht, doch sie kam nicht weiter.

»Nuu-nu, nee, was? Was wird er schon schreiben!« überdröhnte sie Neuberger: »Genau mit der gleichen Short-Story-Bastelei wie ich fängt er an. So probiert's doch jeder! Und dann geht's weiter. Mit dem Kleinzeug riskiert man doch am wenigsten. So was hat auch die besseren Aussichten auf Absatz . . . Und wenn man erst einmal Blut geleckt hat, dann gibt's kein Halten mehr.« Unvermittelt fragte er: »Na, und wie ist's? Den Preis gewonnen? Ich hab' den Kurt nicht gesehn seitdem. Haben die Herrschaften auch gleich geblecht?«

»Nein-nein – noch nicht!« konnte Ling nur sagen: »Wegen Weihnachten und Neujahr ist der Termin auf Mitte Januar verlegt.«

»Was ist denn das? Davon weiß ich ja gar nichts!« mischte sich Frau Neuberger ein und warf ihrem Mann einen Blick zu: »Natürlich, mir sagst du überhaupt nichts mehr!« Da erfuhr sie's also. Während Neuberger erzählte, betrachtete Ling sie unauffällig. Im Sitzen wirkte sie durch ihre Schmalschulterigkeit fast mädchenhaft. Trotz ihrer guten Augen, der schöngeschwungenen Brauen, der klaren Stirn und des hübschen Mundes waren da zwei tiefe Furchen rechts und links von der Nase, die sich bis über die Mundwinkel herabzogen, und die verrieten gramverschlossenen

Stolz und enge, zänkische Bitterkeit. Eine eigentümlich nervöse Spannung ging von dieser Frau aus. Sie saß da, als hielte man sie unnütz von der Arbeit auf und schien für all das, was ihr berichtet wurde, kein rechtes Verständnis zu haben.

»Fünfhundert Dollar?« fragte sie wie nebenher: »Die müssen's ja haben.«

»Haben? Und ob sie's haben!« ereiferte sich Neuberger: »Der Witz ist bloß, wie luchst man ihnen das Geld ab. Auf das kommt's an, auf sonst nichts. Alles andere ist Quatsch. Na, wie ist's« – er wandte sich an Ling – »hast du schon was zusammengefixt? Hast du was parat?«

»Ja, soweit schon«, meinte der etwas zögernd.

»Dann ist ja alles O. K. Das andere gibt sich.« Neuberger warf das nur so hin, als sei's selbstverständlich, und schien nicht sonderlich interessiert zu sein. Er übergab seiner Frau einen Scheck und beachtete Ling nicht: »Da, Kätzchen, die Bestellung kann sich sehn lassen. Eichenschlafzimmer und Küchengarnitur, nach Neujahr zu liefern. Die Alten haben ein Pelzgeschäft in Union City. Das junge Paar heiratet Weihnachten.« Während sie den Scheck überlas, zwinkerte er Ling in einem fort vielsagend zu, doch der verstand nicht und erhob sich, um sich zu verabschieden.

»Was? Gehn? Gibt's nicht!« hielt ihn Neuberger zurück: »Stören? Du störst uns durchaus nicht. Geblieben wird, basta! Wir schließen doch sowieso jetzt. Ich will doch wissen, was mit deiner Geschichte los ist. Das muß doch ein bißchen begossen werden.«

»Wenn du nur wieder einen Grund hast!« nörgelte seine Frau: »Na, ich hab' ja doch nichts zu sagen. Sauf dich schon tot, meinetwegen.«

»Ah, totsaufen! Du kannst doch mitkommen, bitte. Das wär' nett. Na, jedenfalls gehn wir jetzt zum Abendessen.« Quicklebendig war er plötzlich. Hurtig schlüpfte er in seinen Mantel, setzte den Hut auf, und während er seiner

Frau in den braunen Pelzmantel half, rühmte er, wie gut sie darin aussehe. Dabei zwinkerte er immer wieder Ling zu, und der reimte sich im ungefähren zusammen: »Ein Fuchs, der Kerl! Ein geeichter Ehemann! Er weiß genau, daß sie nicht mitkommt. Mit ›du‹ redet er mich an... Sicher nur, um ihr vorzutäuschen, wie dick wir befreundet sind.«

Sie gingen. Neuberger war ein animalischer Fresser. Als sie im geräumigen ›Alt Heidelberg‹ saßen, schlang er den saftigen Sauerbraten ungemein hastig in sich hinein, und ebenso hastig trank er sein Bier dazu. Es schien, als habe er es furchtbar eilig und wisse gar nicht, was er fresse. Leicht angeekelt wies ihn seine Frau fortwährend zurecht: »Äh, schlürf doch nicht so! Der Appetit vergeht einem mit deinem Schmatzen. So paß doch auf! Zu was hast du denn eine Serviette!« Er hörte es nicht. Er redete während des Kauens und Schlingens sprudelnd auf Ling ein: »Soso, also Mitte Januar steigt die Sache. Und deine Story ist fertig? Ist sie gut oder schlecht?«

»Du kennst sie doch noch gar nicht! Was fragst du denn so idiotisch?« rief sie und sah Ling hoffnungslos an.

»Warum nicht?« polterte Neuberger drauflos: »Das weiß man, das spürt man, wenn so was sitzt.« Es hörte sich an, als wolle er all ihr Dazwischenreden zertrampeln: »Hauptsache ist natürlich der Preis. Hauptsache ist immer, wie setzt sich so ein Ding ab.« Er sah Ling an, sah seine Frau an, grinste unverfroren und lachte schließlich: »Hm, gut oder schlecht? Was heißt das schon? Der hält doch meine Story sowieso für Mist.« Eine jähe Pause entstand.

Eisig war Frau Neubergers Blick. Vergeblich rang Ling nach einem Wort, doch schon schmetterte Neuberger noch aufgelebter: »Natürlich hat er bei dir mein Zeug gelobt, Kätzchen! Na ja, er ist doch ein höflicher Mensch! Was soll er denn anderes gesagt haben? Geht doch nicht vor einer Dame! Ich denk', das verstehst du doch! Warum bist du denn immer gleich so empfindlich! So was nimmt man doch nicht ernst. Du hältst doch auch nichts von meiner Schreiberei! Na, also. Hauptsache, das Zeug bringt Geld ein!« Er stocherte mit seinen kurzen, behaarten Wurstfingern in seinen Zähnen: »Geld muß her! Der Kamin muß rauchen, wie man so sagt. Oder? Willst du das vielleicht nicht?« Es galt seiner Frau, die sich angewidert abgewandt hatte, und als sie kurz hersah, lachte er schmetternd, mit einem Wink auf Ling: »Der – der nämlich, der nimmt das ganze Zeug noch ernst, todernst, hahaha!« Er lehnte sich auf seinem Sessel zurück und lachte noch mehr. Was war bloß mit Ling? Bei den Kumians war er so selbstsicher und überlegen. Hier kapitulierte er. Unschlüssig und hilflos saß er da.

»Gehn wir! Zahl schon! Ich halt' das nicht mehr aus!« stieß Frau Neuberger gereizt heraus: »Ihr könnt ja bleiben! Ich komm' auch allein heim.«

»Aber, aber, Kätzchen! Kätzchen!!« wollte Neuberger sie besänftigen, aber sie stand schon. Er rief den Kellner. An der Übereilung, in welcher die drei das Lokal verließen, war zu erraten, was dieser grinsend seinem Kollegen zumurmelte: »Das Gewöhnliche im Familienleben! Pappi und Mammi streiten sich, und der Liebhaber ist der Blitzableiter.«

Auf der Zweiten Avenue lag hoher Schnee, und noch immer fielen die dicken Flocken.

»Geht schon! Ich komm' schon heim!« wehrte sich Frau Neuberger, als die zwei Männer ihre Arme unter die ihren schoben, doch sie glitt aus und ließ sie gewähren. Verzankt stapften sie weiter. Die Neubergers wohnten ganz in der Nähe, an der Ecke der siebenundachtzigsten Straße. Ling hoffte, endlich von der ganzen Peinlichkeit loszukommen, doch an der Haustür wandte sie sich noch kurz an ihn, sah ihn kalt an und sagte: »Gehn Sie nur mit ihm, Herr Ling! Geht schon!« Sie hörte nicht auf Neubergers Beteuerungen, daß er diesmal ganz bestimmt bald heimkomme, ganz bestimmt. Sie ging rasch in den erleuchteten Gang auf den Fahrstuhl zu.

»Los, los jetzt! Schnell wo hinein bei dem Mistwetter! Los, komm!« raunte Neuberger und zog Ling weiter. Willenlos folgte er. Der dicke Mann keuchte im hohen Schnee und mußte verschnaufend einhalten.

»Immer diese Weiber! Die Weiber!« stieß er heraus: »Die beste ist im Großen ein Engel und im Kleinen ein Teufel! Was kann man machen! Komm schon, komm schon!« Sie bogen um die Ecke der sechsundachtzigsten Straße und steuerten auf das hell erleuchtete ›Brauhaus‹ zu.

»Warum? Warum hab' ich bloß den Blödsinn gemacht, warum?« dachte Ling. »Was will ich denn von dem Kerl, was denn? Jeder ist sich doch selber der Nächste, hol' alles der Teufel!« Aber er ging nicht weg. Er ließ es mit sich geschehen.

»Hallo, Jack, altes Haus! Warum so spät? Hallo, Jack, besoffene Nudel!« rief es von allen Seiten, als sie ins dichtgefüllte ›Brauhaus‹ kamen. Alle schienen geradezu auf Neuberger gewartet zu haben. Das verwandelte ihn im Nu. Einen Moment dachte Ling an seine eigene Verzauberung, wenn er in den Menschenmassen auf den Straßen unterging. Schwer betrunken wirkte Neuberger mit einem Male. Hemmungslos tobte sich sein martialisches Temperament aus. Er spreizte die kurzen Arme, als wollte er die ganze Gästeschar umschlingen, und wieherte kommandomäßig: »Achtung! Platz gemacht! Achtung! Tusch! Der Führer hat soeben das Lokal betreten! Mehr Respekt, ihr kleindeutschen Seifensieder!« In Erinnerung daran, daß man im Nazireich zu guter Letzt aus dem Fett totgefolterter Konzentrationslagerhäftlinge und vergaster Juden Seife herstellte, belegte er die Yorkviller mit dieser Bezeichnung, denn viele davon hingen noch unvermindert an Hitler und verübelten ihm lediglich, daß er sich auf den Zweiten Weltkrieg eingelassen und nicht gesiegt hatte.

Niemand jedoch verstand die Anspielung Neubergers. Alle belachten sie. Fuchtelnd drängte er die Leute weg, bahnte sich zum allgemeinen Gaudium in militärischem Stechschritt den Weg in den hinten gelegenen, musikdurchschwirrten Tanzsaal und setzte sich mit Ling an einen leeren, runden Tisch.

»Wein her, bitte! Die bewährte Neubergermarke!« bellte er, und der Kellner lief. Auch Bob, der Wirt, Manager und Hauptsänger des vielbesuchten Lokals, ein feister, mittelgroßer Mann mit kugelrundem Kopf, dünnem, strohgelbem Haar und pfiffigen Schlitzaugen, stand schon da und grüßte: »Na, Jack, wieder Success gehabt mit einer Story? Ich merk's, deine Schreiberei macht sich.«

»Was heißt, macht sich!?« schmetterte Neuberger und goß ihm ein Glas ein, da der Kellner von vornherein drei Gläser gebracht hatte: »Trinken wir erst einmal, prosit!« Er wandte sich an Ling: »Das ist Bob, mein bester Freund. Volkssänger und Genie von einem Wirt. Versteht mich aufs Wort. Außerdem ein echter Dichter!« Bob dichtete zu altdeutschen Melodien eigene Liedertexte und sang sie mit Erfolg auf der Bühne. – »Das ist Ling, Bob! Ritter Martinus Ling! Auch ein Freund von mir!« Neuberger schenkte sich ein und trank rasch aus.

»So? Sehr angenehm«, sagte Bob, das Glas hinstellend, und fragte: »Kollege von der Feder oder in Möbeln?«

»Von der Feder natürlich!« plärrte Neuberger: »Wenigstens hoff' ich's!«

»Schrei nicht so! Ich versteh' dich auch so!« dämpfte ihn Bob. »Den lehrst du gewiß erst deine Tricks, was?« Er wandte sich an Ling: »Na, Mister, wer sich an Jack hält, bei dem kann nichts mehr schief gehn.«

»Großartig bei dir, Bob. Immer die Bude voll«, lobte Neuberger, in die tanzenden Paare blickend.

»Hm, tja, heut jüdelt's wieder ganz schön«, warf der Wirt halblaut hin.

»Und deutscheln tut's auch! Die beste Mischung!« trompete Neuberger provokatorisch: »Ob Jud, – ob Christ, der gleiche Menschenmist! Hahaha, siehst du, ich kann auch dichten wie du, hahaha!« Im Geschmetter der Blasmusik ging's unter.

»Ich komm' später her«, sagte Bob und verschwand. Er strebte der Bühne zu. »Schauderhaft! Zum Kotzen!« knurrte Ling, während sich Neuberger schon wieder eingoß und austrank.

»Schauderhaft? Wieso, warum?« widersprach der: »Geziefer wie du und ich! Menschenmist! Ein Teil will bloß besser riechen als der andere. Alle zusammen stinken wir gleich. Mitstinken muß man, dann wird's gemütlich.«

Hatte Ling denn alle Selbstachtung verloren? Warum stand er nicht auf und ging? War er bloß deswegen so unsicher und meinungslos, weil er von dem widerlichen Kerl bestätigt haben wollte, daß seine Geschichte gut sei? Von *dem?!*

»Du bist auch bloß einer, der besser riechen will«, brümmelte ihn Neuberger an und deutete auf die runden Popos der Tänzerinnen: »Da, die wollen auch besser riechen und stinken genauso. Wer nicht mitstinkt, bleibt allein. Alleinsein ist widerlich! Ich kann nicht allein sein! Ich mag nicht, verstehst du?«

»*Du?* Allein?« Ling fing seinen glasigen Blick auf: »Dich kennt und mag doch jeder! Und eine nette Frau hast du auch!«

»Ha, mein Kätzchen, ha!« stieß der andere hellwach heraus und grinste hinterhältig: »Die hat dir wohl gefallen, was? Ich kenn' so ein Männergeschau, ha! Das Geschau kennt man! Du bist ein eiskaltes Luder. Das wirkt auf die Weiber! . . . Warte! Warte! Reg dich nicht auf, Mensch, bleib sitzen, bleib schon!« Er hielt Ling fest und ließ nicht los.

»Du bist geschmacklos!« zischte ihn dieser zornig an: »Was willst du eigentlich von mir?«

»Das gleiche wollt' ich eben dich fragen, hahaha«, lachte ihn Neuberger ordinär an: »Da, trink schon, sauf erst einmal! Mach doch keine Kinkerlitzchen! Da! Da! Prosit!« Er schob Ling das eingegossene Glas hin, trank ihm zu, trank in einem Zug aus, schenkte sich ein und trank aus, so gewaltsam schnell, wie er's immer tat, um zum vollen Rausch zu kommen, und wirklich – Ling blieb sitzen. Er sah den geschwinden, schadenfrohen Huscher auf Neubergers Gesicht nicht.

»Da, schau doch, die prallen Weiberärsche! Die Hüften, hahaha, wie mein Kätzchen! Das mag ich!« fing dieser jetzt laut zu plappern an: »Und wie großartig der Bob singt. Prosit, Bob! Bob!!! Gegen dich ist Caruso Dreck!« Und er grölte die Töne nach. Er brach ab und glotzte auf Ling, der nun doch aufgesprungen war: »Was hast du denn schon wieder? Was? Gehn willst du, gehn? Bist du denn ganz von Gott verlassen, Mensch? Ich denk', wir wollten doch reden miteinander, reden? Also, wie ist's mit deiner Story? Du hast sie doch bei dir? Gib sie her! Her damit!«

»Ich hab' gar nichts bei mir!« preßte Ling trotzig heraus und war wütend über seine Widerstandslosigkeit: »Und überhaupt, auf dein Urteil pfeif' ich! Es interessiert mich absolut nicht!«

»Urteil? Wer redet von Urteil?« bedrängte ihn Neuberger und hielt ihn wiederum fest: »Der Preis, Mensch, der Preis für dich! Alles andere ist Quatsch! Gib die Story schon her und zier dich nicht so! Ich bin noch lang nicht besoffen! Gib her! Herrgott, Mensch, wir zwei stehn doch gleich auf gleich, begreifst du's denn nicht?!« In der Tat, er schien auf einmal wieder nüchtern zu sein. Ling kannte sich nicht mehr aus.

»Da!« sagte er: »Meinetwegen«, und gab ihm das Manuskript.

»Kurz ... Kaum fünf Seiten, schon gut«, lobte Neuberger, es durchblätternd, und machte sich sogleich ernsthaft ans Lesen. Mit der Brille sah er aus wie ein altmodischer Dorfschullehrer, was auch noch dadurch bestärkt wurde, daß sich beim Lesen in einem fort seine Lippen bewegten. Mit aller Mühe versuchte Ling den Gleichgültigen zu spielen und sah über die Tanzenden hinweg zur Musikkapelle auf der Bühne, die im Hintergrund eine bayrische Almhütte zeigte. Alles war hier karnevalsmäßig bayrisch aufgemacht und erinnerte an ein lukratives Fremden-Etablissement. Musiker, Kellner und Bob trugen bayrische Tracht: kurze Lederhosen, weißes Hemd mit rotgeblümtem Halstuch und flaumfedergeschmücktem Filzhut. An den holzgetäfelten Wänden hingen bayrische Landschaften und Tafeln mit derben Sprüchen. Die Steinkrüge, die blanken Holztische und Stühle hatten bayrische Formen, und auch die Musik war all dem angepaßt. Es gab bayrische Gerichte und bayrische Stimmung. Sogar die Amerikaner unter den Gästen radebrechten bayrisch. So unecht war alles wie der Spruch, den Ling zerstreut von einer Holztafel ablas:

»Immer munter
und das Kleidl runter.
Flugs in einen Busch.
Red nicht, Madl, kusch!«

Weiß Gott, warum ihn das anwiderte. Er wandte sich wieder dem lesenden Neuberger zu und versuchte, dessen Gesicht zu entziffern. Zweifel und Spannung erfaßten ihn, jähe Hoffnung und eine fast kindliche Bangigkeit kämpften in ihm. Er sah nur noch die bewegten Lippen des Lesenden und erschrak beinahe, als dessen fleischige, behaarte Hand das Manuskript hinlegte, erschrak und wurde verlegen.

»Gut gemacht, das Ding«, sagte Neuberger etwas zögernd: »Sehr gut. Die Partie im Warenhaus, ausgezeichnet. Du kannst schreiben, das merkt man.«

»Gut gemacht? Du meinst das wirklich? Wirklich? Das ist deine ehrliche Meinung?« stotterte Ling glückverwirrt.

»Ja ... Warum denn nicht?« nickte Neuberger: »*Geschrieben* ist das ausgezeichnet! Sehr gut.« Er hielt inne und schaute in Lings Augen.

»*Geschrieben,* ja ... Ausgezeichnet«, wiederholte er und betonte das erste Wort genau wie vorher: »Hm, da fehlt nichts, hm.« Einen Moment lang schaute er irgendwohin, dann wieder auf Ling: »Bloß schade, schad', daß das schon in allen Zeitungen gestanden hat, schad' –«

»Was? Wa-was?« stieß Ling vernichtet heraus: »Das ist doch unmöglich! In der unsrigen hab' ich nichts davon gelesen, kein Wort davon! Mir hat's eine Frau aus New Jersey erzählt von ihrer Nachbarin!« Er fiel gleichsam in sich zusammen und jammerte hilflos: »In allen Zeitungen? Mein Gott, was soll ich denn jetzt machen? Da-das –«

»Das geht! Es geht!« fiel ihm Neuberger mitten ins Wort und maß ihn fast mitleidig: »Es geht, sag' ich dir!« Seine Miene wurde energischer.

»Machen? Was du machen sollst?« rief er: »Gar nichts machst du! Den Preis kriegst du! Garantiert kriegst du den!« Die Verstörtheit Lings brachte ihn in Rage.

»*Ich* garantier' dafür, *ich!*« stieß er heraus und rüttelte ihn am Arm: »Verstehst du? *Ich* garantier' –«

»*Du?* Du garantierst? Hm! Wieso denn *du?*«

Dieses Zweifeln trieb Neuberger ins zurechtweisende Poltern: »Ich? Wieso? Das überlaß nur mir, Mensch! Herrgott, ich kenn' dich ja faktisch nicht mehr! Jetzt wird's doch erst spannend! Bloß keine Weichlichkeit vorgeschützt! So was rentiert sich für unsereinen nicht! Ha, was denn? Was denn? Den Hitler und den Krieg haben wir überstanden, in den New-Yorker Dschungel hat's uns verschlagen! Gemeint hat jeder, da muß er verhungern und . . .?«

»Und?« wurde er lauter: »Und jeder lebt! Ganz nett leben wir alle weiter, oder vielleicht nicht? Künstliche Satelliten kreisen um unsere beschissene Welt, die interkontinentalen Vernichtungsbomben warten aufs Losgehen, und morgen oder übermorgen fliegen wir als Staub und Asche in die Luft! Aus, radikal aus ist's mit uns und allem! Und da pimpelst du noch immer 'rum mit dem ganzen Unsinn von gestern und vorgestern! Mit Männerstolz, Charakter und Anständigkeit, du Idiot! Genau wie diese Seifensieder bist du! Prima ist deine Story, basta! Das muß bezahlt werden, der Preis muß her! Ha, weit hast du's gebracht mit deiner Kumiansippschaft, ha! Du spielst dich auf und meinst, du bist für diese Bande was Besonderes, und jetzt auf einmal liegst du vor ihr auf dem Bauch und hast Angst, ob du's ihr auch ja recht gemacht hast! Ha, komisch, komisch, das mit dir! Immer mußt du was haben, vor dem du zitterst und einen todernsten Respekt hast. Die Kumians, die Literatur, die Schriftstellerei! ... Mist ist alles, Mist! Scheiße! Nasse Scheiße ist alles!«

Entwaffnet starrte ihn Ling an. Kein Wort sagte er, als Neuberger jetzt seinen Wein austrank, das hingestellte Glas vollschenkte und von neuem losschimpfte: »Hahaha, da hat mir neulich der Kurt erzählt, die ganze Kumianbande sagt genau wie du, daß meine Stories Mist sind und außerdem noch grundverlogen, hahaha! Glaubst du vielleicht, die Herrschaften vom oberen Stockwerk der Literatur machen es anders? Quatsch! Die Gauner haben bloß den Dreh gelernt, wie man's den besseren Leuten recht macht, weiter nichts. Und da nehmen sie aufs breite Publikum keine Rücksicht mehr. Sie sind versorgt und haben einen festen Kundenstamm. Eine Unverfrorenheit, eine bodenlose Frechheit, nicht aufs allgemeine Publikum zu achten! Es nährt uns, es bezahlt uns, und jeder Geschäftsmann richtet sich nach den Kunden. Ist der Schriftsteller was anderes? Übrigens, die hohen Literaturgauner haben auch sowieso keine Ahnung, was der kleine Mann will. Was ist das für ein Blödsinn, daß das breite Publikum kein Verständnis dafür hat, wenn ihm in den Romanen *sein* Leben vorgesetzt wird! Es *will* dieses Leben gar nicht! ›Dem Volk aufs Maul schauen‹, das ist der verlogenste Humbug! Eine aufgelegte Idiotie wie die meisten unserer Sprichwörter! Der kleine Mann, die Hausfrau, die Köchin, was wollen sie in einer Story? Grad das Gegenteil von ihrem Leben, und recht haben sie! 'raus aus ihrem verstaubten Mief und Muff mußt du sie reißen als Schreiber! Schöne Gefühle, rauschende Feste, Pracht, Millionenreichtum, Grafen und Prinzen, kurzum, den ganzen netten Wunschzettel, der nie erfüllt wird, das will unsere Kundschaft! Sorgen und Miseren haben die Leute doch sowieso jeden Tag genug, na also! So heißt's rechnen, dann bringt

das Business was ein, verstehst du? Oder willst du vielleicht die fünfhundert Dollar nicht?« Das kam zu abrupt für Ling. Geschlagen schaute er drein, doch jetzt war Neuberger wieder der gewohnte Zechkumpan.
»Na, Schwamm drüber! Jetzt wollen wir endlich trinken!« rief er breit und hob sein Glas: »Der Success ist dir sicher! Prosit auf die herzwarme Volkstümlichkeit!« Widerstandslos überließ sich ihm Ling.
Auf dem Musikpodium tauchte nunmehr Bob mit einer ältlichen, hochbusigen Sängerin in Dirndltracht auf und fing ein Lied zu singen an, in welches alle einstimmten. Der ohrenbetäubende Lärm steigerte die Stimmung bis zur Ausgelassenheit, und begeistert schunkelte Neuberger auf seinem Platz hin und her: »Holldrio-holldrio! Laßt Lärm um meine Ohre sein und in der Gurgel deutschen Wein, aber koscher, koscher – koo--oscher!« Es ging unter im Singen und Blasen und Tanzen. Ling fühlte, wie sich sein Hirn langsam umnebelte.
»Mart? Ma-Mart heißen sie dich?« plapperte Neuberger und rülpste ihn an: »Mart? Ein blöder Name, a-aber vielleicht – jupp – vielleicht gut fürs Business, j-jupp! Bloß nicht allein sein, j-jupp – ni-nicht allein! . . . J-jupp, ich will mit mei-meinem Agenten reden, ver-verstehst du – j-jupp! Der macht au-auch-auch – jupp – dich, mein Lieber.« Er riß sich hoch und schrie aus Leibeskräften: »Wirt? Bob?! Wo bist du? J-jupp – Wein her, Wein her! Gib Wein! Jack Neuber-berger zahlt alles – j-jupp – Jack schmeißt die Kiste!«
»Stimmt, Jack, stimmt! Du bist richtig!« sagte Bob, der auf einmal wieder dastand und ihnen zutrank.
»Auch ein Seifensieder!« meinte Neuberger, als der wegging: »Er übersieht keinen. Macht seine Reverenz, orientiert – j-jupp – ss-i-sich und haut ab.« Er trank unentwegt und verlor mehr und mehr die Kontrolle über sich. Der Wein rann beim Trinken aus seinen haltlos hängenden

Lippen und ergoß sich auf seine prallsitzende, speckige Weste.

»Ei-ein Schuft – j-jupp – ein Schuft bi-bin ich, ei-ein Vieh!« stieß er hastig heraus, um das fortwährende Aufstoßen zu verhindern: »Sch-schon lang soll – j-jupp – ich bei meinem Kätzchen sein. Ha-hab's ihr doch – j-jupp – versprochen. Du bist schuld, du-du – j-jupp – hahaha, du Hund, du ...! Aber mei-mein Kätzchen, weißt du – j-jupp – die ma-mag mich – j-jupp – die liebt mich, haha, die hätt' dir – j-jupp – auch gleich ge-hefallen, du geiler Gauch, du-du! Mei-mein Kätzchen – j-jupp – die hat dich er-erkannt. Du-du flakkerst bloß auf, du-du eiskaltes Luder. Hahaha, da-das merken die Weiber gleich – j-jupp – da-da kommst du zu nichts, hahaha ...!«

»Hör schon auf mit deinem ekelhaften Geplapper!« fuhr ihn Ling saugrob an, doch er schien nicht zu hören. Quallenhaft auseinandergeronnen lag sein Oberkörper auf der besudelten Tischplatte, und den vollen Weindunst schnaubte er ihm ins Gesicht: »Hahaha, einen-einen dodoppelten Leistenbruch hab' ich – j-j-jupp – da-das ist ein Andenken vo-vom Schläger Stein-Steinbeißer in Dachau, wei-weißt du! J-jupp, Stei-Steine haben wi-wir schleppen mü-müssen – jupp – da-da ist's passiert. Dreingehauen ha-hat der Hund au-auf mich wie-wie ver-verrückt – j-jupp, aber d-der Stein war zu-zu schwer – da-da ist's passiert – jupp – haha, und-und da-das auch –« Dabei fuhr er mit dem gespreizten Daumen und Zeigefinger in seinen aufgerissenen Mund, zerrte und legte sein speichelschleimiges, falsches Gebiß auf den Tisch: »Hahaha, da-das auauch – jupp siehst du? ... Haha, a-aber mei-mein Kätzchen lie-liebt mich do-doch, haha-haha, du-du ka-kaltes Luder, hahaha. Du-du – j-jupp – du willst bloß immer nenehmen uu-nd nichts ge-geben, haha –.« Sein wulstiges, dunkles Mundloch klappte zu, und plötzlich rutschte er wie ein ungeschlachter Sack seitwärts, griff noch ein paarmal

aus und plumpste röchelnd auf den Boden nieder. Ling war aufgesprungen, um ihm zu helfen, aber schon standen zwei Kellner mit Bob da, der ganz ruhig sagte: »Lassen Sie nur, Mister! Keine Sorge, die zwei liefern ihn schon ab. Geht in Ordnung! Wir sind das gewohnt.«
»Hm, da liegt sein Gebiß«, meinte Ling, auf den besudelten Boden deutend. Einer der Kellner legte eine Serviette darauf, wickelte es damit ein und nahm es zu sich. »Das macht er immer, das Schwein. Das ist seine Hauptattraktion, wenn er voll ist«, erklärte Bob gleichgültig: »Gehn Sie nur, Mister, gehn Sie. Wie war Ihr Name? Ling. Jaja, Mister Ling. Gehn Sie nur. Keine Sorge, meine Boys wissen Bescheid.« Die zwei Kellner hatten den Betrunkenen hochgezogen. Schlapp und schwer und rülpsend hing er an ihren Armen und gab, während sie ihn weiterschleiften, unverständliche Gröllaute von sich.
»Bleiben Sie, bitte«, hielt Bob Ling zurück, der hinterdrein wollte: »Das gibt bloß Scherereien. Wenn der Sie erkennt, meutert er womöglich. Kommen Sie, Mister Ling. Nehmen Sie noch einen Drink mit mir.« Als er hinter der Theke stand und die zwei Gläser eingoß, kam er auf Neubergers Frau zu sprechen: »Von Glück kann er sagen, daß er so eine nette, tüchtige Frau hat. Ohne die wär' er sicher schon längst unter die Räder gekommen. Hm, komisch, die läßt nichts auf ihn kommen. Seitdem er Stories schreibt, säuft er noch mehr und sagt, er braucht das. Und sie glaubt's ihm! Was sich so Frauenzimmer alles einreden lassen. Tjaja, die Liebe! Die Liebe ist wie der Tau, fällt bald auf die Rose, bald auf die Sau. Sind Sie verheiratet, Mister Ling? Nein? Ich auch nicht. Junggesellen in unserem Alter, no-no, besten Dank fürs Familienleben! Unsereiner fixt sich das. Because, beim Hirn kann's keiner 'rausschwitzen. Hab' ich recht oder nicht? Aber zu was sich Scherereien machen deswegen! Not for me, not for me! Man nimmt sich, was schmeckt, aber dann, bitte, abserviert.«

Die zwei Kellner kamen dickverschneit zurück. Bob schenkte auch ihnen Whisky ein. Lustig lachend erzählten Sie: »Wunderschön haben wir ihn vor die Tür gepflanzt. Wenn seine Alte aufmacht, plumpst er hinein wie ein Mehlsack. Na, *die* Gardinenpredigt möcht' ich nicht hören, o je, o je!«
Die Weihnachtsilluminationen auf der breiten sechsundachtzigsten Straße waren erloschen. Fahl fiel das Licht der Laternen durch das stumme Flockenfallen. Da und dort stapfte eine dunkle Gestalt genauso mühsam wie Ling durch den Schnee. Mehrere Taxis fauchten grimmig und kamen nicht von der Stelle.
»Alleinsein ist widerlich«, fiel dem Dahingehenden ein: »Bloß deswegen ruiniert er sich, hm? Mitstinken muß man, hm.« Vielleicht war das der einzige Grund, weshalb ihm Neuberger beistehen wollte.

Unerwartetes geschah von Weihnachten bis Mitte Januar. So überstürzend kam alles, daß Ling dem nicht mehr gewachsen war. Wieder befiel ihn das Gefühl des Unwirklichen und steigerte sich oft ins Unheimliche. Er bekam Kopfweh davon. Er zweifelte mitunter sogar an seinem Verstand und erzitterte vor sich selber. Um all dem Herr zu werden, stellte er sich vor den Spiegel und betrachtete sich pedantisch genau. Keine Falte in seinem Gesicht, keine Furche in der Stirn, die paar winzigen blauen Äderchen auf den Backenknochen, die Trübheit seiner Augen – nichts entging ihm. Er betastete auf einmal dieses Gesicht wie etwas Fremdes, nicht ganz Geheures, verfiel in ein kurzes Starren und kniff sich in die Hände, die Arme, die Oberschenkel. Schließlich schüttelte er den Kopf und brummte ärgerlich: »Es ist doch gar nichts. Was hab' ich denn?« Er fing an, die Geschehnisse seit der Saufnacht mit Neuberger der Reihe nach durchzudenken.
Zum großen Leidwesen der Emmerles wurde es aus dem

diesmaligen Weihnachtsbesuch mit Ling bei den Krulichs in New Jersey nichts. Der Schneefall, der bereits eine Woche lang anhielt, flaute nicht ab. Durch die plötzlich dazwischenfegenden Eiswinde wurde er überaus gefährlich. Die New-Yorker konnten noch von Glück sagen. Aus dem Lande rundherum und von weither, bis aus den Süd- und Weststaaten, meldeten Radio und Zeitungen verheerende Blizzards. Von tagelang durch den Schnee abgeschnittenen Orten, von steckengebliebenen Fernzügen, eingeschneiten Schulbussen mit halberfrorenen Kindern, die nur mit aller Mühe gerettet werden konnten, von in Seenot geratenen Schiffen und Winterschäden aller Art las und hörte man täglich. Die ›Highways‹ um New York und New Jersey waren zum größten Teil vereist. Noch dazu verbaute der Wind sie immer wieder mit dicken, haushohen Schneemauern, daß selbst die mächtigen Schneepflüge nichts dagegen ausrichten konnten und die Überlandbusse und Lastwagen nicht mehr durchkamen. Ganz zu schweigen von den Privatautos, die seither beidseitig alle New-Yorker Straßen säumten und aussahen wie plumpe, weiße Wattehaufen. Nur im Stadtzentrum, in den wichtigsten Geschäftsvierteln, bewältigten die rasch eingestellten Arbeitslosenmassen, die Schneepflüge und mechanischen Rundschaufeln den Winterüberfall. Trotzdem stockte der Omnibus- und sogar der Subwayverkehr öfter. Ebenso unregelmäßig funktionierte die Zulieferung von Kohle und Heizöl, und die Wohnungen ganzer Häuserblöcke, viele Büros und Geschäfte blieben tagelang kalt. Die großen Warenhäuser in den dreißiger Straßen und die vornehmen Läden in der Fifth, der Madison und Park Avenue machten einen mürrischen Eindruck, denn ihre festlich geschmückten Auslagen beachtete niemand, und die Kunden blieben aus. Auf den glitschigen Trottoiren trieben die dick eingehüllten Passanten mit eingezogenen Köpfen und tropfenden Nasen dahin, nur von dem einen

Willen erfüllt, rasch wieder unter ein Dach und ins Warme zu kommen. Gereizt waren sie, und wütend schimpften sie, wenn ein steckengebliebenes Auto oder Taxi, dessen Hinterräder sich surrend auf der Stelle drehten, nasse, dicke Klumpen Schnee aufwirbelte und sie bespritzte. Die ganze Stadt schien verärgert über diese winterliche Betriebsstörung. Sogar die Luft roch nach Mißlaune. Da hatten die Emmerles ihren Mieter, den »Mischter Martin«, zur Feier der Christnacht eingeladen, und er hatte angenommen. Tags darauf aber brachte ihn ein Brief Neubergers erneut in die größte Verwirrung, denn er hatte so etwas nie und nimmer erwartet.

»Lieber Martinus!« hieß es da: »Ich hoffe, Du hast unsere letzte Sitzung gut überstanden. Ich habe mir die Sache mit Deinem Preis und Deiner Schreiberei überhaupt noch einmal genau durch den Kopf gehen lassen und glaube, daß ich Dir gerade in bezug auf Deine Story etwas nützlich sein kann. Es ist da ganz bestimmt noch mehr zu machen als das Privatissimum bei Deinen Kumians.

Wenn Du für den Weihnachtsabend noch nichts vorhast, komm doch zu uns, da wird's sehr gemütlich. Stoff für die Gurgel gibt's genug. Außerdem ist auch mein Agent da. Mit dem könnten wir bei dieser Gelegenheit reden und sicher gleich ins Geschäft kommen. Der Mann ist rasch und zuverlässig. Rufe mich, bitte, im Geschäft an oder schreib gleich eine Karte. Von meiner Frau und mir herzliche Grüße – Jack.«

Dieser Mensch hatte also auch im wildesten Rausch keine Flausen gesagt und zudem nichts vergessen. Er zweifelte nicht im geringsten daran, daß der Preis Ling sicher sei, aber was wollte und erhoffte er denn sonst noch? *Hoffte* er für ihn, Ling, von dem er doch gewiß nicht behaupten konnte, er sei sein bester und nächster Freund!

Ling war ratlos und überlegte lange. Im Gegensatz zu seiner ersten Eingebung, gar nicht oder ganz grob abweisend zu antworten, schrieb er kurz, aber freundlich, daß er ›leider‹ schon anderweitig eingeladen sei, wünschte gute Feiertage und ein glückliches neues Jahr und war zufrieden damit. Sonderbarerweise nämlich schöpfte er aus Neubergers Brief viel Zuversicht und glaubte – obgleich er sich den Grund nicht erklären konnte – nunmehr an dessen Aufrichtigkeit.

Schon lange Zeit war er nicht mehr so ausgeglichen wie an diesem Christabend bei den Emmerles. Der festlich gedeckte Tisch prangte wieder, der geschmückte Weihnachtsbaum strahlte, und aus dem Radio erklangen die frommen Weihnachtslieder bis zum Überdruß.

»Wisse Sie, Mischter Martin, schön ischt ja so e Fescht schon, wunderschön, aber am liebschte tät i jetzt schlofe. Die Plag hat ja doch bloß ewig die Hausfrau!« gestand Frau Emmerle offenherzig, als sie sich schnaubend an den Tisch setzte, und als ihr Mann sie vorwurfsvoll rügte, wurde sie schrecklich verlegen und entschuldigte sich heftig: »Noi, noi, um Gottes wille, Mischter Martin, um Gottes wille, so han ich's absolutly nit g'meint, nei, nei! Entschuldige Sie. Nix für ungüt, Mischter Martin, i hans wirkli nit so g'meint. Gell, Sie verstehet mich schon. Nehme Sie mir's bloß, um Gottes wille, nit üb'l.«

Statt des landesüblichen Truthahns, des ›Turkey‹, gab es eine wunderbar rösch gebratene, zarte Gans, und fortwährend drängte die Hausfrau Ling: »Esse Sie doch, Mischter Martin, esse Sie doch! Es ischt g'nüg do! Dies Stückle geht scho noch! Für e Mannsbild ischt des doch nit viel!« Er aß und aß, er trank und trank, er freute sich über die Geschenke, die für ihn unter dem Weihnachtsbaum lagen: ein warmer, grauer Wollsweater, eine Schachtel deutsche Zigarren und eine Flasche Schwarzwälder Kirschwasser – und die Emmerles freuten sich desgleichen über den von ihm gestifteten umfänglichen Korb mit Wein, Obst und allerhand Leckerbissen.

»So«, sagte der Emmerle schließlich und schaute auf die Uhr: »So, Mammerle, jetzt räum de Tisch ab. Jetzt wird's Zeit fürs Pünschle.« Sie trug ab und brachte die kleinen Henkelgläser herein.
»So«, sagte sie zu ihrem Mann, »jetzt kannscht du dei' Kunscht zeige«, und der ging nunmehr in die Küche, um nach einem Rezept aus Väterzeiten den Punsch zu brauen. Alsbald durchzog der würzige Duft von Rotwein, Rum, Nelken und Zimt die ganze Wohnung. Der Walter saß flegelig da, knabberte an seinen Fingernägeln und las zerstreut einen Prospekt über Wintersportplätze.
»Wenn emol der Schnee fällt, hent er bloß noch en Kopf fürs Schifahre«, sagte die Frau Emmerle zu Ling: »Die junge Leut heutzutag sin ganz anerscht wie wir g'wese sind.« Der Walter knabberte an seinen Nägeln und schien in fernen Schneebergen zu sein. Endlich kam der Emmerle mit der umfänglichen, bauchigen Punschterrine herein, stellte sie fast feierlich auf den Tisch und sagte: »So, der hot's emol wieder in sich!« Er goß ein, und man trank sich allseits zu. In das geruhsame Beisammensitzen klang immer wieder Glockengeläute und das vielstimmige »Stille Nacht, heilige Nacht« aus dem Radio, und bewegt summte Frau Emmerle mit. Heimlich bekam sie sogar nasse Augen dabei, und als sie durch das Dreieck, das die Vorhänge vom Fenster frei ließen, in die im Licht aufglitzernden Schneeflocken hinaussah, meinte sie gerührt: »Wenn we nit wüßte, daß we in Neuyork lebe, Mischter Martin, me meinet fascht, me wär wieder Kind dahoim in unserm Schwobeländle.« Und ein wenig wehmütig und bedauernd setzte sie dazu, wie schade es sei, daß die heutige Jugend all dieses Feierlich-Schöne nicht mehr kenne. Zerstreut nickte Ling. Sichtlich erinnerte auch er sich seiner Kinderjahre. Da kam einen Tag vor Beginn der Weihnachtsferien immer der ›Onkel Xaverl‹, ein Bruder seiner Mutter, vom Land herein und holte ihn und seine zwei älteren Brüder.

»Hans, Wally?« sagte der gute Mann jedesmal zu Schwester und Schwager: »Da herinnen, in derer Traurigkeit, das ist nix für so Buben. Zu euch find't ja net einmal das Christkindl her.« Er war ein gutgestellter Schreinermeister und verheiratet mit der dickbackigen, kugelrunden ›Tante Marie‹. Die zwei hatten keine Kinder, und die ›Tante Marie‹ hing an den drei Buben, als wären's ihre eigenen.

»Und, gell«, meinte der Xaverl dann wiederum: »Ihr zwei kommt's zu Silvester 'raus, und nach Neujahr nehmt's eure Buben wieder mit heim.« Die zwei Lingleute waren einverstanden, und so war's jedes Jahr.

Schnee und Land und Dorf erlebten die drei Brüder, und Essen und wieder Essen gab's und noch mehr ›Geschenktes‹, doch unvergeßlich blieb dies: In der Christnacht, nach der Bescherung im Schreinerhaus, da durften sich die drei Brüder wie alle anderen Dorfkinder auf den breiten, hölzernen Schneepflug hocken, der den Weg zum Pfarrdorf bahnte. Je mehr Kinder, um so schwerer wurde der Schneepflug, um so tiefer furchte er. Die prustenden Pferde zogen an, die hochgesteckten Windlaternen warfen schwertförmige, gelbe Linien auf den bleichen Schnee und waren die einzigen Lichter im riesigen, tiefschwarzen Dunkel. Als sie aus dem Dorf kamen und den Hügel zum Pfarrdorf hinauffuhren, waren auch keine Lichter mehr und nur noch der tuchstumpfe, sternenlose Himmel irgendwo. Von der Höhe des Pfarrdorfs herunter aber strahlten die schmalen, hohen, herrlich gemalten Fenster der gotischen Kirche, deren Umrisse nicht zu sehen waren. Nur die farbenleuchtenden, schmalen Fensterbilder schwebten in der eisigen Schwärze und zogen die Kinderblicke auf sich.

Endlich im Pfarrdorf angelangt, sprangen die Kinder vom Schneepflug und liefen in lustigen Rudeln an den Rand der Häuser. Sie schauten hinab auf die sanften Talbuchtungen, in alle Richtungen, und waren begeistert. Denn von dort herauf, aus den umliegenden Dörfern und einzelnen Gehöften kommend, stapften, eng hintereinander hergehend, die Bauern, die Weiber und Kinder mit ihren winzig flakkernden Windlaternen, und das sah aus, als ziehe eine langsam daherkommende Sternreihe durchs Nachtdunkel. Der wunderbare Anblick ließ Winterkälte, beißenden Wind und das schlotternde Frieren vergessen, und nichts kam aus den Kindermündern als das fortwährende, staunend-glückliche: »Ah! Ah, da schaut's, da! Das sind die Bachlinger. Ah, ah!!« Das schrie und jubelte, bis das tiefbrummende, mächtige Kirchengeläut anfing und die Schar aus der Verzückung herausriß. Die meisten Frommen waren bereits im Pfarrdorf angekommen, und nur da und dort fackelte noch ein einsames, spätes Lichtlein wandernd der Höhe zu. Die Kinder folgten den Christmettenbesuchern in die festlich beleuchtete Kirche, deren steil aufstrebendes Spitzbogengewölbe sie wie eine Vielzahl von riesigen, schützend verschränkten Beterhänden überschirmte. Und Kopf an Kopf, dichtgedrängt, standen und knieten die Leute. Es roch nach geweihtem Wachs und dem beißenden Rauch verlöschter Lämpchen, nach nassen Bauernschuhen und mottigen Kleidern, nach Schnupftabak und Schweiß, nach angesengten Tannenzweigen und Weihrauch und feuchtem Mauerputz. Aus diesem Ruch und Dunst reckten sich dicke, meterhohe Prunkkerzen in kunstvoll getriebenen Leuchtern, deren Silber schwärzlich beschlagen war, und die großen, gelblichen Flammen hingen wie schwere goldene Tropfen über dem Kopfmeer, und noch höher darüber, beidseits in den Mauern, strahlten sich die schlanken Kirchenfenster ihre magisch bunten Bilder entgegen. Eine Weile noch war ein Murmeln, Rücken, Husten und Geflüster, und all das verebbte nach und nach und war nur noch wie ein starkes, gleichmäßiges Atmen. Ach, und wenn dann der Pfarrer im schönsten, goldstrotzenden Ornat, gefolgt von den klingelnden Ministranten, aus der Sakristei kam und gemessenen Schrittes zum Altar

ging, wenn die Orgel jubelnd erklang und die Chorstimmen einfielen, das war, als habe der stets nur geahnte, unvorstellbare Allmächtige dieses Prunkgehäuse aus Licht, aus Blau und Rot und blinkendem Gold, aus Orgeltönen und Menschengesang von seinem unendlichen Himmel herab mitten in die tiefverschneite, stockdunkle, vor Eiseskälte klirrende Weltkugel gestellt. Und da lebte nichts mehr als dieses Wunder und ergriff jeden, der da fröstelnd und schneedurchnäßt in seinem Betstuhl oder auf dem rutschigen, kalten Pflasterboden der Kirche stand oder kniete. Ganz und gar aber überwältigte ihn die geheimnisvolle Verzauberung erst, wenn am Schluß der Mette aus allen Kehlen – vom rauhesten Altbauernbaß bis zum rührend dünnen Kinderstimmchen – das gemeinsame ›Tedeum‹, dieses gewaltige ›Großer Gott, wir loben dich‹ erbrauste. Die schwere, sakrale Stimmenflut rann gleichsam auf den samtenen, langsam emporschwebenden Prachtteppich des Orgelspieles, und unsichtbar, aber wundersam lebendig und bildhaft stieg dieses unerklärbar Helle aus Klang und Stimmenlast höher, immer höher, sprengte das Kirchengewölbe auseinander und schwebte als sieghaft klingende Lichtsäule durch Schneefall und stumpfe Nachtschwärze ins Unendliche, hoch und höher, undenkbar hoch – und auf einmal öffnete sich rund und groß der blendende Himmel.
Da gab es – auch jetzt noch empfand Ling dasselbe – eine schauernde Weile lang für keinen von diesem glücklichen Licht umschlossenen Menschen mehr ein eigenes, nüchternes Leben, nichts mehr von Frösteln und nachherigem Heimkommen in die warme, gewohnte Stube, nichts mehr von Nachbarn und Dorf, von Vieh und Stall und Acker und täglichem Plagen. Die Zeit war weggelöscht aus dieser tönenden Lichtwelt, und wie körperlos geworden flossen Altar, Pfarrer, Ministranten, Männer, Weiber und Kinder zu einer einzigen, windesleichten, unaussprechlich beselig-

ten Wesenheit zusammen, die nun selber gleich einem Stern im grenzenlosen All dahinschwamm. –
»Tja, der ischt richtig, der stimmt aufs Tipfli«, sagte der Emmerle, ließ den süffigen Punsch abschmeckend auf der Zunge und schluckte wohlig: »Jetzt ka' meinetwege die ganze Welt im Schnee dersaufe! Prosit alle miteinander!« Dann verbreitete er sich eingehend über das richtige Punschbrauen. – »So was, mei lieber Mischter Martin, so was will gelernt sei«, sagte er aufgeräumt und zwinkerte mit einem Auge: »Das ka' bloß e Mannsbild, die Weiberleut hobet do koi Schenie dazua.«
Das erweckte Ling aus seiner Zerstreutheit. Er nickte und lobte: »Wirklich ausgezeichnet, Herr Emmerle. Großartig schmeckt er!« Auch ihm war wohl wie schon lange nicht mehr. Was für ein Geschwätz, das mit ›Diaspora‹! Daheim will der Mensch sein, irgendwo ganz daheim! Mit guten Augen schaute er die Emmerles der Reihe nach an.
»So läßt sich leben! Da ist's auszuhalten«, sagte er und lächelte entspannt. –
Großer Gott, wohinein geriet er denn mit einem Male? Stumpf, gleichgültig und resigniert wartete er auf den Tag der Preisverteilung. Er war an jenem Tiefpunkt angelangt, bei welchem sich der Mensch nur noch den Umständen überläßt. Was wollten eigentlich die Leute bei den Kumians, was wollte Neuberger von ihm? Seit der Christnacht bei den Emmerles graute ihm fast davor, irgendeinen dieser Bekannten zu sehen. Er ließ sich verleugnen, wenn Laschi ihn besuchen wollte. Bei Telefonanrufen gab die Frau Emmerle jedesmal den gleichen Bescheid: »Der Herr Ling ischt nit da. Wann er kommt, kann i nit sage.« Er schrieb den Korschens, bei denen er bisher noch jede Silvesternacht verbracht hatte, ab und schützte vor, eine sehr eilige Buchkorrektur für die Zeitung machen zu müssen. Er wollte seinen Frieden in und um sich haben, und einiges bestärkte ihn auch in diesem Wollen. Der alte Korrektor

war gestorben, und er hatte dessen Stellung bekommen. Immerhin verbesserte das seine Lage und sicherte sie. Er kam aus mit seinem Verdienst, insbesondere schon deshalb, weil Frau Emmerle ihn immer mütterlicher umsorgte, seine Wäsche umsonst mitwusch, seine Hemden und Sokken flickte und stopfte und ihn öfter zum Essen einlud. Er gehörte zur Familie und blieb dennoch sein eigener, unabhängiger Mensch, der tun und lassen konnte, was er wollte. Er wurde immer gelassener und entbehrte keinen seiner sonstigen Bekannten mehr. Worte bezeichnen ein Ding, einen Begriff, einen Zustand, doch kaum ausgesprochen, verwehen sie, und nichts davon bekommt wirkende Lebendigkeit. Es schien, als begreife Ling die Mittelmäßigkeit, von der er so oft redete. Ein Mensch wie unzählige andere, die sich mit dem, was ihnen das Leben zuteilt, bescheiden, ein mittelmäßiger Mensch wollte er sein, einer wie die Emmerles. Indessen die Situation, in die er geraten war, zeigte, daß er zu schwach dazu war.

Die Unrast trieb ihn in der Silvesternacht zum menschenüberschwemmten ›Times Square‹. Mit ohrenbetäubendem Geplärr und krächzendem Trompetenblasen wogten die dichten Massen hin und her. Autos und Busse konnten nicht mehr von der Stelle. Kinderballons stiegen ins schwimmende Nachtlicht, ein Gewirr von bunten Papierschlangen und dichte Wolken von zerstäubendem Konfetti verhinderten jede Sicht. Mitten im lebensgefährlichen Gedränge tanzten, schlagersingend und engumschlungen, betrunkene Matrosen mit kreischenden Mädchen. Je näher die Mitternacht heranrückte, um so greller wurden Lichter und Farben, um so lauter das Singen, Brüllen, Lachen und Schreien. Schrittgemeng und Lärm und die tausend Körper und Gesichter verschmolzen, alles ballte sich zu einem unruhig hin und her zuckenden Riesenkörper zusammen, auf welchen endlich ein leuchtend roter, gigantischer Luftballon langsam herabglitt und von unzähligen Händen über das Kopfmeer jongliert wurde, bis er knallend zerplatzte. Die Lautsprecher rundum bellten, die Uhren leuchteten, die Glocken schlugen, und ein breithin flatternder einziger Schrei peitschte empor. Mit einem heiseren ›Happy new year!‹ auf den Lippen fielen die Körper ineinander, umpreßten und küßten sich, und es war, als schrien die Laternen, die Fenster, die Häuser, die ganze Stadt den Wunsch ins undurchdringliche Gewirr.

Der Morgen graute schon milchig auf den verwüsteten Straßen, als Ling heimkam. In vielen Bars hatte er getrunken und torkelte bedenklich. Er schlief den ganzen Tag hindurch und erwachte erst, als es schon wieder Nacht und in der Emmerlewohnung stockstill geworden war. Auf seinem Nachttischchen lagen einige Briefe. Abwesend griff er danach und riß die Kuverts auf. Neujahrskarten waren es. Mit brummigem Kopf betrachtete er Victors Glückwunsch. Das steife Blatt zeigte den Spitzwegschen ›Armen Poeten‹, und darunter stand in der wohlbekannten Schrift: »Warte nur, warte nur! Bald schlägt Deine Stunde.« Gleichzeitig verzog Ling die trockenen Lippen und riß das andere Kuvert auf.

Er stutzte. Es war ein persönlich gehaltener Brief von Neubergers Agenten Joe Stone, der nach den einleitenden Wünschen fast abrupt ins Geschäftliche überging. Von einer ›ausgezeichneten Story‹ schrieb der Agent, von der ihm sein Freund Jack Neuberger am Weihnachtsabend erzählt habe, und bat um Lings ›schnellfallsigsten Besuch‹, indem er in liebenswürdigstem Geschäftsdeutsch fortfuhr: »– und bin ich auf Grund meiner langjährigen Erfahrung absolut sicher, daß ich mit derselben schon in allerkürzester Zeit einen durchaus zufriedenstellenden Success für Sie erzielen kann.«

Ling rieb sich Augen und Stirn und las noch mal. Ja, es stimmte. Wie überrumpelt starrte er sekundenlang an die Decke des spärlich erleuchteten Zimmers. –

Fast wie selbsttätig geschah alles. Völlig abwesend, mechanisch reagierte Ling. Den Agenten hatte er angerufen. »Mister Ling? Meine Verehrung ... Jaja, ich bin im Bild, kommen Sie! Ich erwarte Sie, ich erwarte Sie, mein Bester!« klang es jetzt noch in seinen Ohren: »Hören Sie – einen Augenblick, bitt' schön, hören Sie, Meister – *eine* Stunde, eine *Stunde* reserviere ich für Sie, *eine Stunde!* ... Meine Verehrung, also bis nachher!«
Und nun saß er vor einem überladenen Schreibtisch, in einem vollgestopften, engen Büro im zehnten Stock eines Geschäftshauses an der achtundvierzigsten Straße. Vage wußte er noch, daß ihn eine spindeldürre, bleichsüchtig blasse Sekretärin im schmalen Vorraum, der durch einen Holzverschlag geteilt war, empfangen und hier hereingeführt hatte. Er schaute in zwei wässerig schwimmende Sackaugen in einem apoplektisch roten Fettgesicht auf einem kurzen, dicken Hals, der an der rechten Seite einen hervorquellenden Kropfansatz hatte. Rechts und links von diesem Gesicht waren Stapel von Büchern und Manuskripten, so daß es aussah, als befinde sich das Gesicht hinter einem offenen Schalter.
»Sie entschuldigen, ich bleib' sitzen, ich bleib' sitzen. Bitte, nehmen Sie Platz. Ich bleib' sitzen, Sie entschuldigen schon«, hatte der Mann gesagt, und wie alle Asthmatiker, die fürchten, die Luft ging ihnen aus, redete er hurtig und etwas gepreßt aus sich heraus: »So, absolut so, ganz so, absolut so, Herr ... Herr Ling, ja ja, absolut so hab' ich Sie mir vorgestellt. Ich bin im Bild, ich bin vollkommen im Bild. Also, damit wir gleich ins Geschäft kommen, haben Sie Ihr Manuskript? So! Sehr schön, ausgezeichnet.« Und genau wie Neuberger blätterte er und sagte: Kurz. Kaum fünf Seiten, großartig. O. K., das Geschäft ist schon ge-

macht, Herr. Ist gemacht! ... Und jetzt, wenn ich bitten darf, jetzt erzählen Sie, was haben Sie noch? Was haben Sie noch?«

»Noch? Was ich noch habe?« antwortete Ling betroffen: »Weiter hab' ich nichts mehr.« Die über die Augen hängenden Lider des Agenten öffneten sich.

»Jaja, gut, gut. Momentan bei sich, aber Sie haben doch sicher schon wieder was Neues unter der Feder?«

»Neues? N-nein, eigentlich nicht«, stotterte Ling. Die vollen, raupenrunden Brauen Stones zogen sich zusammen, als wollte er sagen: ›Herr, Sie sind wohl nicht ganz bei Trost!‹ Er schnaubte kurz und fiel wieder in sein prasselndes Reden: »Aber, aber! Aber gehn S' doch, Herr, Mister! Mit dem allereinzigen Manuskript, da läßt sich anfangen, aber doch nicht weitermachen. Bitt' schön, mein Bester, bloß nicht so bescheiden. Mir werden Sie was vormachen! Natürlich schreiben Sie weiter! Womöglich haben Sie schon allerhand. Bitt' schön, bitte sehr, lieber Herr, sich bloß in *dem* Land nicht kleiner machen, verstehn Sie mich? Bloß das nicht, bloß kein Geziere, Herr, verstehn Sie mich? Sie sehn's doch an unserm Freund Neuberger! Stories schreiben ist doch für einen Mann wie Sie kein Problem, absolut kein Problem, verstehn Sie mich? Was in *dem* Land damit Money macht, Herr, das sind doch lauter Hindianer! Hindianer, verstehn Sie mich? Da kann doch jeder alles, das heißt, er macht's eben, verstehn Sie mich? Da macht jeder, was von ihm verlangt wird, ganz egal was! Der Jack, unser guter Freund Neuberger, der hat mir doch am Weihnachtsabend erzählt, wie reizend, wie herzig, wie ausgezeichnet Sie erzählen! Und da soll so eine Story für Sie ein Problem sein? Gehn S' zu, Herr! Ich seh's doch an Ihrem Gesicht, Sie sind doch der geborene Storyerzähler! Also machen S' keine Umständ', also was haben Sie noch in petto, was haben Sie im Kopf? Schießen Sie los, Herr, geben Sie's von sich, mein Lieber. Ich bin ganz

Ohr! Verstehn Sie mich? Ganz und gar Ohr bin ich! Hauptsache in dem Land ist doch Ware, verstehn Sie mich? Ware! Ware, Mister. Schaun Sie sich einen ›5-und-10-Cent-Store‹ an. Da liegt alles da, alles – Ware, Ware, absolut alles, der ganze Tineff! Und haben Sie in so einem Laden schon einmal *nichts* gekauft? Ausgeschlossen! Ich jedenfalls, verstehn Sie mich, ich werd' in so einem Store weich wie das berühmte Weißbrot in dem Land, das Weißbrot, das für unsereins die ewige Anfechtung bleibt! Ich kauf', ich kauf'! Ich kauf', ob ich was brauch' oder nicht. Ware, Herr! Ware will ich von Ihnen, Ware!! So eine hübsche Kollektion Kurzgeschichten von Ihnen, Mister Ling, das möcht mich reizen, das möcht mir gefallen! Verstehn Sie mich? Eine hübsche, nette Kollektion! Also, bitte, bitt' schön, berichten Sie mir! Erzählen Sie bloß ganz stichwortmäßig! Bloß, was Sie im Sinn haben. Keine Angst, ob fertig oder nicht, egal. Ich sag Ihnen sofort den Clou, verstehn Sie mich? Auf den Clou kommt's an! Und da hab ich meine Erfahrung, verstehn Sie? Wenn der richtige Clou da ist, gibt sich alles andere. Das wird gefixt hier. Aufs Zurichten, müssen Sie wissen, mein Lieber, aufs Fixen und Zurichten, da verstehn sich die Herren Editors, da sind sie ganz groß. Hauptsache ist, sie akzeptieren. Und verlassen Sie sich drauf, meine Ware wird akzeptiert, sie wird! Sie haben's ja bei unserm Jack gesehn. Keine Story von ihm ist mir bis jetzt liegengeblieben, ich könnt' noch Dutzende brauchen. Also, damit wir zum Hauptpunkt kommen, was kann ich von Ihnen in der nächsten Zeit erwarten? Berichten Sie, erzählen Sie –«
Da schrillte das Telefon, und Ling atmete insgeheim auf. Dieser unaufhörliche Redesturz hatte etwas von einem Überfall, gegen den man wehrlos ist, er war vergewaltigend. »Momenterl«, sagte der Agent und hob den Hörer ab. In einem Kauderwelsch von englischen Satzfetzen und Wienerischen Wendungen, das mit ›Speaking‹ begann und

mit ›Na, schön, schön! Cut it, cut it. Cutten Sie auf my risk, verstehn Sie mich, ja? Cutten Sie, meinetwegen‹ endigte, setzte er irgendeinem Editor, den er offenbar gut kannte, auseinander, daß der Autor mit allem einverstanden sei und nur endlich sein ›money‹ haben möchte. Ling war ratlos. Er sah nicht ein, wohin das ganze Gerede führen sollte. Obschon ihm Stone allerhand Avancen gemacht hatte, der Mann kam ihm zu großsprecherisch und zu unseriös vor. Noch ärger – vielleicht hatte sich Neuberger, dem so etwas durchaus zuzutrauen war, bloß einen Jux draus gemacht, ihn – Ling – zu blamieren. Schon, daß Stone das Manuskript überhaupt nicht gelesen hatte und in einem fort noch andere Geschichten verlangte, war irgendwie verdächtig. Er dachte an Neuberger und haßte ihn von neuem. Er legte sich zurecht, was er – sobald das Telefonat zu Ende sei – sagen wollte, ehe ihn Stone wieder niederredete.

›Ich habe wirklich nur diese eine Geschichte‹, wollte er rundheraus erklären: ›Neuberger wird Ihnen ja gesagt haben, daß es sich nur um einen Versuch handelt. Ich glaube kaum, daß ich noch etwas schreibe. Wenn Sie's versuchen wollen, diese Geschichte zu kaufen, bitte. Vielleicht gelingt das –‹

Doch da redete es schon wieder.

»A-achch!« ächzte der Fleischberg, den Hörer in die Gabel werfend: »Ein Business ist das, zum Haarausreißen. Was ich immer sag', Hindianer sind das, Hindianer! Sagen Sie, Mister Ling, politisch sind Sie nicht? Das interessiert Sie nicht, oder? Nein? Mich auch nicht! Bravo, wir verstehn uns, wir treffen uns ... Wissen Sie, ganz unter uns, als Jud – verstehn Sie mich? – als Jud war ich natürlich mit der Hitlerei nie einverstanden und mit dem Stalin und seinen Nachfolgern erst recht nicht, verstehn Sie mich? Die, die jetzt die russische Firma übernommen haben, sind ja – scheint's– ein bissel umgänglicher, aber wollen tun sie das gleiche. Danke schön für so was, besten Dank! Aber, bitt' schön, bei solchen Staatseinrichtungen, da weiß man wenigstens, wie man dran ist im Literatur-Business. Da wird einfach von oben herab diktiert, so, von jetzt ab optimistische Liebesgeschichten und Armee-Romane, alles natürlich gut untermischt mit Proletariat und Kommunismus, na, wie's eben momentan gewünscht wird von den Herrn Regierern. Wer's anders macht, wie dieser – wie heißt er jetzt gleich? . . . dieser – jaja, ganz richtig! – dieser Pasternak, der riskiert eben dabei seine Existenz, und, mein Lieber, machen wir uns doch nichts vor, jeder von uns will doch leben und natürlich so gut wie möglich, verstehn Sie mich? . . . Wegen einer Story, einem Buch riskiert man doch nicht seine Existenz! Ich hab' gelesen, sogar aus seinem Haus soll er herausmüssen, dieser Herr Pasternak. Na, schön ist anders, mein Lieber! Spaß verstehn die dicken Iwans im Kreml nicht, das muß man sagen! Ich möcht mich dort hüten, mir solche Unannehmlichkeiten zuzuziehn. Der Herr da, dieser Pasternak – ich hab' den Namen bis jetzt nie gehört und gelesen, bitte! –, der kann doch nichts dafür, daß sie ihm in Schweden den Nobelpreis gegeben haben. Ganz unter uns, mein Lieber, ich glaube, die Herren in Stockholm, die haben da Politik gemacht. Das geht nie gut aus. Wir kennen das doch, wir wissen, wohin das führt! Na, und jetzt? Was hat er schon machen können, der Herr Pasternak? Kuschen hat er müssen, kuschen! Das macht sich nie gut, mein Lieber! Und was der Mann jetzt für einen Schaden hat! In jedem Land verkauft sich sein ›Schiwago‹ wie warme Semmeln, jeden Bestseller hat er übertroffen, und scheffeln könnt' er das Geld, scheffeln! Und wer streicht's ein? Die Verleger! Nicht einmal den Stockholmer Preis darf er annehmen, der Pasternak! Wie kann sich der Mensch bloß alles so verderben? Ich versteh' das nicht! Ich versteh's nicht! Hm, eins möcht ich wissen, was passiert aber jetzt mit dem Preis, wer kriegt das viele

›money‹? Na, was kann man machen? Was kann man machen? Aber, bitt' schön, verstehn Sie mich recht, mein Bester, aber, wie gesagt, Diktatur hin und Diktatur her, das Literatur-Business haben die roten Herrschaften organisiert, einfach prima-primissima! Die Autoren liefern die gewünschten Bücher und leben davon wie die Fürsten, hör' ich, leben! Nicht zu sagen! Verleger, Magazine, Theater gibt's dort noch und noch. Absatzschwierigkeiten kennt man nicht. Hmhm, und da macht dieser Herr Pasternak so eine Dummheit und verdirbt sich alles dabei! Ich versteh' das nicht, ich kapier's einfach nicht – –«
In Lings Ohren rauschte es nur noch. Zwei- oder dreimal hatte er schon widersprechen wollen. Es war unmöglich, das Geräusch der Worte überschwemmte ihn, es erfüllte den ganzen Raum, es stieg und stieg und stand ihm gleichsam schon bis zum Kinn. Er schaute nur noch in das schlagflüssige Gesicht zwischen den Bücherstapeln, sah nur noch den quallig auseinandergelaufenen Oberkörper auf der Schreibtischplatte und die dicken Arme, die die Worte durch eine Bewegung unterstrichen.
›Pasternak? Literatur? Große Literatur? Unsterbliche Werke?‹ wehte es undeutlich durch sein zerredetes Hirn, während der andere unentwegt weitersprach: »Wie ist's denn bei uns, bitt' schön? In dem Hindianerland da? Nicht um ein Haar anders, sag ich Ihnen! Ich hör' da immer, hier geht alles › frei‹ und ›demokratisch‹ zu. Was aber nicht absolut dem allgemeinen Geschmack, den hirnrissigen Ansichten dieser Hindianer entspricht, das ist passé! Passé, verstehn Sie mich, einfach nicht abzusetzen, aus! Erzählen könnt' ich Ihnen da, erzählen noch und noch! Da verlangen die Magazine und die Verleger jedesmal ganze Kollektionen zur Auswahl! Zum Aussuchen, verstehn Sie mich? Zum Aussuchen vom Dutzend! Großer Gott, wenn ich da an meine Theateragentur in Wien denke! Die hat floriert wie keine im Reich! Und hier? Da, in dem 5-und-10-Cent-

Land? In dem Woolworth-Country? Ich sag' Ihnen, mein Lieber, als Agent steh' ich da dauernd im Zweifrontenkrieg! Nicht bloß mit den Verlegern und den Herausgebern muß ich mich Tag für Tag streiten, noch schlimmer sind meine Autoren! Bis man so einen Unglücksmenschen dazu bringt, daß er sich nach dem Markt richtet, bis er endlich kapiert, was verlangt wird und sich drauf spezialisiert – ein Job ist das wie von einem Roboter. Ich kenn' das Metier, mein Lieber, ich hab' von den Hindianern nichts lernen müssen, glauben Sie's mir, aber – wie gesagt – schön ist anders, schön ist anders – –«

Er zog endlich wieder Luft ein und stockte. Das gleichmäßige Tippen der Schreibmaschine im anderen Raum hatte ausgesetzt. Das bleichsüchtige Fräulein tauchte im Türrahmen auf.

»Da, Mariannchen, gleich lesen. Bloß knappe fünf Seiten!« winkte ihr der Agent, und sie verschwand mit dem Manuskript. Kaum war sie weg, flüsterte er Ling keuchend zu: »Eine Kraft, prima! Die riecht sofort, was Success hat, und eine Übersetzerin, prima-primissima, mein Lieber! So was ist in dem Business Gold wert!«

Es half nichts – um nicht gänzlich von den Worten zerhackt zu werden, mußte sich Ling dazu verstehen, von seinem doppelmundigen Mann mit dem gelben Halstuch und dem sonderbaren Testamentsnarren in New Jersey zu erzählen. Die Wirkung war so erstaunlich, daß all sein Mißtrauen zerstob, denn Stone geriet fast aus dem Häuschen.

»Ausgezeichnet! Großartig, ganz großartig!« stieß er in einem fort aus sich heraus und fuchtelte begeistert mit den Armen: »Wir kommen ins Geschäft, Herr, garantiert, garantiert! Hundertprozentig garantiert! Wissen Sie, was ich jetzt weiß? Sie haben nicht bloß eine wunderbare Phantasie, Sie haben Humor! *Humor*, verstehn Sie mich? Das ist hier Mangelware! Bloß dabeibleiben, Mister Ling, bloß dabeibleiben! Alles andere läßt sich regeln, das ist kein

Problem mehr! Also, wir kommen ins Geschäft, garantiert! Sie werden sehn, ich bring' Ihnen schon mit ihrer ersten Story einen Abschluß in allerkürzester Zeit, aber bleiben Sie mir, bitt' schön, beim Humor, bitt' schön! Spezialisieren Sie sich drauf, ja?«
Ling nickte mechanisch. Wie ein prustendes Pferd schnaubte Stone, winzige Schweißperlen standen auf seiner Stirn.
»Und der Preis bei den Herrschaften, den Kumians, so war doch der Name, ja? Der Preis ist Ihnen sicher«, sagte er. »Sie glauben's nicht?«
Ling sah mit zweifelnder Verblüffung in die schwimmenden Augen. »Wetten?« Der Agent streckte ihm die fleischige Hand hin.
»Wetten?« brachte Ling nur heraus und schaute die hingestreckte Hand an.
»Eins gegen hundert, ja?« Ling schlug ein und wußte nicht, wie ihm war. »Natürlich gilt die Wette bloß für mich, mein Lieber, verstehn Sie mich?« schloß Stone und sah auf seine Armbanduhr. Wiederum entschuldigte er sich, daß er sitzen bliebe, als Ling sich verabschiedete. Wie sollte er auch aufstehen? Seine schwabbligen, runden Hinterbacken preßten sich wie pralle Mehlsäcke durch die offene Lehne des Bürostuhles. Er lächelte kulant, und dabei wurden seine großen, gelben Pferdezähne sichtbar.
Seither war Ling wie umgewandelt. In seinem Zimmer, vor den Emmerles oder wenn ihm bei der Korrektur eine Fahne abverlangt wurde, lachte er oft völlig unvermittelt auf. Es klang krachend gewaltsam, unschön und höhnisch, und wenn ihn jemand nach dem Grund fragte, antwortete er ohne langes Besinnen: »Mich freut bloß momentan was! Weiß der Teufel, es gibt doch soviel Narretei auf der Welt.« Manche schüttelten den Kopf darüber, denn es war nicht ansteckend, dieses Lachen, es hörte sich wie Schadenfreude an.

In einer solchen Stimmung kam er am festgelegten Preisabend bei den Kumians an und staunte nicht im geringsten darüber, daß diesmal viel mehr Menschen als sonst da waren.
»Du lachst so komisch. Du siehst verändert aus«, sagte Sonja etwas befremdet und deutete in den offenen ›Living-Room‹: »Na, du kannst zufrieden sein, wir haben uns sehr angestrengt, du siehst ja. Und eine Überraschung wird's auch geben.« Er legte Hut und Mantel ab und schien kaum hinzuhören. Kurzes Auflachen und Ineinanderreden umschwirrten ihn. Blicklos zerstreut schaute er in die vielen Gesichter. Parfümduft umwehte ihn. Die meisten Männer waren dunkel gekleidet, und die erregend herausstaffierten Damen trugen ebenfalls glänzendes Schwarz. Ihre blaß gepuderten Hälse und reizenden Brustansätze, ihre nackten Arme und beringten Hände, ihre flimmernden Ketten, Ohrringe und Armreife, die mit Blumensträußen geschmückten kleinen Tischchen, die fahrbare Hausbar, das warme Licht des wohlbekannten Raums und der in der Ecke placierte Vorlesetisch mit einer goldumränderten, dunkelroten Samtdecke – alles erschien ihm leicht verwischt. »Sehr schön, wirklich sehr schön«, sagte er wie nebenher, als ihn Sonja dem wartenden Victor zuführte, der ihm die Hand drückte und lustig lächelte: »Ich hab' noch gar nicht gewußt, daß du auch geschäftstüchtig bist, Mart. Respekt! Respekt! Hier, der Herr will dich auch begrüßen.« Jetzt erst veränderte sich Lings maskenhaftes Lachen. »Sie auch? Sie sind auch da?« stotterte er verdutzt. Joe Stone in seiner ganzen wabbligen Fleischesfülle stand vor ihm: »Ja, wie Sie sehen, Meister, die gnä' Frau war so liebenswürdig und hat mich eingeladen.«
»Das nämlich ist unsere Überraschung«, kicherte Sonja, und Victor fragte erheitert: »Na, was sagst du jetzt?«
Ling fand nicht gleich ein Wort und blickte nur in das dicke, rote Gesicht vor sich.

»Jedenfalls, bitte, bitt' schön, ich bin nur Gast hier«, sagte Stone und machte eine entsprechende Handbewegung: »Ich will nichts sagen, verstehn Sie mich? Ich bin bloß Gast wie jeder! Für mich ist bloß eins sicher, Meister – wir zwei kommen garantiert ins Geschäft.« Ganz winzig und hurtig zwinkerte er mit einem Auge und nahm im nächstbesten Sessel Platz. Noch ehe sich Ling richtig fassen konnte, führte Victor ihn an den Vorlesetisch. Mechanisch ließ er sich dirigieren, setzte sich, legte, während es rundum ruhiger wurde, ohne jede Spannung sein Manuskript hin und hob das Gesicht: »Ich muß zuvor noch etwas sagen, damit –«

Er kam nicht weiter, denn sogleich unterbrach ihn Victor: »Bitte, mach das, wenn du anfängst! Laß, bitte, mich erst was sagen!« Damit drehte er sich um, und Ling fühlte sekundenlang seinen gerade aufgerichteten, dunklen Rükken wie eine plötzliche Mauer.

»Also Herrschaften, begrüßt haben wir uns schon«, hörte er Victor sagen: »Warum wir zusammengekommen sind, brauch' ich auch nicht zu erklären. Wir freuen uns sehr, daß so viele gekommen sind. Ich sehe auch, daß jeder schon äußerst gespannt ist. Mir geht's natürlich genauso.« Er wandte sich dem Sitzenden zu, lächelte leicht verschmitzt und redete weiter: »Ich hoffe, Mart, wir können dir und uns nach der Vorlesung gratulieren. Wir wissen ja jetzt, wie intensiv du dich in die Arbeit gestürzt hast. Außerdem hast du ja auch den Boden für dich kräftig beackert in der Zwischenzeit.« Einige kicherten kurz auf. Das verstimmte Ling. Er schluckte. ›Ist doch alles Quatsch!‹ dachte er.

»Uns kann das übrigens nur recht sein, sehr recht sogar!« fuhr Victor fort und wurde lebhafter: »Als Preisrichter lassen wir uns natürlich dadurch nicht im geringsten beirren, das steht fest.« Wiederum wandte er sich Ling zu: »Du und alle Freunde wissen, daß ich immer gesagt hab', du sollst schreiben. Endlich haben wir dich dazu gekriegt. Also bitte, du hast das Wort! Wir sind alle sehr neugierig.« Einige klatschten. Victor setzte sich zwischen die vordersten Zuhörer. – »Wie heißt die Geschichte?« fragte er noch einmal geschwind.

»Die mißglückte Pietät«, antwortete Ling, ohne von seinem Manuskript aufzusehen.

»Nicht schlecht. Ausgezeichnet«, hörte er da und dort. Er begann ohne Übergang zu lesen. Seltsam – ob aus Gedankenflucht oder sonst einem Grund, war schwer zu sagen –, die beabsichtigte Erklärung, daß die Fabel der Geschichte nicht seine eigene Erfindung sei, hatte er ganz vergessen. Anfangs kamen die Worte noch zögernd aus ihm. Unnatürlich und gewollt klangen sie. Er plagte sich, eine ungezwungene Sprechweise anzunehmen, doch es gelang ihm nicht. Darüber ärgerte er sich, und nach und nach kam eine immer stärkere Unlust über ihn. ›Hm, und außerdem ist doch alles schon längst bekannt!‹ fiel ihm ein, und er wartete geradezu darauf, daß jemand das sagen würde, aber nichts dergleichen geschah. Die Empfindung, als sage er nur widerwillig etwas Auswendiggelerntes her, das man ihm abgenötigt hatte, steigerte sich zu einer kaum mehr einzudämmenden Fadheit. ›Damit kann der Stone doch kein Geschäft machen. Und weiter kann ich doch nichts! Was will denn der? Es ist doch alles eine ekelhafte Komödie!‹ dachte er und verlas sich, als er umblätterte. Seine Augen saugten sich an den Buchstaben fest, er las und las, um nur einigermaßen ordentlich zu Ende zu kommen, und als er das letzte Wort herausgesagt hatte, schluckte er etwas Gallebitteres hinunter, schnaubte ein paarmal kurz und hart und wagte sein Gesicht erst zu heben, als ihn heftiges Klatschen und begeisterte Bravorufe überschütteten. Sprachlos starrte er sekundenlang, aber – in der Tat, er zuckte fast erschrocken zusammen – da stand schon der Berg Stone vor ihm und reckte ihm die Hand hin: »Ein

Vorleser sind Sie, Mister Ling, Klasse!« Andere drängten sich heran und sagten ähnliches. Hilde Rösch hielt ein volles Weinglas hin und flötete schmachtend: »Sie Ärmster! Verdursten läßt man Sie!« Ling griff zu und trank das Glas in einem Zug aus. Stone hatte sich an Sonja gewandt, die von Victor und Iwan flankiert war, und sagte auffallend laut: »Gnä' Frau, ich bin Ihnen wirklich sehr, sehr dankbar für die Einladung. Es war ein Hochgenuß für mich, ein ganz seltener Hochgenuß! Talente schlummern im Herrn Ling, Talente!« Das andere ging im Gerede unter. Ling sah nur, daß sich der Agent eingehend mit Victor unterhielt und verstand einmal das Wort ›Zukunft‹, sah, wie Iwan öfter nickte und Sonjas Gesicht einen verhalten stolzen Ausdruck bekam. Sie suchte Lings Augen. Der aber sah sie nicht, er verhielt seinen Blick auch vor den sich immer wieder Herandrängenden und schien keinen Händedruck, kein schmeichelhaftes Lobwort aufzunehmen, denn er kämpfte gegen einen jähen Stoß von unsinnig wilder Lachlust, der vom Magen zur Gurgel heraufdrang, und es kostete ihn alle Mühe, ihn aufzuhalten. Schnell preßte er die Lippen aufeinander, biß die Zähne zusammen und würgte den drohenden Ausbruch hinunter. Es war doch unmöglich, daß außer Neuberger keiner die Katzengeschichte in den Zeitungen gelesen hatte! Oder wirkte etwa das Dazwischenkommen Stones derart imponierend auf Victor, Sonja und alle anderen, daß niemand mehr eine eigene Meinung hatte? Der Laschi tauchte nunmehr vor ihm auf und sagte: »So was kannst du also? Wir haben recht gehabt, scheint mir.« In diesem Augenblick klatschte Sonja in die Hände und rief zum Imbiß, während Victor, mit einem verschmitzten Blick auf Ling, dröhnend dazusetzte: »Und nach der Stärkung das Preisgericht!« Die beiden verschwanden hinter dem mächtigen Rundrücken Stones, der sich verabschiedete: »Leider, leider, gnä' Frau! Nicht bös sein, bitte! Mein Herz, mein Herz!« Ling trat hinzu, und der Agent drückte auch ihm die Hand: »Wie gesagt, Meister, gelesen haben Sie großartig! Mein Kompliment. Sie hören von mir. Vielleicht schon morgen!« Der gespannte Blickwechsel zwischen Sonja und Victor entging Ling nicht, obgleich er sich nur an Stone zu halten schien. Grotesk sah der Mann im Smoking aus. Völlig zerweicht von Schweiß war sein Kragen, aus dem der sackige Kropf quoll. Genauso sah seine Hemdbrust aus. In einem fort wischte er mit dem Taschentuch über sein nasses Gesicht, schnaufte schwer, und geschwind flüsterte er noch: »Wenn mich nicht alles täuscht, kann ich bereits Positives melden ...« Unverdächtig drehte er sich um und watschelte bärenhaft ungelenk davon. Als ihm draußen im Gang das Mädchen in den Mantel half, musterten Victor und Sonja Ling vieldeutig.

»Na, Mart«, meinte Sonja: »Nach *dem* Start kann man ja noch allerhand erwarten.« Das klang nach Victor, der ein wenig verächtlich hinwarf: »Stone? Er heißt natürlich schlicht Josef Stein und kommt aus Wien.«

»Habt ihr denn gewußt, daß ich bei ihm war?« fragte Ling, es überhörend, und wunderte sich: »Wer hat ihn denn eingeladen?«

»Eingeladen?« lächelte Sonja spitz: »Solche Leute besorgen das schon von selber, mein Lieber! Er hat mich einfach angerufen.« Ihr Gesichtsausdruck hieß ungefähr: »Stell dich doch nicht so unbefangen, wir wissen doch Bescheid!«

»Hm«, machte Ling und rätselte stumm in sich hinein. Im Grunde genommen war das alles Neubergers Werk und geschah aus reinem ›Justament‹. Jedenfalls verstand er es, etwas, das er sich vorgenommen hat, durchzusetzen. Aber wieso und warum tat er es denn?

»Trotzdem – Agenten sind uns nicht maßgebend, mein Lieber«, sagte nunmehr Victor: »Vielleicht erlebst du eine große Überraschung.«

»Ich hoffe! Ich hoff's, daß ihr radikal objektiv seid«, erwiderte Ling. Nichts focht ihn mehr an. Nur ein leichter, nervöser Kitzel durchzuckte ihn, als er zwischen den plaudernden Gästen im Dining-Room stand. Die vom Preisgericht tuschelten in einer Ecke. »Aber geschrieben, *geschrieben!*« und »Form« hörte er einmal, und mit der kaltblütigen, beinahe schon lästigen Gleichgültigkeit des völlig Desillusionierten wartete er ab. Mechanisch trank er den duftenden Kaffee und aß den Kuchen dazu. Nichts schmeckte ihm. Die Preisrichter verließen mit seinem Manuskript den Raum.

»Huhw!« sagte Lisawetha auflachend: »Huhw, jetzt wird's ernst für Sie, Herr Ling! Ich bin schrecklich neugierig. Sie nicht?« Und ehe er antworten konnte, fragte sie in ihrer entwaffnenden Art: »Was machen Sie jetzt, wenn Sie das Geld bekommen?« Das verwirrte ihn einen Moment lang.

»Ich? Das Geld?« stotterte er, faßte sich aber: »Ah, ich krieg's doch sowieso nicht!«

»Wieso? Ich glaub's bestimmt!« gab sie leicht verwundert zurück und fügte etwas leiser hinzu: »Wunderbar haben Sie gelesen. Fast noch besser, als wenn Sie frei erzählen.«

»So? So, glauben Sie?« Er nahm sie voll in seinen Blick, und im Nu flammte der brennende Wunsch in ihm auf, mit ihr allein zu sein. Allein und irgendwo und alles, was sie war, zu besitzen: das flockig helle Haar, welches das gut geschminkte, heitere Gesicht umrahmte, die erregend entblößten Schultern, die kühn herausgepreßte, volle Brust, die der gewagte, weite Ausschnitt freigab – diesen ganzen begehrenswerten Körper. »Ein Weib wieder, ein Weib! So ein Weib und Geld! Alles andere ist Unsinn!« zischte es heiß durch ihn.

»Mit dem Geld? Was ich tun würde?« sagte er und zog sie aus mit seinen gierigen Blicken: »Am liebsten würd' ich's mit Ihnen in einer Nacht verjuxen.«

»Oh, sagen Sie das nicht! Ich könnt' Sie vielleicht beim Wort nehmen, Sir!« lachte sie und weidete sich an seinem Anschauen: »P-h, aber so fünfhundert Dollar, wie lang reicht das schon!« Wie sich anbietend stand sie da. Ihr enganliegendes, tiefschwarzes Samtkleid umschloß ihren Körper wie eine gespannte Haut und schimmerte bei jeder Bewegung glänzend. Der Rock war unterhalb des Gesäßes mit einem breiten, rundherumlaufenden Taftband noch enger zusammengehalten, das auf der rechten Seite eine große Masche hatte. An den Ohren, um den blassen Hals und die Arme blinkte billiger Schmuck. Aufreizend obszön wirkte dies alles.

»Schön, sehr schön sehn Sie aus, Lisawetha!« sagte er. Seine Altmännerzüge wurden haltlos, seine Augen schwimmend, und sie lachte breit mitten hinein.

»Herrschaften, der Hauptakt beginnt, bitte!« rief Sonja zur Tür herein und hielt Ling mit der flachen Hand zurück: »Du mußt noch ein bißchen warten, Mart! Wir holen dich! Es dauert nicht lang.«

Schnell und geräuschvoll leerte sich der Raum. Alleingelassen stand Ling am großen Eßtisch und zerkrümelte nervös ein Stückchen Kuchen. Ein paarmal hört er, daß die Stimmen nebenan lauter wurden, und Gelächter quirlte dazwischen. Deutlich unterschied er dasjenige Lisawethas. Sonderbar, bis jetzt hatte er kaum mehr daran gezweifelt, daß ihm der Preis zufalle, nun auf einmal wurde er wieder kribblig. Er gierte nach ihm. Er konnte sich gar nicht mehr vorstellen, daß er ihn *nicht* bekomme. Er dachte an Victors letztes Wort von der ›großen Überraschung‹ und zitterte plötzlich. Unruhig ging er hin und her, und das dumme Warten kam ihm peinigend lang vor. »Jetzt wird der Victor vielleicht auspacken damit, daß die Geschichte längst bekannt ist«, fiel ihm beklommen ein: »Er hat das alles doch bloß angezettelt, um mich zu blamieren, zu demütigen! Er ist und bleibt doch mein Feind!«

Als die Tür aufging, zuckte er zusammen. Er hörte das »So, jetzt kannst du kommen!« Sonjas kaum, versuchte aber, sein Gesicht mit gelassen lächelnder Überlegenheit zu maskieren.
»Da habt ihr ihn!« rief Sonja, als sie im Living-Room ankamen, und da wußte er Augenblicke lang überhaupt nicht mehr, wie ihm war, denn die erwartungsvoll im Halbkreis Stehenden empfingen ihn mit einem besessenen Klatschen und riefen in lautem Chorus: »Bravo unserm Meister! Gewonnen, bravo! Bravo!!!« Iwan war an ihn herangetreten – er glaubte fast, eine hölzerne Marionette zu sein – und setzte ihm unter lustigem Beifall einen Lorbeerkranz auf den heißen Kopf, und Lisawetha übergab ihm eine braunledernde, weiche Brieftasche: »Und das, Sir, ist Ihr Preis, bitte! Ich hab's Ihnen gesagt.« Von neuem brach der Beifall los und schwoll an, daß die Wände zu bersten drohten. Ling wurde hin und her gerissen, gelobt und geküßt. Eine Weile flirrte und tanzte alles um ihn. Endlich ebbte der Lärm ab, und Victor konnte sich Gehör verschaffen. Während alle sich setzten, pflanzte er sich vor Ling auf, der ziemlich mitgenommen und hilflos mit der Brieftasche in der Hand dastand und nur in einem fort »Danke, dank' schön, danke, danke!« plapperte, und fing bedeutsam zu reden an: »Zu danken ist da nichts, Mart! Wir alle sind uns einig, daß du den Preis ehrlich verdient hast. Ich bin sogar ein bißchen stolz, weil ich immer gesagt hab', in dir steckt ein Schriftsteller, du sollst schreiben. Jetzt wissen wir, ich habe recht gehabt. Ich bin sogar überzeugt, du machst deinen Weg damit, du wirst Erfolg haben –«
Es klatschte wiederum. Ling schien wieder ganz wach und wartete, wartete gespannt – und jetzt kam's und klang so selbstverständlich, als sei's das Gewöhnlichste in der Welt.
»An *dem* Beispiel«, sagte Victor, »wie du aus dem Zei-

tungsbericht von der toten Katze, den natürlich die meisten von uns gekannt haben, eine wirklich stilistisch und formal glänzende Geschichte gestaltet hast, zeigt sich, was du kannst, und daß du schriftstellerisch sehr *viel* kannst!«

Ling riß die Augen groß auf, heftete den Blick auf Victors Lippen, als verstehe er nicht, faßte sich und grinste plötzlich hämisch. Das störte.

»Da gibt's gar nichts zu lachen, mein Lieber!« fuhr Victor leicht zurechtweisend fort: »Was ich eben gesagt habe, ist unser voller Ernst. An diesem ersten Beispiel, besonders an deiner Warenhausschilderung, merkt man, daß du weißt, worauf es beim Schreiben an–« Warum riß es denn schon wieder ab, warum diese neuerliche Stockung?

»Was hast du denn? Ich bin noch nicht fertig!« Völlig perplex starrte Victor auf Ling. Alle starrten so bestürzt auf ihn. »Was gibt's denn da zu lachen, Mensch!« schrie Victor, denn Lings ganzer Körper schüttelte sich, er streckte die Beine breit aus und lachte krachend laut, lachte hemmungslos und ordinär, lachte erschreckend häßlich und verdarb alles.

»Shut up, Mensch! Bist du meschugge geworden!?« fuhr ihn Victor grob an und verlor jede Haltung. Er schrie, schrie in seinem Zorn, schrie und riß, da er darin den Grund des viehischen Gelächters gefunden zu haben glaubte, Ling den Lorbeerkranz herunter: »Siehst ja wirklich grotesk aus mit dem Ding da! So was hat bloß Charlie einfallen können!« Wütend warf er den Kranz auf den Diwan, und als ihn Lisawetha – da nunmehr schon alle nichts anderes mehr wußten, als kopfschüttelnd und sinnlos mitzulachen – aufsetzte, bellte er schon ganz giftig: »Gib das Miststück weg, sofort!«

»I'm sorry, Victor!« sagte sie, aber zu halten war auch sie nicht mehr. Die Tränen liefen ihr herunter vor Lachen. Wutblaß stand Victor da und sah rundherum.

»Meschugge!« wiederholte er kopfschüttelnd: »Alle seid ihr meschugge!« Tief verletzt setzte er sich, und endlich wurde das Gelächter dünner. Lisawetha war aufgestanden und zu ihrem beleidigten Bruder gegangen und streichelte ihn zärtlich: »I'm sorry, Victor, was kann man machen, wenn alle –« Ungut drängte er sie weg: »Geh schon, laß schon!« Da wurde sie sekundenlang fast schmerzlich ernst und rieb sich die nassen Augen aus. Eine ungewisse Pause entstand. Auch Ling hatte sich gefaßt.

»Sag mir bloß, warum hast du auf einmal so gelacht? War denn das, was ich gesagt habe, so komisch?« fragte ihn Victor verstimmt.

»Entschuldige, Victor, entschuldige, ich weiß wirklich selber nicht warum«, erwiderte Ling und hatte noch immer den hämischen Zug um die Lippenwinkel: »Und du glaubst also wirklich und wahrhaftig, ich kann schriftstellerisch was? Du – ihr alle glaubt das?« Er schaute fragend rundherum.

»Was heißt, du kannst? Du bist Schriftsteller!« rief Victor: »Das wollte ich doch noch sagen. Hoffentlich bist du jetzt von deinen Minderwertigkeitskomplexen geheilt und machst weiter.« Es klang, wenn auch noch verärgert, aufrichtig. Ling wich seinem Blick aus und bekam kein besseres Gesicht.

»Ha!« stieß er mißtönend verächtlich heraus: »Hahaha, so leicht ist das? So kinderleicht soll das sein, hahahaha!« Er warf den Kopf ins Genick und schien schon wieder loszubrechen. Mit einem Ruck stand er auf und sagte: »Entschuldigt, ich kann mir nicht helfen! Ich will euch doch nicht beleidigen, ich geh' lieber, ich muß gehen! Laßt mich gehen!« Dabei zeigte sich schon wieder das nur schwer verhaltene, häßliche Lachen auf seinem Gesicht.

»Du bist ein schlechter Mensch, Mart! Schade!« sagte Victor beinahe traurig in die staunende Stille hinein. Stumm und betroffen sahen alle dem Davongehenden nach.

Eine Weile herrschte noch Betretenheit. Einige fremde Gäste verabschiedeten sich. Hoch interessant sei's gewesen, sehr schön, dankten die Damen den Kumians, und ein Herr fand den ›Herrn Schriftsteller‹ etwas sonderbar, aber »so was komme ja bei Künstlern oft vor«.

»Sagen Sie, Mrs. Kumian«, flüsterte eine starkbusige, übergroße Dame Sonja ins Ohr: »Ist der Herr wirklich schlecht? War das ernst gemeint vom andern Herrn? Ist er ein schlechter Mensch?« Einen Augenblick blieb Sonja verständnislos, dann erwiderte sie mit konziliantem Gastgeberlächeln: »Schlecht? Nein, nein, so war's nicht gemeint. Bei uns hat man eine eigene Sprache.« »Oh, oh! Interessant, hoch interessant!« flötete die Imposante: »Bei Ihnen trifft man so geistreiche Herrschaften. Darf man einmal wiederkommen, bitte?« Dagegen blieb nichts übrig als »Ja, bitte!« zu sagen.

Als Sonja zurückkam, war nur noch der gewohnte Kreis da und hatte sich bereits wieder aufgelockert.

»Wir haben bei der Abmachung doch was falsch gemacht«, sagte Charlie eben, der sich über die Bemerkung wegen des Lorbeerkranzes geärgert hatte: »Du improvisierst ja immer zu schnell, Victor. Wir sollten eben doch verlangt haben, daß Mart eine Originalgeschichte erfindet.«

Gleich aber – Victor kam nicht zu Wort – fiel der Laschi ein: »Originalgeschichte, was heißt das schon? Mach' dich drauf aufmerksam, Charlie, original erfunden ist auch der Faust nicht. Den Stoff nehmen doch die meisten Dichter irgendwo anders her. Bitt' schön, wie sagt das der alte Goethe? ... ›Was heißt schon erfinden, und wer kann sagen, daß er dieses oder jenes erfunden habe? Wie es denn überhaupt, auf Priorität zu pochen, wahre Narrheit ist‹ ... Na, wenn's der schon sagt, bitte, bitt' schön!«

Victor saß noch immer nachdenklich da und wiederholte: »Schade, wirklich schade um den Mart. Seit heut weiß ich

bestimmt, er ist ein schlechter Mensch. Aber, ich mein' das nicht als moralisches Urteil.«
»Na, als was denn sonst?« fragte Charlie spöttisch.
»Als Zustand!« erwiderte Victor: »Das ist schlimm. Das ist das Schlimme.«

Endlich, an einem Samstagnachmittag gegen Ende Februar, konnten die Emmerles mit Ling die Krulichs in New Jersey besuchen. Etwas fast Unwahrscheinliches war inzwischen geschehen. Seit jener Nacht, da er den Preis bekommen hatte, stand er in einer Fülle wie nie zuvor. Diese Fülle tötete anfangs all seinen eigenen Willen. Sie beherrschte ihn völlig. Sie trieb ihn tage- und wochenlang umher wie einen Süchtigen, der sich blindlings und haltlos seinen Süchten überläßt. Erst jetzt, nach fast fünf Wochen voll hektischer Glücksfälle, faßte er sich wieder einigermaßen und glaubte, er selbst zu sein. Darum war er auf den Vorschlag der Logisleute eingegangen.
Sie fuhren zu dritt, denn der Walter war mit Freunden in die nahen »Catskill«-Berge zum Schilaufen gefahren. Der Emmerle steuerte den alten, gut gehaltenen Fordwagen. Ling saß neben ihm, die Frau Emmerle hinten.
»Die werde sich freue, Mischter Martin! Und erscht, wenn sie die Überraschunge alle erfahre!« sagte sie aufgeräumt, als sie über die mächtige, elegant geschwungene George-Washington-Brücke fuhren. Da ihr Mann ruckhaft bremste, warnte sie: »Paß e bizzli besser auf, Hans! Fahr nit so schnell bei dem Traffic!« Ling hörte nichts und schaute abwesenden Blicks über die gewölbten, mattglänzenden Dächer der endlosen Reihe vorausjagender Autos.
»E reich's Land!« meinte der Emmerle: »Fast jeder hat e Car, und keiner ischt ihm neidisch deswege. E reich's Land, Mischter Martin, so reich ischt jeder, daß kein Neid aufkommt.«
»Ja, ja, hm«, machte Ling mechanisch. Er hatte noch den graugrünen Glanz des breiten Hudson im Auge, als sie auf den Highway kamen. In der ausgewaschenen Luft, die schon den Ruch des kommenden Frühjahrs hatte, stand

das ausgebleichte, weißliche Sonnenlicht, in welches sich bereits ein leichtes Schleiern mengte. Flach und kerzengerade lief das dicht befahrene Straßenband dahin. Da und dort an den beiden Seiten waren Lücken, die braune Sumpfflächen zeigten, in denen manchmal verstockte, zu Weihern geweitete Wasserläufe schwammen. Dann wieder kamen Häuser und langhingezogene, flachdachige, moderne Fabriken oder riesige Warenhäuser, die ein sogenanntes Einkaufszentrum für die umliegenden neuen Siedlungen bildeten. Die weiten Parkplätze davor waren dicht mit Autos vollgestellt, und hinter den Fenstern der Läden wimmelte es von Käufern.

»Schauget Sie bloß, schauget Sie, Mischter Martin, was für e Geschäft geht! Genau wie in New York!« sagte die Frau Emmerle und deutete durchs Fenster.

»Jaja, ich seh's«, antwortete Ling wiederum abwesend. Zarter Dämmer fing zu weben an. Die Lichtreklamen leuchteten auf, als sie in Paterson einfuhren. Hügelaufwärts ging es, und wieder kamen reihenweise viereckige, nagelneue, saubere Siedlungshäuser, deren Fenster schon leuchteten. Dunkel tauchten in der Ferne verschwommene Hügelketten auf.

»Bald hobe wir's«, meinte der Emmerle, während seine Frau immerzu von den Krulichs erzählte, wie nett sie wohnten, wie schön das Bärbele alles halte und was für eine gute Köchin sie sei. Alles Gerede strich an Lings Ohren vorbei wie ein fremdes Geräusch. Er war ganz woanders. Er fühlte kaum, daß er in einem Auto fuhr. Nur hin und wieder kam ihm zum Bewußtsein, daß er noch nie aus New York herausgekommen sei und nichts, rein gar nichts von Amerika kenne. Dann sprang ihn ein Reisewunsch an. ›Das kommt auch noch, alles kommt noch‹, dachte er flüchtig. Dann glitt er wieder, gleichsam als überrausche ihn eine Flut von uneindämmbaren Träumen, ins Gewirr der Geschehnisse in diesen letzten Wochen. Eigentümlich scharf, fast beklemmend deutlich erinnerte er sich, wie er in der Nacht nach der Preisverteilung heimgekommen war. Die fünfhundert Dollar brannten wie Feuer in ihm und brachten sein Blut unablässig zum Kochen. Immer und immer wieder nahm er die Banknoten aus der Brieftasche, zitternd hielt er sie ins Licht, und ein Taumel befiel ihn. Der Atem stockte.

»Herrgott, Herrgott!« knurrte er: »Herrgott, und ausgerechnet ist morgen Sonntag.« Ruhelose Ungeduld trieb ihm den kalten Schweiß aus den Poren. Hundert Sachen fielen ihm ein, die er kaufen wollte. Dazu war doch das Geld da! Zu was denn sonst? Eine dunkle, unerklärliche Rachsucht stieg in ihm auf. Wieder besah er die Banknoten und haßte sie. Viereckige Papiere mit einer kahlen Zahl waren sie. Zwanzig, fünfzig, was bedeutete denn das? Mittendrin fiel ihm seine Schulzeit in München ein. Da hatten seine Eltern für ihn und seine zwei älteren Brüder bei einer Bank ein Sparkonto angelegt. Zu Neujahr, zu Ostern, Pfingsten und Weihnachten oder wenn der Onkel Xaverl was schickte, wurden die Beträge zur Bank gebracht, und die Brüder durften die also gestiegene Zahl im Sparbuch sehen.

»Da schau, Martl, jetzt hast du schon fünfzig Mark!« erinnerte er sich der Worte seiner Mutter: »Bis du in die Lehr' kommst, sind's gut über hundert oder gar noch mehr. Da wirst du froh sein.« Ihr zärtlich freudiges Gesicht machte ihn betreten. Wünsche, Gier und Qualen erzeugte die Zahl im Sparbuch. Zur Folter wurde sie, wenn er einmal in die Stadt hineinkam und die vielen Läden sah, wenn die ›Auer Dult‹ oder das Oktoberfest war. Höchstenfalls drei oder vier Mark bekamen die drei Brüder dafür mit, und die waren verbraucht, ehe sie sich auf dem Festplatz richtig umsahen. In diesen Zeiten peinigte die sinnlose Zahl im Sparbuch noch mehr. Sie verbitterte den Bubensinn und erfüllte ihn mit blindwütigen, verwegenen Plänen, die sich zuweilen ins Ungeheuerliche, Verbrecherische steigerten. Endlich, als Ling nach bestandener Lehrzeit von seinem Vater die Sparsumme von 210 Mark mit entsprechenden Belehrungen ausgehändigt bekam, stahl er sich in der nächsten Samstagnacht in die Stadt und verbrauchte das ganze Geld mit einer Hure. –

Und da stand er übernächtig mit den fünfhundert Dollar in der Hand im kalten, verrauchten Zimmer und war unfähig, sich zu Bett zu legen, und merkte, wie es schon milchig dämmerte, und starrte auf das Zifferblatt seines Weckers und hatte den unbändig drängenden Wunsch, den völlig irren Gedanken, den viel zu langsam vorrückenden Zeiger auf irgendeine Weise voranzutreiben, und hörte endlich die erwachten Emmerles draußen und war schließlich – wie, wußte er kaum – auf der vernebelten, winterfrostigen, schwach belebten Straße, überquerte den Broadway, trottete fröstelnd weiter, schaute ab und zu in die beleuchteten, vollen Auslagen der verschlossenen Läden und empfand nach und nach nur, daß ihn eine undefinierbare, grämliche Nervosität von den Zehen bis zu den Haarwurzeln erfüllte. Feindlich, als umschlössen sie ihn wie hohe, dicke Mauern eines Gefängnishofes, sah er an den stumm aufragenden Häusern empor, deren Fenster gelblichtig blinkten; die Menschen genossen den Sonntag, räkelten sich vielleicht noch wohlig im warmen Bett oder saßen in ihren Stuben beim Frühstück, plauderten, lachten, hörten möglicherweise ein gutes Morgenkonzert am Radio oder verfolgten eine anregende Fernsehsendung und überlegten, wie sie den freien Tag angenehm verbringen sollten.

Wäre er doch auf seinem Zimmer geblieben und hätte sich ebenso beim Frühstück mit den Emmerles ausgesprochen! Einmal mußte er ihnen ja doch berichten, daß die Geschichte vom Bärbele ihm das Geld, mit dem er momentan absolut nichts anfangen konnte, gebracht hatte! Wäre er doch daheim geblieben, statt so sinnlos und zerfahren in der Winterkälte umherzulaufen! Wieder spürte er es in jedem Nerv: *Daheim* will ein Mensch sein! Nicht Heimat braucht er! Heimat ist auch nur ein weitläufiger, abstrakter Begriff aus Landschaft und Kindheitserinnerungen, auch nur ein hingeschwätztes Wort! *Daheim,* in irgendeinem Winkel, daheim bei ein paar Menschen, in deren Mitte man sich geborgen fühlt, nur *das* ist greifbar und erwärmend. Hätte er sich doch wenigstens gezwungen, ins Bett zu gehen und vernünftig zu überlegen. O Schrecklichkeit, daß stets nur Augenblicksstimmungen, Dinge und Erscheinungen bestimmende Macht über ihn gewannen! Gegenwärtig war's das Geld. Von ungefähr stieß er auf Victors »Du bist ein schlechter Mensch!« Dessen Gesicht war, als er das sagte, gar nicht mehr eitel und feindlich. Eine Traurigkeit lag in seinen Augen. In den ernstgemeinten Worten schwang eine schüchtern verhaltene Güte, etwas wie: »So tu dich doch endlich von innen her auf! Wir haben dich doch alle gern!«

Es war jetzt unvernebelt hell. Vereinzelte Taxis und Autos surrten vorüber. Da und dort gingen Passanten. An der Ecke, aus einem ›Drugstore‹, kam ein dickmanteliger Mann, und ein Fetzen Radiomusik wehte ihm nach. Schmal aufstrebend war eine spitztürmige Kirche in die Häuser gezwängt, deren Glocken läuteten. Sonntäglich gekleidete Gruppen und Paare strebten ihr zu. Ling sah zwei schlanke, auffallend elegante Damen, geschäftig plaudernd, vor sich hergehen. Ihre weit fallenden, braun glänzenden Nerzmäntel schwankten bei ihren Schritten sanft hin und her. Er sah die hauchdünn bestrumpften, schön geschwungenen Beine, die ungewöhnlich hochstöckeligen Schuhe, die koketten, vogelnestkleinen Hüte über den sorgfältig gelockten Haaren. Er fing den Duft ihres dezenten Parfüms auf und fühlte auf einmal wieder den sachten Druck seiner Brieftasche an den Rippen. Mit fanggierigen

Augen umgriff er die zwei Damen, ehe sie im Kirchenportal verschwanden, und Wunschvorstellungen von märchenhaft schönen Frauen mit alabasterweißen Gesichtern, schlanken Hälsen, runden Brüsten, nackten Armen und Schultern, auf denen reicher Schmuck blitzte, durchzogen ihn. Bilder von strahlenden Sälen, von flimmerndem Kleiderglanz, von vollbesetzten, reich gedeckten Tischen in erstklassigen, teuren Restaurants mit süßer Tafelmusik tauchten auf. Tief atmend dehnte sich seine Brust, und seine Züge belebten sich. Auf dem Hudson zerteilte sich der Nebel in der mehr und mehr hervorbrechenden Sonne. Das mit kärglichem Schnee verbrämte Felsenufer auf der anderen Seite glänzte. Auf den Plateaus standen erst kürzlich erbaute, ziegelrote Wohnhäuser, und die kahlen Busch- und Baumgruppen griffen wie Drahtgewirr in die klarer werdende Morgenhelle, über welche sich der mächtige, unendliche Himmel wölbte. Sehnsucht nach unbestimmten Fernen, nach besonnten Wiesen, schattigen, sommerdurchsummten Wäldern und zart gewellten, tiefblauen Seen weckte dieser Anblick. Das Geld erschloß die ganze heitere, schöne Welt. Eine Zahl auf einem zerknitterten, verschnörkelt heraldisch bedruckten Papier bewirkte Wunder.

Die sonntägliche Unbewegtheit rundum war nicht zu ertragen. Es mußte etwas geschehen. Auf der anderen Straßenseite ging ein martialisch-imposanter Portier in blauer, goldbetreßter Uniform und ebensolcher Schirmmütze vor einem stadtbekannt teuren Restaurant hin und her, grüßte die herankommenden Gäste mit leichtem Kopfnicken und öffnete ihnen die Tür. Ling steuerte auf ihn zu, blieb vor dem Restaurantfenster stehen und musterte, scheinbar kennerisch wählend, die darin ausgestellten, raffiniert garnierten Speiseplatten. Knallrote Krebse mit ausgespreizten Scheren, stahlgraue, glatte Aale oder dicke, umfängliche Steaks lagen zwischen dunkelgrünen, weißspitzigen Spargeln, ausgesuchten Tomaten, Gurken und prächtigen Salatköpfen.

Er betrat das Restaurant, musterte die vornehmen Gäste an den schneeweiß gedeckten, überladenen Tischen, gab Hut und Mantel ab und ging langsam auf einen noch leeren, einsamen Tisch zu, nahm Platz und beschäftigte sich wie ein weitgereister Feinschmecker gelassen mit der Speisekarte. Der Kellner stellte frisches Wasser hin, ein anderer kam herbei und blieb abwartend dienernd stehen. Das war angenehm. Ling ließ sich Zeit, nahm endlich all sein Englisch zusammen und bestellte, obgleich er kaum Hunger hatte und am liebsten Eier mit Speck genommen hätte, das Teuerste. Da er zu bemerken glaubte, daß dies dem Kellner imponiere, durchprickelte es ihn wohltuend dabei. Wie von selber veränderten sich seine Miene und seine Gebärden und wurden weltmännisch-herrenmäßig.

Nach den zwei Gläsern Kognak ›Remy Martin‹ aß er die pikante Hühnerleberpastete nur halb auf, und unberührt ließ er die Oliven, die frischen Selleriestengel und den Salat. Auch von der würzigen, dunkelbraunen Schildkrötensuppe nahm er nur einige Löffel, und ebenso hielt er es mit dem saftigen, zarten Steak, den beigegebenen zuckersüßen Früherbsen, dem butterweichen Spargel und den flockigen Kartoffeln. Genießerisch bedächtig trank er den herben, schweren Bordeaux dazu, nahm zum Abschluß abermals zwei Kognaks, und beim Mokka lehnte er sich behaglich im Stuhl zurück, rauchte eine Zigarette um die andere und schien ungemein selbstsicher in einer satten Gehobenheit auszuschwingen. Als der Kellner auf einem Silbertablett die Rechnung präsentierte, die weit mehr als die Hälfte seines Wochenlohnes ausmachte, sah er mit verächtlicher Flüchtigkeit auf die Endsumme, legte eine Fünfzig-Dollar-Note hin und gab ein derart hohes Trinkgeld, als gewechselt war, daß der Mann ihm bis zur Garderobe nachkam und beflissen-freundlich in den Mantel half.

Dann stand er wieder auf der trüben, winterlichen Straße im Gewölk der schauderhaft leeren New-Yorker Sonntagslangweiligkeit. Im Nu verflog die kleine Wollust, die er zuvor als Gast empfunden hatte, und unschlüssig überlegte er, wie er die weiteren Stunden ausfüllen sollte. Vielleicht Iwan und Sonja aufsuchen oder zu den Korschens, wo gewöhnlich der Laschi war, gehn? Den Victor anrufen, um sich mit ihm einmal ganz offen unter vier Augen auszusprechen? Die faule Sattheit machte schläfrig. Das beste wäre vielleicht, heimzufahren und sich hinzulegen bis zum Hereinbruch der Nacht. Doch da hätten sicher die Emmerles nach dem Grund seines frühen Weggehens gefragt, und wer weiß, wohin dieses Geschwätz geführt hätte. Ach so! Ja – er rief die Lisawetha an. Doch niemand antwortete. Dasselbe bei Hilde. Fast schmerzlich übergenau stand jede winzige Einzelheit von damals vor Ling. Zu guter Letzt hatte er sich vorgenommen, zu Neubergers zu gehen. Jetzt kam er doch als Sieger und wollte nur noch großmütig danken! Danken? Ach, Unsinn! Besser, allein zu bleiben und sich einfach dem Zufall zu überlassen!
Er saß etliche Male in einer Bar auf einem hohen Bockstuhl und trank Whisky zwischen fremden Leuten, er ging in ein Kino, kam mitten in einen turbulenten Wildwestfilm, der ihn nicht interessierte, und absolvierte die Wochenschau, die den sensationellen Abschuß des bisher größten amerikanischen Erdsatelliten ›Atlas‹ zeigte, der erfolgreich Botschaften des Präsidenten auf die Erde sandte. Das veranlaßte die Zuschauer zu Begeisterungsausbrüchen. Die Sowjets waren überholt. In allen Staaten des Landes stiegen Zuversicht und Bewunderung.
Noch klang Ling in den Ohren, was ein Zuschauer hinter ihm in deutlichem Deutsch gebrummt hatte: »Ha, was tun wir auf dem Mond, wenn wir schon in der Welt nicht zurechtkommen!« Unverblümt drohte Sowjetrußland seit Wochen mit Krieg. Die von den vier Siegermächten be-

setzte, in eine östliche und westliche Hälfte geteilte ehemalige deutsche Hauptstadt Berlin sollte nach sowjetischem Wunsch und Plan von allen fremden Truppen geräumt, der westliche Teil neutralisiert und unter die Verwaltung des russisch geleiteten Ostteiles gebracht werden. Die Sowjets traten ultimativ auf, die Westmächte weigerten sich, darauf einzugehen, und die Krise verschärfte sich täglich.

›Ich werde nachher noch mal Lisawetha anrufen‹, dachte Ling darüber hinweg und lebte ein wenig auf: ›Mit der einen Bummel machen, großartig!‹ Doch er erreichte sie wieder nicht, aß in irgendeinem Lokal lustlos zu Abend und fuhr zu einem Nachtlokal im Künstlerviertel Greenwich Village.

Er saß dort an einem einzelnen Tisch am Rande der Tanzfläche, an den ihn der schnell abschätzende Kellner gesteuert hatte, und lenkte schon deswegen die Aufmerksamkeit auf sich, weil er den teuersten französischen Champagner bestellte. Breitbeinig und geldsicher saß er da und verfolgte mit erfahrener, blasierter Weltmannsmiene die Bewegungen einer panthergeschmeidigen, starkbusigen, langbeinigen Tänzerin, die während des Tanzes ein flatterndes Kleidungsstück um das andere von sich riß und wegschleuderte, bis sie nur noch in einem winzigen Glitzerhöschen, mit ebensolchem, sehr kargem Büstenhalter, reich mit falschem Schmuck behängt, in hohen, goldlakkierten Schuhen herumwirbelte. Das fortwährend wechselnde Licht gab ihrem Körper alle Tönungen vom makabren Leichenviolett bis zum süßlichen Schlafzimmerrosa. Sie begann zu steppen. Die Kastagnetten klapperten, ihre Halsketten und Armreife klimperten, das reiche, platinbleiche Haar flog, ihr Busen und ihr voluminöser Hintern wackelten, und während sie zur peitschenden Negermusik sang, stieß ihr blutrot geschminkter, großer ordinärer Mund hin und wieder kreischende Lachlaute heraus. Dabei

näherte sie sich stets einem vollbesetzten Herrentisch, ließ ihren nackten Bauch obszön spielen und streckte schließlich unter allgemeinem Gelächter flugs ihren Hintern hin, begleitete das mit einem entsprechenden Witz und wirbelte weiter. Im Vorbeitanzen ergriff sie Lings Sektglas, trank aus und warf es klirrend in eine Ecke. Ohne Erstaunen lächelte er. Der Machtkitzel des plötzlich zu Geld gekommenen armen Mannes durchschmeichelte ihn. Schon stand der Kellner mit einem neuen Glas da und goß ein. Bei der zweiten Runde hielt die Tanzende kurz ein, stellte ihr eigenes Glas hin und plapperte irgend etwas. Als sie wieder den Tisch erreichte, trank sie hastig das gefüllte Glas aus, sagte: »Thank you, Darling!« und er nickte. Nach dem frenetischen Schlußapplaus verschwand sie und kam kurz darauf in einem pompös wirkenden, weitausgeschnittenen glanzweißen Abendkleid an seinen Tisch. Viele Augen zielten auf ihn. Er entzifferte Neid in ihnen und lebte auf. Geschwind redete seine Partnerin auf ihn ein. Er nickte, lächelte, verstand nicht und radebrechte: »I'm sorry! My English is very poor. I'm German.«
»Oh! Oh, ich verstehn Daitsch«, lachte sie wie altbekannt und rückte näher: »I was in Germany dancing by the Army Camp. I like German. You, scheener Mann, my Darling!« Ihre kalte, weiche Hand strich um sein Kinn. Ling bestellte eine neue Flasche und freute sich seines Geldes. Sie trank hastig und wurde anschmiegsamer: »I am very hungry.« Die Bedienung schien musterhaft. Schon reichte ihr der Kellner die aufgeschlagene Speisekarte. Austern kamen. Ein gewaltiges, reich garniertes Steak. Während sie sich daran delektierte, bot sie ihm manchmal einen Bissen und zwitscherte unverständliche Schmeichelworte. Er lehnte den Bissen kopfschüttelnd ab und trank ihr zu. Sie küßte ihn hastig. Zwei Negertänzer steppten singend. Ihre dunklen Gesichter glänzten wie geölt. Ihre wilde Raserei steigerte sich durch den lärmenden Beifall und ließ den

Boden erzittern. Lings Tischnachbarin hatte aufgegessen, der Kellner trug ab, sie stürzte wieder einige Gläser Champagner hinunter, legte ihren Kopf auf seine eine und ihren Arm um seine andere Schulter. Wieder kamen Zärtlichkeiten aus ihr. Ihr Atem wehte ihn an. Er roch ihren Duft. Er sah das strahlende Weiß ihres Kleides, fühlte ihre volle Brust, preßte sie an sich und küßte sie schmatzend auf die nackte Schulter. Sie stieß einen leichten Schrei aus, küßte ihn lachend und streichelte ihn.

›Fleisch! Es gehört mir! Ich kann's kaufen‹, wehte es durch sein Hirn. In seinen schwimmenden Augen stand der Kellner mit einer neuen Flasche und goß ein. Er hob das Glas und trank den einhaltenden beifallumrauschten Negertänzern zu. Plärrend laut klang sein »Prosit!«, und die beiden nahmen an seinem Tisch Platz. Er schrie brockenweise englische und deutsche Worte heraus und lärmte immer hemmungsloser. Niemand hinderte ihn daran. Der Kellner brachte nur eine Flasche um die andere. Die schneeweißen, starken Zähne der schwarzen Tänzer hingen vor ihm in der Luft. Den Arm um die Taille seiner Tänzerin gespannt, fing er schunkelnd zu singen an: »Trink, Brüderlein, trink!«, und da die anderen mitsangen, schrie er noch viehischer. Der beginnende Rausch perlte von seinem Magen in den Kopf. »You're very nice Girl ... beautiful for mich!« stammelte er und leckte das weiche, weiße Weib küssend ab. Wie durch fließendes Wasser sah er die ihm zulachenden Gesichter und plärrte erneut: »Prosit, my good friends!« Immer mehr Menschen umsäumten den Tisch und schunkelten mit ihm singend. Er vergoß den Champagner, verlor mehr und mehr den Halt, warf das Glas aufs Parkett, glotzte einmal in ein Gesicht, riß die Augen weit auf, nahm seinen Blick zusammen und erkannte einen gedrungenen Menschen vor sich, der ihn leicht verächtlich anlächelte.

»Ho! Ha! Du? Lohrer! Ha, großartig! Hock dich her, come

on!« bellte er und riß den Mann zu sich nieder, indem er in die Runde schrie: »My best friend! My best friend!«
»Dich brennt wohl der Preis, was?« verstand er Lohrer, der mit schnellem Blick die Tischrunde musterte. Das machte zornig und ernüchterte kurz.
»Preis? Scheiß den Preis an! Sauf, Mensch, was geht's dich an? Sauf!« brüllte Ling. So drohend klang es, daß etliche stutzten. Lohrer blieb unberührt davon und grinste ihn nur dünn an. Da umkrampfte Ling seine Tänzerin, daß sie etwas erschrocken abwehrte, schob sie auf ihn zu und plapperte prahlend: »Da! Ist sie nicht schön, wa-was? Großartig! Gewaltig! Da!« Er packte ihr Kinn und drückte sein Gesicht auf ihre Wangen.
»Schön! Very nice! Großartig!« wiederholte er, sie loslassend.
»Aber kostspielig«, murmelte Lohrer und goß sich ein.
»Und wenn schon! Ich hab's!« schmetterte Ling lachend und fragte: »Kennst du denn das Lokal? Bist du öfter da?«
»Ab und zu.« Lohrer merkte, daß die Tänzerin Lings Hand an ihren Busen führte.
»Willst du mit mir Kaffee trinken?«
»Ja! Ja, bestell schon, bestell für alle! Bestell!« drängte ihn Ling und winkte dem Kellner, doch Lohrer hielt ihn ab und murmelte geschwind: »Nicht hier! Woanders. Da sind wir nicht richtig.«
»Nicht richtig? Wieso? Was meinst du damit?« Statt zu antworten, verlangte Lohrer vom Kellner die Rechnung und sagte kurzerhand: »Gib deine Brieftasche.« Widerspruchslos folgte Ling. Lohrer prüfte die Rechnung, zahlte und sagte aufstehend: »Komm jetzt! Komm schon!«
»U-und was mach' ich mit dem Girl?«
»Stehn lassen!« antwortete Lohrer trocken und steckte die Brieftasche zu sich. Er zerrte Lings Arm, und der gab nach. Die Tänzerin flötete: »Oh, my Darling! . . . You go? I love

you!« Ohne sich weiter um sie zu kümmern, ließ sich Ling mitziehen. Rasch verließen sie das verlärmte Lokal.

»Da! Dein Geld«, sagte Lohrer im dunklen Taxi und gab ihm die Brieftasche zurück: »Zweihundertzwanzig Dollar bist du los.« Das höhnisch Zurechtweisende darin reizte Ling wieder.

»Na, und? Und? Was geht's dich an? Was willst du überhaupt?«

»Nichts, gar nichts!« erwiderte der andere, ohne darauf einzugehen: »Willst du jetzt noch einen Kaffee mit mir trinken?«

»Nein!« keifte Ling streitsüchtig: »Bring mich heim! Ich hasse dich!«

»Auch gut«, murmelte Lohrer ohne besonderen Ton und schwieg. Eine Pause setzte ein.

»Haben dich vielleicht die andern geschickt, he?« stieß Ling bissig heraus: »Alles versauf' und verhur' ich! Ich versauf' noch viel mehr, kannst du ihnen sagen! Ich pfeif' auf euch alle, ihr windigen Aufpasser! Der verbrunzte Mittelstand spielt besorgte Wohltätigkeit, ha! Mir kann's ja recht sein! Ich pfeif' auf alles. Ich krieg' noch viel mehr! Ich krieg'!«

»Was schreist du denn? Ich hör' ganz gut«, warf der andere hin.

»Ich krieg'! Ich krieg' noch viel mehr, verstehst du? Ich krieg'!« bellte Ling noch lauter. Lohrer schwieg.

»Ich brauch' keinen mehr! Ich krieg' und versauf' alles! Ihr seid mir scheißegal!«

»Sicher, sicher kriegst du!« sagte Lohrer nur. Das Taxi schaukelte die beiden hin und her. Rülpsend schnaubte Ling seinem Begleiter ins Gesicht.

»Was bist du eigentlich?« fragte er auf einmal ganz ernüchtert: »Was ist los mit dir? Bist du ein Spitzel oder ein armseliger Tropf, der kein Weib kriegt? Da gehst du dann heimlich in diesen Bumslokalen 'rum und geilst dich an,

du windiger Onanist, he?« Lohrer war nicht zu beleidigen. Im aufscheinenden Laternenlicht sah Ling sein rundes Gesicht. Winzige Grübchen waren um seine Mundwinkel. Er sah geradeaus und schien mit sich beschäftigt.
»Ha!« schmetterte Ling noch herausfordernder: »Ha, ich zeig' euch noch ganz andere Sachen! Wart' ab, wart' ab!«
»Zeigen?« sagte der andere wegwerfend: »Und was hast du davon? Einen leeren Geldbeutel, Kopfweh und Katzenjammer! Imponieren willst du? Wenn unsereiner imponieren will, das geht immer schief.«
»Unsereiner? Wen meinst du denn damit?«
»Unsereiner eben, unsereins! Du bist keine Ausnahme. Unsereins eben, die Mittelmäßigen«, höhnte Lohrer winzig und zuckte die Achseln, indem er Ling voll ansah: »Du schwafelst bloß immer davon und willst was anderes sein.« Er richtete sich auf und sagte energisch: »Stop!«
»Gib dein Geld her«, wandte er sich an Ling: »Wir sind da. Laß uns aussteigen.«
Der Wind fegte eisig auf der schwachbeleuchteten Straße. Das Taxi surrte davon.
»So, ich bin da. Du hast bloß noch ein kurzes Stück bis zu dir«, meinte Lohrer ungeniert: »Das bissel Gehen tut dir ganz gut ... Das bläst dich aus.«
»Du Schwein! Was glaubst du eigentlich? Warum hast du mich nicht bis vor meine Tür fahren lassen?« zischte ihn Ling wütend an: »Hab' ich nicht bezahlt?«
Da sah ihn Lohrer verächtlich an und höhnte: »Bezahlt? O du kleiner Spießer! Bezahlt? Damit, meinst du, kann man alles machen, was? Da, gib mir lieber für das was, nachdem du schon so viel für nichts verjuxt hast.« Er hatte während des verfrorenen Hinundhertrippelns eine zerknitterte Sammelliste der Kommunistischen Partei aus einer Tasche gefingert und hielt sie ihm hin. Diese Partei war seit langem in Amerika verboten. In einem großen Prozeß waren seinerzeit deren Spitzenfunktionäre zu lang-

jährigen Gefängnisstrafen verurteilt worden. Einige saßen noch in Haft. Wegen Geldmangels war die Parteizeitung ›Daily Worker‹ eingegangen.

Überrascht fixierte Ling den sonst so schweigsamen Menschen. »Hm, und du meinst wohl gar, ich bin einer von euch?« fragte er spöttisch.

»Das nicht, aber auch keiner von den anderen«, antwortete Lohrer. Rasch steckte er die Zwanzigdollarnote in die Tasche und spähte vorsichtig rundum. Nur der Eiswind fegte. Lings Rausch war verflogen. Er wurde interessiert.

»Und du glaubst trotz eurem Stalin noch immer an das?« fragte er gedämpft, aber noch immer ironisch: »Er ist ja jetzt schon ziemlich lang tot, und den armen kleinen Leuten in Rußland geht's ein bissel besser, aber –«

»Aber die haben zuerst die Sputniks gebaut und überholen die Amerikaner bald wieder. Sie überholen mit der Zeit alle«, unterbrach ihn Lohrer, und Ling wunderte sich über seinen festen Ton.

»Und? Was kommt schon für uns dabei heraus? Hast du eigentlich was davon? Macht dich das glücklich?«

»Ja!« Einige Sekunden blieb dieses Wort unter dem Laternenlicht stehen. Ling entsann sich der Bemerkung des Deutschen im Kino und wollte etwas sagen. Da trafen sich ihre Augen.

»Ja, sicher«, sagte Lohrer mit leicht dozierender Bestimmtheit: »Für mich hat's deine Diaspora noch nie gegeben. Ich weiß, wo ich hingehör' ...« Es hörte sich beinahe etwas schadenfroh an, als er weiter fragte: »Und du? Wo gehörst du hin? Zur Kumiansippschaft, zum Neuberger, oder? ... Nicht? Wohin denn dann?«

»Hm, hmhm«, machte Ling kopfschüttelnd: »Muß man denn absolut wo hingehören?«

»Das ist schließlich deine Sache. Gute Nacht jetzt, mir ist kalt«, schloß Lohrer resolut, ging rasch auf seine Haustür zu und verschwand. –

War das nicht ein schon tausendmal gehörter Disput!? Warum ging er ihm gerade diesmal nicht aus dem Kopf? Erstaunt über die Eindringlichkeit des Erinnerns, reckte er sich leicht vom Autositz in die Höhe.

»Ischt Ihni kalt?« fragte der lenkende Emmerle, und als Ling verneinte, sagte er wiederum: »Zehn oder fünfzehn Minute noch, und wir sind da.« Die ersten, sauberen Neubauhäuser von Pompton Lakes glosten in den angelaufenen Autofenstern. Was für eine Kraft der Vergegenwärtigung das erinnernde Nachdenken manchmal hat! In die knappe Viertelstunde bis zur Ankunft bei den Krulichs preßte es alles, was Ling in den letzten Wochen erlebt hatte.

»Ha!« lachte er plötzlich leicht auf und bog sogleich ab: »Nett ist's, einmal aus New York 'rauszukommen. Ich bin neugierig, wie Ihre Frau Tochter alles aufnimmt.«

»Freue wird se sich wie e Storch mit seine Junge! Da könne Sie Gift drauf nehme, Mischter Martin!« sagte die Frau Emmerle. In Wirklichkeit galt Lings »Ha!« dem selbsicheren »Ja« und »Ja, sicher!« Lohrers auf die Frage, ob ihn denn sein Glaube an den Kommunismus und die Bewunderung der Sputniks glücklich mache. »Ha!« hätte er am liebsten überlegen zweifelnd herausgelacht. Ihm selber fehlte nicht mehr das mindeste am Glück. Und das ganz ohne diese fixen Ideen!

Und da war in einer Korrekturnacht kurz nach der Preiskrönung der Chefredakteur Dr. Mühlbacher an ihn herangetreten und hatte ihn ins Büro gebeten. Überaus freundlich bot er ihm einen Stuhl an und ging aufgeräumt hin und her: »Wissen Sie, ich hab' einen Riecher für so was. Ich hab' schon immer so einen Animus gehabt, Herr Ling, daß was in Ihnen steckt. Drum hab' ich Sie auch immer gehalten und gesorgt, daß Sie fest angestellt werden, verstehn Sie mich? Sagen Sie bloß – warum haben Sie mir gegenüber denn nie was verlauten lassen, Menschenskind?

Sie wissen doch von unserm Freund Neuberger, daß ich für unbekannte Talente auf unserm deutschen Feld immer zu haben bin!«
Ling begriff nicht.
»Da, bitte! Wissen Sie denn gar nichts davon?« fuhr der Doktor eifriger fort und gab ihm eine Notiz, die Stone an die Zeitungen gesandt hatte: »Das bringen wir natürlich und wiederholen es in unserer Sonntagsbeilage als Einleitung zu einem entsprechenden Artikel Neubergers über Sie. Ich hab' bereits alles telefonisch mit ihm abgemacht.«
Ling traute seinen Augen kaum, als er unter einer Überschrift »Literarischer Privatzirkel entdeckt vielversprechenden deutschamerikanischen Dichter« von einer ›höchst originellen, nachahmenswerten Preiskrönung‹ las und Victor und die Kumians namentlich erwähnt sah.
»Leider, Ihr Agent hat zwar die deutsche Fassung Ihrer Story mitgeschickt, aber wir können sie erst bringen, wenn sie englisch erschienen ist«, bedauerte Dr. Mühlbacher: »Ich hab' die Story natürlich sofort gelesen. Ganz ohne jede Schmeichelei, Herr Ling, aus einem Zeitungsreport so ein echt dichterisches Kabinettstück zu machen, alle Hochachtung, mein Lieber. Da bekommt unser guter Neuberger eine sehr scharfe Konkurrenz.«
Der Hausfotograf wurde gerufen und machte mehrere Bilder. Napoleonisch sagte Mühlbacher: »Noch liegt eine ganze Zukunft vor Ihnen ... Ich freß' einen Besen, wenn Sie nicht in ganz kurzer Zeit hoch oben sind!«
Und dann, am darauffolgenden Sonntag, hörte Ling ein geschäftiges Wispern und rasches Geschlurfe vor seiner Zimmertür, das ihm ungewohnt vorkam. Es verschlug ihm das Wort, als er die Tür öffnete. Freudeerregt strahlten ihn die Gesichter der drei Emmerles an, und die lustige Logisfrau zwitscherte drauflos: »Tja, ja, gell, da schauet Sie, Mischter! Sie Schelm, Sie schlimmer! Dies ischt alles wege Ihni, wenn Sie auch koi Wörtli verlaute hobe lossa!

Grad noch, daß wir e Sträußli Blume schaffe hobe könne. Jetz kommet Sie, kommet Sie! Mache Sie sich fertig. Wir gratuliere herzli! Kommet Sie, wir warte.«
Blühweiß war der Tisch gedeckt, ein großer Blumenstrauß in der Mitte, das gute Altmeißner Porzellan stand da, eine leckere Torte und Schnapsflaschen.
»Drastisch, drastisch machet Sie dies! Nicht oi Wörtli erfahret wir von Ihni! Erscht aus der Zeitung erfahret wir es!« rügte der Emmerle beim Frühstück in einem fort gutmütig. Neben Ling lagen der Artikel aus der deutschen Zeitung und Ausschnitte aus der ›New York Times‹ und anderen englischen Blättern New Yorks, die der Walter gesammelt hatte.
»E Pröschterli auf unsern große Schreiber!« rief der Emmerle, und der Walter verbesserte rührend respektvoll: »Unsern Dichter!« Das machte verlegen. Und es half Ling nichts, daß ihn ein Befangensein niederhielt, er mußte schließlich seine Geschichte vorlesen. Wie Dr. Mühlbacher reagierten auch die Logisleute.
»Tjajaja, die Katzesach vom Bärbele, tjajajaja!« brachen sie in arglose Begeisterung aus: »Tjaja, aus em e solche kleine Witz machet Sie a reines Meischterstückli!« Erleichtert atmete Ling auf. Von da ab überschütteten ihn die Logisleute mit Nettigkeiten, und nach kaum einer Woche lag ein neuer Teppich in seinem Zimmer, dann kam ein guter, wenn auch gebrauchter Schreibtisch dazu, ein Tischchen und neue Stühle. »Und wisset Sie, Mischter Martin, er brauchet sie sowieso ganz selten. Da habe wir ihm die Ihrige hineingestellt. Sie, sagt er, der Walter, brauchet sie notwendiger«, verriet ihm die Frau Emmerle, als die gute Schreibmaschine Walters dastand. All sein Sträuben war zwecklos.
Und dann kam an einem Morgen gegen zehn Uhr jener Telefonanruf. »Entschuldigen Sie, bitte schön, daß ich Sie aus dem Schlaf geschreckt hab', lieber Meister, entschuldi-

gen Sie, aber Business ist Business«, hörte er die keuchende Stimme des Agenten und erfaßte die Worte erst nach und nach: »Hören Sie, Meister, Ihre Story ist placiert. Ich hab' sie verkauft, verstehn Sie? Hören Sie mich? Also hören Sie, mein Lieber, mir scheint, ich hab' einen ganz ordentlichen Start erzielt damit. Sie kommt als ›One-Page-Story‹, verstehn Sie mich, ja? Aber hören Sie zu, hören Sie zu – mehr als fünfzehnhundert ist nicht zu holen. Jaja, Sie haben richtig gehört, fünfzehnhundert Dollar, ganz richtig. Schließlich fürs erste ist das auch kein Hund, was meinen Sie? Fünfzehnhundert. Akzeptieren Sie ja? O. K., schön, schön! Ich geb's telefonisch durch, sofort, jaja. Ihren Scheck schick' ich sofort, jaja! Was? Gleich? ›Special delivery‹? Gut, schön, wird gemacht, geht in Ordnung.«

Jähe, ganz große Freude und jäher, ganz großer Schmerz haben die gleiche Schockwirkung. Eine sekundenlange Bewußtlosigkeit setzt ein. Denken und Fühlen scheinen paralysiert.

Die Knie zitterten Ling, als er wieder auf seinem Bett hockte. Eine unbegreifliche Mattigkeit durchzog seinen Körper. Blind starrte er in die abgestandene Luft. Langsam wurden die Möbel und Gegenstände deutlich, verschwammen aber ebenso schnell wieder, waren wie weggelöscht, und sein Herzschlag tat ihm fast weh. Im gestockten, blutleeren Hirn fing es zu rauschen an, und wie einströmende Preßluft erfüllte das eben Gehörte das Zimmer, bließ die Wände weg, riß ihn mit und jagte ihn durch die schimmernden Geschäftsstraßen der lauten Stadt, in die lockenden Läden, in die eleganten Restaurants und schlüpfrigen Nachtlokale. Die schlangenhaft glitzernde Tänzerin tauchte auf, verwandelte sich in Lisawetha, in Sonja, in irgendwelche weißfleischige, weiche Frauenkörper, die er bis zur Erschöpfung genoß, wurde ein wirres Sammelsurium von Koffern, Anzügen, Hemden, Schuhen, Dingen, Plänen und Süchten, und gleichzeitig fielen ihm Geschichten ein, hundert Geschichten. Augenblicklich wollte er zu schreiben anfangen und war ob dieser Fülle nicht imstande, sich von der Stelle zu rühren. »Ich Idiot! Sie sind doch mein Kapital! Nichts, kein Wort davon werde ich mehr erzählen!« Dieser lächerlich verklatschte Kumiankreis mit seinen kindischen Unwichtigkeiten! Na ja, man kann ab und zu hingehn, wenn man sich langweilte. Ein Diktaphon, ja, das war wichtig. Quer durch die aufgewühlte Wirrnis fing er auf einmal an, auf Grund dieses einen Honorars imaginäre Einkünfte zusammenzurechnen. Weit, weit zurück mußte der Neuberger liegenbleiben. Überhaupt – weg mit ihm! Nicht mehr mit ihm einlassen! Na! und dieser pimplige, verstaubte Deutschtümler, der Dr. Mühlbacher – weg, weg mit allem, was nach Vergangenheit roch! New York, Amerika, großes Leben! –

Ling mußte jetzt noch verstohlen in sich hineinlächeln, wie er damals, als endlich die Wohnungsglocke schrillte, an die Tür flog und sie öffnete, noch ehe die Frau Emmerle dazugekommen war. Breitbeinig, zittrig und geradezu ängstlich, als gelte es, etwas Unangenehmes zu verheimlichen, sagte er zum Briefträger: »Jaja, yes, yes! For Ling, yes, please!« Er nahm das Kuvert, gab dem Mann einen Dollar und verschwand ebenso schnell in seinem Zimmer. Als er den Scheck las, stockte er atemlos. Dann funkelte Triumph über sein Gesicht.

Von da an trieb ihn das Geld in aller Frühe aus dem Bett, auf die Straßen, in ein Taxi und in die Geschäfte. Frau Emmerle kam aus dem Staunen nicht mehr heraus. Nach etlichen Stunden konnte sie sich kaum noch fassen vor dem fortwährenden Klingeln, Türöffnen und Paketabnehmen. Lings enges Zimmer faßte den wahllosen Überfluß kaum. In kürzester Zeit sah es aus wie ein provisorisch vollgestelltes, zukünftiges Büro einer ansehnlichen Firma. Kopfschüttelnd in sich hineinrätselnd, stand die leicht beunruhigte Logisfrau vor den aufgetürmten Sachen und fragte sich vergeblich, was der »Mischter Martin« denn plane und ob er ihr denn als Mieter bliebe. Es war doch unvorstellbar, daß er für seine Geschichtenschreiberei solche Mengen von Utensilien brauchte. Hohe Stapel von Schreib- und Kohlepapier, viele Bündel von Kuverts in allen Größen, Dutzende von stabilen, mit farbigem Leinen überzogenen Manuskripthaltern, Bleistift- und Heftklammerschachteln, schwere und leichte Koffer und einige Aktenmappen, eine schlanke, verstellbare Leselampe, Aschenbecher und Kugelschreiber jeder Art, eine Reise- und eine schwere Büroschreibmaschine ein vielbändiges deutsches Konversationslexikon und einige englische ›Dictionary‹, aber nicht ein einziges literarisches Buch, waren in einer Ecke zusammengestellt und warteten auf ihre Anordnung in dieser Enge.

Noch mehr angst und bang wurde der Frau Emmerle, als ihr Ling auftrug, bei der Zeitung anzurufen, um dort zu melden, daß er von einer schweren Grippe befallen und wahrscheinlich einige Wochen arbeitsunfähig sei. Auf ihre besorgten Fragen antwortete er nur: »Awo, mir fehlt nichts, aber ich hab' jetzt anderes zu tun. Es geht um die Wurst, Frau Emmerle. Später, später, wenn ich Zeit hab', erzähl' ich's Ihnen.« Schon war er wieder weg.

»Soviel Geld hat er auf oimol, hmhm!« brümmelte die kleine, runde Logisfrau kopfschüttelnd und ging seufzend in die enge Küche zurück: »Hmhm, und ganz anderscht is er jetz', ganz anderscht!« Es läßt sich denken, daß sie und ihr Mann sich oft noch im Bett bis tief in die Nacht allerhand bange Mutmaßungen zuflüsterten und nicht mehr das Beste von ihrem Mieter erwarteten. Aber auch im Kumiankreis war man mißgestimmt. Selbst in einem scheinbar festgekitteten Freundeszirkel hat jeder seinen entsprechenden Kaufwert oder vielmehr ein ganz bestimmtes Maß von zugestandenem Kredit. Allerdings muß dafür stets der Beweis erbracht werden. Wenngleich sich's keiner eingestand, die meisten, die einen Beitrag am Preis geleistet hatten, fühlten sich doch als aufrichtig-gutmeinende Wohltäter und erwarteten Dankbarkeit von Ling. Ganz besonders war das bei Victor der Fall. Mit mehr Recht als jeder andere nahm er für sich in Anspruch, nicht nur der Entdecker, sondern auch der tatkräftigste Förderer desselben zu sein. Schließlich hatte er die Idee des Preises gehabt. Er und Sonja und Iwan waren in der Pressenotiz Stones namentlich genannt worden, die natürlich nie den bekannten Wortlaut erhalten hätte ohne sein Zutun. Und er, der fast täglich mit dem Agenten telefonierte, hatte als erster vom Verkauf der Lingschen Preisgeschichte erfahren.

»Nu? Nu, und jetzt? Wie benimmt er sich? Jetzt läßt er uns links liegen! Das hat man davon«, sagte er beleidigt bei der Zusammenkunft des Kreises: »Zuvor war er jedesmal da, jetzt kennt er seine Freunde nicht mehr.« Bei Telefonrufen meldete sich stets Frau Emmerle und log irgend etwas daher. Vergeblich war Laschi schon etliche Male dort vorbeigekommen. Nie war Ling da.

»Hm, ich muß sagen, das hab' ich von Mart nicht erwartet«, sagte Sonja enttäuscht, und Charlie meinte: »Na, sehr nobel war der Mart noch nie. Ich kenn' ihn doch am längsten.«

»Fairness hab' ich von dem nie erwartet«, fügte Selma hinzu und heischte nach Zustimmung. Einige nickten. Das ermutigte sie, und indem sie auf Victor sah, erinnerte sie alle: »Du hast ganz richtig gesagt, er ist ein schlechter Mensch.«

»Auch beim Neuberger hat er nie wieder was von sich hören lassen. Der hat ihm doch schließlich den Agenten verschafft«, erzählte Kurt: »Man kann vom Neuberger denken, was man will, das war anständig von ihm. Übel nimmt er es dem Mart nicht, sagt der Neuberger, er ist eben auch wie jeder.«

»Na, der! Den hat der Mart nicht nötig«, erklärte der Doktor Nuckling, und – seltsam – daraus entwickelte sich ein heftiges Für und Wider, das Neuberger immerhin ein besseres Charakterzeugnis ausstellte. Nur Lohrer saß die ganze Zeit stockstumm da und schaute schadenfroh auf die Debattierenden, vor allem als Lisawetha einmal wie nebenher hinwarf: »Was regt ihr euch denn so auf? Vielleicht kennt sich der Mart vor Glück nicht aus. Nun? Warum soll er nicht?«

Sie riet richtig. Weiter, weiter trieb es Ling herum. Jedes Maß und jeden Zeitsinn verlor er dabei. Zum Bersten voll wurden die Schubladen seiner Kommode von Hemden, Pyjamas, Socken und Unterzeug, und obenauf standen aufgerissene Schachteln mit Krawatten in allen Farben, seidenen Halstüchern und Sweatern. Nur notdürftig hatten die Anzüge, Hosen, Mäntel, die Schuhe, die Hüte und Mützen im eingebauten Schrank Platz. Mit aller Gewalt mußte dessen Tür stets zugedrückt werden, um endlich ins Schloß zu schnappen. Einzig und allein diese greifbaren Sachen beschäftigten Ling noch, füllten seine Minuten und Stunden aus. Jedesmal, wenn er nach einem Einkaufszug heimkam, und oft sogar mitten in der Nacht, wenn er aufwachte, riß er mit zitternder Hast die Schachteln und Pakete auf, betastete und betrachtete das Neugekaufte und zog sich nackt aus. Wie ein gefallsüchtiges Weib probierte er das neue Unterzeug, dieses und jenes Hemd, suchte Krawatten aus und band sie um, prüfte immer wieder eine andere, schlüpfte in den neuen Anzug, setzte den Hut auf und zog den dazu passenden Mantel an. Mit schwirrender Ungeduld und dennoch pedantisch betrieb er solche Anproben. Eine animalische Wollust durchzog ihn, wenn er vor dem in die Tür eingelassenen Spiegel stand. Atmend dehnte sich seine breite Brust. Der frischtuchige Geruch des Stoffs wirkte angenehm, die Effekte der verschiedenen Farben taten dem Auge wohl. Bedächtig und besitzstolz knöpfte er den Mantel auf, überlegte, ob er ihm so besser stünde, und knöpfte ihn wieder zu. Er bog das Bein ein wenig und fühlte das Knistern der neuen Hosen. Er bewegte den Fuß und die Zehen in den neuen, weichen, gutsitzenden Schuhen, trat fester auf und empfand ein tiefes Behagen. Nur noch als Körper, als pulsierendes Fleisch, als eine verjüngte, straffe Menschengestalt, als einen interessanten Mann empfand er sich. Alles Alternde, Bittere und Häßliche war aus ihm verwichen. Unaussprechlich frei und froh betrachtete er sein Ebenbild im Spiegel, und es war ihm, als dringe die Stadt, die ganze Welt, die Zeit mit allem, was sie barg, durch seine Poren. Ob Tag, ob Mitternacht, das glückliche warme Überrauschen hielt ihn nicht mehr. Wieder mußte er auf die Straßen und landete in irgendeinem Nachtlokal, drückte irgendwelche Tänzerinnen und küßte sie, trank und soff und wußte oft nicht, wie er heim und ins Bett gekommen war. Immerzu war ein unbeschreibliches, drängendes, unstillbares Lechzen in ihm und endigte schließlich doch, als er nichts mehr zu kaufen fand, in einem faden Mißbehagen, in der schauderhaften Öde einer Unzufriedenheit mit sich, die ihn – nachdem ihn Stone schon öfter dringend brieflich und telefonisch daran erinnert hatte – darauf brachte, die Geschichte vom ›Mann mit dem gelben Halstuch‹ und jene des sonderbaren Testamentsvollstreckers in New Jersey zu schreiben. Auffällig war, daß er mit fast beiläufiger Leichtigkeit ins fließende Fabulieren kam. Ohne jede Schwierigkeit fand er die Sätze, nüchtern und handwerksmäßig überlegte er Wendungen und Effekte, und als er die fertigen Manuskripte durchlas, zweifelte er nicht mehr daran, daß Stone damit Erfolg haben würde. Er hatte also den Beruf, der ihm entsprach. So sicher fühlte er sich, daß er bereits errechnete, wieviel ihm die zwei Stories einbringen würden.

Offenbar wittert einer, der seinen ersten Glückfall bereits als etwas Selbstverständliches ansieht, das Richtige. Tat-

sächlich nämlich rief ihn der Agent schon nach einigen Tagen an.
»Also, Meister, endlich, endlich erreich' ich Sie wieder!« keuchte der dicke Mann in Lings Ohren: »Also hören Sie – begeistert ist kein Ausdruck, was ich Ihnen sagen möchte. Fasziniert, verstehn Sie, einfach umgerissen haben uns – mich und das Mariannchen – Ihre zwei neuen Stories! Der Mann mit dem gelben Halstuch? Phantastisch, sag' ich Ihnen! Das rauscht nach Money, verstehn Sie mich? Mariannchen hat schon übersetzt, und prima, kann ich Ihnen sagen. Sie wissen, ich mach' keine Elogen, bei mir geht's ums Business – aber, verstehn Sie mich, man hat doch so seinen Riecher. Also kurz und gut, mein Bester, verlassen Sie sich drauf, schon übermorgen gehn die Sachen hinaus. Eins kann ich Ihnen jetzt schon sagen, ein Success jagt den andern. Sie hören sofort von mir, wenn's soweit ist.«
Er hatte nicht zuviel versprochen. Seither stand Ling, der bisher in stumpfer, grämlicher Hoffnungslosigkeit ins Vergangene verstrickt gewesen war, auf einmal wieder in der strömenden Gegenwart. –
»Sie werde ganz überglückli sei, Mischter Martin«, sagte die Frau Emmerle aus dem Dunkel von hinten her. ›Glück‹, dachte Ling, und einen Moment lang fiel ihm Lohrer ein: ›Hm, dem sein Glücklichsein muß anders aussehen . . .‹ In der Summe alles dessen, was ihm so leicht und schnell zugefallen war, fehlte etwas, das er nicht nennen konnte. –
Das Auto stoppte ruckhaft. Er sackte ein wenig zurück.
»Oha! Entschuldige Sie. Jetzt sind mir da«, sagte der Emmerle. Ein erleuchtetes, weißgetünchtes Haus tauchte im Nachtnebel auf. Krulich und das Bärbele kamen aus der Tür.

Die geräumige, behaglich warme Stube war ganz nach behäbiger deutscher Bauernart. Über der Holztäfelung schmückten Bilder lieblicher Landschaften aus dem Schwarzwald und der Lüneburger Heide die blanken, weißen Wände, eine Kuckucksuhr tickte geschäftig, einen Herrgottswinkel gab es, und ein dunkler, stilechter Kachelofen, um den eine Holzbank lief, füllte eine ganze Ecke.

»Wisset Sie, Mischter Ling, den Ofe hat sich mei Mann durchaus eingebild't. Wir habe doch Ölheizung, wir brauchet ihn gar nit, aber mei Herr und Gebieter hat ihn oinfach habe wolle. Er nimmt bloß Platz weg, aber dasteh muß er«, erzählte das Bärbele.

Sie saßen um den schweren, viereckigen Bauerntisch aus Zedernholz, und es gab knusperigen Schweinsbraten mit Kraut und rohen Kartoffelknödeln. Das schwere, dunkle bayrische Exportbier in grauen Steinkrügen mundete ausgezeichnet. Mit beflissenen Hausfrauenblicken sah das Bärbele immer wieder auf den eleganten Gast: »Esset Sie doch, Mischter Ling! Ich hoff' doch, es schmeckt Ihni. Da, das schöne Stückli geht schon noch.« Obgleich er sich wehrte, legte sie ihm noch eine Scheibe Braten auf.

»So schön und gemütlich ist's bei Ihnen«, sagte Ling, als er endlich alles bezwungen hatte.

»So? Gefällt's Ihni? Wisset Sie, bei uns geht's ganz leger zu. Da gibt's koi Geniere. Wisset Sie, bei die Amerikaner, wenn die e Party gebe, da ist's auch leger, aber da kommt ma nie richtig zusamme. Die bleibe nicht um oin Tisch sitze. Sie esset dra und dann klappet sie ihn zusamme oder sie gehet in e anderes Zimmer, wenn sie gegesse habe. Da hocke sie alle weit auseinander und rede. Meischt rede bloß die, die sich am nächschte sitze. So, wie wir Daitsche, das kenne die gar nit. Bei uns braucht ma e Tisch, daß man sich vor sich hat, daß alle zusammestimme. Da hat mi erscht was davo . . .«, erklärte das Bärbele.

Leicht überrascht sah Ling auf sie: »Hm, ja! Seltsam, das ist mir noch nie aufgefallen – ja, richtig, die Amerikaner sitzen bloß beim Essen um einen Tisch, sonst nie.« Es entging ihm nicht, daß nach dieser lobenden Zustimmung ihre Wangen rot wurden. Ihre Blicke trafen sich. Das frische Blau ihrer Augen schien noch blauer. Der gesunde, kleine rote Mund in ihrem zartrosa Gesicht stand halb offen, und ihre perlweißen Zähne wurden sichtbar. Obgleich sich's alle bereits bequemer gemacht und die Männer ihre Jakkets abgelegt hatten, saß sie genauso imposant da wie damals, als er sie bei den Emmerles gesehen hatte. Sie trug diesmal ein gutsitzendes blaues Wollkleid mit kurzen Ärmeln und einem spitz zulaufenden Ausschnitt, der an ihrem Brustansatz winzige weiße Spitzen zeigte. Ihr derbfülliger Körper schien von einem steifen Korsett zusammengehalten, das die kuppligen Rundungen ihres kräftigen Busens deutlich herausmodellierte. All das gefiel seinen begehrlichen Altmänneraugen ausnehmend. Sie merkte es und wurde einen Hauch lang verlegen, musterte – gleichsam um sich abzulenken – sein blühweißes Seidenhemd mit den funkelnden Manschettenknöpfen und der in sich gemusterten, silbergrauen Krawatte und sagte: »Ach, Gottli, wie nob'l Sie sich gemacht habe, Mischter Ling. Wege uns hätt's dies nit notwendig g'habt.« Es war ein Ausweichen, das er im stillen genau notierte. Verborgene Bewunderung, schüchterne Zärtlichkeit und Schmeichelei hielten sich dabei die Waage.

»Warum für Sie nicht?« sagte er. »Ich hab' vor jedem Menschen den gleichen Respekt.«

Der Emmerle kam dem Bärbele zuvor und meinte aufgeweckter: »Tja, der Mischter Martin *kann* ebe jetzt so nob'l sei, wie er's gern hat.« Damit war man endlich beim eigentlichen Thema. Er wandte sich an Krulich, der bis jetzt nur hin und wieder besserwisserische, etwas herabmindernde Bemerkungen über seine Frau gemacht hatte, und sagte wiederum: »So, und jetzt, Hans, hol erscht emol dei bescht's Tröpfli, ehvor wir a'fange.« Das Bärbele brachte die feingeschliffenen Gläser und ihr Mann den deutschen Champagner. Nach der Anheiterung des ersten Zutrunks fing Ling mit den Worten: »Eigentlich – Sie, Frau Bärbel, sind mein guter Engel gewesen« zu berichten an. Das hämische »Na, ein ganz kompakter Engel« Krulichs überhörten alle. Seltsam war der Mann mit dem immer humorlosen Tüchtigkeitsgesicht. Niemals nannte er das Bärbele beim Namen. ›Frau‹ sagte er stets zu ihr. Absichtlich ließ Ling unerwähnt, daß die Katzengeschichte bereits in der Presse gestanden habe, um dem Bärbele ein Übergewicht zu geben. Krulich schien das zu wittern, und mittendrin gab es eine Peinlichkeit, da er ihr wiederum vorwarf, warum sie ihm die Geschichte nie erzählt habe.

»I han doch, Hans! I han doch!« verteidigte sie sich etwas verlegen: »Aber du hascht ebe wieder nit zug'hört. Du sagscht doch gleich immer, ich soll nit e solche Weibertratscherei daherschwätze!« Ihr Mann sah sie ungut an, doch Ling ließ es nicht weiter kommen, er redete darüber weg: »Tja, und damit hat's angefangen. Die Wette oder vielmehr der Preis, das war sozusagen bloß das Vorspiel.« Er schaute alle in der Runde an.

»*Gesehen*, Frau Emmerle, Herr Emmerle, haben Sie ja, wie's mir jetzt geht«, nahm er das Wort wieder auf: »Aber wie das so schnell gekommen ist, hab' ich noch gar nicht richtig erzählt. Jetzt jedenfalls brauch' ich die Stellung bei der Zeitung nicht mehr.« Das verblüffte auch Hans Krulich, und er hatte nichts mehr dagegen, wenn das Bärbele manchmal begeistert zwischenhinein sagte: »Tja, ja, noi, noi, wie's oft gehe kann. Noi, noi. Da freu' ich mich aber, Mischter Ling! Das ischt ja ganz wunderbar!« Mit großen neugierig-naiven Blicken hing sie an seinem Mund.

»Schenk ei, Hans, schenk ei!« rief der Emmerle und hielt sein Glas hin: »Hmhm, drastisch, drastisch so was! So viel bringt so was ei? Da werde Sie ja mit der Zeit e berühmter Maa' . . .!«

»'s ischt ebe, er hat e Talent dafür«, sagte seine Frau und sah Ling an: »I han's oft zu mein'n Mann g'sagt, Mischter Martin – für Sie find't ünser Herrgottli au' no was Besseres.« Es klang rührend und stolz zugleich. Über ihre runde, glatte Stirn zogen sich ein paar winzige Sorgenfalten.

»Hoffentli, Mischter Martin, bleibet Sie uns, hoffentli«, schloß sie fast bitthaft, und da kam das Bärbele darauf, ihn für den Sommer einzuladen, sie hätten Platz genug im Haus und könnten ihm ein Zimmer einrichten, wo er vollkommen ungestört sei.

»Nit, Hans, sagscht es nit auch?« wandte sie sich an ihren Mann, und dieser hatte, da er aus dem Anschauen der beiden Emmerles entnahm, wie sehr sie ihm dafür dankbar sein würden, nichts dagegen einzuwenden.

»Ich bin ja sowieso den ganzen Tag im Job«, sagte er. »Und wenn meine Frau Sie nicht totschwätzt, bitte. Platz haben wir wirklich genug.« Allereinnehmendst dankte Ling. Das Bärbele musterte ihn unauffällig. Sie schien sehr glücklich. Erleichtert atmeten die Emmerles auf. Man trank den Champagner und wurde fidel, Kaffee gab es noch mit schwerem Früchtekuchen. Die Frauen waren schon zu Bett gegangen, als die Männer noch einige Whiskys nahmen und Ling vorschlug, morgen nach Greenwood Lake gemeinsam zum Essen zu fahren, um der netten Hausfrau die Arbeit zu ersparen.

»Natürlich nur, wenn Sie alle meine Gäste sein wollen«, sagte er, als Krulich sich einen Augenblick besann.

»Das ist schon das wenigste, Herr Krulich«, fügte er hinzu, nachdem dieser nickte, und schloß ein wenig prahlerisch: »Natürlich kriegt Ihre liebe Frau noch ein nettes Geschenk von mir, wenn Sie's erlauben.«

Da schnitt Krulich wieder seine herrenmäßige Miene und antwortete kurz angebunden: »Ganz überflüssig, so was, Mister Ling!... Die hat alles! Bloß kein Frauenzimmer übermütig machen.«

Noch im weichen, warmen Bett, im hübsch möblierten, blitzsauberen Gästezimmer sah Ling das Bärbele vor sich. Er lächelte über das Erstaunen in ihren Blicken, ihr Verlegenwerden und Ausweichen und ihre treuherzige Begeisterung. ›Das mit dem guten Engel, hm‹, dachte er abgerissen und spürte ein sinnliches Prickeln im warmen Dunkel: ›Ha, das war gut, das hat gezündet.‹ Die herabmindernden Bemerkungen Krulichs fielen ihm ein. »Ha!« hauchte er wiederum und verfiel in ein Husten, das ihn eine lange Weile nicht einschlafen ließ. Dennoch wurde Bärbeles vollrunde Gestalt immer deutlicher. Das Hinundhergerissenwerden vom Husten verwackelte ihr Bild nicht.

»Geschöpf aus Fleisch und unerweckter Lust«, hatte er irgendwo gelesen.

Er schlief nur einige Stunden und war sogleich überwach. Er zog sich leise an und ging im frischen Morgengrauen umher. Alles war reifig überzogen, doch ihm kam's nicht kalt vor. Die kahlen Laubwälder waren verhangen mit milchigem Nebel. Langsam kam die Sonne herauf, und von der Straße aus, die durch das breite Tal führte, wurden die auftauchenden Gipfel der niederen Berge sichtbar. Die Luft roch rein und schneeig. Die vereinzelten, noch schlafenden kleinen Häuser in den leeren Gärten schwiegen mit blinkenden Fenstern ins erste Leuchten. Da und dort bellte ein Hund, und in der Höhe schrien Krähenzüge.

Er kam erfrischt ins Krulichhaus zurück und traf das Bärbele in der Küche. Es fiel ihm auf, daß sie schon vollkommen angezogen und sauber gekämmt war. Nicht einmal bequeme Hausschuhe trug sie. Nur eine hübsche Schürze hatte sie sich vorgebunden, weiß mit tiefblauen Scherzfiguren. Behende hantierte sie am Herd, wünschte ihm

freundlich lächelnd einen guten Morgen und fragte, wie er geschlafen habe.
»Oh, gut, sehr gut«, erwiderte er, in der offenen Tür stehenbleibend, und betrachtete sie behaglich: »Ich schlafe ja nie allzulang.« Er hielt ein wenig inne und schmeichelte behutsam: »Ein nettes Kleid haben Sie an, Frau Bärbele. Das Braun steht Ihnen noch besser als das Blau von gestern. Hübsch sehn Sie aus in der Schürze. So proper.«
»Hübsch, sage Sie?« wandte sie sich ihm zu: »So was sagt mei Mann nie, aber proper muß i immer sein bei ihm.« Sein begehrlicher Blick schien sie ein wenig einzuhalten. Rasch öffnete sie den Küchenschrank und nahm einen Stoß Untertassen heraus. Es war ihm, als zitterten ihre Hände.
»Spät ist's gestern worde«, sagte sie, ohne ihn anzusehen.
»Ja, fast drei Uhr war's«, meinte er ebenso.
Sie machte eine Bewegung zur offenen Tür hin, und er wich aus. Im Vorbeigehen streifte ihr Arm seinen Körper, und halblaut sagte sie: »I'm sorry . . .«
»Nichts zu entschuldigen«, schlug er einen legeren Ton an, dann aber dämpfte er seine Stimme geschwind: »Sie sind und bleiben mein guter Engel.«
Sie wandte sich vom Wohnzimmertisch um, schaute ihn kurz an und lächelte befangen.
»Ganz im Ernst, das sind Sie!« bekräftigte er unecht und wurde scherzhaft bieder: »Vielleicht bleiben Sie's sogar, Frau Bärbele.« Dabei sah er sie keck und voll an, und sie war unfähig, ihm auszuweichen. Eine Sekunde lang wußte sie nicht, wie und was. Endlich schnaubte sie hörbar und fing sich.
»Schmeichle könne Sie nit schlecht, Mischter – Martin«, entschlüpfte ihr, und ehe sie sich verbessern konnte, sagte er drängend leise: »Jaja – nicht Ling. Sagen Sie ruhig immer Martin, bitte!« Da wurde sie blutrot bis in die Haarwurzeln und so hilflos, daß ihn etwas wie ein zärtliches Mitleid ansprang.

»Eine sehr schöne Gegend ist das. Im Sommer muß es wirklich herrlich da heraußen sein«, sagte er.
»O ja«, antwortete sie fast dankbar: »Wir sind gern hier. Besuch habe mir immer gern. Kommet Sie nur so oft, wie Sie wollet.«
»Wenn ich erwünscht bin, gern. Sehr gern«, meinte er scheinbar arglos.
»Gern? Wenn das stimmt?«
»Es stimmt, verlassen Sie sich drauf«, erwiderte er und blickte erneut mit den vollen Augen auf sie: »Wenn bloß Ihr Mann –«
»Mei Mann?« fiel sie ihm verräterisch geschwind ins Wort: »Der hat doch g'sagt, solche Gäscht wie Sie könnet komme, wann sie wollet – –« Es fiel ihr plötzlich ein, die Untertassen auf dem Tisch zu verteilen und wieder in die Küche zu gehen. Wieder kam sie an ihm vorbei. Er zitterte und hob schon die Arme halb. Sie erhaschte seine starr glänzenden Augen und machte eine schnelle Abwehrbewegung, indem sie fliegend flüsterte: »Um Gott's wille, Mischter – nein, nicht, nicht!« Das wirkte wie ein kalter Wasserstrahl.
»I'm sorry«, sagte er und verzog seine Lippen.
»Dummkopf! ... Alles verpfuscht!« schimpfte er sich im stillen und war erleichtert, als es jetzt oben lebendig wurde.
»Frau? Frau?!« schrie Krulich und polterte zänkisch: »Wo hast du denn wieder meine Hausschuhe hin? Nie steht was am Platz!« Sie sah Ling an und lispelte: »Da sehn Sie. Immer bin ich schuld.« Sie zuckte die Achseln. Wieder verfingen sich ihre Augen in den seinen. Dann verzog sich ihr Mund zu einem kleinen Lächeln, und ihr Gesichtsausdruck bekam die abgefeimte Arglosigkeit eines Kindes, das sich frech und keck unschuldig stellt, nachdem man es bei etwas Unrechtem ertappt hat. Nun wußte er: Sie waren Komplicen. Und während sie nach oben antwortete: »Ich hab'

sie ins Nachtkäschtli g'stellt, weil sie immer 'rumstehe'«, betrachtete er sie wohlgefällig mit ungeniert-verschmitzten Blicken wie einer, der abschätzt, was so ein blühender Körper verspricht. Ihre Miene verriet, daß ihr das gefiel. »Jetz muß i aber schnell Kaffee mache«, sagte sie hastig und ging rasch in die Küche.

Gleich darauf kam Hans die Stiege herunter und in die Stube. »Guten Morgen«, sagte er noch schlafheiser und fing an, hin und her zu gehn: »Na, wir haben ja allerhand vertilgt gestern. Der Whisky zuletzt hat's in sich gehabt.« Vielfaltig schlenkerte die Hose um seine Beine, aus dem zerknitterten, offenen Hemd sah seine dickbehaarte, flache Brust, wirr strebte sein dichtes Haar nach allen Seiten, und die starken Bartstoppeln verliehen seinem groben, ungewaschenen Gesicht etwas Brutal-Vulgäres. Er sackte auf einen Stuhl nieder, gähnte und räkelte sich fortwährend, streckte seine Beine breit aus und schimpfte, ohne weiter auf Ling zu achten, in die Richtung der Küche: »Na, wo bleibt denn der Kaffee? Du bist doch schon lang auf! Los! Los, gib her!« Er räusperte sich, hörte die Antworten Bärbeles nicht und zündete sich eine Zigarette an. Da kamen die Emmerles, angezogen und ›proper‹ wie immer, zur Tür herein, und alles glich sich aus. Beim reichlichen Frühstück taute Krulich mehr und mehr auf, denn der Emmerle erzählte derbe Witze, und er versuchte ihn mit zotigeren zu übertrumpfen. Es gefiel ihm, daß sich Bärbele genierte und Frau Emmerle ihren Mann abwehrend zurechtwies: »Geh, jetzt hör schon du emol auf. Fällt dir denn gar nichts G'scheit's ei in aller Früh?«

»Ischt doch e Gascht da«, stimmte ihr das Bärbele ermutigt zu und sah auf Ling, der gezwungen mitlachte: »I weiß nit, ob der Mischter Ling so was Säuisches gern hat.«

»Ah, quatsch schon du nicht! Was versteht denn ihr Frauenzimmer von einer richtigen Männerunterhaltung!« warf Krulich wie beiläufig hin: »Mister Ling, kennen Sie den schon?« Der neigte ihm scheinbar interessiert das Ohr zu und blinzelte unauffällig auf das Bärbele.

Später im Auto erzählten sich Krulich und Emmerle, die vorne saßen, immer noch Witze und lachten mitunter krachend.

»'s ischt grad, als hätte sie den Champagner nit vertroge«, sagte Frau Emmerle und schüttelte den Kopf. Sie saß an dem einen Fenster neben ihrer Tochter, Ling am anderen. Es war ihm ungemein wohl zumute, während ihm das springlebendige Bärbele die Annehmlichkeiten der schönen Gegend erklärte. Er spürte, wie sie manchmal ihre runden Hüften oder ihre vollen Schenkel fester an ihn drückte und tat dennoch unbefangen, um immer mehr die Absicht dieser verschwiegenen Bewegungen zu erfahren. Von gut begehbaren Waldwegen, einigen Badeweihern in der Umgegend, von den leicht besteigbaren Bergen und herrlichen Ausblicken schwäbelte sie daher, und, meinte sie, die Gegend sei rundum »daitsch wie drauße, gell Müatterli«, was die Frau Emmerle kräftig bestätigte.

Ohne Zweifel, die Landschaft da draußen konnte ebenso ein breites Tal im bayrischen oder schwäbischen Vorgebirge sein. In den ausgebleichten, noch da und dort von fauligen Schneestreifen überzogenen Wiesen, die von Tannenwäldern und niedrigen Bergen begrenzt wurden, standen saubere Häuser mit Vorgärten und etliche Farmen mit dunkelrot gestrichenen Scheunen, umgeben von braunen, umgepflügten feuchten Äckern. Es roch gleichsam nach deutschem Sonntag. Friedlich-still glänzten die sonnbeschienenen Fenster. Ein Hund an der Kette, Hals und Kopf in die Höhe gereckt, bellte, Hühner kratzten auf dem Düngerhaufen, und ein Hahn stolzierte umher. Oft und oft hupte Krulich und winkte, weil ein Nachbar, unter der Haustür stehend, ebenso grüßend winkte. Von jedem wußte das Bärbele was zu erzählen, alle kannten einander, einer lebte wie der andere und starb den gleichen Tod. Es

schien, als hätte jeder Mensch hier in der Fremde den Erdenfleck gesucht und endlich gefunden, den er vom ersten Atemzug in sich aufgenommen hatte, als sei er gleichsam mit diesem Stück Heimat hierher übersiedelt und grenze sich ab gegen das, was nicht dazu passe.
»Nächst's Jahr, da gänget wir au' nüber in die Heimat«, sagte das Bärbele jetzt, und komischerweise klang dieses »in die Heimat« irgendwie falsch, weil der Dialekt fehlte.
»In unser Hoimatländli«, sagten die Emmerles statt dessen. Das schmeckte man fast.
»Aber Sie sind doch schon in Amerika geboren«, wunderte sich Ling.
»Jaja, ich scho. Mei Mann nit«, erklärte das Bärbele: »Aber wisset Sie, wie ich noch bei Vaterli und Müatterli g'wese bin, da han ich immer g'meint, ich bin gar nit in Amerika, ich bin im Schwobeländli.«
»Hm, merkwürdig, hmhm«, machte Ling. Und wieder fiel ihm ein: Es ist gar nicht die Heimat, es ist bloß das *Daheimsein.*
Sie fuhren an einem breiten, langgezogenen Wasser-Reservoir entlang, in dessen tiefblauer Fläche sich die Häuser, die Tannenwälder und Berge spiegelten.
»Ischt dies nit wunderschö', Mischter Martin? Ischt's nit wie e schöner See bei üns dahoim?« fragte die Frau Emmerle. Er empfand nur das Schöne daran. Das Bärbele redete darüber hinweg, meinte, sie habe doch immer gesagt »eppes fehle dra', das Schwarzwäldli«, und verfiel wieder ins muntere, flinke Schwäbeln.
»Sag mal, du hast wohl heut Quasselwasser gesoffen, weil dir der Schnabel gar so geht?« rief der Krulich nach hinten, aber diesmal lachte sie nur. Das Auto hatte eine scharfe Kurve genommen und sie mit dem Oberkörper auf Ling geschubst. »O ja, I'm sorry«, rief sie lachend und umklammerte ihn unverkennbar zärtlich, indem sie sich langsam aufrichtete. Das fleischige Fluidum ihres warmen Körpers

ging in ihn über. Der Ruch ihres vollen Haares drang in seine Nase, und jener Reiz, den die Neugier und hemmungslose Bereitschaft der unverbrauchten Unschuld stets in vielerfahrenen Liebesabenteurern aufflammen läßt, überschwirrte ihn derart heftig, daß er ihr tollkühn ins heiße Ohr flüsterte: »Du machst mich verrückt!« Sie richtete sich, ganz kurz stöhnend, gerade auf und warf ihm huschhaft einen leuchtenden Blick zu, und während sie ihren Oberschenkel statt einer Antwort fester an den seinen preßte, sagte sie: »Die Kurv' hascht aber e bißli arg scharf genomme, Hans!«

»Mach's besser!« knurrte er vorne. Ihre Wangen glühten, ihre Brust hob und senkte sich, und völlig unbefangen schnaubte sie heraus: »Ganz verschrocke bin ich!« Dann fing sie an, umständlich ihr Haar zurückzustreichen und ihren Hut zu richten.

Das Essen in Greenwood Lake verlief in bester Stimmung.

»Zu so was können Sie öfter kommen, Mister Ling«, scherzte Krulich einmal anbiedernd. Der Gast gefiel ihm, weil er höchst splendid war und nur das Teuerste bestellt hatte. »Kommen Sie nur im Sommer. Wir passen zusammen«, meinte er wiederum, und am liebsten wäre er sitzengeblieben und hätte weitergetrunken. Die Emmerles aber drängten, weil sie noch vor der Dunkelheit nach New York kommen wollten. Es wurde jedoch nichts daraus. Hans und Bärbele zwangen sie noch, bei ihnen zum Abendessen zu bleiben. Noch in New York plagte Ling der schwere, übervolle Magen. Er erging sich in schmeichelhaften Lobsprüchen über die schöne Fahrt und die gastfreien Krulichs und zog sich in sein Zimmer zurück. Er setzte sich in den neuen gepolsterten Lehnstuhl, trank ein Glas Kognak ›Remy Martin‹ um das andere und war glücklich. Gleichgültig drehte er das Radio auf. Sowjetrußland hatte, ohne viel davon verlauten zu lassen, erneut einen kosmischen Raketenflug gestartet und abermals Amerika überholt, denn die diesmalige Riesenrakete schoß am Mond vorbei, erreichte sogar die Sonne und entpuppte sich als künstlicher Planet, der sie umkreiste.

»Der 1472 Kilo schwere künstliche Planet«, erklärte die Sprecherin des deutschen Radios, »wird auf einer Ellipsenbahn in fünfzehn Monaten die Sonne einmal umkreisen, wobei er vermutlich eine Milliarde Kilometer zurücklegt. Hat er einmal seine Umlaufbahn erreicht, ist seine Flugdauer zeitlich unbegrenzt, erklären die Wissenschaftler.«

Mechanisch hörte Ling zu, nahm nur den Wortklang auf und dachte an ganz andere Dinge. Jetzt lohnte sichs, mit Geschichten viel Geld zu verdienen! Er empfand einen mächtigen Auftrieb. Häßlich grinste er und stellte das langweilige Radio ab. »Ha!« stieß er wie gewöhnlich aus sich heraus und resümierte im stillen: »Geld bringt alles! Geld und frisches Weiberfleisch, das ist alles! Auf die zwei Sachen schrumpft das ganze Leben zusammen, alles andere ist eingebildeter Humbug. Ha!« Er sah nur noch den Körper Bärbeles vor sich. Tief zufrieden zog er sich aus.

Wahrscheinlich ist ein Traum nur die Summe dessen, was einem in den letzten Tagen begegnet, durch den Kopf und das Gefühl gegangen und nicht zu Ende gekommen ist. Er agiert gleichsam wie ein seelischer Wiederkäuer, vermengt das Erlebte von neuem und verbindet das scheinbar Unmögliche, Unzusammengehörige zu einem Ganzen, das unser tiefstes Wesen entlarvt.

In dieser Nacht hatte Ling einen schrecklich verworrenen Traum, dessen Ursache zweifellos sein überladener Magen war. Sein eingewurzelter Aberglaube aber zwang ihn, bohrend mißtrauisch über ihn nachzugrübeln, und das wiederum trieb ihn zu den unberechenbaren Entschlüssen, die er wie unter einem rätselhaften Zwang durchführte. Allerdings spielten dabei auch noch einige andere Zufälligkeiten eine bestimmende Rolle, doch der Traum blieb der zentrale Faktor.

Er befand sich in einer endlos leeren, glutheißen Wüste, die sich alsbald in den lärmenden Tanzsaal Bobs, dann in das weihnachtsfestliche Wohnzimmer der Emmerles und schließlich in die niedrige, dumpfe elterliche Küche seiner Kinderzeit verwandelte, doch immer blieb dabei das Empfinden des schrecklichen Ausgeliefertseins an die Wüste. Fortwährend steckten seine nackten Beine tief im heißen Sand, schmerzlich brannten sie, und trotz aller Anstrengung brachte er sie nicht heraus. Immer blieb er auf dem gleichen Fleck, bekam Angst und Todesfurcht, konnte aber nicht schreien, und allmählich fing ihn ein nie erlebter Durst zu quälen an. Seine Kehle war trocken und starr, er konnte nicht mehr schlucken, und sein Atem blieb weg. Von dem hartnäckigen Herumplagen, seine Beine aus dem heißen Sand zu bringen, platzte plötzlich sein Herz, und die Brust brach ihm auf. Er spürte, wie ein warmer, flacher Blutstrom zischend bauchabwärts floß, und dachte: »Wenn's bloß bis zu den Beinen rinnt, daß es kühlt.« Er fand gar nichts dabei, daß ihm Neubergers weinrotes Pikkelgesicht entgegenhöhnte: »Hahaha, jetzt ist der Groschen gefallen, und doch ist's Essig mit dir, hahaha! Mein Kätzchen gehört doch mir, hahaha! Die macht dich klein, hahaha!« Dem Gesicht fehlte der Körper, es schwebte wie eine rote Sonne im farblosen, ausgebrannten Himmel. In einer Ecke – ganz deutlich waren die etwas abgebröckelten Wände zu sehen – stand eine zusammengelegte, funkelnagelneue Schlafzimmergarnitur aus poliertem Nußbaumholz, und die Ecken der Kommode und der Bettkanten waren mit Packpapier umkleidet. Eine Frau mit einem unbekannten Gesicht und einem braunen Tuchkleid stand daneben, musterte ihn streng abschätzend. Er wurde verlegen und sagte: »Ich will nichts, gar nichts!« Da lachte die Frau und war das Bärbele und schwäbelte: »Bloß nicht fürchte, Mischter Martin.« Es war, als gehörten Neubergers Gesicht und sie zusammen, als seien sie alte Bekannte. Er stand im Sand und versuchte vergeblich, seine Beine hochzubringen und schaute sie hilflos bittend an, aber das Gesicht war gar nicht vom Bärbele, es war Sonjas Gesicht, und er rief ihren Namen und griff mit den Armen aus, da lachte das Gesicht, und es saß auf einem nackten, starkbusigen Körper und war auf einmal Lisawetha, die leicht lispelnd sagte: »Wie macht man das – denken?« Er keuchte und spürte, wie dicker Schweiß an ihm herunterrann und sich mit dem Blut vermischte. In Todesangst schrie er: »Helft mir doch, helft! Ich sink' immer tiefer!« Die drei Frauen gingen weg. Von hinten sah er sie. Sonja war kleiner und sagte: »Pw-h, Kinder, ist das eine Hitze!« und spannte einen Sonnenschirm auf. Er wollte schreien und konnte nicht, und immer noch hing das Neubergergesicht neben ihm und grinste höhnisch: »Hahaha, du bist gar nichts. Laß uns endlich trinken, hahaha.« Neubergers Frau tauchte auf und war wutblaß. In einem Wohnzimmer mit zwei bequemen Polsterstühlen stand sie und zeterte: »Ein Stück Dreck bist du! Du Tier, du!« und schmiß eine volle Whiskyflasche an die Wand. Es zischte und klirrte. Ling zitterte und glotzte sie erschreckt an. Dann verschwammen seine Augen. Er langte nach seiner offenen blutigen Brust. Das Blut kühlte. Er sah in das faltige Sorgengesicht seiner verstorbenen Mutter mit den graugrünen Augen, dem dünnen, glatten, grauen Haar und den stark eingebuchteten Schläfen und weinte auf einmal, weil sie jammerte: »Ewig hat man Verdruß mit euch!« Sie streichelte ihn und sagte vorwurfsvoll zärtlich: »Du dummer Kerl, du! Geburtstag ist doch bloß heut, den sieht man doch nicht! Die Lausbuben haben dich doch bloß gefoppt.« Wie wunderlich, er saß auf einem Stuhl in der elterlichen Küche, und seine Beine steckten immer noch im siedheißen Sand, aber er fand sich ab damit und spürte nur, daß sie immer schwerer, ganz bleischwer wurden. Seine Mutter trocknete ihn in einem fort, und komischerweise gab es gar keine Blutflekken auf dem Handtuch. Er war nackt, und sie sagte: »Gleich ist's gut, gleich, Martl.« Der Bob stand da und stellte zwei Schnapsgläser auf den sauber gescheuerten eschenen Tisch und sagte: »Zu was sich das Leben schwer machen, Mister!« Auf dem Tisch lagen eine Menge Banknoten, und Ling hob sein Gesicht und machte »Ha!«, aber es war nicht mehr Bob, der Emmerle prostete ihm mit dem vollen Punschglas zu und sagte: »Tjaja, ünser Schwarzwäldli, unser Daitschland! Me kann's nit vergesse!« Und als er ausgetrunken hatte, sagte er: »Weiber habe koi Genie dazu.« Ling stand auf und sackte wieder auf den Stuhl, er sah sich im Spiegel. Ganz genau sah er im Blutstrom das dunklere, klumpige, wildschlagende Herz und – jaja, das war der alte, fast schon ausgeblichene Spiegel in der elterlichen Küche, in welchem sein schokoladenverschmiertes Kindergesicht auftauchte. Im Traum mußte er lachen darüber und wußte genau, es war nur eine Erinnerung. Damals, nachdem die Mutter ihn aus dem Schneeloch gezogen hatte und den Weinenden abtrocknete, gab sie ihm Schokolade.

Träumte er denn tatsächlich? Wie kam denn der besudelte Tisch her, auf dem das ekelhafte, verschleimte Gebiß vom Neuberger lag, und er selber hockte da mit seinem offenen Mundloch und plapperte: »Haha, tust du es auch immer 'raus vorm Schlafen?« Mit den kleinen Kinderhänden nahm der Träumende das Gebiß, und da – ganz plötzlich und ingrimmig erzürnt, ja, beinahe verzweifelt – jammerte ihn Neuberger weinend an: »Bleib doch! Bleib, du Idiot, wir allein gehören doch wirklich zusammen!«

Viel später, als er bereits den Tag wieder hektisch zerstükkelte, beschäftigte ihn gerade das ganz besonders, denn er steckte doch mit den Beinen im heißen Sand und konnte gar nicht weg, wieso flehte ihn denn da der andere an, zu bleiben? Sah er denn nicht, daß er riß und zog, ohne damit etwas zu erreichen, und hörte er denn nicht, daß er – Ling – hilflos wütend in die vorbeitanzenden, lachenden Leute hineinschrie: »Hilft mir denn keiner? Ich kann doch nicht 'raus!« Aber niemand kümmerte sich um ihn. Nur Neuberger griff nach einer Tänzerin, riß an ihrem fleischig nackten Arm und legte diesen Arm auf den Tisch und stammelte: »Da – da, er ist noch ganz frisch, da!« Doch als ihn Ling mit verweinten Augen anschaute, war es seine Mutter . . .

Erschöpft erwachte der Träumende und hatte tatsächlich ein tränennasses Gesicht. Schweißig dampfte sein ermatteter Körper. Erlöst atmete er auf wie nach dem Überstehen einer großen Erschütterung. Sein voller Bauch rumorte. Er richtete den Oberkörper auf und mußte rülpsen. Säuerlichbitteren Geschmack hatte er im Mund, aber es war ihm leichter. Verschwommen fiel ihm der Besuch bei Krulichs und das viele Essen ein, doch er schien immer noch verstrickt in das Geträumte und fand nicht gleich ins geregelte Denken.

»Was ist das?« fragte er sich endlich: »Der Neuberger – ich bin doch mit ihm fertig –, der ist am meisten in dem Durcheinander vorgekommen? Er geht mich doch gar nichts mehr an!« Er entsann sich, daß Stone ihn in der letzten Zeit kaum mehr erwähnt und einmal nebenher gesagt hatte: »Der? Wissen Sie, Meister, ganz unter uns, verstehn Sie? Mit dem ist nicht mehr viel los. Er versäuft sein Talent. Stories liefert er kaum mehr, und wenn, dann sind sie unmöglich. Und natürlich gibt er mir die Schuld, wenn nichts damit zu machen ist. Einen ganz mäßigen Roman hat er gemacht. Ich hab' ihn bis jetzt bloß in Deutschland placieren können. Er kommt jetzt drüben 'raus. Hier ist damit nichts zu machen, absolut nichts.«

Weiß Gott warum, das tat Ling wohl. Er war ein Mensch, der es stets ängstlich vermied, jemandem dankbar sein zu müssen. Solche Dankbarkeit fand er erniedrigend, weil sie vor dem anderen verkleinerte und diesen, bewußt oder unbewußt, in die Rolle des Gutwilligen hob, der zum mindesten ein erhöhtes Vertrauens- und Freundschaftsverhältnis erwartete. Nur so konnte sich Ling Neubergers bisherige Haltung, die ihn nun schon bis in die Träume verfolgte, erklären. Dagegen wehrte er sich ganz entschieden. Dieser aufdringliche, unberechenbare Mensch verstieg sich womöglich noch so weit, überall herumzuprahlen: »Na, was denn, was denn? Den Martinus? Den hab' doch bloß ich gemacht! Ohne mich wär' er doch heut noch ein windiger Korrektor und hätt' es nie zu was gebracht.«

Jetzt bereute Ling, sich überhaupt jemals auf ihn eingelassen zu haben, und wenn er daran dachte, wie hündisch er sich damals, als er Neuberger die ›mißglückte Pietät‹ lesen ließ, benommen hatte, wurde ihm speiübel.

Gegen den war ja der Victor ein geradezu rührend taktvoller, unanfechtbarer Kavalier. Seltsam, der war im Traum nicht aufgetaucht. Träumt man nur von Mächten und Menschen, die gegen einen stehen, die man ablehnt und haßt, weil sie sich unerwünscht ins Privatleben mischen? Da waren doch im Gewirr des Geträumten das Bärbele, Lings Mutter, der Bob, Sonja und Lisawetha, die Emmerles und Neubergers Frau. Sie aber verwischten sich schnell wieder, *er* indessen, der Neuberger, er blieb bis zuletzt gegenwärtig!

Das bestürzte. Es erschreckte. Es zeigte die Gefahr an. Ling gab seit jeher viel auf seine Träume. Er vergaß keinen, und nachdem ihm ›Der Mann mit dem gelben Halstuch‹ soviel Erfolg gebracht hatte, bewahrte er sie in sich wie eine Art kostbare Reserve, einen immerwährenden, nicht errechenbaren Fundus, aus welchem er Warnungen und Hinweise, aber auch Stoff für künftige Geschichten bezog, die er für aussichtsreich hielt.

Der diesmalige Traum konnte nur eine Warnung sein. Er

mußte entsprechend handeln. Sehr bedacht und ernst ging er dabei vor. Zunächst telefonierte er Neubergers Möbelladen an, obgleich ihn das befangen machte und eine resolute Überwindung kostete, da er sich doch so lange nicht hatte sehen lassen und nicht einmal brieflich für die unbestreitbare Hilfe gedankt hatte.

»Ach, sieh mal einer an! Sie, Herr Ling? Bitte? Und? Sie wollen sicher meinen Mann sprechen. Der ist leider nicht da. Kann ich ihm was ausrichten?« Frau Neubergers Stimme klang geschäftsmäßig und ein wenig frostig. Sie überhörte seine schnell erlogenen Entschuldigungen, indem sie nur immerzu sagte: »Jaja, man weiß davon, alle wissen's ja schon.« Da fragte er kurzerhand, ob er heute abend nach Geschäftsschluß in die Wohnung kommen könne, denn man hätte doch allerhand Ernsthaftes zu reden. Sie verstand. Keinesfalls also wollte er mit Neuberger wieder irgendwo saufen. Offenbar gefiel ihr das.

»Gut, sehr gut, Mister Ling. Wir sind um acht Uhr daheim. Kommen Sie, bitte«, sagte sie freundlicher: »Sicher interessiert sich mein Mann für alles. Ich natürlich auch.« Er sagte sich für halb neun Uhr an.

Eigentümlich, den ganzen Tag über war er nervös, überlegte hin und her und dachte sich zurecht, was er sagen wollte. Es war ihm sehr lieb, daß die Frau als Zeugin dabeisein wollte. Unmißverständlich offen mußte die Aussprache werden. Entscheidend für immer! Jetzt stand er im steigenden Erfolg. Wenn Stone tatsächlich die Filmrechte für den ›Mann mit dem gelben Halstuch‹ verkaufte, konnte er alles, alles haben! Alles!

Sorgfältig gekleidet, entschlossen, mit allem radikal aufzuräumen, was ihn hemmen wollte, seinen Passionen und Wünschen entsprechend zu leben, ging er auf dem sonnigen, lauten Broadway dahin. Einen Augenblick blieb er stehen und sah das lebhafte Treiben um sich, sah die hochragenden Häuser an und dehnte die Brust wie einer, der glaubt, dies sei nur noch für ihn da. Unüberwindlich kam er sich in seinem strömenden Reichtum vor, und das Bärbele fiel ihm ein.

»Die? Die kommt«, murmelte er und ging weiter.

Zurechtgedachtes wird immer vom Lebendigen zerkrümelt.
»Den Whisky hast du umsonst gekauft«, sagte Neuberger auf der kalten, nächtlichen Straße: »Wenn ich heimkomm', tret' ich auf Scherben.« Sein Gesicht war mürrisch, schlaff hing seine Unterlippe herunter, hin und wieder schnaubte er ächzend und kopfschüttelnd: »Es ist die Hölle! Es ist die Hölle mit ihr! Und man braucht einander! Eins kann ohne das andere nicht mehr sein, a-ach! Die Gewohnheit diktiert und macht feig und unausstehlich. Es ist die Hölle! Langsam gehn wir alle zwei ein dabei. Haß ist das gar nicht, es ist viel schlimmer. Keiner kann mehr er selber sein, und allein kann er erst recht nicht mehr sein. Es ist die Hölle!« Er hielt ein und starrte vor sich hin. Betreten musterte ihn Ling. Er bereute, daß er gekommen war.
»Ihr habt Krach gehabt, ich hab's gemerkt«, sagte er.
»Krach? Na, und? Was geht das dich an? Was geniert das dich?« knurrte ihn Neuberger gereizt an.
»Na ja, es tut mir leid. Da bin ich unrecht gekommen«, beherrschte sich Ling. Er vertrug solche Zurechtweisungen nicht mehr.
»Unrecht? Wie man's nimmt! Vielleicht war's gut.« Neuberger nahm den Schritt wieder auf und sprach gleichmäßiger weiter: »Sie war natürlich beleidigt, weil du solang nichts hören hast lassen. Weiber vergessen nichts. Sie denken auch ganz anders als wir. Blind und stur verlangen sie, daß das, was sie haben, nie übergangen und immer geschätzt wird, ganz gleich, ob das ein Kleid oder ihr Mann ist, auch wenn sie sich aus dem absolut nichts mehr machen. Darum hängen sie sich so an das ›man‹, an diese grundverlogene, niederträchtige Rückendeckung: ›Das kann man nicht, das tut man nicht, das geht einfach

nicht‹ ... Ach, Schwamm drüber! Komm 'rein!« Er stieß die Tür vom ›Alt Heidelberg‹ auf.
Als sie an einem etwas abseitigen Tisch Platz genommen hatten, schien Neuberger sich zu fassen. Er war sichtlich gealtert und sah müd, grämlich und krank aus. Sein rundes Pickelgesicht war von viel mehr Falten zerknittert und hatte einen stumpfen gelbgrauen Schimmer. Seine Kugelaugen hatten einen starren, abwesenden Ausdruck. Der ganze Mann roch schlecht, wie eine lange nicht aufgezogene, leicht moderige Schublade. Auffällig war auch, daß er diesmal statt Wein Bier bestellte und keine rechte Trinklust zu haben schien.
»Lebersklerose hab' ich, sagen die Ärzte«, meinte er nebenher: »Alkohol und fettes Essen ist Gift für mich. Na, wenn schon. Kein Arzt heilt. Der Patient gewöhnt sich bloß an sein Leiden.« Er nahm einen tiefen Schluck und taute allmählich auf.
»Na«, sagte er, Ling flüchtig musternd: »Der Luftballon damals mit dem Preis hat ausgezeichnet gewirkt. Dein Start war großartig, was? Und jetzt rauscht's bei dir mit dem Money. Man sieht's dir an.«
»Tja.« Mehr wußte Ling nicht zu sagen. Sonderbarerweise genierte ihn sein elegantes Angezogensein in diesem Augenblick.
»Ja, man sieht's, und das gefällt dir ja auch, was?« fragte der andere wiederum: »Das hat dich doch hergetrieben, sonst nichts, oder?«
»Vor allem wollt' ich dir danken«, brachte Ling nur heraus. Die Direktheit Neubergers machte ihn befangen. Er ärgerte sich über sich.
»Danken? ... Mir?« rief Neuberger verächtlich: »Oh, du Komiker! So wenig kennst du deine Eitelkeit? Erzähl mir doch keine Geschichten, Mensch! Eitel bin ich selber! Zum Danken bist du ganz bestimmt nicht hergekommen. Protzen und triumphieren willst du, weiter nichts, und meinst,

das imponiert mir! Mir danken? Warum eigentlich? Dafür, daß ich den Spaß gehabt hab', dir und dieser ganzen Kumiansippschaft zu beweisen, daß man mit ein bissel Grips alles machen kann – auch einen Schriftsteller? Jetzt bist du einer, na? War das die Lustigkeit nicht wert ... Hahaha, du solltest bloß gehört haben, wie zuckersüß diese arrogante Sonja Kumian geredet hat, als der dicke Stone anrief! Ich habe doch danebengestanden! ... So? Soso, so große Aussichten hat Ling, sagen Sie? Das ist ja kolossal! Das ist ja sehr erfreulich! Und, sagt sie, aber natürlich, selbstverständlich, Mister Stone! Sehr nett von Ihnen, daß Sie kommen wollen, bitte, bitte, sehr angenehm!«

Blamiert glotzte Ling den Redenden an. Victors Preisrede war also nur das wichtigtuende, kulante Geschwätz gewesen, das ihm die von Neuberger geschaffenen Umstände aufgezwungen hatten. So leicht war es, anderen eine Meinung beizubringen, die sie für ihre eigene ausgaben.

»Nein, nein, mein Lieber, zum Danken bist du nicht hergekommen«, bekräftigte Neuberger erneut: »Abgewartet hast du, bis du fest im Sattel sitzt, bis du ganz sicher oben bist. Da verträgt man nicht mehr, daß herumgeredet wird: ›Den hat der Nebbich, der Neuberger, gemacht.‹ Und noch dazu, wenn man weiß, der hat's bloß aus reinem Justament gemacht. So ist's doch, oder nicht?«

»Hm«, machte Ling, stockte kurz und gab scheinbar ungetroffen zu: »Wenn du das durchaus so auslegen willst, bitte.« Er war schwer getroffen. All seine Regungen hatte Neuberger brutal entlarvt. Widerlich war dessen schadenfroher Blick. Und so eiskalt und ruhig war der dabei.

Neuberger trank sein Bier aus und sagte zum Kellner: »Bring Wein! Du weißt schon, den Zeller.«

»Ich will nicht saufen heut«, warf Ling ungeduldig hin. ›Lebersklerose‹, dachte er: ›Da macht er's nicht mehr lang.‹ Laut dagegen sagte er: »Du solltest doch ein bissel mehr auf dich aufpassen.«

»Ach was! Wir sind doch alle arme Hunde!« wehrte der andere ab. Jähe Bestürzung fiel Ling an. Das war doch *sein* Wort! Hatte ihm vielleicht Kurt davon erzählt oder dachte Neuberger sogar wortgetreu wie er selbst?
»Auch du wirst wieder saufen – saufen, und jetzt, wo du's dir leisten kannst, wieder den Weibern nachlaufen«, redete dieser darüber hinweg: »Einholen will unsereins noch schnell, einholen willst du, was du bis jetzt nicht gehabt hast, aber es ist nichts mehr. Da säuft man oder läuft von allem davon. Prost, du armer Hund!«
Ling war bei seinem Bier geblieben. Neuberger trank – wie immer – rasch mehrere Gläser Wein aus. Ling erschrak, als er ihn ansah: Das war das aufgedunsene, tiefrote, schäbig grinsende Pickelgesicht, das in der Nacht während des ganzen Traums über ihm gehangen hatte. Er wollte es wegschieben, auslöschen, doch nun wurde dieses Gesicht ganz ernst und so traurig, daß es ihn ungewohnt mitleidig machte.
»Früher«, sagte Neuberger schmerzlich, »in Deutschland, da hab' ich überhaupt nicht getrunken. Ich hab' das Saufen erst hier angefangen. Ohne Saufen halt' ich es nicht mehr aus. Es ist sonst nichts mehr da für uns, gar nichts mehr, radikal nichts mehr! Gut und schön, die vier Jahre KZ in Dachau hab' ich überstanden, meine Zähne haben sie mir 'rausgeschlagen, einen doppelten Leistenbruch hab' ich, ein Stück Vieh, ein Spielzeug für Sadisten ist man gewesen, aber man hat's überlebt! Man lebt noch! Und jetzt? Jetzt geht's uns doch wieder gut! Ausgezeichnet sogar, seitdem ich neben meinem Möbelverkauf auch noch Stories zusammenschmiere. Und mit dir? Mit dir wird's noch viel besser gehen, verlaß dich drauf. Schau doch alle die an, die da beim Kumian zusammenkommen – jeder hat seine gute Existenz, nichts geht ihnen ab. Sie sind wieder wie zuvor, so, als ob inzwischen gar nichts passiert ist . . .«
Er schnaubte schwer: »A-aber, aber es ist eben nichts,

nichts, nichts mehr da, gar nichts mehr in und um uns, was uns hält oder was wir wollen. Wir wollen's schon gar nicht mehr! Zu was denn auch, zu was? Unsre beste Lebenszeit hat uns die Hitlerei gestohlen, ganz gleich ob im KZ oder sonstwie, ganz gleich! Weg ist sie, weg die *Zeit*, verstehst du? Heraus sind wir aus ihr, ganz 'raus! *Das* hat uns fremd gemacht, nicht die Emigration! Denen, die daheimgeblieben sind, hat der Menschenmetzger die Zeit genauso gestohlen, verstehst du? Fremd hat er uns gemacht, fremd! Keiner gehört mehr zum andern. Jeder ist ein Leerlauf für sich, weiter nichts mehr!«
Sonderbar, er wird gar nicht besoffen, staunte Ling im stillen, er hat noch nie so dahergeredet. Er sagt genau das, was mit mir geschieht, wenn ich nicht herumrenne, einkaufe oder mich in was hineintreiben lasse, das mich hektisch aufregt. Das Bärbele will ich bloß ins Bett kriegen wie alle Frauen bisher, und bei ihr hab' ich's bequem, die ist verheiratet. Er ließ Neuberger nicht mehr aus den Augen, er hing an seinen Lippen, kein Wimperzug in dessen Gesicht entging ihm mehr. »Er hat recht«, gestand er sich seltsam bedrängt, »wenn ich stillstehe, bin ich verloren, bin ich fremd.« *Fremd!* Noch nie stand das Wort so grauenhaft leer um ihn. Kalt überlief es ihn. »Hör schon auf, hör auf mit deinem Lamento!« wollte er ihn niederschreien. Er schrie nicht. Er sagte nichts, während der andere gleicherweise fortfuhr: »Ich red' gar nicht von den Politischen, die heim sind und ihre Narreteien weitermachen, wenn sie auch nicht mehr dran glauben. Sie können gar nicht mehr dran glauben, genau wie die Juden, die erst der Hitler wieder jüdisch gemacht hat. Die ganze Zeit vorher waren sie doch bloß drauf aus, keine Juden mehr zu sein. Jetzt verkriechen sie sich wieder ins Judentum wie in eine leere Hülse. Was tun sie denn in ihrem Israel? Wollen sie dort vielleicht wieder richtige Juden werden? Unsinn! Sie wollen wie alle andern werden, sonst nichts. So sein wie jeder x-beliebige

Engländer, Franzose oder Amerikaner.« Er hob sein Gesicht und sah Ling spöttisch lächelnd an: »Hm, Diaspora? Damit kokettierst du 'rum! Quatsch! Nicht entwurzelt und zerstreut sind wir, fremd, fremd ist einer dem andern, fremd! Angst und Furcht und Unsicherheit machen uns verlogen, weil sie natürlich keiner zeigt. Mißtrauisch umlauern wir uns gegenseitig. Bloß für sich bleiben, bloß in seinem Leerlauf, und sich nur mehr an die Sachen halten, die man gern hat – aa-ach, mir graust vor diesem honetten Dahinvegetieren! Ich bin froh über meine Sklerose!« Er trank wieder einige Gläser aus. Um es nicht weiterkommen zu lassen, fragte Ling unvermittelt: »Wie alt bist du jetzt?«

»Alt? Vierundfünfzig«, erwiderte Neuberger: »Was interessiert dich das?«

»Bloß so. Und ihr seid in Deutschland schon verheiratet gewesen?«

»Natürlich! Aber laß das mit deinen albernen Fragen. Die Story, die du draus machen willst, steht schon lang in meinem Roman. Er wird dir zugeschickt«, parierte Neuberger, und wieder stutzte Ling, weil ihn der andere ertappt hatte.

»Und«, sagte dieser schärfer, »damit du nicht wieder so waschweibneugierig weiterfragst – ja, wir haben einen Krach gehabt, bevor du gekommen bist. Seitdem sie weiß, wie krank ich bin, haben wir sehr viel Krach miteinander, weil ich ihr dauerndes Warnen, Nörgeln und Bemuttern nicht mag. Ich kann's ihr ja weiter nicht verübeln, wenn sie mein Saufen und Herumtreiben, mein Lautsein und meine Freßlust abscheulich findet. Recht mag sie ja haben, sicher! Sie hat sogar meistens recht, aber was ist das schon? Ich pfeif' doch aufs Gesundsein, wenn nichts mehr da ist, wenn man nicht mehr zueinandergehört. Fuchtig macht mich bloß immer ihr humorloses, hartnäckiges Versteifen, ihr zänkisches Beleidigtsein, wenn man ihr Rechthaben nicht ernst nimmt. Oft tut sie mir leid. Kinder, drei, vier Kinder müßten solche Weiber haben, da wär' alles gut, da könnten sie ihre Gouvernantenhaftigkeit austoben. Du mußt nämlich wissen, sie ist eine preußische Jüdin. Da war's doch Tradition, die Töchter zu so einer strengen, sturen Gouvernantenhaftigkeit zu erziehen. Jetzt bin ich ihr Kind. Was kann man machen! Da hilft nur Dickfelligkeit.«

Ling war dieses Beichten peinlich. Unbehaglich überlegte er, wie er am besten wegkommen könnte. Zerstoben waren all seine Absichten. Gespannt war er nur, wann endlich Neuberger betrunken sein würde, doch der blieb bis jetzt unverändert. Manchmal hatte er einen Blick wie sein weinendes Traumgesicht, das »bleib doch, bleib!« aus sich herausflehte. Das hielt Ling immer wieder.

»Sie ist drei Jahre älter als ich«, erzählte er rücksichtslos weiter: »Wir waren jung. Bis zu ihr hab' ich kaum gewußt, was ein Weib ist. Sie hat mich aufgeweckt. Geil waren wir jeden Tag, jede Nacht, jede Stunde, immer und überall aufeinander. Und satt sind wir nie geworden. Sie ist fremdgegangen und ich genauso. Eifersucht hat's nicht gegeben. Sie ist ja, Gott sei Dank, doch weit mehr Jüdin geblieben als Preußin. Preußische Mädchen finden Charme, Zärtlichkeit und Geilheit unstatthaft, dafür sind sie um so tüchtiger und vernünftiger als Hausfrauen! Ein komisches Gevölke! In- und auswendig zweckmäßig und kahl wie eine Kaserne! So Weiber waren gut für Hitler. Hm, mein armes Kätzchen! Ihr hat dies Stück Dreck weit mehr angetan als mir mit dem KZ. Er hat ihr das ruhige, natürliche Hineinfinden ins Altern gestohlen. *Das* ist's, was uns fremd gemacht hat. Jeder lebt für sich. Man haspelt eben seine Zeit nebeneinander ab. Hm, komisch, früher hab' ich nie drauf geachtet und bloß gelacht drüber. Schrecklich mäklig ist sie gewesen. Immer hat sie sich halbwegs vor mir geekelt. Ihr Handtuch war ihr Handtuch, ihr Waschlappen der ihre, genauso ihre Tasse, jedes von uns hat seinen eigenen Löffel, sein eigenes Glas, alles – eigene Messer und Teller gehabt. Jetzt, seitdem ich in Amerika mit ihr bin, ist ihr mein Husten, mein Schwitzen, ich glaub' sogar ich ganz und gar unappetitlich. Ich weiß nicht, was das ist. Ist ihr denn diese seltsame körperliche Abneigung nie bewußt geworden? Sie hat mich doch geliebt, und ich sie auch. ›Hengst‹ hat sie mich geheißen, wenn ich von einer anderen gekommen bin, und mich zu sich niedergezogen und zu fragen angefangen: »Na, wie war's? Der ihr Busen, ihr Popo reizt dich wohl, was, du Schwein, du?«

Noch in der Erinnerung zerfloß sein weingerötetes Gesicht.

»Weißt du, wie das ist, wenn Weiber derart reden, Weiber, für die man brennt?« heiserte er Ling an: »Weißt du das, Mensch? O ja, du weißt es, du Gauch! Das hab' ich immer gespürt, das ist auch jetzt noch so bei dir – du hast's bloß besser, du liebst nicht! Das kannst du nicht.« Seine Stimme wurde bestimmter: »Deswegen kannst du auch mehr als ich. Du schreibst hundertmal besser, glaub mir's.«

Das kam überrumpelnd.

»So? So, du glaubst das wirklich?« fragte er, Neuberger durchdringend musternd: »Und so, meinst du, so bin ich?«

»Ich hab' keinen Ehrgeiz, das weißt du«, erwiderte der und hielt seinem Blick stand: »Ich gönn' dir dein Glück.«

Da kam noch etwas Unerwarteteres. Er streckte ihm seine fleischige, behaarte Hand hin, und sie zitterte. Ling war alles andere als erbaut davon, er rang mit verborgener Enttäuschung und Wut.

»Na, gut, da!« sagte er und schlug ein. Kühl kam es aus ihm heraus.

»Was du so Glück heißt, ist nicht recht verlockend«, fügte er leichthin dazu, um sich nicht zu verraten. ›Hoffentlich ist

er jetzt mit seiner sentimentalen Suada fertig‹, dachte er, doch er irrte.
»Glück? Hm, das ist's eben«, brummte Neuberger und schnaubte wieder tief: »Glücklich waren mein Kätzchen und ich, jahrelang glücklich. Meine Anwaltspraxis in Nürnberg war die beste. Ich hab' große Prozesse geführt, und aus ganz Deutschland sind die Klienten gekommen. Spaltenlang haben die Zeitungen über meine Prozesse berichtet. Ich war so was wie ein berühmter Verteidiger. Bei uns haben Politiker und Professoren, die Prominenten vom Theater, der Literatur und Kunst verkehrt. An jedem Urlaub sind wir in die Alpen, nach Südfrankreich, und Autotouren bis tief nach Italien haben wir damals schon gemacht. Heut, hab' ich gelesen, machen's schon die Bauern. Wir haben im Ausland viele gute Freunde gehabt. Zuletzt, kurz vor der Hitlerei, haben wir uns ein nettes Sommerhaus am Chiemsee gekauft – –«
»So kurz vor Torschluß?« unterbrach ihn Ling: »Wart ihr denn politisch so ahnungslos?«
»Das nicht, aber man ist zu nah dran gewesen, mittendrin, da merkt man das Schlimme nicht so. Und man war doch was, verstehst du? Und man ist unter seinesgleichen gewesen. Das Politische – ob einer nun aktiv drinnen war oder nicht – hat man schon mitgelebt, jaja, aber gedacht hat man sich wenig dabei. Schließlich, der Mensch gewöhnt sich zu schnell an alles mögliche, wenn's nur *ihn* nicht behelligt. Ans Ärgste hat damals keiner geglaubt.« Neuberger nahm einen Schluck Wein und goß erneut ein.
»Weißt du, wie ich nach Dachau gekommen bin?« fragte er unvermittelt: »Nein, selbstverständlich nicht! Unter uns hat ein sozialdemokratischer Abgeordneter gewohnt, ein gutgestellter Mann mit fünf Kindern und einer netten Frau. Den hat – es war im Juni 33 – in der Früh die SA, die damals noch mächtig gewesen ist, abgeholt. Seine Frau war grad beim Bäcker. Sie ist im Raufgehn an der Tür vorbei

und zu uns gekommen, wir sollen doch um Gottes willen helfen. Ich bin sofort mit ihr hinunter und hab' wie ein Feldwebel drauflosgeschimpft: ›Was ist hier los? Meine Herrn, ich bin Rechtsanwalt Neuberger! Sie werden mich kennen! Wo haben Sie Ihre Befugnis her, zu verhaften? Das kann bis jetzt immer noch nur die Polizei, verstanden! Sie haben kein Recht, einfach in eine Wohnung einzubrechen und einen unbescholtenen –‹ Weiter bin ich nicht gekommen. Sie sind über mich her, und das wie! Das Geschrei der Weiber und Kinder hat sie nicht gestört. So bin ich mit dem Brill ins KZ gekommen. Das war damals noch wie ein Bauplatz, etliche windige Schuppen und ein Stacheldrahtzaun. Wie jeder, und besonders ich als bekannter Anwalt und Brill als Abgeordneter, hab' ich angenommen, Recht muß Recht bleiben, das gibt einen Riesenskandal, alle meine Freunde, Kollegen von mir, die Richter und so fort, die werden sich einsetzen und schnell sorgen, daß ich wieder 'rauskomme. Es ist nichts geschehen, gar nichts. Ärger noch – vier Jahre lang hat keiner mehr meine Frau gekannt. Wo sie vorgesprochen hat, haben sich die Herrschaften verleugnen lassen, Ausflüchte gemacht und sogar gebeten, sie soll nicht mehr kommen. Kurzum, sie hat endlich das Haus verkauft, die Möbel und so weiter, und mit sechzigtausend Mark an Schmiergeldern hat sie mich schließlich loskaufen können, ab sind wir nach Amerika. O ja, uns ist's auch anfangs nicht ganz schlecht gegangen hier. Unser Bürge, ein großer Anwalt, mit dem ich von Deutschland aus manchmal zu tun gehabt hab', der hat sich rührend um uns gekümmert und uns Geld angeboten, damit ich auch hier Anwalt hätt' werden können, aber mir hat gegraust, verstehst du. Zum Ärger meiner Frau und unseres Bürgen hab' ich eine ganz ordinäre Möbelhandlung angefangen. Ich war 'raus aus allem. Aus war's, fertig! Ich hab' nie verstehen können, wie sich die ganzen politischen Quacksalber, die mit uns hierhergekommen sind, so quietschvergnügt in ihren Illusionen herumgetummelt haben, als ob gar nichts geschehen sei. Wie zurückgebliebene Sprachschüler, die immer das gleiche 'runterplappern, damit sie nicht aus der Übung kommen, so sind die mir immer vorgekommen. Drum hab' ich ja auch bloß dumme Witze bei ihnen gemacht. Na, und so? So lebt man eben weiter, lebt und ist da, weiter nichts.«

Er hielt ein. Seine hochroten, pickligen Wangen zitterten ein wenig, seine Kugelaugen schwammen im feuchten Glanz. Fast wie Tränen sah das aus. Er griff schnell zum Glas und trank es aus. Er hielt es schief in der Hand und schaute nachdenklich hinein. Wie aus einer verlorengegangenen Gedankenreihe herausgefischt hörte sich's an, als er jetzt vor sich hin brummelte: »Hm, ha, sie ekelt sich vor mir. Hhm, ihrer Katze küßt sie die Schnauze, auch wenn die sich vorher weiß Gott wo abgeleckt hat, hmhm.« Schweigend zerrann eine winzige Pause.

›Kindisch wie ein Tattergreis wird er schon‹, dachte Ling: ›Fängt jetzt sein Rausch an oder ist das die Lebersklerose?‹ Er freute sich seiner Gesundheit und Eleganz. Neuberger erhaschte seinen Blick und sagte mit einem ganz kleinen, merkwürdig gezwungenen Lächeln: »Wahrscheinlich bin ich dir auch unappetitlich?« Ling sah sich durchschaut und erschrak einen Moment lang. Noch unangenehmer aber berührte ihn das Vertraulich-Schlüpfrige, das er aus den Worten herauszuhören glaubte. ›Nein, so weit kann ihn doch die Verlassenheit nicht bringen, unmöglich!‹ ging ihm durchs Hirn. Bestürzt musterte er den wabblig-feisten, schlampigen Mann mit seiner schmierig glänzenden, flekkigen Weste und ekelte sich. Gleichzeitig dachte er: ›Ich sollte ihm die Hand nicht gegeben haben. Das wär' der richtige Moment zum Bruch gewesen.‹

»Na, du sagst ja gar nichts. Also stimmt's?« fragte ihn Neuberger lauernd. Mit aller Gewalt verhielt sich Ling und suchte nach einem Wort.

»Thm, du bist ein sonderbarer Patron«, sagte er endlich und hatte sein Gleichgewicht wieder: »Sag mir bloß eins – warum hast du grad *mir* all das erzählt? Liegt dir denn soviel an mir? Warum eigentlich?«

»Ja, warum?!« Der Ausruf, unfaßbar traurig, roch gleichsam nach Verlassenheit, aber es war eine ganz andere Verlassenheit als jene, die Ling vorhin vermutet hatte.

»Und du willst mir erzählen, bloß aus Justament hast du alles drangesetzt, um mir zu helfen?« fragte er den mitgenommenen Neuberger. Der nickte und bekam wieder den hämischen Zug um die Nase und seine Lippenwinkel. Offenbar reizte ihn die kühle, abweisende Ruhe Lings. Ordinär herausfordernd fixierte er ihn und meinte ausfallend: »Ich hab' dir's doch gesagt. Und, haha, du warst für den Jux auch das brauchbarste Objekt.«

»Jux? Bloß ein Jux war das für dich?« zweifelte Ling und wurde ebenfalls gereizt: »Tu doch bloß nicht so überlegen!«

»Ich mach's wie du, hahaha!« lachte ihn Neuberger grob an und stichelte weiter: »Objekt bist du für mich auch noch in anderer Beziehung gewesen.«

»So? in welcher denn?«

»Lies meinen Roman. Da begreifst du vielleicht, daß du nichts zu danken hast, hahaha, Jack Neuberger macht nichts umsonst, siehst du?« Im Nu richtete er sich auf und bekam sein gewohntes Säufergesicht: »Jetzt laß uns aber endlich richtig trinken! He, Karl, gib ein Glas her! Warum willst du denn heut partout nicht saufen, du Simpel, du?« Er riß dem herbeigeeilten Kellner das Glas aus der Hand und goß ein: »Glaubst du vielleicht, ich bin hirnrissig? Nein, nein, Mensch, wir haben zuviel Gleiches! Da kann sich keiner vor dem andern verstecken! Den letzten Fußtritt hast du mir geben wollen, nicht wahr? Hahaha, und jetzt ist's dir danebengelungen, hahaha! Da, sauf schon und spiel dich nicht so auf! Du bist genauso verschissen wie ich!« Er brach ab, nahm den sprachlos gewordenen Ling scharf aufs Korn und keuchte abrupt: »Oder, weißt du was? Gehn wir! Wir haben einander wirklich nichts mehr zu sagen. Ich hab's immer gewußt, du bist ein eiskaltes Luder.« In der Tat, was noch nie geschehen war, so oft sie zusammengekommen waren – er stand schon da und schlüpfte in seinen Mantel. Verblüfft starrte ihn Ling an und tat dasselbe. Das war eine eklatante Niederlage. Er schwor sich, sie nie zu vergessen. Wortlos und verfeindet verließen sie das Restaurant. Der Kellner Karl schüttelte den Kopf und brümmelte in sich hinein: »Nanu, wat war denn det nu? Hmhm.«

»Willst du einsteigen? Ich kann dich mitnehmen zu dir«, fragte Ling frostig, als das Taxi vor ihnen hielt.

»Ach wo. Ich bin doch gleich daheim«, lehnte Neuberger ab, und höhnisch setzte er hinzu: »Laß dir's recht gut gehn, Freundchen. Servus.«

»Gut, gut, auch gut!« brachte der ergrimmte Ling nur noch heraus und stieg rasch ein. Mißlaunisch überdachte er noch einmal alles und ärgerte sich am meisten über sich selber. Als er in seinem Zimmer war, kam er sich am ganzen Körper klebrig vor und zog sich rasch aus, um zu duschen, obgleich es schon auf Mitternacht zuging. Es scherte ihn nicht, daß er die Emmerles dadurch wecken könnte. Die hatten sowieso rein gar nichts mehr gegen seine Extravaganzen einzuwenden und lasen ihm jeden Wunsch von den Augen ab, um ihn als Mieter nicht zu verlieren. Mit rührender Beflissenheit sammelte der Walter seither jeden Zeitungsausschnitt, alles Gedruckte von ihm und über ihn und erbat sich ab und zu ein Autogramm. »Wisset Sie Mischter Martin, was unser Bärbele meint?« hatte vor einigen Tagen die Frau Emmerle gesagt: »Da leset Sie ihren Brief . . . Leset Sie!« Überbegeistert schrieb das Bärbele, wie schön der Besuch gewesen sei, und »eine Ehre wär's für den Hans und sie«, wenn Mister Ling im Som-

mer hinauskäme, denn – hieß es – »liebes Mutterli, der ist ja ein berühmter Mann und steht oft in den Zeitungen«.
Wenn Ling auch noch etwas ganz anderes daraus las, diese naive Schmeichelei tat ihm wohl, sie steifte den Rücken, sie erhob, und niemand ist empfänglicher und leichtgläubiger für solche Lobsprüche als ein eitler Mensch.
Im Augenblick aber verzerrte er in einem fort angeekelt sein Gesicht. So widerlich setzte ihm der Ekel zu, als habe der Neuberger eine Hautkrankheit gehabt und ihn angesteckt. Er lechzte nach Einseifen und Waschen und betrieb es geradezu fanatisch. Erst als er im bauschigen Bademantel im Zimmer stand, bemerkte er einen Zettel von Frau Emmerle auf seinem Bett, und ein Telegramm lag dabei.
»Mister Stone hat oft angerufen. Sie sollen gleich anrufen oder hinkommen«, meldete die Logisfrau, und das Telegramm lautete: »Ehesten Besuch. Dringend. Filmangebote gelbes Halstuch – Stone.«
Sekundenlang verlor alles den Umriß. Das Vorhergegangene zerflatterte. Dann fing ein reißend-rauschendes Wirbeln in Lings Hirn an, denn bis jetzt hatte Stone noch alles fertiggebracht, und ›Filmangebote‹? Das hieß unvorstellbar hohe Summen!
»Ha!« stieß der verzückte Ling heraus: »Ha!« Getanzt hätte er am liebsten und geschrien vor Glück. »Aus ist's jetzt mit aller engen Spießigkeit!« jagte es durch ihn: »Aus mit allem jämmerlich-langweiligen Alltagsleben!« Nach allen Seiten griffen seine hitzigen Wünsche aus: »Ein Pferd kauf' ich mir und reit' jeden Tag im Zentralpark! Ein Motorboot auf dem Hudson halt' ich mir! Einen ständigen Chauffeur halt' ich mir! Reisen mach' ich, in den teuersten Hotels steig' ich ab! Ha! Was kann ich eigentlich jetzt nicht?!«
Nicht einen Moment lang kam ihm der Neuberger noch in den Sinn. Weggelöscht war er! Frei, frei von allem, grenzenlos frei war er! Lange, lange wälzte er sich voll krib-

belnder Ungeduld im Bett und wunderte sich, daß er immer noch in dem engen Zimmer hause, und beschloß schließlich doch, es wegen der guten Emmerles aus mitleidiger Anhänglichkeit nebenher zu behalten. Und? Und, ja, auch wegen dem Bärbele!

»Die muß her! Alle müssen her! Lisawetha und Sonja, große Kokotten und was mir einfällt«, brümmelte er lächelnd in der Dunkelheit und schlief ein. –

Seltsames Zusammentreffen – in der Frühe, vor dem Weggehen, hielt ihn ein Anruf Sonjas auf.

»Ach, endlich! So erreicht man Sie doch mal, Herr Ling?« meinte sie spöttisch, und hoffentlich habe sie ihn nicht aus dem Bett getrieben. Das täte ihr leid und sei nicht ihre Absicht gewesen, er wisse ja, daß sie auch keine Frühaufsteherin sei.

»Aber nachdem du ganz von der Bildfläche verschwunden bist ... Daß ich sehr oft angerufen hab', wird dir ja gesagt worden sein, oder? ... So? Hm, und da haben der Herr nie Zeit gehabt, mal zu telefonieren, hm? Du bist wohl kolossal beschäftigt jetzt, was?« Alles klang darin mit. Verstimmung, vorwurfsvolle Zurechtweisung und Neugier. Der Ton macht die Musik, und der Tonfall gesprochener Worte ist immer aufschlußreicher als die Worte selber. Als er ein wenig hastig seine Vielbeschäftigtheit bestätigte und nebenher von dem Wochenendausflug nach New Jersey etwas erwähnte, sagte sie in gleichgebliebener Tonart: »Soso, nette Leute waren das? Also anderweitige Interessen, was? Ich versteh'! Das ist natürlich etwas anderes.«

»Was anderes? Gar nichts ist anders«, warf er dazwischen: »Ich hab' bis jetzt wirklich wenig Zeit gehabt, mich zu melden.«

»Das glaub' ich dir, mein Lieber. Das glaub' ich!« meinte sie. »Man hört ja allerhand von deinen kolossalen Erfolgen. Da hat man natürlich für seine Freunde keine Zeit mehr! Na, ich wollt' mich ja auch bloß mal erkundigen, wie

es dir sonst geht und wann man dich doch wieder mal sehn kann.«
»Sehen? Schlag bitte was vor, ich will's einrichten«, antwortete er leicht verstimmt: »Und wie es mir geht? Ausgezeichnet natürlich! Ihr wißt doch genau Bescheid! Wenigstens nehm' ich das an. Und ...?«
»Und ...?« klang es sehr frostig zurück: »Nichts, gar nichts! Nur so. Ich merk', du hast's eilig. Du kannst ja mal anrufen, wenn du Zeit hast.« Zu anderen Zeiten hätte er schwerenöterisch verblüfft getan, sich entschuldigt, alles entsprechend geschickt abgemildert oder mit pikanten Anspielungen darüber hinweggescherzt, diesmal schloß er nur mit einem geschwinden: »O ja, ganz bestimmt, und sehr bald ruf ich an, ganz sicher! Grüße, bitte, alle anderen! Auf Wiedersehn!« Das mußte sie verletzen. Er empfand es, und ein Unbehagen beschlich ihn. Doch jetzt mußte er eilig zu Stone. Dort fiel die Entscheidung über sein ganzes weiteres Leben. Darüber mußte er erst Gewißheit haben. Was gingen ihn jetzt alle anderen und die verstimmte Sonja an! Eigentümlich aber, das Unbehagen verging nicht, und als er im Taxi dahinfuhr, geriet er darüber in Wut.
Das Ressentiment, jenes unausrottbare Laster, das die verletzte Eitelkeit immer mit sich bringt, das Ressentiment, das mit seismographischer Genauigkeit jede oft nur vermeintliche Beleidigung, jede Demütigung, die ein Mensch erfährt, in dessen Seele mit schmerzendem Griffel notiert – das Ressentiment, diese gestaute, oft jahre- und jahrzehntelang nach Vergeltung lechzende Rachsucht, die manchmal imstande ist, aus einem dafür anfälligen Menschen einen bösartigen Zyniker, einen hinterlistigen Intriganten oder Verbrecher ebenso wie einen krankhaft machtgierigen Diktator zu machen, dieses Ressentiment war der Inhalt seiner zerfahrenen Wut. Alle Taktlosigkeiten, die sich Sonja ihm gegenüber hatte zuschulden kommen lassen, fielen ihm ein.

Wie gönnerhaft herablassend hatte sie damals, als die fünfhundert Dollar für den Preis gesammelt worden waren, gesagt: »Na, dafür lohnt sich schon allerhand«, und wie schäbig hörte es sich an, als er mit ihr und Lisawetha seinerzeit im ›Rismont‹ zusammensaß und sie ihm beim Abschied nachrief: »Na schön! Mach's bloß gut, Mart! Die Wette ist kein Pappenstiel! Für dich sicher nicht!«

Jetzt hatte der Wütende eine Rechtfertigung dafür, daß er sie vorhin so grundlos beleidigend abgefertigt hatte, und er nörgelte wahrhaft ausschweifend weiter: »Das Dämchen mit den Ambitionen, die ihm sein Liebhaber beigebracht hat! Sonderbar, nur *dem* unterwirft sie sich! Er will Prominente um sich haben, und sie muß einen Salon dafür halten. Prominent bin auch ich jetzt für sie. Mein Erfolg soll sich für sie bezahlt machen. Als meine Gönner, Entdecker und intimsten Freunde wollen Victor und sie glänzen.«

Nur Kinder und bisher Zukurzgekommene, wie er, sind so nachtragend. Hatten andere ihn nicht schon viel mehr gedemütigt? Warum verbiß er sich in Sonja? Bedeutete sie ihm etwas mehr als ›ein Geschöpf aus Fleisch und Lust‹? Auch er hing seit jeher instinktiv am uralten atavistischen Männerglauben, daß die Frau in jeder Hinsicht tiefer stünde als der Mann. Darum galt ihm nur das Vulgär-Sinnliche, das Ordinär-Hurenhafte etwas bei einer Frau. So wollte er auch sie haben. Doch all dem entsprach sie trotz ihrer Gepflegtheit, ihrer Eleganz und gewitzten Koketterie, trotz ihres ausgiebigen Flirts mit ihm nie. Ihr Reichtum, ihr Ehrgeiz und ihre launenhafte Herrschsucht machten sie wie von selbst zur dominierenden, scheinbar allen anderen überlegenen Dame, die sich höchstenfalls, weil sie das interessant fand, mitunter herabließ, mit ihm, dem zerfahrenen, täppischen Proleten, zu flirten. Im großen ganzen blieb sie gewissermaßen immer neutral. Dagegen bäumte er sich jetzt mehr denn je auf.

»Auch sie muß zum Haufen!« schwor er sich, als er den Taxichauffeur bezahlte, und dachte nicht daran, jemals wieder im Kumiankreis aufzutauchen. –

»Meister! Na, endlich, endlich!« keuchte ihn das bauchige Ungetüm Stone an, und – tatsächlich! – er erhob sich sogar vom Stuhl und streckte ihm die Hand hin: »Telefonaden! Telefonaden hab' ich Ihretwegen gehabt, Telefonaden!! Eine schlaflose Nacht haben Sie mich gekostet. Aber, aber, also jetzt, hören Sie, Meister, jetzt geht's um die Wurscht, verstehn Sie!?« Schon saß er wieder und fing an, ihm die Verfilmungsverträge, die seine Sekretärin übersetzt hatte, Satz für Satz vorzulesen.

»Hauptsache ist, daß Ihre Story rein original ist, verstehn Sie?« bemerkte er einmal dazwischen: »Nichts fürchten solche Firmen mehr als Schwierigkeiten von wegen Plagiat und so. Da kommt auf einmal so ein Individuum daher und sagt, bitte sehr, Herrschaften, das ist von mir, und die Kalamität ist da, verstehn –«

»Rein original«, unterbrach ihn Ling siegesgewiß lächelnd: »Zehn Eide kann ich darauf ablegen! Die ganze Story hab' ich geträumt!«

»Geträumt haben Sie das? So was träumen Sie, Meister?« staunte ihn Stone an: »Mir und Ihnen gewünscht, toi, toi, toi, träumen Sie, träumen Sie so weiter!« Honorig begeistert machte er Bitthände: »Bitt' schön, weiterträumen, bitt' schön! Phantastisch. Den Seinen gibt's der Herr im Schlaf! Einmalig, Meister, einmalig! Haben Sie vielleicht noch mehr von dem Genre? Ja? Sie haben? Her damit, her damit! Für Spitzenerträgnisse aus *dem* Kapital sorg' ich! Garantiert!« Während er redete, erinnerte sich Ling seiner Träume wie einer, der plötzlich vor einem unvermuteten Schatz steht, und begann stumm zu sortieren. Nein, der letzte wüste Traum, der war unbrauchbar. Er runzelte die Stirn und schob ihn weg, weit weg. Aber *einen* Traum, *einen,* der schon Jahre zurücklag, den hatte er nie vergessen, weil er fast dieselbe logisch-erzählerische Struktur hatte wie ›Der Mann mit dem gelben Halstuch‹. Den hatte er noch nie erzählt, und jetzt nahm er sich vor, ihn sorgfältig in sich zu hüten. Nun leuchtete sein Gesicht, aber Stone las bereits einen neuen Passus des Vertrages.

»Tja-a ... Und-und das bekomm' ich gleich in bar?« stotterte Ling fassungslos, als er die Summe für die Übertragung der Weltrechte zur Verfilmung seiner Geschichte hörte: »Ist das sicher?«

»Selbstverständlich. Ganz sicher!« nickte Stone etwas amüsiert über die Wirkung: »Die Firma ist hundertprozentig seriös.« Einen Augenblick lang wartete er, um Ling zu sich kommen zu lassen, und fügte belebter hinzu: »Aber warten Sie ab, die andere Firma bietet um fünfzehntausend Dollar mehr. Bedingung ist bloß, daß Sie als Autor keine Einwände machen, wie die Herrschaften das Ding ummodeln.«

»Also achtzigtausend?« platzte Ling heraus und wurde hektisch: »Und gleich nach der Unterschrift krieg' ich das Geld? Ganz sicher? Was kümmert mich denn alles andere! Sollen sie draus machen, was sie wollen.«

»Gut, gut, Sie sind der Boß, Meister. Sonst ist ja kein Unterschied. Da können wir uns ja gleich mit dem andern Vertrag befassen. Unter Brüdern, mein Bester, so hätt' ich Ihnen auch geraten«, erläuterte Stone. –

Als Ling auf der Straße war, glaubte er sich und alles um sich verwandelt. Doch die Menschen gingen an ihm vorüber wie jeden Tag, die Autos und Omnibusse fuhren wie immer, die Auslagenfenster waren unverändert, der Schutzmann an der Ecke der Fifth Avenue trug die gewohnte dunkelblaue Uniform und Mütze, und es hupte, rauschte und roch rundherum nicht anders als sonst.

Merkte denn niemand, daß etwas Ungeheures mit ihm geschehen war? Niemand? Dieses Übermaß an Triumph konnte er nicht allein und für sich ertragen. Wieder zeigte

sich's, daß tiefster Schmerz und höchstes Glück einen Menschen so rat- und haltlos machen, daß er unbedingt andere Menschen braucht, denen er sich mitteilen muß, um wieder halbwegs ins Lot zu kommen.
Zerblasen und verweht waren mit einem Male alle seine Absichten. Menschen wollte er haben, Menschen brauchte er zu seinem Glück! Aber – geradezu körperlich spürte er es – Menschen und Menschen waren für ihn dennoch nicht das gleiche. Er ging nicht in irgendeine Bar und mischte sich unter fremde Amerikaner, mit denen er sonst, wenn er genügend getrunken hatte, trotz seines mangelhaften Englisch in eine aufheiternde Fühlung kam. Auch nach dem Deutschenviertel Yorkville fuhr er nicht, wo man ihn in jedem Lokal kannte. An die Emmerles schickte er eine Riesenbonbonniere und einige Flaschen deutschen Wein, aber zurück zu ihnen wollte er jetzt nicht. Menschen seinesgleichen brauchte er! Menschen, die alle das gleiche spezifische Fluidum ausströmten, Menschen, die man gleicherzeit haßte und liebte, deren Gegner man zeitlebens sein konnte, aber nie deren Feind! Menschen, mit denen man verstrickt war, ohne es zu wissen, Menschen, die weder europäisch geblieben noch amerikanisch geworden waren, die – wie der Laschi gesagt hatte – »überall in der Welt in Enklaven lebten« und die zu einem gehörten wie jenes, das man in all den schweren Jahren vom Leben unzerstörbar in sich behalten hatte. ›Diasporit‹ war man.
Kopflos rannte Ling in eine Telefonzelle. Sonja, Victor, Lisawetha, Hilde, Bianka und Charlie wollte er augenblicklich um sich haben, mit dem Laschi hätte er liebend gern stundenlang diskutiert und getrunken, und sogar mit dem maulfaulen Lohrer und dem unergiebigen langen Kurt hätte er jetzt vorlieb genommen. Er war wütend darüber, daß er sich nie Adressen und Telefonnummern aufgeschrieben hatte. Offenbar mußten die beiden ebenso wie Lisawetha und Hilde irgendwo in Untermiete wohnen. So-

viel er auch im Telefonbuch herumsuchte, er fand sie nicht. Und der Doktor Nuckling? Ach, der war bis tief in den Nachmittag im Krankenhaus beschäftigt. Nach vielem ungeduldigem Herumtelefonieren erreichte er nur Victor in seinem Antiquariat und sprudelte wie von Sinnen in die Sprechmuschel: »Oh, Victor! Endlich, endlich erwisch' ich dich! Wo sind Sonja und Iwan? Auch Charlie ist geschäftlich auswärts?« Iwan, erfuhr er, sei in St. Louis und Sonja habe Verwandtenbesuch aus Israel.

»Schade, schade«, hastete er weiter aus sich heraus: »Ich wollte euch jetzt, gleich, sofort alle, alle, sehen, schade, sehr schade! Und du hast auch keine Zeit jetzt und abends, hm, abends hast du dein Colleg, schade, schade, jammerschade! Ach, Victor, entschuldige, jaja, du hast recht, ich bin ein schlechter Mensch! Ein undankbarer Schuft bin ich, weil ich seither nie wieder was hab' hören lassen. Jaja, du hast recht, ganz recht hast du, Victor, schlecht bin ich, aber ich liebe dich, dich und alle! Warum ich so aufgeregt bin? Was passiert ist mit mir? Oh, das erzähl' ich später! Es geht also nicht? Ich kann euch heute nicht sehen? Wann, wann sieht man sich denn, wann denn?« Beinahe flehend klangen die letzten Worte. Die Absage enttäuschte ihn schrecklich. Er erregte sich darüber wie ein störrisches Kind oder eine hysterische Frau. Vorübergehende Passanten staunten ihn kurz an und schüttelten die Köpfe über sein lächerliches Benehmen. Vor Verzweiflung verzerrte er in einem fort sein Gesicht. Er knurrte und fluchte grimmig vor sich hin, er blieb öfter stehen und stampfte mit den Füßen, er fauchte und fuchtelte wie ein Halbirrer und jagte in einen Blumenladen. Erschreckt sahen ihn Verkäufer und Kunden an. Er riß sich endlich halbwegs zusammen und ließ an Sonja, Bianka und sogar an seine Feindin Selma Riesenbuketts teurer Rosen, Chrysanthemen und Nelken schicken.

Draußen auf der Straße verfiel er plötzlich auf einen tollen

Gedanken. Er sprang in ein herbeigewinktes Taxi und fuhr zum Chefredakteur Dr. Mühlbacher. Etwas wie eine knallprotzenhafte Rankübe trieb ihn dazu. Mühlbacher hatte ihm damals, als er sich durch Frau Emmerle krank melden ließ, einen netten Brief geschrieben, er hoffte, die leidige Grippe hielte ihn nicht zu lange im Bett, er wünsche ihm recht baldige Genesung, und im übrigen – schloß der wohlwollende Chefredakteur – »habe ich mich mit allen Kräften dafür eingesetzt, daß für Sie, als einem so hoffnungsvollen deutschamerikanischen Autor, alsbald eine geeignete Stelle im Feuilleton geschaffen wird«. Im Übermut seines Erfolgs aber hatte Ling sein ›Kranksein‹ über sechs Wochen ausgedehnt und nie wieder etwas hören lassen. Da kam ein zweiter, ziemlich kühler, offiziell gehaltener Brief mit der Anfrage, ob mit seiner Gesundung in absehbarer Zeit zu rechnen sei, da man sich möglicherweise um eine andere Kraft bemühen müsse. Auch diesen Brief ließ Ling über eine Woche liegen (er war mitten in seiner hektischen Kaufwut) und schickte ihn schließlich, indem er taktlos grob darunterschrieb »Tun Sie das«, an Mühlbacher zurück. Jetzt glaubte er, seine Unverfrorenheit auf die Spitze treiben und Mühlbacher für die vielen gönnerhaft-herablassenden Demütigungen züchtigen zu können.

»Ach, Sie? Herr Ling!?« empfing ihn die dickliche blonde Sekretärin im Vorzimmer von Mühlbachers Büro ziemlich verdutzt: »Wieder gesund, ja? Sieht man Sie bald wieder bei uns? Sie wollen zu Doktor Mühlbacher, ja? Einen Augenblick, bitte.«

Es dauerte eine ganze Weile, bis sie wieder zurückkam. Ihre Miene war auffallend verändert. Sehr kühl und ein wenig abweisend sagte sie: »Herr Doktor Mühlbacher hat leider momentan eine wichtige Besprechung mit einem auswärtigen Herrn. Wenn Sie warten wollen?«

»Ja, ich warte, Ich hab' Zeit«, gab Ling patzig zurück und nahm Platz.

»Wie Sie wollen. Es kann allerdings eine Weile dauern«, meinte sie und setzte sich vor die Schreibmaschine, überlas etwas kurz und fing zu tippen an.
»Hoffentlich stör' ich Sie nicht«, sagte Ling freundlicher.
»O nein, nein, Ich bin ja Besuche gewohnt«, erwiderte sie, ohne aufzusehen.
Drinnen im Büro ging Mühlbacher hin und her und überlegte nach allen Richtungen. Er wußte nur vom Start und ersten Erfolg Lings, an dem er immerhin etwas mitgeholfen hatte. Offenbar war's nicht so gut weitergegangen. Der Neuberger war neulich dagewesen und hatte seinen in Deutschland erschienenen Roman zur Besprechung gebracht. Bei dem waren ja auch die Bäume nicht in den Himmel gewachsen. Sehr schlecht hatte er ausgesehen, abgelebt und zusammengesoffen, und jetzt lag er krank daheim im Bett. Jaja, diese hochnäsigen Herrn Autoren! Meinen wunder, was das ist, wenn eine Story einschlägt! Gleich sticht sie der Hafer. Unsereins schreibt für jede Nummer gewissenhaft seinen Leitartikel und nebenher noch weiß Gott was und macht kein Aufhebens davon, wenn auch weit mehr Arbeit dranhängt! Dicke Bücher könnte man zusammenstellen vom eigenen Besten und Allerbesten, mehr als ein Dutzend stattliche Bände! Beim letzten Besuch hatte er den Neuberger nach Ling gefragt, und – vielleicht war's auch Konkurrenzneid, aber als alterfahrener Pressemann versteht man zu hören! – da hatte der mit den Achseln gezuckt und ziemlich wegwerfend gesagt: »Na ja, der? Er macht eben weiter. Stone ist ganz zufrieden mit ihm.« Und dann, sehr überraschend und verräterisch, hatte er auf seinen Roman gedeutet und sehr entschieden, beinahe zornig gesagt: »*Der* aber, der Windhund, der soll das Buch nicht rezensieren, verstehn Sie, Doktor? *Der* nicht! Der liest ihn zu beteiligt und hat kein Urteil darüber.«
Hmhm, sie waren also verkracht, verfeindet? Na, und warum kommt nun dieser vorwitzige Herr Ling? Will er etwa

wieder um gut Wetter anhalten und seine Rüpelei zurücknehmen? Sitzt er auf dem Trockenen und will wieder was Sicheres, meint er etwa, die Feuilletonstellung kann er jetzt haben? Damit ist's Essig. Mit Hängen und Würgen könnt' ich ihn vielleicht wieder als Korrektor unterbringen, den Burschen! Na gut, wollen mal sehen! Werden den Kerl mal richtig an die Kandare nehmen!

Der Doktor Mühlbacher fuhr mit der einen Hand über sein kurzes, graues Stichelhaar und machte mit der anderen eine wegwerfende Bewegung. Er setzte sich an seinen Schreibtisch, drückte auf den Knopf, nahm sozusagen Positur an und sagte zu der im Türrahmen auftauchenden Sekretärin: »Herr Ling, bitte.«

Er stand nicht auf, als Ling hereinkam. Er sah ihn leicht verächtlich, mit gezwungenem Cheflächeln an: »Na, grüß' Sie Gott, da sind Sie ja wieder! ... Bitte, nehmen Sie Platz. Ich seh', Sie sind wieder gesund. Gut erholt sehn Sie aus.«

»Hja, ich bin kerngesund! Schon lange«, sagte Ling und lächelte genau wie er. Das hatte der Doktor nicht erwartet. Einen Augenblick lang verschlug es ihm das Wort.

»So? Gesund. Schon lange?« brachte er endlich bestürzt heraus: »Und – was führt Sie zu mir? Wollen Sie wieder zu uns?«

»Nein! Absolut nicht! Durchaus nicht, Herr Doktor!« rief Ling und lachte dem kleinen Menschen hinter dem Schreibtisch herausfordernd ins verblüffte Gesicht.

Wieder stockte er sekundenlang.

»So? Ja, hm. Was führt Sie denn dann zu mir?« Mühlbachers Stimme klang leicht gereizt: »Ich bin ziemlich beschäftigt.« »Beschäftigt! Richtig, das ist das Wort?« sagte Ling tolldreist, reckte seinen breitschulterigen Oberkörper und ließ Mühlbacher nicht aus den Augen: »Sagen Sie, wie lang sind Sie eigentlich schon bei der Zeitung beschäftigt? Sicher schon sehr lang –«

Da sprang der empörte Chefredakteur auf und fuhr ihn unmißverständlich abweisend an: »Hören Sie, was wollen Sie eigentlich, mein Herr? Was glauben Sie, mit wem Sie reden?«

»Mit dem Herrn Chefredakteur Doktor Mühlbacher!« Ungerührt fixierte Ling den zornbebenden Mann, der fassungslos den Kopf schüttelte und giftig herausstieß: »Ja, also so was ist mir doch noch nie vorgekommen! Das ist denn doch schon die Höhe – – –«

»Nein, nein, bitte, entschuldigen Sie, Herr Doktor, bitte, nichts für ungut«, fiel ihm Ling, ins Kulante umschlagend, ins Wort und kicherte innerlich: »Es interessiert mich wirklich ehrlich, wie lang Sie schon so leben. Ich brauch' das nämlich, ich will darüber schreiben. Bitte, bitte Herr Doktor.« Seine abgebrühte Unschuldsmiene war nicht zu entlarven.

Abermals setzte eine ganz kurze Pause ein.

Ling schlug seine Beine übereinander und machte den Eindruck, als finge für ihn jetzt erst die richtige Unterhaltung an. Weltmännisch elegant sah er aus in seinem rostbraunen, gutsitzenden Frühjahrsanzug unter dem offenstehenden, rauhaarigen Raglan. Die frischblaue Krawatte auf dem kremfarbigen Seidenhemd belebte sein etwas zu blasses Gesicht. All das blieb nicht ohne Wirkung.

»Rauchen Sie eine gute Corona?« sagte er nonchalant und hielt das weiche krokodillederne Zigarettenetui hin, und ohne dem anderen Zeit zu lassen, verfiel er in einen unverfänglichen Plauderton: »Schauen Sie, wir sind doch schließlich Landsleute, Doktor . . .« Er erzählte von seinem Filmabschluß, und daß er sich jetzt ernsthaft überlege, ob er sich nicht ein Landgut kaufen sollte. Wie konnte da ein Mensch wie Mühlbacher nicht Zutrauen gewinnen?

»Tja, hm. Achtundvierzig Jahre bin ich jetzt am Blatt. Von der Pike auf hab' ich mich hochgearbeitet«, fing er bewegt zu berichten an: »So leicht wie Ihnen, mein Lieber, wird's

selten einem gemacht. Beim fünfzigsten will ich resignieren. Der Jüngste bin ich doch auch nicht mehr.«
»Entschuldigen Sie, wie alt sind Sie jetzt?«
»Fünfundsiebzig werd' ich im April«, war die Antwort. Ling musterte ihn. »Und jeden Tag pünktlich hierher, abends oder tiefnachts heim zur Frau.«
»Die ist mir leider vor fünf Jahren gestorben, und Kinder hab' ich keine«, beichtete der Doktor wehmütig.
»Hm. Jeden Tag gleich und gleich, hierher und heim. Womöglich noch Arbeit mit heimgenommen. Im Jahr seinen Urlaub. Immer, immer dasselbe?« beharrte Ling.
»Jaja, genauso. Absolut so«, nickte Mühlbacher, fuhr sich wieder durchs graue Stichelhaar und schloß: »Man stellt eben als Deutscher seinen Mann. Man weiß, was Pflicht ist.«
»Pflicht? Sein Leben lang hierher und wieder heim? Das ist ja grauenhaft! Das ist deutsch, sagen Sie?« rief Ling. »Wissen Sie, was das ist? Tierisch ist das! Jämmerlich ist das!«
»Aber, aber –«, wollte ihm Mühlbacher ins Wort fallen, doch er war schon aufgestanden und sagte, sich zur Tür wendend: »Ich hab' schon gewußt, warum ich weggeblieben bin. Wissen Sie, was Sie sind? Ein Gespenst sind Sie, ein gut funktionierendes Gespenst!!« Schnellen Schrittes ging er durchs Vorzimmer und war weg.
»Was ist denn, Herr Doktor? Was war denn das?« fragte die erschrockene Sekretärin in der offenen Tür.
»So eine bodenlose Unverschämtheit von dem Kerl!« schimpfte dieser knirschend und zerdrückte wie angeekelt die halbgerauchte Corona im Aschenbecher: »Das hat man von seiner Gutmütigkeit! Diese sauberen ehemaligen Emigranten passen sehr gut in unser amerikanisches Mischmasch! Der Führer hat gewußt, warum er die Spreu vom Weizen geschieden hat.«

Diesmal zerfloß Ling der Tag nicht ganz so leer wie sonst. Er freute sich nicht nur immer wieder, daß er's dem Mühlbacher so gut gegeben hatte. Er hatte vielmehr das bestimmte Gefühl, als sei dies der Anfang und die richtige Art gewesen, mit allem Bisherigen zu brechen. Jetzt brauchte er auch die Kumianleute nicht mehr. Nun war er sein eigener Herr.

Als es Nacht geworden war, frequentierte er eine ganze Reihe anrüchiger Tanz- und Amüsierlokale und kam auch wieder in jenen ›Night Club‹ in Greenwich Village, in welchem er mit der weißhäutigen, schlangenhaften Tänzerin und ihrer Kumpanei den halben Kumianpreis versoffen hatte. Doch die war nicht mehr da, und ihre Nachfolgerin war eine ausgemergelte hagere, auf dämonisch zurechtgemachte Person, die ihn anwiderte. Als sie an seinen Tisch kommen wollte, wies er sie grob ab und drückte ihr kurzerhand etliche Zwanzigdollarnoten in die Hand. Vergeblich hoffte er, daß Lohrer wieder auftauchen würde. Als er endlich ging, begleiteten ihn der Kellner und der Portier bis ans herbeigerufene Taxi und halfen ihm hinein. Er war ziemlich betrunken, schluckte in einem fort, um nicht erbrechen zu müssen, und der Kopf drehte sich. Dösig fingerte er in den Taschen nach seinen Zigaretten und merkte, daß ihm die Brieftasche fehlte. Er pflegte stets einige hundert Dollar mit sich zu nehmen.

»Ach, Scheiße! Na, wenn schon!« knurrte er, nicht im geringsten erregt darüber. Einiges Geld hatte er noch lose in der Hosentasche, um das Taxi zu zahlen. Und Geld konnte er bis zur Auszahlung der Summe für die Verfilmung von Stone haben, soviel er wollte.

»Geld? Glück?! Quatsch!« stieß er wiederum heraus und ärgerte sich, daß er Lohrer nicht getroffen hatte: »Glück? Humbug!« Weinstumpf erinnerte er sich an dessen gesundes, rundes Gesicht mit den schwarzen Glanzaugen. Es lächelte scheel und war auf einmal das von Neuberger, in das er zornbebend hineinschrie: »Weg, du Hund, du Dreckstück! Weg mit dir!«

Beim ersten Morgengrauen fand er sich, noch angezogen und um und um besudelt, auf seinem Zimmerboden.

ZWISCHENFÄLLE

Ende März war es schon. Frischweiße Wolken segelten über die zackigen Wolkenkratzer. Wie gewaschen sahen die belebten Straßen aus. Die Farben, die der Winter übertrübt hatte, leuchteten verheißend. Alle Menschen schienen neubelebt und unternehmungslustig. Keck lachten die Mädchen und zärtlich die Frauen, wenn der Wind ihre bunten Kleider flatternd emporwirbelte.

Bei den Kumians saßen die Freunde wieder einmal beisammen. Es waren einige neue Bekannte dazugekommen: die füllige, starkbusige Dame, die sich damals bei der Preisverteilung an Ling Sonja beinahe aufgedrängt und nachher fast jeden Tag telefoniert hatte, bis sie eingeladen worden war. Ihr Begleiter war ein sehr kleiner, kugelrunder Mann mit dichten, drahtigen, wegstehenden grauen Haaren und einer dunklen Hornbrille, ein ehemaliger Wiener Kunsthistoriker, der anfangs stets ein kunst- oder kulturphilosophisches Thema anschlug, um seine große Belesenheit und umfassende Bildung gehörig vorzudemonstrieren, sich dabei aber meist in die lächerlichsten Widersprüche hineinverirrte und sie derart hartnäckig und provokatorisch verteidigte, daß man ihn bald nicht mehr ernst nahm. Er ärgerte sich, daß man ihn daraufhin allseits spöttisch-herablassend ›Mäxchen‹ hieß, mußte sich aber doch schließlich dareinfinden. »Mäxchen«, sagte seine füllige Dame zu ihm, wenn er in der Diskussion eine Niederlage erlitt: »Mäxchen, Luftballon ist mir lieber. Den läßt man los, und er verschwindet – eins, zwei drei, hast du nicht gesehn – in der Luft.« Sie zog dabei ihren starklippigen, viel zu großen Mund in die Breite, wobei ihre ebenfalls zu großen Zähne schneeweiß schimmerten. Dann schnitt Mäxchen eine schmollende Miene und sagte: »Besonders nett bist du heut aber nicht zu mir.«

Hin und wieder erschien auch ein sehr hagerer, eleganter, spitznasiger Herr mit breitem Strichmund, sorgfältig gekämmtem graumeliertem Haar und scharf spähenden braungrauen Augen hinter der blinkenden Brille, der es sich jedesmal sehr angelegen sein ließ, jeder Dame auf eine leicht korpsstudentische Art den Hof zu machen. Nolens, wie er hieß, war Importeur und mit Mäxchen und dessen Dame befreundet.

Sonja sagte wehmütig bedauernd: »Hm, Herrschaften, ich muß schon sagen, den Mart haben seine Erfolge *sehr* verändert. Schade.«

»Sie meinen doch den, gnä' Frau«, meinte Mäxchen, »von dem jetzt ein Film 'rauskommen soll. Wie heißt er jetzt gleich? Ling, jaja, Ling. Stories schreibt er, ja? Sie gehn wie warme Semmeln. Den haben neulich Bekannte von mir bei ›Dempsey‹ mit einer schrecklich geschmacklos aufgedonnerten, bekannten – verzeihn Sie den harten Ausdruck – Hur' gesehn. Ich kenn' sie auch, die Gerti. Sie tanzt irgendwo. Na, wenn er die hat, kostet ihn das noch und noch.«

Die alten Freunde warfen einander kurze Blicke zu.

»Traurig mit ihm«, sagte der Laschi: »Sehr schlecht. Aber da ist nichts zu machen, Herrschaften! . . . Für uns, sagt er, hat er momentan keinen Sinn. In einem fort redet er von Sachen, die er sich noch anschaffen will. Früher hat er mir seine Stories noch ab und zu gezeigt und hat auch Kritik vertragen. Jetzt passiert das überhaupt nicht mehr. Er spricht gar nicht mehr davon. Kunst ist das nicht, das weiß er ja. Er ist eben in die Routine gekommen. Schlecht, sehr schlecht ist das, schade! Ich geh' schon kaum mehr hin zu ihm. Reden kann man überhaupt kaum mehr was mit ihm. Man meint immer, man stört ihn.«

Nagel sah ihn scharf an: »Und? Gibst du's jetzt endlich zu, mein Lieber? Wer hat recht gehabt? Gott soll's verhüten, ich wünsch' dem Neuberger nicht den Tod. Gesund soll er wieder werden und meinetwegen leben bis hundert, aber den Mart hat er auf dem Gewissen.«

»Gewissen oder nicht!« widersprach Charlie: »Schließlich, eins muß man zugeben, dem Neuberger verdankt Mart doch allerhand. Und wie er sich jetzt dem gegenüber benimmt, ist einfach schauderhaft. Mir ist der Neuberger gewiß nicht sympathisch, mich hat er auch nie interessiert. Aber daß der Mart den schwerkranken Mann anstandshalber nicht einmal besucht, ist fast schon ekelhaft. Und wie er überall über ihn 'rumredet, wenn er besoffen ist, pfui Teufel!« Seine Miene hatte jenen selbstgerechten Zug, den Menschen meist bekommen, wenn sie empfinden, daß alle mit ihnen übereinstimmen.

»Dank sag' ich eben auch«, stimmte ihm Kurt zu: »Fair ist das nicht vom Mart. Der Jack – na ja, man kennt ihn ja, wenn er besoffen ist, da quatscht er ab und zu grobes Zeug daher –, der Jack hat sich sehr kameradschaftlich zu ihm verhalten. Ich weiß das. Und ich sag' euch, wenn der Mart so fortmacht wie jetzt – was ist da noch für ein Unterschied zwischen ihm und Jack?« Er erzählte, daß er Ling zufällig tief in der Nacht in einem Greenwich-Villager Nachtlokal getroffen habe, das er geschäftshalber hätte besuchen müssen.

»Er säuft doch jetzt noch viel ärger als der Jack!« berichtete er: »Und mit dem Geld wirft er herum, ganz schauderhaft. Er muß doch wissen, daß ihm das in der Gesellschaft einmal gefährlich werden kann. Er kann von Glück sagen, daß ihm noch nichts passiert ist.« Umringt von fragwürdigen Weibern und offensichtlichen Zuhältern, schon stark betrunken und laut grölend, habe er an einem Tisch gesessen und habe die Damen immer wieder ungeschlacht abgeküßt. Lohrer sah geschwind zu Kurt und verzog seine Lippen ein wenig.

»Und der Tisch ist voll Wein-, Champagner- und Whiskyflaschen gewesen«, malte Kurt aus.

»Hm, tierisch«, sagte Sonja, und ihre Nasenflügel zogen sich ein wenig hoch: »Ekelt er sich denn vor gar nichts? Warum sucht er sich immer so eine widerliche Gesellschaft aus?«

»Mit Weibern scheint bei ihm überhaupt was nicht ganz zu stimmen«, meinte Charlie bieder: »Das ist schon so, seitdem ich ihn kenne. Schließlich war er doch einmal verheiratet.«

»Der als Ehemann!« rief Sonja und lachte ironisch: »Kann man sich das vorstellen?«

Erwärmt von der Neugierde aller, erzählte Kurt weiter: »Wie der Mart mich sieht, schreit er und winkt: ›Come on, Kurt, come on!‹ und stellt mich der Sippschaft vor: ›He is my best friend!‹ Er schiebt das Weibsbild weg und plappert in seinem schlechten Englisch: ›Magnificent! A wonderful man, my friend!‹ Bestellt und bestellt hat er, und losgelassen hat er mich nicht mehr! Da hab ich schließlich gesagt, daß der Neuberger so krank ist, warum er ihn denn nicht einmal besucht, und dem Jack sein Roman komme jetzt englisch 'raus, ob er ihn gelesen hat? . . . Da auf einmal wird er stockfinster, glotzt mich an und brüllt: ›Was? Was quatschst du mir die Ohren voll von dem Mistkerl? To hell with him! Soll er schon krepieren! Je eher, um so besser! Warum bist du eigentlich gekommen? Hat dich *der* vielleicht hergeschickt, was? Was willst du? Da, sauf oder hau ab!‹ Das war mir natürlich zuviel. Skandal hab' ich nicht machen wollen und bin einfach aufgestanden und gegangen.«

Eine betretene Pause trat ein. Fragend sahen alle einander an.

»Das klingt ja faktisch teuflisch«, sagte Mäxchen: »So was hat natürlich bestimmte Ursachen. Ich kenn' diesen Neuberger und den Ling nicht. Soviel ich gehört hab', sind die zwei befreundet gewesen, oder? Und dann hat's, wie das bei Künstlern und Schriftstellern oft vorkommt, Krach gegeben. Aber so hassen wie dieser Ling, das ist schon Wunschmord. Das ist teuflisch, meiner Seel'. Als ich noch in Wien auf der Universität war, da war bei uns Studenten der Otto Weininger en vogue. Der mit seinem Buch ›Geschlecht und Charakter‹. Sie kennen es sicher alle, Herrschaften. Dazumal war's fast obligatorisch, daß jeder hochintellektuelle Jud Antisemit war. Dem Weininger sein Antisemitismus, der war buchstäblich schmiedeeisern. Wenn man das heut liest, wundert man sich, daß die Nazis nicht auf den gekommen sind. Homosexuell, hab' ich gehört, soll er auch gewesen sein, der Weininger. Daher sein Weiberhaß, ein ganz grausliges Durcheinander, was er da vorbringt. Die Weiber und die Juden sind für ihn untermenschlich. Er hat dann Selbstmord begangen. Aber mitten in seinem talmiwissenschaftlichen Buch stehen oft großartige Sachen. Zum Beispiel das: ›Man haßt nicht etwas, womit man keinerlei Ähnlichkeit hat. Nur macht uns oft erst der andere Mensch darauf aufmerksam, was für unschöne und gemeine Züge wir in uns haben.‹ Ich find' das ausgezeichnet. Vielleicht ist das der eigentliche Grund, warum Ihr Freund Ling den betreffenden Neuberger so teuflich haßt.«

»Du wirst ja direkt geistreich, Mäxchen«, stichelte seine imposante Freundin, und ohne darauf einzugehen, nickte dieser: »Bin ich immer. Bloß man merkt's nicht.« Victor notierte sich Weiningers Buch. »Ich muß es wieder einmal lesen«, meinte er dabei. Mäxchen war ihm zuwider. Dessen Zitatenfestigkeit imponierte zu sehr.

Nolens, der Spitznasige, warf einen geschwinden Blick in die Runde und sagte: »Ich höre da immer ›teuflisch‹? Dein Spezialausdruck, Mäxchen. Meiner Meinung nach müßte man in dem Fall fragen, wer war der Teufel, Ling oder Neuberger? Ich will mich bei Gott nicht moralisch darüber entrüsten, mich interessiert lediglich das Psychologische.?

»Sehr richtig! Sehr gut!« lobte Victor und klatschte in die

Hände. Um das Wort wieder an sich zu reißen, rief er nachdrücklich: »Für mich ist und bleibt der Neuberger der Teufel! Der hat –«

»Teufel?« unterbrach ihn der Laschi: »Ich hab' das nicht gern. Das kommt von der Literatur. Das ist schlecht, ganz schlecht. Da spukt der Thomas Mann in dir, Victor. Der hat sich, meiner Meinung nach, genauso verhauen in seinem ›Faustus‹ wie du jetzt. Daß die Deutschen ohne Teufel nicht auskommen, das wissen wir ja! So arg wär' das nicht einmal. Schlecht ist bloß, daß sie ihn immer so phantastisch-romantisch herausputzen, in einem fort so dämonisch, verstehst du mich? Das hat für mich immer so einen unangenehmen fetischistisch-masochistischen Zug. Aufdringlich bös und unheimlich, sofort zum Kennen und Fürchten muß ihr Teufel sein. Geil sind sie aufs Gruseln und Fürchten. Wahrscheinlich kommt das von ihrem ewig schlechten Untertanengewissen. Beim Goethe geht so was ja noch halbwegs an. Er hat den Urfaust genommen und die mittelalterliche Zeit gelassen. Dahinein paßt sein Mephisto noch. Grauslig ist bloß, daß alle Schauspieler ihn immer so dick aufgetragen höllisch spielen. Sie übertreiben so kitschig, daß ihr ganzer Satan komisch wirkt. Und in heutiger Zeit so was, einfach unmöglich! Meiner Meinung nach, wenn schon Teufel, dann muß der ganz was Nüchtern-Ordinäres sein, verstehst du mich? Ich weiß ja, gegen Thomas Mann darf man bei euch nichts sagen. Ich hab' ihn, weiß Gott, genauso gern, aber trotzdem, im ›Faustus‹ hat er sich verrannt. Wie sein Leverkühn in Leipzig ankommt und von dem Dienstmann in den Puff geführt wird und sich dabei bei der betreffenden Esmeralda ansteckt, das ist großartig. Genial ist, wie der Leverkühn das in den verhaspelten Brief an Zeitbloom bringt, wunderbar. Mir wär' das absolut genügend, absolut, verstehst du mich, Victor? Aber nein, nein, dieser ausgezeichnete Dienstmannteufel muß sozusagen verschiedene Metamorphosen durchlaufen, bis er ganz deutlich zu erkennen ist. Sie haben ganz recht, Mäxchen, deutsch ist identisch mit deutlich und tüchtig! Das geht uns Österreichern so auf die Nerven, es ist eben pifkalisch. Großer Gott, was für unglaubhafte Kontruktionen betreibt er, der grundgescheite Thomas Mann, damit endlich ja jeder drauf gestoßen wird, bitte, hier, Herr Mephisto, bitte schön, Mister Teufel persönlich! Schad' um den Dienstmann in Leipzig, jammerschad! Nein, nein, erst in Venedig wird uns also in den Halluzinationen des syphilitischen Leverkühn der richtige Teufel vorgeführt. Das ist, meiner Meinung nach, auch erzählerisch schlecht, ganz schwach! So was hat der E. Th. A. Hoffmann viel besser gekonnt. Aber so ist's schon, enorm eitel war er ja auch, der gute Thomas Mann. In der Szene in Venedig stehn ja großartige Sachen, aber ich bin überzeugt, die hat er bloß konstruiert, um seine stupende Gescheitheit an den Mann zu bringen. Na, gut, offen gestanden, wenn der Neuberger für den Mart der böse Geist, der Teufel, gewesen sein soll – *den* möcht' ich als solchen gern goutieren, der hat was vom Leipziger Dienstmann. Und übrigens, Victor, du sagst, der hat den Mart auf dem Gewissen, der hat ihn verdorben. Aber verdorben, verderbt vielmehr, das ist doch der Mart durchaus nicht, keine Spur! Ganz im Gegenteil, genau wie jeder normale Spießbürger, der auf einmal zu Geld kommt, benimmt er sich – er protzt und praßt wie ein Parvenü. *Das*, grad *das* ist ja so traurig von ihm. Was kann man da machen? Schwache Charaktere sind wir ja alle, und der Mart? Wenn man solang grad soviel hat, daß man durchkommt, da wirft einen eben das Geld um.«

Er hielt endlich ein. Sehr mitgenommen sah er aus. Seine wulstige Unterlippe hing tiefer, seine Froschaugen sahen traurig geradeaus ins Leere, und seine schmale, steile Stirn hatte tiefe Falten.

Wieder stockte es. Alle sahen auf den Laschi.

»Hm«, machte Victor endlich: »Du hast übrigens recht gehabt, Laschi. Der Roman vom Neuberger ist kein Meisterwerk, aber sehr interessant. Ich hätt' ihm das nicht zugetraut. Sein Emigrant Pachner ist der Mart, wie er leibt und lebt, und er hat das Buch *vor* dem Erfolg von Mart geschrieben. Erstaunlich, wie er alles vorausgesehen hat. Nur der Selbstmord am Schluß, der überzeugt nicht. Das ist billiger Knalleffekt. Mich hat der Roman zum Teil sehr aufgeregt.«

»So? Hm«, meinte Sonja verwundert: »Man muß es also lesen? Muß man wirklich? Mir ist doch der Kerl so unsympathisch. Nein, ich lese es bestimmt nicht!«

»Ich aber ja, ich sofort«, fiel ihr Charlie ins Wort, und seine Bianka nickte: »Ich auch. Schon, weil ich wissen will, ob das mit Mart stimmt.«

Sonja schien nicht zu hören. Ihr Blick war irgendwo.

»Schrecklich«, sagte sie nach einigem Besinnen, »schrecklich muß es in Mart aussehen. Meiner Meinung nach wär' das beste für ihn eine Analyse, aber das alles haßt er ja. Wahrscheinlich hat er Angst davor. Internationale Schnüffler im menschlichen Privatleben nennt er die Psychoanalytiker, unappetitliche Seelenpopelei heißt er die Analyse.«

»Seelenpopelei? Gut, sehr gut«, redete Mäxchen dazwischen: »Da bin ich ganz seiner Meinung, gnä' Frau –«

»Von Psychoanalyse versteh' ich nichts«, mischte sich Charlie wieder ins Gespräch: »Schließlich aber ist Mart jetzt fast neunundfünfzig Jahre alt, und man darf nicht vergessen, wo er herkommt. Immer ganz enge Verhältnisse, nie Geld. In der Emigration bringt er's mit seinem Buchhalterberuf nicht weiter, und auf einmal hat er als Schriftsteller so einen Success.«

»Das Alter spielt keine Rolle«, bestritt Victor: »Physisch ist der Mart höchstens ein Vierziger. Erinnert ihr euch, wie er gesagt hat, daß er jetzt in die zweite Pubertät geht? Bei ihm stimmt das sicher. Jetzt setzen die Spannungen ein, daher sein Schwung. Aber ob er das lang aushält, das bezweifle ich.«

»Jaja, hm, er schreibt und schreibt«, erzählte der Laschi: »Er zeigt ja nichts mehr her, er spricht nicht davon. Die letzte Geschichte von ihm, die ich in der ›Saturday Evening Post‹ gelesen hab', ist genau das, was gewünscht wird. Er hat jetzt die Routine . . . Goethe sagt im ›West-östlichen Diwan‹ einmal: ›Erschaffen und beleben.‹ Mart erschafft nur mehr. Ihm kommt's auf Spannung an, auf eine handfeste Story. Da fragt der Leser nicht mehr, ob der Charakter stimmt, bloß die Handlung interessiert noch, nichts weiter. Da erzählt er von einem New Yorker Bildhauer und einer geilen Provinzfrau. Wahrscheinlich ist's sogar ein eigenes Erlebnis. Er weiß natürlich genau, daß ein echter Schriftsteller und Künstler vollkommen schamlos sein muß . . . Bei ihm gibt's das nicht. Er mogelt, wie es dem Publikum gefällt. Man merkt's, er berechnet rein auf Wirkung und Absatz. Das gibt er ja selber zu, darin ist er vollkommen ehrlich –«

»Oder absolut zynisch«, warf Mäxchen ein: »Da kommt nichts 'raus. Ich kenn' das.« Er gab sich als Kunstkritiker, Schriftsteller, Kulturhistoriker, Philosoph, je nach der Art der Diskussion.

Es ging schon auf Mitternacht. Die Gespräche lahmten. Einige dachten bereits ans Heimgehen, als plötzlich das Telefon schrillte.

»Was? Jetzt noch? Ein starkes Stück!« empörte sich Iwan. Er war müde und wollte schlafen, doch Sonja, die den Hörer genommen hatte, bekam mit einem Male ein erwecktes Gesicht und rief heiter in die Sprechmuschel: »Ach du? Lisawetha! Was ist los mit dir? Was? Ich versteh' nicht! Lach dich bei uns aus! Wie? Wo bist du denn jetzt? Am Times Square? Na gut, nimm dir ein Taxi und komm her zu uns, komm schon!« Und den Hörer in die Gabel legend, redete sie aufgefrischt weiter: »Eine verrückte Tomate! Wahrscheinlich hat sie gebummelt. Ich hab' nicht verstanden, was sie gesagt hat. Sie hat bloß immer gelacht, vielleicht ist sie beschwipst.«

Bald darauf läutete es, und, mit einem riesigen Rosenstrauß im Arm, lachte Lisawetha aus sich heraus: »Entschuldigt, bitte, I'm sorry, Victor! Dieser Wahnsinnige, der Verrückte, der Mart!«

»Der Mart?« Alle riefen es und staunten sich an, doch sie sprudelte darüber weg: »Partout wollte er jetzt noch eine Mondscheinfahrt in seinem Motorboot mit mir machen. Ich bin ihm einfach weggelaufen. Ich wollte gerade in die Subway, da stoppt ein Taxi, und es schreit wer meinen Namen. Er rennt 'raus und auf mich zu, schleppt mich zu ›Dempsey‹ zum Abendessen. Er war natürlich schon wieder halb besoffen. Da, den Strauß hat er mir auch gekauft. Es war ja ganz lustig, aber ich muß doch morgen früh ins Büro und war müde. Huh, und ein Geld gibt der aus! Elegant ist er, huh!« Ihre Wangen waren heftig gerötet.

»Kunststück – Geld gibt der aus, elegant ist er! Er kann's doch jetzt«, warf Charlie hin.

»Warum ist er denn nicht mit dir zu uns gekommen?« fragte Sonja.

»Das will er nicht. Er kann jetzt nicht, sagt er ... Er kann nicht, nichts weiter. Nu mach' was mit dem Verrückten!« berichtete Lisawetha.

Wieder sahen sich alle fragend an. Die alten Bekannten schüttelten den Kopf.

»Hat er denn sonst was Vernünftiges erzählt? Was treibt er denn so die ganze Zeit?« wollte Victor wissen.

»Na ja, vernünftig? Was er treibt? Der Film von ihm, der jetzt 'rauskommt, interessiert ihn absolut nicht, hat er gesagt. Hauptsache war das viele Geld. Zuerst war's ja ganz interessant mit ihm, aber dann hat er bloß noch gequatscht. Und gesoffen hat er, um Himmels willen! Wie er das bloß aushält! Auch mich wollte er natürlich beschwipst machen, ein bißchen bin ich es ja auch. Und geredet hat er, geredet!! Einen Roman schreibt er jetzt wie der Neuberger, hat er gesagt. Was ganz Verrücktes hat er mir da erzählt. Von einem knochenlosen Schwein oder so. Ich hab's nicht verstanden. Er hat gesagt, geträumt hat er das alles.«

»Geträumt? Schon wieder geträumt!« Erneut sahen sich alle fragend an.

»Den Roman will er noch schreiben, sicher wird er ein Riesenerfolg, hat er gesagt«, ließ sich Lisawetha nicht unterbrechen: »Dann will er nichts mehr schreiben, dann ist's Schluß damit. Dann ist er melancholisch geworden. Alles ist bloß Eitelkeit und krankhafte Ruhmsucht, hat er gesagt, alles ekelt ihn an. Er will das Normale, hat er gemeint.« Sie lachte hell auf: »Der – und normal, huh!« Und schon fuhr sie wieder fort: »Dann hat er mir Elogen gemacht. Meine Figur, hat er gesagt, ist so gut proportioniert, das Kleid hat ihm sehr gefallen, und mein Hütchen steht mir so gut, ganz großartig. Und auf einmal hat der Wahnsinnige angefangen, er liebt mich, er will mich sofort heiraten und mit mir weit fortgehen, irgendwohin. Ich bin eine Mischung von Pflanze und Tier, hat er gesagt. Deswegen kann ich nicht lieben. Ich bin zu gesund und bloß sexy. Ich will nur Lust, weiter nichts. So ist's leider auch bei ihm, bloß noch viel schlimmer, sagt er. Er ist zu alt. Ein Kadaver vor Torschluß, hat er gesagt, ist er, pfui Teufel. Er ist zu alt, und ich bin zu jung, hat er gesagt. Lauter solchen Quatsch hat er dahergeredet.« Sie hielt einen Augenblick inne, schüttelte den Kopf und strich ihr wirres Haar zurück: »Total meschugge, ganz plemplem! Dieser Wahnsinnige! Auf einmal packt er mich am Arm, uh, ich spür's jetzt noch! Ich muß ihn lieben, sagt er, ich *muß!* Er braucht das! Ganz ungeniert und sehr laut hat er geredet. Die Leute haben schon hergeschaut. Und da hat er mich dann partout mitnehmen wollen zur Motorbootfahrt.

Das war so was, von dem loszukommen, ich danke schön! Ich bin seine Rettung, hat er gequatscht, und er braucht meine Gesundheit. Meschugge, total meschugge. Froh war ich, als ich endlich losgekommen bin. Er war auch schon total betrunken. Sicher säuft er weiter und haßt mich jetzt. Aber ich kann doch nichts dafür. Jetzt tut's mir fast wieder leid.« Sie verschnaufte, nahm aus dem Körbchen auf dem Tisch eine Brezel und zerbiß sie langsam. Ab und zu, als erinnere sie sich an etwas, das sie in der Hast zu erzählen vergessen hatte, stieß sie ein kurzes Lachen heraus.

»Na, vielleicht wär' der Mart gar nicht der schlechteste Mann für dich«, sagte Selma gewaltsam scherzhaft.

»Um Himmels willen, das auch noch! Das ginge mir noch ab!« prustete Lisawetha, und der Laschi sagte: »Alles was dabei 'rauskäm', wär' höchstens eine Story für den Mart.«

Da stand Charlie resolut auf und meinte entschieden: »Das geht so nicht weiter mit dem Mart. Ich will einmal ernsthaft mit ihm reden.«

»Jaja, tu das, Charlie, tu das! Du bist ja schließlich sein ältester Freund«, stimmten ihm alle alten Bekannten zu. Er sonnte sich, man sah es seinem Gesicht an, in dem stolzen Bewußtsein dieser Freundschaft. Es war angenehm, daß man ihm soviel Einfluß auf Mart zutraute.

»Nu? Nu?« trumpfte Victor wiederum auf: »Hab' ich recht oder nicht? Ein ganz primitiver Fall neurotischer Zwangsvorstellung ist der Mart. Den Neuberger, seinen bösen Geist, will er austreiben. Genau wie der will er einen Roman schreiben. Totschlagen will er seinen fiktiven Teufel damit, weiter nichts.« Sonja sah ihn verborgen bewundernd an. Er besann sich kurz, und sein Gesicht verdüsterte sich: »Eins versteh' ich bloß nicht, warum will er nicht mehr zu uns kommen? Was heißt das, er *kann* nicht? Neidet ihm jemand seinen Erfolg und sein Geld? Hat ihn wer beleidigt? Hat einer Krach mit ihm gehabt? Im Gegenteil! Jeder hängt an ihm – sogar der Neuberger! Ja, der auch! Merkt der Mart denn das nicht? Hat er denn andere Freunde gefunden? *Kann* er das überhaupt? Das Nachtklubgesindel, mit dem er 'rumsäuft, versteht ihn doch nicht einmal! Das nimmt ihm doch bloß das Geld ab! Er muß doch schließlich wissen, wo er wirklich hingehört!«

»Oh, wie recht du hast, Victor, wie recht!« flötete Hilde. Jeder dachte und empfand so. Die Solidarität dieser Menschen schien unzerstörbar. Sie zankten untereinander, manche haßten sich gegenseitig, doch jeder blieb im luftleeren Raum der Fremde mit dem spezifischen Ganzen ihrer Gemeinschaft verbunden.

»Auch wegen dem Neuberger kriegt er's von mir, der Mart. Verlaßt euch drauf. Ich will wirklich ganz offen mit ihm reden«, versicherte Charlie erneut.

Trotz all seines immer wieder einsetzenden, unberechenbaren Herumtreibens, trotz seiner vielen nächtlichen Exzesse in anrüchigen Nachtlokalen – es kam langsam doch eine gewisse Ordnung in Lings Dasein. Die Emmerles hatten ihm, nachdem nun ihr Walter eine auswärtige Universität bezogen hatte, dessen helles, nach der Straße zu gelegenes, geräumiges Zimmer behaglich eingerichtet, und er war sehr zufrieden damit. Dennoch hatte er – was er ihnen und jedem verschwieg – am Riverside Drive ein Junggesellenheim gemietet und es aufs luxuriöseste einrichten lassen. Das Emmerlezimmer galt ihm als Büro und gewohnter Unterschlupf. Überhaupt hatte er sich im ersten Ansturm des Geldrausches überstürzt und unbedenklich alle heißen Wünsche erfüllt: ein Motorboot auf dem Hudson, ein ständiges Mietauto, in dem er sich je nach Laune und Lust zuweilen weit in der Umgegend New Yorks umherfahren ließ, und ein eigenes Pferd im Tattersall des Zentralparks, das er ausgiebig ritt. Er liebte dieses Hoch-zu-Roß-Sitzen von Kind auf. Damals, wenn er mit seinen

Brüdern beim guten Onkel Xaverl die Sommerferien zubrachte, hatte er manchmal den Gaul eines benachbarten Bauern zur Schwemme reiten dürfen. Unvergeßlich war ihm das stolze Gefühl geblieben, das er dabei jedesmal empfunden hatte, wenn er – der barfüßige Knirps – mit weit auseinandergespreizten, wohlig nach unten hängenden Beinen auf dem mächtigen, leicht schwankenden Pferderücken auf der Dorfstraße dahinritt und mit verächtlicher Keckheit nicht nur auf die sonstigen Dorfbuben, sondern auch auf alle erwachsenen Leute herabschaute. Jämmerlich klein kamen sie ihm vor, gleichsam unentrinnbar dem Straßenstaub verhaftet, während um ihn eine Art heroischer Luft wehte, ein unsagbares Beschwingtsein, das jede Faser seines jungen Körpers durchrieselte. Und erst dann, wenn der Gaul, nur dirigiert von seinem Schenkeldruck, zunächst ein wenig zögernd, schließlich aber gutmütig gehorchend, mit ruhigen, langsamen Schritten immer tiefer ins rauschende Wasser des umfänglichen Weihers stapfte, wenn er plötzlich den festen Grund verlor und prustend zu schwimmen begann. Wie erfrischend kühl das Wasser in seine Hosen drang, sie aufblähte und ihn selber schwerelos in die Höhe spülte, flaumweich und doch stark! Und wie er seine Schenkel fester an die gewölbten, vom Schnauben des Pferdes stark hervortretenden Rippen preßte, sich lustig aufjauchzend nach vorne beugte und sich furchtlos an der Mähne festhielt, sich vom schwimmenden Tierleib dahintreiben ließ, als wäre er eins mit ihm. Er und das Pferd, und nichts um sie als das wellende, ein wenig schäumende Wasser und der große, unendliche Himmel.

Dieses Gefühl stellte sich auch jetzt wieder ein, wenn er an einem sonnigen, frischen Vormittag durch den hell ergrünten Zentralpark ritt und hinabsah auf die paar frühen Spaziergänger, die Kindermädchen und die vorüberfahrenden Autos. Ein Gemisch von Überlegenheit, von höchster Distinktion und Wollust war dieses Gefühl. Und dann übermannte ihn ein Wunsch, weiter-, immer so weiterzureiten, ohne Ziel und Absicht, aus der Stadt, über weite Gelände, durch schattige, vogellieddurchsungene, würzig riechende Wälder, endlos, wie eine Art von verwunschener, vor sich hin träumender, romantisch schweifender Ritter ins Nirgendwo reitend ...

Nun war er wie von selbst und unvorbereitet in jene Atmosphäre geraten, in welcher Menschen beim Erwachen nur noch die eine Sorge haben: ›Wie zieht man sich heute an? Wo ißt man am besten und elegantesten? Wie verbringe ich den Tag am nettesten und angenehmsten, und was mach' ich abends?‹

Ganz weit weggeschwemmt, wie eine verwischte, völlig nebensächliche Erinnerung schien der Kreis um die Kumians und alles, was damit zusammenhing. Nur die Telefonanrufe Stones, der Scheck von diesem oder jenem Magazin sei eingelaufen, ob er ihn schicken sollte oder ob »der Meister« nächstens selber einmal wieder vorbeikomme, interessierten noch.

Kein Wunder also, daß Charlie zu keiner Aussprache mit Ling kam. Der lehnte nicht ab, er zögerte nur hinaus und ließ alles im ungewissen.

»Mir scheint fast, als ob du auf deine alten Freunde keinen Wert mehr legst«, sagte Charlie einmal beleidigt und wurde ungeduldig: »Sag's lieber gleich, was du gegen uns hast.«

»Nichts, gar nichts«, erwiderte Ling gleichgültig: »Aber ich hab' jetzt einfach keine Zeit. Schließlich kommt mein Geld doch nicht von selber. Ich arbeite sehr viel, glaub' mir's.«

Ohne ein weiteres Wort hing Charlie den Hörer ein.

Ling hatte nicht gelogen. Tatsächlich schrieb er fast ein halbes Dutzend Geschichten. Er schrieb sie gleichsam auf Vorrat, in einer fiebernden Hast, um seinen Kopf für andere Dinge freizubekommen. Sie gelangen ihm auch mühelos, denn er hatte sich – durch Stone und das reine Druckbild der amerikanischen Magazin-Stories darauf aufmerksam gemacht – bereits eine stets erfolgreiche, feststehende Manier zugelegt. Er begann jedesmal mit einem winzigen Dialog, der den Leser unwillkürlich zwang, irgendwelche Vermutungen über den Ausgang der Geschichte anzustellen, und vermied alles langatmige Beschreiben. Abrupt, mit ganz kurzen, fast motorischen Sätzen ging er in die Handlung über und trieb diese auf den dramatischen Höhepunkt zu, um sie am Schluß in sehr sparsamer, lyrisch-nachdenklicher Weise gleichmäßig abklingen zu lassen.

»Blind, versteh'n Sie?« belobigte ihn der begeisterte Agent, »blind übernehm' ich Ihre Sachen, Meister, blind! Nicht bös' sein, bitt' schön! Nicht übelnehmen, bitt' schön! Ich lese Ihre Manuskripte gar nicht mehr, ich weiß doch, sie sind reell! Mein Mariannchen nimmt und übersetzt sie, und wie gut sie das macht, zeigt uns ja der Success!« Ling amüsierte das mitunter, denn bei all seiner sonstigen Eitelkeit und seiner rachsüchtigen Verachtung Neubergers, in bezug auf seine Geschichten glich er diesem auf ein Haar: Er hielt blutwenig davon, und wenn er mit einer eine besonders fette Summe erzielt hatte, überkam ihn meistens das pfiffig-belustigende Empfinden, als habe er dem Publikum wieder einmal ein Schnippchen geschlagen. Er bewunderte lediglich Stone, der es so gut verstand, seine Produkte derart erfolgreich loszuschlagen.

Geschwind umspannte Stone Lings Arm, zwinkerte vertraulich und dämpfte seine Stimme: »Die? Die Marianne? Die geht durchs Feuer für Sie, mein Lieber! Meine Hochachtung, Meister! Sie wissen eben, kleine Geschenke erhalten die Freundschaft. Sie haben den richtigen Riecher für so was. Daß Sie neulich sogar ihre Strumpfnummer erraten haben, hat unser Mariannchen rein närrisch gemacht.« Auch Ling zwinkerte ihm verständnisinnig zu. Die dünne bleichsüchtige Sekretärin hing an ihm mit einer scheuen, fast hündischen Verehrung. Alles, was von ihm kam, behandelte sie sofort und opferte ihre Nächte, es zu übersetzen. Ling ließ sich oft in ein freundliches Gespräch mit ihr ein und versäumte nie, irgendein passendes Geschenk mitzubringen, was sie stets bis an die Haarwurzeln erröten ließ.

»Tja-ja, mir wünsche ich ein halbes Dutzend Erfolgsautoren wie Sie, Meister!« schloß der Agent leicht seufzend und erwähnte dabei flüchtig Neuberger: »Hm, der Arme krebst schrecklich mit seiner Krankheit 'rum. Sein Roman ist anfangs in Deutschland ganz gut angelaufen, aber jetzt tropft's bloß noch so. Und bei der hiesigen englischen Ausgabe, die ich grad' noch mit Ach und Krach untergebracht hab', bei der hapert's leider, leider ganz arg. Und wie's beim guten Jack schon immer war, ich bin natürlich schuld dran. Ganz unter uns, mein Lieber, so was wie Dankbarkeit hat ja der Jack nie gekannt.« Er wußte, das war der passende Ton für Ling und hing schnell noch die Bemerkung an: »Übrigens Ihr Film, Meister! An dem wird mit Hochdruck gearbeitet. Sie sehn, unser Business blüht und gedeiht.« –

Noch einiges andere kam hinzu, was für Ling eine Aussprache mit Charlie unmöglich machte. An einem sonnigen Vormittag wurde er angerufen und erkannte sogleich die Stimme Bärbeles. Frau Emmerle war kurz nach dem Frühstück zum Mithelfen an den Vorbereitungen für eine große Geburtstagsfeier eines alten Schwabenvereinsmitgliedes nach Brooklyn gefahren. Öfter schon hatte Ling an das Bärbele gedacht. Schlauerweise aber wollte er ihr den ersten Schritt überlassen, und, daß sie sich zu diesem über kurz oder lang entschließen würde, las er aus den Briefen an ihre Mutter, die er jedesmal zu lesen bekam. Außer der Familie Emmerle war auch sie eine ungemein eifrige Leserin seiner Stories geworden, legte jede, die sie aus einer Zeitschrift ausgeschnitten hatte, bei und erging sich dann

in begeisterten, sehr persönlich gehaltenen Sätzen über den ›berühmten, freundlichen Mischter Ling‹.
»Da sehet Sie, Mischter Martin, da sehet Sie. Ganz weg ischt sie von Ihni«, sagte die Frau Emmerle meist hoch erfreut. Und jetzt? Jetzt war es soweit.
»I-ischt dies vielleicht der Mischter Ling? Oh, Sie!« stotterte das Bärbele unsicher am Telefon und geriet in ein schnelleres Tempo: »Soso, Sie. Hier ischt Krulich – das Bärbele. Kenne Sie mich noch? Ischt mei Mammerle nit daheim? Soso, auf Brooklyn wege e Geburtstagsfeier ischt sie. Da wird sie wohl nit so schnell komme, meinet Sie nit auch, Mischter Ma – Li-ing?«
»Martin«, verbesserte er lächelnd, und da rannen – anfänglich noch stockend vor Erregung – nach und nach hemmungslos bewundernde, naive Schmeicheleien, in sein Ohr, die bald in einen gedämpft herausgehauchten, vertraulichen, sehnsüchtig-zärtlichen Redestrom übergingen und ihn in Wallung brachten: »Wisset Sie, Mischter Martin, höre Sie, ich han Sie nit vergesse. Oh, noi, im Gegeteil! Deswege han ich ja so oft'n ans Mammerle g'schriebe und Ihre Stories beig'legt. Hat mein Mammerle Ihni die Brief immer lese losse, ja? Wisset Sie, Mischter Martin, Ihr Bild han i au' ausg'schnitte, aber dies han i b'halte. Höret Sie, i bin heunt grad zufällig in der Stadt. I hent leicht Zeit, mit Ihni a bißle zu schwätze. Alloi, wisset Sie, Mischter Martin. Da sind wir nit geniert. Hent Sie auch eppe Zeit? Ischt's Ihni recht, wenn ich komme tät? Bloß sehe möcht i Sie, wisset Sie. Wollet Sie auch? Wollet Sie?«
Und ob er wollte! Nachdem der Hörer in der Gabel lag, stieß er einen jauchzenden Laut heraus. Er zitterte vor sinnlicher Überwältigung, reckte sich, muskelte die Arme, straffte die Beine und spürte mit einem Male eine so junge Kraft in sich, daß er sekundenlang glaubte, er sei imstande, ein ganzes Haus in die Luft zu heben. Zwanzig schien er, nicht neunundfünfzig Jahre alt! Immerzu sah er nervös auf

die Uhr, rannte hin und her und konnte sich keinen Augenblick stille halten. Mein Gott, kam er sich denn nicht, seitdem er für Geld alles haben konnte, als blasierter, halbwegs verbrauchter Lebemann vor? War er nicht bereits ein bekannter Gast in den New-Yorker ›Night-Clubs‹ und in den sogenannten ›Burlesque shows‹ im nahen New Jersey? Er gab den Portiers, den Kellnern und Garderobenmädchen unsinnig hohe Trinkgelder, so daß sie alle vor ihm beflissen dienerten. In kürzester Zeit, nachdem er ein Lokal betreten hatte, sammelte sich eine bunte, laute Gesellschaft von Nackttänzerinnen, Song-Sängern, Negermusikern und fragwürdigen Kavalieren um seinen Tisch, mit der er bis zum Morgengrauen zechte. Wiehernd lachte er und bellte sein armseliges englisches Gestotter heraus. Seine Trinkfestigkeit und sein ungeschlacht-tölpisches Benehmen, alles wurde freundlich belacht und bewundert. Und mittendrin fixierte er irgend so eine Tänzerin, warf einen Haufen Banknoten auf den Tisch und riß sie mit fort. Er verbrachte die Nacht mit ihr in einem Hotelzimmer. Am Morgen frühstückten sie angenehm ermattet, dann fuhren sie in die Stadt. Er kaufte ihr Kleider, Schuhe, Hüte oder einen Ring, sie suchten einige Bars auf, speisten vornehm und teuer zu Abend und tauchten später wieder im alten Lokal auf, stürmisch empfangen von seinen Kumpanen, die immer wieder ihresgleichen dazubrachten. Manchmal freilich widerte ihn so ein Weib plötzlich derart an, daß er unauffällig vom Essen aufstand, dem Kellner heimlich die Zeche bezahlte, ihm ein Kuvert mit Geld für seine Begleiterin gab und oft ohne Hut und Mantel verschwand. Auf der Straße stürzte er ins Taxi, und übermannt von einer rätselhaften Unrast, ließ er sich stundenlang herumfahren, um schließlich in den Künstler-Cafés und Boheme-Kneipen in Greenwich Village zu landen. Er mischte sich, aufdringlich und herablassend zugleich, unter die jungen Maler und Schriftsteller, radebrechte in sie hinein und bezahlte generös ihre Zechen. Da aber auch das nicht sonderlich imponierte, schenkte er in seinem plumpen Geldprotzentum auf einmal irgendeinem Unbekannten, dessen Gesicht ihm gefiel, oder einem zottelhaarigen Mädchen fünfzig oder hundert Dollar. Die Verblüffung des Beschenkten gefiel und schmeichelte ihm. An den anderen Tischen tuschelte es, man sah verwundert nach ihm. Respekt und zudringliche Freundschaften von Bartendern, die alle vorgaben, seine Stories zu kennen, und ihm schon beim Eintritt zuriefen: »Hallo, Mart, my friend!« erhoben ihn nicht minder.

Und jetzt? Jetzt lief er fieberhaft erwartungsvoll in seinem Zimmer herum und war in einen nie gekannten Aufruhr wegen eines Provinz-Frauenzimmers geraten! Wie von Sinnen rannte er an die Tür, als es klingelte. Atemlos, alles Blut im Gesicht, alle aufregende Angst in den Augen, mit haltlos offenen Lippen stand das Bärbele da, und als er ihren Namen rief, wankte sie wie zu Tode erschöpft auf ihn zu und sank, alles vergessend, an seine breite Brust. Nur mit aller Mühe brachte er die Tür zu. Stammelnde Laute kamen aus ihr, ihre Arme hatten sich um seinen Hals geklammert, er fühlte ihren zitternden, brennendheißen Körper und zog sie ins Zimmer. »Du-hu-du, Ma-Mart-li, du-hu!« wehte unausgesetzt in sein Ohr, als sie so dastanden, schwankend und wankend, wie betrunken, und das Spitzengekröse ihrer blaßrosa Bluse, das blanke Grau ihres enganliegenden Kostüms, ihr erhitztes Gesicht – alles wurde groß und allbeherrschend in seinen schwimmenden Blicken. Er spürte ihre feuchten, weichen Lippen auf den seinen, ihr Schnauben und ihr unartikuliertes Seufzen. Verloren aus allem, was ihr bisheriges Leben gewesen war, hinabgesunken in eine brausende, ungeheure Trunkenheit, so lag sie unter ihm. Und in ihm vermengten sich Wollust und Mannestriumph und waren zuletzt etwas wie ein vulgärer Zuhälterstolz. »Die hab' ich«, dachte er: »Die

hab' ich und kann mit ihr machen, was ich will«, als sie endlich schlaff neben ihm lag und fast schamvoll-schmerzlich aus sich heraussagte: »Mein Gottli, was han ich g'macht? Aber ich han di' doch soviel gern, Martli!« Sie warf ihr Gesicht in das seine und saugte an ihm wie an etwas unbeschreiblich Köstlichem.
»Du mußt geh'n. Ich bring' dich im Taxi, wohin du willst«, sagte er, und sie schrak auf: »Himmlischer Vater, ja, du hascht recht. Mein Gottli, wenn's Mammerle –« Rasch schwang sie sich von der Couch und machte sich hastig zurecht. Er betrachtete sie sekundenlang kennerisch von hinten, dann starrte er irgendwohin und grinste, als hocke da, weit weg und ganz klein, das häßlich verschrumpelte, krötenähnliche, wutglotzende Alter vor einem dunklen Höhlenloch und verschwinde auf einmal stumm und geschlagen. Erfrischt war er, richtete sich auf, und indem er ihren Hintern sanft streichelte, küßte er sie lächelnd: »Schön und süß bist du. Ganz mein Fall.«
Als sie im Taxi zur George-Washington-Brücke fuhren, verriet er ihr sein Junggesellenheim, gab ihr die genaue Adresse und Telefonnummer und sagte ihr, dort könne sie ihn brieflich und auch sonst an jedem späten Nachmittag erreichen. – »Hoje, dies ischt ja wunderschön!« rief sie begeistert: »Da könnet wir ja en oft'n beisamme sei und ganz ungeniert! Oh, mei Martli, was bischt du für e feiner Herr!« Doch sie wagte nicht mehr, ihn zu küssen, und wehrte sich gegen seine Zudringlichkeiten, indem sie stets einen Blick auf den Rücken des Taxichauffeurs warf. Als sie an der Brücke in den Bus stieg, winkte sie nicht mehr, er sah sie nur glücklich lächeln.
Etliche Tage später erwischte ihn Charlie endlich in seinem Emmerlezimmer, denn er hatte es einfach auf gut Glück versucht. Er war etwas pikiert darüber, daß Ling – wie er versprochen hatte – nicht einmal selber was von sich hatte hören lassen und kein Wort darüber verlor.

»Ha, du, Charlie«, sagte er nur: »Na, wie geht's, wie steht's? Was machen die andern alle?« Die, meinte der Befragte zunächst noch leicht irritiert, die seien jetzt alle ›europaneugierig‹, und der Victor habe sogar vor, nach Deutschland zu gehn, um von dort billige Neuheiten zu importieren und damit ›ganz groß zu verdienen‹.

»Auf einmal quatscht er von Riesenplänen und will im Handumdrehen Millionär werden. Ein geistiger Mensch muß reich sein, ist jetzt seine These. Ich bin überzeugt, daß nichts draus wird. Er wird 'rumreisen und Prominenzen besuchen, weiter nichts«, schloß Charlie geringschätzig.

»Soso, hm. Na, jeder wie er kann«, warf Ling uninteressiert hin: »Und sonst? Was gibt's sonst Neues?« Charlie erwähnte kurz die Neudazugekommenen und fragte geradezu: »Und du? Was ist mit dir los?«

»Nichts. Du siehst ja, mir geht's ausgezeichnet«, erwiderte Ling. Da sah ihn Charlie beleidigt an und wurde vorwurfsvoll hämisch: »Ja, hja, das seh' ich. Da sind wir dir wohl zu schlecht, was? Eine Art ist das, wie du mit deinen besten Freunden umgehst, einfach schauderhaft –«

»Hoho! Hoho, was hab' ich denn verbrochen?« unterbrach ihn Ling, überheblich lächelnd: »Bitte, halt' dich nicht zurück. Ich bin ganz Ohr.«

»Du bist doch selber immer gegen jede sogenannte Künstler-Originalität gewesen und hast dich drüber lustig gemacht!« prasselte Charlie nun los: »Sozialist warst du, und – mein Gott, wie lang ist das her! – du erinnerst dich vielleicht noch, daß du grad dem Luffinger damals immer vorgeworfen hast, er spielt sich als Ausnahmemensch auf, und sein ganzer Sozialismus sei verlogen. Die Mittelmäßigkeit hast du gepredigt und bist sogar so weit gegangen, daß du behauptet hast, bloß im Kommunismus gibt's keine Ausnahmemenschen mehr, da ist wirkliche Demokratie! Das weißt du, scheint's, gar nicht mehr? Und jetzt – du entschuldigst schon! – jetzt kehrst grad du den Ausnahmemenschen überall 'raus, jetzt spielst du den ›Künstler‹, der sich über alles hinwegsetzen darf. Noch viel ärger – jetzt spielst du mit einer Geschmacklosigkeit, die zum Kotzen ist, den blödesten Parvenü!« Er hielt ein, weil er sich wunderte, daß Ling das alles widerspruchslos anhörte und sogar zustimmend nickte.

»Jajaja, ganz recht, ganz recht hast du, Charlie!« grinste ihn dieser an: »Den Parvenü, den Ausnahmemenschen, den – Hitler in der Westentasche, den spiel' ich jetzt, ganz richtig, ganz recht!«

»Den Hitler? Das versteh' ich nicht! Das ist wohl wieder so ein Bonmot von dir!« warf Charlie hin: »Was hat denn das mit dem Hitler zu tun?«

»Das war auch so einer, verstehst du?« hob nunmehr Ling schärfer und nach und nach beißender werdend an: »Kommt auch so aus kleinen, muffigen Unterschichten wie ich. Lernt nichts, taugt nichts, kommt sich aber dauernd verkannt vor und sackt ab ins bohemehaft Halbintellektuelle. Zu Frauen hat er überhaupt kein normales Verhältnis. Schon nach der ersten Liebesenttäuschung treibt ihn so ein Gemisch von Minderwertigkeit und Größenwahn in das zackig-heroische Mannstum, weißt du! Natürlich ist er ein ausgesprochener Narziß in allem! Je mehr er in den Dreck sinkt, um so krankhafter vergöttert er sich selber. Wo kommt so ein Kerl schon hin? Er verachtet alles Selbstverständliche: regelmäßige Beschäftigung, die bescheidene, geduldige Arbeit, die natürliche Liebe von Mann und Frau, den soliden Reichtum genauso wie den armen Hund, der sich durchs Leben schlägt, kurzum, er haßt und verachtet alles, alles, was eben im gewöhnlichen Menschenleben üblich ist. Und wo kommt er damit hin? Er kopiert Ansichtskarten, steigert sich hinein ins verkannte Künstlertum, und als er merkt, auch da kommt nichts für ihn heraus – da ist seine Rachsucht vollständig. Die Rachsucht, verstehst du, das total kranke Ressentiment, die blinde Wut auf die ganze Welt, die Tücke und Grausamkeit des mordlüsternen Zukurzgekommenen. Und das alles deswegen, weil sein anfälliger, feiger Charakter durch nichts ins Gleichgewicht gekommen ist –« Charlie sah den pausenlos Dahinredenden, der dabei wie abwesend hin und her ging, leicht erschrocken an, und der blieb nun vor ihm stehen und schaute ihm stechend in die Augen: »Glaubst du denn, bei mir ist's anders? Burschen wie mich, die sollte man ins Irrenhaus sperren oder wegräumen. Nie kommt was Gutes 'raus bei ihnen! Weißt du, wie mir das alles oft vorkommt? Wie ein ewiges Zurechtlügen irgendeiner« – er stand am Fenster und sah in die tiefe Straße hinunter – »Ja, wie heiß ich's gleich? – irgendwelcher Größe, hinter der nichts steckt als Einbildung, Rachsucht und leeres Geschwätz. Mich kotzt das an, seitdem mir alles so leicht gemacht worden ist. Der Leerlauf zerrädert mich. Gäb's wirklich einen Gott, ich würde ihn erschlagen, weil er mich zu euch gebracht hat, die mich in diesen Leerlauf gestoßen haben –«

»Hoho-hoho! Momenterl, einen Moment!« fiel ihm Charlie ins Wort: »Uns gibst du die Schuld? So willst du's drehen? Du glaubst also, du hast wirklich nicht einen Funken Talent? Was du machst, das kann jeder?«

»Mit einigem Nachhelfen, mit Findigkeit und Geduld sicher«, erwiderte Ling. Er hatte sich umgedreht und stand voll im Blickfeld Charlies.

»Hm, Victor, der Laschi, ich und verschiedene andere und wahrscheinlich auch Leute, die du gar nicht kennst, die bloß was von dir lesen – wir sind absolut nicht deiner Meinung«, sagte dieser.

»Jajaja, jaja, das ist eben das Schlimme!« rief Ling beruhigter: »Ich muß zugeben, Ihr habt mich wenigstens immer wieder aus meiner Überheblichkeit halbwegs ins Normale zurückgedrängt. Ihr habt nicht immer alles gleich so ernst genommen, aber der Preis – der Preis und alles, was drauf gekommen ist, das war das Ärgste. Von da ab ist's nicht mehr ganz in Ordnung mit mir, glaub mir's. Seitdem vertrag' ich bloß noch den Erfolg, die kritiklose Anerkennung! Das ruiniert –«

»Jetzt hör mir schon endlich auf mit deinen blöden Selbstbezichtigungen, mit dem ganzen Quatsch!« fuhr ihm Charlie mit energischer Ungeduld ins Gerede: »Mach dich nicht so interessant vor mir, ich kenn' dich doch!« Und da Ling nicht gleich widersprach, argumentierte er weiter: »Vertragen kannst du jetzt sicher keine Kritik mehr. Du verträgst ja nicht einmal mehr ehrliche Freundschaft! Davonlaufen tust du vor uns und protzt mit deinem Geld und säufst und hurst – entschuldige, ich will nicht dein Kindermädel spielen – und mischst dich in die lausigste Gesellschaft, bloß weil du dort unbekannt bist und mit deinen Komplexen und deinem wild gewordenen, spießigen Knallprotzentum imponieren kannst. Von jedem, der's gut mit dir meint, ziehst du dich zurück. Was hast du zum Beispiel bloß gegen den Neuberger? Du weißt, ich hab' mit ihm nichts zu tun –«

»Hör auf mit dem, hör auf!« schrie Ling wütend.

»Nein, ich hör' nicht auf! Wieso denn?« brauste Charlie nun ebenso auf: »Du wirst wissen, keiner von uns außer dem Kurt mag ihn. Kannst du vielleicht ableugnen, daß er dir geholfen hat, sehr viel sogar? Jetzt ist der Mann schwer krank und stirbt vielleicht. Ein Skandal ist das mit dir, wie du dich ihm gegenüber benimmst. Der ganz gewöhnliche Anstand müßte dir sagen, daß du ihn nicht einfach so widerlich undankbar links liegenlassen kannst! Wieso besuchst du ihn nicht einmal? Wieso?«

»Wieso?!« riß ihm Ling plärrend das Wort weg: »Wieso?! Dem dankbar sein? Nichts hat er mir gegeben, nichts geholfen, alles, alles an mir hat er kaputt gemacht! Krepieren soll er. Ich geh' bestimmt nicht zu seinem Begräbnis. Weg, fort mit ihm!« Zornrot überlaufen war sein verstörtes Gesicht, und noch lauter schrie er: »Keiner von euch hat das begriffen außer dem Victor. Bloß der hat sofort gewußt, daß mich dieser Kerl erledigt!«

»Mensch, Mart? Bist du wahnsinnig?« stieß Charlie entsetzt heraus. Ling funkelte ihn nur mit bösen Blicken an. Er hatte die Lippen aufeinandergepreßt und knirschte und zitterte. Es war, als presse er etwas Schreckliches auf seiner Zunge wieder in die Gurgel zurück. »Mensch, Mart?« Er gab nicht an. Unschlüssig maß ihn Charlie.

»Mart! Was ist denn los mit dir?« wiederholte er und ging auf ihn zu. Ling blieb unverändert und schwieg. Charlie hielt im Schritt ein, besann sich und sagte beleidigt: »Na gut. Ich kann ja auch gehn.«

»Nein, geh jetzt nicht, bleib!« Kalkweiß war Lings Gesicht.

»Mensch, bist du denn krank?« fragte Charlie unruhig. Da lachte der Befragte erschreckend unnatürlich auf: »Krank? Wie kommst du denn darauf? Nein, nein, ich bin kerngesund. Jede Nacht könnt ich's mit ein paar Weibern treiben! Mir geht's gut, sehr gut, ausgezeichnet!« Und ehe der irritierte Charlie was sagen konnte, meinte er in anderem Ton: »Hast du Zeit? Willst du mit mir saufen und huren gehn? Ich hab' die Telefonnummern von ein paar ›Call-Girls‹. Ich zahl' alles. Oder willst du eine Motorbootfahrt mit mir machen? Wollen wir mit den Girls aufs Land fahren und irgendwo nett zu Abend essen?« Er feixte wie ein böser Gnom, und Charlie erschauerte. Er bezwang sich und lehnte behutsam ab: »Ich muß bald weg, bin um fünf verabredet. Hm, schon halb fünf ...« Er zündete sich eine Zigarette an und setzte sich wieder. Unauffällig, mit verhaltener Wehmut, betrachtete er seinen alten Freund, der wieder anfing, auf und ab zu gehen und dabei ganz kleine, nervöse Schritte machte, indem er sich durchs schüttere Haar fuhr und schnell heraussagte: »Schade, schade, wirklich schade. Ich wär' heut' grad in der rechten Laune.«

Es war zwecklos, so nebeneinander herzureden. Dunkel

und schwer empfand Charlie, daß die Beziehung zwischen ihm und Ling zu Ende war. Er wollte es nicht gleich wahrhaben und plauderte freundschaftlich weiter.

»Neulich hast du mitten in der Nacht mit der Lisawetha was anfangen wollen. Die hat bloß gelacht darüber«, sagte er.

»Anfangen? Was anfangen, ja, das ist das richtige Wort«, fiel Ling ein: »Wie bei Radio oder Fernsehen, verstehst du? Aufdrehen. Es ist ein ganz nettes Bild und recht unterhaltsam. Es hört sich eine Zeitlang ganz nett an. Wenn's langweilig wird, dreht man ab.«

»Schrecklich!« meinte Charlie kopfschüttelnd: »Ein Mensch ist doch kein Stück Holz.«

»Holz nicht, aber Fleisch, Fleisch, verstehst du. Das ist alles. Das ist das einzig Reelle«, schloß Ling sarkastisch und hatte wieder sein häßliches Grinsen. Da stand Charlie auf. Nun wußte er, es war etwas zwischen ihnen lautlos auseinandergeschnurrt und zerronnen.

DAS UNSTILLBARE

Es war ein warmer, klarer Maitag. Kein Windhauch regte sich. Blaßblau wölbte sich der glasig schimmernde, wolkenlose Himmel. Durch die besonnte Luft zwischen den neu ergrünten Laubbäumen und dunklen Fichten drang das gedämpfte, gleichmäßige Geräusch des Autoverkehrs auf den nahen Highways, vermischte sich mit dem Summen der Fliegen und wilden Bienen, mit vereinzeltem Vogelgetriller und dem fühlbaren Atem des aufgekeimten Bodens und beruhigte das Ohr. Es roch noch ein wenig nach feuchtem Moder im Laub, das vom Herbst den Winter über liegengeblieben war, nach der Strohigkeit des ungemähten, hohen, ausgebleichten Grases, es roch nach saftsaugendem Moos, nach Harz, nach der Herbheit des wilden Ingwers und dem in seiner wieder erglänzten, fetten Blätterpracht strotzenden Berglorbeer. Das frische Weiß und das zarte Rosa der Dogwoodblüten schimmerte im Blattgewirr der Bäume, die flammend-gelbe Forsythia zog sich wie züngelndes Feuer langhin durch die Büsche; Anemonen und wilde Veilchen, das schüchterne Milchblau winziger Vergißmeinnicht und das starke Gelb der feisten Butterblumen überwucherte die einzelnen Grasinseln, die sich zwischen die Baumstämme zwängten und ausgriffen bis zu den kahlen, stumpfgrauen, verwitterten Felsflächen über dem Hudson, der – durchfurcht von blitzschnell dahinratternden Außenbordmotorbooten und etlichen ruhig schwimmenden, dickrauchenden Schleppdampfern, die eine lange Reihe schwer beladener Holz- oder Zementkähne flußaufwärts zogen – träge dahinströmend in der Tiefe lag.

Ling hatte sich von seinem gewohnten Taxi-Chauffeur mit der Weisung, er sollte in ungefähr drei Stunden auf der gleichen Stelle auf ihn warten, getrennt und lag auf einem

Plateau der kerzengerade abfallenden Felsen gegenüber von New York. Die Jacke hatte er abgelegt und sie unter seinen Kopf gestopft. Er verpaffte eine Zigarette um die andere und schaute ins Blau. Planlos, ohne zu wissen, was er mit sich anfangen sollte, hatte er sich eine Zeitlang umherfahren lassen, und da lag er nun: unfähig, sich einer geruhsamen Gelöstheit hinzugeben, mit einem schalen Geschmack im Mund, im Magen, ja, gleichsam im ganzen Körper und einer peinigenden Unruhe im Hirn und im Herzen.

An dem Abend in der vorigen Woche, nachdem Charlie weggegangen war, hatte sich die Frau Emmerle bei ihm entschuldigt und diese Gelegenheit dazu benutzt, mit ihrem stets so vielbeschäftigten Logisherrn ein wenig zu ›schwätze‹.

»Wisset Sie, Mischter Martin, ich kann gar nix dafür, der Herr ischt oifach an mir vorbei und zu Ihni 'noigange«, hatte sie beteuernd gesagt: »Entschuldige Sie, Mischter Martin. Gell, und jetzt hat er sie recht aufg'halte in der Arbeit. Aber, wisset Sie, Mischter Martin, höret Sie, ich bin bei die Nachbarn in unserem Flur und druntenhalb g'wese und han g'sagt, mei' Zimmerherr ischt e Writer, e berühmter Storyschreiber, wisset Sie, und – han i g'sagt – sie sollet nit bös sei, wenn er in der Nacht mit der Schreibmaschin' klappert. Because, han ich gesagt, der Herr muß oft schnell was abliefere, because, da muß er aufbleibe und schreibe. Sie könne also ruhig schreibe, Mischter Martin. Ich mach Ihni auch a paar Schälerle Tee, wenn Sie wolle, because dies hält wach bei der Nacht.«

Und nach seinem Dank hatte sie allerfreundlichst abgewehrt: »Oh, nix zu danke, Mischter Martin, s'ischt gern geschehe. Ich mach' Ihne dann en Tee«, und, ihm das gelesene Buch zurückgebend, weitergeredet: »Da, Mischter Martin. Because, weil Sie g'sagt habe, wenn wir e Büchle wolle, was uns interessiert, sollet wir's uns ungeniert nehme, da dies han i jetzt gelese. Because, dies ischt doch der Herr, der wo seinerzeit so schö' über Sie in unserer daitsche Zaitung g'schriebe hat, nit wahr? Auch unser Walter hat uns scho von Chicago g'schriebe, daß der Herr en Roman g'schriebe hat, e ganz e abscheuliche Story. Because, da hat er wohl recht, unser Walterli. Er läßt Sie auch schö' grüße, Mischter Martin. Und auch die paar Zeitungsausschnitt' von der ›Times‹ und der ›Herald Tribune‹ hat er uns geschickt, der Walter, wo über die Story was drinne steht. Ich kann gar nit verstehe, wie man so was Abscheulichs lobe kann, Mischter Martin. Habe Sie eppe dies Büchle scho g'lese? Because, da versäumet Sie nix, da ischt ja überhaupt koi Anstand und Ehrg'fühl drinne. Von em Writer schreibt der Herr, en Lumpatropf, der wo nix gemacht hat wie Ehebrüch' und saufe die ganze Nacht und sei money hingehängt hat an ganz lausige Luderweiber. Und am Schluß, da schießt er sich e Kugel durch'n Kopf ... Wie man bloß so was drucke tut, Mischter Martin! Sie sind doch auch e Schreiber, bei Ihni kommt doch so was gar nie vor! Ihre Stories sind ganz annerscht.«

Ling, dem das lange Gerede schon lästig wurde, nahm ihr Neubergers Roman ›Der krumme Weg ins Nichts‹ aus der Hand und meinte: »Soso, hm, ich hab' noch keine Zeit gehabt, das Buch zu lesen. Der Herr Neuberger ist übrigens schon eine ganze Zeit ziemlich krank.« Er überflog das Bild des bunten Umschlages, das in surrealistischer Manier gehalten war: Zwischen einer scharf konturierten Gebirgslandschaft auf der einen und ineinandergeschachtelten Wolkenkratzern auf der anderen Seite stand ein breitschulteriger Mann mit verstörtem Gesicht. Die Stelle, an welchem sich sein Herz befinden sollte, zeigte – hineinprojiziert wie ein Miniaturbild – einen rosafarbigen, starkgewölbten Frauenbusen, der, als wäre er vom Körper abgeschnitten, auf einem Tische lag. Aus der Busenbucht ragte ein halbvolles Weinglas. Durch das verwaschene

Blau und das ins Violett spielende Rot und hauptsächlich durch die kalligraphische Genauigkeit der Zeichnung wirkte das Ganze höchst obszön und morbid, aber unbestreitbar war es ein Blickfang. Er hörte nur halb hin, als Frau Emmerle sagte: »Soso, krank ist er? Noi, wisset Sie, Mischter Martin, ich will nicht schlecht rede, because ich kenn' den Herrn ja gar nit, aber wie mein Mann und ich die Story gelese habe, da ischt's uns oft gewese, als wie wenn er selber seine Lumpereie schreibt. Ich sag's, wie's ischt, wenn e Mensch e solch's Lumpelebe führe tut, ist's koi Wunder, wenn er schnell krank wird. Da kann i absolutly koi rechts Mitleid aufbringe dafür.« Er nickte nur und ging, das Buch aufschlagend, ins Zimmer zurück. Dabei stieß er auf das bissige Motto, eine Sentenz Chamfords, die Neuberger gewählt hatte: »Der Erfolg vieler Bücher beruht auf den Beziehungen, die sich zwischen der Mittelmäßigkeit des Publikums und der Mittelmäßigkeit der Verfasser stillschweigend herzustellen pflegen.«

Er klappte das Buch zu und schmiß es in eine Ecke.

Dann hatte er sich wieder an seine Schreibmaschine gesetzt, und viel später, als die Emmerles nach dem Abendessen schon am Fernsehapparat saßen, um Tee gebeten. »Sehr viel, Frau Emmerle, bitte. Ich muß lang arbeiten«, hatte er gesagt und war die ganze Nacht so dagesessen, denkend, grübelnd, wieder eine Weile schreibend, wieder verbissen konstruierend, dabei unentwegt rauchend und hin und wieder Tee trinkend. Spätnachmittags am anderen Tag hatte er Stone aufgesucht.

»Ein bissel mitgenommen sehn Sie aus, mein Lieber«, hatte dieser vertraulich und besorgt gesagt: »Na, wo fehlt's, Meister? An Geld vielleicht? Bitte schön, ich steh' Ihnen zu Diensten. Mit jedem Betrag, das wissen Sie. Sonst Schwulitäten vielleicht? ... Nicht? Und was macht die große Sache? Geht er vorwärts, Ihr Traumroman?« Er hielt schnaubend inne und fixierte Lings Gesicht fragend.

»Ach, Geld? . . . Geld hab' ich genug! Und solang ich Sie hab', Stone, wie soll's da fehlen in dieser Hinsicht!« mühte sich Ling, seine Niedergeschlagenheit zu verbergen: »Und der Roman, der? Das ist's auch nicht. Er geht langsam weiter. Er wird schon werden. Ich weiß nicht, wo das herkommt, mir ist bloß manchmal alles zum Kotzen, zum Kotzen!«

»Na! Na, dagegen haben wir ja schon einen großartig wirkenden Schuß Boonekamp, mein Lieber!« scherzte der Agent und holte Flasche und Glas aus seiner Schreibtischschublade: »Ein Magenbitterchen, das bringt alles wieder in Ordnung. Bitte, bitt' schön!« Ling trank aus, und Stone fragte ernst: »Oder fehlt Ihnen wirklich was, Meister? Unwohl oder krank fühlen Sie sich doch hoffentlich nicht? Gott soll schützen!«

»Krank? Nein, das eigentlich nicht. Bloß kotzig, verstehn Sie. Alles widert mich an«, gestand Ling.

»Mir werden Sie erzählen! Das geht doch jedem von uns so in dem Hindianerland! Man ist eben da und werkelt, verstehn Sie, aber dabei ist man nirgends, dazugehören tut man nicht . . . Und bei Ihnen, Meister? Ich kenn doch die Künstlersensitivität, mein Lieber!« tastete Stone weiter und ließ ihn nicht aus den Augen: »Der Roman stockt also nicht, was? Ich bitt' Sie, morgen hab' ich einen Vertrag drauf, wenn Sie wollen. Vier Verleger warten schon gespanntest interessiert, seitdem Ihr Film so groß angekündigt ist, Verleger, möcht' ich Ihnen verraten, Verleger von ganz oben!« Er wurde lebhafter und reichte dem verdrossenen Ling einige Briefe: »Und da! Da, sehn Sie? Hollywood will Sie haben, Hollywood reißt sich um Sie, aber natürlich, da kriegen sie kalte Füße. Platzen müssen sie, die Herrschaften, verstehn Sie?« Er hatte erreicht, was er wollte, Lings Miene wurde verwundert und neugierig.

»Rar machen, mein Lieber, rar bis zum Exzeß, verstehn Sie!« begann er jetzt bereits wieder stoßhaft zu keuchen:

»Willst du gelten, mach dich selten! Diese alten Sprichwörter haben's in sich! Sag' mir bloß keiner was dagegen! Goldene Worte, mein Lieber, sind das! Eine Gebrauchsanweisung, erstklassig, prima primissima, wenn Sie mich fragen! Goldrichtig ist so ein Rat, sag' ich Ihnen, hundertprozentig stimmt er! Nichts werden Sie persönlich von sich hören und sehen lassen, Meister! Der Vertrag ist perfekt, die Zahlungen haben wir; wie verabredet, hab' ich für die Drehbuchautoren Blankovollmacht für alle Änderungen geschickt, na also! Bitt' Sie, was wollen die Leute von Ihnen? Schwarz können sie werden! Erinnern Sie sich an die Anfangszeit von dem Viehstück, dem Hitler? Was hat er sich für einen Dreh ausgefixt, damit seine Nazibewegung Zulauf kriegt? Jahrelang hat man ihn bloß auf seinen Versammlungen sehen können. Fotos hat's nicht gegeben. Die gerissensten Pressefotografen sind hinter ihm her gewesen – ausgeschlossen! Kein Mensch außer seinen Versammlungsbesuchern hat gewußt, wie das Vieh ausschaut. Jahrelang, verstehn Sie, was ich mein' ...? Köpfchen hat der Kerl gehabt, mein Lieber, Köpfchen! Da sind die ganzen Hollywoodmanager die reinsten Pinscher dagegen, armselige Würmer sind sie! Und, hören Sie zu, mein Lieber, auch wenn der Film fertig ist und hier in New York anläuft, Sie lassen sich nicht blicken, kein Presseinterview, nichts! Verschwinden tun Sie! Kochen muß alles vor Neugier auf Sie! Hab' ich recht oder nicht? ... Garantiert, das rentiert sich hundertprozentig für Ihren Roman, werden Sie sehn! Verlassen Sie sich in dem Fall ganz auf Ihren lieben Stone. Der fixt das ausgezeichnet, first class, sag' ich Ihnen.«

Das war einleuchtend.

»Ausgezeichnet«, lobte Ling. »Sie sind der einzige Mensch, der aus der Vergangenheit was gelernt hat.«

»Lernt sich, lernt sich, Verehrtester! Das einzige Wort von diesen Hindianern hier, das ich goutiere ist ›take it easy‹, nimm's leicht! Unsereiner schiebt nicht, er wird geschoben, verstehn Sie? Man muß bloß schaun, wie man in dieser Schieberei am besten wegkommt«, meinte der Agent und riet ihm: »Arbeiten Sie, mein Lieber, arbeiten Sie über alles drüberweg! Sicher täusch' ich mich nicht, Ihr Roman wird ein Wurf, ein Welterfolg! An mir soll's nicht liegen, ich knie mich hinein! Mich bringt bloß intensivste Arbeit über alle Kalamitäten!«

»Ich arbeite doch sowieso wie ein Irrer!« verriet ihm Ling. Sein Traumstück mußte eine feste Handlungslinie bekommen.

»Na also! Verlassen Sie sich drauf – ich will nicht fragen, wo's fehlt bei Ihnen – verlassen Sie sich drauf, beim Arbeiten legt sich alles wieder!« tröstete der gutwillige Agent: »Und *nach* Ihrem Roman, mein Lieber – garantiert, da haben Sie das ganze große Publikum für sich, verläßlich! Da liegt die ganze Welt auf dem Bauch vor Ihnen! Denken Sie an mich, wenn's soweit ist!«

Zweifelnd und staunend sah Ling den Mann mit dem schlagflüssigen Gesicht an. Glaubte dieser denn wirklich so felsenfest an ihn? Offenbar schien er nicht nur aus Fett und Geschäft zu bestehen. Wußte er denn, was er sagte? Er prophezeite ihm nicht nur noch größeren Reichtum – der hatte sich schon jetzt als etwas ziemlich Gewöhnliches gezeigt –, er prophezeite ihm Weltruhm!

Ruhm! Ruhm!! Weltruhm!

Nach so vielen allzu leichten Erfolgen sprang Ling wieder die verzehrende Eitelkeit an, sie steigerte sich ins Maßlose.

Ruhm! Weltruhm!! Eine öffentliche Persönlichkeit sein, deren Name in allen Ländern bekannt ist, deren Bild bei irgendwelchen bedeutsamen Gelegenheiten in den Zeitungen und Wochenschauen der Kinos zu sehen ist, die von Reportern interviewt wird und weltweit beachtete Meinungen abgibt, die, nicht übersehbar, mit der Prominenz

aus Wissenschaft, Kunst, Theater und Film an internationalen Kongressen und aufsehenerregenden Festspielen teilnimmt, bestaunt, bewundert, umworben von den schönsten, elegantesten Frauen und verehrt von jedermann bis hinab zu den Autogrammsammlern!
Mit hektischer Gewalt strömte all das auf den in der Sonne Liegenden ein. Er drehte den warm gewordenen Körper auf die andere Seite und schaute hinüber auf die mit Silberbronze frisch gestrichene George-Washington-Brücke. Wie eine dünne, leicht gebogene Gerte sprang deren Tragfläche von einem Ufer zum anderen. Die darauf hin und her flitzenden Autos und Busse glichen geschäftig kriechenden, kleineren und größeren Käfern. Stolz und steil ragten die viereckigen Tragpfeiler auf. Mit schwereloser Anmut bogen sich die dreifachen Schwünge der dicken Hängerohre von einer Pfeilerspitze zur anderen, und die stützenden Unterpfähle dieser Bogen schienen zierliche, dünne Stäbchen zu sein, nur deswegen angebracht, um die plumpe Dicke der Rohre nicht allzu nackt erscheinen zu lassen. Durch die Zwischenräume dieser Stäbe, ins klare Blau des Himmels gezackt, leuchtete das quadermächtige, sonnbestrahlte Riesenweichbild New Yorks. Unruhig sinnend schaute der Liegende auf diese scharf konturierte, wie eine schwerblockige, vieltürmige, undurchdringliche Häuseransammlung wirkende Stadtfassade.
›Dahinter wimmeln Millionen Menschen‹, dachte er, ›sie essen, trinken, atmen, gehen, reden, scherzen, lachen, schimpfen und streiten; sie werkeln den Tag über, sind müd am Abend, gehn heim in ihre Zimmer und Wohnungen, lesen Zeitungen oder hören sich Radiosendungen an, lassen sich von naiven Wildwestfilmen am Fernsehapparat unterhalten, schlafen und träumen die Nacht hindurch, erwachen in der Frühe und fangen das gleiche wie etwas von der Natur Unterbrochenes wieder von vorne an. Sie lieben sich mit geschwinder Zärtlichkeit und hassen sich grimmig,

sie hängen aneinander und belügen und betrügen sich in den gewohnten Formen der Höflichkeit, sie zeugen Kinder, die genauso leben wie sie, und sie sterben schließlich, ohne daß die Masse Leben, die sie ausmachen, eine Lücke bekommt.
Und keiner ist denkbar ohne das Ganze. Und jeder ist ein winziges Gliedchen im Räderwerk des Getriebes, ein kleines Geräusch im großen Lärm der Millionenstadt und fühlt sich geborgen und ist zufrieden. Und würde er für kurze Zeit tot sein und wieder erweckt werden, sicher würde er genauso weiterleben wie seit eh und je . . .‹
Und er – der Martin Ling – und seinesgleichen, sie begriffen nicht, wie man so leben konnte! War das immer noch die Überheblichkeit des sich gebildet dünkenden Europäers dem primitiven Amerikaner gegenüber? War es die unheilbare Verfremdung des endgültig Entwurzelten oder war es nichts anderes als die tiefkranke, gleichsam süchtig lechzende Eitelkeit, die ununterbrochene innere Gier dieser Vereinzelten nach dem Besonderen und Außergewöhnlichen, nach dem ganz Großen, einem unvorstellbar Mächtigen, das alle gewöhnlichen Menschen zwingen sollte, sich vor ihnen zu beugen und in scheuer Ehrfurcht vor ihnen zu ersterben?
»Mach' dich drauf aufmerksam, Mart«, hatte der Laschi vor langer Zeit einmal nach einem gemeinsamen Abendessen zu ihm gesagt: »Ressentiment, scheint mir, ist das gar nicht, was wir Emigranten oder, wie du immer sagt, wir Diasporiten gegen den Hitler haben. Schau mich an, schau dich an, denk überhaupt an alle unsere Bekannten und Freunde . . . Laß mich nachdenken. Ich weiß nicht, was das ist. Weil's keinem von uns so richtig gelungen ist, sich zum absoluten Amerikaner zu mausern, sind wir auch denen bös, verstehst du? Da macht keiner eine Ausnahme bei uns, sogar der Charlie und die Bianka nicht. Oft sind wir sogar den Amerikanern böser als dem Hitler, und das

Grauslige ist, ganz ohne Grund. Der Grund liegt in uns, scheint mir. Keiner von uns verträgt es, daß man ihn nicht anders anschaut und einschätzt wie jeden x-beliebigen Dutzendkerl. Das ist ekelhaft, das ist schlecht, ganz schlecht! Das verdirbt uns alles. Ich seh's ja bei mir, wenn ich mit einem Mädel was anfange. Schau den Victor an. Sein Antiquariat ist ihm Nebensache, ein ganz großer Psychoanalytiker will er werden. Der Charlie malt und bildet sich ein, das ist was, und neulich hat er sogar gemeint, seine Reklametexte sind genauso schwierig wie eine Story von dir! Sonja, was will sie sein? Eine umworbene, hochgebildete Dame mit einem Salon, wo bloß bekannte Persönlichkeiten zusammenkommen. Sogar der Kurt – was ist sein einziger Ehrgeiz? Ein Intellektueller will er sein, ernst genommen will er werden von uns. Der Iwan zum Beispiel! Bei dem guten Mann sieht alles so stabil aus. Er hängt, hör' ich, an seiner Familie und ganz besonders an seinem Vater wie ein folgsames Kind. Da kommt die Hilde über ihn, geht auf ihn ein, lobt und liebt ihn und bringt ihm Ambitionen bei. Fast fürchten tut er sich als grundordentlicher Mensch vor dieser Liebe. Er will bleiben, was er ist, aber was kann er machen, die Hilde ist stärker. Schon bricht er aus der Normalität, weil er sich nicht mehr auskennt. Und da nimmt er den ganzen psychoanalytischen Unsinn vom Victor und der Sonja an. Schau dir den Neuberger an. Was ist's mit seinem ›Justament‹? Zeigen will er, daß er kein Möbelhändler ist, 'rausfallen will er und von sich reden machen als Schriftsteller. Seine ganzen Redereien, daß er sich nichts aus seiner Schreiberei mache, lauter verlogenes Geschwätz ist das! Klein macht er sich, lächerlich leicht, sagt er, kann man Literatur fabrizieren, und bloß aufs money kommt's ihm an bei seinem Geschmier'. Und da geht er auf einmal her und schreibt einen Roman. Warum denn? Es ist alles dasselbe. Unklar ist mir bloß eins, wo wir diese rachsüchtige Eitelkeit herhaben! . . .

Bei uns jedenfalls, mein Lieber, bei uns ist deine Mittelmäßigkeit passé.«
Es war, als Ling noch nicht mit Neuberger verfeindet war.
»Und die Lisawetha? Wie ist's bei der?« hatte Ling gefragt.
»Hm, ja, die?« Wie überfallen sah Laschis Miene aus: »Hm, die? Da bin ich überfragt. Mittelmäßig ist die auch nicht, weiß Gott, wenn sie auch grad nicht hochintelligent ist. Ein Fisch ist sie. Die schwimmt einfach in jedem Wasser und merkt gar keinen Unterschied. Die lebt und liebt, weiter nichts. Hm, komisch, bei der geht unsere Rechnung nicht auf.« –
Mit einem energischen Ruck legte sich Ling auf den Bauch, stützte sich mit beiden Armen und zündete sich eine Zigarette an. »Ruhm! Ruhm! Weltruhm!!« schlüpfte es wie von selber über seine Lippen, als er nach den ersten Zügen den Rauch wohlig in die sonnenwarme Luft blies. Was war denn mit dieser kleinen, verklatschten, unergiebigen Welt, in die ihn Charlie wieder hatte zurückrufen wollen, noch anzufangen? Auch die Frauen im Kumiankreis zogen ihn nicht mehr an, seitdem er sich, wie er es ausdrückte, ›so ein springlebendiges Fohlen‹ wie das Bärbele eingefangen hatte, das mit einer unerschöpflichen sinnlichen Neugier auf all seine Liebeslaunen reagierte und immer mehr in eine blinde Hörigkeit hineinglitt. Er merkte das schon, nachdem sie zwei- oder dreimal einen orgiastischen Nachmittag in seinem Junggesellenheim verbracht hatten, war ungemein geschmeichelt, daß dieses naive, blühende junge Weib derart selbstvergessen in seine alterserfahrene, kalt berechnende Lüsternheit versank, und erschrak zugleich. Er sah voraus, daß ihn das in eine höchst unangenehme Lage bringen konnte. Er blieb – um mit Neuberger zu reden – ›das eiskalte Luder‹, er war eben doch schon in jenen hohen Jahren, in welchem einem Manne seinesgleichen immer klarer bewußt wird, daß jede Geliebte für ihn

nur noch eine eitle Bestätigung der eigenen Liebesfähigkeit ist. Wenn sie nach Erschöpfung ihrer sinnlichen Gier nebeneinanderlagen, beschlich ihn Langeweile und ein leises Grauen. Sie schwätzte geschäftig verliebt, lachte, kraulte in seinen schütteren Haaren und küßte ihn von Zeit zu Zeit wie verschmachtend. Er aber überlegte nur, wie er die nächsten Stunden einigermaßen ertragbar mit ihr verbringen sollte, denn viel war mit ihr nicht zu reden, und stets mußten sie daran denken, daß sie vor der Rückkehr ihres Mannes von der Arbeit zu Hause war. Und was hatte es für einen Sinn und Zweck, daß er ihr Ringe und Schmuck, die teuerste, herrlichste Wäsche, seidene Morgenröcke und Pyjamas, die schönsten Kleider und Schuhe kaufte, Modellhüte und französisches Parfüm? Zweifellos entsprach das seinem eingewurzelten Fetischismus, dem die prächtige Aufmachung einer Frau stets mehr galt als sie selber, indessen wie alle Männer wollte er mit diesem Fetisch auch in der Öffentlichkeit gesehen, beneidet und bewundert werden und sich besitzstolz und protzenhaft daran weiden, wenn sich alle Blicke neugierig und begehrlich auf seine Begleiterin konzentrierten. Auch ein solcher Dekor war nicht unwichtig für den kommenden Ruhm. Er förderte ihn. Doch all das Frönen und ergötzende Schwelgen im An- und Umziehen der Geliebten blieb in der Hauptsache auf die Intimität und Verborgenheit des Junggesellenheims beschränkt und verlor – so abwechslungsreich es auch sein mochte – alsbald das Betörende des anfänglichen Reizes, denn wie sollte er mit dem Bärbele jemals in einem feinen Restaurant glänzen, mit ihr eine Cocktailparty besuchen, ganz zu schweigen von einem nächtlichen Bummel, wenn sie sich immer nur höchstenfalls einen knappen halben Tag von ihrer Hausfrauenzeit abstehlen mußte? Und Vorsicht war schließlich geboten! Einfach unter Tags mit einem Koffer voll Kleider bei ihr in New Jersey vorbeizukommen, um dann in einem entlegenen Landhotel zu speisen und sich etliche Stunden zu amüsieren, war wegen der Nachbarn unmöglich. Und was war damit schon gewonnen? Die Nacht über konnte sie doch nicht bleiben. Umständlichkeiten und Hindernisse aller Art stellten sich ihnen entgegen, auf die abwegigsten, groteskesten Ideen kamen sie bei ihrem letzten New-Yorker Zusammensein und verwarfen sie alle wieder.

Da hatte Ling ihre ganze Liebesbedrängnis erlebt, und das war ihm – wenn er auch den hocherfreuten Tollverliebten gespielt hatte – durchaus nicht recht. »Mei Gottli! Mei Gott, Martili, was mache wir denn?« hatte sie fortwährend geseufzt und schließlich fast herausgeweint: »Ich kann nimmer sei ohne dich! Jede Minut könnt ich auf und davon laufe und zu dir komme! Was mache wir denn? Wie soll ich denn dies aushalte, Martili? Martili!?« Für sie war ihre Liebe zum Kult geworden, der all ihr Sinnen und Trachten beherrschte. Erfinderisch, verwegen und unvorsichtig zugleich war sie geworden. Mit der unschuldigsten Schamlosigkeit, in welche so wohlbehütete Provinzehefrauen fallen, wenn der richtige Liebhaber sie bis in die letzten Nervenwinkel entflammen läßt, belog sie ihren Hans.

»I han ihn jetzt schon so weit 'bracht, daß ich en often den Wagen habe darf, weil ich ihm weisg'macht habe, daß in Paterson und in New York jetz überall ›Sale‹ ischt in die Kaufhäuser. Beim Ei'richte, da laßt er mir ja freie Hand, und da han i g'sagt, neue Vorhäng und Bettwäsch brauch ich«, erfuhr Ling von ihr, und nächstens erzähle sie ihrem Hans, daß ihr Mammerle und Vaterli vom ›Mischter Martin‹ zu einem Opernbesuch eingeladen worden seien, das Vaterli aber mache sich nichts daraus, und da habe das Mammerle angerufen, ob sie – das Bärbele – nicht mitkommen wolle, der ›Mischter Martin‹ würde sich sehr freuen darüber.

»Ischt dies vielleicht nit güat überlegt, Martili? Han ich dies nit schön ausg'finklt?« hatte sie wie ein verschmitztes

Schulmädchen dabei gesagt: »Und da könnet mir nachher die ganze Nacht – o, Martli, i mag gar nit dran denke!«
In ihrer Liebesbesessenheit erfand sie daheim die erstaunlichsten Ausreden, die nur dadurch glaubhaft klangen, weil sie mit einer derartig gutgespielten Unbefangenheit vorgebracht wurden, die wie Gleichgültigkeit aussah. Der ungeheure Reiz des Geheimen, Verbotenen schien alle ihre Bedenken zu verschlingen. –
›Das Spiel ist reizend, ist spannend‹, dachte der Liegende und zerdrückte seine aufgerauchte Zigarette auf dem sonnenerhitzten Felsen. Er lächelte behaglich. Merkwürdig, dabei empfand er sein Junggesellenheim wie eine Art Versteck und beinahe wie ein leicht anrüchiges Absteigequartier, das nur für verliebte Zusammenkünfte taugte. Noch nie hatte er dort gearbeitet, höchstenfalls manchmal einige Stunden lesend, rauchend und gemächlich Whisky trinkend zugebracht, hatte neugekaufte Sachen dort in den Schränken verstaut oder auch einmal eine Nacht in dem breiten Bett geschlafen. Sich sammeln und ernsthaft arbeiten, das konnte er einzig und allein im Zimmer bei den Emmerles.
Hm, arbeiten?
Plötzlich verschattete sich sein Gesicht wieder. Die letzte Unterhaltung mit Stone fiel ihm ein.
Ruhm! Weltruhm!
Er schaute in die Richtung der silbern glänzenden Washington-Brücke, erspähte zwischen dem Gitterwerk der Stäbe und Schwünge die hochgetürmte Wolkenkratzerstadt, um welche die Wärme dünne Dunstwolken schleierte.
Arbeiten – Ruhm – arbeiten – Ruhm! Weltruhm! hämmerte es in ihm und zerhämmerte alles Vorherige. Sein Traum beschäftigte ihn wieder, den er unbedingt zu einem Roman umformen wollte und an dem er nun schon wochenlang Tag und Nacht vergeblich herumwerkelte. Wie

kam das nur? Hatte er durch die Leichtigkeit, mit der ihm seine Geschichten gelangen, die große Geduld und Spannkraft dafür eingebüßt? War seine lange Verzettelung im sinnlosen Wohlleben daran schuld, hinderte die Liebschaft mit dem Bärbele ihn, sich völlig zu konzentrieren, oder taugte der Stoff nicht für so etwas Großes?
Denn groß und einzigartig mußte der Roman werden, um Ruhm, Weltruhm einzubringen! Nur darauf brannte er nun noch, und nichts von Befangenheit, scheuer Ehrfurcht und Demut vor der Literatur, die ihm einst der Inbegriff des Lebens gewesen war, störte ihn mehr. Übrigens war nach seiner Erinnerung und Kenntnis auch sein Stoff etwas noch nie Erfundenes, denn nicht ein Erlebnis, keine angestrengte Gedankenarbeit hatten ihn erzeugt. Nur Träume besitzen eine derart gespenstisch hinflutende Phantasie, ein solches hemmungsloses Ineinandergleiten des Wirklichen und Unwirklichen und diese beklemmende Eindruckskraft. Bei Ling kam's vor, daß er sich Träume oft zehn und zwanzig Jahre lang merkte. Sie verloren nichts von ihrer Eindringlichkeit, möglicherweise aber fügte das Erinnern an sie immer wieder etwas an ihnen logisch zusammen. –
Während des Krieges – er war erst kürzlich in New York angekommen, und es ging ihm sehr schlecht – hatte er einmal durch das Fenster eines bekannten Restaurants einen quallenhaft feisten Mann gesehen, der mit vollstem Behagen eine riesige Portion Schweinsbraten verzehrte und jeden Knochen mit wahrhaft freßgieriger Pedanterie abnagte. Lings ausgehungerter Magen knurrte. Verzweifelt starrte er auf den Fresser, und auf einmal befiel ihn ein Schwindel. Er fühlte noch, wie seine Knie weich wurden und knackten, ins Riesenhafte verschwimmend sah er das rote Fettgesicht und brach ohnmächtig zusammen. In der Nacht im Hospital, in das man ihn gebracht hatte, träumte er dies:

Er befand sich mit einigen englischen Soldaten in einer kalten, verregneten, stumpfdunklen Nacht am Rande eines norwegischen Fjords. Sie waren heimlich gelandet, um von den in der Nähe lebenden Fischern etwas über die Stärke der deutschen Besatzungstruppen zu erfahren. Ihrem kleinen Boot entstiegen, tappten sie über das steinig-holperige Geröll des Uferstriches und stießen kurz darauf auf eine armselige, offensichtlich unbewohnte Hütte. Eigentümlicherweise erinnerte sich Ling auch heute noch, daß ihm damals sogar während des Träumens irgendwie unbehaglich aufgefallen war, daß er als einziger unter seinen Begleitern Zivilkleider trug und keine Waffe hatte. Sie machten halt und kamen flüsternd überein, er solle sich zunächst allein an die Hütte heranpirschen und auskundschaften, ob wirklich niemand darin hause. Er tat es, lauschte eine Zeitlang, umschritt die Hütte und klopfte kurzerhand an die hintere Tür. Nichts rührte sich. Er rüttelte. Es blieb still. Er erspähte mit seinen ans Dunkel gewöhnten Augen ein mit schadhaften Brettern umplanktes Gartengeviert und roch Schweinekot. Erstaunt schnupperte er stärker, und als er vorsichtig in die Richtung, von wo der Gestank herkam, weitertappte, hörte er ein ganz dünnes, schläfriges Grunzen. Nach einigen Schritten stieß er auf eine betonierte viereckige Erhöhung, tastete und merkte, daß sie obenauf eine Holztür hatte, die mit einem Vorhängeschloß versperrt war. Er hielt den Atem an, lauschte, roch und preßte schließlich das Ohr auf die feuchtglitschige Holztür. Da herauf kam das leise Grunzen. Offenbar also ein verborgener Schweinestall. Plötzlich ging die hintere Tür auf, ein heller Lichtstrahl flackerte, und ein Mann mit der erhobenen Stallaterne in der einen und einem Beil in der anderen Hand tauchte auf. Merkwürdig, er raunte knurrend und sprach norwegisch, doch der Träumende verstand und antwortete deutsch.

»Was wollen Sie! Weg da!« knurrte der Mann halblaut

und ging drohend auf Ling zu, der angstvoll das britische Losungswort »Alert, Great Britain!« herausstieß und sich wunderte, daß der andere wieder so hastig raunte: »Schweig! Mach keinen Lärm!« Groß und hager stand er im Dunkel, hatte die Axt sinken lassen und pfiff vogelzart in die Finsternis hinein, worauf die soldatischen Begleiter Lings mit schnellem Getrampel daherkamen und, ohne Worte zu verlieren, mit dem Fischer ins Haus rannten. Die Tür schloß sich. Eine ganz schwach erleuchtete, niedere, dämpfige Stube war da. Um einen viereckigen, schweren Tisch hockten sie, und der Fischer sagte nur immerzu kopfschüttelnd: »No Germans around, no, no!«
Sonst wußte er nichts. Auf alle Fragen antwortete er gleicherweise. Ungut, verschlossen und abweisend war er, und als sie ihm sagten, sie müßten sich hier irgendwo verstekken, wurde er höchst unruhig und noch abweisender.
Während er in einem fort fast flehend »No! No, Sir! No, impossible!« herausstieß, tauchten im dunklen Hintergrund sein spindeldürres Weib und zwei Kinder auf, ein leichenblasser, rachitischer Knabe mit einem viel zu großen Kopf und ein dickes, blondes Mädchen. Eine Helligkeit war um sie, und sie fingen gespensterhaft zu tanzen an und sangen »Ein' feste Burg ist unser Gott« dazu. Es klang dünn und mißtönend blechern. Die am Tisch Sitzenden beachteten all das nicht, ja, es war, als sähen sie es gar nicht.
»Well, let's see!« sagte der Sergeant und hob eine Falltür neben dem Tisch auf, die in den winzigen Keller führte, und aus dem viereckigen Loch stieg der feiste Gast aus dem New-Yorker Restaurant und kicherte fortwährend: »Haha, Schweinebraten! Schweinebraten, endlich richtigen Schweinebraten!« Er hatte irgend etwas, das wie ein großer Brotlaib aussah, unter dem Arm, ging an den Tisch und stopfte das Ding in sein weitaufgerissenes Maul, fing schmatzend zu essen an und machte dabei von Zeit zu Zeit:

»M-hm, mhm, besser wie jeder andere!« Doch gleich wieder war er weggewischt, und auch die tanzenden Kinder waren nicht mehr da. Ling stand mit den Soldaten und dem Fischer im nachtschwarzen, verregneten Gartengeviert vor dem Betonviereck.

»Well, let's see!« befahl der Sergeant und drängte drohender: »Come on!« Zitternd hob der verängstigte Fischer die hölzerne Falltür, und sie leuchteten mit den Taschenlaternen in die Tiefe, aus der pestilenzialischer Gestank und Grunzen kamen. »Pigs?« fragte der Sergeant, und der Fischer erwiderte unsicher: »No and yes. I don't know. Weiß nicht.« Ein mächtiges Mutterschwein lag da unten, rund umgeben von ungefähr einem Dutzend rosighäutiger, quallenhafter Wesen mit winzigen Äuglein, kaum angedeuteten Nüstern und einem fast menschenmundähnlichen Maul. Genau dieselbe Form des Brotlaibes hatten sie, welche der feiste New-Yorker Gast drinnen in der Stube verzehrt hatte, nur schienen sie noch nicht gebacken und erinnerten an umfängliche, abgeschnittene Frauenbrüste.

»What is it? Pigs?« fragte der Sergeant wiederum, und kopfschüttelnd antwortete der Fischer gleicherweise: »No and yes. I don't know! But very good meat.«

»Take it!«

Das Mutterschwein grunzte unruhig, als der Fischer sich über die niedere Betonmauer des Vierecks beugte und hinabgriff. Die Quallen hoben und senkten sich heftig atmend, ihre Äuglein lugten unsicher furchtsam empor, und sie gaben sehr schnelle, leise Quietschtöne von sich, als er eine von ihnen auf seine schaufelnde Hand nahm und heraufholte. Zögernd betasteten Ling und seine Begleiter sie und drückten schließlich ihre Finger stärker auf die gespannte, dünnbehaarte Haut. Vollfleischig und festkernig faßte sich das rätselhafte Geschöpf an. »Ein' feste Burg ist unser Gott« sang es nunmehr laut aus dem Dunkel, das

rasch in ein webendes Nebeln überging, und irgendwo in der Nähe leuchtete eine bunte Verkaufsbude auf, in welcher ein fetter Mann mit Zylinder stand, in der einen Hand eine scheppernde Glocke, in der anderen eine braungeröstete Qualle und immerzu schreiend: »Hierher, meine Herrschaften, hierher! Schweinsbraten wie noch nie!«
Dann war strahlender Sonnentag, und viele Menschen standen in einem umgitterten Geviert eines zoologischen Gartens um einen bebrillten, weißbekittelten Mann. Eine lange, dicke Robbe hatte sich aus dem nahen Tümpel gearbeitet, schlug immerzu heftig mit den Flossen und plärrte markdurchdringend, während ihr ein mächtiges Mutterschwein grunzend entgegenlief. Der Weißbekittelte deutete auf die beiden Tiere und sagte in einem scharfen, fast soldatischen Ton zu den Herumstehenden, die größtenteils lachten: »Wenn dieses einmalige Resultat unserer Kreuzung sich wiederholt, haben wir das knochenlose –«
Da war Ling damals im New-Yorker Krankensaal aus dem Tiefschlaf seines Hungerdeliriums aufgewacht und hatte den vor dem Bett stehenden Arzt dämmerig angeglotzt.
Dieser Traum blieb ihm unvergeßlich, obgleich er ihm in der langen Zeit zuweilen mehr grotesk-komisch als ernsthaft bedeutungsvoll vorkam. Spielerisch interessiert las er kurz darauf auch mehrere Werke über Pflanzen- und Tierkreuzungen und befragte sogar einige Male deutsche Zoologen an den New-Yorker Universitäten, die ihn aber jedesmal, wenn er seine geträumte These vom ›knochenlosen Schwein‹ vorbrachte, nur verborgen mitleidig belächelten. Indessen nicht nur die ungeheuren, kaum noch ausdenkbaren Entdeckungen und Erfindungen der Wissenschaft und Technik in den Nachkriegsjahren allein versteiften seine Überzeugung, daß die Verwirklichung des Geträumten keineswegs mehr unmöglich sei, es war Neubergers Roman und das dringende Zureden Stones, was ihn dazu trieb, diesen abwegigen Stoff in einem eigenen

Roman zu verarbeiten. Abgesehen aber von seinem Ehrgeiz, seiner maßlosen Eitelkeit und Einbildung, daß dieser Stoff etwas noch nie Dagewesenes, absolut Einzigartiges darstelle, es kamen noch etliche Gründe dazu, die ihn darauf verfallen ließen. Sie lagen zum Teil im Wesen des Diasporitentums und zum Teil in seiner eigenen Natur. Der Diasporit war gewissermaßen schon längst vergangenheitslos, er stand auch nicht in der Zeit und Umwelt der allgemeinen Gegenwart, er fühlte beständig, daß er sich in einem Zustand des Provisorischen befand, und gerade deswegen sein unruhiges Darüberhinausdenken, sein grenzenloses Hineinplanen in eine fiktive private oder allgemeine Menschenzukunft. Was nun Lings Natur anlangte, so kam diese eigentümliche Grundstimmung ihm nur zu sehr entgegen. Seit jeher stand er anderen Menschen völlig lieblos und gleichgültig gegenüber. Ihr Glück oder Unglück, nichts von ihrem Wesen rührte ihn innerlich an, wenn er auch stets den Mitbeteiligten spielte.
Am Anfang ihrer Bekanntschaft hatte Victor einmal zu ihm gesagt: »Dir geht immer bloß alles bis an die Haut, mein Lieber, weiter nicht. Dabei bist du wahrhaftig gar kein Unmensch. In dir drinnen ist bloß eine ziemliche Portion Außermenschliches.«
Die Welt, in welche Ling sein geträumter Romanstoff versetzte, löschte in der Tat alles Einzelmenschliche aus. Im Raum ihrer Vision gab es nur noch allgemeine Mächte und Angelegenheiten der Technik. Der Mensch war darin nur Zubehör, ein unterschiedsloses Mittel zur Verdeutlichung irgendwelcher Vorgänge. Um zu vereiteln, daß die Deutschen, die durch den langen Krieg und die Absperrung ihrer Zufuhren bereits in eine katastrophale Lebensmittelknappheit geraten waren, von der zufälligen Robben-Schweine-Kreuzung etwas erführen, fabulierte Lings entzündete Erfindungsgabe weiter, bringen die Engländer die norwegische Fischerfamilie samt Mutterschwein und Qual-

len in ihr Land. Die Regierung und Armee verfügen sofort, daß strengste Geheimhaltung zu üben ist. Die Fischerfamilie wird völlig isoliert. Eine Reihe von Wissenschaftlern, die die Kreuzung prüfen, wird beauftragt, sie weiterzuentwickeln. Dennoch gelangt das Geheimnis durch Spione nach Amerika. Durch Bestechung hoher Militärs und Regierungsbeamter erfahren einige mächtige, private Fleischkonzerne davon und reißen rücksichtslos die Produktion von ›Quallenschweinen‹ an sich, vernichten damit alle Schweinezuchtfarmen alten Stils und jede Konkurrenzfirma. Das hat katastrophale wirtschaftliche und soziale Folgen. Unzählige Farmen gehen zugrunde, Hunderttausende von Arbeitern der Fleischverarbeitungsindustrie werden brotlos, die größten Konservenfabriken machen bankrott, die Finanzkrisen zerrütten die Wirtschaft, die Farmer rebellieren, es gibt Arbeitslosen-Aufstände in den Städten, und der sparende Mittelstand verarmt durch das rapide Fallen der Aktienkurse. Eine gefährliche Unruhe durchzieht das ganze Riesenland. Verwirrung und Unsicherheit steigern sich derart, daß jeden Tag mit dem Ausbruch einer Revolution gerechnet werden kann. Die Regierung, die nicht mehr in der Lage ist, die Dinge zu ordnen, wird hinweggefegt, und ihre Nachfolgerin, gestützt von der Armee, geht über zur Diktatur. Unerbittlich liquidiert sie ihre Widersacher und erwürgt mit ihren drakonischen Maßnahmen selbst die leiseste Opposition. Sie verstaatlicht die Aufzucht der ›Quallenschweine‹ und geht zur Massenproduktion derselben über, reguliert den Preis für dieses Volksnahrungsmittel und schafft den rettenden Ausgleich auf allen Gebieten. Das knochenlose Quallenschwein, frisch, gefroren oder als Konserve, erobert von Amerika aus den Weltmarkt. –

»Ach, Sie schon, Herbert! Hm, jaja, gleich, ich komme«, sagte Ling überrascht und stand vom heißen Felsenplateau auf. Er wunderte sich, wie schnell die drei Stunden vergan-

gen waren, schlüpfte in seine Jacke und folgte dem Chauffeur auf die Straße.
Als er bei den Emmerles ankam, fand er sein Zimmer beinahe festlich geschmückt und erinnerte sich jetzt erst seines neunundfünfzigsten Geburtstags. Zwei umfängliche Blumensträuße zierten seinen Schreibtisch. Der eine stammte von seinen Logisleuten, der andere – wie es in der darinsteckenden Glückwunschkarte hieß – von »der Sie verehrenden Familie Krulich«. Eine Kiste deutscher Zigarren und eine Flasche Whisky standen dabei. Stone hatte ein fulminant begeistertes Telegramm geschickt, und ein anderes kam aus Bermuda von den Kumians, die dort einen vierzehntägigen Erholungsurlaub verbrachten. Eine teure Garnitur mit Toilettewasser und Rasierkrem mit einem Kärtchen hatte Marianne abgegeben, und auf dem Boden stand eine Kiste mit bestem französischem Champagner, darauf lag ein Kuvert, das eine Karte enthielt mit den Unterschriften aller Freunde aus dem Kumiankreis.
»Man muß ihn beschämen!« war Victors Rat gewesen, als Charlie über seine Aussprache berichtete: »Beschämen muß man den Unmenschen!«
All diese netten Überraschungen versetzten Ling in der Tat in eine so angenehme Rührung, daß er auf der Stelle Charlie anrief, sehr aufgeräumt dankte und versprach, nach der Rückkehr der beiden Kumians dorthin zu kommen.
»Siehst du, siehst du! Ich hab' wieder einmal recht gehabt«, bemerkte Victor, als ihn Charlie davon verständigte: »Er schämt sich! Er hat ein schlechtes Gewissen uns gegenüber! Na, laß ihn erst kommen! Da bekommt er allerhand zu hören.« Er war hoch befriedigt und fing sogleich an, sich Stichworte für allerhand treffsichere Argumente zu notieren, denn es stand für ihn außer jeder Frage, daß bei dieser Zusammenkunft wieder eine große Diskussion zustande kommen würde. Außer Sonja war

Ling das einzige Licht, dessen Strahlung auch in ihm ein Leuchten erzeugte. Er brauchte ein solches Licht. Er war keineswegs der selbstsichere Geist, für den ihn viele hielten. Zweifel und Kleinmut zernagten ihn oft tagelang, und nur durch seine reißende Eitelkeit wurde er ihrer Herr, aber diese Eitelkeit mußte eine Resonanz haben, sie mußte durch andere zum Funkeln gebracht werden. Erst dann erwachte seine ganze Gewitztheit und zungenfertige Intelligenz und gab ihm den Schein bestrickender Originalität. Mehr, als er sich selber zugestehen wollte, hing Victor an Ling, denn nur dessen feste Freundschaft und Anerkennung bestätigte auch ihn. Nicht mit Unrecht konnte er sich sagen, daß nur er ihn auf die schriftstellerische Laufbahn gebracht hatte durch die Idee des Preises, und nun war er verbittert, daß Ling nicht die geringste Dankbarkeit und Freundschaft zeigte. Endlich, endlich sollte das alles zurückerobert und ins Gleichgewicht gebracht werden! Kein Wunder, daß Victor freudig erregt und kampflustig gespannt der kommenden Zusammenkunft entgegensah.

»Verlaßt euch drauf, wir kriegen ihn klein! Wir kriegen ihn klein«, sagte er zu Laschi und Charlie und wurde noch kühner: »Ich bin noch gar nicht so unüberzeugt, daß wir ihn sogar dazu bringen, daß er einen Anstandsbesuch beim Neuberger macht.«

»Na, na! Du traust dir ein bißchen viel zu! Wart erst ab«, schloß Charlie.

Warum behielten Träume in Ling ihr Leben, warum nicht reale Erlebnisse und starke Gefühle? Sie wirkten höchstenfalls einige Stunden oder Tage nach und verflüchtigten sich wieder, ohne Spuren zu hinterlassen. Im übrigen verwirrten sie ihn auch nur und rangen ihm einen Entschluß ab, den er in seinem unberechenbaren Mißtrauen schon in kurzer Zeit bereute und rückgängig machen wollte. So war's auch jetzt. Die Geburtstagsüberraschungen brachten ihn darauf, wieder zu den Kumians zu gehen. In der ersten Aufwallung von Freude hatte er von den Emmerles aus auch die Krulichs angerufen und sich unverdächtig bedankt. Ebenso unverdächtig hatte das Bärbele gesprochen, und dann war Hans Krulich damit herausgekommen, er sollte doch nicht vergessen, im kommenden Sommer einige Wochen bei ihnen zu verbringen. Daraufhin hatte er mit den Emmerles, die hocherfreut darüber waren, einige Flaschen Champagner getrunken, und in der leicht beschwipsten Anheimelung waren die beiden so grundherzlich geworden, daß ihm beinahe bangte.

»Daß wir uns emol wieder trenne könnte, Mischter Martin«, hatte die gute Frau Emmerle gesagt, »dies kann ich mir gar nimmer vorstelle. Sagscht es nit auch, Hans?« Und ihr Mann hatte genickt und heiter zugestimmt: »Sie und weg von uns, noi, noi, Mischter Martin! Drastisch! Drastisch ist's, wie man sich aneinander gewöhnt hat!«

Was ließ sich darauf noch sagen? Aufrichtige Herzlichkeit entwaffnet. – Nun, da Ling in seinem Junggesellenheim saß und mit spöttischer Gleichgültigkeit den täglichen, naiv überschwenglichen Liebesbrief Bärbeles überflog – keiner unterschied sich ja sonderlich vom anderen und jeder enthielt außer den zahlreichen, sich immer wiederholenden Kosenamen, die sie ihm gab, nichts als sich übersteigernde, brünstige Liebesbeteuerungen, die mitunter fast komisch wirkten –, nun, da er geruhsam rauchend dasaß, beschlich ihn ein leises Unbehagen. Eben hatte er ein langes Telefongespräch mit ihr gehabt, denn damit durch ihre Telefonrechnung kein Verdacht aufkomme, rief stets nur er sie an. Sie habe, erzählte sie ihm, ihrem Hans gesagt, daß der ›Mischter Ling‹ sie und ihr Mammerle für übermorgen abends zur Oper eingeladen habe, da brauche sie den Wagen, denn sie wolle schon am frühen Nachmittag nach New York fahren, um zugleich auch etliche Besorgungen zu machen, und da die Oper wohl sehr spät zu Ende sein würde, bliebe sie beim Mammerle über Nacht. »Er hent nix gemerkt, der Hans«, schloß sie glucksend vor Freude.

Er tat ebenso erfreut, doch ihr diesmaliger Besuch kam ihm gar nicht gelegen. Er fühlte sich herausgerissen aus seinem verbissenen Nachdenken über den Roman, und zudem störte ihn auch die kommende Zusammenkunft bei den Kumians, denn im Grunde genommen erwartete er davon nur eine Aufwärmung längst verflüchtigter Freundschaften. Er kannte seinen Wankelmut, seine unberechenbaren Augenblicksstimmungen. Er wollte einen Rückfall vermeiden. Neuberger lag hinter ihm, und Charlie? Und sonst? Als er nunmehr nachdachte, wunderte er sich, wie rasch Menschen, die ihm nahegestanden hatten, in die Sphäre des kleinen Erinnerns glitten und schließlich verloschen. Er bereute die Zusage, die er Charlie gegeben hatte. Als er unten aus dem Haus kam, stieß er unerwartet auf Lohrer, und das änderte alles mit einem Schlag.

»Hm, ho, du?« staunte ihn Lohrer an: »Wohnst du jetzt hier, in dem feinen Haus?«

»Ich? Wie kommst du denn da drauf?« log er. »Ich hab' bloß Bekannte besucht.« Doch der andere witterte das Richtige.

»So? Hm«, machte er und ließ Ling nicht aus den Augen:

»Ich hab' mir schon gedacht, daß du als feiner Knopf jetzt nicht mehr in dem lausigen Hinterzimmer haust.«

»Wieso? Da wohn' ich immer noch. Bei den Emmerles!« log Ling hartnäckig weiter und wurde langsam zornig.

Da sagte Lohrer unbeirrt: »Warum genierst du dich eigentlich und bestreitest, daß du hier wohnst? Ich bin nicht neidisch.«

»Genieren? Quatschkopf!« verriet sich Ling völlig und wurde grob: »Willst du sonst noch was? Ich hab' keine Zeit! Und überhaupt, warum schnüffelst du mir nach, du Idiot?«

»Schnüffeln? Davon ist keine Rede!« wehrte der andere ruhig ab: »Ich hab' ganz zufällig erfahren, daß du hier wohnst. Ich war beim Super und hab ihm sein Fernsehgerät gerichtet. Er ist ein alter Freund von mir.«

»Aha!« stieß Ling gereizt heraus: »Wahrscheinlich auch ein Genosse, was? Drum liegen immer so blöde Flugzettel unter meiner Tür!«

»Schrei doch nicht so! Ich will dir nichts«, meinte Lohrer und dämpfte seine Stimme ein wenig: »Ich hätt' bloß mit dir zu reden, aber nicht hier.«

»Du? Mit mir reden?« Ling maß ihn argwöhnisch: »Höchstens von deiner Politik! Die interessiert mich absolut nicht. Willst du Geld? Meinetwegen –« Er griff schon nach seiner Brieftasche, doch Lohrer wehrte hastig ab und raunte noch leiser: »Geld auch, ja, aber nicht hier. Kann man zu dir hinauf?«

»Nein! Auf keinen Fall!« lehnte Ling scharf ab: »Und jetzt laß mich bitte in Ruh' mit deinem Zeug! Ich riskiere nur für mich was, nicht für irgendwas anderes, verstanden?«

»Verstanden, jawohl«, nickte Lohrer auf einmal hämisch und nahm ihn ganz in die Augen: »Ich hab' gemeint, du bist zwar keiner *von* uns, aber wenigstens einer *mit* uns! Na, gut! Wie du willst. Ihr kommt noch alle zu uns, aber dann ist's zu spät . . . Jaja, ich geh' schon, ich geh' schon.«

Stumm sah ihm Ling nach. Er ging nicht zu schnell und nicht zu langsam, eher zögernd.

»He! He!« rief ihm Ling nach: »Einen Moment!« Der Angerufene wartete und wandte sich halb um.

»Du wolltest doch Geld? Das kannst du haben«, sagte Ling leiser, als er neben ihm war: »Aber, bitte, laß mich aus dem Spiel. Und, sag einmal, warum bist du nicht in Deutschland? Amerika ist dir doch egal.« Wieder wehrte Lohrer mit einer unmißverständlichen Handbewegung ab: »Hier kannst du mir nichts geben.« Er richtete sich gerader auf und fügte hinzu: »Und ... warum ich hier bin? Ich bin da, wo man mich hinstellt. Servus jetzt!« Festen Schrittes ging er weiter. Leicht benommen blieb Ling stehen und konnte sich nicht erklären, wieso er ihm noch einmal nachgegangen war. Er erinnerte sich jener eisigen Nacht, da ihn Lohrer aus dem Nachtlokal herausgeholt und heimgebracht hatte. Als sie damals vor dem Haus noch hin und her trippelten, hatte sich Lohrer offen als Kommunist bekannt und gesagt: »Ich weiß, wo ich hingehöre«, und auf Lings Frage, ob ihn das glücklich mache, hatte er mit einem festen, stolzen Ja geantwortet. Ein Gemeng von feigem Unterlegensein, von argwöhnischer Furcht und von Bewunderung, ja sogar von Neid durchzog Ling. War nicht die Kommunistische Partei seit langem verboten, und waren ihre Führer nicht zum Teil noch im Gefängnis, weil seinerzeit ein inzwischen verstorbener, cholerisch-ehrgeiziger Senator aus Wisconsin eine wahre Kommunisten-Phobie erzeugt hatte? In seinem »Komitee gegen unamerikanisches Verhalten«, das er beherrschte, hatte er unter Heranziehung giftiger Exkommunisten und bestochener Zeugen nicht nur mit den Leitern dieser Partei, sondern auch mit prominenten Filmgrößen, Journalisten und hohen Militärs, die lediglich seine unlauteren Methoden ablehnten, wahre Hexenverhöre veranstaltet und viele dieser Persönlichkeiten gesellschaftlich und beruflich völlig ruiniert, obgleich sie alles andere als Kommunisten waren. Die Aufdeckung einiger sowjetrussischer Spionagefälle kam ihm zugute und stärkte seinen Einfluß derart, daß jeder Mensch eingeschüchtert wurde und ängstlich allem auswich, was nur im geringsten nach ›Politik‹ aussah. Es gehörte viel Mut dazu, ein illegaler Kommunist wie Lohrer zu bleiben und für seine Überzeugung zu wirken. Jeden und jeden Tag lebte man in höchster Spannung. Mit der kleinsten Unvorsichtigkeit gefährdete man sich und viele Genossen.

»Hm, sonderbar, hm, über den Lohrer, über so kleine Leute, da mokieren sie sich dort. Warum eigentlich? Die schwätzen nicht, sie stehn bloß ein für das, was sie sagen. Sie sind groß im Kleinen und machen nicht das geringste Aufheben davon.« Seine Brust wurde frei und leicht dabei, wie es oft geschieht, wenn ein so unausgeglichener, mißtrauischer Mensch eine Zeitlang einem einfachen, guten Gedanken erliegt. Er sah heiter ins übersonnte Straßengetriebe, sah in die vollbeblätterten Baumkronen und gelassen zum wolkenlosen Himmel. Warum hatte er dem Lohrer kein Geld gegeben und warum sich nicht irgendwo unbeobachtet ausgesprochen? Er schüttelte den Kopf darüber. Aber nein, sein protzig luxuriöses Junggesellenheim, das wollte er ihm nicht zeigen, nein, das nicht. Wahrhaftig, da hätte er sich vor diesem Menschen geniert! Daß der nun davon wußte, störte ihn an sich schon sehr. Zudem fiel ihm der Super ein, der besaß doch – wie das ja in fast allen New-Yorker Mietshäusern üblich ist – einen Reserveschlüssel zu diesem Heim! Von dem kamen auch die dummen Flugblätter, und jetzt, da ihm Lohrer sicherlich allerhand über ihn erzählt hatte, beabsichtigte er womöglich, sich an ihn heranzumachen. Vielleicht rechneten Super und Lohrer sogar damit, ihn – den unverdächtigen, verläßlichen Mieter – dazu zu gewinnen, daß er illegales Material in seinem Heim verstecke. Und wenn er ablehnte, was dann?

In der Politik gibt es keine Anständigkeit. In der Illegalität war jedes erfolgversprechende Mittel recht. Auf der Stelle kehrte er um und suchte den Super auf, aber der Mann, ein hagerer Saarländer, der Deutsch verstand, kannte keinen Mister Lohrer und besaß nicht einmal eine Fernsehanlage. »Hm, bei mir will er gewesen sein? Ich weiß nichts davon«, sagte er etwas brummig. Jetzt fieberte Ling der Kumian-Zusammenkunft entgegen. Dort wollte er Lohrer stellen.

Dazwischen lag der Besuch Bärbeles, und der verlief diesmal recht sonderbar. Als sie ihn – verhalten seufzend, manchmal aufjubelnd und fieberheiß zuckend – immer wieder mit der ganzen Leidenschaft ihrer unersättlichen Gier überströmte und sich jeder wollüstigen Regung ergab, fühlte sie auf einmal instinktiv, daß er nicht mitging wie sonst, und sie stockte. Besorgt sah sie in sein unruhiges Gesicht und fragte: »Was ischt dir denn, Martili? Ischt dir nit wohl oder hascht en Verdruß?« – »Ja«, keuchte er und log nicht: »Die Arbeit erdrückt mich!«

»Mein Gottli, du Armerli! Und ich hent mich so gefreut!« seufzte sie leicht enttäuscht und hielt seine kalte Hand in ihrer heißen, als er sich von ihr löste und sich aufschwang. Mit gekrümmtem Rücken blieb er auf dem Bettrand sitzen und sagte wiederum: »Soviel kommt immer dazwischen! Sammeln soll ich mich, verreisen muß ich, Material brauch ich –«

»Ach, Martili, mein Herzblättli, mein armes!« schmeichelte sie, sich ebenfalls aufrichtend, schmiegte sich an ihn und streichelte ihn zärtlich: »Und da halt ich dich wohl auch noch davon ab, was?«

»Du? Aber nein, nein!« log er, umschlang sie und preßte sie an sich, küßte sie, und log weiter: »Du nie, Kind, du nie! Es sind andere Sachen, entschuldige!« Er stand auf, änderte Miene und Ton und sagte heiter: »Aber jetzt zieh dich schön an, ganz schön, ja? Wir wollen wo fein essen. Wir haben doch noch die ganze Nacht für uns.«

»O ja, o ja, fein, piekfein will ich mich mache, Herzli!« rief sie aufgeräumt: »Du hascht ganz recht, wir wolle die Zeit ausnütze!«
Später, als sie in einem Luxusrestaurant in der Stadtmitte saßen, betrachtete er sie hin und wieder geschwind und unauffällig und mußte sich gestehen, trotz all der teuren Pracht, die sie trug, wirkte sie provinziell, und es ärgerte ihn im stillen, daß sie, als der Kellner ihr in unverfälschtem Wienerisch »Guten Appetit, gnä' Frau« wünschte, sogleich gesagt hatte: »Oh, dies ischt ja e halber Landsmann, Martili.«
Schließlich wurde sie beschwipst und ungemein geschwätzig.
»Und, was moinscht, Herzli«, erzählte sie einmal: »Moin'm Hans han i gesagt, den Ring hascht du mir geschenkt wege der Story von der Katz, die ich dir erzählt hab. Da hent er gesagt, der ischt aber wirklich nobel.« Sie lachte pfiffig und rühmte sich, ihren Mann bereits so weit gebracht zu haben, daß er nach Arbeitsschluß mit seinen Kollegen trinke und oft erst stundenlang später zum Abendessen heimkomme. »Da ischt er alsdann en often schön hübsch gelade, und wenn ich schimpf und sag, da kann er alsdann auch nichts dagege habe, wenn ich emol nit zur rechten Zeit da bin. Was moinscht, daß er da sagt? Ganz recht hascht, mei gütes Frauerli. Und ganz windelweich wird er«, schloß sie und freute sich, daß er beifällig lachte. Spät in der Nacht kamen sie an der Riverside an und tranken noch Kaffee. Lange, nachdem sie bereits ruhig atmend neben ihm schlief, hatte er noch wache, offene Augen und wartete auf das Morgengrauen. Als sie sich gegen acht Uhr verabschiedeten, sagte er: »Ich begleite dich nicht zum Wagen. Das fällt auf.« Hoch von oben herab, aus dem Fenster, winkte er der Davonfahrenden noch einmal kurz nach, ging endlich in den Raum zurück und atmete erlöst auf. –

Endlich waren die Kumians von den Bermudas zurückgekommen, und er ging zu ihnen. Ganz siegessicher schien er zu sein. Schon seine äußere Erscheinung deutete darauf hin, als er sich noch einmal im Spiegel betrachtete. Der kurze graue Übergangsmantel verlieh ihm eine gewisse jugendliche Flottheit. Der gleichfarbige Hut paßte ausgezeichnet dazu. Unauffällig elegant wirkte sein hellgrauer, kleinkarierter Anzug aus weichem Stoff. Das bläulich schimmernde, gutgeschnittene Hemd mit der leger gebundenen, breiten, rostbraunen Krawatte belebte all dieses Grau sehr vorteilhaft, und sogar die nagelneuen, glatten schwarzen Schuhe erweckten nicht den Eindruck des eben Gekauften. Alles sah tief gewohnt aus, als sei er seit jeher dieser weltmännische Elegant gewesen, dem nichts mehr sonderlich imponierte. Sein appetitlich glatt rasiertes Gesicht mit den charakteristisch balkigen Backenknochen und den dahinterliegenden, zupackenden Augen schien sich verfeinert zu haben. Wie kunstvoll gemeißelt glänzte seine Stirn zwischen den stark eingebuchteten Schläfen mit den dünnen, grauen Haaren, und stolz saß sein breiter, oben ein wenig gerundeter Kopf auf dem kurzen, kräftigen Hals. Wie immer verliehen ihm die geraden, auffallend breiten Schultern etwas klobig Mächtiges und schmeichelten seiner äußeren Eitelkeit, die seit seinen Erfolgen seinem intellektuellen Ehrgeiz nicht nachstand.
Die Freude im Kumiankreis war so unverhohlen aufrichtig, daß sie ihn vom ersten Augenblick an ansteckte. Als ihn Sonja mit den Worten empfing: »Na, da bist du ja wieder, du schäbiger Miniaturkrösus!«, umarmte er sie lachend und sagte ebenso: »Vielleicht hast du recht. Wer kann wissen!« Im Living-Room empfing ihn ein lautes, freudiges ›Hallo‹, und Victor hielt ihm beide Fäuste entgegen und rief: »Das Standgericht ist versammelt, du gemeiner Deserteur, du! Pardon wird nicht gegeben!« Zu seinem Ärger schob sich das kugelrunde Mäxchen vor ihn

und sagte: »Isinger, mein Name, bitte, Max Isinger! Bekannt sind Sie mir, bekannt! Frappant, total bekannt!!« Doch Ling übersah alle und fragte: »Und unser gutes Möbel, der Lohrer? Der ist heute nicht da?«

»Ach, ja, wirklich!« staunten etliche und sahen auf den Platz, wo er gewöhnlich zu sitzen pflegte: »Was ist los mit ihm? Wo bleibt er so lang?« Iwan sah auf seine Armbanduhr und schüttelte den Kopf, denn Lohrer war die Pünktlichkeit selber: »Na, das ist doch noch nie vorgekommen.« Doch rasch wurde dies von der allgemeinen Lustigkeit überdeckt. Ling erinnerte nicht mehr daran. Da, bevor er ankam, offenbar eine heftige Debatte über Kultur im Gange gewesen war, nahm Laschi das Gespräch wieder auf und sagte: »Also, ich weiß ja nicht, ich bin sehr im Zweifel – Kultur, Herrschaften, das ist seit Hitler beinah schon ein suspektes Wort. Es existiert ja auch nur im Deutschen.«

»Wieso? Und was ist's mit der Kultura der Russen jetzt?« warf Charlie etwas mokant hin.

»Das ist ganz was anderes«, mischte sich Mäxchen ein: »Die meinen damit etwas zivilisatorisch Vulgäres wie etwa die Engländer ihr Wasserklosett, das alsdann als ganz besondere Errungenschaft aufs europäische Festland gekommen ist.«

»Laßt mich erst was trinken, bitte. Ich bin noch nicht richtig da«, rief Ling, und hurtig wurde ihm eingeschenkt.

»Schön, daß du wieder da bist, Mart«, sagte der neben ihm stehende Victor und machte einen Augenwink in die Richtung Mäxchens: »Der Quatschkopf geht uns allen auf die Nerven! Wer sich mit ihm einläßt, ist verloren.«

»Kultur? Geistig auf einen gemeinsamen Nenner gebracht, was ist das?« dozierte Mäxchen drauflos: »Die ganze Summe des Schönen, das der menschliche Spieltrieb hervorgebracht hat. Wer hat heutzutage noch Zeit zum Spielen? Seit dem Durchbruch der Naturwissenschaften gibt's bloß noch Zweck. Von der Aspirin-Tablette bis zur russischen Sonnenrakete hat alles bloß mehr Zweck. Wozu ist da noch Kultur nötig?«

»Nicht Sonnenrakete. Um einen eigenen künstlichen Planeten handelt es sich, Mäxchen«, korrigierte Nolens, doch als das keiner beachtete, klappten seine dünnen Lippen wieder aufeinander. Ling, der sich in einer Ecke mit dem Laschi unterhielt, blickte auf Sonja und Victor. Victor war sehr blaß und sah angegriffen aus.

»Für Sie hat also die heutige Zeit überhaupt keinen Geist, keine Kultur und keinen Stil mehr? Sie müssens's ja wissen!« wandte sich der Doktor Nuckling abweisend an Mäxchen, und der nickte: »Sehr richtig! Ich weiß es nicht bloß! Das läßt sich jeden Tag sehr einfach feststellen!«

»O je, jetzt geht's wieder mit dem gotischen Dom an«, warf die imposante Dame spöttisch hin: »Mäxchen, weißt du gar nichts anderes?« Victor wollte vortreten, aber Sonja hielt ihn zurück: »Laß ihn doch quatschen. Sie hat vollkommen recht. Gehn wir lieber zum Mart.« Während nun Charlie etwas ungeduldig polternd anfing: »Kultur? Kultur? Ich hab' nichts gegen sie, aber ich denke, sie wächst schließlich auch aus unserer Zeit. Im übrigen, Mäxchen, mir scheint, sie ist keineswegs das Primäre, sie ist überall erst in zweiter Linie gekommen. Zuerst hat der Mensch sich einrichten und nähren müssen. Das war, ganz primitiv gesagt, etwas durchaus Zivilisatorisches. Zur Ausschmükkung seiner Höhle, zum geistigen Spieltrieb, wie Sie immer sagen, hat er erst viel später Zeit gehabt. Wenn Sie, sagen wir, als Schiffbrüchiger allein auf eine verlassene Insel verschlagen werden, was machen Sie? Zuerst kümmern Sie sich ums Essen, um irgendeinen Unterschlupf und so weiter ... War's vielleicht in der menschlichen Frühzeit anders?« Während ihm dabei Kurt ganz besonders lebhaft zustimmte und sogar mit dem unpassenden Zitat herauskam: »Erst kommt das Fressen, und dann kommt die

Moral«, sagte Laschi zu Ling: »Und, verstehst du, so geht das an – zuerst fault dir ein Zahn an, dann kriegst du nach und nach Falten im Gesicht, deine Augen glänzen nicht mehr, dein Haar wird grau und immer dünner, verstehst du, so geht's an mit dem Absterben. Mir wackeln auch noch ein paar sonst ganz gesunde Zähne, alles, alles an uns zerbröckelt und zerbröselt, zu was da noch Ideen, Ziele, Liebe? Ach, Mensch, Mart, zu was überhaupt ist das ganze windige Leben? Wir machen uns doch bloß was vor, es ist doch nichts als ein Sterben vom ersten Tag an, verstehst du mich, verstehst du?« Er hielt inne und hatte traurige Augen. »Aber – trotzdem – ich kann ja Kranke und Tote nicht sehen, verstehst du – trotzdem, ich an deiner Stelle würd' ihn doch noch mal aufsuchen, den Neuberger ... Mich geht's ja gar nichts an, du weißt, aber du wirst sehn und hören, gleich wenn das Kulturgequatsch von diesem Mäxchen aus ist, wird es 'rauskommen. Der Victor, die Sonja, der Charlie warten ja schon drauf.«

»Tja«, sagte Ling und sah kurz vor sich hin, »tja, vielleicht mach' ich's –«

»Was willst du machen, Mart?« fragte Sonja, die jetzt mit Victor zu ihnen gekommen war, und da sagte er ohne langes Überlegen: »Den Neuberger werd' ich aufsuchen. Was ist schon dabei!«

»Bravo! Sehr schön von dir!« rief Victor erweckter: »Und was redet ihr sonst noch? Sicher was Interessanteres als die da mit dem Mäxchen. Ein ekelhafter Mensch, das! Und noch dazu seine blonde Brunhilde! Er, die kleine Kugel, und sie, die Riesin mit Schuhgröße zwölf ...«

»Bscht, nicht so laut, bsst«, warnte Sonja. Dann flüsterte sie lächelnd: »Die Lisawetha – sie kommt vielleicht später noch – die heißt die Blonde bloß ›die Von‹, und weißt du warum? Weil sie aussieht wie eine plumpe Tochter von einem deutschen Baron oder Grafen. Unmöglich einfach! Und sie zieht sich auch ganz so an. Sieh bloß ihr komisches

Stirnband! Na, gut. Laßt uns was trinken!«
»Ja, ja! Laßt uns trinken wie in besten Zeiten!« rief Ling ebenso und stand auf.
»In besten Zeiten ist gut. Du glaubst wohl, jetzt ist's anders?« fragte ihn Victor, und er nickte: »Hm, vielleicht kommt's mir grad so vor.« Er sagte in anderem Ton: »Aber der Lohrer? Hm, der ist nicht mehr gekommen?«
»Warum fragst du ausgerechnet nach *dem?*« fragte Sonja: »Du warst doch nicht so dick befreundet mit ihm. Entbehrst du ihn etwa?«
»Das nicht«, wich er unverdächtig aus: »Lisawetha wär' mir erwünschter, aber er gehört eben zum Bild hier.«
»Soso, also wir sind nur ein Bild für dich? Danke schön! Das werd' ich mir merken!« scherzte sie, als sie zur Hausbar gingen, um die sich schon alle drängten. »Da, da, bitte! Meister, für Sie!« rief Hilde und reichte Ling ein volles Glas. Victor stellte sich breit hin und verkündete dröhnend: »Das Standgericht hat den Hauptpunkt fallenlassen und vertagt sich bis zum nächsten Mal. Mart hat eben versprochen, zum Neuberger zu gehn!« Alle spendeten freudig Beifall, und Charlie raunte Ling geschwind zu: »Endlich bist du vernünftig geworden.« Bianka, die neben ihm stand, sah an Ling empor und meinte ebenso: »Sehr schön, Mart. Tu's aber auch.«
Hilde flötete dazwischen: »Ach, ich glaub', es war gar kein böser Wille vom Mart! Manche können Kranke nicht sehn.«
»Jetzt seien bloß *Sie* still und machen ihn nicht wieder abspenstig!« wies Sonja sie zurecht, aber es klang nicht so scharf ablehnend wie sonst. Hilde entschuldigte sich in ihrer wortreichen Exaltiertheit. Es wurde nicht mehr diskutiert. Unbeschwert heiter verlief der Abend. Es fiel manchen auf, daß Ling so ruhig war.
»Und trinken tut er auch nicht mehr soviel. Ganz unpassend seriös wirkt er«, flüsterte Victor Sonja einmal zu, und sie erwiderte ebenso: »Aber es steht ihm ganz gut.«

Unruhig kam Ling heim in sein Emmerlezimmer. Warum war Lohrer nicht gekommen? Das konnte kein Zufall sein. Viele Mutmaßungen quälten den Grübelnden, doch er fand keine einleuchtende Erklärung. Immerhin hielt er es für gut, daß er bei den Kumians gewesen war. Dort empfing er gleichsam eine dunkle Warnung, auf der Hut zu sein. Darum wunderte er sich nicht im geringsten, daß ihn Laschi so schnell und leicht dazu gebracht hatte, den schwerkranken Neuberger zu besuchen. Das war nur eine großmütig-entgegenkommende Geste den Freunden gegenüber. Noch als er am andern Tag auf den Knopf der Türklingel bei den Neubergers drückte, dachte er völlig ungerührt: »Na, ein bißchen unangenehm, gut. Ungefähr so, als ob ich mich rasieren lasse, weil mich die Bartstoppeln stören.«

Frau Neuberger öffnete. Sie stutzte ganz kurz und sah ihn halb verwundert und halb bewegt an.

»Ach«, brachte sie endlich heraus und nahm ihm den Blumenstrauß aus der Hand: »Ach, Herr Ling? Sie?« Ihre trockenen, leicht vibrierenden Lippen begannen nervös zu zucken, ihr Kinn bebte ein klein wenig, sie faßte sich rasch und wiederholte: »Sie, Herr Ling? Danke für die Blumen. War aber nicht nötig. Kommen Sie, bitte.« Und während sie im schmalen, halbdunklen Gang den Strauß weglegte, rieb sie schnell ihre Augen. Dann knipste sie das elektrische Licht an.

»Heut' geht's ihm besser«, sagte sie, als sie dem Gast den Kleiderbügel reichte: »Legen Sie lieber auch Ihr Jackett ab, es ist sehr heiß bei ihm drinnen.«

Es roch so scharf nach Medikamenten, daß er husten mußte. Er kam sich etwas genant in Hemdsärmeln vor, doch sie beachtete das gar nicht.

»Es tut ihm sicher gut, daß Sie kommen«, sagte sie leiser und brachte ihn zur Schlafzimmertür, öffnete und rief hinein: »Da schau, Jack, wer kommt. Herr Ling.« Sie ließ ihn eintreten, meinte rasch, sie komme gleich, und war weg. »Servus«, keuchte Neuberger, sich im Kissen aufrichtend. Es klang nicht überrascht und eher ein wenig raunzerisch: »Da, hock dich her zu mir.« Im halb abgedunkelten, offenbar schon länger nicht gelüfteten Raum herrschte eine dämpfige Schwüle, die den Medikamentengeruch noch verstärkte. Auf dem Nachtkästchen am Bett standen Fläschchen und kleine Schachteln, ein Glas Wasser, und daneben lagen zwei silberne Teelöffel.

Leicht befangen und ein wenig staunend betrachtete Ling den Kranken. Außer einigen fahlgelben Flecken auf der Stirn und unter den Augen sah dessen Gesicht nicht sonderlich verändert aus. Es war aufgedunsen wie nach einem schweren Alkoholrausch und überglänzt von fettigem Schweiß. Das ungekämmte, nun schon ziemlich angegraute Haar und die dichten Bartstoppeln verunzierten es noch mehr. Nichts als der abgestumpfte Schimmer der hervorquellenden Kugelaugen verriet jene undefinierbare Fremdheit, die man bei Todgeweihten bemerken kann. Er roch penetrant aus dem Mund und atmete hin und wieder röchelnd.

»Du hast es gut erraten. Heut geht's mir halbwegs«, keuchte er und wischte sich mit dem Taschentuch das feuchte Gesicht ab. Seine fleischige, behaarte Hand und der kurze, muskulöse Arm zitterten nicht dabei.

»Na?« sagte er mit einem schiefen Blick auf Ling: »Na? Dir geht's gut, was? Du hast mich also weit überflügelt?« Es klang wie in gesunden Zeiten.

»Wie man's nimmt. Gut geht's mir, ja«, paßte Ling sich seinem Ton an: »Und wie geht's dir?«

»Gehn? Hm, es geht überhaupt nicht. Abtreten heißt's, abtreten. Jeder Arzt lügt doch!« schnaubte er und brach ab, denn die Tür ging auf, und seine Frau brachte ein Tablett mit einem Glas Eiswasser, einer Flasche Gin und einigen Zitronenschalen.

»Bitte«, sagte sie zu Ling: »Nehmen Sie sich. Das erfrischt etwas. Er darf ja nicht.«

Sie warf einen Blick auf den Kranken und sagte beherrscht: »Bald bin ich soweit. Kurt ist ja hochanständig, aber er kennt sich doch nicht aus. Ich muß ihm alles telefonisch erklären. Ihr habt euch sowieso allerhand zu sagen.« Sie blieb kurz stehen, sah auf Ling und sagte um einen winzigen Grad wärmer: »Er hat oft nach Ihnen gefragt, Herr Ling, und alles verfolgt, was Sie machen.« Dabei nickte sie dem Kranken zu, der sie unverwandt fixierte. Dann ging sie rasch aus dem Zimmer. Kaum war die Tür zu, griff Neuberger nach der Flasche und keuchte flüsternd: »Laß mich! Ich weiß, ich kann krepieren drauf, aber laß mich!« Und ehe es Ling verhindern konnte, setzte er an und ließ den Schnaps gurgelnd in sich hineinrinnen. Wie verdurstet, ohne abzusetzen, trank er. Gierig, besinnungslos soff er die ganze Flasche aus, und als Ling sie ihm abnahm, war sein Gesicht blau angelaufen und noch aufgeblähter. Schlaff fiel sein Arm herab.

»Mensch, was machst du?!« raunte Ling erschrocken.

»I-ich – ich be-beschäfti-tige mich mit Ster-Sterben!« preßte der Kranke atemringend aus sich heraus. Sein Kopf lag im Kissen. Eine Weile schnaubte er prustend wie ein Pferd und schien keine Luft mehr zu bekommen. Dabei ballten sich seine auf der bauschigen Decke liegenden Hände krampfhaft zu Fäusten, dann wurde sein keuchender Atem gelinder und regelmäßiger, seine herausgepreßten Kugelaugen, die fast zu platzen drohten, sanken etwas tiefer in die Höhlen, und auf einmal war es, als sei er gekräftigt. Dicke Schweißperlen bedeckten sein hektisch gerötetes Gesicht, der matte, kranke Schimmer in seinen Augen war verwichen, er wischte sich ab und richtete sich wiederum auf. Mit einem hämischen Zug um seine wulstigen Lippen, dem bösen Funkeln in den Augen sah er Ling an und sagte in seinem gewohnten Säuferton: »Das ist natürlich jetzt peinlich für dich, was? Unangenehm vor meiner Frau, was? Meinetwegen!« Er hatte Lings Gedanken erraten und zeigte es schadenfroh. Und noch kräftiger kläffte er: »Warum bist du überhaupt gekommen? Damit du siehst, wie schäbig ich abkratze?«

Ling fand kein Wort.

»Was machst du für eine unschuldige Visage?« keuchte der Kranke noch feindseliger: »Vergewissern willst du dich, ob's auch wirklich dahingeht mit mir!« Er wollte gänzlich in eine Sitzstellung kommen, und als ihm Ling dabei half, stieß er mit dem Ellbogen nach ihm: »Nein, nein! Du siehst doch, ich kann immer noch!« Er hustete, und es schüttelte seinen feisten, dampfenden Körper. Aus dem offenstehenden, verschwitzten Pyjama preßte sich seine schwer arbeitende, dichtbehaarte Brust.

»Deine Frau hat doch gesagt, daß du öfter nach mir gefragt hast«, brachte Ling endlich heraus.

»H-ja-ja, lei-leider!« hustete der Kranke und fing sich wieder: »Leider! Weiß der Teufel, wie das zuging!« Er heftete seine unguten Augen auf den hilflos-unschlüssigen Ling: »Dich hab' ich noch einmal sehen wollen. Da war noch was abzumachen! Ich hab' gemeint, du bleibst wie ich, das war mein Fehler. Dein Teufel, dein böser Geist bin ich, hat der Nagel, hat die ganze Kumiansippschaft gesagt! Diese Kretins, die! *Umgekehrt* war's, du Schuft, du niederträchtiger, du!«

›Er ist krank, todkrank, laß ihn reden‹, dachte Ling mit aller Beherrschung. Wie auf glühenden Kohlen saß er da und suchte nach einem Wort, während der Wütende weiterredete: »Bis ich auf dich gestoßen bin, war mein Leben und meine Schreiberei bloß ein lustiges Justament, weiter nichts. Und ich war vollauf zufrieden damit. Bis zu meinem Roman war das so. Möbel handeln wollt' ich, weil das meiner Frau als das sicherste vorgekommen ist, und ein kleiner Gelegenheitsschreiber mit hübschen Nebeneinnahmen wollt' ich bleiben, fertig. Du hast das alles kaputt gemacht. Vor dir hab' ich Respekt gehabt und nicht bloß wegen dem, weil du auch hier jeden Kriegsdienst verweigert hast, nein, nein! Du hast mich von Anfang an herausgefordert! Drum hab' ich jedesmal deinen ganzen inneren Dreck, deine Eitelkeit, deinen ehrgeizigen Neid, deine Ressentiments in dir aufgewirbelt, und da hab' ich auf einmal gemerkt, das ist der ganze Mist von mir selber. Ein kleiner, gemütlicher, mittelmäßiger Mensch wollt' ich bleiben, und da bist du dahergekommen und hast darüber hinauswollen, und da war's auch mit mir futsch. Der Teufel soll den holen, den Wirbelmacher, hab' ich oft gedacht. Am liebsten wollt' ich dich jedesmal in den Dreck reden, aber grad' das sollt' ich *nicht* gemacht haben. Da nämlich hast du dich gewehrt und mich gezwungen, das gleiche zu tun. Alles hast du in mir umgeschmissen, alles! Du, du-du Teufel! Jetzt hast du mich zur Strecke gebracht, du Hund! Geh mir aus den Augen, Mensch! Ich könnt' dich erwürgen, totschlagen! Gott sei Dank, daß ich krepiere! Geh schon, geh mir aus den Augen, du Strauchdieb, du-du Blutsauger, du – du« Er konnte nicht mehr weiter. Dünner weißer Schaum stand auf seinen fliegenden Lippen. Ächzend fiel er ins Kissen zurück und schrie noch einmal mit ganzer Kraft: »Geh!« Dieses scharfe, furchtbare ›E‹ peitschte Ling vom Stuhl auf. Es erfüllte senkundenlang den ganzen Raum.

»Was ist's denn?« sagte Frau Neuberger in der offenen Tür.

»Nichts, gar nichts. In Ruh' laßt mich!« knurrte der Kranke schwach und drehte das Gesicht tiefer ins Kissen. Stumm ging Ling mit Frau Neuberger in den Gang. Am liebsten wäre er auf und davon gegangen. Da sagte sie mit einer hoffnungslosen Traurigkeit: »Ich kann ihm nicht helfen. Dann muß er eben kaputtgehen.« Er spürte, daß sich das auf die leere Schnapsflasche bezog und flüsterte betreten :»Er hat sie mir einfach weggerissen.«

»Sie hätten es nicht zulassen dürfen. Sie sind doch keine Frau wie ich«, fiel sie ihm vorwurfsvoll ins Wort. Er sah, daß sie leicht schwankte, griff nach ihrem Arm, doch sie entzog sich ihm ärgerlich. Sie ging durch die offenstehende Wohnzimmertür, setzte sich mit einem verhaltenen Seufzer an den Tisch und stützte mit beiden Händen ihr schmerzliches Gesicht: »Mein Gott, es ist ja schon alles so gleichgültig. Der Arzt gibt mir keine Hoffnung mehr. Aus dem Krankenhaus ist er einfach weggelaufen, der Jack, und hat sich heimfahren lassen. Wenn schon gestorben werden muß, dann bei dir, hat er gesagt. Vielleicht ist's gemein von mir, aber ich bin doch auch bloß ein Mensch. Vielleicht dauert es bloß noch ein paar Stunden, vielleicht etliche Tage noch. So ist's nun schon einmal.« Er stand da und schaute wortlos in ihr bleiches, leidgeprüftes Gesicht, das nur mit aller Mühe die Fassung zu behalten versuchte. Dann ging er, verlegen stotternd: »E-entschuldigen Sie«, von der Tür an den Tisch.

»Zu entschuldigen ist da nichts. Es war dumm von mir, daß ich die ganze Flasche hereingebracht habe«, sagte sie beherrscht, aber wie abwesend. Sie hob den Blick, sah auf den an der anderen Tischseite stehenden Ling und schluckte.

»Es ist zuviel für mich, Ling«, sagte sie tonlos. ›Ling‹, nicht mehr ›Herr Ling‹ sagte sie. Sie bezog ihn ein in ihr Menschliches. Das ließ ihn kurz erschauern.

»Grob und unhöflich, sagen die Leute, bin ich«, redete sie gleichsam monologisierend weiter: »Wer weiß denn, was ich mit dem Mann durchgestanden habe!... Wie oft haben wir in der letzten Zeit schon auseinandergehen wollen! In aller Freundschaft. Einfach, weil jeder eingesehen hat, so geht's nicht mehr weiter, so geht einer am andern zugrunde! Und dann sind wir doch wieder zusammengeblieben. Wahrscheinlich aus Gewohnheit und Bequemlichkeit. Vielleicht auch aus einem recht kleinlichen, dummen Trotz. Wenigstens war's bei mir so. Ich hab' es keinem gönnen wollen, über uns die Nase zu rümpfen und mokant zu spötteln: ›Schaut hin, auch bei ihnen ist's wie überall‹ ... Ich hab' lieber gelitten wie ein Vieh, bloß um allen zu zeigen, wir sind unzertrennlich, wir sind eine Ausnahme! Ach, Ling, es muß was nicht ganz stimmen mit uns Menschen auf der Welt und mit der Ehe schon gar nicht! Da muß etwas grundfalsch eingerichtet sein. Ich weiß es nicht! Kann ich was dafür, daß ich eine Frau bin? Schließlich wächst man zusammen und kann sich's gar nicht mehr anders denken, als daß der eine zum andern gehört wie die Wurzel zum Baum. Und wahr – wahr ist's dann doch nicht! Frau ist man und Mann ist man, mein Gott!« Ihr Kinn fing wieder leicht zu beben an. An ihren unteren Augenrändern sammelten sich vereinzelte große Tränen, die langsam über ihre Wangen rannen und auf die Tischplatte tropften. Sie wischte sie nicht ab; sie veränderte weder ihren Gesichtsausdruck noch ihre Haltung; sie verbarg ihren Schmerz nicht. Bändigte sie ihn, oder war er zur dürren Gewohnheit geworden? Nur der Ton ihrer Worte wurde wehmütiger.

»Ich kann mir nichts mehr vormachen, ich will's auch nicht mehr!« fuhr sie fort: »Ich bin einesteils froh, wenn's mit dem armen Jack vorüber ist. Er tut mir leid, jaja, aber ich bin zu müd, zu müd, so schrecklich müd! ... Ich hab' ihn geliebt, glauben Sie's mir, ich hab' ihn geliebt wie sonst nichts. Anfangs hab' ich ihn bewundert, und ich bin keine junge Gans mehr gewesen! Fast um fünf Jahre war ich älter als er. Ich war damals schon über dreißig.« Sie warf einen unsagbar ohnmächtigen Blick in die Richtung des Schlafzimmers: »Er war schon was, der Jack! Nicht bloß ein Rechtsanwalt, ein Möbelhändler oder ein Geschichtenschreiber! Er war was schrecklich Ganzes! Das kann manchmal erdrücken! Nachdem er Sie kennengelernt hat, ist er auch schriftstellerisch gewachsen, sehr stark sogar.

Sein Roman taugt sehr viel! Das hat mich gefreut, dafür bin ich Ihnen dankbar, Ling.« Wieder dieses ›Ling‹. Sie riß ihn in ihre Verlorenheit. Er kam nicht mehr auf dagegen.
»Umsonst habe ich nicht so an ihm gehangen«, redete sie darüber hinweg. »Er hat bloß immer vergessen, daß ich auch ein Mensch bin. Schwärmerische Verehrerin, Geliebte, Mutter und Kindermädel, das war zuviel für mich! ... Mein Gott, was ist das bloß mit so einem Mann? Er verlangt und verlangt und verlangt und weiß nie, worauf es einer Frau ankommt! Er ruiniert sie, ohne daß er's will. Das ist das Schreckliche! Und wenn er merkt, sie will auch leben, da faßt er das als Widerstand und Kleinlichkeit auf, und dann fängt das Elend an! Weil er nichts einsieht und sich nicht ändern kann, ruiniert er auch noch sich! Seit wir hier sind, hat er das Saufen angefangen. Ich hab's hingenommen, aber nachdem er gemerkt hat, daß ich für ihn nicht alles sein kann, da ist's ganz und gar abwärts mit ihm gegangen, gräßlich! ... Schuld? Mein Gott, von Schuld kann man da gar nicht reden. Schuld hat keiner von uns. Ich weiß nicht, vielleicht liegt das in der Natur oder sonstwo. Es ist eben so, ich weiß es nicht.«
Mit ihren tränenzerronnenen Augen sah sie ihn an: »Bilden Sie sich bloß nichts ein, Ling! Als er gemerkt hat, daß ich von Ihren Sachen mehr gehalten hab, da – ah-ach, was red' ich denn?! – Ich bin jetzt über achtundfünfzig Jahre alt und will von keinem Mann mehr was, und sicher ist's umgekehrt genauso. In so einem Alter begreift man erst, wie anstrengend die Liebe ist, daß sie Arbeit, Arbeit und nichts als Arbeit ist! Und damit hab' ich mein Leben aufgebraucht! Mein Gott, ist's denn zuviel verlangt? Ich will doch bloß noch rasten, ausruhen von alledem. Nichts mehr sonst!« Auf einmal glitt ihr Kopf aus den stützenden Händen und fiel auf die Tischplatte. Sie bog den Arm um ihn, wie um sich zu verbergen, und schluchzte hemmungslos:

»A-ach, und ich liebe ihn doch immer noch! Immer noch mag ich ihn *so* gern!«

Fassungslos stand Ling da, und es drängte ihn, zart über ihr graues Haar zu streicheln, aber er konnte es nicht.

»Wenn Sie«, brachte er endlich tölpisch heraus: »Wenn Sie jemals was von mir wollen und brauchen, Frau Neuberger bitte!« Mit Geld, glaubte er, sei stets alles zu richten. Sie hob ihr nasses Gesicht, sah ihn verwundert an, und sagte mit all ihrem zusammengenommenen Schmerz: »Mein Gott, zu was hab' ich Ihnen etwas vorgejammert? Was geht das schließlich Sie an?« Seine Lippen schienen aufeinandergeklebt. Er sah sie nur kurz an und hatte eine Miene, als erwarte er, daß sie voll Empörung über seine Erbärmlichkeit aufspringe und ihn davonjage wie einen räudigen Hund. Nichts Ähnliches geschah. Stumm und zögernd wandte er sich um, und als er den ersten Schritt machte, läutete draußen das Telefon.

»Ach Gott, ja, der Kurt! Der gute Mensch!« seufzte sie gefaßter, stand auf und ging rasch an ihm vorbei in den Gang hinaus. Während er sein Jackett anzog und den Hut nahm, gab sie Kurt nüchterne Anweisungen und winkte dem Davongehenden nur noch kurz und wortlos zu.

Erst auf der belebten sechsundachtzigsten Straße stellte sich nach und nach Lings Gleichgewicht wieder ein. Noch war ihm ihr tränennasses, schmerzlich beherrschtes Gesicht ganz gegenwärtig, und Kurt fiel ihm ein. Dessen selbstloses Verhalten beschämte ihn.

›Hm‹, dachte er, ›immer sind's die einfachen, unbeachteten Menschen, die für sich und andere einstehen, wenn's drauf ankommt. Immer nur die!‹ Das erwärmte ihn, und auf einmal flammte ein großes, gutes Gefühl in ihm auf. ›Ich will ihr auch helfen und in jeder Weise beistehen, der armen Frau‹, schwor er sich, und – weiß Gott, wie das zuging! – da stand Lohrer wieder in seinen Gedanken. Verflucht, ja, was war mit dem? Warum hatte er ihn im

Fall des Supers angelogen? Darüber mußte er so schnell wie möglich Gewißheit haben, ehe etwas Gefährliches passierte. Wie um all das Peinliche und Bedrückende, das er eben bei den Neubergers erlebt hatte, wegzuschieben, schloß er ungeduldig und energisch: ›Na, gut, man hilft der Frau anstandshalber, fertig.‹ Warum war er bloß wieder zu den Kumians gegangen und hatte sich so leicht zu diesem Krankenbesuch verleiten lassen? Rückfall, nichts als Rückfall! Das mit Lohrer war viel dringlicher und mußte unbedingt bereinigt werden. Dumm, daß er nicht einmal dessen Adresse wußte! Niemand kannte sie! Keiner wußte, was und wo er arbeitete. Er tauchte auf, man bemerkte es kaum, und verschwand wieder. Das war unheimlich.

Lohrer war absolut nicht aufzufinden, und nicht das geringste war über ihn zu erfahren. Ling wurde immer unruhiger und geriet schließlich in eine Spannung, die ihm das beste und wichtigste verdarb. Immer und immer wieder vergrub er sich mit fanatischer Verbissenheit in seine Romanarbeit, doch die dunkle, drohende Ungewißheit ließ ihn zu keiner Sammlung kommen. Um den unbekannten kommunistischen Flugzettelverteiler zu ertappen und durch ihn auf Lohrers Spur zu kommen, schlief er nunmehr oft und oft nachts in seinem Junggesellenheim und verbrachte ganze lange Tage ununterbrochen dort, aber, eigentümlich, seither steckte kein Mensch mehr Flugzettel unter seine Tür. Das deutete auf Abmachung und gestaltete die Angelegenheit erst recht verdächtig. Laschi, der einmal wieder mit Ling zu Abend aß, berichtete, daß Lohrer bei den Kumians nicht mehr aufgetaucht sei. Er sagte das ganz nebenher und meinte: »Na ja, den hat man ja sowieso immer übersehn, und jetzt im Sommer trifft man sich ja auch nimmer dort.«

Ling rief Sonja an und verabredete sich mit ihr insgeheim in einem französischen Kaffeehaus am oberen Broadway. Zu Sonja nämlich hatte er Vertrauen, auf ihre unbedingte Verschwiegenheit schwor er; daß sie so kunstvoll diskret ihre Liebe zu Victor vor allen zu verbergen wußte, war ihm der stärkste Beweis dafür. Als er ihr alles erzählt hatte und seine Mutmaßungen und Befürchtungen daranhängte, bekam sie ein ernstes Gesicht und sagte nach einigem Überlegen: »Das ist ja wirklich unangenehm. Und was daraus wird, kann man nicht wissen. Was sagst du bloß dazu? Der komische Mensch ist einfach einmal mit dem Kurt zu uns gekommen, und seitdem war er da, fertig. Damals haben wir dich noch gar nicht gekannt, und der Kurt war damals noch in Uniform und irgendwo beim militärischen Geheimdienst, ich weiß nicht genau wo. Wir haben nie danach gefragt. Hm, was tut man? Niemand von uns will doch mit dem FBI, mit der Polizei und mit den Gerichten etwas zu tun haben, und den Lohrer anzeigen kommt doch überhaupt nicht in Frage.«

»Am besten ist's, gar nichts zu tun und abzuwarten. Behalten wir zwei das vorläufig einmal ganz für uns«, riet er und meinte, wenn er den Lohrer doch noch auftriebe, würde er ihm Geld geben und ihm raten, zu verschwinden. Sie war einverstanden damit.

»Und was ist sonst mit dir, Mart? Du hast dich sehr verändert«, fragte sie nach einer kurzen Pause und musterte ihn mit ihren gewohnten kokett-spöttischen Blicken: Warum hast du dich eigentlich auf einmal so von uns allen zurückgezogen?«

»Zurückgezogen?« versuchte er zu bestreiten: »Nein, nein! Ich war und bin nur immer so schrecklich in der Arbeit –«

»Bloß deswegen? Mir willst du das erzählen?« unterbrach sie ihn, verschmitzt lächelnd: »Von deinen wilden Bummeleien haben wir ja erfahren. Der Doktor Nuckling hat dich auch ein paarmal im Zentralpark reiten sehen, und ein Motorboot hast du auch. Zu einer Mondscheinfahrt hat der Herr Ling die Lisawetha verschleppen wollen! Haha, du siehst, soweit sind wir im Bild über dich.«

»Ja, soweit. Das stimmt alles«, gab er zu und lächelte ebenso.

»Soweit? Und sonst? Dein Film kommt ja jetzt. Kolossal schnell hast du dich gemacht. Was arbeitest du denn jetzt?« setzte sie ihm allereinnehmendst zu und stutzte, als er plötzlich todernst wurde.

»Sonja?« sagte er bedrückt: »Wenn ich zurückdenke, da wird mir speiübel vor mir. Ich hab's ja jetzt noch mal versucht. Es war grauenhaft beim Neuberger! Und ihr habt's alle durchaus gewollt, na, gut! Aber glaub mir, so wie es jetzt weitergeht mit mir, das ist noch viel ärger. Es ist zum Verzweifeln! Aber was soll ich dir vorjammern, entschuldige.« Er brach ab, und sie waren sekundenlang stumm.

»Zu entschuldigen ist da nichts, Mart«, sagte sie endlich behutsam und wurde mit jedem Wort wärmer: »Ich glaub' doch, daß ich dich ein bißchen kenne. Auch andere sind aus dem Gleichgewicht, mein Lieber. Bei dir kommt bloß dazu, daß du immer glaubst, jeder ist dein Feind. Ich bin noch gar nicht so sicher, ob du nicht sogar, wenn du dich verliebst, deine Freundin als Feindin ansiehst. Na, schön, ich bin auch mißtrauisch, jeder ist mißtrauisch dem andern gegenüber, aber dein Mißtrauen ist schon beinah Verfolgungswahn. Das geht doch schon so weit, daß du dir selber mißtraust. Freilich hast du das von Kind auf mitgekriegt, es sind schwere Minderwertigkeitskomplexe. Schlechte Erlebnisse sind natürlich dazugekommen, und du, ausgerechnet ein Mensch wie du – übrigens, Iwan und ich, wir empfinden das gar nicht –, du Mart, und vielleicht noch der Laschi, ihr habt euch für, wie du immer sagst, für die Diaspora entschieden, in der doch jeder untergeht, wenn er nicht mehr an den Menschen glaubt! Und du wirst doch zugeben, wenn einer daran nicht mehr glaubt, ist er doch für nichts mehr zu haben. Für das wirkliche Leben nicht mehr, für keine Idee mehr, für irgendeine Gesellschaft nicht mehr und schon gar nicht mehr für Freundschaft oder gar für die Liebe. Er kommt nicht mehr heim, verstehst du? Er geht über kurz oder lang vor die Hunde.«

Ihre hellhäutigen Wangen waren gerötet, jeder Zug von Herrschsucht war ihrem Gesicht entwichen. »Du mußt entschuldigen, Mart. Ich hab' dir das einmal sagen müssen«, schloß sie und sah ihn offen an, als sie merkte, daß er in einem fort zustimmend nickte. Wieder stockte es eine Weile zwischen ihnen.

»Du gibst mir also recht?« fragte sie.

»O ja! Durchaus! Wenn's auch nicht von dir kommt, sondern vom Victor – es stimmt trotzdem.« Einen Augenblick lang wurde ihre Röte dunkler. Sie sah sich ertappt und furchte ein ganz klein wenig die Stirn.
»Du glaubst also nicht, daß einer eine eigene Meinung hat? Es klang etwas schärfer, aber rasch setzte sie hinzu: »Natürlich geb' ich zu, daß ich viel von ihm gelernt habe! Niemand ist perfekt in allem –«
»Ach, wie du ihn liebst, wie glücklich du bist, Sonja! Wie ich dich beneide!« sagte er bewegt. »Ich hab' es immer gewußt. Nicht gelernt hast du von ihm, du bist ein Stück von ihm geworden.« Sie tat, was alle lebensgescheiten Frauen tun, die vor einem Manne, der ihnen etwas bedeutet, ihr Köstlichstes nicht mehr bestreiten, aber es doch in der Sphäre des nicht ganz Erratbaren lassen wollen – sie lächelte halb geschmeichelt und halb schnippisch: »Na schön, glaub es schon, wenn es dir so paßt. Reden wir lieber noch ein bißchen von dir. Jetzt im Sommer sieht man sich doch sowieso nicht, und bis zum Herbst kann soviel passieren –«
»Passieren?« unterbrach er sie: »Was soll schon passieren?«
»Passieren tut immer was, wir merken's bloß erst nachher. Passieren kann mit dir allerhand und mit uns allen. Da ist dann so eine Unterhaltung gar nicht mehr möglich.« Sie war wieder bei der Sache und fragte unvermittelt: »Sag mal, hast du eigentlich ein festes Verhältnis oder immer noch bloß so Gelegenheitsflirts, und was arbeitest du wirklich? Immer noch an kleinen Geschichten?« Da hielt er nichts mehr zurück und erzählte ihr von seinem Junggesellenheim, vom Bärbele und von seiner Romanidee, die immer noch bruchstückhaft geblieben war und ihn entsetzlich quälte. »Ich weiß nicht, ob das bei allen alternden Männern so ist«, erklärte er in bezug auf seine Liebschaft mit dem Bärbele, »ich bin in solchen Dingen ein Liebhaber der

Lüge, der Sünde und des Verbotenen ... Grade das reizt mich am meisten, und sie ist da genauso wie ich. Das kommt wahrscheinlich vom Katholischen. Der Katholizismus hat den Hang der Menschen zum Versteckten, Geheimnisvollen und Verderbten am tiefsten erkannt und ihn deswegen als Sünde postuliert. Er weiß mehr über die Liebe als alle Psychoanalytiker und erkennt, daß der Mensch ohne Schuld nicht auskommt, daß er geradezu nach der Schuld sucht, um früher oder später immer wieder die Wollust des Lossprechens davon genießen zu können. Die Wollust des Verbotenen, Sündigen wechselt nämlich nur hinüber in die Wollust des Befreitwerdens. Kurzum, seitdem dieser Lohrer und sein Genosse von meinem Liebesnest wissen, verstehst du, seitdem ist schon der halbe Reiz weg, vielleicht sogar der ganze!«

»Hast du Freud gelesen?«

»Nein.«

»Das willst du mir erzählen? Was du eben gesagt hast, ist doch von ihm!« lächelte sie zweifelnd. Er schwor es ihr bei seinem Leben.

»Jedenfalls, was kann da ein Außenstehender sagen«, nahm sie das Wort wieder: »Für die Liebe kann man nicht –«

»Aber es ist doch gar keine Liebe, es ist Geilheit, Reiz und Notbehelf!« fiel er ihr ins Reden: »Vielleicht ist's auch nur Panik vor Torschluß bei mir. Bei ihr ist's selbstverständlich anders. Das ist schlimm. Ich fang' doch schon an, immer mehr abzuriegeln! Ich schütze Reisen vor, ich reise auch wirklich sehr oft plötzlich weg wegen des Romans. Ich will doch arbeiten, ich will mich doch wenigstens darin bestätigen. Ich *muß* da durchkommen, sonst ist's ein für allemal aus mit mir, aus, vollkommen aus, verstehst du?«

»Und ob ich's verstehe! Mehr als du glaubst. Das ist mir doch alles so gründlich bekannt!« Er ahnte, daß sie von Victor sprach und ließ sie reden. ›Also noch einer, der

genauso viel durchmacht wie ich, noch einer!‹ flog es durch seine aufgeschreckten Gedanken: ›Einer wie ich! Und nicht mein Feind!‹
Er glitt in ihren Blick und war betroffen, daß sie so staunend sagte: »So ernst nimmst du's damit? Ich hab' immer geglaubt, du schreibst alles nur nebenbei? Einfach, weil du Talent hast und es dir so leicht fällt? Du mußt dich darin bestätigen, sagst du, sonst ist's aus? Nur darin mußt du das?«
»Ja«, nickte er und schluckte: »Ja, jeder von uns hat etwas Letztes, das ihn überhaupt hält. Wenn er da versagt, hat er nichts mehr. Es ist Schluß mit ihm, vollkommen Schluß!« Sie erschrak über seine nur mühsam verhaltene Erregung und hörte ihm wortlos zu. Sie lachte nicht, als er vom ›Quallenschwein‹ erzählte, sie hütete sich, den Kopf zu schütteln über seine abstrusen Ideen, über seine zahllosen Aufzeichnungen und immer wieder umgedachten Pläne, wie das Ganze zusammengefügt werden sollte. Wie unbeschreiblich hatte er sich bis jetzt schon mit all dem herumgeplagt! Wie schrecklich hatten ihm seine maßlose Eitelkeit, sein verzehrender Ehrgeiz, seine blindwütige Ruhmsucht zugesetzt. Voll denkscharfer Pedanterie, mit genau witternder Instinktsicherheit hatte er eingehende Vorstudien an Ort und Stelle gemacht, denn das Lesen der einschlägigen Werke vermittelte ihm kein lebendiges Bild. Die Bücher blieben trocken referierend, blaß, weitschweifig und uninteressant. Als Sinnenmensch brauchte er die unmittelbare Atmosphäre des Sicht-, des Greif- und Schmeckbaren. Darum flog er in die Südstaaten und bereiste darauffolgend den ganzen Mittelwesten, um die riesigen Schweinezüchtereien kennenzulernen, flog weiter nach Chicago, besuchte dort und in New York die großen Schlachthäuser und Konservenfabriken und sah Hunderte von brüllenden, todeszitternden, wild um sich schlagenden Stieren und Rindern in die hochumplankten Laufrinnen

rennen, in welche sie brutal peitschende Burschen jagten. Das Laufband unter ihren schlotternden Beinen lief so schnell, daß es zum ohnmächtigen Zusammenbrechen gar nicht kommen konnte. Nur die grauenhaft verlorenen Tierblicke flackerten, ihre weit aufgerissenen Nüstern bebten, der Schaum an ihren lefzigen Mäulern flockte und ihr fliegendes Schnauben zwischen dem Gebrüll vermengte sich mit dem dumpfen Gestampf und dem scheppernden Maschinengeräusch zu einem unbeschreiblichen Lärm. Der Dampf des unablässig an den Kachelwänden herabrinnenden heißen Wassers nebelte die mächtigen Hallen ein, und ein dicker, beizender Dunst erfüllte sie. Es roch nach feuchtem Sägemehl, nach Blut, Ammoniak, Viehurin und Tierkot aller Art. Es blökten Hunderte von verängstigten Hammeln, und das markdurchdringende Geplärr der fetten Schlachtschweine vermischte sich damit zu einer schaurigen Orgie von Urlauten. Eigentümlich, daß ein fortwährendes, regelmäßiges Knacken durch allen Höllenlärm drang. Es knackte und knackte doch nur, als falle die Klinge eines Taschenmessers in den Schaft, wenn ein Tier vorn am Todesziel ankam und zusammensackte! Schon ein wenig später hingen die ungeschlachten Tierkörper, mit ihren gespreizten, starren Hinterbeinen auf Metallhaken gespießt, mit aufgeschlitztem, breit auseinanderklaffendem Bauch in langen Reihen von den oben angebrachten Laufschienen herab. Sie wurden enthäutet, und blutbeschmierte Männer rissen in geübter Raschheit das quallige, schwabbelnde Gekröse ihrer Eingeweide heraus. Die ausgehöhlten Kadaver liefen weiter, wurden fachgerecht zerhackt, zersägt und verkaufsmäßig tranchiert. Alles, was einmal Stier, Rind, Hammel oder Schwein war, rollte in Bauch-, Schenkel- oder Halsstücken auf Laufbändern in die bereitstehenden umfänglichen Lastkraftwagen mit Kühlvorrichtungen, welche die Fleischerläden versorgten. Zungen, Schweineschenkel und zerkleinerte Schweinefüße gelang-

ten auf gleiche Art in die Räucherräume oder in die Riesenbottiche der Konservenabteilung, um schließlich in appetitlich beklebten Blechbüchsen oder Gläsern in den großen Lebensmittelgeschäften und kleinen Krämereien zum Kauf anzulocken. Leicht angeekelt, aber mit unerregten Nerven und einem eifervollen Interesse, verfolgte Ling all diese Verwandlungsprozesse, obgleich ihm nicht ganz klar war, wie er sie als belebende Schilderungen in seinem Roman unterbringen sollte. Mit derselben Umsicht versuchte er die Marktkurse für Vieh- und Frischfleisch auf der Börse zu erkunden und sich mit der ganzen komplizierten Mechanik dieses Fachgebietes vertraut zu machen. Unverdrossen forschte er immer wieder Zoologen aus und besprach mit ihnen alle Möglichkeiten von Tierkreuzungen. Dicke Bündel von Informationen und Fakten türmten sich in seinem Arbeitszimmer bei den Emmerles. Hieb- und stichfest sollte der Romaninhalt in dieser Hinsicht werden, doch die Phantastik des Traumes und die herangezogene Realität verbanden sich nicht, alles wurde immer zusammenhangloser, verwirrter und –
»– siehst du, das zerreibt mich fast«, sagte er zu Sonja und atmete schwer: »Es wird bloß alles noch unübersichtlicher, und ich komme nicht mehr durch. Ich will etwas, das alles übersteigt. Dem bin ich nicht gewachsen. Ich merke immer mehr, mein Talent ist winzig, ich bin ein ganz alltäglicher Storyschreiber.«
Sie hörte seine Verzweiflung aus den Worten, lobte seine Geschichten und versuchte ihn zu trösten, aber als sie auseinandergingen, sagte sie, ihn wie in früheren Zeiten scherzhaft neckend: »Na ja, es läßt dir eben keine Ruhe, daß der Neuberger einen Roman fertiggebracht hat. Er soll sogar gut sein, aber was hat er schon davon.« Er erwiderte nichts mehr darauf, doch das traf ihn furchtbar. Seine Unrast steigerte sich ins Krankhafte, und darüber vergaß er alles andere. –

Als er von einer seiner Informationsreisen zurückkam, erfuhr er von Frau Emmerle, daß inzwischen die Krulichs einmal dagewesen seien und gefragt hätten, ob er denn den Plan, in dieser heißen Sommerzeit einmal auf einige Wochen zu ihnen hinauszukommen, aufgegeben habe, er sei jederzeit willkommen, und alles sei für ihn bereit. »Leider leider, es geht jetzt nicht. Ich hab' zuviel zu tun«, meinte er: »Vielleicht später.« Er schien sehr abgehetzt und tat beschäftigt.

»Und da schauet Sie her, Mischter Martin«, hielt sie ihn auf und gab ihm die ›Book Review‹, die literaturkritische Wochenbeilage der ›New York Times‹ und jene der ›Herald Tribune‹: »Dies hat uns der Walter geschickt, und wir habe's gelese. Do schreibe sie über die lausige Story von dem Herrn Neuberger und bringe sogar sei Bild. Also, ich kann nicht verstehe, wie man so was so hochlobe kann! Da, da, Mischter Martin, wir habe Ihni dies Zeug auf-g'hobe.«

»Soso. Danke«, sagte er und nahm die Hefte. In seinem Zimmer überflog er nur die Überschriften und das Bild Neubergers, das aus früherer Zeit stammen mußte. Soviel er entziffern konnte, war von einem ›erregend-interessanten Roman eines europäischen Autors‹ die Rede, der ›die Probleme der Emigration in völlig neuer Sicht‹ darstelle.

Neuberger lebte also immer noch. Erst jetzt waren die Kritiker auf sein Buch aufmerksam geworden und bewunderten es. Ling hatte ihn beinahe schon vergessen. Sonjas Bemerkung ›Aber was hat er schon davon‹ fiel ihm ein, und jäh blitzte eine bitterböse Schadenfreude in ihm auf: »Aber ich bin gesund! Ich überlebe ihn! Und überholen werde ich ihn auch noch!« Er fühlte, wie ihn sekundenlang eine animalische Kraft durchströmte.

Als er später, um sich auszuruhen, in seinem Junggesellenheim angekommen und eben am Einschlafen war, schrillte das Telefon. Das war so ungewöhnlich, daß er tief erschrocken und ohne Überlegung den Hörer abnahm und sich meldete.

»Hallo, Martili, du bischt's? Du bischt wieder da! Mei Mammerla hat mir's telefoniert!« sang Bärbeles Stimme gleichsam: »Ich hent nit anderscht könne, ich hent a'rufe müsse! Brauchst nix zu fürchte, ich telefonier von unserer Poststation an dich! O mein Martili, schier krank bin ich, weil ich dich so lang nicht gesehe und gehört han!« Und nun sprudelte es aus ihr, sprudelte und sprudelte all ihr Verlangen in sein benommenes Ohr. Wie lang er denn diesmal in New York sei, und ob und wann sie ihn »sehe könnt, auch wenn's bloß für e paar Küsserli wär«. Sie würde alles daransetzen, und wenn es gleich sein sollte, ein Taxi in Pompton Lakes nehmen. Fliegend und kopflos redete sie auf ihn ein, und es dauerte eine ziemliche Weile, ehe er zu Wort kommen konnte.

»Aber Kind!« sagte er: »Laß dich doch um Gottes willen zu keinen Unüberlegtheiten hinreißen! Du weißt doch, daß ich einen Haufen Arbeit hab' und immer wieder weg muß! Bald wird's besser . . .«

»Bald? Wann denn bald? Geht's denn gar nit, Herzli, daß ich dich jetzt oder morgen oder übermorgen sehe kann . . . Martili?!« riß sie ihm flehend das Wort ab und weinte fast: »Ich halt's nimmer aus! Ich kann nimmer lang!!«

Da wurde er wankend, überlegte sich schnell einen kleinen Aufschub, obgleich er nicht wußte, was damit eigentlich geändert sei, und bestellte sie für den übernächsten Tag. Er bot all seine Zärtlichkeit und Überredungskunst auf, beteuerte ihr seine Liebe, küßte in den Hörer hinein, und sie gab sich endlich zufrieden.

Alternde Männer mit einem so unbeständigen, lieblosen Charakter, noch dazu, wenn sie sich in ihrer blinden Eitelkeit in eine intellektuelle Aufgabe verrannt haben, die sie nicht bewältigen – solche Männer sperren sich gegen jede Störung ihrer Selbstbesessenheit. Ling war nicht nur deswegen verstimmt, weil das Bärbele ihn so unerwartet überrumpelt hatte, er war es noch viel mehr, weil er sich dadurch, daß er sie notgedrungen belogen hatte, irgendwie erniedrigt fühlte. Er hielt es schließlich nicht mehr allein aus und fuhr aufs Geratewohl beim Dunkelwerden wieder einmal nach Yorkville hinüber. Er mied die Lokale, in welchen er einst mit Neuberger gezecht hatte, und aß in einem kleinen, urgemütlichen Restaurant, das sich ›Blauer Adler‹ nannte. Es war sehr schmal und lang, mit der Küche am Ende und viereckigen Tischen an den verrauchten Wänden. Die Bar, hinter welcher ein behäbiger, rundlicher Mann mit hochgebundener weißer Schürze stand, befand sich vorn, gleich, wenn man zur Tür hereinkam, und war kaum drei Meter lang. Sie war dicht besetzt. Der Bartender warf einen geschwinden Blick auf den eintretenden Ling, nickte grüßend und beschäftigte sich wieder mit den Gästen. Es roch appetitlich nach altgewohnten Gerichten. Als Ling an einem der hintersten, noch leeren Tische Platz nahm und sich umsah, stutzte er plötzlich. Vom anderen Tisch grüßte ihn – Lohrer lächelnd, stand dann auf und ging auf ihn zu.

»Tja, hm, was ist denn das?« brachte Ling in der ersten Verblüffung nur heraus. Ohne langes Herumreden setzte sich Lohrer zu ihm und rief zu seinem Tisch, an welchem ein hochaufgeschossenes blondes, sommersprossiges Mädchen von ungefähr zwanzig Jahren und ein mittelgroßer, muskulös gebauter Mann mit rötlichem Kraushaar saßen, lustig hinüber: »Gleich komm' ich wieder. Momenterl!«

»Ja, Mensch, warum hast du denn mit dem Super so geschwindelt?« raunte Ling halblaut: »Ich war doch bei ihm.« Lohrer bekam eine breitgezogene, ruhige, verschmitzte Miene und gab ohne weiteres zu: »Ja, da hab' ich ein bißchen geschwindelt, weil ich natürlich gedacht hab', daß du fragst. Hoffentlich ist deine Fragerei beim Super nicht aufgefallen, oder?« Ling verneinte und erzählte.

»Alsdann ist's ja O. K.«, meinte Lohrer sichtlich erleichtert: »Und, wie du gemerkt haben wirst, die Flugzettel hab' ich auch abgestellt.«
»Und?« fragte Ling: »Und, du hast doch damals unter vier Augen –«
»Jaja, das schon, aber das hat sich inzwischen alles erledigt. Geld wollt' ich natürlich auch für uns, und sogar für mich wollt' ich dich anpumpen. Wie gesagt, jetzt ist alles O. K. Ich heirat' nämlich. Da drüben sitzt die Meinige«, berichtete Lohrer seelenruhig. Dann winkte er seinen Begleitern, und sie kamen an Lings Tisch, stellten sich vor und nahmen Platz. Hertha Murringer hieß die Braut und kam aus Würzburg, der kraushaarige, kräftige Mann war ihr Onkel. Soviel Ling herausbringen konnte, hatten er und Lohrer die Kosten für die Überfahrt aus Deutschland aufgebracht. Nach und nach erwärmte man sich aneinander, und Ling bestellte Wein. Er kam sich blamiert vor, daß er in seinem überhitzten Argwohn mit Sonja gesprochen hatte, als handele es sich um weiß Gott welche verschwörerisch verdächtige Dinge. Er schämte sich insgeheim vor Lohrer und bot ihm Geld an, doch der lehnte völlig unberührt ab und meinte: »Nein, nein, wir bringen uns schon fort. Für sie haben wir auch schon einen guten Job.«
»Na, dann zur Hochzeit, ja?«
»Na gut«, sagte Lohrer. Ling sah in die arglosen Gesichter dieser heiteren Menschen und beneidete sie. Sie arbeiteten, versuchten ihre Existenz zu verbessern, glaubten an ihre schönere private Zukunft und an eine große, allgemeine.
»Da«, flüsterte er in einem unbemerkten Moment Lohrer zu und gab ihm unter dem Tisch hundert Dollar: »Da, für eure Sache!« und als dieser sie schnell nahm und einsteckte, sagte er laut: »Prosit! Ihr seid glückliche Menschen! Alles Gute auch weiterhin!«
»Glück? Das kommt ganz auf den Menschen an, wie er's auffaßt«, sagte der Onkel. Sie tranken, suchten später das

Café Geiger auf, und im Lauf ihres Zusammenseins erfuhr Ling, daß Lohrer nur wegen seiner bevorstehenden Hochzeit das letzte Mal nicht bei den Kumians gewesen war.
»Und jetzt? Jetzt geh' ich alsdann auch nimmer hin. Die schwatzen ja bloß«, schloß er.
Schon lange Zeit war Ling nicht mehr so ruhig heimgekommen. Er war nicht betrunken, nur ein ganz leichter Rausch erfüllte ihn wie eine große Gelassenheit. Da er, als er am andern Tag Sonja anrufen wollte, von dem Mädchen erfuhr, daß die Herrschaften bereits vorgestern nach Europa abgeflogen seien, schrieb er ihr einen Brief an die Londoner Adresse, die sie ihm hinterlassen hatte.
»Das Teuflische, das ich mir selber und andere mir einreden wollen, was ist es nun eigentlich?« hieß es darin nach der Aufklärung über Lohrer: »Es entpuppt sich als jämmerlich mißtrauische Spießbürgerei, die überall Feinde und Gespenster sieht. Zum Teufel langt's bei mir wahrhaftig nicht, höchstenfalls zu einem winzigen Don Quichotte. Mein Überdruß steigt und steigt. Ich weiß nicht mehr, wie das weitergehen soll.« – Erkenntnisse stiegen in ihm auf, doch sie verloschen ebenso schnell wieder. Das große Geschwätz der Menschen seinesgleichen hatte sein Selbst gleichsam zu Brei zerredet. –
Der mörderisch feuchtheiße New Yorker Sommer brütete Tag für Tag auf den Straßen und Plätzen. Seine subtropischen Temperaturen, die durch plötzlich niederbrechende Gewitter keineswegs abgemildert, sondern nur noch feuchter und unerträglicher wurden, machten die Menschen gereizt, grundlos streitsüchtig, schlapp an Körper und Seele und unbeschreiblich entschlußlos. Wie aus einer Ohnmacht erwachend, stiegen sie morgens aus den säuerlich dampfenden, schweißdurchnäßten Betten; sie schleppten sich lahm und verdrossen zur Arbeit, werkelten dämmerig das festgesetzte Pensum ab, schwitzten und schwitzten und hatten nur noch das einzige, fast hilflose Inter-

esse: wie sie sich wenigstens während der kurzen Mittagspause oder abends in den luftgekühlten Cafeterias, Restaurants oder Kinos eine Weile erholen könnten. An nichts anderes dachten sie mehr, als am Wochenende mit Millionen anderer am Strand in Long Island im salzigen Meerwasser zu baden, im feinen Dünensand zu liegen oder in einem schattigen Winkel irgendwo stundenlang zu schlafen. Manche verbrachten auch ihre Nächte in den Riesenbädern am Strand. Alle entflohen, sobald sie nur konnten, dem erschöpfend heißen Elend und machten sehnsüchtig Urlaubspläne. So glücklich wie Ling, dessen Emmerlezimmer und Junggesellenheim durch einen ›Air Conditioner‹ angenehm gekühlt waren, und so unabhängig wie er, der sich jeden Tag hudsonaufwärts in die bergigen, bewaldeten ›Bear Mountains‹ oder in die ›Catskills‹ fahren lassen konnte, waren nur Leute der Oberklasse. Diese Leute hatten die Stadt längst verlassen und waren in die gebirgigen Nord- und Nordweststaaten oder nach Europa gereist wie etwa die Kumians, die Korschens und Victor mit seiner Frau. Von all seinen Bekannten sah Ling, in diesen Tagen einmal zufällig durch die großen Bahnhofshallen der ›Grand Central Station‹ schlendernd, nur Lisawetha flüchtig. Sie stand, touristenmäßig salopp gekleidet, mit abgehetztem, schweißrotem Gesicht in einer langen Reihe Urlaubsreisender an der Schalterwand. Lachend rief sie ihm zu und fragte verwundert: »Was? Sie? Sie sind noch in New York? Ich hab' geglaubt, Sie sind längst fort. Womöglich in einem eleganten Hotel mit einem hübschen Mädchen.«

»Tja«, erwiderte er, »das möcht' ich wohl, aber leider hab' ich noch zuviel Arbeit.«

»Sie können doch überall arbeiten! Sie müssen doch nicht ausgerechnet bei dieser Hitze in New York sein!« meinte sie, und es entging ihm nicht, daß sie ihn keck einladend musterte.

»Sie irren, liebes Kind! Abgesehen davon, daß ich ein fürchterlicher Gewohnheitsmensch bin, jetzt, wo alle weg sind, stört mich auch niemand mehr in meiner kühlen Klause«, plauderte er weiter.

»Und da gehn Sie überhaupt nicht weg?« wollte sie wissen: »Hm, so was Langweiliges! Jetzt arbeiten? Ich hab' Sie immer für einen Abenteurer gehalten! Das sind Sie aber anscheinend bloß, wenn Sie besoffen sind. Wissen Sie noch, wie Sie mich zu einer Mondscheinfahrt verschleppen wollten? Nun können Sie das ohne weiteres, bitte! Warum fahren Sie zum Beispiel jetzt nicht einfach mit mir? Vorläufig weiß ich noch gar nicht, ob ich in Vermont bleibe.« Dreist lachend sah sie ihn an, und er wurde durch ihre Direktheit irritiert.

»Ach, ich seh' schon, die Arbeit geht Ihnen vor«, spöttelte sie: »Lassen Sie sich nicht abhalten. Mein Zug geht sowieso gleich.«

»Ein andermal gern, Kind! Jetzt geht's wirklich nicht! Bestimmt ein andermal«, beteuerte er etwas unsicher, und sie lachte ihn noch respektloser an: »Gehn Sie schon, Sie ordentlicher Mensch, Sie!« Leicht blamiert zuckte er nur die Achseln, wünschte ihr eine gute Erholung und ging rasch weiter. Es war ihm, obgleich er ihr Gerede nicht ernst nahm, etwas fatal zumute. Vor einem Blumengeschäft im Seitengang stockte er kurz, trat ein, kaufte ein halbes Dutzend der schönsten Rosen, lief zurück und erwischte Lisawetha gerade noch, als sie einstieg. Wiederum mischte sie in ihre Freude ein gut Teil Verschmitztheit, und sie lächelte vieldeutig: »Oh, Sie haben wohl ein schlechtes Gewissen? Das brauchen Sie nicht, nein-nein. Danke, danke!« Sie senkte ihr nasses Gesicht in die duftenden Rosen: »Huh, riechen die aber gut. Sehr nett von Ihnen! Auf Wiedersehn nach dem Urlaub.« Er blieb stehen, nachdem sie eingestiegen war. Ihr Gesicht tauchte noch kurz hinter dem Abteilfenster auf, sie winkte und er winkte ebenso, und schon quietschten die Räder. Er ging den Perron entlang und dachte: ›Hm, die wär' besser als das Bärbele. Und gescheiter und amüsanter ist sie auch. Mit dem Bärbele ist kein Staat zu machen.« –

Nun befand er sich in seinem Junggesellenheim, und es blieb nach einigen Telefonaten abgemacht, daß das Bärbele komme. Was mochte sie ihrem ahnungslosen Mann wieder alles vorgelogen haben!

Unlustig und doch sinnlich erregt wartete Ling. Er schien etwas nervös zu sein. Er rauchte und rauchte, stand dann wieder auf und ging hin und her, setzte sich erneut in einen der seidenüberzogenen Polstersessel, dachte eine Weile irgend etwas, stand wieder auf, machte sich einen Highball zurecht, trank einen, trank noch einen, ging wieder auf und ab, blieb vor dem hohen Spiegelschrank stehen und betrachtete sich. Sein blütenweißes Seidenhemd, die tiefblaue, glänzende Hausjacke, die bügelglatte Hose, sein Gesicht, seine ganze Figur – alles gefiel ihm. Er drehte sich um und sah nach der Uhr, die eben sanftbrummend gongte. »Hm«, machte er etwas ungeduldig. Es war drei Viertel zwölf vormittags. Schräg fiel die hochstehende Sonne durch die großen, zart verhängten Fenster. Er nahm seinen Gang wieder auf. Ein paarmal wog er die vielen Liebesbriefe Bärbeles, die sie ihm, auch als er weg war, unentwegt geschrieben hatte, in seiner Hand, legte sie wieder auf die Schreibtischplatte und bekam einen verächtlichen Zug um die Mundwinkel. Wieder schlug die Uhr.

»Hm, schon zwölf«, brummte er und dachte nach. Kurz nach elf wollte sie da sein. Er ging ans Fenster, öffnete einen Flügel und sah hinab auf die schattige, ziemlich unbelebte Riverside, in die Richtung, von der sie kommen mußte. Er kannte den blauen Fordwagen längst. Er ging wieder ins Zimmer zurück und nippte an seinem Highball. Er fing zu rechnen an: Wenn sie um elf da sein wollte,

mußte sie ungefähr gegen halb zehn Uhr weggefahren sein. Ein guter Autofahrer macht das in einer Stunde, sie braucht länger, denn allzu sicher ist sie nicht.
Der Uhrzeiger rückte vor. Es wurde ein Viertel nach zwölf. Er wußte, Krulich war in der Fabrik. Er ging ans Telefon und rief an. Niemand meldete sich, also war sie unterwegs. Er sah, sich weit hinausbeugend, abermals zum Fenster hinunter, spähte angestrengt, musterte jedes Auto. Das ihrige tauchte nicht auf.
»Hmhm«, machte er verstimmt. In kurzen Abständen wiederholte sich stets das gleiche bei ihm: das Berechnen der Fahrtzeit, das Zum-Fenster-Hinausschauen, das nervöse Aufundabgehen, das Nippen am Highball und das Zerdrücken der halb gerauchten Zigarette. Er vernahm, daß draußen im Gang die Tür des Elevators sich aufschob, und horchte angestrengt. Schritte. Rasch ging er an die Tür, um zu öffnen. Doch die Schritte stapften in die entgegengesetzte Richtung. Eine Eingangstür wurde aufgeriegelt und fiel zu.
»Verflucht!« knurrte Ling. Er wollte ihr ernstlich böse entgegenkommen. Er überlegte schon die Worte. Es war schon halb ein Uhr.
»Weiber können nicht berechnen«, versuchte er im stillen seine Unruhe zu beschwichtigen: »Praktische Hausfrau, die sie ist, wird sie vielleicht in Paterson noch schnell Besorgungen gemacht haben.« Doch seine Nervosität stieg und stieg, er rätselte ratlos herum, und obgleich er wußte, daß es zwecklos war, rief er abermals in New Jersey an. Nichts. Er lief verstört und zornig hin und her wie ein gefangener Tiger. Es wurde ein Uhr. Der Zeiger wanderte weiter. Das Warten wurde unerträglich. Er überlegte wiederum, ob er nicht ein kurzes, verschlossenes Briefchen für sie an die Außenseite der Eingangstür heften und einfach weggehen sollte. Er fluchte und wurde ängstlich. Die Uhr gongte, er sah flackernden Blickes auf sie. Es war halb zwei

Uhr. Er spürte, wie der Schweiß aus seinen Achselhöhlen abwärts rann, und wurde matt vor Aufregung. »Das ist doch unmöglich! Da muß doch –« preßte er aus sich heraus und starrte blicklos in die helle Luft. Er fühlte ein kaltes Rieseln über seinen Rücken hinunter, eine schnürende Beklemmung engte seine Brust ein. Wie gepeitscht jagten rasende Gedanken durch sein Hirn. Er wußte nicht mehr aus und ein. Er erzitterte wie vor etwas Ungeheurem und bekam kaum noch Luft. Schlimmes mußte geschehen sein, vielleicht das Schlimmste! Einen Moment lang stand sein Herz still. Dann konnte er wieder denken, und er dachte nur an sich. Resolut riß er sich zusammen und tat kaltblütig das, was ihm zunächst am notwendigsten erschien. In aller Hast zerriß er die Briefe Bärbeles in kleine Stücke, ging ins Bad und spülte sie in der Toilette hinunter. Er kalkulierte alles genau ein, jede für ihn ungünstige Möglichkeit. Er dachte nur an das Verwischen jeder Spur. Lohrer und der Super fielen ihm ein. »Ach was, ob sie von ihr was wissen oder nicht – überhaupt, lauter Unsinn! Wenn schon! Weg, weg muß ich, weg aus New York, jetzt, gleich!« faßte er zusammen: »Die Emmerles werden was erfahren. Weg muß ich, weg für immer!«
Mit zitternder Hast packte er einen Koffer, zog sich reisefertig an, fuhr zur ›Central Station‹, löste aufs Geratewohl eine Karte nach Lake Placid und atmete erst auf, als der Zug anfuhr.
Nach zehn Uhr nachts rief er vom ›Hotel Marcy‹ in der Absicht, ihnen vorzutäuschen, er sei in Chicago, die Emmerles an und wollte sich arglos erkundigen, ob wichtige Post eingelaufen sei. Doch schon nach dem ersten tränenerstickten Wort der Frau Emmerle wußte er alles.
»Wa-was?! Tot?!! Da-das Bärbele tot?! Entsetzlich!« stieß er heraus, und es klang so glaubhaft erschüttert, daß sie nur noch zerstoßen in sein Ohr weinte, ihre Tochter sei in Paterson mit aller Wucht in einen aus einer Seitenstraße

einbiegenden Lastkraftwagen gefahren und buchstäblich plattgedrückt worden. Eine Weile wiederholte er seine erschrockenen Klageworte und beteuerte herzbewegend, wie nahe ihm das ginge und leider, leider könne er nicht zur Beerdigung kommen, dringende Geschäfte hielten ihn ab. Dann beauftragte er sie, einen Kranz von roten Rosen mit einer Schleife ›Vom Freund des Hauses, Martin Ling, in treuem Gedenken‹ zu besorgen, und fragte abermals, diesmal allerdings atemschwer seufzend, nach den Posteingängen, und zerfahren stockend berichtete sie: »Ach Gottle, ja! Mei Kopf, mei armer Kopf! Zwei Freund von Ihni sind geschtern dag'wese und habe Sie dringend spreche wolle, und e Telegramm ist geschtern auch gekomme ... Vorlese soll ich's? En Augeblick, weil because, ich seh' nit ohne Brille. Ja, i han sie schon. Warte Sie. Jack eben gestorben. Erwarten Anruf, Nachruf und Grabrede von dir – Kurt.«
»Ach, der auch!« entfuhr es Ling, und erschrak kurz, faßte sich im Nu, sagte wiederum wie mitleidend: »Mein Gott, alles kommt zusammen! ... Der Neuberger, hm! Es ist ein Elend!« und bat sie, auf eventuelle Telefonanrufe zu antworten, er sei auf der Reise nach dem Westen, und sie wisse nicht, wann er zurückkomme.
Nach dem Abendessen suchte er die elegante Tanzbar des Hotels auf, in welcher das heitere Nachtleben der Sommersaison herrschte. Er saß allein und gedankenversunken in einer kleinen Loge, trank eisgekühlten deutschen Moselwein, sog an seiner Corona und sah den Tanzenden teilnahmslos zu. Er empfand weder Bedauern, noch Wehmut, noch Trauer. Schemenhaft wurde ihm Neuberger gegenwärtig, so wie er ihn zuletzt gesehen hatte. Hauchschnell verflüchtigte er sich. Sonderbarerweise drängten sich dem Sinnenden nur die krassen Vorstellungen des Autounfalles, nicht das Bärbele selbst, ins Gedankengemeng. Er sah die Straßenecke und das klobig um die Ecke biegende,

mächtige Lastauto; quälend deutlich hörte er das scheppernde Krachen und den furchtbaren Aufschrei Bärbeles; ihr schreckverzerrtes Gesicht, ihre weit aufgerissenen Augen, ihren starren, offenen Mund sah er; in seinen Gehörgängen tobte das knirschende Geräusch der sich unter der Wucht des Aufpralls zusammenschiebenden Karosserie und das feine Zerbrechen von Bärbeles Knochen. Wie hartsohlige Schuhtritte auf einem Kiesweg hörte sich das an. Er schüttelte sich erschauernd. Die Eindringlichkeit der Vorstellung verringerte sich nicht. Der bis zur Unkenntlichkeit verstümmelte, zerfetzte, breitgedrückte, bluttriefende Fleischklumpen des toten Frauenleibes verursachte ihm ein Würgen in der Kehle, das man kurz vor dem Erbrechen hat. Er griff zitternd zum Weinglas und trank es in einem Zug aus. Mehrere volle Gläser mußte er hinunterstürzen, um sich wieder zu fassen. Plötzlich fiel ihm ein, daß das Bärbele jedesmal das ovale, goldene Amulett mit seinem Bild auf der Brust trug, wenn sie ihn besuchte. Er winkte dem Kellner und wußte nicht, warum er ihn fragte, ob heute nacht noch ein Flugzeug nach New York fliege. Etwas befremdet sah ihn der Mann im schneeweißen Hemd und schwarzen Frack an und verneinte.
»Dann muß ich ein Taxi haben. Ein Taxi nach New York, aber gleich«, verlangte Ling mit hastiger Bestimmtheit, beglich die Rechnung und schob dem Kellner einen Fünfdollarschein zu. Doch jetzt stand auch schon der Manager da, fragte und antwortete schließlich in kulantem Deutsch: »Kann besorgt werden, mein Herr. Wird sofort besorgt! Geht in Ordnung!«
Es war völlig unsinnig, jetzt, mitten in der Nacht, nach New York zu fahren. Mindestens sechs, wenn nicht sieben Stunden brauchte das Taxi, und sicher dachte sich der Chauffeur sein Teil über den absonderlichen Fahrgast, der hinten im federnden Polstersitz saß und von Zeit zu Zeit immer wiederholte: »Fahren Sie so schnell wie möglich!

Den kürzesten Weg!« und ein hohes Trinkgeld versprach. Ling war sich nicht im geringsten klar darüber, warum er zurückfuhr, es durchfieberte ihn nur eine unerklärliche Angst, oder vielleicht war es auch das, was man gemeinhin das ›schlechte Gewissen‹ nennt, jedenfalls geschah etwas geradezu Groteskes, als er endlich beim Morgengrauen in seinem Junggesellenheim stand. Er packte in überstürzter Eile alle Kleider, jedes einzelne Wäschestück, all die herrlichen Morgenröcke, die Hüte, die Pantöffelchen und Schuhe, die teuren Handtaschen und Parfüme, ja sogar jede Halskette, die Ringe, die Broschen und sonstigen Schmuckstücke – alles, alles, was er je in seiner verliebten Lüsternheit für das Bärbele gekauft hatte, in Koffer und vergaß nicht die winzigste Kleinigkeit wie etwa einen Kamm oder einen vergessenen Lippenstift. Er wollte all das wegbringen, spurlos verschwinden lassen, von seinem Motorboot aus in den Hudson werfen, denn die vollgepackten, fast noch neuen Koffer einfach in den Keller zu stellen oder deren Inhalt in den Abfallschacht zu stopfen, war unmöglich. Das geschmolzene Gold des Schmukkes und die unverbrannten Steine der Broschen und Ringe würden dem ›Handyman‹, dem Hausgehilfen, beim Herausräumen der Asche aus dem Kellerofen auffallen und ihn argwöhnisch stimmen. Herbert, den ständigen Chauffeur, zu bestellen, war auch nicht das richtige. Sicher würde dieser beim Anblick der Koffer fragen, ob der Herr auf längere Zeit verreise, und stutzig werden, wenn er erführe, sie müßten nur aufs Motorboot gebracht werden. Und überhaupt dieses ganze sonderbare Versenken! Wer konnte sagen, ob es nicht irgend jemand zufällig sähe und womöglich die Polizei verständigte? Und wer hinwiederum, ob die Koffer gleich untergehen und nicht auf dem Fluß dahinschwimmen würden? Nicht auszudenken, was für unsinnige Kalamitäten dadurch entstehen konnten!

Was tun? Was tun?! Es war schon taghell, die Sonne fiel

durch die verhängten Fenster, die Zeit drängte. Ling ging all seine Freunde und Bekannten durch. Sonja? Die würde zwar schweigen, aber ihn auslachen. Vielleicht sogar Lisawetha? Die würde genauso lachen, aber ohne weiteres alles wie ein Geschenk annehmen und wahrscheinlich spitzbübisch sagen: »Oh, sind Sie aber ein splendider Kavalier! Bei mir können Sie das ruhig weitermachen!« Indessen, die beiden und die meisten aus dem Kumiankreis waren ja auf Urlaub, und andere kamen nicht in Frage. Es war zum Verzweifeln! Der angestrengte Kopf tat Ling weh. Es war nicht einzusehen, wieso er all die Sachen wegbringen wollte. Hatte er etwa ein Verbrechen begangen und eine eventuelle Haussuchung oder gar Verhaftung zu fürchten? Konnte man ihm auch nur das Geringste anhaben? Ein Autounglück wie tausend andere war geschehen, weiter nichts. Dennoch – dennoch, er kochte vor Unruhe, er verspürte weder Hunger noch die Übernächtigkeit, er rauchte und rauchte und durchdachte die unsinnigsten Pläne. Ach, wieder hatte er sich beim letztenmal Lohrers Adresse nicht geben lassen! Der war der Verschwiegenste, und für seine junge Frau würde die ganze Pracht ein wahres Himmelsgeschenk sein! Ling rannte hin und her, her und hin und wurde immer verstörter. Endlich, endlich blieb er abrupt stehen und stieß ein befreites »Ja! Ja, die! Die!« heraus. Wer – wer war ihm eingefallen? Stones bleichsüchtige Sekretärin Marianne, die ihn verborgen liebte und – wie der Agent gesagt hatte – »für ihn durchs Feuer ginge«. Es war schon nach neun Uhr geworden. Er wartete noch ein wenig und rief bei Stone an. Er hatte Glück, sie war schon im Büro. Herr Stone, meinte sie, komme wahrscheinlich auch bald.

»Soso«, hastete er heraus und redete beinahe zärtlich vertraulich auf sie ein: »Hören Sie, Mariannchen, ich habe eine große Bitte an Sie, einen etwas sonderbaren Auftrag, den nur *Sie* erledigen können, nur Sie! Es ist etwas sehr,

sehr Dringendes und müßte rasch gemacht werden. Ich fliege nämlich heute mittag oder abend nach dem Westen und verreise auf längere Zeit.«
»O ja, Sie wissen ja, für Sie mache ich gern alles«, antwortete sie, und aus ihrer Stimme klang eine glückliche Beklommenheit. Ob es gleich sein müsse, wollte sie wissen, und es komme natürlich auf Herrn Stone an, ob er sie weglasse, und mittendrin stockte es kurz, dann sagte sie: »Herr Stone ist eben gekommen. Wollen Sie mit ihm sprechen? Ja? Ich verbinde.«
Stone war mit allem einverstanden. »Sie wissen ja, wenn *Sie* zu mir kommen, Meister, da gibt's bloß ein Ja«, keuchte er anfangs noch und wurde lebhafter: »Heute mittag müssen Sie wegreisen, sagen Sie? Also sieht und hört man Sie nicht bei der Beerdigung von unserem armen Freund Jack, was? Na, hören Sie! Ist doch Ehrensache für mich, mein Lieber. Kein Wort erfährt wer, daß Sie noch da sind! Hm, und Sie wissen doch, heut abend acht Uhr ist die Premiere von Ihrem Film. Die Vorstellungen sind schon für vier Wochen ausverkauft, Andrang vom Publikum wie noch nie! Unter uns, großartig, daß Sie nicht da sind! Sie wissen ja, sich selten machen wie der Herr Schicklgruber selig. Sie verstehn mich, Verehrtester, ja? Plusquamperfekt sind diese Hollywooder und New Yorker Reklamehindianer. Plusquamperfekt? Sie verstehn nicht? In der zweiten Vergangenheit leben sie, diese Hornochsen! Immer gleich Pressenachrichten und Anzeigen mit ihrer blödsinnigen Ankündigung! Diesmal haben sie sogar bekanntgemacht, daß außer den Filmstars auch noch *Sie*, der Autor, persönlich anwesend sein werden. Kinder, diese Burschen, sag' ich Ihnen, Hindianer! Hindianer! Fliegen Sie, fliegen Sie, Meister, fliegen Sie meinetwegen bis nach Indien, bloß sich nicht sehn lassen! Kochen muß die Publikumsneugierde, verstehn Sie? Brutzeln wie der Speck in der heißen Pfanne. Alsdann O. K., mein Lieber, nichts zu danken.

Und gute Reise. Ich schick' Ihnen unser Mariannchen sofort.«
Alles erledigte sich sehr einfach, unerwartet rasch und reibungslos. Marianne bewohnte mit ihrer alten, halbtauben Mutter ein winziges Dreizimmer-Appartement an der oberen Westseite der Stadt.
»Muttel«, sagte sie, als Ling und sein Chauffeur Herbert die umfänglichen Koffer niederstellten: »Das ist der Herr Ling, von dem ich dir schon oft erzählt habe. Der, der die schönen Stories schreibt.« Laut schrie sie das, und ihre dünne Stimme klang dabei ungewohnt blechern, doch war nicht klar, ob die Alte, die in einem hohen Lehnstuhl am Fenster saß und die Besucher stumm mit ihren abwesend blöden Blicken ansah, es gehört und verstanden hatte. In dem ziemlich verwahrlosten Mietshaus wohnten viele Portorikaner, deren Radios den ganzen Tag in voller Lautstärke spielten. Der Lärm drang durch alle Wände. Drunten auf der Straße tummelten sich zahlreiche Kinder.

NEBENGESCHEHNISSE UND MOMENTBILDER

Beim Begräbnis Bärbeles auf dem kleinen Midwaler Friedhof in New Jersey geschah etwas höchst Sonderbares, das nur durch Zufall nicht in die Presse gelangte. Krulich und die Emmerles und viele Leute aus der näheren und weiteren Nachbarschaft standen um das frisch ausgehobene Grab der Verunglückten, und der protestantische Pastor wollte eben mit seiner Leichenrede beginnen, als plötzlich Krulich, obgleich ihn die schrill aufklagende Frau Emmerle abhalten wollte, mit energischen Schritten auf die reichlich gespendeten Blumen und Kränze zuging. Erstaunt schauten alle auf ihn und schraken zusammen, als Frau Emmerle, beinahe einer Ohnmacht nahe, aufschrie: »Hans, um Chrischti wille, tu's nit!«, und ihr Mann auf seinen Schwiegersohn zuging. Doch es war schon zu spät. Krulich hatte bereits Lings herrlichen Kranz aus roten Rosen gepackt und war am offenen Grab.

»Da, mit dem kannst du jetzt auch weiter zusammen liegen!« stieß er berserkerisch ergrimmt heraus und warf ihn in die Grube. Dann drehte er sich um und schrie dem bestürzten Pastor zu: »Ihre fromme Rede ist überflüssig!« Ohne sich noch um irgendwen zu kümmern, ging er vom Friedhof, stieg rasch in sein Auto und fuhr davon. Fassungslos, wie gelähmt starrten die Trauernden ihm nach, übersahen und überhörten die beinahe zusammenbrechende, schrecklich schluchzende Frau Emmerle und kamen erst wieder zu sich, als der Pastor sagte: »Unter diesen Umständen bin ich meiner Pflicht enthoben!« Würdig, aber beleidigt trat er nur noch ans Grab, nahm das kleine Zweiglein, das in der Weihwasserschüssel steckte, und besprenkelte den im Grab liegenden Sarg. Das erlöste auch die Trauergäste von ihrem Schrecken, doch nur wenige taten das gleiche wie er, die meisten verließen eilsam und stumm, als flüchteten sie von diesem Ort des Unheils, den Friedhof und fuhren auf und davon. Zuletzt standen nur noch die zwei Emmerles am Grab, in welches nunmehr der Totengräber die übrigen Blumen und Kränze warf und es zuschaufelte. Er beachtete die beiden nicht, und sie beachteten ihn nicht. Sie hatten ihre alten Hände gefaltet und weinten stumm.

»Himmlischer Vater, daß sich der Hans so vergesse könnt', dies hent ich nit für möglich g'halte!« klagte Frau Emmerle einmal aus ihrem Weinen heraus: »Die Schand! Die Schand!« Ihr tränenzerflossenes Gesicht schien ganz und gar zu zerrinnen. Kraftlos lehnte sie sich an ihren Mann, der den Arm um sie legte und sie linkisch streichelte.

»Sei still, Mammerle, sei still!« versuchte er sie zu beruhigen und wischte sich mit der Hand die nassen Augen aus: »Sei still! So ischt's ebe auf der Welt. Das Beschte an ihr taugt nix.« Er nahm ihren Arm, und langsam gingen sie auf die Straße zu ihrem Auto. Sie fuhren nicht mehr zu ihrem rabiaten Schwiegersohn, der gesagt hatte, der feige Lump, der Ling, komme ihm schon noch mal vor ›die Flinte‹. Sie fuhren heim nach New York.

Lange redeten sie kein Wort. Endlich meinte die Frau Emmerle, was da noch alles herauskomme, rein zum Fürchten, und sie sei froh, daß ihr ›Emmala‹, die andere verheiratete Tochter in Ohio, wegen ihrer Entbindung nicht habe kommen können. Ebenso war es mit dem Walter. Der hatte sich unglücklicherweise bei einem Baseballspiel seiner Studentengruppe das Bein gebrochen und lag in Chicago im Hospital. Er wußte bis jetzt nichts anderes als den schrecklichen Autounfall.

»Und 's beschte ist's, wir sage ihm auch weiter nix«, meinte der Emmerle, und erst nach einer längeren Weile sagte er wiederum: »Han, wie man sich doch an die Mensche irre kann! Förmlich drastisch, so was! Daß er so charakterlos ischt, unser Mischter, dies hent ich ihm doch nie zutraut. Ischt doch en ausgewachsnes Mannsbild und nit viel jünger als ich! Hmhm, i moin ebe, 's Geld ischt ihm in'n Kopf gestiege, 's Geld, 's lumpige Geld!« Nicht ein Wort über das Bärbele fiel zwischen ihnen.

Ling hatte etwas Heiliges und scheinbar Unzerstörbares in ihrer Welt zerschlagen. Ihre fast vergötternde Liebe zu ihm schlug um in Haß und Verachtung.

Das zeigte ein längerer Brief Mariannes, die es übernommen hatte, seine Manuskripte und Sachen vom Emmerlezimmer in das Heim am Riverside Drive bringen zu lassen. Er erreichte ihn, zugleich mit einem Brief Stones, noch kurz vor seinem Abflug aus Chicago nach San Francisco. In Chicago war er einzig und allein deshalb zwei Tage lang geblieben, um – wie er sich hartnäckig einbildete, spurenverwischend – entsprechende Beileidstelegramme an Krulich (»Tieferschüttert über Ihren unersetzlichen Verlust, mein herzliches Beileid«) und an Frau Neuberger (»Dringende Reise nach Westen hindert mich, in New York zu sein. Denke sehr an Sie. Hoffe, Ihr tapferer Verstand bezwingt Ihren Schmerz«) zu senden. Unverständlich, wieso ihm diese nichtssagenden, albernen Texte schweres Kopfzerbrechen kosteten. Krulich faßte das Telegramm, wie sich denken läßt, als zynischen Hohn auf und wurde wütend bis zur Weißglut.

»Sie haben doch jedesmal so nett von Ihren Logisleuten bei uns gesprochen, lieber, verehrter Herr Ling«, schrieb Marianne: »Mir gegenüber waren sie oder vielmehr nur Frau Emmerle alles andere als nett, und wenn mich nicht Mr. Stone liebenswürdigerweise durch energische Telefonanrufe unterstützt hätte, wäre vielleicht alles schiefgegangen. Ihre Frau Emmerle hat sich wie eine Megäre benommen. ›Soso, von dem sauberen Herrn Ling kommen Sie, soso?‹ hat sie mich an der Tür empfangen: ›Soso, und seine Sachen wollen Sie haben? Das können Sie! Nur weg damit,

weg mit dem Lumpenzeug!‹ Und dann hat sie losgeschimpft, ihre Tochter hätten Sie ins Grab gebracht und deren Mann ruiniert, und Ausdrücke sind dabei gefallen, die ich lieber nicht wiederholen will. ›Sie sind gewiß die Nachfolgerin, was?‹ hat sie gesagt, und als ich mir all das verbat, ist sie noch ausfälliger geworden und hat gemeint, ich könne ruhig die Polizei rufen, sie lasse sich ihren Mund nicht verbieten, was wahr sei, sei wahr, und so fort. Daß es eine arge Nervenanstrengung für mich war, mit den zwei Transportmännern das Zimmer auszuräumen, brauche ich Ihnen wohl kaum zu sagen.«
An einer anderen Stelle hieß es: »Was soll nun mit den drei Koffern geschehen, die Sie bei mir abgestellt haben? Sie machten vor Ihrem Abflug Andeutungen, als sei ihr Inhalt für mich bestimmt. Ihre liebenswürdige Großzügigkeit, verehrter Herr Ling, ist mir ja nur zu bekannt, aber ich habe den Auftrag, den Sie mir gegeben haben, nicht erfüllt, um von Ihnen dafür beschenkt zu werden.« Das las sich schlicht und stolz. Ling sah ein, wie taktlos und unmöglich es wäre, ihr, ausgerechnet ihr so ein ›Geschenk‹ zu machen. Er fand es überhaupt sinnlos und lächerlich, daß er die Koffer zu ihr gebracht hatte, noch lächerlicher fand er sich selber. Eine unbeschreibliche innere Leere war über ihn gekommen und machte ihn unfähig, auch nur irgendeinen vernünftigen Entschluß zu fassen. Nur ein einziger Gedanke trieb ihn: Flucht. Flucht ohne Ziel und Verstand. Daran änderte auch Stones Brief nichts, der flüchtig Mariannes Umsicht rühmte und begeistert über die New Yorker Premiere des Films ›Der Mann mit dem gelben Halstuch‹ berichtete. Überaus lobende Kritiken der ›New York Times‹ und der ›Herald Tribune‹ lagen bei, und zum Schluß seines Schreibens erwähnte der Agent auch noch die Leichenfeier für Neuberger, an welcher überraschenderweise neben vielen Yorkviller Wirten und Vereinsvorständen eine Anzahl amerikanischer Autoren und

Kritiker teilgenommen hatten. »Ganz unter uns, mir unverständlich«, schrieb Stone, »aber ein Trost für die Witwe. Auch dicke Nachrufe für Jack gab es in rauhen Mengen, und, ob Sie es glauben wollen oder nicht, auf einmal klettert sein Roman an die erste Stelle der Bestsellerliste. Und der Ihrige, Meister, was macht er? Ich hoffe das beste.« –

In San Francisco, wo er noch nie gewesen war, geschah mit Ling dasselbe wie in Chicago, das er halbwegs kannte. Ihm kam es ja seit jeher nie auf die Kultur, die Tradition, die Eigenart und die Sehenswürdigkeiten einer Stadt an, sondern auf deren Getriebe und ihren Ruch, ja, er nahm gewissermaßen stets nur die Stadt an sich oder, genauer gesagt, das Städtische in sich auf. Alles an der zauberhaften, vielhügeligen, pittoresken Hafenstadt mit dem darübergewölbten azurblauen Himmel schwamm eindruckslos an seinen Blicken vorüber: die berühmte ›Golden Gate Bridge‹, Alcatraz Island mit seinem festungsartigen Gefängnis, die Fremdenlokale von ›Fishermans Wharf‹, die weitausgedehnte, seltsame Pracht von China Town und die grotesk anmutenden ›Cable Cars‹, die uralten schmalen, dichtbesetzten Straßenbahnwagen, die durch engste Gassen fuhren und schwindelerregende Steilhänge wakkelnd und ratternd emporkletterten.

Nachdem er interesselos und gelangweilt im Taxi durch die Stadt und in die anmutig südliche Umgebung mit ihren hübschen, kleinen Bergorten gefahren war, Weingärten und Kellereien besucht, eine Dampferrundfahrt in der ausgedehnten ›San Francisco Bay‹ gemacht, etliche ›Night Clubs‹ und die bekanntesten Fischerkneipen frequentiert hatte, befiel ihn eines Nachts im Hotelzimmer ein sonderbar unruhiges Heimweh nach New York. Das verscheuchte nach und nach seinen lethargischen Zustand. Es war, als schösse der Verstand wieder in sein leeres Hirn. Er war wieder Herr über sich, und nichts, was ihn seit Bärbeles

Tod umhergetrieben hatte, focht ihn mehr an. Er dachte an keinen Menschen, als er Vorsätze faßte und mannhaft-ernste Pläne überlegte, er dachte nur an New York, an diese unerschöpflich vitale, einzigartige Stadt, und es schien, als ströme etwas von ihrer gewaltigen Kraft in ihn über. Diese Kraft umlärmte und umtoste ihn und klang in seinen Ohren wie ein Riesengelächter, das sich mit rücksichtslosem, unbarmherzigem Spott über ihn ergoß.

Am andern Tag flog er nach New York zurück. Er ordnete sein angefangenes Romanmanuskript und die gebündelten Materialien dazu. Er vermied es ängstlich, von einem Bekannten gesehen zu werden, und wollte sich irgendwo auf dem Lande verkriechen, um ungehemmt zu arbeiten und damit zu Ende zu kommen. Immer noch – und durch die aufregende Unterbrechung noch mehr – waren die Vorstellungen über Form, Aufbau und endgültige Fabel seines Romans nur vage und wirr in ihm aufgespeichert, doch er hoffte zuversichtlich, durch Ruhe und strenge Konzentration diese Schwierigkeiten zu überwinden. Mehr und immer mehr zog ihn wieder die Vision, in welche ihn sein seltsamer Traum von den ›Quallenschweinen‹ versetzt hatte, in ihren Bann. Da er sein Junggesellenheim für die Arbeit ungeeignet fand und von einem Verbleiben in New York viel zuviel Ablenkung befürchtete, trachtete er nur noch, so rasch wie möglich wegzukommen. Er ließ sich tagelang von seinem Chauffeur Herbert im Land umherfahren und fand durch Zufall in dem kleinen, stillen Quäkerort Eagles Mere in den pennsylvanischen Alleghanybergen das kleine, bequem eingerichtete Haus eines norwegischen Professors an der Johns-Hopkins-Universität in Baltimore, der es auf längere Zeit vermieten oder verkaufen wollte, weil er bald in den Ruhestand zu treten und in seine alte Heimat zurückzukehren beabsichtigte. Das erfuhr Ling bei der Besichtigung der Räume von dem deutschen Farmer, der im bachdurchrieselten Tal, ungefähr

eine halbe Gehstunde entfernt, seine gutgehaltene Farm hatte. Stuhlbaum, wie der Mann mit dem gegerbten Nußknackergesicht hieß, freute sich, einen Landsmann als Nachbarn zu bekommen, und machte sich erbötig, ihm in jeder Weise behilflich zu sein. Das Haus lag weitab vom Ort, mitten im Wald, auf halber Höhe eines leicht ansteigenden Berges und war umgeben von einer ziemlich umfänglichen Grünfläche mit einigen breitkronigen, alten Ahornbäumen.
Ling fuhr sogleich nach Baltimore. Unbedenklich beschloß er, zunächst auf ein ganzes Jahr zu mieten.
Der Professor Sören Tjedergaard, ein aschblonder Hüne mit großen, wasserblauen Augen und einer dunklen Warze auf der rechten Nasenseite, die beim Sprechen in einem fort zitterte, empfing ihn ungemein freundlich. Es stellte sich heraus, daß er ein Faible für alles Deutsche hatte, was wahrscheinlich daher kam, daß seine dunkelblonde, walkürenhafte Frau aus Westfalen stammte.
»I like the Germans. Very nice people«, waren seine ersten Worte, und im Nu verfiel er in ein radebrechendes Deutsch: »Germans haben Sinn für idyllische Gemütlichkeit, the Americans always so offentlich.« Bei den Verhandlungen hob er stets sein imposantes Schauspielergesicht und fragte seine Frau: »Is it allright, Elga? Was ist deine Opinion?« Er erlaubte Ling jede Veränderung, die dieser auf seine Kosten vorzunehmen gedenke, und man wurde rasch einig.
Der Professor sah noch keineswegs so aus, als habe er den Ruhestand nötig, er konnte nicht älter als Ling sein, war aber noch lebhaft und rüstig wie ein Vierziger.
»I feel very badly for America«, verriet er dem Gast, und seine Frau ergänzte: »Schade, wir waren gern hier. Es bleibt uns ein Rätsel, was sie mit diesem vernünftigen Volk treiben.«
»That's no more Freiheit, that's Sterilität«, fiel ihr der

Professor ins Wort. Er war ein bekannter Befürworter der Gleichberechtigung der Neger und hatte in einem aufsehenerregenden Vortrag über russisches Erziehungswesen die unheilvolle Niveaulosigkeit des Lehrprogramms in den Vereinigten Staaten heftig kritisiert und dafür verantwortlich gemacht, daß Sowjetrußland kaum mehr einzuholende technische und wissenschaftliche Fortschritte erzielen konnte.

»And you see this!« wurde er eifriger und gab Ling eine deutsche Zeitung mit der Rede des Präsidenten der sowjetischen Akademie der Wissenschaften, Blagonrawow, die ankündigte, daß bemannte russische Weltraumraketen bereits im nächsten Jahr die Planeten Venus und Mars erreichen würden. Den drohenden Satz: »Wir haben die Absicht, ein neues Rußland auf diesen Planeten zu errichten«, hatte Tjedergaard unterstrichen.

»Und natürlich, das nennt man hier ›Potemkinsche Dörfer‹ und macht sich lustig«, sagte seine Frau und schloß: »Und weil mein Mann so scharf gegen all den Leichtsinn auftritt, hat er sich unbeliebt gemacht. Auch an der Universität meiden ihn die Herren Kollegen. Gott sei Dank sind wir unabhängig!«

Ling hörte nur mit gespieltem Interesse zu. Er hatte andere Gedanken und Sorgen. Offenbar merkten seine Gastgeber, daß er fort wollte, und sie erhoben sich.

»And Mister Ling, kurz vorher ist gekommen an die literarische Fakultät ein Kollege, from Austria. What's the name, Elga?« meinte Tjedergaard nebenher.

»Oh, der traurige, nette Mann, der neulich bei uns war? Laschinski? Den meinst du doch?«

Ling gab es einen Ruck.

»You know him?« fragte Tjedergaard, und als Ling nickte, meinte er, der Mann sei aber »gegenteilig von das Deutsche, always voll Unrast und Depressionen«.

»Ein seltsamer Mensch. Wohl sehr unglücklich, das sieht

man. Sie sagen, er ist ein Freund von Ihnen? Sollen wir ihn grüßen?« sagte seine Frau und erstaunte kurz, als Ling »Nein, bitte, nein!« aus sich herausbrachte. Er arbeite an einem Roman, erklärte er, und müsse absolute Ruhe dazu haben, jede Ablenkung störe ihn derzeit.

»Oh, wir verstehn das. Dichter müssen einsam sein, solange sie arbeiten«, stimmte ihm Frau Professor mit leicht schwärmerischem Unterton zu: »Sie können auf unsere Diskretion rechnen. Na, da ist ja unser Häuschen grad das rechte für Sie! Für uns ist das ja sehr erfreulich, herrlich find' ich das, Sören, ein Dichter in unserer Waldeinsamkeit! Viel Glück, Herr Ling!«

Der wollte den Laschi auf keinen Fall sehen. Nicht einen Augenblick hielt es ihn in Baltimore. In den nächsten Tagen ordnete er in New York seine notwendigsten Sachen und ließ sie nach Eagles Mere schaffen. Mit Feuereifer fing er an, sich in seiner Waldstille einzurichten. Es ließ sich auch gut an: Stuhlbaum vermietete ihm ein gutes Reitpferd und verschaffte ihm eine verläßliche, ältere deutschsprechende Haushälterin, die umsichtig war und gut kochte. Sie war eine derbkräftige, wortkarge Person mit großen, immer ernsten, graublauen Augen im gesunden gebräunten, wie aus Holz geschnitzten Faltengesicht. Ihr glattgekämmtes, angegrautes Haar war in der Mitte gescheitelt und von einem grauen Häubchen mit weißen Borten gekrönt. Ihr Kleid von gleicher Farbe verriet den Quäkerstil. Es war bis zum Hals geschlossen, ohne Zierat und schlicht in jeder Hinsicht. Davor hatte sie bei der Arbeit eine verblaßte, ausgewaschene Schürze gebunden. Sie sagte stets ›Sir‹ zu ihm und begann jede Frage mit dem altmodisch anmutenden ›Wie belieben?‹ Lachen schien ihr fremd, doch sie war keineswegs mürrisch, sie verstand nur eine respektvolle Distanz zu halten und flößte dadurch Vertrauen ein.

Es war hoher August. Das Sommerfrischlertreiben in den

Ressorthotels des Ortes, der an einem lieblichen, von hohen Berglorbeersträuchern umsäumten See lag, herrschte noch unvermindert. Nur die Laubbäume fingen schon langsam an, sich zu verfärben.

Es war seltsam mit Ling. Er befand sich beständig in einer undefinierbaren Spannung und hielt es nicht aus, auch nur für eine kurze Weile unbeschäftigt zu sein, doch er ging nicht an seinen Roman. Vielleicht war ihm die neue Umgebung noch ungewohnt, das einsame Leben noch nicht geläufig. Sonderbarerweise schlief er sehr schlecht und stand oft schon beim ersten Morgendämmern auf. Er trat vors Haus, übersah die taunasse Grünfläche und überlegte lauter nebensächliche Kleinigkeiten. Er kultivierte diese Kleinigkeiten geradezu und verzettelte Stunden und Tage damit. Er verfiel plötzlich darauf, um die Grünfläche einen hohen Lattenzaun errichten zu lassen, und kam zu Stuhlbaum.

»Zement, Pfosten und Latten und Arbeitslohn, so was frißt doch much money, my friend!« meinte dieser staunend: »Because, das Haus ist doch nicht Ihr eigenes!« Ling ließ nichts gelten. Der Farmer verschaffte ihm das nötige Material und fachkundige, solide Arbeiter, aber er schüttelte zu allem nur den Kopf. Er hielt seinen Nachbarn für einen Verschwender und Dummkopf. Ling trieb und trieb. Es machte ihm Vergnügen, bei der Arbeit mitzuhelfen. Er half den zwei Arbeitern beim Ausheben der Löcher für die Pfosten, schob den angemachten Zement auf dem Schubkarren heran, sah dann wieder eine Weile interessiert zu, ging ins Haus und trug Mrs. Lettien, der Haushälterin, auf, den Arbeitern Bier zu bringen. Er saß im kühlen Arbeitszimmer, sann über irgend etwas nach, erschrak, als er die Kontoauszüge überprüfte, daß sein Geld mehr und mehr zusammenschmolz; er nahm sich vor, morgen oder noch heute nacht eine neue Geschichte zu schreiben, blätterte in den Notizen, die er sich dafür gemacht hatte, legte sie zurecht, machte sich aber auf einmal auf, ging ins Dorf, schlenderte die einzige, breite Hauptstraße entlang, wanderte auf dem kurzen, schattigen Fußweg bis zum Ende des Sees, wo sich das öffentliche Bad befand, schwamm lange im klaren Wasser, lag am weichen Grasufer und schaute, in ein wirres Nachdenken versunken, zum hohen, durchsichtig blauen Himmel empor. Oder er warf, nachdem er eine Zeitlang den Arbeitern schaufeln geholfen hatte, wortlos die Schaufel hin, verschwand im Haus und kam kurz darauf im bunten Hemd und in Reithosen zum Vorschein, ging zur Farm, sattelte seinen Braunen und ritt bis zum Dunkelwerden in den bergigen Wäldern umher. Die Pfosten standen, die Arbeiter nagelten die Latten, der Zaun war noch nicht zu einem Drittel fertig, da kaufte er im ›General Store‹ des Ortes alle möglichen Farben und fing an, die Latten zu streichen. Das Rot, das er zuerst nahm, schien ihm zu schreiend und verminderte die sanfte Ruhe des Rasengrüns. Er vermischte die Farbe und erzielte ein stumpfes Braun. Die Arbeiter kicherten einander insgeheim zu. Er war, Farbtopf und Pinsel in der Hand, etliche Meter zurückgetreten und prüfte die Stäbe wie ein Landschaftsmaler sein werdendes Bild.

»Mrs. Lettien! Mrs. Lettien!« rief er und fragte sie nach ihrer Meinung. Verwundert und verständnislos sah sie die bestrichenen Latten an und sagte mit ihrer männlich klingenden Stimme: »Was soll man sagen, Sir? It's up to you.« Er ärgerte sich über ihre Teilnahmslosigkeit und ließ sie gehen. Die Arbeiter verhielten sich nicht viel anders. Das verdroß ihn. Er ging ins Haus, wusch sich, zog sich an und speiste im besten Hotel des Ortes, aber es gab keinen Alkohol dort, die Gegend war ›trocken‹. Mißmutig kam er heim, ließ sich von Mrs. Lettien starken Kaffee machen und zog sich in sein Arbeitszimmer zurück.

›Da an die Wand muß ein Klappfenster hin. Da kann sie mir das Essen 'reinschieben. Das Aufdecken drüben stört bloß‹, dachte er: ›Hm, der Laschi ist in Baltimore. Traurig, sagen die Professors, ist er immer. Ja, richtig, ein gewaltiger Börsensturz muß in den Roman, ganz aufregend. Wie langweilig diese Amerikaner sind, sitzen steif beim Essen, dann gehn sie an das Fernsehgerät ... Die Gegend ist schön, wandern muß man da, wandern. Ach so, ja, dem Stone muß ich schreiben. Hat schon lang nichts geschickt. Hm, drollig war die Warze vom Tjedergaard. Die Story mit dem Eskimo taugt vielleicht für den Film. Jetzt geht sie endlich ins Bett, diese Lettien. Ein strohtrockenes Weib. Vielleicht schaff' ich mir einen Hund an. Der Stuhlbaum weiß sicher einen.‹

Alles rann kunterbunt und zusammenhanglos durch sein Hirn. Er schrieb die Geschichte, die er sich vorgenommen hatte, nicht. Er trank viele Highballs und döste rauchend.

›Da, an die Wand, da paßt's am besten‹, fiel ihm wieder ein, und er ging hin und zeichnete es: ›Beim Stuhlbaum haben sie auch so eins. Sehr gemütlich ist das. Ah, selbstverständlich, der Staat muß natürlich die Quallenschweinezucht übernehmen.‹

Im Schaltwerk seines Hirns mußte etwas fehlerhaft sein. Die Schaltung trennte nicht mehr präzis.

Stone saß übellaunig in seinem Büro und schlug das Manuskript Lings ›Der Dackel und das Baby‹ auf die Schreibtischplatte: »Also da bleibt mir der Verstand weg! Ich versteh' absolut nicht, wie er auf so einen Schluß kommen kann, auf so was Unappetitliches! Der eifersüchtige Dackel zerbeißt das unschuldige, reizende Baby! Einfach unmöglich! Meschugge! Hirnrissig! Bis jetzt war doch jedes Manus von ihm perfekt, und da kommt er auf so was! Hirnrissig! Hirnrissig! Er weiß doch genau, daß so was nicht abzusetzen ist! Wer will denn in einer Kindergeschichte so eine Aufregung! Hm, und hören und sehn läßt er sich auch schon volle sechs Wochen nicht mehr!

Was hat er bloß? Man muß sich doch aussprechen, wenn was nicht stimmt! Es hat sich doch immer wieder alles richten lassen! Warum haben Sie mir bloß das Manus nicht vorher genauer erklärt, Mariannchen? Auf Sie ist auch kein Verlaß mehr! Sie sehn doch, *ich* kann doch das Zeug nicht lesen! Und jetzt war Ihre ganze Übersetzungsarbeit für die Katz! Was haben Sie denn? Ich mein's doch nicht so!«

Marianne hatte kleine rote Flecken auf ihren bleichen, durchsichtigen Wangenwinkeln. Sie schluckte und fand das Wort nicht gleich. »Also, was ist los? Reden Sie schon! Sie kennen mich doch!« Endlich kam das verzagte Wort ›Mister Stone‹ aus ihr, und erst als er noch gütlicher wurde und ihr den Stuhl anbot, fing sie zu reden an. Sich vielmals und sehr umständlich entschuldigend, glitt sie langsam ins Weinerliche und erklärte, es sei zwar etwas ganz Privates, aber sie wisse sich nicht mehr anders zu helfen. Nämlich, die Gegend, wo sie wohne, meinte sie, sei in letzter Zeit sehr unsicher geworden, und vorgestern nacht hätten sie in der Wohnung unter ihnen eingebrochen.

»Bei uns könnten sie ja nicht viel holen, Mister Stone«, sagte sie, aber er erinnere sich doch, daß der Herr Ling seinerzeit bei ihr drei schwere Lederkoffer eingestellt habe, und wenn die nun –

»Ach so, jaja, hm, mystisch, durchaus mystisch«, entsann sich der Agent: »Und eigentlich nicht ganz fair von ihm, Ihnen die Sachen aufzuhalsen. Was drinnen ist, wissen Sie nicht, oder? Nein? Hm, hm! Ich versteh' nicht, warum er sie ausgerechnet zu Ihnen geschafft hat. Hat er denn weiter nichts gesagt?«

»N-nein«, log sie zögernd und wurde rot.

»Hm, nicht ein Wort? Ja, ich weiß, er war damals furchtbar aufgeregt. Ich hab's an seinem Telefonat gemerkt. Und seither hat er sich auch brieflich nie nach den Koffern erkundigt? Nein? Hm, schleierhaft, mystisch, die Angelegenheit. Ich versteh', ich versteh', Sie fühlen sich verantwortlich, hmhm. Ganz kriminalistisch schaut die Sache aus. Jajaja, natürlich, selbstredend, wenn da bei Ihnen – Gott soll schützen – eingebrochen wird. Hm! Und man weiß nicht, wo er steckt! Man erreicht ihn nicht! . . . Tja, hm, ein Momenterl! Lassen Sie mich nachdenken. Was machen wir?« Er stützte seinen fetten Kopf auf die geballten Hände, sah kurz und scharf vor sich hin und sagte lebhafter: »Ich hab's. Take it easy. Wissen Sie was? Wir lassen die Koffer einfach von einem Spediteur abholen und bei ihm einlagern, basta. Die Kosten übernehm' ich. Hm, warum ist er eigentlich nicht darauf gekommen? Komisch!« Er verbarg seine Unruhe, denn im geschwinden Durchdenken kam ihm die ganze Geschichte doch etwas verdächtig vor: Koffer vom Riverside-Heim, das nur er und Marianne kannten, weg- und zu seiner schüchternen Sekretärin zu schaffen ohne weitere Erklärungen.

»M. w., machen wir, Mariannchen, seien Sie ganz beruhigt, wird gemacht. Suchen Sie im Telefonbuch einen Spediteur und rufen Sie ihn an, ja? Hm, wo er bloß steckt, der gute Ling? Wann hört man schon von ihm?« sagte er resoluter und scherzte: »Na, zerstückelte Leichen werden schon nicht drinnen sein in den Koffern. Die täten ja längst stinken. I'm sorry, Mariannchen, ich mach' bloß gern Witze. Na, also gehn Sie, telefonieren Sie.«

Sie stand erleichtert seufzend auf und ging auf ihr Schreibzimmerchen zu.

»Übrigens, Mariannchen, ganz ehrlich. Haben Sie nicht auch gefunden, daß er sehr nachgelassen hat, unser Meister? Seine letzten drei Stories, na, Gott sei Dank, zwei haben wir ja ganz anständig placieren können, aber die Verve von früher ist weg. Ich hoff' bloß, sein Roman holt auf. Bis jetzt hat er ja die besten Chancen«, hielt Stone sie noch einmal auf, und sie sagte nur noch: »Ich meine das eben auch.« –

Mit Ling sah es furchtbar aus. Das Alleinsein wollte geübt und erlernt sein, es verlangte die zusammengeraffte Energie und unbeirrbare Geduld des ganzen Menschen und zermalmte ihn fast. Mehr und mehr freundete er sich mit den Stuhlbaums an und saß abends oft lang beim Rotwein in ihrer anheimelnden Stube. Er fing sogar an, lange einsame Fußwanderungen zu machen, die ihm seit jeher ein Greuel gewesen waren. So langsam kam man vorwärts, und im Dahingehen stiegen Gedanken auf, nebensächliche und wichtige, aber niemals jene, die man eigentlich wollte, und sie flossen, strömten und zerrannen. Und dann wieder empfand er den atemraubenden Druck auf der Brust, ein schmerzhaftes Zusammengepreßtsein der Schläfen, und wie eine jähe Welle von panischem Schrekken rauschte es in sein Hirn: die Vision seines Romans umklammerte ihn. Der Riesenstoff, mit dem er nun schon seit Monaten rang, türmte sich in ihm, stieg höher und höher, und keine Ordnung kam in ihn. Die Vision narrte ihn. Er merkte nach und nach, er war ihr hörig geworden. Er hatte ihr alles geopfert, lebte kaum mehr wirklich, lebte nur noch im Gewirr dieses menschenleeren Stoffes, irrte fieberhaft ausdenkend durch seine vielverzweigten Labyrinthe. Er hockte nächtelang in seinem Arbeitszimmer und versenkte sich in ihn, er bettelte, er warb, er war manchmal dem Weinen nahe. Hin und wieder strahlten Szenen bis in die letzten Nuancen hinein überklar und greifbar in ihm auf. Mit dem Bleistift, der Feder, der Schreibmaschine, dem neuesten ›Tap Recorder‹, der Diktiermaschine, versuchte er alles fliegend festzuhalten, aber – was war das nur, was denn? Das Niederschreiben ging zu langsam, mittendrin stockte er nachdenkend, und schon waren Eindringlichkeit und Schwung verflacht. Hastig redete er ins Mikrophon des ›Tape Recorders‹, doch wenn er es später abhörte, wie tot, wie leer war das alles! Und selbst das Beste blieb Stückwerk für ein Ganzes. Die Szenen und

Stücke verzahnten sich nicht mit dem zugrunde liegenden Trauminhalt.

Starr stand Ling da, zernagt von Verzweiflung. Von ungefähr fiel ihm ein, daß der Stuhlbaum vorgestern nacht – er war in Deutschland Metzgergeselle gewesen und in den Krisenjahren von 1930 bis 1932 als Arbeitsloser lange gewandert – von dieser trostlosen Handwerksburschenzeit erzählt hatte: »Das ewige Kohldampfschieben und Verschlampen war gar nicht einmal so arg, aber wenn du wochen- und monatelang so allein dahingetippelt bist und nie wieder einen Kontakt mit einem Menschen gekriegt hast, mein Lieber, da bist du nach und nach inwendig direkt zerbröselt. Da hast du dir gar nicht mehr vorstellen können, daß du ein Metzgergesell bist, und du bist schrullig geworden wie eine alte Jungfer. Von der Früh bis zum Einschlafen, ganz gleich, ob du in einer verwanzten Kundenherberg, in einem Heustadl oder im Freien gelandet bist – du hast in einem fort hin und her phantasiert, bis dir der Schädel weh getan hat. Und über alles hast du dir Gedanken gemacht, als wär's wunder was, über deine durchgelaufenen Schuhe, über dein Magengrimmen, über eine totgefahrene Schlange auf der Straße oder ein Eichkätzl, das über den Weg gelaufen ist, über einen bösen Hund oder das Gesicht der Bäuerin, die dir die Tür vor der Nase zugeschlagen hat, über den Nebel in der Früh und die Hitze, ja faktisch oft über einen Regentropfen auf deiner Hand, kurzum, über lauter dumme Nichtigkeiten. Hm, seltsam, es ist dir gewesen, als ob du weit, weit weggeschoben wärst vom ordentlichen Leben. Schlapp und leer wie eine abgezogene Wursthaut bist du gewesen und zu nichts mehr tauglich. Wenn du da nicht standgehalten hast, war's aus mit dir, da wärst du verloren gewesen. Ich hab's durchgemacht, mein Lieber, ich wünsch' das keinem. Meinem ärgsten Feind nicht! So ein schauderhaftes Alleinsein, dessen wirst du bloß Herr, wenn du schließlich und endlich die Zähne zusammenbeißt und dir sagst, ein Metzgergesell bin ich doch. Bloß das hilft. Von da ab hat mir nichts mehr ankönnen. Nie und nimmer hätt' ich dazumal gedacht, daß ich in knapp einem Jahr da 'rüber komme nach Amerika.«

Das also war's: Über die ›dummen Nichtigkeiten‹ mußte man hinwegkommen. Es fragte sich bloß, wie?

Es war ganz still. Draußen vor dem Fenster bleichte die Grünfläche im Mondlicht. Die Ahornbäume warfen dunkle Schatten. Die Gartenpfähle glänzten.

Düster ging Ling in seinem Arbeitszimmer auf und ab.

Wie?

Wie gegen dieses entnervende Alleinsein immun werden und endlich zur Konzentration auf den Roman kommen?

Wie?

Entweder er gab auf, lief, wie meistens, wenn sich ihm Schwierigkeiten entgegenstellten, auch vor diesem Zustand wieder davon und ging nach New York zurück, oder er bestand wie der Stuhlbaum.

Es war still. In dieser Stille war nichts, das ablenkte, waren nur er und seine Gedanken. In diese Stille mußte man hineinkommen, sie mußte erobert werden, dann wurde das Alleinsein nur mehr etwas Nebensächlich-Gewohntes, wurde zu einer mechanischen Automatik des Alltags. Das ›Justament‹ des toten Neuberger fiel ihm ein, und auch er biß die Zähne aufeinander.

War's nicht genauso mit ihm wie damals mit dem Stuhlbaum? Die Schrulligkeiten fingen schon an. Später nämlich, kurz vor dem Einschlafen, rief er plötzlich ganz laut in die Dunkelheit hinein: »Nein, ausgeschlossen! Ausgeschlossen! Bloß die Stille!« Eine männlich gelassene Ruhe wie nach einem schwer erkämpften Entschluß durchströmte ihn.

Wozu hatte er sich nun wirklich entschlossen? Etwa zu einer Rückkehr nach New York oder dazu, von jetzt ab mit aller Willenskraft jeder Ablenkung streng zu widerstehen und sich nur noch mit seinem Roman zu beschäftigen? O nein! Absonderlicherweise entschied er sich für etwas Äußerstes. Er wagte ein Experiment mit sich, von dem durchaus nicht klar war, ob er es bestünde und wie es ausfiele. In der Nacht war er noch einmal aus dem tiefsten Schlaf aufgeschreckt, und es hatte ihn eine unbezwingbare Sehnsucht nach einem vertrauten Menschen befallen, mit dem er sich aussprechen konnte. Denn eine solche Aussprache beruhigte und klärte manches. Er dachte an Sonja, noch mehr aber und nach und nach ausschließlich an den Laschi, ja, an den hoffnungslos melancholischen Laschi, über dessen Hypochondrie er sich oft recht derb belustigte und zu dem er sich dennoch am meisten hingezogen fühlte, einfach deswegen, weil er völlig neidlos war und literarisch am meisten verstand. Er bereute jetzt, daß er ihn nach den Tjedergaards nicht aufgesucht hatte. Es interessierte ihn auch auf einmal wieder, was inzwischen im Kumiankreis alles vorgegangen war.

Und was tat er dann in der Frühe?

Die Nebel stiegen aus den Tälern, rasch brach die septemberlich milde Sonne durch, und rundherum leuchtete die flammende Farbenpracht des sogenannten ›Indian Summer‹, des Vorherbstes, von den gewellten Bergen, das tiefe Weinrot der Buchen, das sattdunkle Grün der Nadelbäume und das helle Gelb der sacht zitternden Birken.

»Mrs. Lettien«, sagte Ling nach dem Frühstück, »ich will eine längere Fußwanderung machen und die ganze Pracht noch einmal auskosten.« Dabei deutete er auf den prallen Rucksack, in welchen er den nötigen Proviant gepackt hatte. Fachgerecht waren der leichte Schlafsack und die Zeltplane darübergeschnallt. Es sei möglich, daß er drei, vier oder noch mehr Tage ausbliebe, meinte er, und er wolle hinauf zum ›Gibbon Pond‹, einem fast unbekannten, schwer zu erreichenden, umfänglichen Weiher auf einem fernen Berggipfel, von dem ihm Stuhlbaum erzählt hatte, es kämen dorthin höchstenfalls einmal vereinzelte Naturfreunde oder Nudisten. Auch eine ungefähre Pfadskizze hatte ihm der Farmer vorgezeichnet.

»Hoho! Bepackt wie ein Lastesel! Wo aus und wohin denn?« fragte der Farmer etwas spöttisch, als er an seinem Haus vorbeikam.

»Auf eine längere Wanderung. Bloß zu Fuß lernt man das Land wirklich kennen«, antwortete Ling und verriet nichts weiter. Stuhlbaum musterte den dicken Rucksack des Weitergehenden, zwei bauchige Feldflaschen baumelten daran, und die Last zog Ling fast zu Boden. Kopfschüttelnd ging der Farmer ins Haus und sagte zu seiner rundlichen Frau: »Ob er da arg weit kommt, das fragt sich.«

Trotz der ungewöhnlichen Anstrengung hielt der Wandernde durch und kam nach etwa fünf Stunden ziemlich erschöpft am verlassenen Waldweiher an. Er verschnaufte eine gute Weile, stillte Hunger und Durst, baute dann sein Zelt auf einem trockenen, ausgetretenen Campingplatz, suchte Feuerholz, wusch sich im quellkalten, klaren Wasser, machte Feuer, rauchte noch eine Zigarre und kroch ins Zelt. Er war wohlig müde und schlüpfte in den Schlafsack. Es war auch schon ziemlich kühl, und schnell mischte sich ins schwimmende Nebeln das Dunkel.

Ein an der Zeltbahn herumschnüffelndes Stachelschweinpaar weckte ihn sehr früh am dickvernebelten Morgen und floh ins Buschwerk, als er sich gähnend aufrichtete. Von den Strapazen taten ihm alle Glieder weh. Er fröstelte, als er aus dem Zelt kam. Unter der weißlichen Asche glühte es noch ein wenig, er legte Reisig darauf, und bald flammte es. Er wärmte sich und blickte unbehaglich rundum. Im milchweißen Nebelgebräu sah er nicht recht viel mehr als ein Stück Boden mit dem ausgebleichten, niedergetretenen Gras und kleinen Moosinseln dazwischen. Etwas weiter weg fing, noch schattenhaft undeutlich, verhangenes Buschwerk an, und da und dort ragten etliche verfaulte, moosüberzogene Baumstümpfe auf. Zwei über den Platz jagende, dünn pfeifende ›Chipmunks‹, die ihn entfernt an deutsche Eichhörnchen erinnerten, verschwanden blitzgeschwind dahinter. In der vermummten Höhe zog ein eintöniges Krähenschreien dahin. Hin und wieder knackte irgendwo ein Ast, ein Tannenzapfen dumpfte auf den Waldboden, die taunassen Nadeln und dürren Blätter schienen zu atmen.

Ling hing den Wasserkessel über das Feuer, ging zum Weiherufer, wusch sich, streckte und reckte sich, machte einige Turnübungen, kam zurück, braute den Kaffee, briet den Speck mit den Eiern, holte Brot aus dem Rucksack und frühstückte gemählich und lange. Langsam hob sich der zähe Nebel. Der Platz wurde weiter, die Bäume schälten sich aus dem webenden Dunst und ragten reglos empor, die dunkle, stahlblaue Wasserfläche wurde gänzlich sichtbar, vereinzelte, fremdartige Vogelpfiffe schrillten manchmal auf, von da und dort kam ein kurzes Blöken, die Äste knackten stärker, der Boden erzitterte leicht, und das jagende Trampeln der Rehe oder Hirsche wurde vernehmbar. Sonst war es rundherum stumm, und es roch nur nach dem Moder des verfaulten Laubes.

›Hm, der Stuhlbaum wird sicher nicht glauben, daß ich bis hierher gekommen bin‹, dachte Ling und blies den Rauch seiner Corona in die allmählich aufklarende Luft: ›Nichts für unsereinen‹, würde der dicke Stone sagen – hm, ja, Herrgott, bei dem muß ich mich endlich melden, und die Geschichte von dem Eskimo muß ich auch schreiben – ›nichts für einen kultivierten Menschen wie Sie, lieber

Meister. G. N. heißen wir Juden das, Gojim naches, verstehn Sie? Christenvergnügen. Unsereins gehört in die Stadt und ins Kaffeehaus, aber in dem Hindianerland kennt man das ja nicht.‹ Und der Laschi ist in Baltimore Professor, und immer traurig, sagen die Tjedergaards. Sicher fährt er jedes Wochenende nach New York. Und die Sonja, die Lisawetha, Iwan und Victor? Wandern tut er und zelten, würden sie lachen, meschugge, total meschugge ist er geworden. Und der Charlie würde sagen, immerhin, mit beinah sechzig Jahren allerhand, was ihm sicher Beifall vom Doktor Nuckling und vom Kurt eintragen würde. Vielleicht würde der Doktor sogar dazusetzen, er ist eben doch ein Dichter und nicht ein Schreiber, wie der Neuberger einer gewesen ist. Jaja, ihr könnt mich nicht überzeugen mit seinem Roman! Zeitgerecht, o ja, aber nicht elementar. Und die magere exaltierte Hilde würde ihm beistimmen, und möglicherweise würde sie sagen, ›der Mart, enorm interessant ist er, immer wieder überrascht er uns. Ein aparter Mann, ganz ungewöhnlich, einfach einmalig.‹ Sogar das kugelrunde Mäxchen fiel dem Sinnenden ein. Nur um zu widersprechen und die Aufmerksamkeit auf sich zu lenken, würde er vielleicht sagen: ›Enorm interessant, apart, ungewöhnlich, einmalig? Lauter unnötige Superlative. Unser seliger Karl Kraus würde einfach schreiben: ein eigentümlicher Mensch, basta! Zu was einen solchen Aufwand an Worten, absolut unnötig!‹ – Der Nolens? Was ist das eigentlich für ein Mensch? Redet kaum was, wird höchstenfalls gesprächig, wenn er die Damen hofiert und anschmust, ist immer auffallend elegant und tut bedeutend. Die walkürenhafte Von? Hm, drollig sieht sie neben ihrem kleinen, runden Mäxchen aus. Wahrscheinlich wartet sie bloß, bis ein anderer anbeißt.‹

Es war taghell geworden. Ling wunderte sich, wieso er auf einmal auf all die Kumianleute gekommen war. Er stand auf, streifte im verbuschten Wald umher, sammelte wiederum Brennholz, kam ans Zelt, stocherte im qualmenden Feuer, schnitt im Buschwerk etliche gerade Äste ab, hockte sich hin, schnitzte Ringe und Rundungen in sie und verfertigte Wanderstöcke. Schließlich rauchte er Zigaretten, wieder eine Corona und kam zu keinem geregelten Denken. Er schien nur zu warten, ungeduldig auf das Zeitverrinnen zu warten, aber die Zeit stand hier anscheinend still. Er lugte gelangweilt zum unverändert blauen Himmel empor, horchte in den Wald hinein. Er hatte den Schreibblock, gespitzte Bleistifte und Kugelschreiber neben sich, doch er fand nichts zu schreiben. Einige dürre, verfärbte Blätter fielen auf ihn herab und raschelten, ganz leise schaukelnd, noch sekundenlang auf dem Boden. Er sah sie abwesend verwundert an, hob wieder den Blick. Der Weiher zeigte kein noch so winziges Wellengekräusel. Starr spiegelten sich die Berggipfel mit den leuchtenden Bäumen auf seiner Fläche. Er sah auf die Uhr. Es war erst zehn, und er war nicht imstande, sich vorzustellen, wie er die nächsten Stunden ausfüllen sollte. »Eine vollkommene Idiotie, das alles!« grämte er in sich hinein. Um davon loszukommen, stand er rasch auf und fing an, auf einen Baum zu klettern, rutschte oft und oft ab und hockte endlich schwer schnaufend auf einem starken Ast. Die gegenüberliegenden Berge zeigten dasselbe Bild wie auf dem Wasserspiegel. Irgendwo, weit weg und hoch im Äther, brummte ein Flugzeug, das er nicht sichten konnte. Das brummende Geräusch entfernte sich mehr und mehr ins Unhörbare, und es war wieder still, schrecklich still. Er ließ sich endlich wieder vom Baum herab, streifte seine Sandalen von den nackten Füßen und begann, seine Zehennägel zu beschneiden. Mittendrin fiel ihm etwas ein, und er schrieb hastig hin: »Übrigens fielen die grauenhaften Erscheinungen der Todesangst, wie man sie bei sonstigen Schlachttieren aller Art beobachten kann, vollkommen weg. Bewegungslos und stumm lagen die Quallenschweine

auf dem breiten Laufband, und wenn das elektrische Messer in die Stelle oberhalb ihrer winzigen Augen drang, zeigten sie nicht die geringste Regung.«
Er war froh und dankbar, wenngleich er solche Sätze bisher schon hundertemal notiert hatte. Die einsame Stille schien ein erstes Zeichen gegeben zu haben, daß sie befruchtend wirkte, und wenn ihm nicht ein Glutstück von einem im Feuer prasselnden Ast auf den nackten Fuß gezischt wäre, hätte er weiterdenken können. So aber ging er wiederum zum Weiher und steckte die Füße ins Wasser, blieb auf dem Stein sitzen und schaute gedankenlos über die Weiherfläche, zog die Füße hoch und fixierte die versengte Hautstelle, kam nach einer längeren Weile zum Lagerplatz, holte die kleine Lederapotheke aus dem Rucksack und klebte ein Pflaster auf die kleine Brandwunde. Was denn anfangen mit so viel leerer Zeit? Er machte Kniebeugen, um Hunger zu bekommen, wurde aber rasch kurzatmig und fiel in ein hartes Husten. Er streckte sich auf dem Boden aus und sonnte sich, schloß die Augen und hörte nur noch das leise Ticken seiner Armbanduhr. Es tickte einschläfernd gleichmäßig. Er hielt den Arm weg, um es nicht mehr zu hören, doch schon sein kurzes Walddasein hatte die gewohnte Geräuschbeladenheit gleichsam aus seinen Ohren gefegt und ihn viel feinhöriger gemacht, er hörte das Ticken noch immer. Er sah aufs Zifferblatt. Kaum eine knappe Stunde war wieder zerronnen. Er schälte einen Apfel und eine Orange, zerteilte sie sorgfältig und verzehrte sie langsam, rauchte hernach eine Zigarette und überlegte, was nun? Er umwanderte den Weiher, geriet in sumpfige Stellen, mußte Felsen überklettern und sich mit seinem Bowiemesser einen Weg durchs dichtverschlungene Gestrüpp bahnen; er fand mehrere Campingplätze, und da einer sogar eine schützende Felshöhle zeigte, beschloß er, morgen auf den überzusiedeln. Erst nach fast zwei Stunden kam er zurück auf seinen Platz. Er

kramte Konservenbüchsen, Töpfe, Fett und Brot aus dem Rucksack und kochte das Mittagessen. Auf das am Boden ausgebreitete Wachstuch stellte er Papierteller und -becher, Salz und Pfeffer, Tomaten und Obst, legte das Besteck und die Feldflasche mit dem roten Landwein dazu und aß gemächlich. Fertig damit, verbrannte er die Papierteller und -becher und die sonstigen Reste, ging an den Weiher und putzte sein Besteck blitzblank, rollte die Wachsleinwand zusammen, zündete sich eine Zigarre an und lag lange auf dem Bauch, sah gedankenlos den geschäftig kriechenden Ameisen zu, bis er die Kühle auf dem Rücken merkte und die summenden Stechmücken lästig wurden. Er streifte das Hemd über, schlüpfte in den Sweater, heizte das Feuer stärker an und aß noch eine Kleinigkeit, und während er noch eine Weile rauchend und Whisky trinkend dasaß, begann es zu dunkeln. Im ganzen Wald fing das Nachtgrillengezirp an, das erst beim ersten schüchternen Aufdämmern jäh verstummt. So also war endlich der Tag bezwungen. Trotz der Müdigkeit aber konnte er lange nicht einschlafen, knipste immer wieder die Taschenlampe an und sah auf die Uhr, deren Zeiger quälend langsam weiterrückten. Er sah ins stumpfe Zeltbraun empor, warf sich auf die andere Seite und drückte energisch die Augen zu. Nun aber raschelte es draußen, es schnaubten die Stachelschweine vor der Zeltwand. Er griff zum dicken Stock, den er sich geschnitzt hatte, knipste wieder die Taschenlampe an, wand sich aus dem Schlafsack und kroch aus dem Zelt. Er leuchtete herum und hörte ein geschwindes Trippeln hinter dem Zelt, das sich im Buschwerk verflüchtigte. Noch einmal ging er die Runde ab und legte sich wieder hin.

Mit der mühseligen Übersiedlung auf den anderen Campingplatz und dem Einrichten verlief immerhin ein guter halber Tag. Doch dann war es wieder das gleiche: waschen am Weiher, frühstücken, im Wald umherstreifen, Brennholz sammeln, kochen und essen, das Feuer halten – und

zur Abwechslung sammelte er auch flache Kieselsteine, ging an den Weiher und warf sie über die Fläche des dunklen Wassers. Sie machten etliche Sprünge und gingen unter.
Tief am Nachmittag notierte er einmal: »Die ungemein einfache Manipulation des Schlachtens, die, wie sich denken läßt, durchaus maschinell betrieben wurde, erforderte kaum mehr Arbeitskräfte, und das eben führte zu jener furchtbaren Krise in der gesamten nationalen Wirtschaft, welche die seitherige demokratische Regierung nicht mehr bewältigen konnte. Sie begann vor allem, als die großen Schlachthäuser Massenkündigungen vornahmen. Die Konservenfabriken folgten alsbald, und in knapp einem Monat war die Arbeitslosenzahl im Fleischergewerbe fast um das Vierfache der schlechtesten Jahre gestiegen.«
Er erinnerte sich – jahrzehntelang war das her – an das trostlose Arbeitslosenheer in Deutschland; er hatte das Bild, die Szene vor Augen und wußte, es würde gelingen. Die Hauptsache schien ihm der notierte Absatz, der sozusagen Einleitung war. Er schien erweckter und begann, an den Erfolg des seltsamen Experimentes zu glauben.
Der neue Lagerplatz gefiel ihm besser. Es gab da allerhand einzurichten. Er fertigte sich einen primitiven Rechen und räumte damit das Laub aus der kleinen Felsenhöhle, vor die er das Zelt gebaut hatte. Wie einfach alles wird, ging ihm durch den Kopf, nur das allernächste Zweckmäßige gilt noch: schlafen, aufwachen, waschen, essen, trinken, allerhand notwendige Kleinigkeiten erledigen und nachdenken. In Ruhe nachdenken. In Ruhe nachdenken! Oft und oft kam es ihm vor, als sei all das, was er seit seinen leichten, großen finanziellen Erfolgen betrieben hatte, lauter Unsinn gewesen, irgendein krankhaftes Hetzen durch die Tage, Wochen und Monate. Er hockte vor dem Schlafengehen noch etliche Zigaretten lang da und schaute zum besternten Himmel empor. Nachdem er sich hingelegt

hatte, mußte er lange husten, und als er beruhigter atmete, umschwirrte ihn wieder das unablässige, immer gleichartig tönende Gezirp der Grillen, bis ihm die Augen zufielen. Er erwachte einmal. Die Grillen waren verstummt. Es war totenstill, und durch die Zeltritzen fahlte der erste, noch dunkelvermischte Morgendämmer.

Sonderbar, diese leere, lähmende Stille beunruhigte ihn auf einmal. Er spürte, wie sein Herz ein paarmal bedrängt schlug. Er horchte grundlos, und gierig wartete er auf irgendeinen Laut, ein Geräusch. Er lauschte mit aller Anstrengung, hielt den Atem an, lauschte und lauschte hoffnungslos. Die Totenstille war unheimlich. Sie schien auch ihn in etwas empfindungslos Leeres und Stummes zu verwandeln, in welchem es eben nichts anderes mehr gibt als das Stillsein. Er entsetzte sich und schrie, um aus dieser eisigen Umklammerung loszukommen, mit einem Male hilferufend: »He! Ho! Hier bin ich, heho!« Doch der dünne Widerhall verwich hauchschnell, und es kam keine Antwort. Es war ihm nur, als rieben sich draußen im leisen Wind die hohen Gräser ganz sacht aneinander, und das hörte sich an wie ein kaum vernehmbares Wispern.

»Ich bin die Stille«, wisperte es, »und du erreichst mich nie und nirgends. Ich bin so undenkbar alt wie die Zeit. Ein Ferment des Lebens und eine Ausgeburt des Todes bin ich, und ich lebe nur in der Ameise, im Käfer und Getier, das nichts kennt als sein staubkleines auffunkelndes Sein im Fluß der Vergänglichkeit.«

Das Wispern war in seinem Kopf, in seinen Gliedern. Er sprang auf und rannte ins Freie. Da war nichts als der Frühnebel, der die Sicht versperrte, und eine winzige Bewegung in der Luft, die man nicht Wind nennen konnte. Er verlor die Erstarrung und spürte das gewöhnliche Frösteln, fing sich gänzlich und schüttelte den Kopf: »Hm, zum Blödsinnigwerden!« Dann fing er mit stumpfer Gleichgültigkeit sein Tagwerk an. Er sah verwildert aus,

mit dichten Bartstoppeln, rauhen, blutig zerschundenen Händen und Armen und zerzaustem Haar, doch das fiel ihm nun ebensowenig auf wie das, daß er nicht mehr auf die Uhr sah. Er schien wie ausgeronnen, nichts, was er schreiben wollte, fiel ihm mehr ein, und beim Hereinbruch der Nacht – er lag schon im Schlafsack beim Lampenlicht – versank er in eine bodenlose Verzweiflung. Er umkrampfte sein Bowiemesser, fest, noch fester, denn er zitterte. Erst mittags hatte er es scharf geschliffen, dieses Messer. Er stützte seine Kinnspitze mit dem ausgestreckten Daumen, stieß sie nach oben, so daß sein Hals sich straff steifte. Er stierte, schluckte und hob das blitzende Messer und dachte: »Ganz wuchtig und sehr schnell!« – da, was war das? Er ließ den gebogenen Arm sinken, seine zitternde Hand verlor die Greifkraft, das Messer entfiel ihr und schlug dumpf auf dem Boden auf. Irgendwo aus dem fernen, stumpfen Dunkel hallten unsagbar süß und klagend die Töne aus einer Blockflöte: ›Aus der Jugendzeit, aus der Jugendzeit ...‹ Zart, wie zögernd hob die ihm tief vertraute, schlichte Melodie an und drang in die ungewisse Schwärze der Nacht, aber nach und nach erfüllten die samtenen Töne, gleichsam unterstützt von einem viel heftiger gewordenen Grillengezirp, den ganzen Wald, die Bäume, die Sträucher, die leblosen Felsen, Gras und Moos und Wasser und alles rundum bis hinauf zum Himmel: ›O wie liegt so weit, o wie liegt so weit ...!«
Ling wußte nicht, wie ihm war. Sein Herz setzte aus, sein Kinn bebte, und etwas unter seiner Brust brach auf wie brutal auseinandergerissen, sein ganzes Blut peitschte inwendig an seine Rippen, haltlos stammelten seine Lippen, und dicke Tränen rannen über seine zitternden Wangen. Er sprang auf, rannte wie blind mit der vorgestreckten, stechend leuchtenden Taschenlampe ans Ufer, stolperte über einen Stein, fiel hin, und die Lampe entglitt ihm, plumpste ins leicht aufspritzende Wasser. Er schwang sich

auf, schrie über die dunkle Wasserfläche, schrie, schrie, aber die Töne und das peitschende Grillengezirp klangen darüber hinweg, und keine Antwort kam. Wie ein Rasender, mit vorgedrücktem Körper, wuchtete er in die hemmenden Zweige, ins undurchdringliche Gebüsch, seine Haut zerriß, sein Gesicht, über Hände und Arme rann Blut, immer wieder stolperte er, fing sich, schrie keuchend, schrie und merkte erst nach einer Weile, daß er sich von der Richtung der Töne entfernt hatte, stockte schlotternd und horchte, bis sein Ohr die Melodie ›Waldeslust! Waldeslust‹ im Geknack der Äste und seines Getrampels entwirrte. Atemringend und ratlos stand er und sammelte Kraft für ein erneutes Rufen. Vergeblich, nur die Töne klangen von fernher. Er wandte sich um und arbeitete sich in die entgegengesetzte Richtung. Er fieberte und heulte wie ein waidwundes Tier, stand plötzlich auf einem flachen Plateau, hörte die Töne näher und deutlicher und sprang blindlings ins eisige Wasser. Es zischte hochauf, rauschte um ihn, er machte mit aller Anstrengung Schwimmbewegungen und stieß, so gut er es vermochte, gurgelnde Schreie aus. Seine Kraft ließ nach, Angst, Todesangst ergriff ihn, er spreizte erschreckt die Arme und erkannte im gelben Halbkreis einer herumleuchtenden Taschenlampe am nahen, seitlichen Ufer eine kleine, hagere Gestalt, die irgend etwas schrie und hurtig einen langen, dünnen, umgefallenen Baum ins Wasser ihm entgegenstreckte: »Da, da faß an, faß an, schnell, faß!« Mit letzter Kraft schwamm er, erwischte den kalten Baum, umklammerte ihn, sah noch, wie das gelbe Licht verschwamm und fühlte, wie jemand ihn ans Ufer zog. Durch eine Taubheit hindurch fühlte er, wie jemand sich mit seinem Körper zu schaffen machte, mechanisch seine Arme von vorne nach hinten bog. Er erbrach Wasser, schnaubte prustend und erwachte frierend.

»Gott sei Dank! Mann, Mann, warum . . .?« stammelte er,

doch der kleine, hagere Mensch rieb heftig mit einem Frottiertuch über seine blutende, nasse Haut, kniete dann plötzlich vor ihm, stützte seinen Kopf und goß ihm heißen Tee mit Rum ein: »So, so, trink, trink ganz heiß, trink!« Es kam Wärme und Leben in seine Adern, sein Atem wurde regelmäßiger, und schließlich lag er, in ein Badetuch gewickelt, unter einer Wolldecke, ein Luftkissen hinter dem Kopf, am neugeschürten Feuer seines ersten Lagerplatzes.

»Ist's gut? Ist's gut so, Kamerad?« fragte der über ihn gebeugte Mann. Er erkannte sein überleuchtetes, kleines Gesicht mit dem dünnen Spitz- und Schnurrbart, den schmächtigen Oberkörper im wollenen dunklen Sweater, die ausgebeulte Manchesterhose und die fast zarten Hände mit der dampfenden Thermosflasche: »Da, trink noch, trink.«

»Ja, ja, danke, es ist gut«, brachte der Liegende endlich heraus und konnte bereits mit der Hand eine abwehrende Geste machen.

»Hmhmhm«, machte der Fremde unausgesetzt und schüttelte dabei den Kopf: »Das hätte dein Tod sein können. Außerdem hat der Weiher auch noch Strudel.« Er schien beruhigt und zufrieden und beschäftigte sich mit einer glattpolierten, langen Schachtel mit aufgeschlagenem Deckel vor dem Zelt, in welchem ein winziges Lämpchen leuchtete.

»Hmhm, geschrien? Gerufen hast du? Hm, wieso ich das nicht hören konnte, hmhm«, wunderte er sich immer wieder, als Ling endlich erzählte: »Seltsam, du hörst mein Flöten, aber ich höre dein Schreien nicht, und wenn ich nicht zufällig noch Wasser hole – schrecklich!«

Ling richtete sich ein wenig auf und sah ihm interessiert zu. Die offene Schachtel war mit Samt ausgeschlagen und hatte größere und kleinere Einbuchtungen.

»Was sind das für Dinger?« fragte er.

»Blockflöten«, erwiderte der Mann und hielt ihm eine hin: »Die hab' ich schon in meiner Kindheit gern gespielt.« Er gab ihm das glatte, braunpolierte Ding, und während Ling es nachdenklich betrachtete, redete er weiter: »Bist du denn ins Wasser gefallen, Kamerad?«
»Nein, hineingesprungen!«
»Hineingesprungen? Unmöglich! Jeder weiß doch, daß der Weiher bloß im Hochsommer halbwegs zum Baden ist. Ich habe es nicht glauben können, daß zu so einer Zeit noch jemand außer mir hier zeltet. Ich verkriech' mich doch extra erst Anfang Herbst immer hier, damit mich keiner im Spielen stört. Sonst im Jahr kann ich doch nie so ausgiebig mein Hobby betreiben. Ich rauche und trinke nicht, ich mag nicht zuviel Geselligkeit, aber so ein kleines Liedchen aus meiner deutschen Kinderzeit – ich bin vom Maingau, aus Kitzingen –, so ein liebes, wunderschönes, harmloses Liedchen auf der Blockflöte, Landsmann, da geht mir das Herz auf! Da liebe ich die ganze Welt!« Da er sah, wie anteilnehmend Ling ihm zuhörte und dabei still in sich hineinlächelte, ergriff er eine Flöte und sagte: »Darf ich? Hörst du's auch gern, ja?«
»Ja, spiel was, wo die ganze Welt drinnen ist«, bat Ling, und sehnsüchtig gezogen, allmählich übergehend in eine große, alles umfassende Innigkeit erklang ›O Täler weit, o Höhen!‹, und wieder war's, als fülle sich der ganze Wald bis hinauf zum sternlosen Firmament mit den reinen Unschuldselementen der Natur. Und wie unaufdringlich, wie in sich gedämpft, wie zart und verhalten, wie unbeschreiblich verschwistert der hölzernen Welt rundherum drang aus der hölzernen Flöte jener bezaubernde, geheimnisvolle und starke Ton des Unvergänglichen dieser Welt!
»Das ist – ich weiß nicht, das bezwingt und will doch gar nicht«, sagte Ling, von einer seltsamen Bewegung erfaßt: »Ich versteh' dich, Landsmann, ich versteh' dich! Das ist groß, weil es sich ganz klein gibt. Hmhm.«

Der Spieler schlug den Speichel aus dem Mundstück der Flöte und meinte verständnislos: »Jaja, so kleine Sachen, die haben oft viel in sich.«

Er freute sich, daß Ling sich so schnell erholte. Sie hockten noch lange am knisternden, manchmal hochaufzüngelnden Feuer und tranken mehrere Teekannen leer. Während des Gespräches stellte ich heraus, daß der kleine Mann ein vermögender Direktor einer Metallwarenfabrik in Philadelphia war und fast jedes Jahr diesen Platz aufsuchte.

»Wissen Sie«, wurde er auf einmal förmlich, als er erfuhr, daß Ling Schriftsteller, Story-Schreiber sei, von dem er sogar schon allerhand in den verschiedenen Magazinen gelesen hatte: »Wissen Sie, ich bin durchaus kein Sonderling, nein, nein.«

»Warum auf einmal dieses steife deutsche ›Sie‹?« unterbrach ihn Ling, und, in der Tat, er genierte sich, und meinte entschuldigend: »Hm, komisch, jaja, wie wir doch gleich wieder in dieses heimatliche Respektieren kommen, hmhm! Im Grund geht's doch jedem bloß drum, wie er mit seinem Talent gut durchkommt.«

Er habe eine gute, nette Frau und zwei hübsche, schon herangewachsene Töchter, eine bereits gut verheiratet mit einem Anwalt, und in seinem Haus gebe es allerhand Parties, die »man eben machen muß als Geschäftsmann und Familienvater«, erzählte der Mister Braun.

»Aber ich bin jetzt fünfundsechzig, und da fängt man an, mit seinem kurzen Leben ökonomischer umzugehn. Aber, was, was? Was bleibt einem denn eigentlich und wird mit dem Älterwerden immer schöner? Bloß die lieben Erinnerungen aus der Kinderzeit! Und die paar Lieder, die man da gesungen hat. Wenn eins aufklingt, Landsmann, oder wenn ich eins spiele, da riech' ich noch die Stunde und den Tag, ich weiß noch genau, damals war's ein verregnetes Ostern, und da hatten wir erst im Januar Schnee, und meine Tante, die immer heimlich schnupfte, die ist dagesessen und hat gesagt: ›In dem hohen Ton, ich kenn' ja die Noten nicht, Heinrich, aber da hast du dich vergriffen, das haben wir in unserer Schule seinerzeit anders gelernt‹; und dann hat sie zu singen angefangen, aber bloß gekrächzt, und wir haben alle ›Oh! Ojemine!‹ gerufen, und mein Vater hat zu ihr gesagt, das kommt eben vom Schnupfen, eine Frau schnupft nicht. Das hat sie bös gemacht. ›Im Rokokoko‹ – die hat es immer so gesagt – ›im Rokokoko, da hat bloß die feine Dame geschnupft, Albert‹, sagt sie, ›die Frauenzimmer vom niederen Stand haben nicht dürfen‹ ... Jaja, Kamerad, seine Jugend muß man bei sich behalten, dann wird man nicht so schnell alt. Allzuviel kommt ja beim besten Menschenleben nicht heraus.« Er hielt inne und sah nachdenklich ins lohende Feuer.

»Allzuviel wirklich nicht«, gab Ling zu.

»Ja, und dieses wenige, Landsmann, das will und kann man nicht teilen. Das hab' ich herausgefunden. Dieses bißchen muß man für sich haben, das braucht man einfach. Darum geh' ich jedes Jahr auf vierzehn Tage hierher. Da bin ich ganz für mich und kann es auskosten«, schloß Mister Braun.

Es war spät geworden, sternlos hing der Himmel über den Bäumen, und kein Mond schien. Ein Zurückwandern zu seinem Lagerplatz wäre zu schwierig gewesen. Mister Braun richtete in seinem umfänglichen Zelt ein Lager und sorgte rührend für alles. Als Ling spät in der Morgenhelle die Augen aufschlug, werkelte sein Gastgeber schon wieder am Feuer, kochte Wasser und machte den Frühstückstisch auf dem blanken Boden.

»Bücher hast du dir auch mitgenommen, Landsmann? Lesen tust du auch?« rief Ling, im Zelt herumschauend.

»O ja. Warum nicht? Da habe ich Zeit«, kam's von draußen: »Früher habe ich fast nur deutsche Bücher gelesen, aber meine Töchter haben mich auf die Amerikaner gebracht. Die sind kurzweiliger und oft recht interessant. Da ist eins von einem Deutschen dabei, den hat die ›Philadelphia Gazette‹ sehr gelobt. Er ist erst kürzlich gestorben.«

Ling griff nach den paar aufgestapelten Büchern und zuckte zusammen. Es war die deutsche Ausgabe von Neubergers ›Der krumme Weg ins Nichts‹.

»Übersetzte Bücher in Amerika hab' ich nicht gern«, hörte er Mister Braun sagen, der jetzt am Zelteingang stand. Der sah Lings verdutzte Miene und fragte: »Ist dir das bekannt?«

»Nein. Keine Ahnung«, tat Ling erstaunt: »Hm, komischer Titel.«

»Ja, man muß sich auch erst ein bißchen hineinlesen, aber der Mann hat seine Schreiberei verstanden. Vielleicht ist das sogar seine eigene Geschichte«, erklärte Braun: »Er stellt da einen Schreiber mit einem sehr kleinen Talent dar, der vor lauter Eitelkeit absolut nicht einsehen will, wo die Grenzen seines Talents sind. Er hat schnell Erfolg, er führt ein Sauf- und Lotterleben, er macht sich überall interessant, aber es ist nichts hinter ihm. Nachdem er mit irgendeiner Story einen großen Filmerfolg hat, drängt ihn sein Agent, er soll einen großen Roman schreiben, und gibt ihm die besten Chancen. Und da versagt er. Er gibt das natürlich nicht zu. Er stellt alles nun so hin, als ob sich ihm immer weiß Gott was für Sachen in die Quere stellen. Im Grund ist's aber so, daß er eben, weil er für den Roman nicht taugt, in einem fort Schwierigkeiten und Hindernisse sucht, bloß um Ausreden zu haben. Er selber ist's also, der sich sozusagen in den eigenen Weg stellt. Das ist ausgezeichnet geschildert, sehr gut. Das Buch hat mich gepackt. Dieser Neuberger – schade, er soll erst in den Fünfzigern gestanden haben –, der Mann muß ein großes Talent gewesen sein, daß er ein kleines so haargenau darstellen konnte.«

Ling hatte ihm wortlos zugehört. Zum Schluß legte er das Buch hin und sagte völlig unverdächtig: »Soso, hm, also lesenswert?«
»Jaja, durchaus«, nickte Braun und bekräftigte noch einmal: »Und sehr, sehr gut gebracht, ganz ehrlich.«
Beim Frühstück redeten sie nur noch wenig und über gleichgültige Dinge, vor allem über eine Wegabkürzung, die Braun vorschlug. Ling schien unausgeschlafen. Er brach bald auf, verabschiedete sich dankbar und suchte sein Lager auf. Als er zum Abmarsch fertig vom anderen Ufer herübergrüßte und langsam den Berg hinunterstieg, spielte ihm Braun das Liedchen nach: ›Wenn ich den Wandrer frage.‹ Doch seine Bestürzung und Grämlichkeit über die unerwartete Begegnung mit dem Roman Neubergers und dessen Beurteilung durch Braun wichen nicht. Dennoch – ob es das einschmeichelnde Tönen oder sonst etwas war, wußte er nicht – dennoch blieb er auf dem schmalen Geröllweg noch einmal stehen und formte mit seinen Lippen die Worte wie von selbst:

»So hat man mich gefragt: Was quält dich sehr?
Ich kann nicht nach Haus, hab' keine Heimat mehr.«

Längst sah er Braun nicht mehr, sein Flöten wurde fern und entfernter, Ling stand bedrückt und traurig unter dem farbigen Blattwerk der schon ziemlich gelichteten Baumkronen, durch welche da und dort ein gefetztes Stück des klarblauen Herbsthimmels lugte. Dünn murmelte in der Nähe eine Quelle. Eichhörnchen huschten über die Steine, sprangen an einen Stamm, liefen blitzschnell aufwärts, ihr Kopf tauchte auf, und scheu, wie fragend starrten sie auf den Weitergehenden. Endlich hörten die Bäume und Sträucher auf und gaben den Blick frei. Drunten im Tal glitzerten die tauigen Wiesen, und weiße Farmhäuser mit roten Scheunen und runden Silos tauchten auf. Er atmete mit vollen Lungen, hielt kurz Ausschau und schritt schneller dahin, doch seine Miene besserte sich nicht.

»Hm«, brummte er halb verächtlich, »vielleicht war's nicht ganz nutzlos, jedenfalls erholsam.« Und stumm dachte er weiter: ›Dieser Neuberger muß ein großes Talent gewesen sein, daß er ein kleines so haargenau darstellen konnte.‹ Die Stille war nicht in ihn hineingekommen. Alle Unruhe flackerte wieder auf. Sicher war er froh, wieder heim und in eine bequeme Ordnung zu kommen und die Stuhlbaums wiederzusehen, aber was war denn das für ein ›Heimkommen‹ in ein Haus, in welchem etwas Unbezwingbares auf ihn wartete und ihn wieder ganz in seine Krallen nahm, in ein Haus mit einer wortkargen Frau, in welchem trotz all dem ihm Entsprechenden, das er hineingebaut hatte, noch immer nichts, rein gar nichts zur warmen, geborgenen Gewohnheit geworden war! Ihm graute fast davor, weil er wiederum erkannte, daß er es an keinem Tag lange in den Räumen dieser provisorischen Zuflucht aushalten und fast zwangsläufig jeder sinnlosen Ablenkung erliegen würde. Eigentlich wollte er, verwildert, verschwitzt, verschmutzt und überbartet, wie er war, die Stuhlbaums überraschen. Er besann sich jedoch eines anderen, ließ sich im nächsten kleinen Ort die Haare schneiden und rasieren, trieb ein Mietauto auf und kam schon kurz vor elf Uhr vormittags daheim an. Mrs. Lettien empfing ihn unverblüfft, verlor aber doch einige Worte über sein gesundgebräuntes Aussehen und sagte: »Well, Sir, bis ein Uhr kann das Dinner bereit sein.«

»Das hat Zeit, meinetwegen«, warf er hin und fragte: »War sonst irgendwas?« Nichts weiter, meinte sie, nur Mister Stuhlbaum sei gestern dagewesen, er habe jetzt einen schönen Dobermann aufgetrieben. Vor längerer Zeit hatte Ling in einer Laune einmal einen solchen Wunsch geäußert, ihn aber schon lang wieder vergessen.

»Ach«, sagte er, »ich will doch gar keinen. Was mach' ich denn damit?«

»Wie Sie belieben, Sir«, antwortete sie etwas frostig und

verschwand in der Küche. Das ging nun jeden und jeden Tag wieder so. Mürrisch setzte er sich an seinen Schreibtisch, und ohne langes Bedenken schrieb er an die Kumians, sie sollten ihn besuchen. »Aber, bitte, liebe Sonja, nur Ihr zwei, Du und Iwan! Ich vertrag' noch nicht mehr Menschen. Und gebt telegrafisch Bescheid, wann Ihr kommt, ja?« hieß es darin. Die Antwort ließ auf sich warten. Das war bei der Zuverlässigkeit der beiden unverständlich.

Am Nachmittag des andern Tages hielt ein schwarzer Cadillac vor dem Haus, und die beiden Tjedergaards mit einem fremden Herrn entstiegen ihm. Staunend und freudig rannte Ling aus dem Haus und riß die Gartentür auf: »Jaja, so eine nette Überraschung. Bitte, bitte, kommen Sie, kommen Sie.« Da erst sah er ihre ernsten Gesichter, und Frau Elga sagte schmerzlich: »Wir bringen leider nichts Gutes, Mister Ling. Leider etwas sehr Trauriges.« Sie betupfte ihre schönen, großen Augen mit dem Spitzentaschentuch.

»So? Soso . . . Bitte, bitte, was ist's? Kommen Sie! Kommen Sie erst mal ins Haus«, drängte Ling, und noch während des Gehens radebrechte der Professor: »Wo sich betrifft Ihre Freund, Kollege Laschinski.«

»La-laschinski? Der –«, stammelte Ling und erinnerte sich, daß sie doch versprochen hatten, ihm kein Wort über ihn zu sagen.

»Jaja. Es hat leider sein müssen, lieber Mister Ling. Gleich werden Sie alles erfahren«, entschuldigte sich die imposante Professorin, und als sie endlich im behaglich warmen Wohnzimmer saßen, stellten sie zunächst einmal ihren bebrillten, scharfgesichtigen Begleiter, den Anwalt William Miller, vor und übergaben dem bestürzten Ling einen verschlossenen Brief und ein Bündel Schriftstücke.

»Very bad. Hard Wort das – er ist tot«, sagte Tjedergaard unvermittelt.

»Wasss? Tot?! Tot?!!« schrie Ling erschreckt heraus und hatte große, fassungslose Augen. Die anderen nickten. Einige Sekunden waren alle stumm.
»Es ist keine sehr schöne Geschichte«, fand endlich Frau Elga das Wort wieder: »Sicher erzählt er sie in dem Brief, den er mir kurz vor seinem Ende übergeben hat. ›Bloß *der* soll's genau wissen, nur der allein versteht mich', hat er dabei gesagt.« Jedenfalls erfuhr Ling, daß sich Laschi wieder einmal verliebt hatte und von seinem Rivalen, der schon ein längeres Verhältnis mit jener Frau hatte, zweimal überfallen und so zugerichtet worden sei, daß er schließlich im Hospital verstarb.
»Verzeihen Sie«, mischte sich Miller ins Gespräch, »Sie waren sein nächster Freund. Professor Laschinski hat oft und oft von Ihnen gesprochen. Auch ich habe den lieben Menschen in der kurzen Baltimorer Zeit näher kennengelernt. Es ist ganz schrecklich! Schrecklich! . . . *Die* Frau muß endlich das gewesen sein, was er immer gesucht hat.« Nur mühevoll hielt er sein glattrasiertes Mannsgesicht zusammen: »Hinterlassen hat er ja weiter nichts als diese Papiere und einige hundert Dollar. Erben scheinen nicht vorhanden zu sein. Ich regle all diese Angelegenheiten.«
Obgleich Ling sie dringend einlud, zum Essen zu bleiben, schlugen sie vor, ihn für einige Stunden allein zu lassen, sie hätten vor ihrer Abreise nach Norwegen noch allerhand mit Stuhlbaum zu besprechen, und Miller wolle bei dieser Gelegenheit einen Klienten im ›Grand Hotel‹ aufsuchen.
»Elga hat the opinion«, radebrechte Tjedergaard: »Lesen Sie before the letter.«
»Ja, sicher klärt das vieles, Mister Ling«, nickte seine Frau, und sie erhoben sich. Als sie weg waren, ging Ling sogleich in sein Arbeitszimmer und las den ihm übergebenen Brief.

BRIEF ÜBER EINEN LATENTEN MÖRDER

»Lieber Mart!

Es ist bitter, daß ich erst jetzt erfahre, wo Du bist, schrecklich bitter! Aber Du wirst schon Deine Gründe gehabt haben, und – Du kennst mich ja! – für mich ist noch stets alles trist und bitter ausgelaufen. Miller und die Tjedergaards werden Dich ja unterrichten, es sind rührend nette Leute, Miller hat mein volles Vertrauen.

Der Befund hat ergeben, daß meine Kehlkopfverletzung, wenn ich mich nicht unbedingt schone, lebensgefährlich werden kann, Krebs oder sonst etwas Tödliches. Ich soll vor allem nicht rauchen und tu's trotzdem, und ich habe mir für alle Fälle eine reichliche Portion von den starken Schlaftabletten, die mir der Doktor Nuckling immer verschrieben hat, zusammengespart. Es wird sich also alles ziemlich unauffällig regeln, denn ich habe jetzt wirklich genug, fort und fort gelebt zu werden.

Gelebt zu werden! Bloß Du, lieber Mart, verstehst das, denn Du wehrst Dich ja, seitdem ich Dich kenne, immer und immer wieder dagegen, ganz im Gegensatz zu mir. Seltsam, seitdem ich mir fest vorgenommen habe, Schluß zu machen, kann ich zum ersten Male – wie mir scheint – folgerichtig denken. Vielleicht kommt das daher, weil ich schon vom Tod aus ins Leben schaue. Da beirrt nichts Nebensächliches mehr, und man stößt nur noch auf das Wesentliche, weil alle Wünsche, alle Begierden und Absichten wegfallen. Möglicherweise ist das der Zustand, in welchem jeder ganz große Künstler sich befindet, wenn er schafft, aber ich bin keiner. Ich bin bloß ein zufälliger Fred Laschinski, und mein Pech war, daß ich, wie wir Diasporiten alle, immer etwas Besonderes sein wollte. Das war auch der Grund, warum es mich, genau wie Dich, immer so sinn- und ziellos umhergetrieben hat, denn einer, der sich einbildet, was Besonderes zu sein, dem verschieben sich wie von selber die Maßstäbe des Normalen und Gewöhnlichen, und vollkommen selbstherrlich verfällt er darauf, natürlich auch stets und in jeder Hinsicht etwas Besonderes für sich von der Umwelt zu beanspruchen. Und da fängt also dann unsere ganze traurige Kalamität an, denn wer von uns sucht denn jemals wirklich die Ursachen derselben in sich selber? Wer kann denn das schon? Immer schiebt er die Schuld daran den Verhältnissen oder anderen Menschen zu! Ärgere Dich, bitte, über diese Binsenweisheiten nicht, lieber Mart! Jetzt, wo ich nicht mehr das geringste will, scheint es mir, als ob im Leben jedes einzelnen von uns zuletzt auf diese primitive, dürre Einsicht hinauslaufe, und ich – kann mir nicht helfen! – als das Schlimmste finde ich, daß wir trotz der zweitausend Jahre, die wir so glorreich hinter uns gebracht haben, bis heute noch nicht einmal diese Anfangsgründe unseres persönlichen Lebens kapiert haben. Genug. –

Zuerst einmal das Tatsächliche. Mir hat schon in New York geschwant, daß mein Weggang nach Baltimore nichts Gutes zeitigen wird. Du kennst ja meine Entschlußlosigkeit und meinen Abscheu vor jeder Veränderung. Aber, mein Gott, ich habe mir doch unbedingt einmal bestätigen wollen, daß ich fähig bin, meine inneren Angelegenheiten ganz für mich und völlig selbständig zu regeln!

Soweit hat sich ja hier anfangs auch alles recht passabel angelassen, wenigstens äußerlich. Mein Salär ist um ein gutes Drittel höher gewesen, ich bin auf die Tjedergaards und durch sie auf Miller gestoßen und habe bei ihnen viel Verständnis gefunden. Sie haben mir zu einer kleinen, für mich passenden Wohnung verholfen, und insbesondere Frau Elga hat stets fast wie eine Mutter für mich gesorgt. Natürlich bin ich in der ersten Zeit an jedem Wochenende zu unseren Freunden nach New York gefahren, vor allem zu Charlie und Bianka, die mich ja am längsten kennen.

›Freunde‹? ›Freunde‹, Mart? Du wirst beinahe mitleidig-verächtlich darüber lächeln. Unsereiner, der dazu verdammt ist, sich fort und fort zu inspizieren und jede eigene Verlogenheit erbarmungslos zu zergliedern, unsereiner kriegt nach und nach Angst und Furcht vor Menschen, ja, manchmal einen panischen Schrecken vor ihnen, aber er muß sie haben, er braucht sie gleichsam als gewohnheitsmäßige Warnungszeichen aller fragwürdigen menschlichen Natur. Wie soll da schon einmal irgend etwas Ähnliches wie Freundschaft herauskommen? So, und da ist mir dann die Frau über den Weg gelaufen, die mit einem Schlag alle diese scheinbar festgewurzelten Komplexe und Hemmungen aus mir herausgeworfen hat. Wie, weiß ich nicht. Du kennst mich und weißt, was das für mich bedeutet hat. Beschreiben kann ich das alles nicht, beschreiben kann ich bloß sie selber, und dabei zittere und brenne ich und muß weinen, ohne zu wissen, warum und muß aussetzen, bis ich mich wieder beruhigt habe. –

So, jetzt geht's wieder. Ich weiß nicht, ob ich sie noch sehen werde, und wenn, dann tut es so furchtbar weh, daß ich fast wünsche, es möchte nicht mehr passieren. Ich will bloß noch, und eigentlich tue ich's mehr für mich, versuchen, sie halbwegs zu zeichnen: tizianrotes Haar, braune Rehaugen und einen Mund, bei dem ein Mensch wie ich einfach zergeht, und dazu noch eine fast jungmädchenhafte, unschuldig-zärtliche Stimme trotz ihrer voll ausgereiften, unwahrscheinlich liebeserfahrenen fünfundvierzig Frauenjahre. (Kannst Du Dir das bei mir überhaupt vorstellen, Mart, eine Fünfundvierzigjährige, wo mir doch zuvor schon die Zwei- und Dreiundzwanzigerinnen zu alt waren?) Sie steht vor mir wie ein künstlerisch vollendeter Erzengel, groß und schlank, ohne eine Spur von Unnahbarkeit, frei und heiter, kindernaiv scheinbar und in jeder Bewegung eine buchstäblich schwindelerregende, rein körperliche Begehrlichkeit, eine so raffinierte Lüsternheit, daß du meinst, das berechnendste Weib der ganzen Welt steht vor dir, und alles an ihr ist darauf abgestellt: die elegante Kleidung, ihr Gang, ihre Gesten, ihr Lachen und ihr Blick. Kurzum: Ein Geschöpf der Lust von Natur aus. Und doch ein unerschöpflich liebendes Weib!

Ich kann es auch jetzt noch nicht fassen, dieses unheimliche Glück, Mart! –

Aber zwischen Claire und mir, da stand ihr Freund, der Karl, ein ehemaliger Emigrant, wie wir, aus der Nürnberger Gegend, der als linker Sozialist die achtzehner Revolution mitgemacht hat und noch davon zehrt. Ein begabter Kunstmaler übrigens, im Technischen fast genial und dadurch sehr erfolgreich in Amerika. Claire hatte sich, kurz nachdem er ins Land kam, in ihn verliebt und ihm viel geholfen beim Fußfassen, beim Schaffen von einflußreichen Beziehungen und auch materiell, denn sie hat hier in Baltimore seit langem eine sehr gut bezahlte und angenehme Stellung als Cheflaborantin der chemischen Abteilung an der John-Hopkins-Universität, ist hoch angesehen und überall äußerst beliebt. Durch die Bekanntschaft mit ihr erhielt er bald Porträtaufträge, und es ging schnell mit ihm aufwärts. Da er äußerlich gute Umgangsformen hat, halbwegs belesen und durchaus nicht unsympathisch ist, solange man ihm seine eigene Meinung läßt, entwickelte sich unsere Bekanntschaft ganz angenehm, wenn ich auch meinen Umgang mit ihm von Anfang an ziemlich beschränkte. Merkwürdigerweise aber verehrte er mich und hing sehr an mir, weil ich in der Negerfrage mit Tjedergaards voll übereinstimmte und damals als jüngster, noch kaum richtig warm gewordener Professor den Vorsitz in einer öffentlichen Versammlung übernommen hatte, in der neben Tjedergaard der berühmte Negerreferent Martin Luther King aus Montgomery, Alabama, und vier andere farbige Priester gegen die unhaltbaren Zustände im Süden protestierten. Ich wurde für ihn, wie mir Claire berichtete, von da ab ein Idol des integren Kämpfers für Gerechtigkeit, Menschenwürde und Freiheit, und du kannst Dir denken, wie unangenehm mir das war, mir, der noch nie sehr viel von sich gehalten hat! Wir beide, lieber Mart, sind von früh auf zu sehr vom Leben zerzaust worden, und es ist uns soviel Unrecht auf den Rücken geprügelt worden, daß wir ängstlich, skeptisch und höchst mißtrauisch in bezug auf irgendwelche idealen Regungen im Menschen geworden sind; wir sind die fatalistisch Zukurzgekommenen mit der bitter schmerzlichen Einsicht, daß man, um überhaupt halbwegs durchs Leben zu kommen, nur immer von sich, von seiner eigenen Kleinheit aus, Umwelt und menschliche Äußerungen ein- und abschätzen muß. Karl aber kommt aus sehr gut gestellten Bürgerkreisen, studierte einige Jahre, machte das bekannte Rebellentum gegen die Familie und die Vorurteile seiner Schicht durch, geriet in die deutsche Revolution ohne die geringste Vorstellung von der Masse, wurde wie alle seinesgleichen heroischer Sozialist, befaßte sich mit Feuereifer mit Weltverbesserungsideen und natürlich ganz besonders mit dem Marxismus und glaubte schließlich, eine hieb- und stichfeste Weltanschauung gewonnen zu haben. Was innerhalb derselben postuliert war oder wurde, galt für ihn. Diese erschreckende ›Überzeugungsstärke‹ fordert kein Zu-Ende-Denken mehr, da gibt es für jeden Fall des Verhaltens eine fertige, perfekte Gebrauchsanweisung, die von der eigenen Verantwortung enthebt, denn einer der Hauptgrundsätze sagt doch, daß nicht der Mensch die Verhältnisse, sondern umgekehrt die Verhältnisse den Menschen machen. Schuld des einzelnen gibt es also gar nicht mehr, und der Lump, der Dieb, der Betrüger im großen und im kleinen, der private und der Massenmörder sind im Grunde nur Opfer dieser Verhältnisse, ändert man sie, gibt's auch diese bösartigen Subjekte nicht mehr. Dieser fatale Losspruch von allen persönlichen Gewissensskrupeln, den sich, wenn man es genau nimmt, fast unsere ganze europäische Fortschrittsgeneration zu eigen gemacht hat – mein Gott, lieber Mart, warum schreien und zetern all diese Leute so gegen Hitlerbestialität und Stalins Ausrottung von Millionen vermeintlicher Widersacher?! Ach, wir haben sie doch alle bis zum Erbrechen kennengelernt, diese standhaften GmbH, diese Genossen mit beschränktem Horizont und dem geschmeidigen Zungenwerk wahrhaft teuflischer Rabulisten! Das bißchen Humane, das in all dem Schrecken noch in uns verblieben ist, die simple Selbstverständlichkeit, daß Haß immer nur wieder Haß und Gewalt stets nichts anderes als Gegenhaß und Rachsucht erzeugen, sie wollten's uns austreiben mit allen Mitteln, sie wollten, daß wir uns menschlich aufgeben und Raubtiere werden! Wem schreibe ich denn das, Mart? Dir, der uns alle für ›arme Hunde‹ hält und mir einmal in einer Nacht gesagt hat: ›An allem Wehtun bist du schuld!‹ Bitte, verzeihe, daß ich so abschweife. Karl ist früher einmal – es war noch in seiner deutschen Zeit – einige Jahre in Asien gewesen und gibt sich jetzt zeitweise als Buddhist, ohne natürlich sein zerfahrenes revolutionäres Sozialistentum aufzugeben. Das gibt ihm in der Gesellschaft einen gewissen interessanten Nimbus, den man ja in so provinziellen Städten wie Baltimore Künstlern, und noch dazu europäischen, gern zubilligt. Er ist einer von jenen gedrungen gebauten, dichtbehaarten, verdächtig gesunden Mannstypen, die ungeheuer von sich eingenommen sind, dies aber bei entsprechenden Gelegenheiten durch ein larmoyantes Bescheidentun höchst geschickt zu verwischen verstehen, was ja immer recht gewinnend wirkt. Seine weltanschauliche Prinzipienstärke hindert ihn aber keineswegs, sich Claire gegenüber als diktatorisch-besitzstarrer Hauspascha zu benehmen, der in seiner entnervend beschränkten Rechthaberei, die sich oft und oft bis zum tückischen Jähzornsausbruch steigert, keinen Widerspruch und nicht die leiseste Kritik an seiner Person und Kunst duldet. Ich habe das einige Male miterlebt und daraufhin Claire gefragt, wie sie denn das so lange ausgehalten hat. Gänzlich unverständlich war mir, daß sie es stets fast gleichgültig hinnahm, von ihm als dumm und ungebildet gehalten zu werden, als Weib wie jedes andere, steckengeblieben in einer überholten Familientradition, meinungslos in jeder Hinsicht und spießbürgerlich ohne Verständnis für höhere künstlerische und geistige Dinge. Ich weiß, daß sie keine Masochistin ist, und stehe jetzt noch vor einem Rätsel, denn in der (sicher unbewußten) Absicht, sie ganz und gar von ihrer Nichtigkeit zu überzeugen, nennt er sich, ohne sich jemals dieser beinahe unappetitlichen Geschmacklosigkeit innezuwerden, fortwährend einen guten Menschen und behauptet, überhaupt nur mit grundanständigen, guten Menschen verkehren zu können. Und sie? Wie reagiert sie darauf? Was tut sie? Sie lacht die meiste Zeit darüber hinweg wie unsere Lisawetha in New York über uns alle. Sie ordnet sich ihm völlig unter, äußert in einer Gesellschaft nie eine Meinung und schweigt, so daß sie viele trotz ihres persönlichen Charmes und ihrer beruflichen Qualifikation tatsächlich für nicht allzu intelligent halten, und erklärt mir bloß: ›Was soll ich mir jedes Zusammensein mit ihm verekeln und immer Streit haben?‹

Und da treiben wir beiden zusammen, und sie fängt wieder zu reden an und hat klare Meinungen! Ich bewundere ihren eleganten Geschmack, es entgeht mir auch nicht das Winzigste ihres körperlichen Reizes, und ich nehme an allem teil, was sie bewegt und ersehnt. ›Er hat meistens nicht einmal gesehen, ob ich ein wollenes oder ein hübsches Seidenhöschen getragen habe. Und dabei ist er doch ein Maler, ein Augen- und Sinnenmensch!‹ sagt sie. Und ich? Ich sehe sie an und begreife nicht und empfinde nur die unsagbare Bezauberung durch sie!

Das sonderbarste dabei ist aber, daß mir Karl in solchen

Augenblicken furchtbar leid tut. So stark empfinde ich das, daß ich ihm – wäre er jetzt da und vor mir – das aufrichtig bewegt sagen möchte. Doch es ist natürlich nie dazu gekommen, und du kannst dir denken, daß wir das Geheimnis unserer Liebe nie verraten haben, bis es eben zu spät war. Zerstört denn nicht ein solches Bekanntmachen stets die Intimität und den Zauber der Liebe? Die besten Ehen zeugen davon.

Trotz alledem aber – ich brachte Claire halbwegs dazu, ihm wenigstens andeutungsweise beizubringen, was geschehen war. Ich weiß bis heute nicht, ob sie das getan hat. Offenbar gefiel ihr das In-der-Schwebe-Halten. Vielleicht liebte sie Karl auch beständiger als mich. Möglicherweise hoffte sie auch, er würde sie nun, da sie ein anderer Mann so heiß begehre, anders einschätzen. Was weiß ich? Ich liebte sie. *Denkt* denn Liebe? Sie liebt, weiter nichts! Wie simpel und sentimental klingt das: ›Man liebt nur einmal.‹ Diese uralten Sentenzen und Sprichwörter scheinen es manchmal in sich zu haben. Wir sind bloß schon so widerlich versnobt, daß wir uns unserer Gefühle schämen und das Einfachste blamabel finden. Mir nämlich will's scheinen, als hätte ich die ganzen Jahre meines Hungerns nach Liebe wie dahindämmernd übersprungen und stünde jetzt erst am Anfang meines Mannwerdens, als wüßte ich jetzt erst um die Liebe wie etwa ein Siebzehnjähriger! Das hat wohl der liebe Heine gemeint mit seinem ›Und mein Stamm sind jene Asra, welche sterben, wenn sie lieben‹. –

Schließlich merkte Karl an Claires viel kälterem Benehmen doch etwas. Er schöpfte Verdacht und fing zu bohren an. Sie wurde schwach und gab es halbwegs zu, ohne meinen Namen zu nennen. Und da zeigte sich der aufgeklärte Sozialbuddhist Karl, der sich selbstverständlich über so kleinliche, private Dinge wie Eifersucht, Männcheneitelkeit und vulgären Liebhaber-Egoismus weit erhaben dünkte, zunächst überaus herablassend-großzügig. In seiner eingewurzelten Selbstbewunderung dachte er sicher auch, der Mann, auf den sie verfallen sei, stehe in jeder Hinsicht tief unter ihm. Na ja, meint er also, jeder sei doch ein selbständiger Mensch, nur muß man, wenn so was passiert, eben bei der *Wahrheit* bleiben. Ich habe Angst, lieber Mart, dir wird jetzt schon speiübel, denn wir wissen's doch, Menschen dieser Art halten stets nur die genaue Aneinanderreihung der Tatsachen für Wahrheit. Ich mache mir wirklich nicht vor, in der Sache objektiv zu sein, o nein, ich halte mich dabei an das amerikanische Sprichwort, das ich verdeutsche, weil du ja nicht englisch verstehst, es heißt: ›Jede Sache hat zwei Seiten – die falsche und die unsrige.‹ Kurzum, derartig eitle Jähzornstypen wie Karl, noch dazu mit einer festgefahrenen Weltanschauung, was leitet sie denn in einer solchen Situation? Da sie sich mit einer Unbedenklichkeit ohnegleichen für grundanständig und gut halten, verlangen sie wie mittelalterliche Hexenrichter, daß der andere als schuldbewußter, ins Knie fallender, flehender Sünder vor ihnen erscheint. Sie lechzen nach dieser fremden Schuld, um sich selber dabei zu erhöhen. Das nämlich, scheint mir, ist im tiefsten ihr ›Gutsein‹. Nie und nimmer werden sie begreifen, wie schrecklich recht unser guter Wilhelm Busch mit seinem Spruch hat:

›Das Gute, dieser Satz steht fest,
ist stets das Böse, das man läßt.‹

Hol' der Teufel meine literaturprofessorale Zitatenfestigkeit! Verzeihe mir die ewigen Abschweifungen, lieber Mart.

Damals hat Karl gerade wegen einiger Porträtaufträge auf mehrere Monate nach San Francisco reisen müssen. Zur Claire sagt er vor seinem Abflug, sie kann sich's bis dahin überlegen, was sie ihm zu sagen schuldig ist. Ungefähr so muß das geklungen haben wie bei einem Ehemann, der ausnahmsweise seine Frau einmal zu einem Bankett mitnimmt und wegwerfend meint: ›Bitte wasch dir gefälligst deinen Hals und zieh dich so an, daß man sich mit dir sehen lassen kann.‹

Ich rate nun Claire wiederum, ihm gleich den Sachverhalt zu schreiben und zu erklären, als einer, der sie liebe und mit dem sie Freundschaft halten wolle, sollte er sich damit abfinden und nicht weiter fragen. Indessen, das kann sie nicht. Sie ist überhaupt eine schlechte Briefschreiberin. Sie sagt zu mir, er weiß doch schon alles, und meint, soweit müßte ich ihn doch schon kennen, daß er nur noch den strafwütigen Lehrer spielen will, und er rege sich womöglich so auf, daß man nicht wissen könne, was passiere. Um mir die Gefährlichkeit seines Jähzorns begreiflich zu machen, erzählt sie mir ein Erlebnis mit ihm, das mich stutzig macht. Im Sommer, in einem Familienbad, gingen sie schon eine ziemliche Weile auf dem betonierten Randweg, der sich um das Schwimmbassin zog, hin und her oder rundherum. Dabei stießen sie immer wieder auf eine junge Mutter mit einem ungefähr einjährigen nackten Baby, die trotz aller Vorstellungen, sie sollte doch ihren Platz wechseln und den Flanierenden nicht den Weg versperren, auf der gleichen Stelle blieb, weil das weinende Kind juckende Bläschen hatte, die sie fortwährend mit dem Bassinwasser kühlte. Das brachte Karl in eine so sinnlose Wut, daß er plötzlich das Baby packte und ins tiefe Wasser warf. Zum Glück konnten es einige Schwimmende vor dem Ertrinken retten. Der furchtbare Schrecken der Mutter, das Entsetzen Claires und aller störte den Wütenden in keiner Weise. Er erschrak nicht im geringsten über sich. Er polterte nur und brach mit Claire sogleich auf.

›Und er hat gar nichts dabei gefunden?‹ fragte ich sie.

›Nein. Er bedauerte und bereute es keinen Augenblick. Er fühlte sich bloß gestört und beleidigt und war gleich darauf wie immer. Er verstand gar nicht, daß ich mich erschreckte, und verlor kein weiteres Wort darüber‹, berichtete sie. Mir gruselte davor.

Sicher also waren die Gründe, weswegen Claire den Brief nach San Francisco nicht schrieb, Mitleid und Furcht. Wahrscheinlich aber war auch ein Teil echt weiblicher Eitelkeit dabei, weil sich gleicherzeit zwei Männer um sie rissen. Daß Karl einen solchen Brief erwartet hat, liegt für mich auf der Hand. Er kam viel gereizter nach Baltimore zurück und fing nun von neuem zu bohren an, bohrt und bohrt, bis sie endlich meinen Namen nennt. Er sagt nur: ›So, der also, hm‹, tut ganz ruhig und gefaßt, und für's erste geschieht gar nichts. Sie fährt mit ihm, da gerade Sonntag ist, einen Nachmittag lang mit ihrem Auto umher. Abends verständigt sie mich telefonisch. Ich finde es berechtigt, daß er eine Aussprache zu dritt verlangt, wie es – ich nehme seine Worte ›sich unter anständigen, vernünftigen Menschen gehört‹. Wir kommen nach einigen Tagen abends nach meiner Vorlesung (und ich habe damals gerade sehr anstrengende Examensarbeit gehabt) in Claires Wohnung zusammen. Ich bin übermüdet, habe Kopfweh und bezweifle, wie und ob ich allem standhalten werde. Ich halte es für das beste, die Angelegenheit möglichst freundschaftlich offen zu behandeln, und sage bei meinem Ankommen gewaltsam arglos: ›Also Karl, da bin ich. Du weißt, was passiert ist. Fangen wir also gleich an.‹ Sogleich merke ich, dieser Ton ist ganz gegen seinen Wunsch.
Er sagt: ›Du mußt zugeben, daß ihr mich die ganze Zeit belogen habt!‹ ›Das gebe ich ohne weiteres zu‹, antwortete ich, ›aber geschehen ist nun einmal geschehen, und gegen die Liebe kommt man nicht auf. Ich schon gleich gar nicht! Immerhin hat schließlich jede Handlung ein bestimmtes Motiv, Karl, glaubst du nicht auch?‹
›Motiv? Wie meinst du das? Was für ein Motiv wollt ihr gehabt haben?‹ Ich sehe, er preßt seinen Kopf mit beiden Händen zusammen, er zittert, klagt über Schlaflosigkeit und daß wir durch die Ungewißheit, in der wir ihn gehalten haben, seine ganze Arbeitsfähigkeit zerstört haben.

Ich frage ihn behutsam, ob er die Porträtaufträge in Frisco nicht hätte ausführen können. ›O ja, die schon! Die Leute sind durchaus zufrieden, aber meine wirklichen Pläne und künstlerischen Ideen, die sind kaputt jetzt‹, meint er. Du darfst nämlich nicht vergessen, seitdem ich ihn kenne und auch in der ganzen Zeit mit Claire redet er davon, ein Buch über dekorative Malerei in Kirchen und Fabriken zu schreiben, denn das gewöhnliche Tafelbild hält er für eine überlebte bourgeoise Angelegenheit. Einige kunstsinnige Leute in Baltimore haben ihm sogar ihre Landhäuser monatelang zur Verfügung stellen wollen, einmal hat er auch wirklich in so einem höchst komfortablen Haus sechs Wochen vollkommen ungestört und sorglos verbracht, aber nie hat er auch nur eine Zeile geschrieben, stets redete er sich damit heraus, daß ihn Aufträge, die er des Verdienens wegen machen müsse, nicht zur Konzentration kommen lassen. Claire ist der Meinung, er sei dazu überhaupt nicht fähig. Nach und nach machten die ihm wohlgesinnten Leute auch keine Angebote mehr.
Um bei unserer Zusammenkunft zu bleiben, seine Aufregung steigerte sich nach unseren ersten Worten derart, daß ich mit einem jähen Ausbruch rechnete.
›Unser Motiv, Karl, war Rücksicht. Weil du schon gewußt hast, was los war, haben wir angenommen, du wirst dich mit der Zeit etwas beruhigen‹, erkläre ich ihm.
›Soso, also Lügen sind bei euch Rücksichten?‹ braust er mehr auf.
›Karl‹, versuche ich ihn zu beschwichtigen, ›wenn du schon beim Lügen bleiben willst – hast du denn noch nie darüber nachgedacht, daß solche Lügen manchmal geradezu eine Notwendigkeit sind? Unser ganzes Leben besteht doch aus Lügen und Kompromissen! Ich kann nichts so Großes und Schönes an der sogenannten Wahrheit finden, wenn sie nur weh tut oder gar vernichtet.‹
›Mich vernichtet die Wahrheit nicht‹, drauf er.

›Dich vielleicht nicht, aber den unheilbar Kranken, wenn ihm der Arzt brutal die Wahrheit sagt.‹

›Ich bin bloß krank, weil ihr mich angelogen habt! Ich will die Wahrheit erfahren!‹ wiederum er.

›Aber die hast du doch schon erfahren!‹ rede ich auf ihn ein: ›Du willst doch nur mehr ergänzende Fakten. So eine Examinierung ist doch für uns alle unerträglich! Und außerdem ist das Resultat doch dasselbe!‹ Vergeblich.

›Examinierung? Soso!‹ beharrt er: ›Ich will die Wahrheit, die ganze Wahrheit!‹ ›Die Wahrheit ist, wir lieben uns und haben dich belogen. Ist dir das nicht genug?‹ Er sieht, ich verfalle nicht in eine Büßerzerknirschung, und das erträgt er nicht. Ich mache auch noch einen Fehler. Der Eskimo, sage ich, so habe ich einmal gehört, übergibt sein Weib dem Nachbarn, wenn er auf lange Zeit zur Jagd geht. Oft schwängert der Nachbar seine Frau, sie finden nichts daran und bleiben Freunde, lieben das Kind. Und wie ich erkenne, das ist falsch, bitte ich Claire, die bis jetzt geschwiegen hat, sich zu erklären.

›Ich, ich?‹ seufzt sie und hebt ihr bleiches Gesicht: ›Ich hab' euch doch auch beide gern, nur jeden anders! Muß man sich denn da verfeinden?‹ Sie sieht auf Karl, sieht mich an und lächelt hilflos.

›Lachen kannst du auch noch dazu?‹ zischt er sie dunkel an: ›Lachen?! Das war dir ja immer das bequemste! Ausweichen willst du, sonst nichts! Ich will wissen, *wann* eure Liebschaft angefangen hat!‹

›Wann?‹ erstaunt sie und sieht mich an, und, tatsächlich, ich weiß es auch nicht, seltsam!

›Wann?‹ antworte ich an ihrer Stelle: ›Vielleicht vor zwei, vielleicht vor drei Monaten. Mir ist's wie gestern.‹ Und ich werde eindringlicher, ich bettle um sein Verständnis: ›Begreif doch, Karl, für mich ist Claire einfach die Rettung gewesen! Ich bin ihr verfallen, was kann man da machen? Ich hab' doch bis jetzt jedes Mädchen und jede Frau geradezu von mir weggeekelt, und hier, bei Claire, ist alles ganz, ganz anders gewesen! Sie hat mich aufgeweckt und lebendig gemacht. Wahrscheinlich war das bei dir nicht nötig –‹

›Sie ist also deine Muse gewesen, was?‹ sagte er da hämisch, aber ich gehe auf seinen Ton nicht ein und erwidere aufrichtig: ›Wenn du willst, meinetwegen, ja!‹ Er mißt mich unenträtselbar und verzieht abermals seinen Mund. Hilflos seufzt Claire und schaut irgendwohin.

›Wir reden und reden, und es kommt nichts dabei heraus. Reden‹, sage ich und stehe auf, ›reden klärt da gar nichts. Es ist sinnlos!‹ Während ich hin und her gehe, steht auch er auf, nimmt Hut und Mantel, wirft einen halb drohenden und halb schmerzlichen Blick auf sie und sagt: ›Ich geh' jetzt, ich lasse euch allein, und ihr könnt beisammen bleiben. Vielleicht überlegst du dir, was du mir angetan hast.‹ Damit geht er. Ich will nicht verschweigen, daß er mir dabei sehr leid getan hat. Dennoch war ich der Ansicht, Aussprachen nie mehr zu wiederholen und einfach den Dingen ihren Lauf zu lassen. Nach zwei Tagen ruft sie mich an, daß Karl übermorgen abend eine erneute Zusammenkunft will. Ich telefoniere ihn an und sage ihm, daß ich so etwas, solange er sich in einem derart aufgeregten Zustand befinde, für unergiebig und zwecklos halte. Er hört kaum hin und keucht wutentbrannt: ›Ich weiß schon, daß du ein feiger Hund bist, aber ich erwisch' dich!‹ Hängt ab, und fertig. Na gut, auch gut, denke ich.

Am zweiten Tag, nachmittags gegen fünf Uhr – ich hatte eben etwas eingeholt und, was sonst nicht meine Gewohnheit ist, in einer Bar fünf oder sechs Kognak getrunken –, war ich leicht, heiter und versöhnlich. Amerika hatte eben eine, allerdings viel, viel kleinere Weltraumrakete als die Russen erfolgreich ins Universum geschossen. Sie war am Mond vorbeigeflogen und in die Sonnenbahn gelangt, um dort weiterzukreisen. Ich mußte in Anbetracht dessen lächeln über die unangebrachte Wichtigkeit, die wir unserer kleinen Liebesangelegenheit beimaßen, und es kam mir der Gedanke, einen entsprechenden Brief an Karl zu schreiben. Da läutete es an meiner Wohnungstür. Ich öffnete mechanisch und sah ihn vor mir, sagte: ›Oh, Karl, das ist gut, daß du gekommen bist!‹, ließ ihn eintreten und ging voraus. Doch er stürzte sich sofort von hinten blindwütig auf mich und hieb mit seinen Fäusten los. Ich war so baff, daß ich fürs erste gar nicht begriff und mich auch gar nicht wehrte. Unglückseligerweise rutschte ich auch noch auf dem gleitenden Teppich aus und fiel hin, so daß er mich ganz unter sich hatte und mit allem Ingrimm auf mich eindrosch. Ich bin nicht furchtsam oder feig, aber als ich nun sein verzerrtes Gesicht sah und fühlte, wie er mit den kräftigen Fingern seiner beiden Hände in meinen Mund fuhr und ihn mit aller Gewalt auseinanderreißen wollte, als ich ihn keuchend fluchen hörte: ›So, Hund, jetzt hab' ich dich! Belogen und betrogen habt ihr mich, hin mußt du sein!‹, da erschrak ich panisch und wehrte mich mit aller Kraft. Wir schlugen und balgten uns eine ziemliche Weile blutig, er verlor dabei seine Brille und schrie auf einmal fiebernd und bibbernd: ›Wo ist meine Brille, meine Brille!‹, fand sie endlich und rannte weg. Ich schloß die Tür und wußte im Grunde genommen immer noch nicht, was und wie mir geschehen war. Dann wusch ich mich und rief Claire in ihrem Laboratorium an. Sie war so entsetzt, daß sie nur in einem fort ›Mein Gott, mein Gott!‹ herausbrachte, und wir trafen uns abends in einer entlegenen Bar. Wahrhaftig, ich war schon wieder heiter, ich fand den ganzen Vorfall so unmöglich und grotesk, daß ich trotz Claires Warnung beschloß, an Karl einen sehr spöttischen kurzen Brief zu schreiben. Auch diese plötzlich aufsteigende humoristische Tollheit verdanke ich dir, lieber Mart. Es geht einem dabei, wie man bei uns seinerzeit in Österreich sagte, ›einfach der Gaul durch‹. Das sei, schrieb ich, gestern ja eine amüsante Lustigkeit gewesen, wie er, der Karl, in der höchsten Wut auf einmal nur noch Sorge um seine verlorengegangene Brille gehabt habe, *die* hätte in diesem Augenblick für ihn sicher weit mehr gewogen als das bittere Unrecht, das wir ihm durch unser monatelanges Lügen zugefügt hätten. Und, schloß ich, wäre ich ein Schriftsteller, ich würde eine wunderschöne Geschichte von einem sozialistischen Buddhisten schreiben, der seine deutsche Mannesehre rettet.

Das mußte ihn natürlich rasend machen, denn nicht nur seine maßlose Eitelkeit war damit tief verletzt worden. Ich glaube bestimmt, daß nun auch sein Zorn nicht mehr unserem ›monatelangen Lügen‹ galt. Er hatte etwas erlebt, das Menschen seines Schlages überhaupt nicht fassen können. Seine Hauptwut war jetzt, daß ich auf Haß und brachiale Gewalt nicht ebenso reagiert hatte wie er. Mein Gelächter zeigte ihm, daß ich weder ihn noch seine Haltung ernst nahm. Er hatte eine Niederlage erlebt, die er unter keinen Umständen auf sich nehmen konnte.

Er ließ mich durch Claire wissen, daß er erneut eine gründliche Aussprache verlange. Das war mir nach dem Geschehenen denn doch zu dumm und lächerlich. Ich lehnte kurzerhand ab. Ich war auch über Claires unentschiedenes Verhalten verärgert und wies sie darauf hin. ›Aber ich bin kein strafwütiger Lehrer, der dich zu etwas zwingen will‹, sagte ich zu ihr: ›Ich liebe dich, das ist alles.‹

Nach einer Woche kam der abermalige Überfall, dessentwegen ich nun hier liege. Erst dabei wurde mir klar, daß sein sogenannter Jähzorn, der vielleicht damals, beim Hineinwerfen des Kindes, noch echt war, eine einzige heimtückische Verlogenheit war. Wer versteht nicht, daß jemand in überwältigender Wut seinen Feind totschlägt, ersticht oder erschießt! Das geschieht aber im augenblicklichen Affekt. Karl braucht selbst mit einem Taxi von seiner Wohnung zu mir eine gute halbe Stunde. Da glüht, meiner Meinung nach, das Schlimmste ein wenig ab. Ist's nicht so, dann muß angenommen werden, daß der Wütende ins Überlegen kommt. Das verrieten mir die genau berechneten Kampfgriffe und die kalte Systematik, die er bei diesem Überfall anwandte, um mich auf alle Fälle umzubringen. Ich habe als amerikanischer Soldat in einem Nahkampf bei Aachen erlebt, wie einer unserer Kameraden in blinder Berserkerwut noch immer auf die paar übriggebliebenen Deutschen einhieb und einstach, nachdem sie sich bereits ergeben hatten, und erst von seinem Gemetzel abgehalten werden konnte, als ihn einer der unsrigen niederschlug. Das geschah im unkontrollierbaren Blutrausch, in einem plötzlichen Irresein. Davon konnte bei Karl nicht die Rede sein. Bei all seiner Wut ging er geradezu teuflisch exakt wie ein geübter Krimineller vor. Seither bringe ich den Schrecken nicht mehr aus dem Gefühl, als lebten Menschen unseresgleichen eigentlich dauernd unter latenten Mördern, ohne das geringste zu ahnen.

Ich hatte mir gerade das Badewasser eingelassen und war nackt, als es läutete. Ich fragte von innen, wer da sei, und es kam von draußen die Antwort ›Telegramm‹. Ich sah durch den sogenannten ›Spion‹ an der Tür, konnte aber nur einen grauen Mantelzipfel erspähen, faßte dennoch keinen Verdacht und öffnete. Er stürzte sich auf mich wie ein Tobsüchtiger. Ich warf ihn hin, doch er war flinker und kräftiger als ich, wand sich unter mir hervor und kam obenauf. Schlug er sinnlos auf mich ein? O nein! Schon hatte er seine zwei gespreizten Daumen in meinen Mundwinkeln (vielleicht hat er das in seinem vielgerühmten Asien oder Japan gelernt) und riß mit unheimlicher Wollust meine Lippen breit, fuhr tiefer, daß es mich zu würgen anfing, und dadurch eben zerriß er mir die Schleimhäute und verletzte meinen Kehlkopf. Das triumphierende Aufleuchten seiner Augen und den Ausdruck grausamer Befriedigung auf seinem Gesicht kann ich nicht mehr vergessen. So schilderten mir Freunde und Genossen, die lange in deutschen Konzentrationslagern gewesen waren, Gesicht und Blickfunkeln ihrer nazistischen Peiniger.

Ich wehrte mich mit aller Kraft und schmiß ihn von mir herunter. Ich stieß und schlug, aber ob du's glauben willst oder nicht, ich konnte immer noch keine rechte Wut aufbringen, denn ich *dachte* etwas Entsetzliches dabei. Mir fiel das feststehende Messer auf meinem Schreibtisch ein, das ich als Brieföffner benutze, und ich stellte mir immerzu grauenhaft eindringlich vor, wenn ich's ihm hineinrennen würde. So, weißt du, mit einem starken Stoß durch sein Hemd, in seine Haut, ins Fleisch. Das Blut spritzt, die Klinge erreicht einen Brustknochen und scharrt ein wenig, ich drücke sie tiefer, ich höre seinen furchtbaren Aufschrei und sehe, wie er zusammensackt.

Bei Gott, das hat mich feig gemacht. So eine Vorstellungskraft, mir scheint, macht unfähig, sich entsprechend zu wehren. Die Angst vor dem Äußersten, die da heraufkommt, ist unbeschreiblich, und mir steht jetzt noch, wenn ich dran denke, das Herz still. So, glaube ich, wird man erst zum Gegner jeder Gewalt, zum Pazifisten von Grund auf. Schlagworte und alle sonstige Propaganda bleiben wirkungslos, man muß den Schrecken der Gewalt selber mitmachen. Er schnappte und biß wie ein tollwütiger Hund, und endlich hatte er mein Gesicht wieder. Er fährt mit seinen gespreizten Daumen von der Nasenbucht aufwärts zu den Augen und feixt: ›Ha, jetzt hab' ich dich! Blind mach' ich dich, blind, du Schuft!‹ Aber es gelingt ihm nicht. Ich kann ihn wegstoßen. Ich will mich an der Bankkante aufrichten, da springt er meinen nackten Rücken an, bekommt meinen Kopf zwischen seine klammernden Hände und will ihn fortwährend auf die Kante schlagen. Vergeblich. Mein starkes Genick hält stand. Und da gleiten von hinten her seine geübten Daumen wiederum über mein naßgeschwitztes, glitschiges Gesicht, gleiten über die Wangen, den Augen zu, ganz nahe. Ich erwische seine eine Hand, aber der andere Daumen hat schon fast mein Auge erreicht. Da schreie ich um Hilfe, schreie und schreie, und die Nachbarn tauchen auf. Wir balgen uns auf dem Boden – es muß komisch ausgesehen haben, ich nackt und er angezogen –, und nachdem ein Mann auf ihn einredet, springt er auf und redet mit flockenden Lippen auf diesen Amerikaner, der kein deutsches Wort versteht, wie ein schlotternder Schulbub ein: ›You see, er hat mir mein Mädel gestohlen, verstehn Sie, mein Mädel gestohlen?!‹ Schließlich füllt sich der ganze Gang mit Leuten, und sechs Polizisten tauchen auf, von denen einer zu mir sagt: ›Put your clothes on!‹ Auch auf sie schreit Karl deutsch ein: ›Er hat mir mein Mädel gestohlen, verstehn Sie, mein Mädel!‹ Er ist plötzlich, wahrscheinlich, weil er nichts Gutes wittert, vollkommen normal und raunt mir kameradschaftlich zu: ›Zieh dich nicht an, die wollen dich mitnehmen.‹ Er weiß also genau, was er tut. Da mich die Polizisten höchst sonderbar schnüffelnd in meiner blutigen Nacktheit mustern, dämmert mir blitzschnell auf: ›Herrgott, das auch noch! Sie halten uns womöglich für Homosexuelle.‹ Und ich stammle: ›No, no, Officer, no, no, it's not important. It's my friend!‹ Sie lachen etwas ungläubig und amüsiert, und Karl flüstert mir abermals zu: ›Gib ihnen was oder wenigstens einen Drink.‹ Mit einem entschiedenen ›Nein!‹ lehne ich ab, und endlich nach einem begütigenden Zusichern der Nachbarn gelingt es, daß die Polizisten abziehen. Auch die Nachbarn gehen, nachdem sie sehen, wir haben uns halbwegs beruhigt. Ich schließe die Tür, schaue Karl an und sage: ›Da hast du's jetzt! Da können wir womöglich noch polizeiliche Scherereien kriegen.‹ ›Awo, die kommen nicht mehr‹, meint er. Da gebe ich ihm die Brille und sage: ›Da, ich hätte sie leicht zerbrechen können.‹ Er putzt sie, setzt sie auf, wankt in mein Zimmer und bricht erschöpft auf

den Diwan nieder. Merkwürdig, ich bin ganz ruhig und stecke mir sogar eine Zigarette an. Er stiert mich mit seinen fiebrig-irren Augen an und schnaubt, keucht und weint aus sich heraus: ›Du mußt mich verstehen, Stefan, ich hab' ja soviel gelitten! Du bist doch ein guter anständiger Mensch, Stefan! Du warst doch soviel für mich!‹ Das klingt so treuherzig-leidvoll, daß er mich erbarmt.
›Karl‹, sage ich behutsam, ›Männer wie du sollen sich von keinem anderen Menschen ein Idol machen und von mir schon gar nicht. Das muß für sie zu einem Debakel führen. Ich bin kein anständiger Mensch, Karl, und du hast sogar gesehen, daß ich ein erbärmlicher Feigling bin. Ich versuch' nur immer und immer wieder, so gut's eben geht, gegen das Schlechte in mir anzukämpfen.‹
›Nein-nein!‹verfällt er in ein beinahe flehendes Beteuern: ›Nein-nein, Stefan, ich seh's doch jetzt, du bist ein anständiger Mensch. Du willst auch das Gute wie ich!‹ Und wieder weint er, wieder fliegen seine haltlosen Lippen konvulsivisch, und reumütig wimmert er: ›Na, ja, du mußt doch meine Situation verstehen, Stefan! So was passiert eben!‹ Kein Wort mehr von Claire und unserem Lügen!
›Oh, ich versteh' dich sehr gut, Karl‹, sage ich, und er hört den kleinen Hohn nicht heraus: ›Ich versteh' dich! Aber sag einmal – gestohlen, hast du immer geschrien, gestohlen hab' ich dir dein Mädel? Ist denn die Claire für dich bloß so was wie ein Hund, eine Uhr oder ein Ring gewesen?‹
›Aber nein! Nein, so hab' ich's doch nicht gemeint! Das war doch bloß in der Aufregung! Das verstehst du doch!‹ streitet er heftig ab und ist bereits wieder so gefaßt, daß er sich eine Zigarre anzündet. Ab und zu wirft er den Kopf zurück und starrt zur Decke. Er stöhnt und ächzt kurz, ich sehe, er ist erledigt. Er greift nach seinem gekrümmten Bein und bekommt eine schmerzverzerrte Miene. Als ich ihn hinwarf, muß er sich verletzt haben. Seither trägt er einen kleinen Gipsverband.

›Was ist's denn? Hast du Schmerzen? Kann ich dir helfen?‹ frage ich, doch er winkt ab, stiert mich wieder so an und jammert: ›Weißt du, das mit dir und Claire, jaja, euer Lügen war nicht anständig, aber mit dir, Stefan, verstehst du, mit dir ist mir viel mehr zusammengebrochen!‹ Er will Eifersucht und männchenhaften Besitzwahn nicht mehr wahrhaben. Gut, ideal, groß muß das sein, was er vorgibt, verloren zu haben.

›Karl‹, versuche ich ihm auszureden, ›rede nicht von mir, rede dir nichts ein! Denk ein bißchen nach, jeder von uns ist ein armseliger Tropf, weiter nichts. So ist's nun einmal. Es will's bloß keiner glauben.‹ Ich stehe auf, und auch er richtet sich mühsam auf, verzerrt wieder sein Gesicht schmerzhaft und humpelt zur Tür. ›Soll ich dir einen Stock geben? Du humpelst ja gefährlich‹, biete ich ihm noch einmal an. Er lehnt wiederum ab. Wir sehen uns noch einmal an. Wahrhaftig, er hat einen unsagbar verlorenen Blick, und – kannst du es glauben, Mart? – da streichle ich ihm über den Kopf und sage: ›Ich bin dir nicht feind, Karl, bloß – wir können einander nie wieder sehen, wir müssen uns meiden.‹ Er weint schon wieder und humpelt zur Tür hinaus. Vielleicht, hoffe ich, fängt er jetzt doch an, über sich und das Einfachste in uns allen nachzudenken.

Ich rufe kurz darauf Claire an. Sie führt ein anderes Gespräch. Ich warte. Endlich erreiche ich sie. Ich komme kaum zum Erzählen. Karl hat sie bereits angerufen und von ihr kategorisch gefordert, ihn im Auto zu einem Orthopäden zu bringen. ›Mit dem Stefan‹, sagt er, ›bin ich jetzt im reinen. Der kann dir alles selber erzählen. Jetzt müssen wir zwei uns noch aussprechen.‹ Sie ahnt nichts Gutes, nennt ihm zwei Adressen von Orthopäden und telefoniert mit mir. Was sie erfährt, zertrümmert sie fast. Kaum hängt sie den Höhrer ein, meldet sich Karl wiederum, und als er ihr Entsetzen erfährt, keift er: ›Das ist mir vollkommen gleich, was mit dem wird! Schad', daß ich ihm nicht ganz den

Garaus gemacht habe! Du hast mich um elf Uhr anzurufen. Wir müssen reden.‹ Oh, was war ich für ein Optimist! Der latente Mörder blieb unverändert.
Claire fährt zu mir und bringt mich ins Hospital. Es ist höchste Zeit. Ich kann nicht mehr schlucken, mein Hals ist dick geschwollen, ich werde sofort operiert. Da lieg' ich nun.
Traurigkeit und panischer Schrecken füllen mich randvoll aus. Wahrhaftig, Menschen wie Karl werden davon nicht geplagt. Nach der Lehre, die besagt, daß der Mensch stets nur ein Opfer der Verhältnisse ist, können sie auch nach solchen Gewaltausbrüchen stets beruhigt sein. Das ›Gute‹, für das sie sich so tapfer einsetzen, ist etwas so unbezweifelbar Allgemeingültiges, daß man darüber nicht mehr nachzudenken braucht. Die Verhältnisse sprechen diese Heroiker vom Holz Hitlers und Stalins, die sich lediglich am Ausmaß der Mordsucht dieser beiden stoßen, völlig frei. Daß sie nur kleinere Mörder sind, kommt ihnen nie in den Sinn. Oder doch? Warum laufen denn solche Typen seit dem Zusammenbruch alles Vorherigen so massenhaft zu den Psychoanalytikern? Warum fliehen sie so zahlreich in den Katholizismus? Und warum – ganz abgesehen von seiner Sucht, immer etwas Besonderes zu sein – nimmt er denn, wie Claire mir erzählt hat, Unterricht im Buddhismus, der überzeugungsstarke Karl Bertlinger? In dem Freispruch durch die Verhältnisse scheint irgendeine Kleinigkeit zu fehlen, um ihn ganz erlösend zu machen. Aber das, lieber Mart, scheint nur uns windigen Zweiflern seit eh und je aufgefallen zu sein.
Mein Gott, wie sträflich lang ist mein Brief geworden, mein Lieber! Ich wünsche Dir bloß, daß Du mit dem ›Nicht-weh-tun-Wollen‹, das für Leute wie Karl immer wie Feigheit und Charakterlosigkeit aussehen wird, besser durchkommst als ich. Leb wohl auf immer

Dein Laschi.«

Als die Tjedergaards mit Miller zurückkamen, fanden sie Ling eigentümlich gefaßt und ruhig. Nur seine Augen schienen leicht verschleiert. Vielleicht war er nur müde.
»Mein Gott, was habe ich für einen schrecklichen Fehler gemacht!« sagte er einmal und bereute schmerzlich, daß er den Professors verboten hatte, Laschi seinen Aufenthalt zu verraten. Die drei Besucher wußten nicht gleich etwas darauf zu antworten.
»Warum macht man gerade bei Menschen, die man wirklich liebt, immer die schauderhaftesten Fehler!« rief er abermals und schloß wehmütig: »So ein Mensch ist doch allein wichtig!« Trauer und Verzweiflung glitten über seine Züge.
»Um Gottes willen, lieber Mister Ling«, versuchte ihm Frau Elga zuzureden: »Verlieren Sie bloß den Glauben an Ihr Werk nicht! Ich verstehe, der erste Schock! Er muß Ihnen sehr viel gewesen sein, unser armer Professor Laschinski! Aber eben, weil Sie ihn durchaus nicht sehen wollten und sich so streng abgeschieden haben, darum sagten wir uns, es muß was ganz Großes und Schweres sein, das Sie einfach dazu zwingt.«
»Groß und schwer? Ich weiß nicht«, meinte er skeptisch: »Ich weiß wirklich nicht mehr.«
»Menschen sterben, lieber, guter Mister Ling, aber die Kunstwerke bleiben«, verfiel Frau Elga in ein ergriffenes Pathos und sah ihn voll an. Er mußte seine Zweifel verstecken.
»Künstler wissen über ihre Arbeit nie Bescheid. Ihre Werke wachsen ihnen aus der Hand, und oft erkennt man das Große an ihnen erst viel später«, mischte sich Miller ins Gespräch.
»This ist auch meine Opinion«, stimmte Tjedergaard zu. Ling schien an etwas ganz anderes zu denken und nickte nur mechanisch. Dann fing man von den rein juristisch-geschäftlichen Dingen zu reden an.

»Wenn Sie kaufen wollen this house, Mister Ling, Sie haben Option«, sagte Tjedergaard einmal treuherzig, und seine Frau nickte: »Ja . . . Und bleiben können Sie, solange Sie wollen. Wir haben mit Stuhlbaums alles besprochen. Das sind ja so verläßliche Leute. Falls sich Ihre Pläne ändern sollten, brauchen Sie uns nur zu schreiben.« Sie gab ihm die norwegische Adresse: »Wir fliegen in einer Woche ab.«

Bald darauf verabschiedeten sie sich sehr herzlich.

»ES IST DOCH BLOSS LEBEN...!«

So menschenfern wie nach Laschis Brief war Ling noch nie. Er begriff nicht, wie er den Kumians schreiben konnte, und überlegte schon, ihnen unter irgendeinem plausiblen Vorwand abzutelegrafieren. Merkwürdig nämlich – die lähmende Traurigkeit und Leere schienen seiner Arbeit zuträglich zu sein. Sie trieben ihn, nun mit erneuter Willenskraft an seinen Roman zu gehen. Menschenfern war er und floh wieder in die menschenleere Vision seines Traumes. So tief versank er in diese Vision, daß er manchmal, wenn er in der stillen, späten Nacht an der Schreibmaschiene einhielt und zufällig durchs Fenster lugte, erschauernd glaubte, er befände sich gar nicht mehr auf der Erde, sondern in einer gespenstischen Mondlandschaft. Er war dem gewöhnlichen Denken enthoben und völlig der Phantasie anheimgegeben, die selbst das logisch nicht Faßbare und Unwirkliche mit Leichtigkeit einleuchtend machte.

Wie aber ging das zu, daß bei solchem Einhalten doch immer wieder Menschen im jagenden Fluß seiner Phantasie auftauchten und eine gute Weile darin stehenblieben, ihn nicht nur wehmütig fragend wie Laschi, sondern auch spöttisch forschend anblickten wie etwa Sonja oder Victor? Warum wunderte er sich zwischendurch, daß die Kumians immer noch keine Nachricht gegeben hatten? Iwan war doch in solchen Fällen korrekt und verläßlich wie keiner.

Warum und wozu dies alles? Mußte er sich denn, wenn sein Roman endlich gelingen und fertig werden sollte, jeden Menschen und das Menschliche überhaupt aus dem Sinn schlagen? »Menschen sterben, aber die Kunstwerke bleiben«, hatte Frau Elga gesagt. Als sie das aussprach, hatte er es für allzu pathetisch und durchaus fragwürdig gehalten. Nun auf einmal glaubte er an diese Worte! Sie stachelten ihn an bis zum Äußersten. Er verfluchte, die

Kumians eingeladen zu haben. Niemanden konnte er jetzt brauchen. In der Arbeitshetze jedoch vergaß er, die Einladung rückgängig zu machen. Er schrieb, völlig der Umwelt entrückt, bis ihm vor Erschöpfung die Augen zufielen.

In diesen Arbeitsrausch hinein platzte nach ungefähr einer Woche das New-Yorker Antworttelegramm. Es war von – Victor. Das versetzte Ling in eine heillose Verwirrung und störte ihn dermaßen, daß seine ganze Konzentration auseinanderbrach. Mochte er sich auch noch so verbissen dagegen wehren, der Rausch war verflogen, das Motorische seines Arbeitsantriebes gewichen. Die Menschen waren stärker. Er faßte nicht, wie das so sein konnte. Er war verzweifelt, daß sich sein Interesse im Handumdrehen auf sie verlagerte. Er staunte und rätselte unruhig herum, wieso denn das Telegramm von Victor kam, und er begriff nicht, wie er das verstehen sollte, daß ›sie‹ am Wochenende zu ihm kämen. Auf Victor war er nicht neugierig, ganz im Gegenteil! Und was bedeutete denn das ›Wir kommen‹? Was war vorgefallen? Hatte sich denn Sonja von Iwan getrennt? Das erschien ihm, so, wie er die beiden kannte, fast unmöglich. Zutreffender konnte sein, daß der wichtigmacherische, eitle Victor ihn – Ling – als erster mit Sonja besuchen wollte, um sich nach seiner Rückkehr in New York bei allen Bekannten damit brüsten zu können.

Nunmehr, da Ling wieder in die Menschen geglitten war, empfand er auch wieder menschlich und privat. So gerne hätte er sich mit seiner Vertrauten Sonja ausgesprochen. Das war aber nur möglich, wenn sie mit Iwan allein kam. Der hatte nie etwas gegen diese Aussprachen unter vier Augen, zog sich dabei immer zurück und drängte sich nicht dazwischen, wie dies von Victor zu erwarten war. Iwan war der einzige Mensch im ganzen Kreis, der jedem anderen die volle Selbständigkeit zuerkannte. Das entsprach seiner bescheidenen, arglosen Mannesart. Vielleicht aber konnte er nur nie nein sagen.

Erneut übermannt von der bedrückenden Traurigkeit über Laschis Tod, drängte es Ling ungemein heftig, sich Sonjas heiterer, nüchterner Verständigkeit zu überlassen. Gerade jetzt fühlte er, wie nahe er ihr stand. Was ihm auch immer an ihr mißfiel und ärgerte – ihre Herrschsucht, ihre Taktlosigkeiten, ihr bösartiges Herabmindern Hildes, ihre herablassende Gleichgültigkeit Iwan gegenüber und ihre blinde Überschätzung Victors, ach, und so manches andere noch! –, etwas war an dieser Frau, das, sobald er mit ihr zusammenkam, einen Gleichklang in ihm erzeugte. Sie erwärmten und verstanden sich oft nur durch einen Blick oder die vieldeutige Betonung eines einzigen Wortes. War das Liebe? Ling erinnerte sich an sein erstes heftiges Flirten mit ihr. Sie kam ihm entgegen und verstand es doch stets, die Grenzen genau abzustecken. Bei allem Geschmeicheltsein, das sie empfand, durchschaute sie ihn und ließ ihn das zuweilen unverletzend belustigt merken. Sie wußte ebenso genau wie er, daß vieles von seiner Seite aus der Lust zur Provokation entsprang und in der Absicht geschah, Victor zu reizen und zu verkleinern. Sie wich diesem amüsanten Spiel nie aus und feuerte es manchmal sogar an, weil es sie anregte und belebte. Und sie war frauenhaft egoistisch genug, Lings sichtbare Zuneigung und sein sinnliches Begehren für sich auszunützen. Da er der begehrte Mittelpunkt war und ihr die meiste Gunst bezeugte, konnte sie mühelos dominieren. Der Neid der anderen gefiel ihr.

»Daß wir im Grunde alle Schweine sind, da ist nun einmal nichts zu machen«, hatte er in jenen Anfangszeiten einmal leicht betrunken gesagt: »Schlimm ist's nur, wenn wir nicht so ehrlich zu uns selber sind, uns das immer und immer wieder einzugestehen.« Die meisten hatten dieses Bonmot nur beiläufig belächelt, Sonja aber erwischte seinen alkoholverwischten Blick, blieb sekundenlang in ihm und sagte auffallend entschieden: »Richtig. Ehrlich zu sich selbst. Darauf kommt alles an.« –

Ling saß tiefnachts in seinem Arbeitszimmer vor der Schreibmaschine und rang sich mühevoll Satz für Satz ab. Seit dem Telegramm arbeitete er mit grimmiger Nüchternheit. Draußen wölbte sich der große Sternenhimmel, aber es war bereits das erste Bleichen im Dunkel. Die Grillen waren verstummt. Es war schwer und still um den einsam Schreibenden. Er hatte das Kapitel begonnen, in welchem erzählt werden sollte, wie die zwei amerikanischen Werkspione das Geheimnis der ›Quallenschwein‹-Erzeugung in England endlich einwandfrei entdeckten. Mitten in dem Satz: »Es ist O. K. Jack! Morgen fliegen –« war das Denken an Sonja über ihn gekommen. Er wußte nicht wie. Er empfand keine körperliche Regung dabei, nur eine schwere Sehnsucht nach ihr.

Nein, Liebe war das nicht. Es war, wie man's nehmen wollte, ein bißchen mehr oder ein bißchen weniger, es war eine nicht mehr verletzbare Menschenkameradschaft. –

Im Kumiankreis hatte sich seit seiner langen Abwesenheit viel geändert. Iwan, der stets aussah wie die Gesundheit selber und kaum einmal über eine Unpäßlichkeit klagte, war in London einer plötzlichen Gehirnblutung erlegen, und Sonja hatte seine Leiche nach New York bringen lassen. Beim Begräbnis versammelten sich neben der zahlreichen Verwandtschaft alle alten Freunde und Bekannten, und jeder trauerte aufrichtig. Nicht wenige weinten herzbewegend um den stillen und, wie sich erst jetzt allgemein herausstellte, ungewöhnlich hilfreichen Mann, der alles, was ihn innerlich bewegte, stets in sich verschlossen und andere nie mit seinen Angelegenheiten behelligt hatte. Das war so weit gegangen, daß sogar Hilde, die ihn mit ihrer ganzen Hingabe liebte, immer im ungewissen blieb, ob er sie ebenso liebe. Hing er doch an Sonja mit einer Selbstverständlichkeit und Bewunderung, die seinem natürlichen Wesen entsprach. Sich jemals von ihr zu trennen war ihm unvorstellbar erschienen. Das verbot ihm nicht nur die fast patriarchalische Familientradition, in welcher er als Sohn reicher Juden im zaristischen Rußland aufgewachsen und erzogen worden war – er gehörte auch zu jenen schwerblütigen, wahrhaft treuen Naturen, die ihr Leben lang glauben, daß der Schöpfer sie etwas zu karg mit körperlichen und geistigen Vorzügen ausgestattet habe. Darum war er seinem Schicksal unablässig dankbar, daß es ihm eine schöne Frau mit viel Verstand geschenkt hatte, und verharrte in seiner unbeirrbaren, zärtlichen Anhänglichkeit. Das machte Hildes Liebe zu ihm mehr zum Leiden als zum Glück, ganz abgesehen von der feindseligen Antipathie Sonjas, mit der sie vergeblich in ein besseres Verhältnis zu kommen versuchte. Auf irgendeinen auch noch so geringen Beistand Iwans konnte sie nicht rechnen. Dieser verhaltene Mann mit den wenigen Worten wagte doch bei einem geselligen Zusammensein kaum einmal, ihre schmachtenden Blicke zu erwidern! Er benahm sich vom Anfang bis zum Ende unverändert. Er war einfach da, fast genauso wie – Lohrer. Und so seltsam es klingen mag, nun erst, da er gestorben war, fiel er auf. Erst jetzt wurde allen schmerzlich bewußt, daß von ihm jenes Fluidum ausgegangen war, das alle mit freundlichem Vertrauen erfüllte und den ganzen Kreis zusammengehalten hatte. Nun lockerte er sich rasch auf und zerbröckelte. Der Plan Victors, aus dem Kumianheim einen Salon der künstlerischen und wissenschaftlichen Prominenz zu machen, zerrann.

Sonja machte der Tod Iwans völlig ratlos und verstört. Nichts von ihrer selbstsicheren Energie und Herrschsucht zeigte sich mehr. Ohnmächtiges Geschöpf schien sie geworden zu sein, das dem Unbegreiflichen ausgeliefert war. Der Tod war unfaßbar groß und grausam und überschattete selbst ihr inniges Verhältnis zu Victor so mächtig, daß es sich zu verwischen und ganz zu verdunkeln drohte. Victors bestimmender Einfluß auf sie und sein rührend besorgter Beistand änderten daran nur wenig. Es waren

Umstände eingetreten, auf die sie nicht vorbereitet war. Sie zwangen sie, ihr Leid allein zu tragen, und dieses Leid war äußerst zwiespältig. Damit wurde sie innerlich lange nicht fertig.

Vielen war aufgefallen, daß sie bei der Leichenfeier und später auf dem fernen Friedhof vor der Stadt, als der Sarg in die Erde gesenkt wurde, kaum noch Tränen vergoß. Während Hilde bemitleidenswert unbeachtet ziemlich weit abseits schwer in sich hineinschluchzte, stand sie, auf der einen Seite vom Bruder Iwans und auf der anderen von Victor gestützt, gebrochen da und sah mehr hilflos als trauernd aus ihren nassen, schwimmenden Augen in die viereckige Grube. Sie schien viel älter und kleiner geworden. Aschgrau und zerfallen war ihr bleiches Gesicht, fest geschlossen ihr kleiner Mund. Nur ganz selten rann eine dicke Träne aus ihren starren Wimpern und troff herab. Ab und zu atmete sie, wie nach Luft ringend, und ihre schreckverstummte Miene schien unsagbar schmerzlich in die mitleidslose Luft hinein zu fragen: »Warum mußte es denn so kommen? Was soll ich denn jetzt tun?«

Etwas Unwiederbringliches war mit dem Manne Iwan, der es ihr immer leicht gemacht hatte, sich nie für sich selber entscheiden zu müssen, aus ihrem Leben verlorengegangen. –

Seither kam sie nur noch mit Victor und Selma zusammen, und hin und wieder war auch Lisawetha dabei. Die meiste Zeit verbrachte sie in der großen, ausgestorbenen Wohnung, hörte mechanisch und scheinbar gefaßt die vielen Telefonanrufe an, die ihr Beileid wünschten, und antwortete durchaus zusammenhängend. Doch wenn es still war, sprangen wieder die Depressionen auf sie ein, die ihr jedes Denken raubten. Hemmungslos und zerstoßen wie ein Kind weinte sie. Dann wieder richtete sie sich erschöpft im weichen Diwan auf und grübelte stundenlang in sich hinein: »Aber wir haben doch zusammengehört! Wir haben einander doch gegeben, was jeder geben konnte! Nie hat einer den anderen gestört oder gehindert! Iwan? Iwan! Rede doch! Ich habe dich doch geliebt! Ich war dir doch alles! Du hast Hilde geliebt, und sie dich. Mir hat sie nicht gefallen, aber ich habe alles ohne Widerstand geschehen lassen! Ich war doch nie gegen dich, Iwan! Nein, nie! Iwan? Iwan, bei mir war's doch auch so! Was kann ich denn dafür? Aber jetzt? Jetzt habe ich Angst, weil du mich allein gelassen hast ... Iwan! Iwan, was soll ich denn tun in meiner Angst? Hilf mir doch! Hilf mir, daß meine Liebe nicht zur Schuld wird! Zur Schuld, verstehst du? Zur Schuld habe ich doch keinen Mut! Wer hat denn überhaupt den Mut dazu? ... Iwan, die Liebe als Schuld, die ertrag ich doch nicht, die bringt mich doch um! Das willst du doch nicht, Iwan! Iwan, lieber, guter Iwan!«

Plötzlich hörte sie ihre Stimme und schrak zusammen. So ging das Tage und Nächte, wochenlang. Victor besuchte sie heimlich, zerredete Stunden mit ihr, analysierte ihre Bedrängnisse, riet zu einer anderen Gegend und brachte sie mit viel Geduld wieder halbwegs zur Fassung. Sie raffte sich auf und flog auf etliche Wochen nach den Bermudas. Nach ihrer Rückkehr gab sie ihre Wohnung auf und bezog eine kleinere. Hektisch nervös beschäftigte sie sich mit Victors Hilfe, diese einzurichten. Auch das lenkte ab und normalisierte nach und nach. Endlich faßte sie den nüchtern-praktischen Entschluß, Sozialpflegerin zu werden. Der müßige Reichtum erfüllte nicht, nur eine ernste Aufgabe brachte Ordnung in das Leben. Regelmäßig besuchte sie mit Victor wieder die Kurse in der ›New School‹ und an der ›Columbia University‹ und lernte eifrig. Schließlich arbeitete sie freiwillig, streng und pflichttreu an einer Schule für schwererziehbare Kinder. Niemand wunderte sich mehr darüber als ihre Freundin Lisawetha, die immer noch der Meinung war, das Leben sei viel zu kurz, um solche Einengungen auf sich zu nehmen, nur der köstliche

Augenblick gelte etwas, und wie könne sie sich bei ihrem Reichtum bloß an eine festgelegte Arbeit binden, statt in der Welt umherzureisen und die Zufälle zu genießen. »Weißt du, man wird einfacher dabei. Das hilft über vieles hinweg«, sagte Sonja nur: »An der Mittelmäßigkeit, die Mart gemeint hat, ist schon was dran. Wo ist der bloß, dieser Meschuggene?«

Sie kam auch mit Victor und Selma manchmal zu den Korschens, die alles daransetzen, die Zusammenkünfte des Kreises in ihr Heim zu verlagern. Doch der zusammenhaltende Geist dieses Kreises war gleichsam mit Iwan gestorben, denn Charlie war kein dankbar hinnehmender Gastgeber wie dieser. Er trat zu fühlbar in Erscheinung, und er und seine kleine, ehrgeizige Bianka hatten den Kumians zwar ihre wohltuend legere, zwanglose Gastlichkeit genau abgesehen, doch sie überboten sich bei der Bewirtung der Gäste allzu deutlich in der Absicht, zu imponieren und mehr zu gelten als ihre Vorgänger. Das erweckte in den meisten den etwas faden Eindruck des zufälligen Eingeladenseins und erzwungener Geselligkeit, der obendrein noch manche Neuhinzukommende, die nicht dazu paßten, den Charakter der gewöhnlichen Party gaben. Im übrigen war auch Victors Gesundheit in letzter Zeit ziemlich angegriffen, und die eben überstandenen Aufregungen wirkten verschlimmernd. Er war nicht mehr imstande, die rechte Lust, die heitere Kraft und ansteckende Vitalität aufzubringen, um jemals wieder große Diskussionen in Gang zu bringen. Seine Herzbeschwerden forderten Schonung.

So erreichte Lings Brief nach einiger Verzögerung Sonja und ihn. Sie wollten ihm nicht groß und breit brieflich berichten, und so einigten sie sich auf das kurze Telegramm, das so folgenschwer auf ihn wirkte. Auch hielten sie es nicht für richtig, ihm zu zahlreich ins Haus zu fallen, da er doch nur Sonja und Iwan gewünscht hatte. Sie benachrichtigten Charlie und Bianka deswegen nicht von ihrem Vorhaben. Die beiden hatten am ehesten von Laschis Tod erfahren, es aber so gehalten, daß sie die nächsten Freunde erst dann benachrichtigten, nachdem sie alle anderen zu einer Art Trauerfeier bei sich eingeladen hatten. Dabei hielt Charlie eine Rede und setzte sich als nächster Freund des Toten ins beste Licht, indem er mit einfließen ließ, daß nur er und Bianka stets tief besorgt um Laschi gewesen seien, was leider – er gebe natürlich zu, aus Unkenntnis über dessen Zustand – von den meisten nicht gesagt werden könnte. Darüber war Victor so aufgebracht, daß er ihn der Unkameradschaftlichkeit und vulgären Geschmacklosigkeit zieh und sich seither nicht mehr bei den Korschens sehen ließ.

Es nebelte dick bei ihrer Abfahrt von New York. Lisawetha lenkte den Wagen. Später wollte Sonja sie ablösen. Sie saß hinten neben Victor, Selma vorne bei Lisawetha. Sie schienen alle noch nicht ganz morgenwach zu sein.
Sonja sagte nach einer langen Weile: »Wir sollten ihm alles geschrieben haben. Ich hab' ein bißchen Angst.«
Victor meinte: »Nu, was kann man machen? Ich bin überzeugt, er wird es verstehen.«
»Verstehen schon, aber ich habe Angst.« Es klang unsicher und wehmütig. »Ich bin neugierig auf ihn. Er ist sicher gealtert«, redete Selma von vorne her.
»Wir werden alle nicht jünger«, sagte Victor. Lisawetha sah nur in den Nebel und konzentrierte sich aufs Lenken. Sie schwiegen lange.
»Ich versteh' eins nicht, Mart kann doch ohne Menschen nicht sein. Wie hält er's bloß auf dem Land aus? Gesellschaft hat er doch bestimmt nicht dort, und jetzt im Spätherbst wird's doch furchtbar langweilig«, sagte Victor wiederum.
»Vielleicht hat er eine hübsche Freundin«, ließ sich Lisawetha vernehmen.

»Sein Brief hat nicht danach geklungen ... ›Ich brauche euch. Bitte, kommt! Ich habe soviel zu reden mit euch!‹ Das ist man von ihm nicht gewohnt«, sprach Sonja aus einem Nachdenken heraus: »Weiß man, was mit ihm los ist?«

»Mart?« wandte sich Selma nach hinten: »Mart hat sich noch immer in der Hand gehabt. Der weiß, was er will.« Es hörte sich ein wenig spitz an. Sie sah die zweifelnden, leicht abweisenden Blicke Victors und Sonjas und drehte sich wieder um. Ziemlich wortkarg verliefen die ersten zwei Stunden. Langsam stieg der Nebel. Der Tag bleichte auf. Kahle Hänge kamen, laublose, durchsichtige Wälder, vereinzelte Häuser, kleine, saubere Dörfer und aufgelebte Provinzstädte. Der Himmel hatte eine fade Farbe. Die Luft war unbewegt. Bergauf und talab liefen die breiten, wenig befahrenen Highways. Die Landschaft wurde abwechslungsreicher.

Nachdem sie in einem ›Diner‹ Kaffee getrunken und eine Kleinigkeit gegessen hatten, übernahm Sonja das Steuer und fuhr viel schneller. Lisawetha saß nun hinten neben ihrem Bruder. Selma schien verstimmt und verharrte in frostigem Schweigen. Als bei einer Steigung der Motor stärker brummte, sagte Lisawetha einmal halblaut zu Victor: »Weißt du, von all den Männern hat mich der Mart immer am meisten interessiert.« Er sah sie ein wenig lächelnd an und meinte: »Na also, viel Glück!« Sie lächelte ebenso. Immer noch verengten sich dabei ihre mandelförmigen Augen, immer noch wurde ihr vollippiger Mund beinahe zögernd breit, und die Zähne glänzten auf. Immer noch stieß ihre Zunge beim Sprechen an diese Zähne, und ihr gewelltes Haar war täuschend echt nachgefärbt. Voll und quicklebendig hob und senkte sich ihre schöne Brust mitunter. Sie war unverändert. Victor musterte sie wohlgefällig und schien sehr zufrieden. Sie sah durchs Fenster und rühmte die Landschaft.

Als sie vor Lings Haus ankamen und aus dem Auto stiegen, kam er ihnen entgegen. Sie standen alle vier sekundenlang da und musterten ihn geschwind. Er schien kräftig und gesund wie noch nie. Er stutzte und fragte: »Wo habt ihr denn Iwan?« und erschrak, als Sonja an seine Brust fiel und herausweinte: »Ach, ich hab's gewußt, Mart! Das halt' ich nicht aus! Rede nichts! Sag' nichts! Gehn wir hinein.« Sprachlos sah er in die traurigen Gesichter. Erst im behaglichen Wohnzimmer erfuhr er alles. Es wurde ein bedrükkendes Beisammensitzen, doch reden besänftigt, reden löst die Traurigkeit auf, und Ling tat alles, um die anfängliche Verfremdung zu verscheuchen. Etliche Male streichelte er der sich langsam sammelnden Sonja über das Haar und fragte unvermittelt: »Habt ihr denn so ohne weiteres hergefunden zu mir?« Das war gut so. Ja, meinten sie, der Farmer habe ihnen Weg und Haus gezeigt. Man kam ins ruhigere Gespräch. Die Besucher sahen bereits interessierter im Raum herum, nippten an den Highballs, schauten in den weiten, aufgeblauten Tag hinaus und bekamen ihre gewohnten Gesichter.

»Und da leben Sie immer so allein? Ganz allein?« fragte Lisawetha einmal mit einem schnellen Blick auf Ling.

»O ja, manchmal sogar ein bißchen zu allein, aber auch das lernt sich«, erwiderte er. Arbeiten, meinte Selma, endlich etwas besser gestimmt, arbeiten müsse es sich hier wunderbar lassen.

»Das natürlich«, sagte er wiederum: »Und außerdem lebt sich's einfacher. Viel von all dem Humbug und Unsinn, den man für wichtig hält, verliert sich. Einfacher und natürlicher wird man.«

»Das sagst du, Mart, du?« Victor sah ihn ungläubig an: »Du sagst das, der ohne Stadt und Krach nicht leben kann? Willst du denn etwa für immer da draußen bleiben?«

»Vielleicht! Wer weiß?« wich er aus und freute sich, daß sich Sonja nun beruhigt hatte und Haus und Garten zu sehen wünschte. Vieles gefiel und manches begeisterte, ganz besonders die weite Sicht vom Garten aus über das Tal und die freundlich gewellten Berge in der Ferne. Ling erzählte von seinen Ritten und Wanderungen, und sie staunten: »Was? Wandern tust du auch? Wandern? Komisch!«

Nur Lisawetha sagte: »Warum? Das ist doch sehr schön und gesund! Ich tu' das auch gern.« Während das Reden so dahinplätscherte, traf es sich, daß Sonja und Ling einmal abseits am Ende des Gartenzaunes standen. Eine Sekunde lang sahen sie sich fragend an. Ihr kleines Kinn bebte ein wenig. Sie war dem Weinen nah und bezwang sich tapfer.

»Mart«, sagte sie mit verhaltenem Schmerz: »Dein Brief an mich und Iwan – ich weiß, wir müßten viel darüber reden, aber so, wie alles gekommen ist –«

»Schon gut, Sonja, gut«, unterbrach er sie ebenso: »Wie schrecklich für dich, wie schrecklich alles!« Er nahm den Brief Laschis und steckte ihr ihn rasch zu: »Da, der ist vom Laschi. Lies ihn für dich. Da steht viel von mir selber drinnen. Wahrscheinlich weiß auch Charlie nicht alles über seinen Tod. Vielleicht hat er euch, wie ich ihn kenne, überhaupt nicht viel davon erzählt.« Ja, meinte sie, er und Bianka taten sehr geheimnisvoll damit, um sich als ›leidende, nächste Freunde‹ interessant zu machen. Dann sah sie ihn wiederum wehmütig an.

»Mart«, sagte sie, »manchmal weiß ich wirklich nicht mehr weiter. Wir sind in eine falsche Zeit geraten. Mut haben wir nicht gelernt, nur Rücksichten. Ich seh's doch auch dir an, wie du dich plagst, der alte zu sein! Ich weiß doch, bei dir stimmt doch alles genauso wenig wie bei mir!«

Da stand bereits Victor und schlug vor, gemeinsam im Grand Hotel zu essen. »Ja, und dann mußt du dich unbedingt ausruhen. Du siehst schon wieder so blaß aus«, sagte Selma, und mit einem bekümmerten Blick auf ihn stimmte auch Sonja zu: »Ja, Victor, Sie sehn wirklich müde aus.«

Noch immer das gleiche ›Sie‹, dachte Ling, wie unsäglich bitter und streng sie sich diszipliniert, um niemandem weh zu tun! Über Menschen wie wir werden immer die Hitlers siegen! –

Obgleich alle ihn heftig drängten und beinahe verstimmt wurden, er kam nicht mit zum Essen und machte viele gewundene Ausreden. Endlich fuhren sie allein weg. Er mußte für sich sein. So viel hatte er von diesem Besuch erwartet und sich zurechtgelegt, was unbedingt aus ihm herauskommen sollte. Nun war alles ganz anders gekommen. Das verschloß ihm das Herz, das Hirn und den Mund. Dennoch sah er gefestigt und ausgeglichen aus, als die vier am späten Nachmittag zum Kaffee kamen, und konnte sie sogar dazu bewegen, gemeinsam auf dem holperigen Fußweg zu den Stuhlbaums hinunterzugehen. Das seien sehr nette und gar keine so uninteressanten Leute, meinte er.

Voraus ging Selma, die starke, flache Schuhe trug, hinter ihr her kamen Victor und Sonja. Er stützte sie manchmal mit dem Arm, da sie in ihren hohen Stöckelschuhen sehr unsicher dahinstapfte. Das gleiche tat auch Ling mit Lisawetha, die wie zufällig eine kleine Wurfstrecke hinter den dreien nachkamen. Lisawetha schien absichtlich ungeschickt Schritt vor Schritt zu setzen, kreischte öfter lustig auf, wenn sie ein wenig stolperte, und plauderte viel.

»Ihr schönes Haus sieht gar nicht so aus, als ob Sie bloß immer arbeiten«, meinte sie einmal und warf ihm einen kokett verfänglichen Blick zu: »Es sieht eher wie ein richtiges Junggesellenlustheim aus.«

»So?« scherzte er ebenso: »Es ist bloß gar nichts da für die Lust.«

»Hm, das können Sie Ihrer Großmutter erzählen«, lächelte sie spöttisch, und er benahm sich zu ihr wieder ganz so wie in seiner ersten Kumianzeit in New York.

»Sie halten ja noch allerhand von mir«, blieb er im gleichen

Ton: »Die Arbeit erdrückt mich fast. Außerdem bin ich ein alter Mann, liebes Kind.«

»Ha, das sagen Sie bloß, damit man Ihnen das Gegenteil bestätigt! Männer sind noch viel eingebildeter als wir Frauen«, spottete sie weiter, und da sie gerade Seite an Seite schritten, maß sie ihn geschwind. Dabei verfingen sich ihre Blicke kurz, und Ling, nicht mehr an Frauenumgang gewohnt, bekam einen unbestimmten Gesichtsausdruck.

»Wissen Sie, daß Sie mir schon immer sehr gefallen haben, Lisawetha?« sagte er. Keck vortastend und zugleich schüchtern kam es aus ihm heraus.

»Nun, und?« lächelte sie.

»Und? Na, so ist's eben«, wußte er nicht besser zu antworten und zuckte mit den Achseln. Er fühlte ihren warmen Atem und roch ihr zart duftendes Haar. Eine leichte Wärme stieg in ihm auf. Die anderen vorne blieben stehen, drehten sich um und schrien, sie sollten weiterkommen. Er ahnte ihr Entgegenkommen, als sie ebenso schrie: »Ich kann doch nicht so rasch auf den Steinen! Geht nur zu, wir kommen schon nach!« Er fand sich fatal und lächerlich unbeholfen.

Sie standen kurz da, und wiederum schaute sie ihn leicht verfänglich an: »Und das Alleinsein langweilt Sie wirklich nie? Hübsche Bars gibt's doch auch nicht, gar nichts zum Amüsieren! Bloß ein einziges Kino hab' ich gesehen. Und Bekannte haben Sie doch auch nicht, oder?«

»Bekannte? Nein. Bloß beim Farmer sitze ich manchmal abends. Wenn man viel arbeitet, langweilt man sich nicht.«

»Immer bloß dieses Arbeiten! Müssen Sie denn?«

»Müssen eigentlich nicht«, erwiderte er und machte eine ungeduldige Armbewegung. »Ach, erinnern Sie mich bloß nicht an meine Arbeit! Die quält mich schrecklich!«

»Wie kann man etwas tun, das quält!« warf sie hin, doch

da die anderen bereits den Talgrund erreicht hatten und abermals schrien, zog er sie rasch weiter und antwortete nicht mehr.
Bei den Stuhlbaums war es sogleich gemütlich. Die Gäste mußten am schweren Bauerntisch aus Zedernholz Platz nehmen und dem Rotwein zusprechen. Die zwei hellblonden halbwüchsigen Buben und die zwei erwachsenen Mädchen benahmen sich ohne Scheu und mischten sich mit der typischen amerikanischen Selbstverständlichkeit ins Gespräch. Man sah das Haus, die Ställe, den Hof und Garten an. Schnell wurde es dunkel, und die Stuhlbaums nötigten die Besucher, mitzuessen. Der Farmer versprach, sie in seinem Auto heimzubringen. Die Sterne blinkten schon wie frisch poliert, und der Mond schwamm ruhig-rund am Himmel, als sie aufbrachen. Es war angenehm kühl nach der verrauchten, dämpfigen Stubenwärme, und Lisawetha sagte, ihr mache es gar nichts aus, den kurzen Weg hochzugehen, man sei sowieso noch viel zuwenig an der Luft gewesen, und mit einem verschmitzten Blick auf Victor, einem keck spaßhaften auf Ling rief sie: »Ich erwarte natürlich, daß Sie mich als Kavalier begleiten.« Er lächelte nickend, und Victor scherzte: »*Die* jungen Leute, schaut sie an! Aber daß mir nichts vorkommt, bitte!« Heiter lachend stieg er mit Selma und Sonja ins Auto Stuhlbaums.
Langsam tappten Ling und Lisawetha im Mondlicht den Bergweg hinan. Im Winter müsse da ausgezeichnet Schi zu fahren sein, meinte sie. Er bejahte und erwiderte, daß ihm so ein Besuch stets willkommen sei. Bis zur ersten Steigung war der Weg ziemlich breit, so daß sie bequem nebeneinander gehen konnten. Sie hatte nichts dagegen, daß er seinen Arm unter den ihrigen schob.
»Lisawetha?« sagte er nach einer Weile und blieb schwer atmend stehen.
»Ja, und?« Sie tat, als begreife sie nicht, als er ihren Namen bedrängter wiederholte. Er preßte ihren Arm fester

an den seinen, doch sie tat nichts dergleichen. Er wandte ihr sein Gesicht zu. Sie sah, da der volle Mond es überstrahlte, jede Falte, jeden Schatten und das leichte Zucken seiner Aufregung darin.

»Lisawetha!?« keuchte er beklommen und versuchte sie an sich zu ziehen: »Lisawetha, bleiben Sie da! Bleiben Sie! Bleib!« Stammelnde Bitte und würgender Hilferuf waren die Worte. Sie stutzte kurz, doch sie schaute ihn verständnislos an und sagte: »Ich? Das geht doch nicht.«

»Warum nicht? Bei mir haben Sie alles!« hastete er heraus. Sie fühlte, wie sein Arm, sein ganzer Körper zitterte. Sie war kein einfältiges, schnell zerfließendes Gänschen mehr. Sie war eine liebeserfahrene Frau, und sie verlor bei all ihrer Heißblütigkeit den Kopf nicht gleich, wenn ihr Herz auch hörbar klopfte. Sie hatte sich schon die ganze Zeit geärgert, daß er sie so von oben herab behandelt und nicht ganz für voll genommen hatte. Das reizte sie aber auch zugleich. Sie ließ ihn zappeln.

»Ich kann doch nicht einfach vom Office wegbleiben«, sagte sie beinahe beleidigend nüchtern. Er hörte es nicht. Er drückte seinen Körper fester an sie, wollte sein Gesicht in das ihrige pressen, suchte ihre Lippen, doch sie bog sich zurück und sagte wiederum: »Das geht doch nicht!«

»Warum nicht? Telefonieren Sie einfach, daß Sie krank sind!« schlug er vor und kam ins fliegende Keuchen: »Bleiben Sie, bleiben Sie! Ich geh' sonst vor die Hunde! Du? Du?!! Lisawetha! Du mußt bleiben! Ich brauche dich, i-ich –« Er brach ab, denn er sah sie unergriffen lächeln wie immer.

»Ach«, sagte sie geringschätzig: »Das sagen Sie sicher jeder! Im Winter zum Schifahren komm' ich gern einmal.«

»Mein Gott, Lisawetha?!« rang er aus tiefster Brust: »Ich habe mich doch so oft nach Ihnen gesehnt! Sie sind doch nicht ein x-beliebiges Mädchen für mich! Glauben Sie mir doch, ich habe Sie immer, immer so gern gehabt, so gern! Wir kennen einander doch! Alles, alles tue ich für Sie, alles! Bleiben Sie! Bleib! Bleib! Ich komm' nicht mehr weiter sonst. Bleib!!«

Es war furchtbar. Sie hielt ihm stand. Sie machte einige Schritte.

»Wir müssen gehn«, sagte sie: »Die anderen warten wahrscheinlich schon. Es fällt auf.« Er gab nur noch ein schmerzliches Stöhnen von sich und tappte schlaff neben ihr her. Sie wußte längst, wieviel ihm Sonja bedeutete. Sie schätzte sie sehr hoch und war befreundet mit ihr. ». . . immer so gern gehabt, so gern!« klang noch in ihren Ohren. Geliebt also nicht? Liebte er denn Sonja? Victor fiel ihr ein. Sie wurde verwirrt. All das rann in ihr zusammen und riß sie hin und her. Plötzlich, als sie auf dem letzten flachen Wegvorsprung angelangt waren, umschlang sie den verdatterten Ling und küßte ihn stumm und leidenschaftlich. Und ebenso abrupt löste sie sich von ihm und sagte wieder nüchtern: »Jetzt müssen wir aber schnell machen. Kommen Sie!« Wortlos und gefügig ging er neben ihr her.

»Na, habt ihr jetzt Luft und Mondschein genug gehabt?« höhnte Victor zweideutig, und Sonjas Blick sagte Ling alles, denn darin stand: »Es ist gut so, gut für dich!« er spürte Erleichterung und Selbstsicherheit und sagte völlig unbefangen: »Du hast eine sehr hübsche, reizende Schwester, Victor.«

»So«, meinte dieser leichthin: »Das kannst du ihr selber sagen. Sie hört's sicher gern.«

Sie blieben noch bei etlichen Highballs sitzen, lobten die Stuhlbaums und fanden ihre Kinder hübsch und gut erzogen, und als die schweigsame Mrs. Lettien noch Kaffee und Kuchen auftrug, sagte Victor: »Und dieses wortkarge Frauenzimmer und die Farmersleute, das ist also dein ganzer Verkehr? Für einen Menschen wie dich, Mart, ein bißchen zu unergiebig. Glaubst du nicht?«

»Ja, weißt du, Mart, ich kann mir schon vorstellen, daß du das zunächst und grade jetzt absolut brauchst«, nahm auch Sonja das Wort, »aber daß du das auf die Dauer aushältst, das machst du mir nicht vor! Du, und so ein Eremitendasein, wie sonderbar! Schreibst du denn noch immer an deinem –« Sie stockte und lächelte leicht verlegen: »Ach so, das soll ich ja nicht sagen!« Sie lugte auf Victor, der schnell erratend ergänzte: »An einem Roman schreibst du? Jetzt versteh' ich natürlich manches! Und sag mal, wissen darf man nicht, was er behandelt?«
»Doch! Jetzt ja«, sagte Ling zur Verblüffung Sonjas: »Jetzt muß ich sogar zu euch davon sprechen! Vielleicht hilft mir das. Ich glaub' nämlich, ich habe mich total verrannt damit.« Ohne weiteres begann er zu erzählen, doch *wie* er diesmal erzählte, das war mehr ein schmerzhaftes Beichten seiner Mühen, seiner Qualen und Zweifel und seiner fast tödlichen Verzweiflung. Es war ein unsicheres, zerknirschtes Befragen der anderen. Nicht die geringste Spur von Überheblichkeit und Eitelkeit, von verborgenem Mißtrauen oder einer Feindseligkeit Victor gegenüber war mehr in seinem mitgenommenen Gesicht, als er diesen fast flehend fragte: »Und? Was sagst nun du dazu, Victor, was meinst du?« Sein Blick schien ausgeglüht, als er auf alle sah. Lisawetha, die schweigend in einer etwas abgedämpften Ecke saß, bekam einen starren, erschrockenen Gesichtsausdruck und brachte ihre Augen nicht mehr von diesem grausig zerquälten Menschen los, von dem sie immer geglaubt hatte, er komme in seiner Überheblichkeit ganz ohne die Resonanz anderer Menschen aus.
»Sag mir was, um Gottes willen, Victor! Sagt was! Sagt alle was! Sagt bloß irgendwas, sonst werde ich verrückt!« stieß er verzweifelt heraus und preßte mit seinen beiden flachen Händen den Kopf zusammen: »Redet doch, redet, eh's zu spät ist!«
»Aber! Aber Mart!« schnellte Sonja von ihrem Sitz hoch,

und Victor versuchte den kläglich Zusammengesunkenen an den Schultern hochzureißen. Alle blieben sekundenlang sprachlos.

»Hör zu, Mart, hör, was ich dir sage«, fing Victor resolut zu reden an, und man sah ihm an, er war in seinem Element: »Großartig ist das, was du vorhast! Träume hast du, einfach phantastisch! Ganz ausgezeichnet ist deine Idee! Auch wie du das alles aufbauen willst und planst, ist glänzend! Das paßt wie abgemessen in unsere jetzige technisch überbetonte Zeit! Ich bin überzeugt, das Buch wird in Amerika ein Riesenerfolg! Mensch, so was fällt doch keinem ein, das kann man doch bloß träumen! Großartig, phantastisch! Ich gratuliere dir, Mart! Hoffentlich gelingt dir das Buch auch so, wie du es vorhast. Daß die ganze Sache natürlich nicht einfach ist, das glauben wir dir gern. Erinnerst du dich, ich war der erste, der gesagt hat, du bist ein großes Talent!«

Ling hob langsam den Kopf und ließ seine matten Arme sinken. Er hatte ein fast fremdes Gesicht und sah durchdringend auf Victor.

»Ja, das hast du«, sagte er ohne rechten Ton: »Das hast du, ja! ... Das war entsetzlich! Das war grauenhaft, das war das Schlimmste!«, und er kam in ein erschreckendes Brüllen: »Es ist furchtbar seitdem mit mir! Talent? Was ist denn das? Eine Falle für unsere Eitelkeit! Ein giftiges Ferment, das uns nach und nach auffrißt! Zum Talent muß man sehr stark sein, sonst zermalmt es einen! So war der Neuberger, ich bin nicht so. Der Neuberger hat viel mehr Talent gehabt als ich! Der war bloß nicht eitel!«

»Der Neuberger!« Bestürzt sahen Victor und Sonja einander an. »Der Neuberger? Der?« fragte Victor abermals: »Hast du denn seinen Roman jetzt gelesen?«

»Ja«, nickte Ling zusammengenommener, aber viel bitterer: »Es ist meine Geschichte. Bis aufs Haar meine Geschichte. Recht hat er in allem! Ein eingebildeter, kleiner, dummer, geiler alter Wicht bin ich mit einem schlechten Charakter! Weiter bin ich nichts!« Mit einem Ruck riß er sich in die Höhe und stand gestreckt, kerzengerade da. Schrecklich verödet sah sein Altmännergesicht aus. So stark, daß man es hörte, biß er die Zähne aufeinander und stierte in die warme, helle Luft: »Aber erschießen werde ich mich nicht! Das Leben nehme ich mir nicht! Nein, nein, das bringt der doch nicht fertig. Das nicht! Nie!!« Alle standen jetzt und wußten nicht, was sie tun sollten. Er drehte sich um und sah gleicherzeit auf Victor und Sonja: »Leben will ich, versteht ihr? Recht hat er gehabt, der Neuberger! Alles andere ist Humbug! Leben will ich wie jeder andere, wie einer vom Haufen! Einfach leben und mittelmäßig sein, sonst nichts, gar nichts!« Es sah aus, als schwanke er leicht, und Victor sprang hinzu. Doch er preßte nur die Augen ein paarmal zu, schüttelte sich wie angeekelt, riß die Augen wieder auf und sagte, als ob gar nichts gewesen sei: »Aber, bitte, entschuldigt! Seid mir nicht bös! Wahrscheinlich bin ich schon ganz vertrottelt von dem ewigen Alleinsein.« Ruhig, sogar ein wenig lächelnd, setzte er sich in einen breiten Polsterstuhl und griff zum Glas. Es blieb totenstill, als ob alle den Atem verloren hätten.

»Ja, so ist das. So hat eben jeder seine Troubles«, redete er wie gewöhnlich. »Ihr wißt gar nicht, wie gut mir das getan hat, daß ihr gekommen seid! Wenn's geht, kommt doch öfter.«

Das endlich nahm die Beklommenheit von den anderen. Sie atmeten wieder. Es war Victor und Sonja anzusehen, daß sie genau überlegten, was sie nun sagen sollten. Das Furchtbare durfte nicht mehr neu aufgewühlt werden.

»Es ist natürlich auch schwierig, Mart«, begann Victor vorsichtig: »Du lebst schon zu lang als deutscher Schriftsteller in der englisch sprechenden Welt.« Lisawetha schnaubte und sah angstvoll auf ihren Bruder. Offenbar fürchtete sie,

er habe trotz allem Überlegen das Unrichtige gesagt. Doch Ling reagierte überraschend gleichgültig. »Jaja, mag schon sein«, sagte er leichthin: »Hol' der Teufel meine Faulheit.«
Das gab auch Sonja Mut.
»Weißt du, Mart, ich glaube, man soll überhaupt nicht alles gar so ernst nehmen. Auch seine Arbeit nicht. Am besten ist's, man tut sie, und wenn nichts draus wird, macht man was anderes. Mir hat das viel geholfen«, sagte sie.
»Hja«, machte er und dachte kurz nach: »Ja, das stimmt. Das probier' ich jetzt auch. Man lebt schließlich nur einmal.« So verebbte das Gespräch in eine friedliche Müdigkeit. Es war schon fast zwei Uhr morgens, als die Gäste in ihr Hotel fuhren.
»Werden Sie kommen?« raunte Ling Lisawetha heimlich zu.
»Vielleicht«, antwortete sie ebenso geschwind.
Ling schlief in dieser Nacht gut und sehr lange. Ob die Herrschaften schon dagewesen seien oder etwas hätten hören lassen, fragte er Mrs. Lettien, als sie ihm den Kaffee ans Bett brachte. Sie verneinte. Es war schon gegen halb ein Uhr mittags, als sie vom Hotel aus anriefen. Er solle entschuldigen, sie wollten sich einmal ausschlafen, sagte Sonja, und als er sagte, er habe es ebenso gemacht, belobigte sie ihn freudig. »Tu das, tu das«, riet sie ihm zärtlich: »Take it easy.« Und sie schloß damit, daß sie gleich nach dem Fertigwerden zu ihm kämen, aber bald nach New York zurückfahren wollten, um nicht in den allzu starken Abendverkehr hineinzukommen. So hielten sie es auch. Nach allem, was sie an Ling beobachteten, hatten sie keinen Grund mehr, beunruhigt zu sein. Insgeheim aber bat Sonja Mrs. Lettien noch, sie solle sie bei irgendwelchen ›Unpäßlichkeiten‹ ihres Herrn sofort in New York anrufen.
»Wie belieben«, sagte diese. »Gern, Madam . . .«

Während der Rückfahrt redeten die vier wenig. Nur Selma sagte einmal: »Normal ist der Mart bestimmt nicht. Ganz normal war er ja nie, und daß er seinen besten Freunden so davonläuft, das macht ihn noch ganz verrückt.« Niemand antwortete ihr darauf. Sie war wieder beleidigt. Jeder hing seinen Gedanken nach, und als Lisawetha einmal aufseufzte: »Warum muß denn das Leben so schwer sein. Es ist doch nur Leben!« meinte Victor, es sei bloß gut, daß sie das nicht beim Anfall Marts gesagt habe. Sie verstand das nicht, sie schwieg von jetzt ab. Erst beim Auseinandergehen in New York sah sie ihren Bruder ungewiß an, und ihre Miene bekam einen fast bittenden Zug.

»Victor?« sagte sie sonderbar schwermütig: »Victor, was soll ich tun?«

»Tu, was du nicht lassen kannst«, fertigte er sie etwas leichthin und ungeduldig ab. Er war müde, und wahrscheinlich dachte er, ihre Frage beziehe sich auf ihre Absicht, die jetzige Stellung zu wechseln, mit der sie ihm schon wochenlang in den Ohren lag. In allem galt ihr nur sein Rat.

Stone hieb mit der flachen, fleischigen Hand auf seine Schreibtischplatte und rief: »Na endlich! Endlich! Wenigstens hört man wieder was von ihm und weiß, wie man ihn erreichen kann!« Er breitete hastig die drei Manuskripte vor sich aus, las die Titel: ›Stärker als der Tod?‹ ... Nicht schlecht, und gut zu übersetzen. Ein bißchen lang zwar, aber, wie mir scheint, ein passendes Thema, Mariannchen. Er schreibt, es handelt von einem alten Eskimo, der in die Eishöhle geht, um zu sterben, und auf dem Weg von amerikanischen Fliegern entdeckt wird. Sie nehmen ihn mit hierher, er wird noch mal was in seinem Alter – Arktispilot. Gleich lesen, das Stück. Die andern zwei? Na, ›Liebe und Gewalt‹? Auch nicht zu verachten. Der neue Liebhaber wird von seinem eifersüchtigen Vorgänger beinah umgebracht. Sehen Sie sich's an. Und was haben wir da noch? ›Der Künstler aus Irrtum‹? Na, wie mir scheint – wenigstens, was er in dem Brief dazu schreibt – ein bissel zu europäisch und lauwarm. Na gut, befassen Sie sich gleich damit, Mariannchen. Hauptsache ist, daß der Mensch endlich, endlich wieder zu fassen ist. Läßt mich da hängen und hängen, ich versteh' das nicht! Viecher sind diese Herrn Autoren, sag' ich Ihnen, Viecher! Er muß doch wissen, daß ich mit seinen Verlegern Trouble habe wegen seinem Roman! Die wollen doch endlich was sehn! Also Mariannchen, nehmen Sie sich die Sachen vor. Ich bin neugierig, ob er sich nach seiner unmöglichen Dakkelstory wieder vernünftiger entwickelt hat.«

Das Telefon läutete. Er gab Marianne einen Wink. Sie verschwand in ihrem winzigen Zimmerchen. Dröhnend stritt er mit einem Editor, der den ›Extrakt‹, die rein handlungsmäßige Zusammenfassung des Neubergerschen Romans nun, nach fast drei Monaten, immer noch nicht bringen wollte. –

Ja, Ling hatte sich wieder ›vernünftiger entwickelt‹, das heißt gar nicht. Möglicherweise hatten ihn Sonjas letzte Ratschläge dazu gebracht, wieder auf das zurückzugreifen, was ihm von Anfang an nie allzu große Schwierigkeiten bereitet hatte, auf das Schreiben von kurzen Stories. Freilich waren da noch andere Gründe, die er sich jedoch noch nicht rundweg eingestehen wollte.
Er war trotz seiner robusten äußeren Erscheinung ein beinahe seismographisch empfindsamer, fast weibischer Mensch, dem seine maßlose innere Eitelkeit und seine nie erloschene Rachsucht auf alles, was ihm das bisherige Leben an Wehtun zugefügt hatte, zeitweise fürchterlich zusetzten. Bei all seiner Intelligenz und sicheren Gefühlswitterung, bei all seiner ausgeprägten Fähigkeit, sich und seine Handlungen schonungslos zu beobachten und zu beurteilen, schrak er doch stets vor einer völligen Selbstentlarvung zurück. Welcher Mensch weiß denn auch, was für ihn dabei herauskommt? Jedenfalls hatte sich beim Ausbruch seiner Verzweiflung vor den vier Besuchern gezeigt, daß er von den hartnäckigen, vergeblichen Anstrengunen, mit seinem Roman weiterzukommen, fast zerrieben worden war. Dabei war er – soviel er überhaupt abschätzen konnte – noch nicht einmal über das ungefähre Drittel hinausgelangt und sah beim Überlesen immer wieder, daß noch alles willkürlich aneinandergereiht, gewaltsam konstruiert und keineswegs erzählerisch geläufig geraten war. Diese beklemmende Einsicht gewann er besonders stark nach der Lektüre von Neubergers Roman, ganz abgesehen davon, daß er sich darin geradezu vernichtend hellseherisch durchschaut sah. In diesem Roman verzahnten sich Ursachen und Motive überraschend präzis mit dem Triebwerk der Gesamthandlung und lösten Wirkungen aus, die man sich gar nicht mehr anders denken konnte. Das war niederschmetternd für Ling. Mochte er sich auch noch so dagegen wehren, die brutale Gewalt und lapidare Einfach-

heit, mit welcher hier seine jämmerliche Existenz dargestellt war, wirkten zuletzt wie ein mitleidender Menschenschrei auf ihn, in dessen Tonfall keineswegs Überheblichkeit oder Ressentiment mitschwang.
Was sprach eigentlich in seinem Roman zum Menschen? Was ergriff und erschütterte den Leser? Es interessierten ihn höchstens der Einfall des ›Quallenschweins‹ und die soziologisch-wirtschaftlichen Folgen, welche durch diese Entdeckung und ihre Massenauswertung hervorgerufen wurden.
Früher, zu Lebzeiten Neubergers, als er noch mit ihm gut war, da hätte Ling sicher genau wie dieser gesagt: »Pfeif doch auf das ganze Literaturgeschmuse von wegen Nachwirkung im Leser! Hauptsache ist, daß man seine Neugier erregt und sein Interesse erhitzt! Nur das hat Erfolg und bringt das meiste ein! Mehr will ich doch nicht!« Warum hatte er denn diese justamentale Waghalsigkeit jetzt nicht mehr? Sie war Neubergers urtümliches Eigentum gewesen. Er hatte sie nie besessen! Er hatte sie ihm nur abgelauscht und täuschend nachgespielt, um damit überall zu imponieren! Der Tote aber hatte sich mit letzter Bosheit gerächt und ihm mit seinem Roman ein unübersehbares Hindernis in den Weg gestellt, das ihm fortwährend grinsend entgegenhöhnte: »Na, du unfähiger, verlorener, eingebildeter Wicht, du! Mach's nach, wenn du kannst!«
Etwas Schreckliches dämmerte in Ling auf – aber nein! Nein, nein!! Vielleicht hatte er sich nur überanstrengt, vielleicht konnte er auch den Brief und Selbstmord Laschis nicht vergessen, und wahrscheinlich bedrückte ihn auch Iwans Tod. Kurzum, unleugbar wirkte all das zusammen, weswegen er seinen Roman zusammenbündelte und liegenließ. Übrigens hatte er es mit seinen neuen Stories sehr gut erraten. Schon am dritten Tag nach dem Eintreffen der Manuskripte rief ihn Stone an, dem er als einzigem seine geheime Telefonnummer mitgeteilt hatte.

»Also Meister! Kein Wort weiter jetzt, Meister!« klang die wohlbekannte Keuchstimme in Lings Ohr und raschelte pausenlos weiter: »Die Eskimostory! Prima primissima! Höchstgradig, mein Bester! Mariannchen hat sie gelesen, ich hab' sie intus und mein Freund, der Chefeditor Smolewsky, wissen Sie, Ihr größter Verehrer – verstehn Sie, der, der damals Ihre Katzenstory lanciert hat. Alsdann, um zum Zoff zu kommen – die Story ist so gut wie placiert und, sagt Smolewsky, wenn da Hollywood nicht gleich zugreift, frißt er einen Besen. Also Meister, Sie hören mich, Sie wissen, ich mache keine Elogen, also – wissen Sie was? Sagen Sie mir genau, wie ich zu Ihnen hinkomme! Nein, nein, absolut nicht, nein, nein, ich sage kein Wort über ihr langes Stillschweigen, durchaus nicht – aber, ganz im Vertrauen, katastrophal hätt' sich Ihre freiwillige Isolation auswirken können, ka-ta-stro-phal, möcht' ich Ihnen jetzt verraten! Und was gibt Gott, da sind Sie wieder! Großartig! Prima primissima. Ich weiß natürlich, ich versteh' natürlich, mir schwant der Grund, warum Sie sich isoliert haben. Ihr Roman! Die große Sache, der Hauptclou! Alsdann, Meister! Lieber guter Meister, sagen Sie, wie komm' ich am schnellsten und bequemsten zu Ihnen? Zu reden haben wir, zu reden, haushoch! Alsdann, wie ist's? Und wann, wann ist's am angenehmsten für Sie? Keine Ausflüchte, mein Bester, überlegen Sie, überlegen Sie schnell! Es geht um die Wurst, verstehn Sie mich, verstehn Sie?«

Es war unmöglich, diesem Sturzbach standzuhalten.

»Taxi natürlich, selbstverständlich. Sie sehn, Meister, ich scheu' keine Kosten und riskier' meinetwegen oder vielmehr Ihretwegen, was Sie wollen!« überrauschte es Ling, und es war ihm zum Schluß, als sei er lange durch kniehohes Herbstlaub gewatet und nunmehr unfähig, weiterzugehen. Er blieb am Telefon hocken, bis das Rascheln in seinen Ohren verwich.

»Mrs. Lettien, morgen im Lauf des Tages kommt mein

Agent aus New York. Bitte, richten Sie das Fremdenzimmer«, sagte er, als er in den mildsonnigen Frühnachmittag hinaustrat. Er ging zu Stuhlbaum, sattelte sein Pferd und ritt sich bis zum Dunkelwerden müde. Daß er die Geschichten geschrieben und sie sogleich wieder an Stone geschickt hatte, mußte sein. Sein Bankkonto war ziemlich zusammengeschmolzen, und überhaupt – jetzt, nachdem er mit bitterer Überwindung von seinem Roman abgelassen hatte – wollte er wieder eine klare Ordnung in seinem Leben schaffen. Er merkte auch, das tat ihm gut.
»Verflucht! Verflucht, und jetzt soll alles wieder von vorn anfangen! Ich will nicht! Ich mag nicht mehr, ich kann nicht!« knurrte er einmal, als er seinen dampfenden Gaul vor einem Berganstieg kurz verschnaufen ließ, und rang nach Luft. Er griff an seine Brust. Es lag wieder wie ein harter, schwerer Stein auf ihr. Er sah durch die kahlen Laubbäume, als suche er Hilfe. Lisawetha fiel ihm ein, und er schien noch grämlicher und bedrückter zu werden. »Warum hat mir denn die nicht geglaubt? Warum läßt sie nichts hören? Ein sonderbares Frauenzimmer! Zuerst läßt sie mich abblitzen, dann küßt sie mich ab wie verrückt und sagt, als ob gar nichts gewesen sei: ›Jetzt müssen wir aber gehn!‹ Was soll denn das alles heißen? Und bei meiner letzten Frage sagt sie nur ein blödes, kokettes ›Vielleicht‹ . . . sie muß doch gemerkt haben, daß – jaja, daß ich grad *sie* mit ihrer gesunden Leichtigkeit jetzt brauche!« nörgelte er stumm in sich hinein: »Vielleicht liebe ich sie. Gereizt hat sie mich schon immer, und so? Gefallen auch, jaja, das auch.« Wie von selber drückten sich seine Schenkel anfeuernd auf den warmen, feuchten Pferderumpf, und ganz wider Willen gab er dem Gaul die Sporen, daß er, obgleich es aufwärtsging, mit einem Ruck in ein kurzes, schüttelndes Galoppieren kam.
Am anderen Nachmittag kam Stone. Er war noch fetter und unförmiger geworden und kam kaum aus dem Taxi.

»Unsere Perle, das Mariannchen, die Sie natürlich allerherzlichst grüßen läßt – unser Mariannchen hat mir das gefixt«, schnaubte er heraus: »Ich bin bis Munci mit der Bahn und hab' dort das Taxi genommen.« Und sogleich erging er sich in begeisterten Lobsprüchen über die ›herrliche Künstlerklause‹, als er mit Ling den Kiesweg entlang auf die offene Haustür zuwatschelte. Alles gefiel ihm ungemein, sein Fremdenzimmer, der geschmackvoll-behagliche Wohnraum, die herrliche Aussicht von den Fenstern aus. »Ehrenwort, Meister, Ehrenwort, um mindestens zehn Jahre verjüngt«, sagte er zu Ling, und die lautlos bedienende Mrs. Lettien belobigte er wegen der zwei knusperigen Enten, dem sämigen Rotkraut mit den flockigen Kartoffelknödeln in einem fort beinahe verzückt: »Böhmisch klassisch, Mrs. Lettien. I'm sorry, ich find' kein anderes Wort.« Der starke Kaffee, meinte er, könnte jedes Wiener Kaffeehaus in der seligen ›K.-u.-k.-Franz-Josephs-Zeit‹ beschämen. Unbezähmbar war sein Appetit. Puterrot lief sein schlagflüssiges Gesicht an, Schweißperlen traten auf seine Stirn, immer wieder griff er zum saftigen Apfelstrudel und sagte: »Ich bitt' Sie, Meister, bitt' Sie! Muß man denn da nicht zum Verbrecher an seiner Gesundheit werden? Kann man da widerstehn? Ein Strudel, Mrs. Lettien, der Sacher in Wien muß sich davor verstecken!«
Ling hätte am liebsten das Gespräch die ganze Nacht so verplätschern lassen, doch als sie sich endlich ins Arbeitszimmer zurückgezogen hatten, nahm alles im Nu eine andere Wendung.
»Na, na, da natürlich versteh' ich, daß Ihr Roman wächst und großartig wird, Meister!« rief Stone wiederum emphatisch und ließ sich in den nachgiebigen, breiten Polstersessel fallen: »Da wünsch' ich mir bloß noch, daß er bald fertig ist.«
»Tja, das eben wird er so bald nicht, vielleicht wird er es überhaupt nicht«, sagte Ling.

»Wa-was hör' ich da, was?« stieß der Agent heraus und starrte ihn an: »Bitt' Sie, mein Bester, machen Sie mich nicht unglücklich! Ermorden Sie mich nicht, lieber, guter Meister. ›Wird vielleicht überhaupt nicht‹? Hab' ich denn richtig gehört? Das ist doch ganz und gar ausgeschlossen, das ist doch einfach Nonsens!« Und, in der Tat, der keuchende Fleischberg richtete sich auf. Es wurde ein ununterbrochenes, bald flehendes, bald gutmütig polterndes, eindringliches, aufmunterndes Hinein- und Zureden.

»Na gut, na schön! Schön und gut, Sie unterbrechen. Es gibt sich Ihnen momentan nicht, mein Lieber. Na gut, na schön! Mir werden Sie erzählen, was Künstlersensitivität ist, mir? Momentan ist Flaute, ist Ebbe in dieser Hinsicht bei Ihnen. Dafür haben wir jetzt die großartigen Stories ... Schön, gut, ich versteh', ich kapier' ... Ich bin doch kein Unmensch, mein Bester. Aber überlegen Sie jetzt einmal genau. Wir haben doch noch Zeit, Zeit! Erst im kommenden Mai ist Ihr sechzigster! Bis dahin – ich möcht' fast garantieren! – ist Ihr Eskimo verfilmt. Wie stehn Sie da? ... Und da alsdann Ihren Roman, also, also, Meister! Meister? Drei Verleger warten doch schon, sie warten, warten!!! Verstehn Sie, warten wie ungeduldige Burschen auf das herzige Mädel, das jeden verrückt macht ... Morgen, wenn ich was Greifbares daherbringe, hab' ich einen saftigen Vorvertrag, und Money gibt's in rauhen Mengen, verstehn Sie mich? Sie sind doch kein unvernünftiges Kind, Meister, Sie verstehn doch auch meine Situation!« So schwirrte es stundenlang um Lings Kopf, bis schließlich Stone energisch zu ihm sagte: »Jetzt, wissen Sie was? Wir sind jetzt alle zwei reif fürs Bett, und morgen will ich weg, Meister. Wissen Sie was? Geben Sie mir das Romandrittel, und ich handle Ihnen einen Vertrag aus, absolut wie Sie ihn wollen und brauchen. Einverstanden?«

»Gut, ja, meinetwegen«, nickte Ling erschöpft.

Kurz bevor sich der Agent am anderen Tag ins herbeigerufene Taxi zwängte, wandte er sich noch einmal in seiner ganzen mächtigen Front an Ling, drückte ihm herzlich die Hand und sagte: »Und jetzt – Glück auf, lieber, guter Meister! Verlassen Sie sich drauf, der alte Joe Stone sorgt dafür, daß die Welt bloß noch von Ihnen spricht an Ihrem sechzigsten! Hals- und Beinbruch, mein Lieber!«

Ling stand dummgeredet da und sah gedankenlos in die Luft. Er ließ den Dingen ihren Lauf, Lustlos verbrachte er seine Tage. Fad wie der langsam herankriechende Spätherbst war er beim Aufwachen am Morgen und beim Einschlafen in der Nacht gestimmt. Es wurde rundherum unfreundlich, windig und kalt, und die ersten peitschenden Regenfälle setzten ein. Da geschah etwas, an das er nicht mehr gedacht und das er nie erwartet hatte.

An einem dieser häßlichen, trostlosen Regentage hielt ein kleiner Ford vor seiner Gartentür, heraus schwang sich eine in dicke Mäntel gewickelte, von einer Regenhaut mit Kapuze überzogene Fremde, ging energischen Schrittes auf die Haustür zu, läutete, und als er öffnete, war es – Lisawetha, die unbefangen lächelnd sagte: »Da bin ich.«

»Sie? ... Hm, kommen Sie«, brachte er nur heraus, und nachdem sie schon eine ziemliche Weile im Wohnzimmer beisammensaßen, hatte er immer noch diese gleiche, verlegene Tonart, bis sie schließlich halb herausfordernd und halb enttäuscht fragte: »Ich komme wohl ganz ungelegen, oder?«

Da sahen sie sich beide fragend und zugleich schüchtern vorwurfsvoll an, als würde sich jeder insgeheim sagen: »Zu was eigentlich diesen kindischen Blödsinn?« Sie lächelte, und er ging zu ihr, blieb stehen und strich mit der Hand über ihr Haar.

»Lisawetha? Mein Gott, Lisawetha! Ich bin sehr glücklich!« sagte er und beugte sich nieder, und stumm umschloß sie seinen Nacken ...

Was war eigentlich mit ihr geschehen, daß sie ihre Stellung

aufgegeben, ihre erst kürzlich bezogene hübsche Wohnung hatte stehen- und liegenlassen und plötzlich losgefahren war? – Sie war schon öfter bei Sonja gewesen und hatte von einem solchen Vorhaben gesprochen, nachdem Victor nur immer und immer wieder zu ihr gesagt hatte: »Meschugge geht noch, aber so meschugge! Bitte, mach das mit dir selber aus!«

Auch Sonja begriff sie nicht. Fürs erste war sie bestürzt, beruhigte ihre Freundin und riet ihr, sich innerlich einmal genau zu erforschen. Doch Lisawetha kam wieder und wieder. Da tat Sonja etwas, was sie noch nie getan hatte. Sie brach ihr Wort, sie brach das Vertrauen, das Ling seit langem in sie setzte. Sie riet Lisawetha, Neubergers Roman genau zu lesen, und gab ihr den Brief Laschis, indem sie sagte: »In den beiden Sachen ist so ziemlich alles drinnen, was Mart ist. Du gehst was Schweres ein, Kind! Ich weiß nicht, ob das gut für euch beide ausgeht.«

Warum sie so handelte, war schwer zu sagen. Unleugbar bleiben Frauen ihrer Art unwandelbar treu in der glücklich verliebten Liebe zu dem Manne, der sie ganz erfüllt, indessen mit dem zunehmenden Alter erfaßt sie immer mehr eine polygam-platonische Grundstimmung, die sie dazu treibt, mit Männern, die ihnen etwas bedeuten, tiefe aufrichtige Freundschaft zu schließen. Das hat zur Folge, daß sie schließlich glauben, nur *sie* verstünden diese Männer bis ins letzte und nur *ihr* Verständnis und *ihre* Sorge beschütze sie ausschließlich.

»Du gehst was Schweres ein, Kind!« warnte sie also Lisawetha und setzte dazu: »Ich weiß nicht, ob das gut für euch beide ausgeht.«

»Ausgeht?« sagte Lisawetha leicht verwundert: »An das denk' ich überhaupt nicht mehr.« Das zerstörte etwas in Sonja. Jetzt bereute sie und empfand schmerzlich, daß ihr nunmehr einer ihrer liebsten Freunde verlorengegangen war.

Viel später, als Victor ihr einmal aus der Zuchthausballade Oscar Wildes deklamierte:

»Denn jeder tötet, was er liebt,
o daß mich jeder hört!
Der Feigling tut's mit einem Kuß,
der Tapf're mit dem Schwert«,

sagte sie aus einem traurigen Nachdenken heraus: »Wie kommt das bloß? Trifft das auf alle anderen zu oder nur auf uns? Wilde hat doch auch nicht mehr in England leben können und ist in Paris, in einer Art Diaspora, verkommen und gestorben ... Liebt man denn als Amerikaner, Engländer, Franzose, Russe oder Deutscher anders als wir, die alles das nicht mehr sind?« Und er hatte nur mit einem achselzuckenden ›Vielleicht!‹ antworten können. –

Lisawetha und Ling wuchsen ins Glück. Tag und Nacht genossen sie sich hemmungslos wie etwas lang Ersehntes, heißhungrig Entbehrtes. Sie vertändelten viele Stunden, als gäbe es kein Zeitmaß mehr. Sie frühstückten oft erst gegen ein Uhr mittags und brachten Mrs. Lettiens ganze Hausregeln in Unordnung. Sie gingen ins Freie, stapften ziellos in den kahlen Wäldern umher, kamen zurück und tranken plaudernd Highballs in der molligen Wohnstube. Er rezitierte manchmal seine deutschen Lieblingsverse und fragte sie: »Hast du das gern?« Sie lag auf dem Diwan und antwortete: »O ja, sprich nur weiter!«

»Verstehst du denn auch alles?« wollte er wiederum wissen.

»Manches. Nicht alles, aber es klingt so gut«, lächelte sie. Sie schien nur die Laute zu hören.

Sie kamen oft zu den Stuhlbaums und tranken und unterhielten sich lustig mit ihnen. Sie machten Einkäufe im Dorf, besuchten das einzige Kino dort, verfolgten gleichgültig den uralten Film und fühlten und wußten nur sich. Ling ritt schon lange nicht mehr, da er sie nicht auch dazu bewegen konnte. In ihrem kleinen Ford durchfuhren sie das gelassene Land und freuten sich an Kleinigkeiten. Der November war schon vergangen, und draußen vor den angelaufenen Fenstern flockte der Schnee lautlos hernieder. Er sah ihr zu, wie sie mit den Schiern den Berg hinuntersauste und mühsam wieder heraufkam. Nur eines störte ihn: daß sie fast täglich, und oft sogar zweimal am Tag, mit Victor telefonierte oder, wenn er nicht da war, Selma ängstlich ausfragte, wie es mit dessen Gesundheit stünde. Es konnte vorkommen, daß sie, die Heitere, manchmal nach einer ungünstigen Nachricht über Victor völlig schweigsam und traurig wurde und unruhig auffuhr in der Nacht.

»Mein Gott, damit machst du doch auch nichts besser!« sagte er einmal, als er sie besonders nervös vorfand: »Liebst du denn Victor so?«

»Ich weiß nicht«, erwiderte sie nur und bekam eine bekümmerte Miene.

»Liebst du ihn mehr als mich?«

»Ich weiß doch nicht. Frag nicht«, wehrte sie ab. Sie sah ihn sonderbar an und fragte in anderem Ton: »Willst du denn nicht bald wieder arbeiten?«

»O ja, o ja!« meinte er und bekam schnelle Stirnfalten: »Aber ich hab' doch dem Agenten erst drei Stories geschickt. Er hat sie gut verkauft, und eine bringt er sogar höchstwahrscheinlich bald wieder im Film unter.« Er sah sie zärtlich und begehrlich an und streichelte sie: »Hauptsache ist, daß du bei mir bist.«

Sie sah auf zu ihm und fragte behutsam: »Und was ist mit deinem Roman? Willst du an dem nicht mehr weitermachen?« Im Nu verdüsterte er sich.

»Laß mich mit dem in Frieden! Laß das! Stone drangsaliert mich sowieso schon genug damit. Ich kann mir nicht diktieren! Mag er tun, was er will, er muß einfach warten!« stieß er, mit eingezogenem Kopf hin und her gehend, aus sich heraus. Stone schrieb und telefonierte viel. Er hatte auf Grund des Romandrittels tatsächlich von einem großen Verleger einen Vorvertrag bekommen. Er war verstimmt, daß Ling über den beträchtlichen Vorschuß nicht hoch erfreut war, sondern ihn wie etwas Selbstverständliches hinnahm. Lisawetha hatte zufällig dem Gespräch zugehört. »Oh!« rief sie kinderlustig: »So viel Geld kriegst du da? Das ist ja wunderbar! Sie warten also auf deinen Roman –«

»Lisawetha!« preßte er plötzlich aus sich heraus und starrte sie an, daß sie erschrak: »Um Gottes willen, sag nie wieder ein Wort über ihn, nie! Nie, ich bitte dich!« Da schwieg sie betroffen und folgte. Sie sah, wie er sich verfinsterte und in den nächsten Tagen wortkarger wurde. All ihre Zärtlichkeit hellte ihn nicht auf. Sie überwand sich sogar, Victor einen Tag nicht anzurufen, und gewann selber nicht mehr ihre schwerelose, ausgleichende Bestimmtheit zurück. Überraschendes Tauwetter war in der Nacht hereingebrochen, dann bliesen Winde und rissen an den Fensterläden. Als sie in der späten Frühe erwachten, war der Schnee wie weggeblasen. Sonne schien, und die Straßen und Flächen sahen frisch gewaschen und trocken aus.

»Wir könnten vielleicht einmal nach Baltimore fahren oder sonstwohin«, sagte sie. Er hatte nichts dagegen.

»Oder willst du lieber wieder einmal reiten?«

»Nein, mit dir fahren ist schöner«, meinte er aufgelebter, und sie war froh. Da schrillte das Telefon, und sie nahm den Hörer ab, zuckte schon im nächsten Augenblick zusammen und stieß erbleichend heraus: »Um Himmels willen! Ja! Ja, ich fahre sofort ab!«

»Was ist's denn? Was mit Victor?« fragte er. Sie fand kaum Zeit zu bejahen, sprang auf, lief ins Bad und war in wenigen Minuten angezogen: »Er hat einen Anfall. Laß mich, ich muß sofort weg. Ich muß zu ihm!« Sie hörte und sah nichts mehr, rannte zur Tür hinaus, und gleich darauf surrte ihr Auto weg.

Ling blieb einige Augenblicke reglos auf dem Bett sitzen, dann streckte er sich wieder glatt aus und sah zur Decke.
»Ich gehe nur so nebenher«, brümmelte er gallebitter. Ein eigentümliches Gefühl des Verschmähtseins keimte in ihm auf. Er malmte mit den Zähnen und biß sich auf die Lippen. Er haßte Victor, von dem eine so anziehende Gewalt ausging, in welcher nichts von all dem war, was sie an ihm – Ling – begehrenswert fand. Er schwang sich in die Höhe und betrachtete sich im hohen Spiegel an der Tür. Zerzaust war sein völlig ergrautes, schütteres Haar, häßlich alterszerfurcht sein farbloses Gesicht, eingeschrumpft schien seine breitschulterige Gestalt, verbraucht und verlebt. ›Was liebt sie eigentlich an mir, was denn schon?‹ fragte er sich im stillen: ›Was denn? ... O ja, wenn mir irgendwas fehlt, wenn ich meinen Hexenschuß habe, wird sie sofort bekümmert und ruft den Arzt. Sie fährt sogar gleich und holt ihn aus Munuci. Sie pflegt mich und tut alles, alles. Aber, aber es ist nicht dasselbe wie bei Victor. Es ist ganz anders. Den Schrecken heute morgen, den kriegt sie nie! Und Victor? Sonderbar, wenn man gegen den was sagt, das nimmt sie zwar hin, aber man spürt, der steht für sie über allen anderen! Warum fängt sie bei mir auf einmal mit diesem verfluchten Roman wieder an, wo sie doch weiß, der bringt mich um, der macht mich fertig?‹
Er nahm ein Bad und war schnell angezogen. Als er an seiner Schreibmaschine saß und nach ungefähr einer Stunde Stone anrief, der ihm hoch erfreut berichtete, daß bereits wieder zwei Filmangebote aus Hollywood bei ihm seien, gab er sich sehr freundlich: »Na, sehn Sie, der Eskimo hat's in sich. Großartig, haha, wenn Sie wollen, komm' ich in den nächsten Tagen nach New York ... Oder geht's auch, wenn Sie mir alles schicken? Ach ja, ja so, ich kann ja das Englisch nicht lesen, schändlich, schändlich! Hören Sie, ich habe jetzt eine sehr tüchtige Sekretärin, die Englisch und Deutsch perfekt spricht und liest. Na,

wie Sie wollen. Ich rufe Sie morgen oder übermorgen nochmal an, ja? So auf einige Tage kommt's ja nicht an. Na also! ... Was? Mein Roman? Ob ich endlich wieder weiterarbeite? Jaja, ja, ich hab' ihn eben wieder vorgenommen, jaja.«

Tatsächlich – wie war das nur zugegangen? –, er hatte den Durchschlag seines Romandrittels vor sich, er überlas Aufzeichnungen, er dachte sich in die Materie hinein, und es war ein Funkeln in seinen Augen. Es kam nach und nach eine fliegende Erregung über ihn. Er tippte zeitweise wie um die Wette.

»Mrs. Lettien, kein Mittagessen heute, wahrscheinlich auch nichts zu Abend. Machen Sie mir nur viel starken Kaffee, ich arbeite. Ich will nicht gestört sein. Auch Sie brauchen sich nicht weiter um mich zu kümmern«, hastete er geschwind heraus, als sie an der Tür erschien. »Wie belieben, Sir«, sagte sie und verschwand. Tief am Nachmittag rief Lisawetha aus New York an. Es stehe schlimm um Victor. Herzanfall, er sei im Hospital und müsse mindestens einen Monat vollkommen still liegen, berichtete sie, dem Weinen nahe, und fragte: »Und du? Wie geht's dir? ... Du arbeitest? An deinem Roman, oh gut, gut. Dann ist's ja gut, da stör' ich dich vielleicht bloß. Ich komm' sowieso kaum vor einer Woche.«

»So? Gut, gut. Jajaja, gut, gut«, sagte er nur noch, und da sie annahm, er sei mitten im schwersten Nachdenken, achtete sie nicht auf den kalten Ton.

Es war sehr still, und die nebeldunkle Nacht drückte an die Fenster. Mrs. Lettien hatte die Gelegenheit benutzt und war ins Dorf zu ihrer verheirateten Tochter gegangen, deren zwei Kinder sie abgöttisch liebte. Ling saß eine lange, schwere Weile regungslos an seiner Schreibmaschine. Blicklos starrte er auf das eingespannte Blatt und schien sich keinen Begriff und kein Bild von den Buchstaben machen zu können, die er geschrieben hatte. Er ergriff das Blatt und riß es aus der Maschine. Wie von ungefähr durchsuchten seine abwesenden Augen den Raum und landeten auf Neubergers Roman, der auf dem kleinen, viereckigen Tischchen neben den gespitzten Bleistiften und Kugelschreibern lag. »Ha!« machte er: »Ha, du meinst, du hast mich, ha! ... Ha, du verfaulst und ich lebe, ha!« Er griff nach dem Buch und warf es in den offenen Kamin: »Ha, dich haben die Würmer schon aufgefressen, aber ich laß mich einmal verbrennen, ha!« Da Lisawetha so ein knatterndes Scheitfeuer im offenen Kamin gern hatte und oft bei vollkommen abgedunkeltem Raum mit ihm davorsaß, machte er jede Nacht eins an. Die Flammen züngelten um das hineingeworfene Buch, die Blätter rollten sich raschelnd. »Ha, reinen Tisch mach' ich jetzt. Weg, weg muß alles, radikal weg!« knurrte er wieder und fing an, Stoß für Stoß von seinem Romanmanuskript ins fauchende Feuer zu werfen.

Der Farmer Stuhlbaum, der einmal vors Haus ging, um sein Wasser abzuschlagen, schaute den kahlen Berg hinan und sah, wie dicke, dichte Glutfetzen aus dem Kamin seines Nachbarn jagten und in der stockdunklen Nacht herumflatterten. »Hm, was macht denn der? Schaut ja aus, als wenn er sein ganzes Hauswesen verbrennt«, brummte er. Er zog seine Hose zu und stieg den wohlbekannten Fußweg hinan. Als er oben war, sah er, daß nur die zwei verhängten Fenster von Lings Arbeitszimmer schwach schimmerten. Jetzt quoll wiederum eine ganze Wolke halbverbrannter, noch glühender Blätter aus dem Kamin. ›Verrückter Kerl, das kann er doch morgen im Freien tun. Da hat er doch die Kontrolle über alles‹, dachte der Farmer und strebte schneller dem Linghaus zu. Er kam ans Gartentor, stieß es auf. Wahrscheinlich aber mußten ihm nun Bedenken aufsteigen, so spät – es ging schon auf Mitternacht zu – noch an die Haustür zu klopfen oder zu klingeln. Er dachte dabei mehr an Mrs. Lettien als an Ling, der ja noch wach war und sich morgen ausschlafen konnte. Er tappte aufs Gras und umschritt vorsichtig das Haus, bis er vor dem ersten Fenster des Arbeitszimmers stand. Was er im erhellten Innern erspähte, war nichts besonders Auffälliges. Ling verheizte nur in einem fort Manuskriptbündel, stocherte ab und zu im qualmenden Kaminfeuer und schien in bester Laune zu sein. Das kam vielleicht daher, daß er öfter an den runden Tisch vor dem Diwan trat, auf dem mehrere Schnapsflaschen standen, von denen er die eine oder andere an den Mund setzte und einen langen Zug daraus nahm. »Ha!« machte er dann, grinste kurz und fing wieder das Verheizen an: »Ha, nur weg, weg damit!« Das amüsierte und ermutigte Stuhlbaum, daß er ganz nah ans helle Fenster trat, sein Gesicht auf die feuchte Scheibe drückte, zögernd klopfte und, als Ling wie aufgescheucht nach ihm sah, munter sagte: »He, Nachbar, ich bin's, Stuhlbaum! Was machst du denn? Verbrennst du dein falsches Geld?«

»Ha, großartig!« gab Ling zur Antwort: »Kom 'rein, saufen wir eins!« Rasch ging er zur Haustür und ließ seinen Nachbarn herein.

»Ich mach' Inventur«, erklärte er und erzählte, daß das ›Fräulein‹, wie Lisawetha von den Farmersleuten genannt wurde, in New York bei ihrem kranken Bruder sei: »Da hab' ich jetzt grad Zeit ... Man muß einmal gründlich abstoßen, was immer so unnütz herumliegt.« Stuhlbaum erriet mühelos, daß er schon ziemlich viel getrunken haben mußte. Sein Gesicht glänzte schweißig und war haltlos zerronnen. Ungeniert rülpste er auch schon hin und wieder und griff immer erneut zur Flasche, während der Farmer bedachtsam an seinem Wasserglas voll Whisky nippte. Er ließ den Betrunkenen nicht aus den Augen. Der verheizte mechanisch Papierstoß um Papierstoß und plapperte dabei etwas daher, wenn er das geschafft habe, sei's ihm endlich wohler, und als Stuhlbaum meinte, so was sei nicht ganz

ungefährlich, aus dem Kamin quöllen ja ganze Feuerwolken, da hielt er jäh ein, beinahe drollig strammgestreckt, und sagte folgsam wie ein Schulbub: »Jaso! Hm, jaja ... Verzeihung! Na, das Schlimmste ist weg! Das ist, Gott sei Dank, weg!« Er hatte alle Kopien seines Romans und das ganze Material verbrannt.
Mrs. Lettien kam eben heim und tappte über die Stiege hinauf. Auch Stuhlbaum stand auf und wollte gehen, doch Ling hielt ihm ein neu eingegossenes Glas Whisky hin: »Zu was denn so eilig, Landsmann? Eins noch, eins noch!« Er schwankte bedenklich und hatte gläserne Augen: »Eins noch! Saufen wir, Nachbar! Saufen macht uns alle gleich!« Verwüstet sah er aus. Blöde glotzte er in den kleinen Biedermeierspiegel, der ihm gegenüber an der Wand hing, glotzte und verzerrte sein Gesicht: »Ha, du Schuft! Da bist du wieder, du-du –« Mit aller Wucht warf er seine Flasche in den splitternden Spiegel, sackte um und blieb liegen. Der erschrockene Farmer wollte ihm aufhelfen und redete ihm gut zu, doch er wehrte steif und lahm ab: »Schon gut. Laß mich, laß mich! Geh schon, geh!« Der Liegende streckte seine Arme, reckte sich röchelnd und schien einzuschlafen. Da ging Stuhlbaum. Als er daheim ins Bett schlüpfte, erzählte er seiner erwachenden Frau das Vorgefallene.
»Hm, seltsam«, sagte er zwischenhinein einmal: »Seinen Gaul, sagte er, will er auch nicht mehr. Was ganz anderes will er machen, sagt er. Mir scheint, mit dem Fräulein hat's was gegeben. Er taugt für nichts mehr, sagt er. Was muß er auch noch damit anfangen, der alte Depp! Ich glaub', er haut ab.«
Um so überraschter waren die Farmersleute, als Ling am darauffolgenden Mittag zu ihnen kam. Er sah frisch und zusammengenommen wie immer aus und lachte über die nächtliche Sauferei, als ob sie nichts bedeutet hätte. Er kam schließlich mit der Bitte heraus, ob ihn Stuhlbaum mit Mrs.

Lettien nicht im Auto nach Munci bringen könne, er habe dort mit einem Anwalt über dringende geschäftliche Dinge zu reden, und Mrs. Lettien mache notwendige Besorgungen, es könnte allerdings Abend werden bis zu ihrer Rückkehr, und er komme selbstverständlich reichlich für alle Kosten auf. Stuhlbaum kannte ja seine Generosität und willigte ohne weiteres ein. Auf der Hinfahrt redete er wenig und nur über ganz nebensächliche Dinge, doch in Munci benahm er sich sehr sonderbar.

Nachdem ihm der Farmer einen verläßlichen, deutschsprechenden Anwalt genannt hatte, verabredete er ein Restaurant, in welchem sie sich nach etwa zwei Stunden treffen würden, und suchte mit Mrs. Lettien, die nicht wenig darüber erstaunt war, die Anwaltskanzlei auf. Dort ließ er nach Angaben, die er sich genau notiert hatte, ein Testament abfassen, das Lisawetha zu seiner Alleinerbin machte. Zudem verfügte er, daß Mrs. Lettien und Lisawetha, falls sie Lust haben sollte, noch zwei Jahre im gepachteten Haus wohnen könnten, übergab der verblüfften Haushälterin einen entsprechenden Scheck und einen versiegelten Brief für Lisawetha und sagte auf dem Weg zum Restaurant: »Ich weiß ja, Mrs. Lettien, daß Sie das alles nicht recht verstehen werden, aber es geschieht nur aus Vorsorge. Sie brauchen nicht beunruhigt zu sein, durchaus nicht! Reden Sie, bitte, zunächst mit den guten Stuhlbaums nichts darüber, aber Ihnen brauch' ich das ja nicht extra zu sagen. Es kann ja sein, daß ich nicht solange auf Reisen gehe und eher wiederkomme.«

»Wie Sie belieben, Sir« antwortete sie nur. Dennoch blieb sie in der Nacht schlaflos und horchte immer wieder unruhig. Sie hörte Ling in seinem Arbeitszimmer, und einmal schrillte das Telefon. Lisawetha, die von New York aus schon öfter vergeblich angerufen hatte, erreichte Ling endlich.

»Was ist's denn? Ist was passiert, oder warst du bloß

weg?« fragte sie traurig und aufgeregt und kündigte ihr Kommen im Laufe des morgigen Tages an. Auf einmal aber packte sie der Schrecken, denn Ling schien ihr Reden zu überhören und antwortete nur immerzu mit völlig veränderter Stimme: »Jajaja, alles erledigt, alles erledigt, alles erledigt, jajajaja, komm nur, komm schon! ... Alles erledigt, alles erledigt!« Es kam keuchend und stoßweise aus ihm.

»Um Himmels willen, Mart, was ist's denn, was denn?« schrie sie auf, doch er redete gleicherweise darüber weg. Sie warf den Hörer zitternd in die Gabel und war totenblaß.

»Ich fahre sofort. Das ist unheimlich«, sagte sie zu Selma.

Ling stand reisefertig mit gepacktem Koffer in seinem Arbeitszimmer und trank einen Whisky um den anderen. Als der Taxichauffeur aus Munci läutete, riß er sich gerade auf. Im Hinausgehen hörte er, daß Mrs. Lettien oben die Tür öffnete, und rief zurück: »Es ist alles in Ordnung, Mrs. Lettien! Machen Sie alles gut!« Die Haustür fiel zu, und gleich darauf surrte das Taxi in die Nacht hinein.

»Was sind das für Menschen!« brümmelte Mrs. Lettien und konnte nicht mehr schlafen. Sie zog sich an und ging in die Küche hinunter. Sie wußte nichts mit sich anzufangen, öffnete einmal die Tür zum Arbeitszimmer und erschauerte. Im offenen Kamin glommen noch immer die verkohlten, aufgehäuften Manuskriptbündel und verbreiteten stickigen Rauch, überall lagen Papierfetzen, ausgetrunkene Schnapsflaschen und liegengelassene Kleidungsstücke. Es stank nach vergossenem Alkohol und Zigarettenrauch. Sie öffnete die Fenster, ging wieder in die Küche zurück und blieb lange entgeistert hocken. Erst als in der grauen Frühe die schrecklich verstörte Lisawetha mit dem bebenden Ruf: »Um Himmels willen, Mrs. Lettien, was ist passiert? Wo ist Mister Ling?« auf sie zustürzte, hatte sie ihre strenge Ruhe wieder.

»I don't know!« antwortete sie: »Mister Ling ist abgereist. Hier, das ist für Sie!« Damit übergab sie ihr den versiegelten Brief. Er enthielt die kurze Mitteilung über das Testament und die Adresse des Anwalts, einen Scheck in Höhe von zweitausend Dollar und schloß mit den nüchternen Sätzen: »Mrs. Lettien wird dich unterrichten. Verzeihe mir, ich hoffe, es ist alles gut so. Verschwende deine Liebe nicht wieder an so einen ausgebrannten Mann wie mich. Viel Glück, lebe wohl.« Augenblicke lang blieb sie völlig stumm und erstarrt stehen, dann fing ihr Kinn zu beben an, sie wankte und sank Mrs. Lettien aufschluchzend an die Brust: »Mein Gott, und ihn allein habe ich doch wirklich geliebt, nur ihn! Da-das hätte uns doch helfen können!« Und plötzlich schrie sie furchtbar auf und brach ohnmächtig zusammen. –

Von Ling hörte und sah niemand mehr etwas. Heimlich hatte er sich noch einige Zeit in einem New Yorker Hotel aufgehalten und war nach Deutschland geflogen. Das geschah nicht etwa aus einem vagen Heimweh, es war nur eine wirre, planlose Flucht in eine neue Diaspora. Er stieg in Frankfurt aus, und er empfand nicht das geringste Anrühren, als ihm die vertraute Sprache wieder entgegenschlug und einiges aus der Erinnerung greifbar wurde. Er verbrachte fad und unschlüssig einige Tage im Hotel und flog nicht nach Bayern weiter, um vielleicht seine Tochter oder seinen älteren Bruder irgendwo aufzutreiben. Er reiste eine Zeitlang grämlich umher und entschloß sich endlich, in Hamburg zu bleiben, weil diese Stadt ihn noch am ehesten an New York erinnerte. Widerlich und störend kamen ihm die kleinen und größeren Unbequemlichkeiten und das Sich-an-die-neue-Umgebung-Gewöhnen vor, als er endlich in einer kleinen, hübschen Pension dauernd Logis genommen hatte. Langsam kam eine gewisse Regelmäßigkeit in den Leerlauf seines Daseins. Er machte Hafen- und Alsterrundfahrten, besuchte Kabaretts und manchmal ein Theater, er las interesselos die Zeitungen und versaß Stunden in einem Kaffeehaus oder in den besonnten Grünanlagen und schaute gelangweilt auf die Leute, lächelte auch manchmal ein tölpisches Kind an, das vor ihm auf dem Kiesweg herumlief, oder wechselte mit Fremden, die neben ihm auf der Bank saßen, gleichgültige Worte über das Wetter, aß gut und betrank sich oft und oft. Erinnerungen stiegen manchmal in ihm auf und wurden zu melancholischen Betrachtungen und Gedanken, die nur die Erfahrung erzeugt. All das aber hatten Menschen schon gedacht. Er erlebte es nur in seiner spezifischen Art, und darum erschien ihm jeder Gedanke neu. Dieses geruhsame Denkspiel war ihm genug. Behaglich kostete er es aus, doch er schrieb nichts mehr nieder. Er hatte einen wahren Horror vor Geschriebenem. Das bildgewordene Wort war nicht mehr jenes Sinnvolle, das sich in der eigenen Stille erfüllte. So sickerte er unbeachtet wie Hunderttausende seinesgleichen ins eisige Einsamsein des Alterns hinein. Sonja fiel ihm ab und zu ein, und anfangs dachte er noch öfter schwer und traurig an Lisawetha, und eine jähe, unbändige Sehnsucht beschlich ihn. Einige Male war er sogar drauf und dran, ihr zu schreiben, sie solle kommen, doch er war bereits so widerstandslos, daß er – weil er zufällig weder Papier noch Kugelschreiber oder Bleistift bei sich hatte und auf einer Anlagenbank saß – nur seufzend aufstand und weiterging: »Unsinn! Ist doch so besser für sie! Hält doch nichts mehr! Ist doch alles blöde Einbildung von mir!«

Die New Yorker Freunde und Bekannten Lings reagierten sehr verschieden auf sein endgültiges Verschwinden, wenigstens noch am Anfang.
Charlie und Bianka waren sehr beleidigt, daß man ihnen erst nach und nach von allem berichtete. Es kam dadurch zu einem weiteren Auseinanderfallen des Kreises. Die Na-

gels, Sonja und Lisawetha sah man nicht mehr bei den Zusammenkünften. ›Gesinnungslose Prominentenjäger‹ nannte Charlie sie, aber Mäxchen meinte geringschätzig: »Na, sooo eine Prominenz war doch dieser Mister nicht. Was denn schon? Storyschreiber? Die gibt's doch hier wie Sand am Meer. Eine wirklich schöpferische Natur war der nicht, ein Gelegenheitstalent, weiter nichts. Wirkliche Schöpfer geben nicht auf.«
Der Doktor Nuckling sah ihn zum erstenmal zustimmend an und nickte melancholisch: »Aber schade ist's doch um ihn, sehr schade.«
»Was heißt schade?« meinte der elegante Nolens und zuckte mit den Achseln: »Wenn einer, dem man keinen Grund dazu gegeben hat, sich aus reiner Interessantmacherei zurückzieht, ob man dem nachtrauern soll, weiß ich wirklich nicht.« Hilde – sie war sehr abgemagert und gealtert – hob ihr eckiges Gesicht und flötete noch immer wie früher: »Was weiß man denn voneinander? Jeder ist doch allein. Keiner kennt sich aus mit den nächsten und liebsten Freunden!«
»Na! Na, na!« widersprach Charlie sehr selbstsicher: »Schließlich war ich sein ältester Freund, ich hab' ihn genau gekannt. Nie hätte so was vorkommen müssen, daß er einfach allen davonläuft, wenn er sich an seine wirklichen Freunde gehalten hätte. Ganz fair finde ich das vom Mart nicht, aber da war nicht er allein schuld.«
»Na, wenn er so ein schwacher Charakter ist, was kann man machen«, mischte sich auch der lange Kurt ins Gespräch. Er machte eine grundbiedere Miene und schloß: »In Amerika verlieren sich überhaupt oft die dicksten Freundschaften sehr schnell, wenn's dem einen gut und dem andern schlecht geht.«
»Aber uns geht's doch allen ganz gut. Und Mart war doch nie ein Amerikaner! Er hat mir immer den Eindruck gemacht, als ob er überall fremd ist«, rief der Doktor Nuck-

ling, worauf Mäxchen nur noch sagte: »Na, alsdann Weltbürger! ... Vielleicht schlecht?« Das ärgerte den Doktor wieder.

»Vielleicht ist er nach Deutschland! Englisch hat er doch absolut nicht kapiert«, meinte die imposante ›Von‹ und dehnte ihre breiten Lippen zu einem kulanten Lächeln. Sie war, ohne daß ›Mäxchen‹ was dagegen hatte, in letzter Zeit ziemlich eng mit Kurt liiert.

»Nach Deutschland, p-ha!« rief Charlie: »Da kommt er bald wieder, wenn er zu uns überhaupt noch hereingelassen wird. So einen Provinzialismus verträgt unsereins nicht mehr. Eins kann ich bloß nicht verstehn, der Mart war doch immer noch im schönsten Success! Ich hab' gehört, es wird schon wieder eine Story von ihm verfilmt. Warum läßt er denn das alles auf einmal fahren? Ich versteh' das nicht.« In letzter Zeit hatte er Stone näher kennengelernt, und der war außer sich. Jeden und jeden Tag schimpfte er auf seinen einst vielverehrten ›Meister‹, der ihm lediglich als Adresse ›Hauptpostlagernd Hamburg‹ angegeben hatte und auf die dringendsten Briefe und Telegramme oft wochenlang keine Antwort gab.

»Stellen Sie sich vor, Marianne, was sagen Sie? Hat der Mensch noch Worte!« fauchte er keuchend und fuhr fassungslos mit seinen fleischigen Händen durch sein angegrautes, dichtes Kraushaar: »Der Roman wird nie geschrieben, schreibt er? Und dabei hat er ruhig den dicken Vorschuß kassiert! Entweder ist der Kerl ein ganz gewissenloser Scharlatan oder total meschugge ... Seine ersten Kapitel, die wir ja kennen, sind doch glänzend! Ist doch kein Kunststück, da weiterzumachen! Ich versteh' die Welt nicht mehr. Der Mann muß geistesgestört sein! ... Seine größten Erfolge, seine ganze goldene Zukunft läßt er mir nichts, dir nichts fahren – und das heißt er normal!« Er schlotterte. »Schreiben Sie, schreiben Sie!« fing er fliegend, schnaubend, dröhnend und seufzend, jammernd und tobend zu diktieren an: »Der Kerl kann mich doch nicht einfach ruinieren! Mein ganzes Renommee bei den Verlegern riskiere ich. Ich muß prozessieren. Der Vorschuß muß doch zurückgezahlt werden, was denkt sich denn der Falott, der windige! Gott sei Dank, der Eskimofilm kommt zum Abschluß, und ich hab' freie Hand! Einfach einstweilige Verfügung auf diese Summe, basta. Schreiben Sie, schreiben Sie! Vielleicht nimmt der Idiot doch noch Vernunft an. Geld hat ihn ja immer gelockt. Schreiben Sie, schreiben Sie!« Bittend, winselnd, beschwörend, vertraulich, schmollend und schließlich beleidigend, drohend fielen die jeweiligen Luftpostbriefe aus. Auf einmal kamen sie zurück. Ling schien ganz verschwunden. Stone mußte sich vor Aufregung eine Woche lang hinlegen. –

Victor trug schwer an seiner gefährlichen Krankheit. Tief bekümmert umsorgten ihn Sonja, Lisawetha und Selma. Immer stand eine melancholische Gelassenheit in seinem abgemagerten, bleichen Gesicht. All sein ehrgeiziger Auftrieb, seine kleinen und großen Eitelkeiten, seine heftige Diskussionswut waren verwichen.

»Der Mart?« sagte er einmal: »Wenn's nicht wieder ein Davonlaufen vor ihm selber war, hat er recht getan. Wir haben bloß den Mut nicht dazu. Und vielleicht sind wir noch nicht soweit, uns fürs Mittelmäßige zu entscheiden. Was ist denn das alles für ein Firlefanz mit unserem bißchen Leben! Man will bloß leben, leben – den kleinen, geschenkten Augenblick ausleben!«

Er sah in die blaue Luft und holte tief Atem: »Leben, ganz simpel und einfach leben wie jeder gewöhnliche Mensch!«

Sie gingen von dem grünen Hügel abwärts, auf die Straße, wo ihre Autos standen. Groß und wolkenlos wölbte sich der Sommerhimmel. Überall leuchteten die hellen Kleider der Kinder und Frauen, die da und dort auf der Grasfläche lagerten, und hin und wieder kam ein sorglos heiteres Lachen daher.

»Leben, verstehst du?« sagte Victor stehenbleibend und schaute die traurige Lisawetha zärtlich an: »Einfach da sein und leben. Da gleicht sich alles aus.« Sie schwieg. Endlich, nach einigen Schritten, seufzte sie aus tiefster Brust: »Ja, aber wie macht man denn das? Wie denn?«

Sie lebte noch immer im Schrecken ihrer vergeblichen Liebe. Sie hörte nicht, als Selma ungut sagte: »Hm, wie man das macht? Das muß schon jeder selber wissen.«

OSKAR MARIA GRAF UND DIE EMIGRATION

Stimmen zum Erscheinen der Erstausgabe im Jahre 1959

Eine Art Selbstzeugnis seiner Emigration vor dem Hintergrund der Stadt New York war für Oskar Maria Graf sein Roman DIE FLUCHT INS MITTELMÄSSIGE. Die erste Fassung dieses Buches hatte Graf vom November 1953 bis Juli 1954 unter dem Arbeitstitel ›Der mißlungene Roman oder Die Heimkehr ins Mittelmäßige‹ geschrieben. Danach überarbeitete Graf seinen ersten Entwurf mehrfach und veröffentlichte ihn schließlich 1959 im Nest-Verlag in Frankfurt am Main. Wie der Roman damals von der Kritik aufgenommen wurde, zeigen die nachfolgenden Auszüge, die hier anstatt eines Nachworts stehen und dem Leser heute interessante Vergleiche mit gegenwärtigen Buchrezensionen gestatten.

Kein Hohelied auf die Emigration

Richard Friedenthal, selbst Emigrant und heute noch in London lebend, schrieb damals in der *Welt*: »Der Autor hat keine leichte Hand in diesem Werk und keine leichte Aufgabe. Er greift kräftig zu. Kraft, oft etwas ungebändigt, ist seine hervorstechende Eigenschaft und ebenso unbestechliches Gerechtigkeitsgefühl. Vieles sticht bei ihm. Oskar Maria Graf ist unbequem. Er ist auch schwer einzuordnen, und das ist ein schweres Handicap im literarischen Leben ... Er gehört seit zwanzig Jahren der Emigration an. Er schildert die Flüchtlinge in New York, die nun längst keine Flüchtlinge mehr sind, sondern Neusiedler, mit unheilbarem Drang, sich ins Mittelmäßige einzufügen ... Aus diesem Buch läßt sich viel lernen, wenn man lernen will. Es ist bis zum Rande voll mit Gestalten. Da sind nicht nur die jüngsten Flüchtlinge, die nun auch schon alte Leute geworden sind. Da sind die älteren Auswanderer, Schwaben etwa, die schon vierzig Jahre drüben sind und immer noch schwäbeln (sie schwäbeln übrigens auch, wenn sie Englisch sprechen, ganz unverkennbar). Da sind Russen, die in Berlin einige Jahre Station gemacht haben, in den Zeiten der großen ›ruhsieeschen‹ Invasion der 20er Jahre. Da sind ›Wirtschaftsemigranten‹, politische Agitatoren, Intellektuelle, mannstolle Weiber, Redakteure mit Zwicker und praller Weste wie aus den 90er Jahren. Das alles stößt, drängt sich, will nach oben, und ›oben‹ bedeutet die Mittelmäßigkeit, den ›göttlichen Durchschnitt‹, weiter hinauf denkt keiner, kommt keiner, außer in hochmütig verstiegenen Träumen. Es wird auch geträumt in diesem sonst harten Buch, und manches erinnert an den Expressionismus der 20er Jahre, der ja nun wieder auflebt. Es wird geliebt, gehaßt, die Flucht sitzt vielen noch immer in den Gliedern. Auch der Held, ein sehr unheldischer Held, Martin Ling, läuft am Ende vor dem Erfolg, der die Mittelmäßigkeit bedeutet, davon. Graf ist unmäßig in seinem Zorn. Er schont niemand. Ein Hohelied auf die Emigration ist das Buch nicht. Es sind erniedrigte, beleidigte Menschen, und sie beleidigen sich gegenseitig, aus Mangel an anderen Objekten. Es sind gejagte Menschen, und sie jagen noch, wenn es ihnen gutgeht, was man so gutgehen nennt in der ungeheuer robusten Provinz New York. Oskar Maria Graf ist ein großer ›Provinzschriftsteller‹ . . .«

Ein seherischer Roman vom geschlagenen Schicksal

Im Berliner *Telegraf* stellte H. G. Sellenthin den Dichter so vor: »Oskar Maria Graf ist ein Gewachsener wie ein Baum. Er hat sich nie vom Kollektivwahn der Zeiten bändigen lassen. Bei hartem Auftrumpfen über die Unzulänglichkeiten des Lebens hat der Bayer stets sein Gesicht gewahrt, ja seine zarte Seele stets sprechen hören und ihr auch Laute und Modulationen gewährt. Grafs Prosa ist ein Stück von der Bewältigung der deutschen Gegenwart, in der die Vergangenheit unheilvoll integriert ist. Seine Romane, die meisten in der bitter erlittenen Emigration geschrieben, behaupten den Anspruch sittlichen Lebens gegenüber dem Unzulänglichen und ›Gemeinen‹ im Sinne Goethes . . .«

Den Roman DIE FLUCHT INS MITTELMÄSSIGE nannte Sellenthin »ein großes erregendes Buch von der Heimatlosigkeit des Exilierten, von der ›Geworfenheit‹ des Vertriebenen« und urteilte darüber: »Graf zeigt die Entwurzelung geschlagener Menschen, die Verhärtung der Flüchtlinge aus Deutschland und den europäischen Exilländern, ihre bohrende Liebe zur Heimat unter der Freiheitsstatue Amerikas, die ›Diasporiten‹, die sich ein eigenes Getto der Verlorenheit schaffen. Ein seherischer Roman vom geschlagenen Schicksal . . .«

Die Entwurzelung der Menschen von sich selbst

Der Rezensent der Zeitschrift *Die andere Zeitung,* Rudolf Adrian Dietrich, erinnerte sich in seinem Text an die persönliche Begegnung mit dem frühen Graf: »›Die Revolutionäre‹ war der Titel eines schmalen Gedichtbändchens, das wir in Dresden im Jahre 1917 in einer Sammlung lyrischer Flugschriften herausbrachten, die mein Freund Felix Stiemer begründet hatte. Der Verfasser dieser Verse war ein völlig Unbekannter: er hieß Oskar Maria Graf. Aber es war kein Zweifel, daß er ein Dichter war und – daß er seiner ganzen Art und Gesinnung nach ›zu uns gehörte‹ (wie das damals einer aus diesem Kreis um die lyrisch-expressionistische Zeitschrift ›Menschen‹ erklärte). Wobei ›wir‹ ein zumindest für die sonst literarisch Interessierten noch ziemlich vager Begriff blieb, wenn einige wie Hasenclever, Klabund, Albert Ehrenstein auch schon ›namhaft‹ geworden waren. Heute weiß kaum noch jemand etwas von jener Enklave der ›expressionistischen Soiréen und ihren damals periodisch erscheinenden Lyrik- und Graphik-Publikationen, die bei so manchem Dresdner Philister Anstoß erregten ... Als ich später (1918) nach München kam und Oskar Maria Graf nun persönlich kennenlernte, verstand sich zwischen uns ›das Revolutionäre‹ von selbst als: das Menschliche! ...«

Dietrich widmete sich dann in seiner Besprechung vor allem dem Romanhelden Martin Ling, über den er ausführte: »Grafs Stellungnahme zum Problem der Emigration wird gleich zu Anfang offensichtlich. Jemand sagt da: ›Unsere Emigration fängt doch eigentlich jetzt erst an, nachdem der Krieg vorüber ist‹, und Martin Ling antwortet: ›Viel Glück in der Diaspora!‹ Die Emigration war ihm ein Notausgang – wird sie zum Dauerzustand einer Enklave, einer in kleine Gruppen, in Clans für sich isolierten Diaspora, verliert sie ihren ursprünglichen Sinn. Gewiß, das Menschliche, die Substanz, ist trotz aller ›machtergreifenden‹ Unmenschen unzerstörbar, solange Menschen leben und lieben können. Doch was hilft es diesen, wenn sie die Verbindung mit dem einfachen Leben verlieren? Martin Ling ist im Menschlichen verwurzelt, nicht in einem Land, auch nicht in einer Gruppe, mag sie auch noch so ›Verfolgung gelitten haben um der Gerechtigkeit willen‹. Und wo es ihm irgendwie zu eng wird – auch in Emigrantenkreisen kann die vor dem Hitlerismus gerettete Gewissensfreiheit schließlich eingeengt werden, zumal wenn eine gegen die reale Umwelt luftdicht isolierte intellektuelle Elitestellung bezogen wird im Hause und im ›Kreise‹ der Kumians ... – da geht er wieder. In dieser Grundhaltung liegt ein immanentes Gegengewicht gegen die ›Resignation‹, die wohl zunächst immer das Erlebnis der Flucht begleitet; auch bei dem für die meisten seiner 1933 mitemigrierten Freunde ›unbegreiflichen‹ Weggang des Martin Ling aus den USA. Unbegreiflich zumal jetzt, da ihm gerade die Chance übergeben ist, zu reüssieren, ›prominent‹ zu werden. Er sieht um sich die Entwurzelung der Menschen von sich selbst, kompensiert durch eine künstliche Intellektualität; er braucht wieder Wurzelboden im einfachen Leben, er verbrennt seine Manuskripte, deren Verfilmung ihm schon zugesichert wurde. Er will heraus aus all dem, will nur noch ›einfach da sein‹: Mensch unter Menschen – verbunden mit allen, die guten Willens sind, aus selbstverständlichem menschlichem Verantwortungsgefühl für sich und die andern. Der Titel des Buches sollte also nicht mißverstanden werden! Er birgt Trotz und Trost, Selbstbescheidung und die Bejahung natürlicher Menschlichkeit. Und ebensowenig sollte man das Buch darum für einen ›Heimkehrerroman› halten, weil dieser Martin Ling im Schlußkapitel wieder in einer deutschen Stadt (in Hamburg) untertaucht. Was dahintersteht, ist die Idee der Selbstverantwortlichkeit. Es ist ohne weiteres verständlich, daß ein Romancier wie Oskar Maria Graf sich immer wieder neuer Aspekte der menschlichen Gewissensverantwortung bewußt wird, und daß er nicht nach dem und jenem Aspekt oder gar dem und jenem Lokalkolorit eines seiner Werke festzulegen ist ...«

Geschrieben aus tiefer Sorge um den Menschen

Ebenfalls über Grafs ›Helden‹ Martin Ling und dessen autobiographische Züge notierte Hans Dollinger in der Zeitschrift *Die Kultur:* »Die wichtigste Figur des Romans, der Emigrant Martin Ling, bildet in diesem Kreis eine Art Kulminationspunkt. Die ursprüngliche Kraft und eigenwillige Originalität dieses Ling (›Ich komm mir vor wie ein gleichgültiger Dutzendgast in einem Riesenhotel ... Ich bleib ganz für mich, aber ohne Hotel wäre ich verloren ...

Alles funktioniert ohne mich, aber doch für mich –‹), der sich auf seine Individualität zu besinnen sucht, führt die in einer sterilen Partygesprächs-Atmosphäre sich gefallenden anderen Freunde und deren Unfähigkeit zum Leben noch eindringlicher vor die Augen des Lesers. Wenn Ling seine abenteuerliche Flucht vor den Nazis über Österreich und Prag am Anfang des Buches erzählt, erkennt man unschwer autobiographische Züge, die Graf seinem ›Helden‹ gegeben hat. Schon wegen der Schilderung dieser Flucht in einer Zeit, als ›der Mensch ein treibendes Blatt im frostigen Weltwind war‹ und ›der Wind die Richtung bestimmte‹, verdient dieses Buch die größte Beachtung. Hier bekommt es dokumentarischen Charakter, und dieser außerordentlich dicht geschriebene Anfang bildet ein solides Fundament für die darauf aufgebaute Parabel der ›Unbehausten‹, der sich selbst davonlaufenden Schemen, die alles Menschliche verloren haben. Ein Buch aus unserer Zeit, geschrieben zur Warnung und aus tiefer Sorge um den Menschen in unserer Zeit.«

Panoptikum der Emigration

Ein »Panoptikum der Emigration« nannte Helmut Alt in der *Frankfurter Rundschau* Grafs ›New Yorker Roman‹ und erklärte dies so: »In die Diaspora, in die Welt der Mittelmäßigkeit und abgrundtiefer menschlicher Tragik leuchtete Oskar Maria Graf mit dem Scheinwerfer unerbittlicher Ehrlichkeit. Nichts wird unterschlagen, nichts beschönigt. Um den Stoff bewältigen zu können, beschränkt er den Kreis der eigentlich Handelnden auf eine kleine Gruppe. In ihr bricht sich das Thema, das ein politisches, soziologisches, philosophisches ist, in einem Prisma und wird zum spannenden Roman. Zu einem New Yorker Roman, denn diese unwahrscheinliche Siedlung ist die Bühne, auf der Graf sein Stück zur Wirkung bringt.

Ganz New York und Umgebung ist auf dieser Bühne unterwegs; eingefangen im Fokus konkreter Situationen während des Krieges, und danach wächst die Stadt, wachsen ihre Menschen zum allgegenwärtigen Handlungshintergrund, und diese Handlung wird fortgeführt bis in die jüngste Gegenwart von Erdsatelliten und Berlin-Krise ... Seine sprachlichen Mittel durchlaufen die ganze Skala vom Bäurisch-Holzschnitthaften (Gottfried Keller) zur atemberaubenden Reportage (Jack London), von psychoanalytischen Deutungen (Stefan Zweig) zur ausgewalzten Kolportage, um uns unversehens wieder die Klaue des Löwen zu zeigen. Man entkommt ihm nicht. Er steckt voller Überraschungen. Die Szene, wie der Ex-Wiener Professor Laschinski, Lischi genannt, sich für einen New Yorker Maskenball als Tiroler verkleidet und beim Anblick seines Spiegelbildes plötzlich hemmungslos wie ein Kind zu weinen anfängt, verdichtet das Thema in wenigen Zeilen ... Ein paar geradegewachsene, saftvolle Kleinbürger-Gestalten gelingen ihm besonders gut, aber der markige Bajuware beherrscht auch den anderen Teil der Klaviatur seelischer Bezirke: das Morbide, Schlüpfrige, Zwielichtige, Abwegige, und er weiß nur zu gut, daß den Kultivierten und Gebildeten die Flucht ins Mittelmäßige viel rascher und nachhaltiger zerstört als den Primitiven. Die vielzitierte unbewältigte Vergangenheit – Graf hat sie bewältigt.«

Die Tragödie einer ganzen Generation

Die letzte Stimme der hier zitierten Rezensenten ist die von Kurt Kersten (ebenfalls ein deutscher Emigrant in den USA), der in der deutschsprachigen New Yorker Zeitschrift *Aufbau* zu folgendem Resümee über Grafs Roman kam: »Unter den zahlreichen realistischen Werken Grafs ist dies Bekenntnis- und Abrechnungsbuch wohl das eigentümlichste, aber auch persönlich stärkste, obwohl es in einem

Milieu spielt, in dem Graf zwar lange lebte und lebt, das aber auch nur eine Kulisse bleibt. Denn die Tragödie des abgeglittenen Ling, der gleich einem Schlemihl seine Vergangenheit wie einen Schatten eingebüßt hat, ist die Tragödie einer ganzen Generation. Es spricht für Grafs Erlebniskraft und Mut zur Selbstentäußerung, wenn er in diesem Ling, der nicht wider sich selbst das kostümhafte Leben eines verlogenen, erfolgsgierigen Komödianten führen kann, einen Typus unserer Epoche geschaffen hat. Wahrscheinlich gehört besonders der zweite Teil dieses eigenartigen Werkes, um dessen Zustandekommen sein Autor hart und selbstlos gerungen hat, nicht allein zum Stärksten unter allen Schöpfungen Grafs überhaupt, sondern ist zugleich das Porträt eines jener unserer Zeitgenossen, die ohne Gepäck, grausam vom Schicksal geschlagen, an der Beresina ihres Lebens angelangt sind, als eben die letzte Brücke zusammenbricht.«

Abschließend noch eine Stellungnahme von Oskar Maria Graf selbst zu dem Thema seines Romans. Kurz vor der Veröffentlichung der Erstausgabe sagte Graf in einem Interview während seines ersten Heimat-Besuches 1958: »Es gibt keine Weiterentwicklung für diese Leute. Sie begeben sich in ein Vakuum. Sie leben in der Diaspora, auch wenn sie sich für die wildesten Amerikaner halten und sich so geben. Natürlich ist mein Schicksal davon nicht zu trennen. Man muß sich mit der Mittelmäßigkeit abfinden. Das gilt auch für mich. Ich habe mir nie eingebildet, ein Genie zu sein. Folglich habe ich auch meinen Frieden mit der Mittelmäßigkeit gemacht.«

Oskar Maria Graf:

der wiederentdeckte bayerische Balzac

Oskar Maria Graf entpuppt sich – je mehr Bände der Gesamtausgabe vorliegen, um so deutlicher wird dies – als ein großer realistisch-gesellschaftskritischer Romancier deutscher Sprache im 20. Jahrhundert. Kein Geringerer als Maxim Gorki hatte ihn schon früh – vollkommen zu Recht! – mit Grimmelshausen verglichen.

Bayerische Staatszeitung

Der große Bauernspiegel
Wir sind Gefangene
Der harte Handel
Die gezählten Jahre
Kalendergeschichten
Die Chronik von Flechting
Gelächter von außen
Die Ehe des Herrn Bolwieser
Unruhe um einen Friedfertigen
Das bayrische Dekameron
Das Leben meiner Mutter
Anton Sittinger